天边那片棉花云

何冠雄 著

陕西新华出版传媒集团
太白文艺出版社

图书在版编目（CIP）数据

天边那片棉花云/何冠雄著.—2版.—西安：太白文艺出版社，2017.9（2022.3重印）
ISBN 978-7-5513-1249-3

Ⅰ.①天… Ⅱ.①何… Ⅲ.①中国文学—当代文学—作品综合集Ⅳ.①I217.2

中国版本图书馆CIP数据核字（2017）第185360号

天边那片棉花云
TIANBIAN NAPIAN MIANHUAYUN

作　　者	何冠雄
责任编辑	史　婷　汤　阳
整体设计	前程设计
出版发行	陕西新华出版传媒集团 太白文艺出版社
经　　销	新华书店
印　　刷	三河市腾飞印务有限公司
开　　本	787mm×1092mm　1/16
字　　数	470千字
印　　张	31.75
版　　次	2016年1月第1版 2017年9月第2版
印　　次	2022年3月第2次印刷
书　　号	ISBN 978-7-5513-1249-3
定　　价	75.00元

版权所有　翻印必究
如有印装质量问题，可寄出版社印制部调换
联系电话：029-81206800
出版社地址：西安市曲江新区登高路1388号（邮编：710061）
营销中心电话：029-87277748

目 录 CONTENTS

自序/1

第一编:散文卷

第一辑　游走足迹

张家山的石头/3

邂逅一座桥/5

河南考察小记/8

红河谷游记/10

游云台山/14

洛阳之行/18

神秘与落寞/20

到秦岭去/22

杨凌之夜/23

新疆印象/26

大雁塔的记忆/29

游玉华宫/32

延安之行/34

巍巍崇文塔/37

冬游八仙宫/40

安吴访古/42

云阳采访记/47

北京编剧在咸阳/51

恭王府里的端午诗会/62

京城会友/64

第二辑　星星感悟

"减负"杂谈/68

人生三味/69

宽容/71

思维三议/72

美即自然/74

佛思/76

无题/78

醉醒之间/79

"白手起家"的断想/81

酒说/83

秸秆禁烧刍议/86

考核杂议/87

秋日偶思/89

"5·23"遐思/90

论身体/92

"房某"现象的冷思考/94

天南地北说茯茶/95

体制内外/97

第三辑 书卷溢香

重读《乌衣巷》/99

被侮辱与被压迫的人/100

迟骋歌曲《如梦家园》赏析/104

千年"泾阳砖" 把盏溢清香/105

一部陕北高原的百年心灵史诗/107

感悟与怀想/111

贝多芬的启示/114

感受《巴黎圣母院》的艺术魅力/115

苍凉千古一支歌/121

松风劲骨话人才/123

读《金刚经》有感/125

关于红军云阳改编史料中的几个问题/128

娜塔莎与玛拉/132

第四辑 清泉流声

父亲的小屋/137

佛缘/141

观云/144

教院培训散记/146

怀念与忘却/150

让幸福飞过身后/153

我们的精神家园/155

与荒石先生的一次谈话/157

二十年后的聚首/159

银杏树下/162

母亲节我在文庙签名赠书/163

到永安医院看病/166

长篇小说《天地悠悠》跋/170

关于小说《天地悠悠》的一点补叙/175

诗集《飘落心灵的花瓣》后记/177

小说之外的故事/180

想起了张田夫先生/184

为郑国渠国家级水利风景区发展建言/187

尴尬人遭遇尴尬事/190

就医杂记/193

第二编：小说卷

第一辑 微型小说

神手一把抓/201

二十四个柿子/202

行政意识/203

狗娃葬父/204

数眼睛/207

时也 势也/209

父亲的抉择/211

捉放之间/214

我在那里等你/216

恐惧的牛/218

英雄之死/218

福兮祸兮/220

尴尬美容/223

孝子桥/227

寸土/228

冥国汽车/231

爸爸的新娘/233

台上台下/235

薛老板/238

"神井"还是"神经"？/242

良心鸡/246

权当养了一头奶牛/249

一只手表/252

狼与狗/254

第二辑　短篇小说

天边那片棉花云/258

毛蛋的故事/270

寒夜/299

石锁的那些事儿/317

第三辑　中篇小说

荆山/324

第三编：诗歌卷

第一辑　大地情怀

落花时节/385

雨思/386

苦难/386

离去或者停留/387

跟从我/388

诗说/388

月思/389

月梦/390

父亲的遗嘱/391

句号/393

无题/394

假如/394

太阳的影子/395

秋日私语/396

今夜月色/397

凭吊大师/398

也许爱/399

致远方/400

你是一首歌/400

点亮心灵的明灯/401

哭泣的石头/403

欲望之海/404

麦子与竹子/405

怀念小草/406

三月的风/408

灰蒙蒙的天空下/410

兵马俑的思索/410

房子与爱情/415

守望/415

电力工人抒怀/417

秋天我想对你说/419

对一种职业的敬重/421

致永恒的爱/422

心生一念/423

心情/424

我不相信爱情/424

永不磨灭的光焰/425

第二辑　心灵呓语

缪斯与青春/429

第三辑　古风诗草

古风一首/457

春游钓鱼台/457

遥想/458

行乞歌者/458

边地怀古/459

怀想苏武/459

花语人生/460

中秋抒怀/460

伤别离/461

圈子谣/461

第四辑　黄土风情

妈妈做鞋子/463

拄杖老者/464

孩子笑了/464

少年与小鹿/465

哎哟　老天　这可怎么得了/465

好时光/466

我多愿是你/467

思念/467

离家的日子/468

冬天的记忆/469

故乡来的小姑娘/469

我的农家大嫂/470

织女情/471

酸枣情/471

民歌风/472

第五辑　岁月如歌

我的泾阳　我的家乡/474

有一个声音/475

黄鹤之歌/476

牵手/477

梦中的厦门/478

我自豪我有个农民爸/479

泾干中学之歌/480

天边的靓妹回来了/481

十月　我的祖国/482

菜乡吹来暖人的风/482

泾阳水利人之歌/483

泾阳茯砖茶之歌/484

茯茶情歌/485

火红的菜乡是泾阳/486

你有一颗火热的心/486

香遍人间泾阳红/487

我们是自豪的城管人/488

流动的风景　流动的船/489

后记/490

自 序 PREFACE

万物皆有因缘,我的这部作品集其实已经酝酿了很久了,一开始是作为三本书准备的,无奈何自己心力不济,就又变成了这样一本混合物,里面编选了从上世纪80年代末迄今的181篇(首)作品,其中散文71篇,中短篇小说29篇,诗歌81首。说起我的创作初衷颇有些类似于黄土地里的蚯蚓,既然生存于这片土地,就得为她的更新、纯净、美好做点事情,就得记录些历史,当然这必须以十分审慎的态度,而不是时下里的凑热闹、赶时髦,要经得起历史的拷问。我是这样想的,也试图努力着这样做,但事情究竟如何,那就让大家品评吧。

岁月无情地流逝着,来不及追溯,来不及叹息。我们如此这般地活着,男人、女人、老人、孩子、城市、乡村,当然还有世界的某个热闹的去处,或者某个宁静的角落,在这样生活的时空中,我的目光却自然而然地落在了故乡的土地,那种根的牵挂、那种魂的牵引让我时时刻刻都倾注于这东方的国度,这迷人的乡邦。我的姑母曾经在金秋的"杨凌农高会"上对我说,那一年我们家族一下子添了三个男娃,我老祖母激动得老泪纵横,她似乎看到了远方的日出,看到了未来的希望。是啊!孩子对于一个家的价值,自古迄今都是十分重要的,但我们不仅仅是供给他们白糖、牛奶和面包,我们是否让他们有精神的食粮、精神的营养呢?这也许是我后来选择弃理从文的一种理由吧。

作为十三朝古都近畿,我的家乡文化灿烂,历史悠久,名人辈出。在我们家乡一带有中华民族农业始祖后稷的传说,有倒骑青牛的老子楼观台传道的演义,有一代爱国志士苏武的故事,还有唐代西天取经的悟空和尚,理学泰斗张载绿野讲经的故事,以及明代科学家王徵、近现代书法家于右任、学者吴宓等人的事迹。而历朝历代帝王将相大多在此建功立业,我们华夏民族的历史在这片热土上留下了深沉的脚印。在渭水以北的北邙塬上以及九嵕山、仲山、嵯峨山一线，帝陵文化蔚为大观，号称"东方帝王陵墓群落"。

这里的人自称是皇家遗民、贵族大户、守陵人后裔、外地移民，但他们似乎说话办事都有那么点往昔都城人的味儿。当然这是昨日辉煌的印记，或者叫文化残留。我们的一些语言文字学家甚至说关中的方言就是历史上的官话，就是字典里最文雅的东西。这方面我研究不多，但我很尊重这些历史的声音。

记得我的一位朋友说过，他的祖母的口头禅是"喔，就是（那）么个人……"据说老人的人缘极好，很会包容人，很会处理家庭关系，是村里的女能人。无独有偶，我的另一位朋友的父亲则信奉这样一句话："世上啥事情都有个了了！"这是一种豁达和自信的精神，世界上有什么大不了的事情么，相信吧，它总会有最后的结局的。

在这里我也想说，这纠结那纠结，这希望那祈求，该放的就放吧，该收的就收吧，在属于自己的田地里，汗水落地才叫踏实。这就是我在这本书前面想说的话。

何冠雄
2015 年 2 月

第一编:散文卷

布谷鸟叫了,喜鹊也叫了;大雁飞了,麻雀也飞了。万类霜天竞自由啊,尽管那声音,或雅或俗;那飞翔,或高或低,但只要是发自肺腑的,只要是扎扎实实地朝着自己梦想的天空振翅搏击,就值得称道。这就如同江河的起始一样,最初往往就是一股清泉,一条小溪,但远方那壮阔的激流难道不是她慷慨澎湃的奉献吗?

第一辑　游走足迹

张家山的石头

秋冬之交,我与几位文友游了一趟张家山。

张家山乃战国时期郑国渠首之所在,黄河的那条血脉支流——泾河,就从这里出山,历史的记忆曾经在这里徘徊了许久许久。吊古抚今,难免生出一些感慨,但这些都无妨于我们的游兴。我呢,尤其惊叹于泾河两岸那些风情万种、姿态绰约的石头,大自然的鬼斧神工让人叹为观止,美不胜收!

岩石是山的脊梁,千百年来,剧烈的地质运动造就了人世间蔚为壮观的地貌景观。张家山地处浅山,海拔并不很高,不超过一千米,但河谷出山一段,约几十里,巨石耸立,峭壁悬崖,虽无太白之高峻,亦无华山之险绝,却独具自然之丰韵。尤其近年来,张家山水电工程的修建,筑坝成湖,"泾河大峡谷"山水辉映,别有洞天。那景致仿佛秦女歌吟,飞天舞袖,王城古乐,让人赏心悦目;又如同震耳欲聋的关中锣鼓,刚梆硬正的秦腔大戏,神采飞扬的塞外腰鼓,催人奋进;抑或像小桥流水似的江南民歌,或许还有西北的花儿,刘三姐的歌声的韵味,使人神清气爽,流连忘返。眺望远山远景,那山忽而高耸入云,长空起舞,彩绣锦绸一般;忽而又峰回路转,婉转绵延,连天接日,悠悠远远,似一首无尽的歌谣……

自然是神奇而美丽的,然而人类的非凡创造更值得称颂。张家山也许是一个名不见经传的地方,但人类开山劈石、引水灌溉的历史却依稀可寻。秦代郑国渠、汉代白公渠、唐代三白渠、宋代丰利渠、元代王御史渠、明代广惠渠和通济渠、清代龙洞渠、民国泾惠渠等的起点入水口、引水渠几经变化,自南而北逐渐向上提升、排列，其遗址错落有致，以致这里有"中国水利断代史博物馆"的美誉。

伫立山头，远远望去，荒草蔓径，薄烟轻笼，那些废弃的古渠道，俨然是一排排战壕、一座座城池，威威严严地横卧在北国的原野。遥想当年景象，开山引水之时，可谓动天地泣鬼神，人们披星戴月，肩扛背驮，斗石斗金，多少黎民血泪成河，多少魂魄倾注河川。不信你可以去问一问那些千百年来一直默默无语的泾河石头吧，它们或许是这段历史的见证人。

中国素有刻石纪事的传统，云冈石窟、龙门石窟、敦煌石窟等石刻艺术都闻名于世，而我独钟情于这张家山郑国渠首的石头，那些散落于岸边、泾河中流以及渠道中的万千石头，它的原生态、它的纯粹、它的柔情隽永，足以让人咀嚼回味！

山以石峻，水以石清，飞泉流石，深潭滴翠。张家山——黄土高原边缘地带的瑰丽明珠，这里每一处都诗意盎然。沿着泾河岸行走，犹如穿行于壮丽的石林，让人目不暇接。有大如房屋的巨石，中流击水，仿佛是一块定河神石，又好似迎风而立的大将军，阻击千军万马的冲击；那块凝神注视河对岸的"泾河猿人石"，惟妙惟肖，仿佛饱经沧桑的历史老人，或许它真的还有些灵性，说不定这里若干年后，也许能演绎出一部钟灵毓秀的"泾河石头记"！你瞧，那灵龟携子游、青蛙石中立、海马出水、童子拜佛的壮观，还有石磴、石柱、燕子窝、莲花座、玉女池等，几乎以假乱真。

附近的山坡上几处飞花碎玉般散落，飘飘洒洒的瀑布，哗哗哗地响个不停，下面是深深的一汪翡翠色的潭水。举目向西南方向望去，影影绰绰的，一面"石墙"横亘在眼前，宛若一幅色彩斑斓的壁画：画中的人物有的耕作田野，有的织布纺线，有的比肩而卧，有的垂手而立，他们或站、或坐、或奔跑、或舞蹈，人物形象栩栩如生。看呀！面向东方的那个仕女，凌风飘逸的裙裾，长长的乌云般的秀发，几乎遮住了半个脸，手里分明还抱着一个孩子。还有那好像埃及金字塔前的狮身人面像，巨型的狮子头，椭圆形的宝鼎，这些千姿百态、气象万千的石头，在泾河的清流中，异彩纷呈，或许它们以曾经补天的豪迈而留传，为人间治水的壮举而自慰！

石头是壮丽的、凄美的，我痴情地俯视那些光光溜溜、精灵幻化的石头，听脚下轰轰隆隆的水声,泾水呀泾水,或许你既无长江那样急流澎湃,又无黄河般万马奔腾,但你却有自己的魅力;你搬山移石,播撒甘霖,你生儿育女,创生神奇,那种积年累月塑造自然的魔力,简直无与伦比。半山腰里汩汩流淌着"筛珠洞"的清泉,这天然的矿泉水滋养着泾河岸边的人们,据说饮用这千年神泉水,人们不会得胃病还延年益寿哩。

如果你要问我泾河的石头为什么这样光洁、美丽,我就说那石头是男人,河水是仙女,她用软软的舌头把自己心爱的人儿舔成了这样。泾河的石头呀,即使用千万双巧手,用无数张砂纸也恐怕打磨不到你的千分之一,你光滑、洁白、细腻、生动,摸一摸你就会让人心跳,让人感动。这多得无可胜数的泾河石呀,我想象不出你原初的模样,可否像秦始皇兵马俑,威风凛凛,气吞山河?可否棱角分明,目光炯炯,铿锵有力?或许你是水的丈夫,而水是你的新娘,那柔肠寸断的诱人的香吻,让你沉醉千年而不肯离开故地,虽粉身碎骨而矢志不渝。

我可亲可敬的可歌可泣的泾河石头哟!你简直就是一个黄河文明的古化石,一个琳琅满目的地质文库,一个气韵生动的思想宝藏,我期待着你的灿烂明天!

2005 年 12 月 20 日

邂逅一座桥

泾河上的桥梁究竟有多少,我不知道。但与我的生活息息相关的这座泾阳桥却让我久久难忘,多年以前我就是踏着这座桥来到泾阳工作的。

看着汩汩流淌的泾水、沟壑纵横的土塬、远远近近的村镇,那景致我还以为进入了陕北地界呢。泾阳大桥是泾河下游的一座公路大桥,这座桥是泾阳、三原、淳化、旬邑四县通往咸阳市的黄金通道,对于当地经济社会发展意义重大。

小时候,我曾经看过南斯拉夫电影《桥》,"啊,朋友再见"的歌声至今还在我的耳畔萦绕回荡。胡宗南攻打延安时修筑的咸宋路也打泾阳桥这里经过,泾阳新中国成立前伪县长跨过泾河仓皇出逃,半道上将泾阳的文史资料付之一炬,给后世留下了千古遗恨,我不清楚那时是否这里也已经有了一座桥……历史的烟尘似乎已经散尽了,修石渡口、泾河岸边的风雨也已经过去。望夷宫、泾河龙女、翠华姑娘、柳毅传书、临泾镇……那些历史的涛声,那些钟灵毓秀的造化,都过眼烟云一样的消失了,默然无语了。

面对一座桥,我似乎无话可说,又似乎更加心事重重了,或许正是这座桥终结了修石渡千年摆渡的船家历史吧。有一回我站在桥头看水,看泾河涨水,看烟波浩渺的水乡美景,不小心进了摄影者的镜头。他说他喜欢泾河之水,拍摄有四季泾河的岁月风情,在这条母亲河上他曾经徒步穿越,一直上溯到了风景如画的泾河源头。听着他的诉说我的内心充满了感动,看来他不仅仅是个摄影者,他似乎应该归于那些执着追求理想、孜孜不倦探索艺术的艺术家的行列。

在那位摄影者的引领下,我下到了河滩,感觉水也仿佛有了诗意,桥墩、桥身都那么阳刚、率真,花呀草呀树木呀,还有黄褐色的沙滩都仿佛变了个模样似的,显得那样的含情脉脉,那样的善解人意。还是那位摄影者,他咧着嘴笑着朝我走来了,他问我看到了什么?我茫然,我不好意思地回答说,就看见了水。

我撒谎了,其实那一刻,我想哭,我说不出来自己的感觉,就好像有一种喷涌的冲动,一种从脚底到头顶的清凉,我坐在水边摇晃着自己的脚丫的当儿,这种惬意感异常强烈。我举目远望雾沉沉的夜晚,汽车灯的光亮下,成群结队的人,男女老少都一样地睁大了惊异的眼睛,他们都在看水,还有特意带上孩子的,似乎要让孩子亲近自然,亲近生活。河滩里的人慢慢多起来了,孩子们欢快地像水中逐浪的鱼儿,更像歌唱生命的浪花……

与那位摄影艺术家的邂逅,成了我的一个心结。一直以来我都想带着孩子和家人徒步去看桥、看水、看石头,或者到沙滩上、池塘边逍遥,可惜每次都落空了。休闲对于紧张而忙碌的工薪一族,似乎成了一种奢望。我有时候悲叹,我们有时间喝酒、划拳、聊天、打麻将,就是没有时间去艺术天地调适一下自己,放浪一下形骸。每当夜深人静的时候,我常常在心中闪现着那位一面之缘的艺术家朋友,他或许成了我生活中的一面镜子。

是应该放松一下了,有了这种想法,那是在大病痊愈之后,我想去河滩看水、看桥,下了几次决心,都因各种借口的羁绊而没有成行。忽然有一天人们说桥坏了、不能通车了,我疑惑、难过——怎么搞的,好端端的一座历史名桥,一夜之间就成了一座危桥?

的确,泾阳大桥封闭了,工程队正在紧张忙碌着,来往车辆不得不绕道而行了。经常听人说现在公路上人们最恼火的就是那些"双桥"货车,轰隆隆的,像列火车,设计标准不高的公路、桥梁架不住它的折腾,很多都成了三原龙桥柴王爷车辂辘碾过的深刻记忆,用公路人的语言就是"超限""超载"。车主们则是另一番说辞,他们会说,现在出门在外,哪一天不是几十几百地往收费站里送票子,还有交警的罚单,唉,那才叫受罪哩。再说了,装煤、运沙石、拉水果什么的,跑那么大老远的路,你运输量少了就没有啥利润。

从泾阳到咸阳去一趟,本来很便捷的,二十几分钟,最多也就半小时,自从桥不通后,泾阳人出行就不得不绕行礼泉或者咸阳机场高速,走差不多一个小时的路程,车费也涨了两倍。据说那座危桥的附近曾经有个便桥问世,不料让水冲了,司机说当地的个别人还趁机收费,好在随着汛期的临近,出于安全的考虑,便桥逐渐淡出了人们的记忆,谁也不再想那些事情了,只巴望着哪一天大桥重新开通。

敢情这桥梁也有寿数,有极限,当它走到自己生命极致的时候,是否应该有个喘息、传递、接力?缝缝补补也许只是救急之策吧。我渴盼着未雨绸缪,渴盼着一座宽阔、稳固的新大桥的诞生。生活中人们常说别敷衍了生活,糊弄了别人,况且是一座桥,它联通着普通人的神经末梢,也是一种精神追求……

2008 年 7 月 22 日

河南考察小记

今年9月下旬，我有幸参加了咸阳市宣传系统赴河南省洛阳市文化产业发展考察团。我们的汽车沿连霍高速，在豫陕之间的群山中穿梭，豫西的山脉起伏连绵，但道路四通八达，河南这里的道路比陕西宽阔，路况也不错。透过车窗我远远地发现这儿很多山坡都绿绿的，似乎植被保护特别好，走近了才发现那是用油漆，或者涂料刷上去的，似乎很有创意：群山之下，草坡之上，洁白的云彩，还有一群牛羊点缀其间。

看着这些迎面山坡的画面，考察团的同志七嘴八舌地议论开了。

这就是河南人，他们敢想敢干。河南人的想象力了不得。可不是么，他们都敢给长城贴瓷片。河南人就是比咱灵醒，把一座座残缺的山崖装饰得像少女一样漂亮……

在大家争论不休的时候，我在思想中搜寻记忆中的河南文化。当年老子骑青牛西去，留下了彪炳千秋的不朽篇章《道德经》，那个函谷关在哪里？应该在灵宝，或者新安。我知道河南豫剧，知道常香玉老师，她是豫剧的泰斗级人物，据说新中国成立前曾在宝鸡市唱戏，抗美援朝时，她为志愿军捐献了一架飞机，还有她演出的豫剧《花木兰》《朝阳沟》等全国闻名。改革开放后，一部电影《少林寺》将嵩山少林寺推向了全国，推向了世界，也将中原文化推向了四方。近年来河南省大力发展文化产业，取得了骄人的业绩。

我们就是这样带着好奇，带着心愿来到了河南洛阳，这是考察学习的第一站。第一天白天我们基本是在去洛阳的路上度过，傍晚时分我们终于赶到了古都洛阳，在那里我们吃了洛阳著名的水席，据说周总理也吃过这种宴席，还赞不绝口。第二天早晨我们乘车去洛阳市委宣传部，在那里听取了关于"洛阳市文化产业发展和文化体制改革基本情况"的经验介绍，随后参观了洛南新区、洛阳市大剧院、体育场、历史博物馆。在洛阳的参观中，我印象最深的是洛阳大剧院，其规模号称亚洲最大，这个旋转舞台上很多全国大明星都在这里演出过。洛阳市采取政府补贴的办法支持文化企业，群众看演出每张票只掏五六元,差价由政府直接补贴给剧院。

我们第二站参观了少林寺,晚上还观看了数百人的大型实景山水歌舞表演,尽管演出中天下起了雨,但演员们冒雨演出,禅音袅袅,山水和鸣,铁骨柔侠,意味绵绵,我似乎看到了少室山的尊严,看到了佛禅的境界,看到了情愫深沉的山脉和人脉,看到了文化的魅力。

我们考察活动的最后一站是河南焦作的云台山景区,在那里我感受了云台山的泉、瀑、潭、石的奇绝,感受了寺庙、传说等人文历史的壮观,也由此感受了中原大地文化产业发展的勃勃生机。

回想自己几天来对洛阳、焦作、登封等地的参观情况,我似乎看到了河南文化旅游产业发展的闪光点。一是那里的道路好,环境好,气魄大,起点高。二是河南人对文化旅游、文化创意产业刻意求新,推陈出新,打造了一系列自然山水与人文精神交相辉映的文化品牌,如少林禅宗文化、武术文化、云台山水文化、新郑黄帝文化,开封宋代文化、龙门石窟与白马寺的佛教文化等品牌。三是他们的文明卫生城市建设、文明景区建设成效好,形象佳。在偌大的云台山景区,在绵绵秋雨中,我看到依然坚守在岗位的清洁工人,看到干净卫生的街道、景区,我们不能不对他们,对河南人肃然起敬!看来他们对文化产业发展的解读已经内化于生活的每一个细节,人人都是城市文化,人人都是精神文明建设的代表。四是那里的文化产业发展规模都比较大,效益也很明显。以云台山为例,据了解,云台山景区每张门票180元,旅游旺季每天游客可达三万多人,一般月份每天参观人数也逾万人,平均月收入达四五千万,建设有目前亚洲最大的室外停车场,可容纳四千多辆大巴停放。

他山之石可以攻玉,河南文化产业发展的经验对我们同样有借鉴价值,我想陕西应该把文化产业做得更大更好。

2008 年 9 月 26 日

红河谷游记

2008年秋季的一个周末,我与几位同事驱车去宝鸡市眉县红河谷风景区游玩。那天为了赶时间,我们早晨7点钟就出发了,汽车在西宝高速上风驰电掣般奔跑着,我坐在座位上眯缝着眼睛养神,不言不语,但我的思绪却飞出去了很远,很远……我咀嚼着最近时期来来去去的很多事,甚至遐想着五颜六色的未来。

人的选择其实就是个"二律背反",难能一个萝卜八头切。我曾在教育战线工作十七年,2008年调任泾阳县委宣传部工作。对于我来说,这是一个全新的工作环境,不消说这里的工作人员之少,办公场所之逼仄,办公条件之差完全出乎了我的预料。当时整个部里就八个人,两台电脑,也没有工作车辆。见惯了动辄几千人、几百人场面的我,用惯了电脑,也习惯于念别人写的那些官样文章,在这里我将转变成另一种角色,我必须为领导写稿子,必须尝试着写通讯稿,还必须学会喝酒、应酬,尤其是要跟各级各类的媒体打交道。当时我的身体状况不是很理想,去年底刚做了一个痔疮手术,后来又莫名其妙地患了神经性皮炎,以至于经常头上、脖子上、腰上总是出大大小小的皮疹,为此我就去泾干卫生院找那些西安来的专家寻医问药,医生说:"你必须戒烟酒,少熬夜,多休息。"事实上在我的岗位上这三条无一能达到,因此我只有饱受皮肤瘙痒的折磨。好在同事们也很会生活,工作之余常组织些户外活动,让枯燥的生活有了崭新的意义。

这种活动的积极倡导者、组织者就是我的同事任新亮先生,他是一个玩过笔杆子,又有乡镇工作经验的人,待人接物常常有自己的一套,是一个很讲求生活情调的人。认识任先生是始于几年前的一次有趣的合作,当时在任先生的领导下,我与薛文涛、寇晓卫一起创作《泾阳组歌》,我们吃住在县招待所,先后写了几稿都感觉不是很理想,任先生说:"算了,我看把几位先生也折腾得没辙了,你们就把最不行的那个稿子留下。"

我狐疑不解,任先生很老到地说:"先给一个,再给一个,显得我们认真、精心,后边就好办了。"

我是因为一首歌曲才在泾阳县文艺圈有了些小名气,2005年迟骋先生、聂友先生和梁莹女士负责承办县春晚,邀请我创作一首歌曲,我当时恰好在《咸阳日报》发表了一首诗歌《我的热土·我的泾阳》,就以它为蓝本改编成了歌词,改写中得到了迟骋、高明波两位词人的指点,随后我们请西安的作曲家党红岩先生作曲,咸阳市群艺馆的歌唱家高平展先生演唱,取得了较好的艺术效果。后来县上把这首歌曲作为县歌,在很多大型活动、集会、接待活动中播放,受到了广泛好评。这一无心插柳的行为,从某种意义上说改变了我的后半生,使我弃教从文,投身于文化活动。

孔子说:"三十而立,四十不惑,五十而知天命。"已过四十的我,似乎对那些繁复的人事还是懵懵懂懂的,在与任新亮先生的接触中,我发现他是一位爱酒、会玩、能摆平事情的人,他较早地徜徉于山水之间,用镜头记载着生活的乐趣。记得有一回我们接待《秦商》剧组,任先生真是神勇,他一人摇骰子独对七八位京城来的影视人,他的酒量比较大,对方纷纷败下阵来……

"老汉,梦见周公了,美女来了!"任先生见我闷不作声,故意大声说。因我在部里年龄比较大,除了我和老任是60后,并且我长他一岁,其余都是70后,所以老任戏称我为"老汉"。

"到了吗?"

"都回来了,你还问到了没有。"

"哄鬼去……"

"你这人就是典型的上车睡觉,下车尿尿,厩心都不操。"

我们正在斗嘴当儿,忽然有人说:"快看!那个扫地车……"

大家循声望去,发现了一辆拖拉机,它的后边设计了一个旋转机器,上边极其简陋地捆绑着几把扫帚,那些扫把随着机器的旋转,唑唑地有节奏地清扫着路面。

"这儿的人真能行,用这么个机器代替人工。"

"哈哈,这也算眉县的一大奇观!"

在一个小镇店,我们找了路边的一家小饭摊,兴致勃勃地品味着西府小吃,像擀面皮、豆腐脑、肉夹馍、稀饭。大家填饱了肚子,就一鼓作气赶到了

天边那片棉花云

红河谷的山门口,在那里我们还遇到了另一拨本县的同事,他们是昨天来的,在这里过了一夜,今天准备返回。

我们的队伍中任先生来过这里,他自然就成了大家的向导。我们先沿着河谷向上游走,道路基本就在河道两岸的边缘一带,半山坡的道路还未修整,树木很茂密,水流潺潺。山涧那清脆悦耳的泉水声,呼朋引伴地招引着我们,并殷勤地给我们标示方位,传递信息。

喂!我在这里,请朝这边走!

我们首先来到了一片比较开阔的地带,这里柳树婆娑婀娜,树枝儿轻轻地拂着水面,河流中间一块块石头艰难地倒立在水中,不过它们像兄弟一样,距离似乎很近,总是手拉手肩并肩,仿佛成了人们穿行这条溪流的桥梁,很多时候大家都是一会儿左岸、一会儿右岸地行走,伴随着这些经年累月磨洗的石头"跳绳"。

"这里有水有树有石头,风景不错,老任给我个镜头!"

"行!你站好,最好来个造型……"

我站在柳树的枝条中,一只手还拽着柳枝。

任先生很专业地对着镜头,他无所畏惧地站在水里,那里似乎水流比较急,我发现他的脚下有些摇晃。

"小心!"

话音未落,任先生扑通一声仰面直挺挺地倒在了水里,他下意识地抬手举起了相机,并十分利索地从水里挣扎着撑了起来。

大家吓得大气都不敢出,怎么办?任先生脱掉了外衣、外裤,一边拧着水,一边用颤抖的声音说:"快把你外衣给我……"

我赶紧把自己的外衣给他穿上,可惜我的身材小,衣服也短,他穿着我的衣服,仿佛猴子穿了件马甲,挑在了半天上。

"都什么时候了,也顾不了这么多了,能保暖就行。"老任自言自语地说。

那时候溪水冰凉,任先生还算机敏,要不然就麻烦了,我想起来都有些后怕。

"为了他在丛中笑,我甘愿水中倒!"

"老汉这相还就是难照……"

一个小插曲就这样过去了,大家又恢复了说说笑笑的兴致,任先生继续带领大家前行。伟生、国璋年轻,他们大步流星地往前边探寻,他们的媳妇落在了后边,任先生作为组织者与她们同行,我走得比较慢,自然成了殿军。

"这俩年轻人,自己媳妇也不知道照顾,光顾着自己往前跑。"

"我们也长着腿,不需要人背。"

红河溪流,曲曲弯弯,一会儿道路平坦,一会儿却需要翻过大石头,仿佛猴走的路那样,稍不留心就有落水的危险。

伟生的媳妇李敏,人很机灵,她一跃而过,国璋的媳妇胆子小,她每每过这样的坎儿,总需要人帮助,每当这个时候,老任同志就像大哥一样出手相援。我在后边本打算照顾她们,不想我自己竟然无法跨越这些险路,这时作为男人的我感觉很尴尬,我的体力竟然赶不上她们,最后还需要李敏帮助才能过去。

老任嘲笑说:"老汉毕了,老汉毕了!拿不动活了……"

"都靠你了,留给你了,你小伙好好干!"

我们就这样边说边走,这一条溪流似乎很遥远,我们走着走着总不见源头,入山渐深,山色渐浓,树木也高大崔嵬,巨人一样立在山巅,那一个个小山头,就像一个个发饰讲究的时髦女郎,绿茵茵的一片片。

过了一道"木桥",说是木桥其实是一棵平躺着的树干,它横着身子扑在溪流上舍身为人,成了孺子牛一样的楷模,我们走在这个有些摇晃的"木桥"上,心旌似乎也摇晃着。过桥后,我们选择了一个小山包,决定把它作为征服对象,大家从正面、侧翼向它发起了总攻。这一带山地好像不久前刚下过雨,土质比较疏松,树木草尖还饱含着水汽,那些暗红色的泥浆紧紧地粘住了我们的鞋子,我们没走几步就走不动了,不得不停下来用手抠,或者用木棍戳泥巴。经过一个多小时的努力,我们登上了这座小山包,没料想它的上面还有更高的山包,它只是一个小小的二台。大家彼此观顾了一下对方,不由得掩口而笑,一个个身上、脸上都是红黄交织的泥巴,还有汗水残留在脸上的痕迹……

"走了——往回撤!"

出山的路似乎很快,顺风顺水的,没过多久我们就回到了山口附近。中午饭大家吃得很开心,饭后老任给自己买了身线衣线裤,外边穿着我那件不伦不类的西服上衣,他身材高挑,走在人群中很显眼。

"这人掉到水里了……"

"唉,他妈的,咱成了猴子了。"

下午我们的行程很简单,从东路一直到太白景区的南麓,我们乘车一下子就到了山跟前,这一路上都是水泥路,还有正在修建的道路设施,一眼望过去光溜溜的不见树木,不见草地,再往山坡一带看,那里的山地岩石裸露,仿佛退了潮的海滩,到处都是散落的矿泉水瓶子、方便面袋子,惨不忍睹。山沟底下全是石头,不知是谁用石头堆成了一座塔的形状,还用红黄的彩带装饰了石塔的四周,也许那里是一座简陋的庙……

我们的红河谷之行就这样结束了,在返回的路上,我想这样的旅游就是一个发现自我、品味生活的过程,在这看似随意的行程中,每个人都有自己的乐趣,每个人都释放着星星点点的光华。

2008 年 9 月 8 日

游云台山

一

俗话说:看景不如听景。在央视的广告上,我们经常可以看到云台山的广告。2008 年秋季,带着好奇心,我与几位同事驾车去了趟云台山。我的同行者有任新亮、牛国璋、钟晓军和一位司机。我记得那时我们沿着连霍高速一直向东,到了洛阳东边后,再折身北上,朝焦作方向出发,就到了位于修武县的云台山。

云台山的大门、广场停车场堪称大手笔,据说是亚洲最大的,我们的车辆就停放在那里,景区内通公交车,住宿、吃饭都很方便。第一天我们决定先去远一点的景点,就选择了泉瀑峡这条线路。久居办公室的人,缺少户外锻炼,身体条件就差些,在同行者中,新亮像个猴子,总是走在前面,国璋年轻气盛，虽然胖些但体力还是有的，晓军也是正值盛年气宇不凡，他们三个你不让我，我不让你，穿梭于这一片山水之中。我呢，量力而行，走走停停的，不时地歇息在那些路边的石头上，一路上我的感觉就是密密麻麻的人，似乎这里的道路有些拥堵。我想，山水之美在于心境，在于感知者的状态，作为从我的身边匆匆而过的那些男男女女，老老少少，他们其实不在于此景的内涵和文化因素，而在于自己来了、快乐了，身在此山中了，身心得到了放松。我想，这些曾为神仙所专享的绿色氧吧，这些流溢着天地精髓的泉水，这些多少水滴汇聚的绿潭，还有那从高处纵身跳跃的瀑布，都给我们以精神的慰藉……

走路是人的本能，也是一种精神，是对人的坚韧不拔的顽强力量的考验。我抱着我一定能看到"云台天瀑"，能看到白练飞花琼玉般胜景的信念，一路朝前走着，走着。这里就像一个竞技场，或者长跑的赛场，虽然我不是第一个到达终点，但我绝对能坚持到最后，我有这种坚忍顽强的毅力。等我赶到那里时，我的同伴们正在那里拍照、戏水，那种平素少有的欢快表情，那种无拘无忌的叫喊，仿佛回到了无忧无虑的少年时代。

返回的路途是在一个个台阶上苦撑，我的腿肚子不停地抽搐，下山还比上山难，那些人工精心雕琢的石台阶，本来为了方便大家，但对于我却是一种痛苦，脚后跟着地都颤巍巍，但我不怨天尤人，我让他们先行一步，我在后边独自走着，走着……

身体是人之本，没有体力，一切都无从谈起。来到这美不胜收的景区，面对众多的美景却根本无法顾及，平添了一种哀愁。这使我想起了一件事情，某老板年轻有为，事业辉煌，妻子也貌若天仙，天可怜见，这位老板英年早逝，其事业、财富、佳人……一切的一切都春水东流，岂不哀哉！在我坐在山脚下胡思乱想的时候，我的几位同伴去游潭瀑峡，我则以想象的翅膀神游峡谷。看着那些介绍资料，我知道这条峡谷有隋末农民起义领袖刘武周和唐王李世民的营寨，我仿佛看到了三步一泉、五步一瀑、十步一潭的景观，我的皮肤、我的脚指头似乎已经触摸了那旖旎的水面；那清越迷人的潺潺水声，那咕咕噜噜向外奔涌的温泉，以及散发着阵阵清幽的香气也似乎已经浸润了我的五脏六腑。忽然我想到了暗示教育，想到了那些受伤的运动员，即

天边那片棉花云

使不能参训,教练也让他思想参训,让他感觉训练的情景,这样队员康复后就可以跟上全队的步伐了。这时候我又想到了"马太效应",我的这些伙计,人家身体强壮,所以就可以饱览这里的无限美景。过了一会儿我的"皮革马利翁"效应似乎起了作用,我站起身,抖擞精神,继续朝着他们的方向追赶,抬眼处阳光正艳,远远的山头上,似乎有一个类似猿猴的山石正在招引着我,快来呀!朝前走,那里风光才叫好哩!

登了半天山,胃口似乎也开了,中午吃饭感觉特别香,饭后我在附近的集市上转悠了一会儿,下午还有几个小时,可以去较近的红石峡,晚上我们就要返回了。同伴中有余力的人吵吵着要去红石峡,我呢,勉为其难,也就跟着去了。在红石峡口转悠了会儿,没有敢朝里面转,只好坐在外边等他们出来。红石峡像一位楚楚动人的美女一样,笑容可掬地立在我的面前,可我没有这个福分消受,就理智地放弃了。

"来云台山不看红石峡就等于没来,要后悔一辈子的。"有人调侃说。

"人比人活不成,马比骡子驮不成,你们一次看完了,也就没有念想,我分两次看,还多一次机会。"

噢,对了,我们这次出行还有一个小插曲,同伴钟晓军先生,从当地农民手里买了一堆石头,我看就是普通的钟乳石,但人家推荐说那是玉石,还害得我的这位朋友专程去深山拉了一回货。云台山地区曾经是海洋,地质变化也频繁,确实有很多玉石翡翠,但鱼龙混杂,一般人实在难以分辨。

在回来的路上,大家纷纷嘲笑说晓军弄了一堆烂石头,上当了云云。但石头的主人却很淡定,也许只有他明白为什么弄几块石头回去呢。

二

信不信由你,反正我的机会又来了。大致一年后,我参加市委宣传部培训学习,组织安排的考察点里又有云台山,我作为云台山的老朋友又一次来到了这里。当时天下着大雨,我们披着薄薄的五颜六色的雨衣,钻进了云雾茫茫的景区,因为雨天参观的人少些,我们正好悠哉乐哉地欣赏雨中的云台美景。

在云中雾中雨中我们看不到远处的山峦,说起那些缠绕着山谷的云雾,那可是忽忽悠悠的,让人捉摸不透,近处看也就十来米、七八米的视野,而且这些云雾好像长着腿,会移动,会奔跑,它们一会儿东、一会儿西地跟着你的脚步走,一会儿高、一会儿低地在山间跳着舞蹈。举目四望,一切都是白茫茫的世界,仔细谛听泉水的动静,那水声似乎更响更大了,人工的堤坝企图阻挡这种轰轰隆隆的蓬勃力量,但那是徒劳无益的,在自然面前我们毕竟太渺小了……带队的头儿一次次提醒大家注意安全,不要单独行动,免得发生意外。我们的行程还是先远后近,冒雨探访了泉瀑、潭瀑峡、狝猴谷。

雨过天晴后,我们又去游了红石峡,这里的石质是暗红色的,浸泡在水里的石头与裸露的岩石,色泽质感完全不同,它们的面目或粗糙狰狞,或细腻生动,或凌空而起,或探身水底,其气质精神宛若高原汉子与江南女子的差异。在曲曲折折的天然石峡中,我惊异于大自然的鬼斧神工,也叹服景区创造者的自信与创举,人造的自然同样精彩绝伦,它铺设了很多护栏与桥涵,让你能够轻松自如地徜徉于自然之中。当然美中不足的是,过分亲昵地拥抱这一方山水,没有留些空白,没有留些距离,反而感觉不是那么自然、雅致。

红石峡的水特别的柔美,仿佛空姐的蓝色礼服,配着一条红裙子,红色与蓝色交相辉映,熠熠生辉。远远看去,红石峡的水是湛蓝、深绿的,它幽幽的迷人的神态似乎有着一种深沉的情愫和无限的向往,似乎微风掀不开她的盖头,雨水注不满她的心胸,她连接着遥远的水体,贯通着生命的脉系。沿着回环往复的路径,从近处观红石峡,有的地方清浅见底,仿佛一个裸露身躯的婴孩,优美、无瑕、活泼、动人,给人一种清新的感觉……

这次比较从容的出游,我还游览了茱萸峰,体味了王维"遥知兄弟登高处,遍插茱萸少一人"的悠远意境;拜谒了作为精神高地的万善寺,想象着僧侣道姑们在寂静山林中自由自在的生活世界;见识了"叠彩洞"的人间奇迹,那些高低穿梭的公路隧洞,体现了一种人生智慧和太行愚公精神。

两游云台,是缘是命,还是冥冥的启示,我说不清楚,但我似乎看到了中原的山水明珠,看到了一片充满希望的土地……

2009 年 10 月 11 日

洛阳之行

2004年暑期，在省旅行社的组织下，我与同事十多人一起游了一趟洛阳，见识了一下这座牡丹城的风姿。

西安作为十三朝古都早已闻名遐迩，无独有偶，洛阳也是一座特殊的古城，历史上曾十多次作为封建王朝的都城，或者陪都。西周与东周，西汉与东汉，隋唐的西都与东都，等等，这些都与之息息相关，并标志着这座历史名城的辉煌。在中华民族漫长的历史中，命运的光环曾经长久地驻足于黄河中下游一带，东西两京的摇摆循环，成了一种有趣的历史现象。在历史的记忆里，这块土地上曾经上演了一幕幕悲壮的故事，当年唐太宗李世民北攻窦建德，南伐王世充，打下洛阳城，为大唐帝国的建立铺平了道路；1936年"西安事变"前蒋介石就是坐镇洛阳，而在西安被扣押；新中国成立后洛阳拖拉机厂生产的东方红拖拉机全国闻名，我们那儿就曾有过不少这样的"铁牛"；"文革"期间习仲勋同志曾遭"四人帮"诬陷，下放到洛阳矿山机械厂、耐火材料厂劳动改造十几年。

来到洛阳后，我发现这里与西安简直就是一对双胞胎姊妹，这里的历史传说与西安基本相似，建筑风格也差不多，好像一切都那么紧密地缠绕在一起了，原来国色天香的牡丹仙子还有着一段被女皇武则天火烧、贬谪洛阳的悲惨遭遇。可惜我们来得不是时候，虽然没有观赏到万紫千红总是春的牡丹景致，但我们却领略了龙门石窟的壮美。这里伊水中流，香山、龙门两山相峙，远观就像两个门阙，所以古称"伊阙"，精美的雕刻沿着伊水两岸的崖壁次第开凿，俨然一座天然文化艺术博物馆，它以恢宏的巨臂，生动而细微地描绘了一幅幅历史画卷。龙门石窟属于佛教艺术，但又无处不投射着从北魏、东魏、西魏、北齐、北周、隋、唐、北宋各个朝代的历史印记，正像任何历史都是当代史的说法一样，任何时代的佛教也必然是那个时代的。唐高宗时期完成的大卢舍那佛，高17.14米，是龙门石窟中最大的一尊，其形象典雅、华贵，其面容丰满秀丽，目光深沉宁静，双眉若月，而且嘴角似乎挂着淡淡的微笑，俨然一尊绝世的东方美神。站在大卢舍那佛像前，我想唐代的人就是这样的吧。有人说造佛的人就是比照着武则天的形象造的，我相信也不全相信，进而我联想到了西方的维纳斯、达·芬奇的蒙娜丽莎的微笑，艺术的传神之处就在于它抓住了人类的精神，留住了最灿烂的一瞬。

在洛阳我们还去了小浪底景区，参观了黄河上最壮观的水利工程。我们登上了大坝，俯瞰脚下的母亲河，无论在哪里母亲河都是最美丽的，从青海源头的清清泉流到龙羊峡、刘家峡的发电站，从宁夏的塞外江南到壶口瀑布，从三门峡水库到小浪底，黄河一次次吮吸着大地的血液，一次次淀积着生命的清流，她与黄土相拥奔向大海，她与阳光舞蹈走向未来……

我们在洛阳的旅游时间很短暂，参观了旅行社安排的景点之后，很快就踏上了归途。途中经过一家服务区，大家照例匆匆忙忙下车方便，然后又匆匆忙忙地登车上路，其中一人坐在路边休息时把手包忘记了，他的包里有七八百元现金。还好，车子刚开出不到五分钟，此人就发现包不见了。紧急停车，掉头！大家蜂拥而下，一边返回服务区"大海捞针"，在刚才休息过的地方寻找，在草丛中花园里寻找；一边向派出所报案，并询问当地群众，寻找知情人。有人说曾见过一个"拾荒者"从桥上跑过，神色有些慌张，逮住了这条线索，我们很快追上了那位"拾荒者"，他说不知道，他根本就没见过什么包包。

正在大家一筹莫展之时，同事小张自告奋勇地说："你们都走开，别一拥而上，看把人家吓得，我过去跟他拉拉家常，试一下。"

小张还真有一套，他买了几盒烟，跟那位"拾荒者"聊开了。没过多久，那人松口了，并且把藏包的地方给小张说了，然后带上小张给他的几包烟一溜烟跑了。

那只不翼而飞的包重新又回到了主人手里，大家都舒了口气，我深深地慨叹：这都是运气，也许他命里不该折财，但我们还得感谢那位"拾荒者"，他这人本身品性不坏，不管怎么说他最终还是献出了一份真诚，一份做人的善良。

2004 年 9 月 15 日

神秘与落寞

小时候常听父亲说去赶老县城武功镇东河滩会。父亲是木匠,在生产队那会儿,他总是加班加点地做木工活,打造那些大小不一的木匣子、箱子,并油漆得锃光瓦亮,最有特色的是匣子、箱子的正面,那是要画上花草鸟儿的。我的姨夫爷就是当地出了名的油漆匠,我曾跟着父亲一块去他家,看他画画写字。他画的竹子节节有力,呼呼带风;他画的奔马就像活的一样,如同打着响鼻驾云腾空的飞马;他画的菊花、梅花姿态万千,可以说是树树精神,枝枝有味。还有那些不知名的鸟儿,在他的手里也仿佛鲜活了,有灵性了,其神态悠然,或仰或俯,无不恰到好处。正是有了这些生灵的点缀,花草才显得精神。

我的家乡武功一带也称西府,20世纪七八十年代或者更早些时候,乡俗中流行女孩子结婚娘家必须陪嫁箱子、匣子,因此也就有了专门打制这些东西的木匠、油漆匠,而那时的各种集会是最好的卖场。我曾帮父亲卖过匣子,小一点的木梳匣值一两元,大一些的匣子价钱为五元到七元不等。父亲一般用扁担挑着匣子,一头大约捆扎十来个,他总是步行二三十里去赶武功镇河滩会,力争年跟前把货销利。

武功镇在我的印象里一直就充满了神秘感,听大人们说,东河滩会已经传了上千年,西北各地的人都经常赶这个大会,有西藏、青海的喇嘛,内蒙古、甘肃的马、牛、羊贩子,还有宁夏的皮货商,以及杂技、歌舞、秦腔表演,当然各种各样的小商品、农用物资、风味小吃那更是异彩纷呈。最刺激的要算那些武把式争地盘抢风头,他们这些人都是些天不怕地不怕的好汉,他们走南闯北啥场合都见过,啥事情都经过。有一年河滩会,一家外地卖艺人演出队与当地的同行因地摊位置起了纠纷,结果真刀真枪地打开了,这种争斗类似于一种比武,也类似于一种群殴,没有一点点虚假的成分。

武功镇有很多文物古迹,还有一条流芳千古的溪流:漆水河。这条河像王母娘娘的天河,断然将殷商与西岐隔开,漆水河的西边就是西岐地界,以东就是商的天下了。古籍称武功县得名于秦岭的一座山名,那座武功山具体位置可能在现在的眉县一带,想必当时的地域可能更加宽广些。在武功镇的东门外曾有过一尊高大的后稷塑像,其附近还有教稼台遗址,中华农耕文明的始祖后稷就在这里普及农业生产知识,化育万民稼穑,由此这座漆水河边的小镇便闻名遐迩。在这块土地上,有名垂千古的汉苏武的陵墓,有一代明君唐太宗的出生地——报本寺,有关学大师张载讲学的绿野亭,以及著名的后稷祠、姜嫄祠、武功塔、文庙、城隍庙等古迹。

今年9月我专程去了一趟武功镇,以前我多次从这里经过,可惜都没有机会到镇内看看,可以说这一直是我的一块心病,作为一个武功人居然对自己的老县城一无所知,真是惭愧。但当我跨入这座承载着厚重历史的县城时,我愕然了,身子不由自主地打了一个寒噤,我的天!这就是我心仪已久的县城吗?随着政治、经济、文化中心的南迁,这里几乎要被遗忘了。我再到东门外寻访后稷,已经不见了那尊高大魁梧、怀抱麦穗的农神之像,一打听才知道,有一年杨凌举办活动"借"去了,从此不再回来,而杨凌也就心安理得地把这段历史移花接木到那里了。在街道里转悠时,我感觉这个昔日的县城,这片遥远的古邰国的遗土,已经褪去了往昔耀眼的光环,现在与一般村寨毫无二致,甚至还赶不上那些建设得档次比较高的村寨。那条梦幻之河,那条漆水河也不见流水的影子,而且河床变浅,河道变窄,仿佛一条普通的引水渠……

看完了这座我梦想中的县城,我感觉很失落,很无奈,我甚至后悔自己的行为了,我为什么要急着看武功镇呢,还不如就让她驻在我的心里,永远,永远……

2012 年 9 月 16 日

到秦岭去

同学的孩子考上大学了,邀请我们聚会庆贺。时间安排在8月底的一个周末,我的几位关系要好的大学同学都去了,我感觉这是父母亲们的欢庆,也是对十几年如一日养育孩子的艰辛的一种总结,一种自我释放。孩子们有自己的生活,他们不愿意照着父母的样子,更不喜欢跟在父母亲屁股后边转悠,他们喜欢着自己的喜欢,快乐着自己的快乐。

我们这一帮中年人,酒足饭饱之后,就选择了秦岭的一道山谷游玩去了。现在的秦岭北坡,几乎所有的峪口都开发了,像太平峪、沣峪口、涝峪、高冠瀑布等,都成了大家休闲度假的好去处。几年前,我曾与同事一起去太平森林公园游玩,上山时我信心满满的,一口气到了山顶,可下来时就费劲极了,我差不多是靠拄着一根木棍才勉强回到了出口,我慨叹自己的身体素质竟然比不过七十岁的老人,那些老人都能顺顺利利地走一个来回,我则颇感艰难。

山里的空气好,树木多,水流潺潺,给人一种难得的清静和悠闲,我很喜欢那种意境。记得有一次,在沣峪口盘旋曲折的山路上汽车转弯时,我们心惊胆战,不敢朝公路边看,因为那底下就是万丈深渊,就是悬崖峭壁,这里道路虽然难行,但树木翁翁郁郁,空气异常清新宜人。沣峪口里边有一座观音庙,据说庙会的时候人很多,香火很盛,我们去的时候正在修建新的景点。

我们这次聚会选择的旅游点比较普通,没有去那些有名的地点,我们仿佛回归于自然的怀抱,吃的是农家饭,住的是农家小屋,夜晚我们与农民聊天,拉家常。我们住的这家子,其实已经在景区外围了,男主人是一位六十开外的老人,他的儿子儿媳经管着农家乐的生意,那天的客人零零星星的,并不很多。

主人说:"过庙会、过年过节时候人比较多,他们这是阵阵儿活,人多的时候忙得像个陀螺,人少的时候就像滴房檐水,半天半天不见个人影。"

"现在开农家乐收入咋样?"

"唉,不咋样,也没个准儿。"

"总比种地强十倍。"

"那倒是……"

"从这里能登到山顶?"

"当然,过去农业社那会儿,我们经常从那道山梁爬上去,现在人家景区把路口都封住了,不让人过。"

我们与男主人坐在门口有一句没一句地拉话,直到景区里边的舞会散了,我们才回房休息。

晚上,在生地方睡觉我岔铺,隐隐约约听见远处有女人的哭声,似乎是两口子吵架、打闹,还有孩子撕心裂肺的哭声。

第二天早晨,我起来后,朝着自己感觉的方向看去,发现那是一片葡萄园,空空荡荡的,并无什么异常,我不知道昨天夜里的声音来自何方。也许是幻觉吧。我的心里有些忧伤,我可怜那对夜晚的不幸人,但愿我们每个人的梦都是甜蜜的,欢乐的。

2012年8月30日

杨凌之夜

一天晚上,我与几位同学一块去杨凌北边郊区的农家乐吃饭,这些家常饭菜带着故乡泥土的馨香,更带着乡情乡亲的滋润。因为是晚上,我看不清周围的景致,这里的路灯很少,或者是为了节省能源而没有开灯吧,但我感觉乡村的空气很清爽,很诱人,独自走在乡间小路仿佛又回到了青年时代。

杨凌是个新兴的城市,这几年发展比较快,街道很宽,楼房很漂亮。当然这里最著名的是有一所名校——西北农林科技大学;其次,就是这里每年都举办一届农业博览会;第三,就是这里的人口结构中学生占很大分量,大学开学的时候,偌大的杨凌就显得格外热闹,可一到放寒暑假学生都离校后,杨凌就像一条季节河一样,遽然断流了,冷清了,凄凉了。我想,这座青春的城市,应该有自己的主导产业,要吸引更多的人来这里长远发展,扎根发展。

这些年国家发展了,每个人的生活也都改变了,同学中大多供职于重点中学,收入比较稳定,他们很多人都有车有房,孩子也上大学了,可以说都从艰难中度过来了。这样的情况才催生了一次次地聚首,一次次地相会。

聚会,其实最焦心的是路上,是从四面八方朝这里汇合,大家唯恐迟到了。而有的事情往往就是这样,着急处偏偏出麻烦,我在来时唯恐走错了路,结果总是七碰八撞地屡屡找不对地方,成了最后一个到达的人。同学中有在杨凌和武功工作的,也有在咸阳和外县工作的,大家中午已经在武功聚会,我因为有事未能赶上,晚上要是再错过就实在太可惜了。

在朋友相会的时刻,其实吃饭只是一种借口,更重要的是亲亲热热的一伙子人在一起,享受那种难得的友情,说着昨天、今天、明天的故事,并把这一切甜美都融进酒杯、融进记忆、融进彼此紧握的掌心……

而聚会之后,大家又纷纷四散而去,让人感到了一丝丝的悲凉。我是看着一辆辆车子载着他们离开,一次次朝着远去的背影招手。

我和李美霞是最后一拨离开的,我们要去咸阳,就步行走到了车站。一路上两边的街景都很暗淡,出租车也不多,才十点多杨凌城似乎已经休息了。

火车站灯光比较亮,几个出租车司机还坚守在那里。在候车室门口,有一大一小两只流浪狗,蹲在大门东侧,远处的广场一角似乎还有几只跑动的流浪狗,我戏谑说:"这真是杨凌一景!"

11点半,我们买票时,窗口只有三个人,我们之外的那个人买了票后就离开了。

美霞抢着去买票,她走到了窗口。

"身份证!没有身份证不给卖票。"售票员说。

"我们是短途,忘记带了……"

"不行。"

没有法子,美霞便给在杨凌的同学刘敏茹打电话,不一会儿敏茹夫妇开车来了,她家距离车站不远。

"你们不走行不,黑天半夜的。"

"我明天还有事情,今天必须回去。"美霞说。

敏茹带来了自己的身份证,在窗口买了一张票,售票员说:"一个身份证只能买一张票!"

售票员是个戴大眼镜的80后,但工作很敬业,我们没有退路,只好另想法。正在大家一筹莫展之时,一位警察来了,没想到他竟然是敏茹丈夫的学生。

"老师,您好!你们有什么需要帮忙的吗?"

"没带身份证,买不上车票。"

"这个容易,我现在就给你办,你报自己的号码就行。"

几分钟之后,那位警察就把"身份证"办好了,其实就是一张纸,证明了一下我们的身份,就凭这张纸,我们顺利地买上了火车票。我苦笑着真不知道该感谢谁该埋怨谁,嘿嘿,反正危机过去了,我们走了。

大学毕业后,我们很少乘坐火车了,一般短途都是乘坐汽车,几乎忘记了火车的滋味。那天夜里,我们重新坐了一次火车,仿佛二十年前上大学时,没有座位我们站在走廊,走廊里也拥挤不堪,很多人席地而坐,几个瘾君子抽着呛人的烟卷,上厕所的人几乎是在人群的缝隙里摇来晃去的,采用一个人换一个人的办法才能前行。火车厢里的空气混浊不堪,弥散着各种刺鼻的气味……

噢,对了,现在的车头改为电动了,车速也快了许多,不过人太多这一点还是老样子。

我以为二十多年都不坐火车了,兴许火车会宽松些,没想到火车一样的拥挤,面对着这列来自乌鲁木齐的火车,以及那一节节陈旧的车厢,我说不出话来……

2012 年 9 月 17 日

新疆印象

新疆,在我的记忆里曾经很模糊,也曾经很具体。在我儿时的记忆里,新疆就是香甜可口的葡萄干,就是抽起来劲很大、味道很冲的莫合烟,就是纺锤一样形状的黄黄的外皮,吃在嘴里脆生生甜润润的哈密瓜。

歌曲里的新疆,是一幅迷人的画,那里有达坂城的姑娘,有吐鲁番的葡萄,还有克里木的歌声。那欢快、明朗的节奏,那飞跃、跳动的旋律,让人心旷神怡,很早很早我就对这方神秘之土心向神往,我好想去那里走走看看,亲自感受一下沙漠、戈壁、雪山和一望无际的棉田,亲自体验一下天山南北的异域风情。

上世纪80年代初,我终于有了这样的机会。我的一位亲戚在额敏县、塔城一带做生意,我利用假期去那里玩耍。

我是乘坐着火车去新疆的,那时候车上的人很多,我们国家什么时候都不缺人力资源。我从西安坐上了火车,车上没有座位,我们就在车厢地板上铺上一张报纸席地而坐,或者坐在自家的行李上。有些人也许是老出门户,干脆上车时就带了一只小板凳,这么个不起眼的东西,使用起来却非常方便。

由于是晚上乘车,火车在夜幕的掩护下,静悄悄地离开了陕西,又在黑魆魆的陇原大地穿行。我虽然很注意沿途的景物,但除了黑夜还是黑夜,我看不见什么,就像一个盲人一样,在生命的大自然中摸索。

火车在兰州车站停车时,我瞭望了一下这座城市的背影,但听说这里的小偷厉害,就赶紧把窗户关严实了,生怕什么不速之客不请自来。

乘火车一路上遭遇小偷是经常的事情,我曾目睹在一个车站,小偷从窗户挤上了车,临开车时,奋不顾身从窗子下车,顺手牵羊把一位客人的外套拽走了。

因为列车已经启动,小偷还挂在窗子上,车上的人不忍心与他为难,就眼睁睁地看他跳了车,也不知道他摔伤了,还是摔死了,天那么黑,那么危

第一辑 游走足迹

险……

那位遭窃的旅客的上衣其实没有多少钱,就是三五块钱和一盒宝成香烟。他显然很心疼自己的财产,嘴里气咻咻地嘟囔:"狗东西,不要命了!唉,把烟弄去了,断了老子的烟火怪难受的。"

"断了好,省得你害人害己,一路上你把人都快熏死咧!"一位同行的女乘客大声嚷嚷着说。

列车出了河西走廊,似乎更快了。一路上粗砺的沙石,狠命地拍打着窗户,列车员一遍遍地提醒大家:"各位乘客请关好窗户,不要把头伸出窗外,这里是风沙区,请注意安全!"

这里的风很烈很野,呜呜咽咽地鬼哭狼嚎一般,飞沙走石几乎要把列车掀翻,我明显地感觉到列车在这里行进的艰难,似乎车身在剧烈地震颤,在狂风沙石的阻击下,列车小心翼翼地缓缓爬行着,蠕动着。狂风这时更加暴烈了,疯狂了,它似乎要掀翻整个沙漠,把整个天空搅得昏天黑地。我把心都提到了嗓子眼,战战兢兢地不敢看外边,生怕浑天风沙魔怪般挤进来,我看同车厢的几个女人也脸色煞白,她们声称平生第一次遭遇这么大的风沙。我在屏声静气的当儿,思维却一点也不悠闲,我设想如果在遥远的古代,说不定这里就会杀出了一彪人马,这支人马无论匈奴、鲜卑、羯、氐、羌,也无论回、汉、满、蒙,总之不管哪个民族,只要他们啸聚大漠,挥舞着月牙刀,拿着丈八长矛,具有冲锋陷阵的实力,他们就会用横木、石块挡道阻拦火车,然后冲上前来,杀掉这些自恃文明的远方来客,并对火车来一个底儿朝天的洗劫,然后以迅雷不及掩耳之势迅速消失在茫茫大漠中。这样想着,不觉有些毛骨悚然,为了稳住精气神,我闭目睡觉,索性不再想那些乌七八糟的事情了……

前往新疆的列车是长途,从东海之滨的上海出发,带着海的气息,一路呼啸着向西奔去,把那些不同想法、不同使命、不同追求的旅客交给了远方。我是中途上的车,两天三个晚上的行程,不算特别辛苦,也不很轻松。我感觉自己的小腿已经有些浮肿,大便也干燥得近乎堵塞,嘴唇干裂难耐。火车上虽然有水,但打一趟水,要从人堆里挤来挤去,无异于从沙漠里跑了一百米,打一缸子水还没有自己从人缝里拥挤出的汗水多,好在我们同车厢的人团结互爱,四五个人展开了接力赛,最终大伙还是弄来了好几茶缸子水,勉强解了燃眉之急。

清晨,东方破晓的汽笛声打破了乌市的宁静,我们的列车到达了终点站,大家如释重负地长吁了一口气,我们这趟"突喘突喘"地喘息着,兴高采烈地拖着长长水蒸气的火车,也像回家的孩子一样激情四射地向着天空,向着前方张开了手臂。

旅客们排着长长的两行队列,依次从出站口出了火车站,这里的秩序出奇的好,没有拥挤的人群,没有插队的、大喊大叫的,人们自觉地接受列车乘务员的指挥。陈旧的火车站墙壁上依然还有过去的老标语的痕迹,像"提高警惕,保卫祖国""千万不要忘记阶级斗争""要斗私批修""人民,只有人民,才是创造世界历史的动力"等等。

乌市的人不像东部大城市人那么匆忙,他们喜欢按部就班,各干各的事情,各吃各的饭菜。

我下车后感觉饥肠辘辘,就在一家民族餐厅里吃了一大碗羊肉烩面,这里的人会汉语,也讲维吾尔族语。这碗实惠的羊肉面,量大肉多,吃得我滋滋润润的,而且这里的羊肉不像西安的做法,他们喜欢原色调的,稍微泛白的那种肉食,西安的回民喜欢赭红色的牛羊肉。越是往西走我感觉饭碗越来越大,肉疙瘩也越来越大,而在西安我们吃羊肉泡也就一两片薄薄的仿佛纸片一样的羊肉而已。

在乌市,我与一位族叔一起逛红山广场,参观十月拖拉机厂,还亲口品尝了乌市地道的羊肉串、狼饼。在几位亲属的安排下,我还坐车去了石河子、奎屯、托里、额敏、塔城等地,基本把北疆走了一遍。在新疆,我充分领略了辽阔、旷远的含义,当汽车在北疆的公路上疾驰的时候,我仿佛只感觉到引擎的轰鸣,汽车似乎很慢很慢,这种时速超过一百或者一百二十公里的速度在内地想都不敢想,而且这里的班车几乎都是进口的日本车,能够跑起来。

我的行程其实很简单,就是一路走过去拜访亲戚,在人家那里玩一半天就起身又去了另一个地方,我没有去新疆的那些著名景区,也没有去城市的繁华闹市,只是在我的亲情编织的温馨气氛里平平凡凡地度过。

我住过乌市工人的半地下房子,也住过托里半道上的简易旅馆,还在额敏县中学一位老师家里住过，这些朴素的家庭，朴素的亲人、朋友，对我非常友好，他们盛情挽留我，但我不能在此滞留了，我父亲已经多次打电话催促我返乡，他说我的高考录取通知书来了。

归途在奎屯市住宿时又巧遇了一位陕西乡党，他是因家庭成分高，是个大农，就带着弟弟双双逃到了新疆，随后就在这里成家立业了。他姓什么叫什么我记不清楚了，只知道他是户县人，在奎屯市教育局任职，可能还是局长什么的，他说如果我愿意就可以安排在市里的中学教书，也就他搭一句话的事。我说家里催促回去，我如果把家里事情忙完了，再来新疆找他。

他淡淡地笑了，然后说："咱内地人都这样，恋家不愿意在外边干……"

"我要回内地上大学，今后如果有机会我就来找你。"

"哈哈哈……那就看缘分了我的小老弟！"

一晃二十多年过去了，我的亲属中很多人都留在新疆发展，据说他们的事情干得很好，不少人都发了大财，成了企业家、商人，孩子也落脚在那里了，看来新疆的确是个好地方，她养人，给人机会，我祝福这片热情的土地……

2012 年 11 月 29 日

大雁塔的记忆

历史上秦砖汉瓦唐塔是很出名的，在三秦大地上，西安有大雁塔、小雁塔，宝鸡有法门寺塔，关中地区的各个县区差不多都有塔，这些古塔大多与佛教相联系，并经历代修葺保护。大雁塔在这些古塔中是很特别的，它既非舍利供奉地，也不算最高、最伟岸挺拔的，但它却因为与唐代著名的和尚玄奘法师的关系而成为不朽的佛塔，大雁塔是专门为玄奘法师存放佛教经典而建的，同时也因为它身在唐代京城的地理优势，大雁塔便成为一座永恒的历史标记。

我是 1996 年前后在大雁塔附近的"时代广场"宾馆住过一个星期，那时

天边那片棉花云

因为我所在的单位要申报国家级重点职业中等专业学校,我与马自爱兄一起在宾馆里写材料、填表格,全省只有十四所学校有资格,上级要求我们务必在年底前把资料准备到位。为了追赶时间,我们就在这家宾馆里,从早到晚加班加点地准备着那些资料,像汇报材料、经验材料、验收资格审批表等。

宾馆的饭菜自然是很不错,但我俩为了赶时间不去吃自助餐,也不去吃桌餐,而是跑到大雁塔北边的一条南北街道去吃羊肉泡。那里是大雁塔村的街道,古色古香的店铺林立,街道里人熙来攘往,好不热闹。在外边我才发现原来几天来我们就居住在大雁塔的隔壁,村民说那里面也没有啥了,就是进去登登塔,看看展室,反正寺院里也没有和尚,也不存在晨钟暮鼓、和尚念经香客云集的场面。我说也多亏了玄奘法师,多亏了这座佛塔,你这里才聚集了这么多慕名而至的游客,你们也是在吃先人的饭。

呵呵!小兄弟你这就外道了,俗话说靠山吃山靠水吃水,咱靠城市就吃城市,我们这里是寸土寸金。你不知道吧,我们这里要当一个村主任、村支书就像你们县区里要当一个乡镇长一样,把头都能挤扁。

我们吃饭的这家老板是个快言快语的外地人,他在这个村子也算扎根了,他娶了个大雁塔村的媳妇,算是给人家倒插门了。

"老兄,你这三间门面一年不少赚钱吧?"

"那看和谁比呢,我村主任喔狗东西开工厂、出租门面,挣钱多得拿麻袋装,他经常在这条街面上吃饭、喝酒,喝醉了就顺手摸出一大把'红版老人头',哗啦哗啦乱扔,甚至撕扯,整得服务员还要给他收拾摊子……"

我的天,这"大款"也太招摇了、太张狂了。

我和马兄啧啧地咂巴着嘴,真是羡慕死了这里的人。但羡慕归羡慕,我们还得在格子纸上操劳,那时我俩还不会用电脑,我们得先写在纸上,然后跑到打印部去打印。

眼看着年底将近,已经是腊月二十七了,马兄在宾馆外边的磁卡电话里给他老婆打电话询问家里的情况,他老婆问他啥时候回家,啥时候杀猪?马兄无可奈何地说:"杀……杀他大个头,还不知道啥时候能完工,人家省上的领导还没有验过……"

"时代广场"——这是一家正在装修的宾馆,一楼、二楼已经启用,其他

第一辑 游走足迹

楼层还不时传来叮叮当当的装修声。我们住的房间不是很大，逼仄得很，就只能放两张床，一张桌子，一把椅子，我负责填表，并帮助马兄审稿、校稿。我俩都是个"烟囱"，不到一周就把一条烟抽光了，服务员来我们的房间拿暖水壶时都不敢踏进我们烟雾缭绕的房间。

"叔叔，少抽一点烟，你看把房间熏得人都进不去咧。"

"写材料要熬夜，靠烟提神呢，没办法。"

"晚上一楼大厅演节目，俄罗斯风情演出队，你们也出去放松一下。"

哦，我和马兄也觉得有放松一下的必要，就去了一趟大厅。服务员很有礼貌地招呼我们入座，并且介绍了座位和入场券的档次情况，分别为三百八十八元、五百八十八元、八百八十八元。问价之后，我们苦笑着对服务员说："我们再和我们领导商量商量，一会儿就下来。"

其实我们是在竭力掩盖着囊中羞涩的尴尬，我一个月的工资才三百元，就是一个月不吃不喝也不够买一张最低档次的票，那时看一场歌舞对我们来说简直就像做梦一样。

当我和马兄灰灰地退出来的时候，我们谁也没有多说一句话……

2011年我再次来到了大雁塔，那里已经面目全非了，曲江新区开发了大雁塔北广场，建设了亚洲最大的音乐喷泉，这里的房价成了西安最高的，达到了两三万元一平方米，即便如此，这里还是汇聚了很多的人。唐式的建筑、高大的太宗塑像、成群的历史人物，仿佛梦幻中的唐朝一样，不过这里已经没有了佛的神秘与尊严，似乎更像迪斯尼乐园，或者热闹的市场。

我被这种巨大的变迁震惊了，我不知道当年那位村主任是否还在炫富，他的那点财富也值得炫耀么，反正我感觉自己好像被历史遗忘了似的，总是比别人慢好几拍。记得2006年我与上海的一位同行交流时，她问我月薪多少，我当时的工资还拿不到一千元，我就硬着头皮跟人家说两千多元。上海同行问："那你们一月发几次工资呢？""就一次呀。""那怎么这么少？""那、那……你们一个月能拿多少？""不多，也就三五千元。"

我知道她显然是打了埋伏，据说他们的领导来时就专门叮嘱过："到了西部主要是学习他们艰苦奋斗的延安精神，不要到处宣传我们的工资、待遇。"从别的渠道我知道上海当时一个小学老师的月工资接近万元，我们仅仅相当于人家的十分之一。

我看着西安城南的大雁塔,心想,仰面看时它多么高大挺拔,侧面看时它方方正正的,像个美男子,但登上塔顶你就感觉不到它的高大了,尤其在高楼林立的今天。这就如同那位村主任,在那个村子他也许能说起几句硬话,但相对于如此规模的曲江新区他就微不足道了,而西部的曲江新区在全国又能算什么呢?

2011 年 12 月 22 日

游玉华宫

大致是 2000 年秋季,我在铜川矿务局技校参加省职教处、省教科所组织的中等职业教育研究会计算机应用专业年会,会上我的一篇论文荣获二等奖。说实在的,我是文科出身,对计算机很外行,我只是从教学实践的角度谈了中职教育的课程设计问题,并未涉及具体的专业知识。会后承办方铜川矿务局技校组织与会人员参观玉华宫,于是汽车便载着我们一直朝铜川以北方向奔去。

在关中平原生活的我,总以为南山为石山,草茂林深,流水潺潺,风景独特;北山为土山,荒草稀疏,林木匮乏,水源枯竭。然而到了玉华山一带,我发现这里林海茫茫,悬崖石窟,飞瀑流泉,幽静清凉,别有洞天,而且入山后明显感觉这里与外界气温差别明显。陪同我们参观的铜川职教同人,用手指着一块巨石说:"瞧,那就是界石,在界石以内轻风习习,凉意爽心,界石以外热气罡罡,汗流不止。"

哦,难怪唐朝的皇帝把这里辟为避暑胜地,据说这里经过初唐高祖、太宗、高宗三代修葺,规模初具,气象万千。"九殿五门"沿着凤凰谷、玉华河及北、西、南三面的兰芝谷、珊瑚谷、野火谷三条小谷依次展开,以至于这里成为当时气势恢宏蔚为壮观的山宫建筑群落,演绎了唐高祖"扣释太子"李建成、唐太宗"飞白"留绝书、房玄龄养疾病故玉华宫、三藏译书涅槃玉华寺等历史故事,留存有玄奘法师敬造的石雕佛足印、石雕金刚座,还有法师及徒弟们栽植的几株娑罗树等历史遗迹。

看景莫若听景,听同路人述说玉华宫的当年,他说得眉飞色舞,我们也跟着兴高采烈了。无奈前朝往事如烟,当我们这些后来者寻访历史故地的时候,玉华宫的辉煌早已时过境迁,唐宫遗址今安在,流水无情踪影无。我们在那里看到了当地文物、旅游部门正在修建的道路、房舍和佛殿,主体结构已经起来了,大型框架也有了眉目,看来是要大做旅游开发这篇文章了。那时还没有导游,也没有现在各地风行的购物超市,只是些自然的景色。洞窟的砂岩泛着暗红色,似乎很疏松,有一些佛像雕塑,形态安详、逼真,佛前有花花绿绿的跪垫,也有"功德箱"。我看着这些稀稀拉拉的山崖,光光溜溜的石壁,松松脆脆的石雕,仿佛看到了数千年前的海底,看到了一片汪洋的世界,看到了被时间侵蚀的大地、岩石、万物和生命,以及积压在石溪间的层层记忆。

登到半山腰,我们坐在石头上,欣赏着万里松涛的壮观图景。我想,如果能够在此读书、写作,就像玄奘法师那样——头枕松涛万顷,坐拥满目山色,倾听高山流水,仰观日月星辰,梳理万卷经文,点拨大乘玄机……那该多好哇。我特别崇拜玄奘法师,就像赵朴初先生所说"他是中华民族的光荣和骄傲",鲁迅先生称他为"中国的脊梁",季羡林先生赞颂他"有理想有抱负"的"硬骨头精神",他历尽艰难险阻,西去求法十七载,足迹遍踏西域、印度一百三十国,留下了一部不朽著作《大唐西域记》;他毕生从事中印宗教文化交流事业,翻译了大量佛教经典,像《大般若经》《成唯识论》,就是他和弟子在玉华寺翻译的。

往昔的玉华宫曾为高僧大德、皇帝名臣、文人墨客咸集之地,又曾经偃旗息鼓于漠然无闻之间,而今它又有了逢春的巨变,让古老的玉华山水焕发出青春的活力和新时代的光彩,变成服务庶民百姓的玉华宫旅游风景名胜区,让大家在这里承受历史文化与秀丽风光的双重陶冶,这是一种时代的呼唤,也是这块神奇土地的骄傲,更是众生的幸福。

2002 年 12 月 24 日

延安之行

1994年前后,在学校工会的组织下,我和同事们分乘两辆中巴车,从泾阳出发踏上了去延安的路途。延安,是一个神圣的名字,在我的印象中,我知道那里是中国革命的摇篮,那里成就了中国共产党人,锻炼了中国革命的中坚力量。作为山沟里的马克思主义者,毛泽东等老一辈无产阶级革命家在那里生活战斗了十三个春秋,中国人民抗日战争、解放战争大部分时间中国共产党都是从那里发出革命的最强音的,所以延安作为指挥中国革命从胜利走向胜利的指挥部、大本营具有划时代的意义。我是文科出身,对于中国革命史比较了解,也熟悉延安这一段历史,在大学里我还饶有兴趣地阅读了斯诺先生的《西行漫记》《毛泽东自传》等文献资料,但要到延安去真真切切地看一下毛泽东当年的生活场景,看一下延安的山水,观瞻一下珍贵的历史旧址,还着实让我兴奋不已。我有一种朝圣的感觉,其情愫与伊斯兰的麦加情结颇为相似,不过我的思考的重点是——究竟是什么力量让中国共产党人在这块贫瘠的土地上干出了惊天动地的历史伟业?当然我的这种深邃的思索与同事们想放松一下的要求多多少少还有些距离,大家欢欢喜喜地就是想转一转,看一看,并不奢望其他东西。

不知是谁起头,我们的车厢里传出高亢嘹亮的《山丹丹开花红艳艳》的歌声——

一道道的哪个山来哟一道道水,咱们中央红军到陕北;一杆杆的那个红旗哟一杆杆枪,咱们的队伍势力壮;漫天的乌云风吹散,毛主席来了晴了天……

多么熟悉的音乐,多么质朴的情感,这就是那个时代的气息。一时间我的头脑随着音乐的起伏,仿佛已经置身于那片红色圣土了,我仿佛看到了成千上万的革命志士仁人云集延安,我的耳畔也好像回响着《东方红》《绣金匾》《南泥湾》《白毛女》《延安颂》《抗大之歌》《小二黑结婚》等传唱一时的红色经典的动人旋律。啊!这就是陕北,这就是延安,我多想尽快地投入到

第一辑 游走足迹

她的怀抱呀。

在去延安的路上,我们顺道参观了黄帝陵,登上了松柏苍翠蓊郁的桥山,在郭沫若先生题写的"黄帝陵"石碑前大家纷纷合影留念。我环绕着黄帝陵的故堆陷入沉思之中,难道这里就是战胜渭水上游的炎帝部落,后来与炎帝部落联合,进而在阪泉又击败蚩尤部落的黄帝吗?我从泾阳的文史资料里知道,黄帝铸鼎于嵯峨山麓的冶峪河谷,并于那里升天,据说清代陕西巡抚毕沅亲书过一通石碑"黄帝升天处",可惜这一石碑后来遗失了。泾阳的民间故事里也说皇帝从嵯峨山升天后一路北上,沿途百姓感恩戴德,痛哭流涕,黄帝到了桥山一带的时候,为了便于百姓纪念他,就把自己的衣冠投了下来,于是就有了这个"衣冠冢"。历史往往就是这样,碑载历史的空白,除非用民间传说来填充,这其中也许就蕴含着不可磨灭的深厚情感和历史的真实。

在参观黄陵的路上几个老教师不约而同地让我讲故事,我推托不过去就跟大家闲聊开了。黄帝陵最风光的节庆莫过于"祭祖大典"了,而且这缕清幽的香火历代传续,经久不衰。1937年清明节,国共双方都参加了黄帝陵祭祖大典,中国共产党派时任陕甘宁边区副主席的张国焘参加,张国焘乘机逃跑了,他叛变了革命,最后当了国民党特务。1937年9月,红军改编八路军前夕,刚参加完洛川会议的朱德将军也曾拜谒黄帝陵,并宣读了祭文,表达了中国共产党抗日御侮的坚定决心。红军主力改编八路军的地方就在泾阳县的云阳镇、桥底镇和富平县庄里镇,八路军第一个总部也设在云阳镇,我自豪地徜徉在这一片彼此关联的历史云烟中,抬眼处,看见远处逶迤的群山,在薄雾笼罩的晨光下闪烁着耀眼的光芒,天空中的云彩也仿佛散发着玫瑰色的喜悦,我的心也渐渐温暖了起来,活泛了起来。

外出活动最难做的事情就是组织工作,要做到守时守纪太不容易了。我们的旅行团虽然是一个单位的,但很多老教师带着自己的家属,有些家属自由散漫,不听指挥,你让半小时下山,他一个小时都下不来,让一车人都在等他,这就给管理造成了问题。参观完了第一个景点,几个管理人员再次强调了纪律性,希望大家抓紧时间,相互关照,步调一致。就在那个景点,我们这一车发生了一件有惊无险的事情,司机不知是疲劳还是咋的,他一把方向盘,汽车发疯似的端直朝山脚冲了下来,一口气差不多跑了两公里,等汽车停稳后,大家才长长地舒了一口气。原来在参观景点的时候,那位司机没有被安排参观,他与我们的领队人员吵架了。汽车的发动机熄火后,大家下车休息,我们又分头做工作,安抚司机和我们的领导。出门在外,大家无冤无仇的干吗发火生气?咱就是来玩的,心情不好那还不如待在家里。再说了,退一步海阔天空,不就是一张票么,下面的景点考虑考虑,大家出来了就是同路人,要相互关心爱护,不能啥事情斤斤计较。退一万步讲,咱们都是乡党,不能太生分咧。

  人的工作做通后一切事情都好办了,我们的那两辆车况本身就不很好的中巴又开始上路了。我所乘坐的那辆汽车的引擎声很大很响,汽油味道也很刺鼻,加之车里人很多,空气混浊,让人昏昏欲睡。这辆车是改装的,它在原来十七座的基础上又加了几个座,过道里还加了一溜木板凳,已经严重超员了。另一辆车也与这辆车差不多,存在超员现象,组织者说原来不打算来的人突然改变主意,在出发前都来了,有人还带着家属,这就让原来定的车辆座位紧张了。真是计划不如变化呀,不过这种安排一路上都让人提心吊胆的,生怕这些老爷车要麻达,把人撂到半路上。

  在洛川会议旧址参观的时间很短,我们的汽车一停下大家就纷纷找厕所,然后草草地看了一下蜡像馆中当年参会者的情景,之后很多人就咋呼喊叫地嚷嚷没啥看头,催促大家快点出发。我诧异我的同事们,但我也没有办法,因为其中有很多家属本身就是目不识丁的农民,他们当然不能理解这些景点的意义了。

  "你说这些塑像和真人一样大小么?"

  "党中央就在这么个普通房间开会?"

  面对同事们的疑问,我临时当起了解说员。我说,这次会议很重要,它确定了抗日民族统一战线的政策策略,决定了红军改编八路军这件大事情,还讨论了八路军山地游击战的作战原则。这里还和咱云阳有关系,红军就是根据这次会议的精神改编的……

  我们是麻擦黑赶到延安的,安排住宿、吃饭后,大家不约而同地去延河边观夜景。夜晚的山城万家灯火竞相辉映显得很美,霓虹灯像闪烁不停的城市的眼睛,夜市、夜店、"卡拉 OK"房装点着这里的夜生活。

坐了一天的车,夜晚大家睡得很香甜。第二天我们又兴致勃勃地参观了延安革命纪念馆、王家坪、枣园、凤凰山、延安宝塔等景点,亲眼看了看毛主席住过的窑洞,亲自感受了延安的风情。在延安革命纪念馆里,我第一次看到了电子地图,随着解说员的指挥棒指点,电子荧屏上便显示出图像,在那里我们看到了毛主席转战陕北的路线,我们看到了保卫延安战斗地点,了解了宜川大捷、沙家店战役、青化砭战役、羊马河战役。

与我一路同行的一位老教师,兴致勃勃地跟我们谈起了他在延安的收获,他说:"延安的羊肉好吃,陕北民歌好听,延安的姑娘好美……乖乖,你没见过纪念馆的那个解说员,人家他妈咋要下这么惜样的个女子,细溜得端庄得简直就是个人精,把人都看迷了。"

在延安短短两天的参观中我深深地被这片热土感染了,在这块土地上确立了毛泽东思想,在这块土地上诞生了比较成熟的中共中央领导集体,在这块土地上有延安整风、有大生产运动、有南泥湾垦荒,有抗大、有鲁艺、有一代革命先驱永不磨灭的艰苦奋斗的延安精神,有一代热血儿女向着自由向着明天向着新中国的崇高理想、执着信念……

1998 年 12 月 25 日

巍巍崇文塔

与西安北部的草滩隔渭河相望的是汉阳陵,而与汉阳陵隔泾河相对的则是崇文塔,也叫泾阳塔。这座修建于明代的古塔,号称中国砖塔之最,塔高 83.218 米,其形态宏伟,挺拔肃穆。现在无论从西铜一级路,还是从包茂高速都可以看见这座见识了诸多风雨沧桑的古塔,它巍峨耸立于泾河之阳,并且不久的将来就要成为泾河新城的一道亮丽风景。据说建设中的崇文风情小镇就是以该塔为中心展开的,届时那里将形成不亚于大雁塔北广场的超级广场。

天边那片棉花云

由于工作的关系,我曾多次陪同媒体界朋友登临崇文塔,自然而然的也就对这座古塔熟悉了。来这里登塔者大都是文化人,当然也有少量的附庸风雅的人,但不管怎么说,老先人手里留下来的东西,我们总应当珍爱它、了解它、传承它的文化意蕴和精神气质。

记得我第一次登崇文塔时的情景。那时我还在教育系统工作,崇文塔就在崇文乡崇文中学的后操场内,在朋友的陪同下,我一口气爬上了十三层古塔,竟然没有感觉到有丝毫的疲倦。在攀爬的当儿,我一遍遍地鼓励自己说:"每上一层塔就离佛近了一层,境界也就高远了一层。"我知道自佛教东传以来,凿窟筑塔建寺之风日盛,佛教的思想逐渐与本土信仰传统融合,凡是建塔的地方大多有庙宇,过去人们建筑塔无非是为了安葬舍利、存放经书。那么崇文塔是否也是如此的一个纯然的宗教场所呢?带着这个问题我翻阅了一些资料,原来另有情由。史载:崇文塔修建于明万历十九年(1591),耗时十八年,明万历三十八年(1610)竣工,主持修塔者为泾阳籍人、明代的刑部尚书李世达。据《铁佛崇文塔寺常住田供众记》碑文记载,该塔为倡导泾阳、三原、高陵三县学童努力向学而建。无独有偶,渭南市所辖的韩城市党家村也修建有一座文塔,也是为同样的事由而建。看来明清时期,尚学之风渐浓,进士、尚书等社会贤达为桑梓故里竖塔兴学是一种时尚。

我曾经登过西安的大雁塔、延安的宝塔等古塔,其建筑风格迥异,特色也相差甚远,但我以为崇文塔崔嵬秀丽、大气壮观似乎无有出其右者,只不过人家是高高天上的"白榆",有些历史和地理的优越性,而崇文塔则仿佛是藏在深山人不知的亭亭美女,如果有朝一日大放其光,为世人所认可那该多好哇!

站在崇文塔下,你会看到该塔为八棱柱体,其西侧塔壁悬挂的宣传牌上赫然写着这座古塔的修筑年代和一些基本数据:塔底层边长各9米,周长72米,占地0.964亩。塔为楼阁式,塔体中空,有螺旋形砖梯四百余级直通塔顶。在登塔的时候,我看到那些被岁月磨得光溜溜的台阶和深深凹陷的地砖,仿佛感觉到了从古到今那些接踵而来的香客,仿佛感觉到了崇文塔一带无数百姓的猎猎气流,而站在那条长长的光线昏暗的过道,我又仿佛是在塔会上与那些老老少少的人们汗流浃背地在挤着向上蠕动……现在的崇文塔已不再是金刚不坏之躯了,无情的岁月在吞噬着它的机体,塔体在2008年汶川地震那年已经有了手指头宽的裂缝,为了安全起见,管理部门做了一些加固改造,每上一层都可以看见用木头搭建的撑子,管理人员还不住叮嘱大家不要在塔内大声呼喊。我不知道其中的缘故,也许是人家害怕声音共鸣把塔震倒吧。资料记载:除顶层外,各层级均有四门四龛,各层间门龛交错排布,龛内均放置有一尊石佛,塔龛内共四十八尊,这些佛像或站或坐,神情逼真,仪态万千。知情者说以前的门为木质,可通腰檐,可步出塔体沿着腰檐绕塔游览,可惜后世毁坏了木门及围栏,现在已不能环绕观看了。塔顶为铜板制,状似葫芦,上置铁相轮,在塔顶还暗藏鎏铜释迦牟尼佛、弥勒佛等造像八尊。

我曾多次登上塔顶,但已经看不到此塔昔日的佛尊了,据说已经存于县博物馆里。站在顶层环顾四周,雾沉沉灰茫茫一片,随着区域经济的快速发展,遭受工业污染的空气仿佛老人的白内障一样,薄薄地罩着一层令人遗憾的灰黄的云翳。过去"文塔钟声"为泾阳八景之一,清代刘三才有诗记之:"缥缈风烟万里开,招提乘兴漫登台。终南紫气来三辅,极此浮去净九垓。雁外晴丝飞浩荡,尊前塔影落崔嵬。瀛洲遗址仍相望,其看文芒照九台。"在这里我忽而又记起了毛主席的诗句:"天若有情天亦老,人间正道是沧桑。"我进一步设想崇文塔若果有情的话他也会老,不过这座通人性的古塔也许铭记着那些清明朗润的天光水色,甚或被那些美景感动得泪水盈盈……

吃水不忘挖井人,登塔不忘修塔人。在泾阳一带民间至今流传着李世达父女修塔的故事。相传明万历帝一个宠妃死了,皇帝为与其灵魂相见,令尚书李世达在离京三十里处,修建一座高三十丈的"望仙塔"。李尚书是泾阳人,听说离京(泾)三十里建塔,他喜出望外,携妻带女立即赶往泾阳造塔,修了半截子,被皇帝斩首示众,李尚书之女继承父志,历尽千难万险终于修成了崇文塔。当此时也,九天玄女感念李氏父女的真诚,令大力士金家八兄弟各把一方支撑地基,嵯峨山上的苍鹰矫健地展翅飞翔,忙忙碌碌地为塔砌砖,白蟒塬上的成群牛羊赶来拉运砖石,空中的鸟雀不停地翻飞为其衔浆……

所谓正史碑载史与民间传说往往差异很大,不过李世达修塔的事实不容怀疑，至于其间的过程细节肯定出入很大，而那些口述史则寄托着底层人民的美好愿望，他们怀念为家乡舍身建塔的李世达父女，他们赞颂李氏父女的不朽功绩。我曾读过县志，读过李世达传，他一生刚正不阿，为官廉明，辞官后呕心沥血修塔，其实李尚书的人格修养，品行修为本身就是一座塔，他就像巍巍崇文塔一样长久地留存在故乡百姓的心目中。

2013 年 1 月 8 日

冬游八仙宫

2012 年农历腊月初，我与妻子一起去了一趟八仙宫。

十几年前，我第一次到西安东郊八仙庵的时候，很惊奇在喧嚣的城市的一角，竟然有如此静谧的地方。十几年后，我再次踏上这块圣土的时候，我发现这里的相面、算卦的人很多，各种香表、蜡纸店铺一家挨着一家，宗教活动所需的各种什物在这里几乎都可以找到，这里还有钱币、古玩文物市场，两行店铺陈列着过去时代的遗迹，像唐三彩、宋瓷瓶、"文革"时期的毛主席语录、像章等文物。

在我的印象里这里一直就是八仙庵，我第二次故地重游的时候，发现这里已经改名叫"万寿八仙宫"了。这是什么缘故呢？原来当年慈禧太后避难西安就曾住在这里，其后重修了宫殿，于是有了八仙宫的名号，不过西安当地居民仍然称它八仙庵。八仙过海，各显神通。这句人们耳熟能详的话语时时在我的耳畔萦绕，也许是为了纪念八仙的缘故，自唐时起这里就筑起了庙堂庵房，集聚了袅袅不绝的烟火。据说这里初一、十五人很多，在城市的喧嚣之中人们寻觅着心灵的静寂，纵然烧香拜佛心境不一，但人心思善恐怕也是一种天性的回归吧。

在八仙宫的院子里有很多历代名人的墨迹，有元代米芾的字、当代赵朴初的字，有许多我不知道名字的人的字，这些遒劲有力的书法大多题写于牌匾、碑石之上。在第一座大殿正背面墙壁上雕刻有唐代的街区示意图，从这张示意图上可见唐时长安城的繁华规模。来这里的人都是各有各的想法，或者因病因事不顺，或者因婚姻、事业、仕途遇挫，或者因考学、就业压力等。反正无事不登三宝殿，不到万不得已谁会到这儿来呢？我记得我在上世纪90年代，给学校买课本的时候就经常来安仁坊一带。那时有一个大姐，她经营着一家职教书店，她的一个女儿身体不好，于是这位大姐就向神佛祈福，向八仙庵的道士求道，她期望着她的女儿能够康复。当时我确实不理解大姐，为什么她会这么痴迷宗教，为什么几乎每周都要到那里去烧香拜佛。多年后，当我因病住院的时候，我才感觉到了人生的无奈，也仿佛才真正理解了一位母亲之于女儿的拳拳挚爱。

八仙宫里的标语也是与时俱进的，有和谐社会、生态文明的内容，不仅如此，在这里似乎儒释道也大融合了，"普度众生""道可道，非常道""急流勇退谓之知机"等观点散见于这里的典籍。在一座宫殿的一侧摆放着一溜书架，上面有《玄门道语》《三丰祖师醒世录》《从中国传统文化中寻找身心和谐的智慧》《玉历宝钞》《传统健康的道家饮食法》《王凤仪性理疗法》等书籍。这些书籍是免费赠阅的，读者可以随便拿，不过那里还摆放着一个本子，上面有自愿捐助图书者的名单，以及从十几元到几百上千元，多少不一的款数。据说这些书籍很受人们的欢迎，我毫不客气地把那里能找到的书都拿了，我想回去细细阅读一下，感受一番道教世界的神奇魅力。

我怀着钦敬的心情走出了八仙宫，回望这座著名的宗教场所，我忽然想到了渭河湿地，那脆生生的绿地、烟雾缭绕的滩涂，那贴着水面翻飞的水鸟，都让人心旷神怡。是啊，在人生的旅途上，我想人的精神也需要一片绿草地，也需要一抹精神的阳光……

2013 年 1 月 28 日

安吴访古

一

初夏的一天下午,我与泾阳县委宣传部常务副部长张健、县旅游局局长刘维元等人一起接待了《大义秦商》(暂名)剧组的投资人和主创人员。他们是安吴堡东院后人吴国华女士(该剧策划人之一),北京华谊影视公司的编剧、策划人员四人,西北大学的一位影视专业教师(编剧之一),以及西安某影视公司的一位负责人。据说他们这一电视剧根据吴国华的口述编创,吴国华的九旬老母还健在,老人家是安吴寡妇的孙媳妇,她知道很多有关安吴寡妇的事,从某种意义上说,她是这段历史为数不多的知情人之一。

吴国华曾在西安某单位工作,现在已经退休,她和她的吴氏家族因为一些著作对她太奶、她爷爷事迹记述得严重失实而愤慨,于是就动员家族力量,想方设法联络大的影视企业筹拍更符合实际的真实的安吴寡妇电视剧,也算是给历史、给亲人一个交代。当然给历史人物树碑立传不是一件很容易的事情,这里面牵涉的问题比较多。它包括对这一历史人物的定位,对这一家族的定位,对这一历史时期的认识,以及对后世的重要启示。

关于安吴寡妇其人及家族的历史,陕西已经有几本书,像李刚教授的《李刚话陕商》中称其为"清末关中女财阀",地方史志中也有记载,还有长篇小说《安吴商妇》《凤鸣安吴》等。对安吴寡妇周莹的历史定位这个问题很关键,过去我们对这一点认识不很到位,县志等资料多把她作为乐善好施的慈善家的形象来定位,这是不全面的。作为陕商的重要代表,周莹具有陕商的共性,即爱国重义、乐善好施,它与晋商不一样,陕商挣钱后不是先修院子、置家业,而是先国后家,先社会公益,后个人享用。

为什么陕商具有这样的品性呢?我想这与其所处历史地理位置有关,泾阳地处封建时代的京畿要地,商业自然很发达,但地处政治、经济、文化中心的位置不容许陕商修建各式各样的园林,他们必须顾及帝王、大臣、官员的约束,顾及封建社会的某种要求,而不像山高皇帝远的那些地方,可以比较自由地修建个性化的园林、庄园。这种外在的制度约束和影响，与内在的追求一旦统一就形成了陕商的精神，而这种精神就逐渐约定成俗，一代代传承下来了。总之，陕商从总体上看，他们往往具有京城商人、国家商人的爱国、大气、豪迈、诚朴等气质特色。

本来安排了解说员，由一位安吴文管所业务最好的姑娘讲解，但作为这所宅子里长大的孩子，吴国华大姐似乎更有发言权，我们一行人就一面先听解说员的粗线条讲解，然后再倾听吴国华大姐的追忆。每到这个时候，我都用心记录下这些珍贵的史料。

安吴堡安吴寡妇的东院是现存的唯一一座保存比较完整的院落，原来西院、北院、中院、南院已不复存在了，安吴堡内外城墙也都荡然无存。进入东院，这所寓所过去的堂名叫"式仪堂"，已经修葺一新。因为历经新中国成立后各个时期的洗礼，这里的墙壁、门窗、家具都发生了变化，有的好家具像慈禧太后御赐的楠木屏风放到省博物馆去了，楠木桌椅板凳则存于西安钟楼，其他的档次稍低的家具、器皿或者保存在县博物馆，或者被群众分割了，但整体建筑的框架结构、基本面貌犹存。式仪堂坐北朝南，现存三进院落依南北中轴线排列，依次为门厅、前院厢房、大厅、过厅、后院厢房、退厅。在这座三进院落里，最迷人的要数前院的金山银山：一个石柱子。据说白天晚上颜色不同，特别是有月色的晚上，当地人说摸一摸金山银山就会得财运。后边院子最有价值的是厢房山墙迎面那些精美的砖雕，梅兰竹菊四季图，线条优美，做工精湛，堪称砖雕一绝，是这座宅子里最具风采的文物。

二

来安吴已经不知多少次了，但每次的感受都不同，我对这座历史文化古堡具有浓厚的兴趣。据吴国华大姐讲，第二进院的东、西厢房，也是暗藏玄机，她母亲对她讲过暗道底下的情况。两边的厢房表面看起来一模一样，但实际上西边厢房有夹层，它的面积比东边大些，西厢房是安吴寡妇的养子吴怀先的，卧室里有暗道可以通到外边，卧室底下还有银窖，金窖在上房安吴寡妇的房间里，有外窖内窖，还有通道夹层，或许还有暗器。安吴堡藏银子的银窖有图纸，房屋的地砖上也有机关，沿着某些图形的指引就可以打开暗道,否则就找不到地点。有一年因连天雨,八间门厅房厚厚的西墙一侧垮塌了,从里面夹层里发现了很多文物、名人字画。当时安吴东西南北中各院重要的值钱的宝贝都造册登记,统一存放于东院夹墙内,或者地窖中,据说那些历代名人字画用油纸里三层外三层地裹着,还放了药丸防虫。这所院落的二进院大厅东墙根有个瓷器窖,这是个四椽厅,一进院大厅最大,是一个六椽厅,这是吴家开会议事的地方,1937年的时候这里是青训班的教室。

新中国成立后,鉴于吴家对革命的贡献,这所宅子一直保留着。这所院子曾做过村委会、仓库、医院,特别是作为抗战时期中共战时青年训练班旧址,受到了各级政府的重视,并成为省市爱国主义教育基地。

吴家很多人都在外边,有定居北京、上海的,也有定居西安的,其实老家根本就没人住,所以房子过去一直被村上征用,但遇到房屋需要维修时,村上就捎话带信到西安让吴家人回来修理。最近几年县上维修旧房子、重修后花园,吴家人也尽心尽力地予以支持,毕竟是自己的家园,那份情感还在。

三

安吴寡妇作为一个商人,她无疑是成功的,她在丈夫、公公相继去世,家族面临覆亡的危难时刻,巾帼不让须眉,扶大厦于将倾,以罕见的胆识运筹帷幄之中,决胜千里之外。她重用人才,善于理财,采取把商人(员工)利益与店铺利益挂钩等新举措,重新使吴氏家业中兴,成为一代女杰。但大家在讨论到安吴寡妇的情感世界时,却不得不替她惋惜,慨叹命运之不公。吴国华说,安吴寡妇周莹与她丈夫吴聘并不是像传说的抱个大公鸡成亲,不到几天吴聘就过世了(李智:《熔炉·丰碑》里采用此说),我听我母亲说人家其实共同生活了三年之久(李刚:《李刚话陕商》中称"婚后一年,公公遇难,丈夫病逝"),还育有一女,不幸夭折了;后来她才过继了北院侄儿吴怀先作为养子,并收养别家一个女孩。

吴国华还说到了这样一个细节:八国联军攻打北京,慈禧太后西逃,国遭大难之时,安吴寡妇慷慨捐银十万两,被皇帝封为一品诰命夫人,太后懿旨加封护国夫人,并被认作慈禧太后的干女儿,而且还是汉族的干女儿,这一点绝无仅有。此外大清律严禁女子经商,但周莹例外,这一点也是绝无仅有的。据说安吴寡妇去过北京,受到了慈禧太后的优厚礼遇,使她有别于一般商人,这一点也值得关注。还有安吴的迎祥宫戏楼,安吴寡妇看戏时,有空中栈道,她可以从上面雅间看戏,根本不怕风吹日晒,那情形仿佛神仙一样逍遥自在。安吴的几座院落基本都是安吴寡妇时修葺一新,包括吴家陵园也是寡妇修整的,但寡妇自己最终没有进祖坟。比较流行的说法是因为她没有子嗣,所以按照旧的礼制她不能进祖坟。吴国华提供了一种新说,寡妇死后没有进祖坟是由于当时没有好穴,这才安埋在外边。

悲剧人物往往都是些特别厉害的人,他们也许由于才能卓越而遭受世人的嫉妒或者陷害,也许由于功绩显赫而遭受鬼神的嫉妒或者打击,总之他们的遭遇就像山峰与山谷一样让人感觉差异如此之大。我想安吴寡妇也许就是这样的人,她创造了自己的商业帝国,她复兴了自己的家族,但她却带着深深的遗憾离世,甚至还被人误解、诟病,这是一种何等的悲哀呀!

在这里我还要补述一件事。县旅游局刘局长的八旬老母此前曾来安吴堡游览,老太太提起安吴寡妇敬佩之情溢于言表,她说:"寡妇这人没麻达,那是真守节不是假守节,是我家那一代人的榜样,那人守规矩,有气节,能耐大,处处受人敬重。"这是很多当代人所不能理解的,有些人站在现在的观点,总以为如果寡妇不搞点花花绿绿的事情就不热闹,就少了戏份子,似乎也就少了看点。我不那样认为,以我对关中农村情况的了解,守节情不移,安分守己的例子在这块土地上不乏其人,因此我们完全可以相信那些行得端走得正的寡妇,她们是堂堂正正、清清白白的人,她们以严格的自律自重和自我牺牲精神,成就了一个个哀婉绝伦的生命奇迹。在某种意义上,这些女人在性这个敏感话题上,是理性的矜持的,甚至是封闭的,她们的形象具有神一样的尊严,同时这种神圣的光环也如同沉重的枷锁一样把她们禁锢起来了,她们就必须为此付出一生一世的惨重代价。

四

安吴寡妇及其吴氏家族不同于《乔家大院》《白银谷》,也不同于名噪一时的胡雪岩的商业帝国,她与慈禧太后及其清政府的特殊关系,是一般商人无法比拟的,类似于皇亲国戚,又具有商业的实力。当然在安吴吴氏历史上最值得大书特书的要算他们对于中国革命的贡献和支持,闻名中外的安吴青训班就是在他们的庄园举办。所有这些都构成了这一家族的传奇色彩和神奇色彩。另外还有一个亮点,比较文学先驱、红学家、诗人、著名学者吴宓先生就是这个家族的孩子,安吴寡妇是他的大妈,这个家族在科学、艺术、慈善等领域都出过人才,巍然成为安吴的又一风采。

据说1937年的时候,安吴家族在上海有生意,他们家有人在上海被日本人炸死,安吴家族群情愤慨,发誓倾其全部财力也要誓死抗日,一定要报此家国深仇。当时从华东扶柩回乡,当地人纷纷悼念。在这一时期,中共举办的战时青年干部训练班设立在泾阳,最初在于右任先生老家云阳镇的斗口农场教学,中途转到云阳镇东街的寺庙里,因人数剧增容纳不下,后来又搬至云阳镇东北的安吴堡吴氏庄园(安吴寡妇家)。据说青训班能够在安吴举办,是于右任先生跟安吴寡妇的养子吴怀先说了,吴怀先表示愿意用自己的庄园支持抗日。当时吴怀先也算是有头脸的人物,他受邀从外地坐火车回到三原,朱德等中共高层亲自骑马到三原迎接,吴怀先在安吴堡与朱德等人欢聚,并赠了瓷器窖里珍藏的大量瓷器,全力支持民族抗日战争,朱德将军欣然命笔为其题词:开明士绅,大义秦商。由于那时候没有现成的宣纸,朱德将军因陋就简顺手就写在了一张牛皮纸上,吴先生郑重地收藏下了这一珍贵文物,直到"文革",才被红卫兵当作封资修烧掉了。

"文革"中,吴国华的父母、吴怀先的儿子儿媳被赶到了羊圈居住,时值寒冬,冬风肆虐,他们饥寒交迫,痛苦难耐,要不是善良的村民的呵护,他俩早就被折磨死了。在夜晚里,避过监视的民兵,村民偷偷地给他们端吃端喝,从栅栏口递进了热乎乎的馒头和香喷喷的饭菜。那个简陋的羊圈里很潮湿,还不时散发出一阵阵腥臭味和霉菌味,那里根本就没有床板,凤凰落架不如鸡呀,万般无奈之下,这老两口就只能蜷缩在一张塑料纸上过夜了。这种情景村民实在看不下去了,有位八十岁的老人把自己的棺材板盖子送来给他们做床板,让他们体味了乡情的温暖。

顺便说一下,安吴堡中有不少人是寡妇家的下人、长工,或者管家、护院,他们与寡妇家都是亲戚相称,男的叫舅舅,女的叫姑姑,他们中很多人婚丧嫁娶、盖房子等都是寡妇以及她儿子吴怀先操心给承办的,所以他们还有一点情分。当然人分三六九等,对这样一个家族,安吴村人的感情也是复杂的,那些下人的后辈,也许认为这是他们的耻辱,他们甚至不愿提及这些。我在安吴寡妇庄园的对面曾问及一位七旬老者,他是不愿意回忆那些过去的事情,还是不知道那些过去的根根节节,我不得而知。

逝者如斯夫,不舍昼夜。历史总会滚滚向前,但这座英雄的古堡,这段厚重的历史,这片秦商的热土,是我们永远不会忘记的。

2012 年 5 月 14 日

云阳采访记

今年 7 月 21 日,在朋友薛文涛的陪同下,我采访了革命老区云阳镇。

在采访中,我按照三条线索展开,一是采访"文家大院""毛家大院"等红军领导人住过的地方,顺便还想证实一个传说——毛主席到云阳来过。二是采访知情人,以便对云阳城当时的情况有个初步了解,比如云阳城墙的走向,云阳的四门在哪里?城隍庙、玉皇庙、地母宫、涂公祠的具体位置在哪里?红军改编的大操场在哪里?三是寻访一下现存的革命文物,特别是个人收集的历史资料、实物。

陕西省泾阳县云阳镇是中国工农红军最后一个总部、八路军第一个总部所在地,洛甫(张闻天)、周恩来、朱德、任弼时、彭德怀、左权、邓小平、刘伯承、贺龙、林彪、叶剑英、罗荣桓、徐向前等党和军队领导人都曾在此战斗过,当年红军就是在此改编成八路军,浩浩荡荡奔赴抗日前线的,这在中国革命史上具有十分重要的历史意义。但遗憾的是云阳至今尚无红军纪念馆、八路军纪念馆,也缺乏这方面的文史资料和实物资料。从 1936 年底到 1937 年 9 月,红军总部就设在云阳,红军主力驻扎在泾阳的云阳、石桥、鲁桥一带,红军一部驻扎在富平县庄里镇。

在云阳大街上行走,我看到街道已经满眼商机,绝大部分历史古迹已经荡然无存,寺庙、店铺等古建大都废弃,或者拆除了,云阳城墙也被拆除了,城市的发展已经撑破了城圈圈,原来的空地已经被房屋挤满,商业发展现在主要沿着公路的主干线展开。现在你若是要在云阳访古,人家会笑话你迂,都什么年代了你还好古,好像那些才过去半个多世纪的历史不关他们的事。当然我们不能怪道那些人,毕竟中国已经走过了很多岁月。

薛文涛也算是个云阳通了,他就在云阳经商,已经好多年了,街道的渠渠道道他都知道一些。也多亏他出面,要不然我要到"文家大院"去采访的心意几乎不可能实现。文家大院现在已经风貌无存了,它的前面临街是一排子门面房,有一条一米来宽、四五丈长的走道通向后边,紧后面是砖混结构的二层楼,后院还有些空间,孤零零地盖有几间小平房。我们看的这家子应该是西院,据说多年来这里的寻访者还不少,但都未真正给这里带来商机,也未改变这里主人家的境况,文家大院还是文家大院,还是一样地掩隐于众多的民房海洋里,并不为外人所看重。我在与文家后人文忠民交谈时,他似乎有些伤感,这位五十八岁的云阳镇初级中学的教师甚至不愿意提及往事,在文涛和我的再三要求下他才开了口。

文家祖籍是旬邑县土桥镇文家村,老弟兄三个,老大文凯,老二文换,老三文博,他们家的生意在西安市甜水井一带,经营房屋租赁等业务。文家在云阳镇有占地四五亩的中院、东院、西院三院房子。红军来云阳的时候,文家人都在西安住,只有管家在云阳,文家就把院子给红军使用,当时文家在云阳有几百亩地的收入,都给了红军。文忠民老师还带我们参观了目前仅存的几件文物,一个喂马石槽,据说贺龙经常在上面弹烟袋锅;还有一张大木床和几个古色古香的老式柜子、箱子,在文老师老母亲的房子里放着。文老师说:"朱德、彭德怀等人在那张床上面都住过,这些箱箱柜柜当年曾存放过文件,上边已经当文物登记了。"

当我们进入后院文老太太房子时,老人正躺在那张大床上,她察觉来人了,就大声说:"你们来干啥?"

"找你娃说话!老人家,您老身体好吧!"

"老了,听不下,你都说些啥……"老人自言自语地说。

"我妈耳朵聋,眼睛也看不清了,都九十多岁了。"文老师说。

"老人家身体还不错。"

第一辑　游走足迹

因为是个周末,联系人有些不方便,现在人都很忙,不是出外打工、经商,就是爬山、健身休闲。毛家大院的后人我没有联系到,听说云阳镇正在设法修复中共陕西省委旧址,也即八路军一一五师留守处旧址,因为当时是合署办公的。

下午我们又设法联系上了离休干部蒋毓寿老人。蒋老九十多岁的人了,但依然思维敏捷,口齿清楚,他总是边说边笑,甚至每说完一段话都要朗声哈哈大笑一阵儿。老人的乐观、健谈也感染了在座的几个年轻人,当时我和文涛,还有老人的一个儿子,在云阳中学工作的蒋老师在场。蒋老的家就在"文家大院"的正后面街道,他的家与文家东院基本相对,东院北边有后门与前院相通,当时红军驻扎在云阳时,一个无线电班就设在蒋老家。

"爷,您知道过去文家的情况吗?"

"知道吗,文家过去和我们都是街坊邻居。"

据蒋老回忆,文家三院房,都是南北走向的庄子,中院是正屋,前边二层楼房,一进院是六间厢房,东西各三间,二门以内是三间大房,二进院又是六间厢房,后边是二层楼,老后边还修了一个炮楼。东院是厨房,一家人吃饭的地方;西院是马房,经管骡马牲口、放置农具的地方。

蒋老还谈到了红军刚到云阳时的情况。他说,那会儿红军虽然穿得很破烂,军装颜色也是五花八门,蓝的、灰的、黑的,啥颜色都有,帽子都是八角帽,尺寸比例也不统一,但纪律严明,秋毫不犯,对群众一草一木都很爱护,红军还帮助群众劳动生产,彭德怀将军就带头经常给农民锄地,群众对红军很满意。当时的口号是"国民党共产党两党合作中国不会亡!""抗日民族统一战线万岁!"云阳毕竟是小地方,红军一下子来了几万人,粮食供应就成了问题。为了解决这一棘手问题,红军向白家、毛家等富户借粮,还打了借条,随后都如数奉还了。

蒋老说:"我那时在三原上学,当时云阳是红区,三原是白区,云阳学生在三原上学受歧视,进城出城都要被检查。我家在三原有门面,就是'春生林'分店,我就住在那里。我生于1922年,老家在蒋路乡东沟村,1936年、1937年那会儿也就是十四五岁的娃,我身边被共产党围着,我的表亲戚、同学中很多人都是共产党员,像鲁继盛、崔朝德、崔朝义、赵新中、赵新华、白德全等,他们有时候在三原城里搞革命工作,被敌人追踪没地方去了就到我家店里来躲,我就得收留他们,帮助他们,尽管要冒杀头的危险,但这也是没法子的事情。那时候云阳很多人都加入了共产党,普通的人只要红军干部和他谈几次话,他表示愿意给党工作就算党的人了。后来我所在的学校发生了坏人'扔炸弹'事件,学校就解散了,我回到云阳小学插班。"

回到云阳后,蒋老继续上小学,他经历了欢迎朱德将军的隆重场面。

"那一天,朱德的卡车从焦家村朝云阳镇走,当时的路不是很好,还是土路,他的车子走到现在的云阳中学附近时,朱德一行下车,大约有十几个警卫,云阳各界群众都来了,我们云阳小学的学生也来了。只见朱德将军身穿一身朴素的灰军装,腰间扎着一条皮带,他黑黑的肤色,敦厚壮实的身材显得很有精神。随着一阵噔噔的脚步声的临近,人们翘首以待的朱德将军来了,前排的人不由自主地注意到了这位将军的脚下,他脚穿一双破旧的黑皮鞋,那时候能穿上一双皮鞋那是多么奢侈呀!不过将军的皮鞋已经伴随他不知走了多少路,打了多少仗,那双皮鞋的前帮子裂纹大致有一指宽,似乎也张开了口朝大家致意。朱德将军没有在意什么,他依旧神采奕奕地朝大家挥手、点头,并不时露出诚挚的微笑。进了云阳城门朱德就到南门的文家大院去了,那是红军总部,当时北门毛家是中共中央驻地。"

在谈到红军改编的情况时,蒋老说:"红军改编的地点在云阳大操场,这个地方大致在现在的云阳医院到老云阳镇中学(当年云阳小学)一带,我记得云阳医院那里还有一座庙,规模不大,只有三间正殿,六间厢房。红军改编时就在大操场搭了台子,插上红旗,墙壁上都刷了标语,开会现场人山人海的。说个是非话,这要是在过去是不敢讲的,红军改编时人数少,为了向蒋介石要军饷,就把城外的人拉进来,这个连把那个连的人拉进来充数,当然还有些新入伍的兵,那时候云阳很多青年都参军了,时任云阳乡长的张永禄的女子就跟八路军走了。改编后部队的服装统一了,看起来也整齐了,八路军总部出出进进的人很多,看样子部队很快要有大行动了。

"云阳城池并不大,是个长方形的长吊吊,东西长些大约五六里地,南北短些也就两三里不到,而且不很规则,人称"十里烂云阳"。据说云阳的城墙高四五丈,宽一两丈,那些逃荒来的河南人往往就在城墙里打窑住,可见其厚实坚固。南门口就是文家大院,后边就是我家的'春生林'杂货铺;西边就数赵家牌楼,清代时出过当官的,我们小时候还在坟地那里玩耍,有很多石碑、石柱、石人、石马,就是现在天云厅附近;北门那块就是毛家大院,小北门那儿有一座近城寺,洛甫曾住过。毛家是白德全他大妈的娘家,白德全他大妈没有孩子,视白德全若亲生,所以每年白德全都要去毛家这个外家拜年。白德全后来在他的回忆录中写道,他在毛家见到了毛泽东,毛泽东还设宴招待房东。毛家的后人毛天才新中国成立后曾任户县一中校长,白德全也曾任西安中学校长。东街老粮站一带,就是云阳城隍庙、玉皇庙,战时青年干部训练班就设立在那里。"

蒋老是个健谈的人,他不歇气地给我们讲了这么多关于云阳的故事。最后他还谦虚地说:"我说的这些多数都是听说的:"因为我那时还小,云阳的崔贯一,他当时在云阳小学当校长,是风云一时的人物,他有回忆录,其中的记述比较全面,再就是白德全的文章,还有一条线索,就是在泾阳县城居住的杨永茂,他或许能提供更多的资料,你可以找找他。"

老人的谈兴正浓,似乎还有一肚子的话要说,但我们却不敢过分地让他老人家劳累,于是便依依不舍地起身告辞。在返回的路上,我的心里热乎乎的,因为自己似乎更加贴近了云阳的历史,更加认识了这一方热土。

2012 年 7 月 22 日

北京编剧在咸阳

一

人的机缘有时就是那么神奇,一伙志趣相投的人神差鬼使地就聚到一起了,而且还很开心。今年春季的一天,领导说让我陪同北京来的编剧采访安吴。安吴是抗战时期我党举办的战时青年培训班的地方,也是清末慈禧太后义女安吴寡妇的婆家,安吴寡妇是商界奇才,她巾帼不让须眉,以罕见的智慧和才情,使岌岌可危的吴氏家族重新振兴,特别是在八国联军入侵中国的危急关头，她慷慨捐银十万两资助清朝政府，成为一代爱国女杰，被封为一品诰命夫人。这一尘封多年的历史，随着《安吴商妇》《凤鸣安吴》等小说的出版发行逐渐被人们热炒起来了。从去年到如今我就接待了四五批省内外的影视界人士，他们集体一致地对这个题材感兴趣，其中有一个剧组，他们正在紧锣密鼓地撰写剧本，初步命名为《大义秦商》，一位北京的编剧和西北大学的一位老师执笔，据说这是安吴寡妇的后裔们出资筹拍的。

北京来的作家、编剧是乘坐飞机来的，我8点钟带着两辆微型面包去接机，他们一行十二人，其中有中国作家出版集团党委副书记、管委会副主任、《中国作家》杂志主编艾克拜尔·米吉提，副主编萧立军及两位编辑翟民、李杨（女），有国龙联盟投资股份有限责任公司的陆兴东行政总裁及公司宣传部总监王正伦，还有六位目前当红的一线影视编剧王菡（女）、苏健、何佩思（女）、梦婕（女）、林夕（女）、南景（女）。大约9点半左右飞机到了，我与市委宣传部李勇科长一起与来宾见面。按照安排，我们采访的第一站是三原县，到三原要途经泾阳，作为泾阳方面的代表，我介绍了泾阳县的情况，从历史、人文到产业现状、城市建设以及未来发展都做了粗略介绍。为了加深客人们对泾阳的印象，我还为他们播放了由我填词的歌曲《我的泾阳》《茯茶情歌》《火红的菜乡》。大约一个小时的车程就到三原县了，采风团领导艾书记与三原王苗副县长等简短寒暄后，立即就去参观三原城隍庙。

三原城隍庙我先后来过三次，应该说比较熟悉了。这是一个目前保存完好的明清风格的建筑群，在大门口采风团的编剧们看得很仔细，他们对那个檐角飞翘的门楼似乎很有兴趣，大家抓紧时间在拍照，王苗副县长不时给客人介绍三原的情况。哦，对了，三原城隍庙的讲解员早已做好了准备。像所有的景点一样，外行看热闹，内行看门道，自己看与讲解员导引着看感受还就是不一样。

我们这个团也是在讲解员的引导下进行参观的，这位眉清目秀、高挑个儿的女讲解员，落落大方地讲解开了。我因为来过几次，感觉不是很新鲜，就迈开步子朝前走了。依我看，这个城隍庙有三大看点：一是建筑物群落的门楼、牌楼、前殿、后殿、戏楼、偏房、回廊等体系相对完整，堪称此类建筑经典；二是这里保存有《出师表》《满江红》等名碑石，还保存有数量可观的其他碑石;三是这里的所谓因果报应"十八层地狱"图景,具有较强的现实教育意义,人不仅是活在当世,也要考虑阴间与来世,如果作恶多端是要遭受报应的。我想,这种朴素的传统文化对于当代那些信仰缺乏,道德缺失,无所敬畏、无所皈依的一部分人是有启示教育意义的。

时间过得很快,参观了三原城隍庙就到了中午12时,急匆匆吃过午饭,未及休息采风团又参观了于右任先生故居,了解了这位书法大家的生平和早期革命活动。说起于右任,泾阳、三原人心知肚明。于右任祖籍泾阳县斗口于家,其本人出生于三原,其母早逝,其父经商在外,由其伯母领回娘家抚养,后来在泾阳、三原读书、从事革命活动,最后走向省城,走向了全国。这一段历史在过去的很多资料上有明确记载,于右任养母的娘家兄弟,于右任视为亲娘舅,而且来往密切。现在全国范围来说,只知三原不知泾阳,三原是于右任故里,是书法之乡,岂不知泾阳县才是真址,于氏的书法作品大量留存于泾阳庶民百姓家,泾阳的书法人士其实力并不亚于三原县,只是不为外人知晓罢了。这两个县的人特色鲜明,三原人性格张扬,喜欢交际,爱好宣传,善于推销;泾阳人性格内敛,沉稳有余,不甚争究,擅长实干。我曾与三原人争论谁的历史更悠久,三原人当仁不让,硬说三原设县比泾阳早几百年,我举出泾阳最迟是秦时就设立的县,况且《诗经》里已经有泾阳的记载等证据,三原不过是后来从泾阳分出去的一部分。还有三原人说三原古称池阳,我在泾阳县城西南的村落中发现有个池村,村民说这就是池阳城旧址。据史载,泾阳曾短暂地作为秦国国都。当然还有中国近现代史上的一桩憾事,我发现很多资料上把红军改编八路军的地址错误地以为三原县。几年前我与几个陕北朋友聊天,他们不知道西安与三原之间还隔着一个泾阳,他们以为出了西安就到三原了,更不知道两个县的大小,可见泾阳县藏在深闺无人知,屡屡被误解的情况是多么深呀!

采风团下午转场去泾阳县参观安吴堡、唐贞陵、秦郑国渠风景区。采风团主体是编剧、作家,他们更重要的是考察景点与人物的戏剧成分,以及改编影视剧的可能性。对于安吴寡妇这位商界奇女来说,如果要拍电视剧就必须超越《大宅门》《乔家大院》《白银谷》等剧目,要从商战中走出来,体现其爱国的一面,既不脱离历史人物的实际,又看到某种希望的亮光。艾克拜尔·米吉提书记说:"此行就是要让各位编剧感受一下咸阳的文化底蕴,感受一下当地的风土人情,以便于他们的创作。"

下午的时间安排得很紧凑,看完安吴堡之后,我们又赶紧赴贞陵景区。一路上,北仲山南麓的搓板路颠簸得采风团的各位作家、编剧苦不堪言,一到贞陵景区我简要介绍了号称"小太宗"的德宗陵情况,因为登陵顶还有一段路,也许大家已经很累了,所以艾书记他们一行便放弃了。顺便说一下,这次采风团出行的车辆是泾阳县提供的,车况不是很好,一路上虽然很顺利,也不曾发生过汽车抛锚现象,只是汽车发动机很沉闷很强烈的声音听得人心里难受,也没有办法,底下就是这种条件,只好请客人多多包涵了。汽车的座位有限,我和苏建基本是轮流坐在汽车的发动机盖上,这一块地方很特别,说大不大,说小不小,就处于司机与副驾之间,坐下后还不能妨碍司机换挡,有时候还需要侧着身子坐,但一路上我们基本都习惯了,几位男士都很绅士,抢着把这一"殊荣"占住了。

由关中环线去张家山(郑国渠风景区)一路还比较好,没有"环山路"那么颠簸,因为时间已经错过的关系吧,守候在那里的导游已经联系不上了,我感觉有些小小的遗憾。我们的车很快就到达了景区入口,采风团成员蜂拥而上,他们一下子就被那些浸渗着历史韵律的文字吸引住了,大秦帝国的兴盛与水利密切相关,秦三大水利工程郑国渠、都江堰、灵渠,托起了秦帝国的辉煌,站在这块从秦、汉、隋、唐、宋、元、明、清、民国一直到当代,历代不断修建一直使用的渠道,那些逐渐上移的引水口,那些飘逸灵动的龙渠,使人不由得生出对古人智慧与劳动的感慨与赞美,采风团一行在渠首大坝下怀着一份沉甸甸的崇敬在那里合影,他们的身后是汩汩流淌的泾河……

采访团晚餐和下榻都在礼泉县袁家村,这里有个王家大院,典型的关中风情农家院落,农家菜肴,咸阳市委和礼泉县委领导在晚宴上与采风团成员共进晚餐,表达主人的盛情。晚饭后艾书记一行参观了袁家村的夜景。一进主街道,高大的毛主席塑像,就映入你的眼帘,村子的西侧是戏楼广场,据说礼泉县剧团现在已经投入了袁家村的怀抱,成了村办剧团。逛了夜晚的街道,我感觉九嵕山麓这一片天地别有风味,我们看了唱老腔的艺人的精彩演出,听了盲人说书,喝了泾阳茯砖茶,参观了村史博物馆,欣赏了特色小店,像卖油的、卖醋的、卖传统糕点的、手工艺作坊等。袁家村近年来转变发展方式,关闭了小水泥产业,全力发展乡村农家乐,打造关中风情一条街,取得了很大的成功,吸引了大量的西安、咸阳等大中城市游客,每逢周末或者节假日,这里熙熙攘攘,车水马龙,吃饭住宿都需要排队等候。与艾书记、陆董事长交谈,他们对袁家村现象很感兴趣,这个村的老书记郭裕禄是个有眼光的大能人、老劳模,他的这着生态旅游棋走得好。华国锋、李瑞环等同志曾参观过这个村子,并有题字留存,对袁家村的发展给予了积极评价。

将近 11 时了,三三两两的采风团员才回到驻地,礼泉县委宣传部的同志一直守候在那里,这些作家、编剧都喜欢各自为战,总想挖掘些东西。我陪同萧副总编、编剧苏建等几个人在走廊的一张小桌子上聊天,我们喝着啤酒,天南地北地闲扯着。这时艾书记、陆总已经休息,编剧南景等人还在赶稿子,我以为折腾了一天,坐飞机、乘汽车,辗转跑了三个县他们已经很累了,但我被楼上那些星星一样闪烁的灯光感动了,也许这些文化人的头脑里正在捕捉、构思一天来的新发现吧。我不知道时间过去了多久,在酒精的麻醉中,我感觉头脑发涨,胃部已经翻江倒海,就匆忙离开了座位,回房休息了。

二

第二天早晨,我起了个大早,大约 7 点半,我就起床,想去外边走步,吸吸新鲜空气,等我出去的时候,发现采风团的陆总、王正伦等都已经起床,他们已经跑完了操。陆总休息比较规律,属于早睡早起型,六个编剧中也有人是晨练一族的,他们说早晨最适宜于思考了。我与正伦聊起了他们的行业、企业发展,也谈到了稿酬、剧本如何运作,我仿佛一个外乡人贸然闯进了一个大世界,从小林的口里我知道现在北京 80 后、90 后都很厉害,在影视圈不少人已经崭露头角。

早点之后,我们去参观唐太宗昭陵。唐陵一般都依山而建,气势蔚为壮观。北方的气候干燥,水草树木也比较稀少,没有江南水乡的旖旎、润泽,缺乏水的灵动、鲜活,我不知道当初唐时气候如何,是否也这般苦焦难耐。在车上大家议论起了穿越,穿越杨贵妃,陆总说他比较喜欢有创意的作品,如果有机缘可以尝试拍一部"骏马"的影视,让骏马穿越古今,用马来演绎历史。我想马的历史就是一部人类史,耕田、征战、休闲的人类的伙伴,如今即将退出历史舞台,它们未来的命运将是什么?我们正说话间,汽车已经到了九嵕山的背面,其阳面有九条脊线因而山名为九嵕山,昭陵就建筑在这座山上,不过它背南面北异于其他陵墓,其形状似虎踞龙盘,迎面是李世民高大的立身大理石塑像,前殿及两廊的建筑已经不复存在,翁仲也踪影全无,近年来维修的石质地面很平整,台阶直达陵前殿。值得一提的是这里有昭陵六骏模拟雕刻图,解说员、昭陵博物馆的副馆长李先生绘声绘色的讲解引人入胜,他从六骏的走动、行进、奔腾的姿态、马头的朝向讲起,谈起了这些骏马与太宗的联系,粗线条地展示了这位戎马倥偬的战将、这位骑马打天下的皇帝的功绩。李馆长特意提到了韦夫人墓,就在昭陵南侧,与昭陵比邻而居,这位身材魁梧、能征善战的女人,曾是寡妇却深得太宗喜爱,皇后死后,她其实一直行使皇后之职,她与太宗的爱情缠绵悱恻,堪称绝世之恋。

　　参观完昭陵,我们又驱车返回昭陵博物馆,博物馆在烟霞,在关中环线附近,在返回的路上一辆工程车挂倒了电线杆,道路被封死了,我们后边还要去乾陵参观,时间很紧。没有办法,礼泉县的同志紧急行动,准备了几辆小车先把人送到博物馆,然后让面包车绕道行走,最后在昭陵博物馆汇合。昭陵博物馆有稀世之宝"昭陵六骏图",李馆长还向大家介绍了唐代的风土人情、服式发型、生产生活图景,以及唐时的书法碑刻艺术。

　　采风团为李馆长出口成章、说唱结合的解说所陶醉,并多次为他那富有感染力的精彩解说报以热烈的掌声,称赞他:"让死的历史活起来了,让物的东西具有了鲜活的生命力。""这是我们见过的最好的导游。"临走还与他合影留念。

　　这天上午,编剧们一直要求去武则天陵参观,看来时间已经很紧张了。我们的车又朝西北进发去乾县了。为了省时我们走的是福(州)银(川)高速陕西段,大约半小时我们就到了乾陵。我们先去参观了永泰公主墓,这个墓已经开发,墓道中有不少随葬物品,还有很多有价值的壁画,其人物形象栩栩如生,墓道中比较暗,也有些潮湿。我们还看了公主的棺椁,这个墓已经被盗墓贼盗挖过,盗洞的痕迹依稀可见,解说员是用标准的普通话解说的,采风团不时有人提问有关盗墓的情况。据说永泰公主因为议论武则天的私生活被处死,当时才十八九岁,也有说是坐月子死的,历史的疑云犹存,总之这个陵墓是后来迁建的。

从永泰公主墓上来,乾陵的规模、形状、植被,以及保存情况在全国首屈一指,它是唯一一座未被盗掘的帝王陵。从高速路上远远看去,梁山犹如一位圣洁的女人斜躺着身子,仰卧在苍翠蓊郁的绿被之上,那高耸的乳峰,洋溢着勃发的生命,那安详的神态,彰显着智慧的灵光,还有让人叹为观止的是这里的植被异常茂密,异常湿润。据说王羲之的《兰亭序》书法原件也在武则天墓里,反正这一千古之谜尚未解开。在乾陵三四里的司马道两旁高大的翁仲虽经千年风雨仍岿然不动,高耸的"无字碑"任由千古评说,还有那些神态万千的无头番臣石俑,以及气势恢宏的两尊狮子,都好像是在给世人述说着高宗李治与武则天皇帝的风流历史,都好像是在显示着唐王朝兴盛时期的壮观图景。

传说过去那些石俑经常夜间出动,踩踏老百姓的庄稼,于是群众便将其头颅敲掉,也有说那些番臣的后裔看到自己的祖先日夜为唐朝皇帝守陵,心中愤愤不平,就偷偷将石俑的头卸掉了。据说乾陵的台阶还有灵性,善良的人踩上去就会发出清亮的嗡嗡的声音,而丑恶之徒纵使蹦跳也毫无声响。我曾于几年前与伯父冒雪登梁山,那天虽然我们没有照出很好的照片,但我们分明听到了那种天籁之音,心里甭提多高兴了。

因为时间不够,我们的采风团没有从正面行走,也就无法验证那种踏石之音,在返回的路上,尽管大家饥肠辘辘,但似乎游兴未尽,还在争论,"我就不信,从古到今,无人敢碰乾陵了……"林夕说。

"这一带住户都是武则天的亲戚,他们把武则天叫瓜婆(当地方言,相当于姑婆),他们祖祖辈辈都为武则天守陵。"我应答道。

"哦……"

"再就是,这里的人也比较迷信。传说唐末农民起义领袖黄巢曾率军盗挖乾陵,结果遭遇飞沙走石,大暴雨,在陵西黄巢沟几乎全军覆没。黄巢以为天怒神怨不敢违抗天命,就赶紧率兵逃离了,从此无人再敢盗墓。"

"还挺神奇的。"

天边那片棉花云

"后来修公路时,偶然间才发现了墓道,还好并未受到破坏,它是用锁铁浇铸上去的,几乎与山融为了一体,为了保护文物,后来国道都改了线路……"

说话间,我们的汽车已经到了泾阳县招待所,我们的午饭在泾阳吃。泾阳素有"关中白菜心"之美誉,饮食文化也很不错,夹背子(一种薄饼)、煎饼、让合(音译,中国式火腿,泾阳独有)、荷叶饼、蒸肉、芹菜疙瘩等小吃,红酒、白酒、纯奶、砖茶等均系泾阳特产,也许是饿了吧,反正大家吃得津津有味。

饭后,采风团兴致勃勃地参观了泾阳文庙,这是关中地区目前尚存的保存相对完整的两大文庙之一,另一文庙当数韩城市文庙。史载,圣哲老子骑牛入潼关,传世之作是《道德经》,而春秋时期孔圣人就没有来过陕西地界,传说孔子率徒西行,半道上遇到两小儿玩耍,那孩子正在用黄土筑城堡,孔子的徒弟们上前要孩子让道,孩子振振有词地说:"是车给城让道,还是城给车让道?"孔子的徒弟无言以对,转告了老师,孔子闻言喟然长叹——西土连小孩子都这样机智,何须我们再多言,于是让随行掉转车头,从此孔子师徒再也没有到过陕西。那么孔门之学如何西渐的呢?众所周知,战国时期百家争鸣,秦统一后施行法家思想,汉初崇尚黄老之学,到汉武帝时期"独尊儒术",逐渐奠定了儒家思想的地位,后经历代兴起衰微的波折,儒学基本成为受人们推崇与信奉的主流思想意识,它与来自印度的佛教和中国本土的道教逐步形成了儒释道三位一体的中国人特有的文化传统。

与别的地方类似,泾阳的孔庙也是县博物馆,收藏着全县各个历史时期的重点文物。

进了大门,解说员热情地介绍这里的情况,过去文庙地方很大,除了这个现存的三进院院落,还有两侧的偏殿、书院等建筑,现在有的地方成了学校,有的地方成为民房、公路、街道,这就使得原本清净的庙堂栖身于熙熙攘攘的闹市,成了不伦不类的十字口上的建筑了。泾阳博物馆有久远年代的古象化石,有殷商时代的青铜器,还有些很有价值的藏品,比如从安吴堡安吴寡妇家里发现的宫廷字画、碑帖,以及唐三彩和宋、元、明、清时代的瓷器。地方志载,泾阳文庙系安吴寡妇捐资数万两翻修,使这一历史文物得以保护、留存。传说安吴寡妇修葺文庙也不是一帆风顺,地方豪绅家财万贯者大有人在,但个个都像缩头乌龟不肯出头,或者不敢露富,怕招灾惹祸;或者不敢占先,怕抢了地方大员风头;或者爱财如命舍不得银子,怕减少了自己的命根子。倒是安吴寡妇这一女裙钗,风风火火地一家子挑头,独自承担了全部银两,但她也还是有些顾虑,生怕那些老爷大人们节外生枝。有一日,督修的伙计对安吴寡妇说:"修文庙的银子不够了,现在才修了一半,究竟怎么办好呢?"传说当时官方私方均未赞助安吴寡妇。翌日午后,安吴寡妇来到了文庙院子里,用她的三寸金莲一点地面,胸有成竹地说:"昨夜梦里菩萨点拨,此地有黄金千两,神助我也!"工匠们疑惑不信,剖开地表土层,果然发现一坛金银。安吴寡妇修好了文庙,造福当地,民众拥戴,清政府封她为三品诰命夫人……

参观完文庙,本来打算还要去中华人民共和国大地原点、明崇文塔(中国第一高砖塔)参观,以便大家充分领略泾阳的文物景点和自然风光,只可惜时间有限,采风团的行程下一站是咸阳市区。

三

采风团编剧们的思绪,也许还徜徉于那位寡妇的神奇人生中,但无情的"兰舟"已经登上了咸阳塬,那里有中国的金字塔群——汉朝皇陵群落。从渭河阳面看,自东而西依次,最东边的是"汉景帝阳陵"——随葬陶俑规模、文物和艺术价值可与秦兵马俑媲美;在208省道旁边,我们就能够看到顺陵——母以女贵的武则天母亲的陵墓;坐落在咸阳塬最西部的要数汉武帝茂陵了。在东西两陵之间还有很多皇陵以及他们的陪葬陵,宛若夜空里的星星,谷堆最大的是皇帝皇后的陵墓,依官职、等级比例稍小的为妃子、大臣、将军的陵墓,这些风云一时的人物就这样寂然无声地躺在了这一片厚实的黄土下,他们墓园的四周是历代芸芸众生的陵墓,他们兴许是为了沾些皇家气息,也密密匝匝地将这一片风水宝地占据。

历史就像打墙板一样上下翻,在这一个朝代是风水宝地,在另一朝代就有些不灵了,因为世事已经变化,历史的滚滚潮流已经划过天空。这倒应了那句话:江山代有才人出,各领风骚数百年。唐依山为陵,汉平地筑冢,也有河滩起陵的,元朝的蒙古人干脆隐藏陵墓痕迹。过去这片陵区是一处神圣的安详之地、清静之地，如今高速道路纵横交错，西北最大的机场——西安(咸阳)国际机场就建设在这里，现代生活的脚步搅扰着这一块静谧之地，特别是正在建设的陕西省西(安)咸(阳)新区之秦汉新城、空港新城正在这块周秦汉唐的土地上崛起。顺便补充一句，泾阳县的东南部、西南部五个镇全部或者部分被划在了西(安)咸(阳)新区之泾河新城、秦汉新城、空港新城。我曾经听过一位专家的讲座，大意是内陆城市发展航空经济潜力无限，建设规模宏大的航空港，可以最大限度地缩短与世界的距离，从信息、技术、物流等方面获得发展机遇。

　　汽车轰轰地吼着，发动机的声音有些大，车里的人有些疲惫了，大家谁也不开口了。我眯瞪着眼睛，忽而想起了一个事情，这就是历朝历代的帝王将相，大都搜刮民脂民膏，聚集了大量金银财宝，而改朝换代的当儿，总有无数的财宝不翼而飞。有人说是藏起来了，或者埋于地下，或者藏在深山洞窟，或者随先人葬埋。老百姓说："财宝看人呢，看你守得住不。遍地是黄金，只等有福人。"在乡野人的眼里财宝也长腿，会移动，还通灵性，专门拜望那些有德有识的人，更有邪乎的事情，有些上年龄的老人说他们曾听到过埋藏在地底下的那些金银财宝缓缓移动的嗡嗡嗡嗡的声响……我不知这个地底下的贵金属宝库究竟在哪里，但我却知道从古到今，咸阳塬上都是盗墓贼的天堂，那些大大小小的盗洞将这一片陵墓区弄得千疮百孔，盗墓贼的兴趣在淘宝，而我们这些自认为懂文化的人，是否也趁火打劫地乘机打开一扇历史的明窗，窥视那些曾经埋葬的王朝及其辉煌？西安、咸阳号称十三朝古都故地，其帝陵文化源远流长，堪称中华文化之根。在采风团的编剧中有好几位都热衷于盗墓题材，像林夕女士、王菡女士，我想如果让她们在这里深入生活几年，说不定就可以创作出这方面的力作的。反正我个人的观点，什么事情都必须有人探索，多角度多层次地发展就有可能找到最佳的方法和途径。这时我想起了泰戈尔的诗句："根是地下的枝，枝是空中的根。"我就遐想在我们民族那些绵绵不绝的根脉中，底下也许就像盘根错节的水系，就像枝枝叶叶相互缠绕的藤蔓，而我们究竟对那些久远的过去知道多少？我不禁对自己这个整天往返于咸阳塬的过客感到汗颜，我们只有接通了地底下的根系，才可以开放出璀璨的空中之花。

我们的汽车停在了咸阳市人民路西段延伸线的一家宾馆前,晚上大家就在此食宿。《中国作家》赴陕西咸阳影视编剧深入生活采风团的行程即将结束了,下午安排了一个简短的总结会,咸阳市委常委、宣传部部长唐利如及市宣传系统的各位领导都来了,我作为地方代表也旁听了会议。会上艾书记谈了咸阳之行的印象,对第一帝都咸阳厚重的历史文化很有兴趣,萧老师和六位编剧也都发了言,并对自己感兴趣的事情谈了看法。唐部长感谢采风团对咸阳的厚爱,表示将在郑国渠、安吴寡妇、茯砖茶、帝陵文化、市井百姓生活等方面搞文化产业发展,筹拍影视剧,推介咸阳,提升咸阳的文化品位,发展咸阳的文化产业。

明天这些北京来的作家、影视编剧就离开咸阳了,在晚上,我逐一拜访了各位编剧老师,并给他们赠了我的长篇小说《天地悠悠》。在影视编剧这块我是外行,也不知道这里边的水有多深,但在与他们的接触中,我发现他们大多出身名门高校,基本属于辞去公职,或者是自谋出路的"北漂"一族,不过已经是颇有成就的知名编剧,他们每人至少有两部影视剧在热播,他们对文字、对情节情有独钟,他们忘我地耕耘着影视这块沃土。

艾克拜尔·米吉提主编要提前走了,他要参加会议,一大早就出发,陆兴东总裁也要去厦门公干,萧立军副主编带领其余的成员走得相对从容些,吃过早点后再出发。与采风团的编剧们相处了几天,我感觉影视创作的艰难,这种编剧、导演、演员的集体智慧中还浸渗着市场选择的因素,还有审美习惯的因素,还有人们满意不满意的评判。

我很庆幸有这样的机会,使我认识了一帮影视圈的朋友,同时我也沿着北山之麓走马观花似的观瞻了一眼辉煌灿烂的咸阳文明的冰山一角。

2012 年 11 月 5 日

恭王府里的端午诗会

今年端午前夕,我有幸参加了《中国作家》杂志社等单位举办的第三届端午诗会。诗会的地点在北京恭王府,那是一个旅游景点,是目前保存比较完整的清代王府标本。

那天,空气是燠热的,燠热得让人的每一个毛孔都舒张开来,我渴望凉风的出现,可凉风却不肯赏脸,这是下雨前的燥热,这种天气让人有些心烦。于是我就和莫总一起到流水环绕的园林转悠,我看到了王府的松柏,很古老,很沧桑,其中还有文物级的。院子里据说平时很热闹,用游人如织来形容丝毫不为过,不过当天有活动,就谢绝了大家伙,专门给诗会留出了时空。大戏楼后边是晚上诗会演员的化妆准备地点,有年逾花甲的老人,有青春勃发的少年,有豆蔻年华的少女,还有风姿迷人的少妇……当然这些都只是表象,重要的是那些文质彬彬的参会者,他们似乎都奔着一个沉甸甸的使命——为诗歌而来,为屈子而来!

恭王府很大,我们不熟悉,也不敢走远,况且距离活动开始的时间也很近了。抬眼望处有一池青莲,还有一个标志是康熙皇帝御笔亲书的"福"字,天色有些暗,我们没有看清楚究竟,而且那门上挂着一把锁,还有四五个穿灰制服的保安在园中执勤。我们转了一小圈就折回大戏楼跟前了,我这人方位感不强,来北京后一直不辨东西南北,几乎不敢四处溜达。

在园中行走,我与莫总聊起了《中国作家》杂志社的"作家创作基地",聊起了机缘、需要,作家需要生活的滋养,社区、基层需要文化的熏陶,莫总说他合作的中山作家基地很有起色,杨匡满等很多作家都到那里去了,也写出了他们的作品,更重要的是他们与小区的人面对面交流,让大家品味作品,感受文化,也为商家创造了潜在的价值——这是一个有文化品位的家园,于人于己于孩子都是一笔重要的财富。我说这种"作家创作基地"仿佛驿站,让不同地域文化的作家相互交流、提高。莫总继续明确表述了他的有关人气、文气、财气三位一体的理念,让我感觉这是一个睿智的人,而且很有

第一辑 游走足迹

眼光。

莫总回忆当初在中山开办第一个作家基地的情景，他提到了萧立军、朱竞、程绍武的名字，说他们都是《中国作家》的人，我们正议论当儿，忽而发现前面有一处假山，当然最吸引我们的是那袅袅飘散的云雾。我以为那是演出时放的烟火吧，很多人都聚拢过去，还不时在那里拍照。我们也急匆匆地赶去凑热闹了。

只见假山之下的习习微风，吹送着五彩的云雾，在灯光的映照下很是迷离神奇，据说地底下有一个深洞，连接着远古的冰冷。我们想找洞口，沿着路牌走，结果没有找到。在那里我们意外地遇到了朱竞、程绍武他们，大家相互问候。正在这时我看见那些像仙女一样的女士在云里雾里照相，那种时隐时现的样子看起来很美，很有些朦胧的意境呢……

诗会快开始啦！我们进入了大戏楼。说是大戏楼其实并不很大，我见过陕西三原县城隍庙的露天大戏楼，给人一种空旷感，泾阳县安吴寡妇家的那座建于元代的大戏楼也是露天的，据说曾经有观看台，但是恭王府的大戏楼仿佛就是给百十号子人建的吧，不过里面的设置很是讲究，花纹纸一样的清一色的龙纹、云彩绘画，不知是后来补修，还是原来如此。大厅里桌椅凳子杯盘茶器，古色古香，与其风格基本一致，不过灯光、音响设计，已经被现代化了。

在悠悠的古乐声中，端午诗会开始了。先是中国作家出版集团党委副书记、管委会副主任、《中国作家》主编艾克拜尔·米吉提发表热情洋溢的致辞，紧接着诗会正式开始。在这里我看到了仰慕已久的诗人、作家、艺术家，像中国作协副主席何建明、高洪波，象棋大师、诗人谢军，朗诵艺术家方明、张家声、李墨野、瞿弦和等人，尽管没有和他们交谈，但透过闪亮的灯火，望着那一张张真诚的脸，聆听那一首首动人的诗作，我仿佛感受到了他们的心跳，融入了诗意的天空，我想今夜的恭王府是璀璨的，光荣的，我们为了一个2200多年前的诗魂而祈愿祈福，同样我们也为一个充满诗意的伟大国度而自豪！

端午诗会的诗歌是精心遴选的，有屈原的《云中君》、毛泽东的《沁园春·雪》、郭沫若的《郊原的青草》等名篇，还有众多饱蘸情感的现代诗歌，特别是门头沟区大峪中学的部分学生朗诵了他们自己创作的诗歌《14岁,生活有了诗意》,让我们看到了诗歌的漂流瓶,已经成功传递。

于是我就想——在屈子的江边,种一片诗草,与星星亲吻,给夜空涂彩,那将是何等的壮丽呀!

2012年6月23日

京城会友

友情似水,淡雅宜人。参加端午诗会,其实只是一个由头,更重要的是与朋友的聚会。受《中国作家》杂志社艾克拜尔·米吉提主编的盛情邀请,我去了一趟北京。热情好客的艾书记先后两次设宴招待我和莫凡先生——一位中山的商界精英,并带我见识了北京的地铁。

艾书记很忙,他要组织活动,还有课程要上,他是北京某大学的兼职教授。尽管如此,他还是无微不至地关心照顾着我们。《中国作家》杂志社等单位组织的端午诗会时间并不长,只是晚上7点到9点的时间举办,之后我们就可以自由活动了。莫总有事情第二天早晨就走了,我因为要约见几位影视编剧就滞留了下来。

我走的那天记得恰好是周末,艾书记他们要编辑稿件,正在加班加点,我跟他打了个招呼,我看见翟民、李杨他们几个也在忙活,就又去跟萧立军副主编告别。萧老师和我交谈了很久,期间艾书记还特别吩咐让萧老师代表杂志社上午招呼我吃饭,并安排了送我去机场的车辆。在来京之前,我本打算去拜访著名诗人、作家雷抒雁先生、白描先生,还有那位大力士龙武先生,他们都是泾阳人,只可惜雷抒雁、白描两位先生并未参加《中国作家》杂志社的端午诗会,龙武先生也因事外出,我们未能谋面。这时我想起了此前艾书记带领采风团去咸阳的情景,他们刚到的第一天,在咸阳机场,我去接机,艾书记一听我是泾阳的,当即就给雷抒雁先生挂了电话。

"抒雁兄,你好呀,我是艾克拜尔,我已经到你们家乡咸阳了,在机场见到了你们县的宣传部副部长,你要不要通个电话……"

"好的,好的。"

我接过了艾书记的电话。

"你好,雷老师!我是何冠雄。"

"何部长好,你给我寄的小说收到了,谢谢你……"

电话的那头是一个温文尔雅的人,他平和的言语中有一股子浓浓的乡情,那磁性的声音总是那么让人感觉亲切……

我在来之前还受林夕、南景之托,为她俩搜集了一些我能找到的关于安吴寡妇的材料,我想当面交给她们,也想见见上次采风时的那些朋友。中午萧立军老师以及杂志社的翟民和他的对象、一位小巧伶俐的美女,还有王菡、林夕、南景、王正伦这些我早已熟悉的朋友都来了,我们在附近的一家特色酒馆吃饭,可惜我把名字忘记了,萧老师经常来这里,可能是一家东北风味的餐馆。那时脸庞白白净净的,留着一绺山羊胡子,穿着一身类似于打太极拳的人士那样服装的苏健尚在遥远的乌鲁木齐,我和他通了电话,相互致意,而梦婕、何佩思当时有事不能来聚会,大家心里都有些惋惜。何佩思的父亲也是编剧,她算是子承父业,她父亲曾与赵本山先生合作过,是老搭档,我这人也是好热闹的,本打算与我们老何家的人会会面,可惜时间不巧。还有那位善于写家庭伦理剧、轻喜剧的编剧梦婕,她那些跳跃着现代生活脉搏的电视剧似乎很让人感动。一群文人在一起当然说得最多的是作品、本子、电视剧和电影,也谈到赴全国各地采风、参加各种创作会议,什么历史题材组、现代生活题材组座谈会某某老师发言很有趣,某某讲着讲着把词忘记了……我们在一起显得无拘无束,我们就这样谈论着我们所关心的一切,我们为共同的兴趣爱好干杯,并预祝各位身体健康,心情好好,作品多多。

与北京的文化人交往我受益颇多,在一个相对封闭的环境中我一口气憋了二十几年,才写了一部四十多万字的长篇,这在一般人不敢想象。在与作家、编剧林夕交谈时,她说:"我不会花二十几年写一部长篇的,那太费时间了,我一般写短一些的长篇,或者中篇,不喜欢弄那些挺费时间的作品。"林夕是东北师大毕业生,好像是大连人,她瘦瘦的脸颊上戴一副大眼镜,显得文质彬彬,平时喜欢抽那种细细的女士香烟,她送了我一本杂志《小说选刊》，上面有她的长篇小说《绯闻时代》，她的作品城市气息、知识分子气息都很浓烈，语言也是快节奏的。南景是山西人，她性格开朗，心宽体胖，是个80后，年纪轻轻就走南闯北，是个很有前途的编剧，她总是优雅地抽着她的烟卷，一副大不咧咧无所畏惧的样子。王菡性格比较内向，是学考古的，她是西北人，干什么都似乎有条不紊，兢兢业业，她的父母都是中央电视台的，也许是家传的文化基因吧，她居然成了小有名气的女编剧。后来在与萧老师叙谈中，她才知道原来萧老师与她父母相当熟悉。

在与我尊敬的宽仁、达观、睿智、善思的艾书记的交往中，我似乎看到了一位有责任心的文化人、一位著名作家的追求，这位宽额头，头发有些稀疏，鼻梁上架着一副眼镜的人，曾荣获全国短篇小说大奖，成为文坛的一位孜孜不倦的活动家，他试图要依托《中国作家》这个平台，让更多的"草根作家"露脸、出彩，让文学更加生动、鲜活，更加贴近大地的声音。我想我自己已经承受了《中国作家》的温润阳光，我以一个普通诗人、作家的身份，与众多在京的国内一流的诗人、作家、艺术家同赏一轮明月，共话诗歌艺术的明天。当然从个人的角度，我深感艾书记的人格高尚，他像一位慈祥的充满爱心的兄长一样厚爱着每一个人，其中就包括我这样的基层作家。在北京期间，还有一件事让我难忘，那就是诗会后的那天早晨，一辆小车在杂志社门口自燃了，火焰腾起，艾书记当时在楼上，他即刻拍下了场景，随后他还跑出门外拍了烧后的情况，以及警察的情况。本来这是一个司空见惯的事情，我当时并未在意，可艾书记不然，他说："老百姓的汽车自燃了，消防队在哪里？报警了吗？哪些相关方面是什么时候才姗姗来迟的，这些不能不引人深思。"我仿佛看到了一位关注时事、关心民生的记者的形象，不，是一位有良心的学者的形象。

萧立军老师是一位特别的人，他是吉林人，他的姓名让我想到了大辽国时的萧太后，一问才知道果然有历史渊源。萧老师是一位性格倔强的人，他插过队，当过知青，回城后安排在文化单位工作，因发表长篇小说《无冕皇帝》而备受磨难，竟至于流落街头，衣食无着。后来苦尽甘来，重新回到编辑岗位，成为一代名编，他编辑的报告文学《马家军调查》《聂绀弩刑事档案》等在社会上引起反响。著名作家莫言的那篇有名的小说《透明的红萝卜》的责编就是萧老师,很多作家都是他发现的,这位伯乐式的大编辑让人们尊敬。

记得在咸阳采风时,有天早晨萧老师吃早点来得迟了,当时其他菜都没有了,就剩一点咸菜,萧老师咸菜就馒头,外加几两烧酒(他用矿泉水瓶子装的自备酒),就算早餐了。我很诧异,问他:"大清早就喝白酒,你受得了吗?"萧老师说:"这是我家老爷子培养的,他早上习惯喝酒,我呢时不时地陪他喝几口,后来也就这样了。我一般中午不吃饭,到晚上再吃饭喝酒,不醉不散。"在北京萧老师招待我时仍然没有忘记酒,他特意带着自己的两瓶藏酒,可能是内蒙古或者青海的酒,酒味醇香、后劲很大,我们用杯子豪爽地喝着酒吃着肉,那天我竟然酩酊大醉了。

回到家里,儿子问我从北京带回了什么,我给他看了看我的包,满满两大包《中国作家》杂志,这全是艾书记和萧老师赠送的礼物,还有艾书记的短篇小说集、萧老师的小说《无冕皇帝》,两位老师希望我尝试写剧本,这将成为我今后发展的新方向。

2012 年 8 月 7 日

第二辑　星星感悟

"减负"杂谈

切实减轻中小学学生课业过重负担,这是教育界乃至全社会关注的重要话题。那么如何"减负"呢？笔者认为：

首先要有整体性思维。"减负"不能仅就问题谈问题,应像江泽民总书记讲的"教育是个系统工程"要有全局观念,不能单打一,也不能头痛医头,脚痛医脚,要全面分析学生课业负担过重的各种主客观原因,是课程分量过重,还是家长、社会期望值过高？是望子成龙的普遍社会心态使然,还是教育运行中的某些传统惯性使然？总之,在当下人们的意识和行为中似乎经历着既强烈要求"减负",又难以割舍的心路历程。所有这些都需要我们具体加以分析,加以研究。

其次要敢于实践。我们要把"减负"与"增效"结合起来,在"减负"中"增效",在"增效"中"减负"。要充分认识到中小学学生课业负担过重这一问题的深层次原因,即应试教育观念的影响。在这一观念的影响下,中小学教育只重视知识的机械传授,不重视知识的创新和创造；只重视知识技能的实用性、现实性,而忽视了知识技能的发展性和基础性。此种观念不加以改变,"减负"工作实难奏效。要把"减负"与"增效"结合起来,就必须大力推进素质教育。要从教育思想、观念和方法上大胆突破,大胆探索；也可以先从课堂教学这一基础环节抓起,充分发挥学生的主体性作用,变"要我学"为"我要学",向45分钟要质量、要效率。

"减负"还要争取社会的理解与支持。目前,"减负"工作的支持面还相当有限,阻力也不少,有担心"减负"会影响教育质量的,也有担心"减负"会造成严重的不适应,最终会耽搁学生的前途。这些都要求我们必须进一步争取全社会的理解与支持,走出应试教育的怪圈。

"减负"之后,我们应当努力探索我们的孩子应该干什么,我们的社会教育环境还有哪些方面需要加强和改进。我们不是提倡创新精神,培养学生的创造性思维和实践动手能力吗?我们不是希冀我们的孩子综合素质有所提高吗?那么从社会大环境看,现在的少年宫、科技馆、教育实践基地有多少?我们能满足学生开展第二课堂活动,进行小发明小创造及其他丰富多彩的课外活动的需要吗?在这方面我们恐怕还需要做大量深入细致的工作,为学生接触社会,在实践中学习,提供必要的条件。

对待培养跨世纪人才的宏伟事业,正如江泽民同志所说:"社会、家庭各方面都要关心和支持。只有加强综合管理,多管齐下,形成一种有利于青少年身心健康成长的社会环境,年青一代才能茁壮成长。"也只有这样,我们才能保证教育改革的正确方向,才能真正做到"减负"。

2000 年 5 月 21 日

人生三味

哲人康德曾敬畏于夜空的繁星与内心的道德准则,战战兢兢于浩瀚的自然力量和人类道德的惩戒,我却敬畏于人生三味:健康、财富和功业,因为人生的快乐与幸福莫不与这三者相联系。如果说健康是辆汽车,那么财富就是能源,而功业就是我们能够走多远。

人啊,你的一生就是在这"三味"中度过的,苦辣酸甜,冷暖自知,想想看是不是这么回事情呢?生活是美丽的,健康的生活更美丽。健康是通向幸福的阶梯,是我们唯一可以凭借的工具;失去健康就无异于失去了自由,失去了展示生命的平台。

财富是人生的重要标志,它能愉悦性情,给生命以光彩,让人性凸显神奇、壮美。财富的占有既可以成为动力，也可以祸害自身，对财富的贪得无厌与私欲的极度膨胀，会让人失去本真，把兽心狼性激活，给生活增添些许的悲剧色彩；投机与欺诈也许会暂时潇洒，但内心永远不会平静坦然。尚财崇善者恒立，守财失德者难久。

财富是物性的，也是理性的，精神的，仿佛大厦与其风格，又恰如人的形表与内心，我们无法将二者隔离。

获得财富是一种能力，驾驭财富才彰显智慧；做财富之主人，你就享受人生，做财富的奴仆，那无异于糟蹋人生。

功业是人生的最大乐趣，也是上帝对人类的最高奖赏，是普惠的崇高张扬，是个性的完美体验。人世间无论是标榜个人主义的、自由主义的，抑或是利他主义的种种主张，都无法逃避一种现实，那就是因为他人的存在，你才具有了社会的意义，否则远古的"鲁滨孙"们永远不会走出孤岛。

功业是强者的手杖，助推你登峰造极；失败是弱者的借口，掩饰你虚弱的精神。马太效应让强者锦上添花，皮格马利翁的爱神燃烧着希望的曙光！

生活中往往有这样的现象，没钱的羡慕有钱的，有钱的羡慕健康的，健康的羡慕有功业的，有功业的还羡慕自然的，个中滋味，还颇有些禅意哩！

其实人就是这么不可思议，像一个厨师，无时无刻不在烹调着生活的味道，选择着此时彼时的契机。人有时候也就是一个司机、一个水手，生命的航标、方向盘就掌握在我们自己的手中，我们就是自己的命运之神。

当然人的无可奈何还在于，人往往要追逐一些俗世的定见，一些浮华与喧嚣，一些集体无意识的行为，如相信天上会掉馅饼，相信一切都会向自己敞开，相信道德和法的绝对均衡，相信"性本善"，相信自然而然之类的神话，等等。

2008 年 9 月 1 日

宽 容

宽容是什么？宽容是一种气度，一种风采，一种人类特有的精神追求，是天地万物幻化的壮美花朵，它开放于人性高远宁静的天空，留存于亿万平凡朴素的灵魂。

当我们于遥远的空间俯视，俯视我们平凡的世界，我们就会随意捡拾生命中无比灿烂的浪花——

从远古至今，体育竞技延续着人类惨烈的好胜行为，竞争、搏击、奋发总会有胜者与败者，但并非一律的就是服从"胜王败寇"的逻辑，赛场上、生活中总有一些例外，败者会像绅士一样地向胜者祝福，胜者会虔诚地挽起败者的臂膀……

于是圣洁的智者便深情地呼唤——宽容！宽容！

耶稣说："有人打你的右脸，连左脸也转过来由他打。"

圣雄甘地在挤车时掉了一只鞋子，他索性连另一只也扔下了车。别人不解地问他，他却说："让捡到的穷人可以穿一双了。"

啊，这就是宽容！

其实宽容何止于此——

一场凄风苦雨的战争过后，将军柔情似水地抱起了敌方幸存的婴孩，并自己抚养。

十恶不赦的暴徒在被实施绞刑以前，神甫同样为其祈祷。

邻里之间寸土争斗云开雾散后的互让互谅……

宽容其实是人的悲悯之心，向善之心，是唤起爱心的皮格马利翁效应。

宽容是无私的，也是有目的性的，她是一种换位思考，是作用与反作用。

她更是中国式的"老吾老以及人之老，幼吾幼以及人之幼"。

当然，宽容不同于无原则的退让，只要不涉及根本问题，姑且宽容一下，理解一点。

宽容是一种大视野，大气度，大风格，大修养，她仿佛站在人类之巅的珠穆朗玛峰,仿佛置身于浩瀚的海洋。

所谓海纳百川,有容乃大,壁立千仞,无欲则刚。

孔子登泰山而小天下。

宰相肚里能撑船。

宽容,这是一种强者的心态,要不然诸葛亮何以七擒孟获,孙悟空怎么也翻不出如来佛的手掌心——

宽容啊,要我说这里面也许还蕴藉着尊重,而尊重差异就是尊重世界的无限多样性,就是尊重自然秩序——

在一个尊重个性,尊重生命,宽容失败,充满和谐的世界里生存,这是多么美好的理想呀!

2009 年 7 月 13 日

思维三议

一

思维是什么？思维怎么左右人的行为？人对于思维能够做主吗？这些玄学的问题,似乎已经不被寻常人过问,或者很少过问。但不容置疑,正确思维对于我们的价值却是极其重要的。

我讲一个笑话:很久以前,某君在夏季因蚊虫叮咬,想撑起一顶蚊帐,就设法找来了几根长竹竿,不料竹竿有些长,他的门太窄,横竖进不去门。某君纳闷,想用锯子截断竹竿,邻人见之大异,忙上前制止。邻家小孩忍不住大声说:"阿叔,干吗不与门对直了放进去呢?"某君恍然大悟,一试果然能行。

我想生活中,不知有多少类似于"长竹竿不能进屋"的尴尬事,这其中恐怕与我们的思维定式有关吧。我们总是一味地抱怨竹竿太长了,不合尺寸,却从来不想想我们自己的思维是否出了问题。想想这些乡野碎事,似乎对我们思考一些大事也不无裨益。时下有些人大谈解放思想,却往往流于形式,把劲使在口头上、枝节上,而不检索自身的思维路径是否合乎时宜。看来解放思想就必须解放思维、创新思维,变革我们约定俗成的那些思维模式。

二

很早以前,某生产队有一位饲养员,此人曾因赶车时翻车大脑受伤,人变得木讷。一天他本家子弟要结婚,他要离开饲养室,但他忧心生产队的牛,就把一天的草料都备齐了,对他的几头宝贝大黄牛说:"牛呀,我要座席吃酒喝肉了,也不能亏待了你,你看呀,一天三顿你们最好每次吃一小堆,还有水,对了,今天我给你们也加大料量了,你们慢慢享用吧!"

饲养员那天可真是春风得意呀,他是长辈,敬酒的人很多,喝着喝着就昏昏醉倒了,到了后半夜都没有醒来。第二天生产队的牛撑死了,饲养员闯下了弥天大祸……

听了这个故事人们忍不住要发问,那个饲养员,怎么那么呆板,牛怎么可以懂得人的语言呢?这不是对牛弹琴吗?在指责别人的同时我不禁联想到我们自己的思维,我们的管理方式,恐怕多少也有点饲养员的味道吧,我们往往设定了一定的界限、方式,指令别人如何如何,而不考虑别人的感受、别人的情况,这难道不是我们思维的一个盲区吗?

三

有一年,我与几个朋友遨游千里之外的一处名山,星夜兼程,途中多歧路,我们一路问道,一路求索,总算找到了目的地。归途又迷失道路,想原路返回却几乎无法找到来时路径,大家七嘴八舌,同行人说:"我们的车况好、速度快、排量大,就一直朝前走吧。"后来靠集体的感觉,终于摸上了一条路,结果朝相反方向走了二百公里,真正成了南辕北辙。反思这次行程,我诧异同行中那么多的智者,那么多的头脑,竟然迷失于错综的道路,人在旅途如此,安身立命、做人做事、治国理政、改革开放何尝不是如此呢?看来生活道路的迷失只在乎毫厘,不能因为我的胆子大、官职高、车子好、跑得快就能够走上正道,生活的方向性、思维的方向性对人们多么重要呀!

2008 年 9 月 10 日

美即自然

美之所以为美,是我的感觉触摸了你的存在所形成的认识和认知行为。那是一种平和的心态,一种激越的心绪,一种对于世界、人生的悲悯心肠,一种欣赏的生活态度,一种从内而外的感悟与反思,一种乐于其间,参与并快乐的无尽情思,一种自在与点染的壮美灯塔。

我不想说美的客观自在性的问题,但我必须强调美在于创建、发现与升华,在于始终保有那份纯真与痴情,在于始终具有敏感而悸动的心魄,丝毫的麻木都会让她流走。徜徉于山水之间,你会惊讶于微尘不染,层峦叠嶂满目苍翠,青山绿水醉人心扉的自然美景,在内心你情不自禁地想融化于其间。登临群山峻岭峰巅,你会有一览众山小的豪迈,每征服一座高山,你就收获一份自信和力量。人啊,在你的面前高山大川算什么呢?但是亲爱的朋友,你千万不要产生错觉,伟大的人类并非是超越于自然的无所不能的幽灵,其实自然是人类永恒的朋友,是人类最基本最纯粹的天性,是人类与生俱来的家园,是我们扯不断的生命之根。

那些于贫瘠土地怒放的花朵,那些在残岩断壁扎根生长的松柏,那些与大地母亲相依为命,不离不弃的绿草,都仿佛有太多太多的灵性,太多太多的坚持,如同一个性格倔强的义士,威武不屈,贫贱不移,也恰似一位脉脉含情的少女,给世界以无限的爱恋与眷顾。其实呀,在这些看似琐碎的物象之中,蕴涵着美的精灵,这才是朴素无华而又至情至性的美。

时下里风行矫揉造作的虚假之美,粉饰着千篇一律的容颜,涂抹着火山灰一样深厚的脂粉,企图锻造一个无差别的美丽王国,其实呀,在这种拙劣的法术背后就是对真美的封杀。在人类社会的演进中,女人几乎成了美的代名词,"美人""美女"多么让人心旌摇曳呀!但不同时代的人对美的判断标准不同,有以胖为美的,也有以瘦为美的,有崇尚力量的,也有崇尚柔美的。

有人说女人是水,她时而有形时而无形,时而有力时而无力,她有时候是涓涓细流,有时候却是壮阔激流。那些流动的水,静止的水,海洋中的水,

第二辑 星星感悟

河流湖泊中的水,地面的水,地下的水,空气中的水,生命中的水,东方之水,西方之水,南国之水,北国之水,以及世间一切存在中的水,让迄今为止一切圣贤都不敢放言——我了解了女人!

如果说人是自然的宠儿,那么女人便是宠儿中的宠儿。你看雪山巍巍,傲然俊秀,那些玲珑剔透的玉呀石呀,多么像自然中的女性,那些千年守望的石头,多么像纯情的少女呀,多少年了还一直在盼着心中的青年。我曾经于山的脊梁遥望,那些蜿蜒的曲线,灵动于我们久远深沉的记忆,那些洋溢着爱的褶皱与断层,莫非是记录了一段铭心刻骨的爱情?莫非是自然克隆了前人的生命信息,留下了或忧或喜的残缺遗存?不过呀,那些烟云一样的岁月,那些别样的人生,在懵懂的后人的心湖究竟能留下多少印痕呢?除非你相信冥冥中的命运之神的导引,除非人有某种特异功能。

或许吧,要不然你看那些匆忙的人群,不管肤色与国别,不论民族与阶层,他们成群结队地,不辞辛劳地投入山水的怀抱,享受自然之吻。那些绝地的探寻,那些贪婪的追求,那些唯美的精神,似乎要竭尽、穷尽山水的魅力与韵味,似乎要在地球的每一个角落留下人迹。在夜风陪伴中,在花香鸟语的欢乐声中,在一切感觉直觉的感悟中,我们每一个人的三万六千个毛孔都一齐张开了,舒展了,开放了,迎接一切沁人心脾的气息,吮吸露水、空气的甜蜜,那滑滑腻腻、香香甜甜的感觉简直可以让生命从此窒息了,让一切都冰消于蓝天白云之中……

看着这些劳顿不辍的众生,看着这些自以为亲近自然的生民,你也许会流泪伤心,你会情不自禁地张开嘴巴,吹拂着女人般轻柔的香味,踏着跳越翻腾的雪浪,传授他们不加雕饰的大美大爱,启迪他们领会什么才是人世间真正的大仁大义、和平发展!

山还是那座山,水还是那汪水,你还是那个你,我还是那个我。但风水运转,流年轮换,生生不息,同样是一条河,一条江,一片浩瀚沙漠,一轮弯月,一地阳光,在李白看来就是一首首写不尽的诗歌,而我和你踏遍山水,数遍星辰也不会有此情悠悠的感怀,在我们疲惫的当儿,也许会在梦里约会诗歌,约会激情吧。

人们啊,如果你迷失了生活,迷失了自我,请不要声张,不要嫉恨,也不要手足无措,最好打起背包到山里,到流水欢畅的地方来吧,因为那里才有和谐阳光,收获我们意想不到的希望与梦想……

2008年9月10日

佛 思

周末,与朋友闲聊。大家谈到了《道德经》《金刚经》《坛经》《圣经》《古兰经》等典籍,论及宗教、社会、人生等多方面问题。我是个无神论者,颇有些心不在焉,但朋友们的话语,不时激起我心灵的涟漪。

"我不是基督,但我绝对是一尊佛,一尊虔诚的佛……"不知怎么,我突然有了这样的想法。正在这时,有人叙述了一个观点:一座城市、一个人必须有一座精神圣地,否则就不够品位。

"对呀,你看现在城市越来越大,楼房越来越多,设施越来越好,就是缺少文化,缺少个人精神期冀的地方。"

"现在一些地方建筑最漂亮的是住宅、别墅、银行、商场、宾馆、酒楼,几乎要绝迹的是图书馆、电影院、科技馆、文化宫,当然更有甚者还要数寺庙,有的地方似乎仅存遗迹。"

"我们可以移植大树栽种花草,可以用金钱堆砌雕塑,但就是无法解决精神的饥渴。"

"这里一个核心问题就是你要弄清楚人们需要什么?怎么满足人们的多层次需要?"

"看来富裕与文明并不会自然对接,生成与铸造文化才能成就城市文明……"

"外商投资很讲究这个,特别是东南亚商人信佛,你那里如果没有佛教场所,人家就不来,他认为你这里没有文化品位。"

"你看历史上长安城里城外不知有多少寺庙道观,多元文化放射出璀璨夺目的光芒,映射出一个盛世和谐的大唐文明。"

"宗教从一定意义上说,可是一部分人的精神家园呀,对他们而言是一种不可或缺的东西……"

"骇人听闻!你这是什么观点,绝对片面,不适应于大多数。"

"呵呵,你不要忽视这些呀!就是少数也要重视。不瞒你说,我在外地见过很多官员、商人信佛信教,当然不明着来,私下里都有师父。"

"有人说网络是21世纪的精神鸦片,很多年轻人崇拜网络、依赖网络……"

"我不信那一套……"

"人的精神世界终归要有一个归宿,你看现在人的压力大,问题扎堆,失业、上学、就医、买房、养老等问题困扰人们,人的精神世界确实需要导引和慰藉。"

"那不一定非得宗教嘛!"

"中国有十三亿人口,党员无神论者也就七八千万,佛教、道教、基督教、天主教、伊斯兰教占很大比例,这是一块很大的精神平台。"

"现代社会思想相对开放,信仰也斑驳陆离,错综复杂。"

"对呀,思想世界一旦出现真空,你不占领,人家就渗透,这几乎就是个真理。"

"现在人的诚信也成问题……"

"这其实也是人的精神世界倾斜的结果,其因也是信仰。"

"从实体造假已经侵蚀到精神造假,从社会工作造假已经延伸到学术造假。"

"假烟、假酒、假夫妻、假文凭、假论文、假思想、假领导、假指标、假产品、假政绩……"

"人无信不立,国无信不强!"

——是啊,我突然明白了,为什么那些名山大川古刹总会雕塑一尊大佛,那不是在时刻警示着人么?

人啊,什么时候也不要迷失了自己的心……

2009年7月25日

无 题

　　今年的夏季,没有往年热,好像天公很作美,时不时地下一些雨,降一下温,尽管雨量不算大,但隔三岔五的,那些星星点点的雨滴,那些时时汇集的云朵,都似乎让人有一种舒心清凉的感觉。

　　在夏日的傍晚,年轻人总喜欢聚集在一起吃夜市,或者上桃园烧烤点消夏,他们在那里喝啤酒、聊天是少不了的,在那种场合大声说话,狂野无忌地嬉笑,甚至吆五喝六地吼叫服务员也是司空见惯的,他们仿佛有一种年轻人与生俱来的无拘无束。

　　"服务员,再上酒!"

　　"服务员,加菜!"

　　当然现在的中老年人都似乎比较重视身体,比较重视业余生活,在公园里跳舞、唱戏、唱歌休闲的,是一大群一大群的,在城郊野地边走步、骑单车的也是络绎不绝。至于那些玩 KTV 的,打麻将的,沿街转悠的,逛夜店的,以及猫在家里看电视的,或者潜在网吧上网的,那更是有老有少,各随自便。

　　我呢,已届中年,本应该安分守己,但由于职业的缘故,不得不经常客串于各种场合。有一回为了"灭火",我陪同人在城里宴请记者,记者说:"吃烧烤吧!"我们就立即把已经订好了的酒店退掉,然后转场到郊外。

　　席间大家谈笑风生,但心中各怀主意,如果火灭了,我的饭吃起来就有味道,如果薪不尽火不灭,我就有一种如鲠在喉的感觉。不仅如此,我还要断那些是也不是,谁对谁错的官司,但彼此心知肚明,事情也多多少少都有些因果,绝没有无缘无故的爱恨情仇。这是我感觉最不好吃的一种饭,我叫它"鸿门宴"。

　　当然这种饭吃过之后,有的还要唱歌、跳舞、洗脚、搓背、看歌舞等等,我想这些举动大致类似于"项庄舞剑意在沛公",总之他们都需要台阶,有了台阶,有了借口,他们就可以各自逍遥了。

　　酒足饭饱之后,各位的目标都实现了,记者不曝光了,被曝者安生了,然后心安理得地都踏上了归途。这时唯有我的感觉是——我越来越觉到自己是一个虚空的无知无觉的躯体,我不知道我在做什么,它的意义究竟是什么?我想到了过去站在堂口的那些打手,那些不同时代的杀手、刀客,似乎别人让你干什么你就干什么。我甚至想到了婚姻关系之外的第 N 者、背街小巷的站街女、商场里的扒手、还有衣衫褴褛的乞丐等,人世间以生存的名义,以工作的名义,以事业的名义,有些人真的不知道自己都干了些什么吗?呜呼!我说不出话,反正"牛把瓮踢破了有饲养员哩",总要有人收场的。

2012 年 7 月 18 日

醉醒之间

男人与酒总有着某种千丝万缕的联系,酒似乎是豪放、旷达的代名词,也是一根连接、延续人际交往的缰绳,它链接着那么多形形色色的圈子,承载着从古到今的文明。古往今来,宫廷宴饮,外交接待,节庆民俗,私人聚会,等等应酬,总免不了推杯换盏,你来我往。我国古代的边关将士,边塞诗人,把酒临风,仗剑为诗,其豪侠气概可见一斑。一部华夏诗词典籍里,不知有多少是"酒仙"之作,"酒圣"所为,特别是晋代王羲之先生的那篇光耀古今的书法作品《兰亭集序》,也似乎作于恍兮惚兮之间,成于神游万里之时。

酒为何物,俗话说:"酒是粮食精,越喝越年轻。"酒是好东西,也是坏东西。持之有度,益身提气,痛快淋漓,贪杯无度,伤身败体,贻害无穷。笔者也是一个酒客,每每于酒醉之时,体味人生少有的况味。以我之经验,少年饮酒,有"少年不识愁滋味"之虞,才是狼吞虎咽,未识酒味先下肚,未见热菜已离席;中年饮酒,有"骑驴看唱本"之嫌,于是王顾左右而言他,推推搡搡,浅尝辄止;老年饮酒,有"蜻蜓点水"之功,非不愿矣而不能已,仿佛霸王别姬之凄凉,凤凰落架之尴尬。我少时醉酒,往往呼呼大睡,多半天不醒,间或胡言乱语。记得在学校任职期间,我三天一醉五天一惑,妻子愤愤不平,斥责我的同行者:"喝成这样了,给我抬回来,我也不要他了……"酒精这个东西,往往麻醉人的神经,使人如痴如狂,也使人劲力顿失,软瘫了一般。醉酒时分,妻子戏言:"过去你打我,现在看我不收拾你!"于是在床上她动手扇我耳光,当然这种揶揄的动作被儿子看到了,他那时还是个五六岁的孩子,他急忙拽住妈妈的手,并且央求说:"妈,你别打爸爸,你喜欢爸爸……"面对懵懂的孩童和哈哈傻笑的醉汉,妻子的手软了,她僵硬的手臂,轻轻地揉搓着孩子的脸,此刻她泪水盈眶,凄然地背对着墙壁……

还有一次,到县城新单位任职之后,单位领导招待我,班子人员悉数出动,陪客三五人,都是能征善战的喝家子,"酒场就是战场,酒风就是作风,能喝一斤喝八两,这样的干部还得培养,能喝半斤喝一斤,这样的干部党放心……"如此的坊间话语、酒桌话语似乎成为一种新潮。那一次我喝得酩酊大醉,此后还去KTV唱歌、跳舞了,我看到那些眼睛大得几乎都是赵薇一样的美女,那些鼻孔朝下的似乎都是巩俐。那天我醉得一塌糊涂,我不知道自己怎么睡在了招待所的房间里,还给床铺上吐了很多异物,把一屋子的空气都重度污染了。翌日凌晨,酒醒后的我思想着昨天的事情,脑子里一片混乱,更为糟糕的是我的右眼眶不知碰撞在哪里了,眼睛四周有黑黑的瘀血圈,嘿嘿!成了熊猫眼……在清醒的状态下,我想到了《三国演义》里的一段:蒋干中计。周瑜假装醉酒,故意设局,而那蒋干书生气十足,真醉了……而我也由此联想到多次酒局上真真假假的使诈行为,官高位显者,喝多少是多少,无人敢盯,同僚中以白开水、矿泉水代酒者有之,喝酒洒洒漾漾者有之,死皮赖脸不认账者也有之,还有把可口可乐、圣桑饮料充当红酒糊弄人的。酒场中战术多多,多对一战术,一对多战术,集中敬酒、轮番敬酒战术,猜拳行令、玩游戏、唱歌战术,设伏兵用女将战术等等。酒场上大家都知道"长头发、眼镜片、红脸蛋"这三种人不敢招惹,大大小小的酒场仿佛一个个人生竞技场,各色人等披挂上阵,各显能耐,人生的丑恶善良,阴险狡诈,苦乐酸甜,得失进退,运筹分合悉数表演。时下的很多事情,都是在酒桌上进行的,所谓酒醉昏昏议事,酒醒昭昭行事,从某种意义上说,这也是人生的一个大舞台。

人届中年,身体的各种不和谐信号不期而至,我明显地感觉身体有些不适,先是痔疮祸害,间或是神经性皮炎、颈椎病,后又血压升高,对于酒精也敏感了许多,不敢频繁造次了。这一时期是遇酒就然,染酒就醉,醉过就难过,甚至于牵累数日。这一时期我酒醉之后,往往思维活跃,历史地理大讲一通,有时候抓起手机逢人便拨电话,一打就是几十分钟,直至手机没电。为此醒来后,自己多次顿足捶胸地发誓不再喝酒,但总是不长记性,屡屡犯戒。趋利避害的道理,健康保健的常识,对于自己来说,是心里清楚的,可做起来就难了,有时候想起那句"酒肉穿肠过,佛祖心中留"来竟然有些脸红难堪,人家尚有佛祖存留,我等往往是徒留遗憾而已。人生就是这么随意而为,身体硬朗的时候,天不怕地不怕,乘着好运气能吃能喝,有股子全然不顾的气概,人削薄的时候,千在意万在意,这不敢动那不能吃,也免不了灾祸临头。行文至此,我突然想到了"操守"一词,我等鼠辈是不可言这个神圣词汇的,虽身在江湖,身不由己,但先前每每自夸烟、酒不避,大口吃肉,大碗喝酒的豪迈壮举,莫承想血糖、血脂、血压三高已然不期而至,躺在病床上才后悔莫及,正所谓:自作自受。

醉醒之间是一种人生态度,是人的行为,而非酒能如何。所谓酒只不过是人们所使用的一种物质,以酒为武器,以酒为纽带、桥梁那是需要相当的智慧和艺术,如果要达到既酒香宜人、又事半功倍的功效那就更需要掌握某种技巧和平衡。这就仿佛驾车行进,方向盘握在自己手中,平安健康得靠自己掌握,而披荆斩棘,走出新的路子,创造新的境界也得靠一种自觉精神。

2012 年 11 月 1 日

"白手起家"的断想

某君欲盖一所房子,既无资金,又无建材,却信誓旦旦地说要盖一所好房子,众人皆以为他是痴人说梦。好在其亲戚朋友都有指望,正所谓"有了有指望,没了没指望,靠山吃山靠水吃水"。而此人有心机,善言辞,会来事,于是众人拾柴火焰高,某君终于如愿以偿。原来某君对大哥说,"万事俱备只欠东风,只差万把元就齐备了"云云,又对二哥说,"若得砖瓦几万"足矣,此后如法炮制于众亲友中,有时候他还假托年迈的父母亲的名义,于是大姐夫送来了水泥,二姐夫送来了沙石,小舅子带来了工队。反正不管怎样,某君的一所房子在村子里拔地而起,他曾深有感触地说:"我这是白手起家呀!"

我感慨于某君的白手起家,我想这是一种人际资源的较好利用与开发,尤其钦佩某君的胆识和精神——敢于白手起家!这使我联想起"白手起家"之种种情景:史载晚清时期的曾国藩乃一介书生,只凭皇帝自办团练的一纸公文,白手起家组建湘军,居然最后打败了太平天国。当然曾国藩的政治思想不可取,作为历史人物有其局限性,不过他的敢于创与闯的精神对于后人还是具有一定的启示价值。在现实生活中我们并不缺乏白手起家的典型,像中国第一村的开创者吴仁宝,民办高等教育的拓荒者、创建西安翻译学院的丁祖诒,创立世界著名的海尔集团的张瑞敏等等。这些人物善于在看似不可能的环境下,抓住机遇,创造条件,创新思路,创造奇迹,实现其人生的华丽转身,甚至成为一个时代的重要标记。

白手起家,是人们对那些从零起步,成就辉煌的人物的一种褒奖,然而生活中却也还存在着另外一种的"白手起家"。报载:假夫妻行骗上千万,劣迹未暴露之时,他们往往会恬不知耻地说他们是白手起家;那些靠造假售假暴富者,侥幸之余,也会沾沾自喜于自己的空手套白狼,白手起家;而某些贪官污吏、腐败分子在面对公众,面对媒体时,也忘不了给自己贴金,甚至庄重声明自己是诚实劳动,白手起家。这真是此地无银三百两呀!

细细想来,这"白手起家"还颇有一些深意。单说一个"白"字了得,白乃复色,赤橙黄绿青蓝紫七色兼具,可以说它包罗万象,由白而灰,而青,而黑,而紫,而诸多变化。人常说黑白两道,自古姻亲;对立统一,相辅相成。由是我猜想李宗吾先生的厚黑说或许也源于白,由白的复合态、非稳定态而最终走向了黑的状态。愚以为白乃纯洁、素雅、高尚之象征,原本是一个极难坚守的色调,人之洁白如故,事之端正无偏,情之恰到好处,谈何容易?难怪人们慨叹"人生如履薄冰",处处都有艰难,在爱恨纠结处人们不禁要呼唤:"晓来谁染霜林醉,总是离人泪。""天地也,只把黑白分辨,怎糊涂了盗跖渊源?"诚然,黑的就是黑的,白的就是白的,这种客观事实不容颠倒,但是历史上就有"指鹿为马"的现象,就有背离客观事物的现象。透过这些烟云,我们似乎体味了人世的几多辛酸,几多无奈。如此看来,历史的演进,人欲的坚守,情爱的困厄,生死的轮回是多么不易呀!

俗话说,"鸡不尿尿自有去路",我想所谓白手起家者,也是千秋各异。仰仗亲情故交,借力发展者,若心存诚意,自觉努力,不失为明智之人,如果不思进取,坐吃山空,那就另当别论了。那些披荆斩棘的开拓者,因为强烈的事业心、崇高的理想信念激励着他们,于是磨折不倒,压迫不垮,奋斗不息。于是辛、酸、苦、辣、甜五味俱全,生、死、忧、劳、烦五情皆备,甚或妻离子散,丧身殒命,在所不惜!凡此种之白手起家是值得推崇的高义壮举。我国素有"修身齐家治国平天下"的优良传统,可见起家兴业与国之命运休戚相关,更与自身修养密不可分。因此起家之举事关大体,它可以洞察于精神之毫末,查检于人格之细微,如骗子起家,违法乱纪;贪官起家,权钱交易;小人起家,蚕食群利。此等之作为,皆是道德人格不健全者之妄行,是道貌岸然的伪君子的"作为"!

君子爱财,取之以道,用之有度。世人若想起家兴业、发展发达,当慎乎己之清白,少干些不清不白、不尴不尬之事,多做些利人利己之事,这样于国于民于人于己都是幸事,自己也能心安理得地说"白手起家,清白做人"之类的硬诚话了。

2003 年 10 月 18 日

酒　说

据说有一个少年,他父亲很有钱,算得上当地的大富豪,家里就这么一个宝贝疙瘩,于是万千宠爱集于一身,孩子要什么就给什么,久而久之,这个少年成了名副其实的纨绔子弟,酒色财气加赌博可谓"五毒俱全"。有一年正月里,这位富家子为了给其女朋友表现其英雄气概,一口气喝了一瓶白酒,并且摔碎酒瓶,将破酒瓶照直插入自己的胳膊,霎时间血流如注,后来这

天边那片棉花云

个小伙子没出当天晚上就死了,年仅20岁!

时下人们议论说都是酒惹的祸,果真如此吗?于是余有叹焉,千百年来,这个恼人的酒不知演绎了多少生死悲歌,也不知成就了多少人生绝唱。对酒当歌,人生几何?屈原忧国忧民赋《离骚》,开一代诗风;曹操煮酒论英雄,筹谋天下大事;李白斗酒诗百篇,诗仙对酒邀明月。当然与酒相关的人物不可胜数,我不想赘述。在此我设想着屈原先生自沉汨罗江的原因,是否酒精过量,醉沉汨罗江,抑或是历经得势失势的变迁,在朝在野的折磨,由于对于时弊的忧愤,甚至绝望所致呢?李白先生的情况我想也大体与他的先辈一致,忧愤中透射着些许的无奈,孤傲中掩饰着些许的凄凉。这时我忽然想起了"好死不如赖活着""留得青山在,不怕没柴烧""死生有命,富贵在天""人不为己,天诛地灭"等念头,我无法确知古人的心境,也无法确知他们是否有这些想法,但现实是他们确实是死了,他们走了他们自己选择的道路,正如李清照的诗句:"至今思项羽,不肯过江东。"这是一种生活态度,也是一种理性的选择,或者叫历史的必然性。死生大义,存亡断续自有其规律,司马迁先生说得好,人总有一死,或重于泰山,或轻于鸿毛。毛泽东更进一步说凡是为人民大众服务,为社会发展服务的人,他的死就比泰山还要重,否则就轻于鸿毛。有人说任何历史都是现代史,这种说法有一定的合理性,但也有些异议,当朝者因自己的好恶总是有意无意间掩饰事实真相,曲解社会历史。好在"青山遮不住,毕竟东流去",人生有意,青史无情,是非曲直,忠奸善恶,后人自有评说!

话题还是回到酒,考古界近年发现了西汉时期的酒液,算得上是一个奇迹,可见酒是人们生活的一部分,自古亦然。酒是生活品,也是生产品;酒是至情物,也是武器;酒是好友,也是敌人。老百姓居家过日子,婚丧嫁娶不能缺少了酒,企业、商家、政府、村寨开业庆典、重大活动、节日似乎也少不了酒。现在如果你一打开电视就会感受到扑面而来的酒文化气息,央视的黄金档总可以见到大酒厂的那些制作精美的广告,当然那些大酒厂对于GDP的意义不言而喻。在艺术天地里,酒同样占有一席之地。众所周知的电影《红高粱》,那动天地泣鬼神的酒歌,那蕴含着民族精神的红高粱酒,顿时成了最原始的打击敌人、保卫家园的武器。《水浒传》里就有一段"智取生辰纲",其武器是酒,"武松打虎"的神奇力量也来源于十八碗酒的刺激和激发;《三国演义》里有周瑜假装醉酒诱惑蒋干中计的精彩描述,其武器还是酒等等,这样的例子还很多,就不多说了。

春花秋月何时了,往事知多少。现实生活中,这酒也是一架天平,它衡量着道德的高下,就像那些散布在路边的气势宏大的加油站里面的加油机一样,不管你如何精确,如何先进的机器,但无一例外的最终还是要靠人来操控。制酒者冲着其可观的利润,不惜造假,以次充好,甚至有不法之徒用工业酒精勾兑,贩酒者过度包装,拼命炒作,使一杯水酒的价值超过了真金白银。时下的喝酒者,喝茅台、五粮液等国酒的,或者喝人头马、XO 等洋酒的,多半是自己不买酒的,或者说是有人送的;有的人吃喝别人的,吃喝国家集体的,恨不得把脾胃都撑破,他们居然说"宁可叫胃穿个洞洞,也不叫感情裂个缝缝",要是让他自己掏腰包,也许就不那么豪爽了。据媒体报道,达官显贵,腕儿大款,出入高档酒楼,酒足饭饱之后,驾驶豪车玩醉驾,轻则自身殒命,重则贻害群众。当下那些腐败分子借酒妄为,大搞权钱交易、权色交易,在那一杯杯的美酒中,断送了一个个"酒精考验"的灵魂。的确如此,这酒通心性,可以照见人生。我国古代曾以酒选人,以酒试人,他们往往先让其喝酒,然后察看其酒后的表现,分别用美女诱之,用钱财诱之,用官爵诱之,如此能够见酒不乱性者,方可用之。鸿门宴上刘邦若果酩酊大醉,口不择言,酒后吐真言,那么其小命早休矣,何言日后西汉帝国的江山社稷?据说对越自卫反击战前夕,许世友选将也是用酒,看对方能喝酒就证明身体可以,可堪重任。

行文至此,我不知道该如何评价酒的是非功过,但我想酒应该是无辜的,这就如同为孩子洗澡时我们不可能把孩子和脏水一起倒掉吧。这让我倒想起了一句话——"酒风就是作风,酒品就是人品",煮酒论英雄,还看今朝,但愿生活中的人们心中都能有杆秤,在推杯换盏之间,在应酬往来的时候,也能时刻守住自己人生的底线,活一个堂堂正正的自己!

2004 年 8 月 6 日

秸秆禁烧琐议

今夏陕西咸阳市各县区强势推行秸秆禁烧工作,效果明显。西宝高速、西兰路、西铜路等道路两旁,再也看不到烟熏火燎、烟尘雾罩的农民焚烧秸秆的惨烈场景了。对此广大干部群众无不拍手称好,此举无疑对于环境保护,保持土壤肥力,发展生态农业、循环农业有利好作用;对于支援地震灾区确保西安咸阳机场天清气朗,确保奥运圣火在陕西的顺利传递等都具有十分重要的意义。

夏收和秸秆禁烧工作已经结束很久了,然而,我的心情久久不能平静。我在内心一遍遍地问自己:秸秆禁烧几乎年年都禁,为什么禁而不止,究其原因是什么呢?有人说这是由于政策落得不实,工作虎头蛇尾,致使部分群众心存侥幸,因而越规逾矩现象时有发生;也有人认为由于没有形成一个全面禁烧的大氛围,没有一个明确的政策界限,秸秆禁烧工作就难免不走样;还有人认为秸秆禁烧不力缘于秸秆综合利用工作的缺位。

今年的情况就不同了,各级领导重视,广大干部昼夜不松劲,分班轮流值班,与此同时新闻媒体不断加大宣传报道,基层干部更是挨家挨户做工作、填写承诺书,努力营造秸秆禁烧工作的良性氛围。各级政府的政策措施也比较到位,要求"不烧一把火,不冒一缕烟""对胆敢烧第一把火者,严惩不贷",除处以一定罚款外,并依法拘留;对于禁烧不力的领导干部,就地免职,毫不容情。经过不懈努力,绝大多数群众都能够充分理解政府的政策和措施,积极配合政府搞好秸秆禁烧工作,自觉维护环境,保护土壤。这是我们值得欣慰和自豪的地方,至少经过大家的辛勤劳动,我们拥有了一片纯净的蓝天。欣慰之余,人们不禁要问,今年禁烧之后,明年是否还要如此这般,还要靠行政力量的强势推动呢?今后是否要在"疏"与"堵"、"服务"与"引导"的结合上做文章,把行政手段、经济手段与法律手段,科技服务、思想教育等结合起来,使秸秆还田、科学种田成为农民群众的自觉追求呢?

诚然,秸秆禁烧工作是十分重要的政府工作,但如果仅仅停留在行政干预的"禁"和"堵"上,那么未必能从根本上解决问题。据了解,今年关中地区收割机收获一亩小麦大约六七十元钱,秸秆捡拾机械处理一亩地费用大约二十五元,个别农民嫌贵,就选择了既便宜又省事的麦茬焚烧方式。那么如何使秸秆禁烧工作深入民心,如何以此为契机推动农业种植方式的革命性变革呢?笔者认为除了上述行政推进、宣传教育诸法之外,似乎还有改进之必要。我以为,对于秸秆禁烧工作,县乡政府要建立农民秸秆禁烧工作档案,对于不良记录者实行严厉制裁政策,除行政的、法律的政策之外,应该与国家扶贫开发计划、政府补贴等各项惠农政策挂钩,地方人大、政府应该出台类似的法规政策,用政策引领、鼓励农民配合政府工作。对积极实施秸秆还田、科学种田的农户实行一定补贴或者奖励,政府提供足量的秸秆还田农业机械,帮助农民解决后顾之忧,引导农民发展生态农业。进一步加大对秸秆禁烧工作的宣传力度,做到家喻户晓,人人皆知;全力推动广大农民思想观念和农业生产模式的根本变革。政府还必须以秸秆还田综合利用率、农业机械化普及率、科学种田的增产率等作为相关部门和乡镇的考核指标,转变行政工作思路,努力立足于服务。

总之,秸秆禁烧工作是一项系统工程,它牵涉农村工作的方方面面,要落实科学发展观,自觉维护环境质量,发展现代农业。确保农业生产增产增收,就必须立足实际,扎扎实实建立此项工作的长效机制,就必须关注民生,在认认真真为群众办实事谋利益的实践中,争取最广大群众的拥护和支持,不断把我们的工作推向前进。

2008 年 7 月 10 日

考核杂议

时值岁末,各种考核纷至沓来,集中检验着各级领导的执政能力。每每听完一位领导的述职述廉我就感慨,我们的那些当政者几乎无一例外地都说自己如何如何勤政为民,廉洁自律,测评时被邀者也都总是打上"优秀"

"良好"的标记，无损毫发。在时下里，没有人说自己是不合格的，即便早就不合格了，也从不认账，别人也总是睁一只眼闭一只眼地昧心作态。这种只在乎上级，在乎纸上功夫，在乎表面，在乎自吹自擂的造作，恐怕已经违背了考核设计者的初衷，也说明了一个不争的事实——我们行为中的虚浮、矫伪与形式主义已经愈演愈烈。其实考核说到底无非是要搞清楚——考核为了什么？谁在考核？标准谁定？程序如何？是否公开、透明、有效等等。所谓"扎扎实实搞形式，认认真真搞考核"这句话正是时下那种考核情形的真实写照。

不仅如此，我们考核的所谓硬指标——GDP、城乡居民人均收入、经济增长率、招商引资指标，本来无可厚非，但一牵涉排名，事情就复杂化了，这些起源于学生考试排名的做法被泛政治化了，更要命的是末位淘汰制——对于考核最后者不提拔不重用，甚或降职免职。于是欺蒙造假者丛生，有些人就在数字上做文章了，明明全球经济危机，我国已经遭受影响，地方经济困难重重，但有些人还是"我自岿然不动"，编造着两位数高速增长的神话。这使人想到了"大跃进"，想到了亩产万吨的那个年代，想到了浮夸风盛行的集体无意识的疯狂膨胀；更使人联想到了美国的次贷危机，联想到了国际金融危机。如果说我们曾经推崇过美国式的潇洒，"花明天的钱，圆今天的梦"，靠虚拟资本，靠超前贷款消费过活，那么我们今天是否应该反思了。

仔细琢磨不难发现，我们社会行为中的任何事情恐怕都有一个二律背反的问题，考核可以激励进取，鞭策后进，但同样也会滋生虚假；消费可以拉动内需，促进经济发展，但过度消费也会导致危机；西方国家曾享受全球化的益处，但金融危机时也饱受其害，而中国、印度等新兴发展中国家虽然全球化程度不高，但却避免了金融体系的重创。另外我们也应该清醒地认识到，一些领导干部也许具备了所谓的知识，但缺乏深层意义上的文化修养，尤其是在核心价值里缺失了基本的善良、诚实、是非、廉耻，这种软实力方面的修炼恐怕应该引起我们的高度重视，因此我们的考核体系里是否也要增加诚实守信、真抓实干这些内容呢？

2009年1月1日

秋日偶思

　　人生不过短短的几十年，至多一百年，要怎么过似乎纯粹是自己的事情，但也关乎寻常百姓，至少在你的生存圈，在你的子女、亲朋中产生一定的影响。这种影响力就像电子绕原子核一样，有大有小，有强有弱，它往往取决于这个人生前死后的德行与善举，佛家所谓造化弄人，造化成就人。

　　时下里庸常人赛跑似的大操大办婚丧嫁娶这类事情，似乎为了一个面子，一个虚荣，也似乎为了编织一个梦想。近年来我在城里或者乡间参加了不少婚礼场面，也见识了所谓有钱人葬埋先人的世面，据说某某为葬埋先人就花了五六十万元，某某儿女婚嫁耗资数百万，那种烧钱的豪举实在不敢恭维，"富家一餐饭，百姓半年粮"，凡此种种着实令人忧虑！我曾见过一位家财过亿的包工头，为亲人举办丧礼竟然阻断干道交通的事情，那种目空一切的架势堪比古时候的皇帝。

　　"不就是钱么，你说说给多少钱！"

　　"现在不是钱的问题，是必须让车辆通行……"

　　"你们绕道行！谁也不能搅扰我家的丧礼！"

　　"……"

　　这种情况，我想九泉之下的人也会感觉不安的，为什么总要干那些不利于众人的事情呢？为什么在金钱的驱使下人就会丧失了理智，有了几个钱就烧包得忘乎所以了……

　　再就是那些有了些积累的富人的父母，本来就是一般人，去世后本可以依照乡约民俗安埋，他们的子嗣心里过不去，硬生生地播放着过去国家领导人去世时才播放的音乐，而且是高分贝的噪音扰民，不仅于此，那一街两行的书写着"某某某永垂不朽""沉痛悼念德高望重的某某先生逝世"的条幅，以及让人眼花缭乱的某某"德耀千古""彪炳史册"的丰功伟绩之类的宣讲，结果适得其反，反而毁了父母的一世清誉，让人感觉倒胃口，如同吃了苍蝇一样。

我想，车走车路，马走马路，本鱼水相安，大自然讲求秩序，追求和谐，人世间也有规矩一说，所谓"没有规矩，无以成方圆"，凡事过犹不及。我总琢磨着现在的那些频频显摆的人，似乎有诗人臧克家先生所描绘的"有的人"的那种味道，从辩证的角度看，事情总会走向它的反面的，这种情形就如同那些气势昂昂，不断膨胀的气球，终究免不了一爆，那些不守自然之道，妄作妄为的人，总是要受到良心的谴责和事实的惩罚的！

2012年10月31日

"5·23"遐思

今年"5·23"县上召开了文艺界座谈会，我也参加了。会后我的心情久久不能平静。我想，在一个财政状况并不是很好的县，短短几年专门维修了文庙，新建了文庙广场、郑国广场，修葺了近代历史上著名的味经书院、求实书院，去年还率先在县区设立了文学艺术奖，评选了"十大孝子"，积极弘扬社会主义精神文明，同时加紧实施郑国渠旅游风景区项目，以及复兴泾阳茯砖茶产业的诸多努力，这些工作虽然看似平凡，但却是实实在在的，它让泾阳的文化事业、文化产业有了一个现实的依托，一个展示的平台。于是我就更进一步设想，作为一个文艺工作者如何在当今的形势下有所作为呢？如何为县域文化事业的大发展大繁荣添砖加瓦呢？

我经常想这样一个问题：古往今来，舞文弄墨的不计其数，所写作的作品如汗牛充栋，但一个时代真正能传至久远的作品也就那么几部，原因在哪里？重温毛主席《在延安文艺座谈会上的讲话》，我的心里更加亮堂了，一般地说，好的艺术作品，往往都能够紧紧抓住时代脉搏，深刻体现时代精神，展现一定时期人民群众的理想、愿望、痛苦、期盼，因而具有深厚而广阔的思想渊源和群众基础。而要达到这样的目标，首先必须解决方向问题。正如毛泽东同志所指出的"文艺是为什么人的问题是一个原则的问题，根本的问题"，你讴歌什么，赞扬什么，批评什么，鞭挞什么，那是有鲜明的倾向性的，无产阶级的文艺是为人民大众服务的,是要生产出群众喜闻乐见的作品。而要生产出这样的作品,就必须贴近生活,贴近群众,贴近实际;就必须扎扎实实地到群众中去,深入生活,体验生活,到改革开放的火热实践中去,挖掘生活,提炼生活。深入生活是一项最重要的基本功,这就像记者必须学会采访一样,作家、艺术家也必须时时去采风,甚至住到乡村、工厂去,与群众同吃同住同劳动,真心实意地体验群众的思想、生活和感情,要像伟大的作家柳青一样,把身子匍匐于大地,永远做大地之子,从而书写我们时代的创业史、奋斗史。

  时下里人们生活中,比较看重物质财富,看重物质享受,而对于精神文明则不怎么看重。试问成年人一年能读多少本书?在文化享受上能投资多少钱?有些人可能说,我一年给孩子的教育投资占总收入的大部分,问题在于你自己不学习,或者无暇学习,自身素质无法提高,也就言传身教地影响了后代。大家知道,除吃饭穿衣外,现在住房、教育、养老是人们的三大基本需求,当代社会知识和智慧依然至高无上,那些取得成就的人,很多都是学习型人才,都是注重吸取各方面的经验和学识,并用于开拓创新,这些时代的弄潮儿给我们树立了榜样。我想,作为一名基层文艺工作者应该率先成为学习型社会的实践者、推动者,精神文明建设的创建者,要静下心来读书,读古今中外的名著,读启迪人类文明的智慧之书。要发扬"板凳要坐十年冷,文章不写半句空"的刻苦精神,真正为我们这个浮躁、喧嚣的社会铸剑铸魂,我始终认为一个民族如果缺乏灵魂之作、缺乏智慧之作那是非常可悲的,甚至是危险的。

  作为文学艺术工作者,就应该时刻关注群众,关注中国发展的方向,关注成功人士,从更深层面更高境界上展现我们人民的精神世界和追求。作为基层的文艺工作者就应该多出作品,多讴歌我们时代的英雄模范,多关注各阶层民众的生产生活,多揭示我们生活中的那些和谐或者不和谐的地方。艺术家的眼光应该像望远镜和显微镜,具备穿云破雾的透射力和观察力;头脑应该像思想家,具备涵盖古今的归纳力和想象力;行动应该像企业家具备百折不挠的韧劲和钻劲;情感应该像普通人那样朴实、真切;思想意识应该具备高尚的品德和纯真的良心,甚至具备公众代言人和社会良知的功能。

作家、艺术家是靠作品说话的，作品的力量是强大的，无可比拟的，这就像空气一样，它无声无息地弥散于人间的犄角旮旯，在作品获得社会声誉的同时，作者也具有了社会的价值，成为一定阶层的思想意识的符号，或者旗帜。总之，作为坚守在基层的文学艺术工作者是有很大前途的，我们只有坚持"5·23"讲话精神，坚守基层阵地，创作出更多更好的文学作品，才能不负人民的期望，才能最终实现自身的价值。

2012 年 11 月 20 日

论身体

  人的身体发肤受之父母，承受于天地之光，是人世间最珍贵的东西。在青年的时候人们往往不怎么重视身体，也感觉不到身体变化的危机，进入中年后，身体衰退的信息明显地表现出来了，我发现自己四十五岁后，精力明显下降了，既不能熬夜加班，也耐不住风里雨里的摔打了，而且稍微遇到气候变化就明显地感觉身体不适，很容易感觉身心俱疲。在三十几岁的时候，我即使晚上加班加点都没有啥感觉，第二天还照样干工作。

  也许是量变质变的结果吧，当我第二次住进医院时，似乎才感觉到了命运之神的呼唤，夙夜在公，一心一意的工作狂作风，对事业的不断追求的强烈责任心和使命感，让我耗费了太多的心力，等到躺在病床上不能动弹的时候，这才感觉到了身体的重要，那是多么的晚呀！人的身体这架机器，一般来说常用常新，但保养也应该常常留心，光用不养势必透支，那就像掠夺式经营一样，势必会造成不可挽回的损失。

  最近媒体披露我国不少中学取消了长跑项目，有关方面也频频发声说现在的学生身体素质下降，这不能不引起人们的警觉。现在的家庭大部分生活水平高了，家庭条件好了，营养结构大为改善了，按理说孩子的身体素质应该提升，为什么结果恰恰相反呢？我想这就是光吃不动的懒汉行为造成的，这一点不光孩子，成人中也比较普遍。孩子上学压力大、学习紧张，没时间锻炼,大人们也是工作忙,赚钱忙,没时间锻炼,于是就造成了顾了一头,缺失了另一头的不平衡状态。我想,如果家在农村的人,或者与农村有关联的人,可能大多都挑过水,拉过架子车,参加过秋夏两忙的劳动吧;如果曾在工厂做过工,或者从事体力劳作,参加过各类挥汗如雨的劳作的人,大家也许都有一种体会吧,这就是看似艰苦的劳动,它对于人的身心是很有益的,它不仅锻炼了体魄,增长了能力,更使人懂得了劳动成果的不易,从而倍加珍惜劳动果实,养成勤俭节约的良好品德。

  人就是这么一种动物,嘴上说的与手上做的并不怎么协调,大家都知道"皮之不存,毛将焉附"的道理,但却做不到这些,而且还为此找了一大堆这样那样的理由。现实生活中也有那些事业如日中天,身体一塌糊涂的例子,这些人即使成了亿万富翁,成了某一领域的顶级专家,但过早地结束了自身的存在,像流星一样消失于无边无际的宇宙,这种结局于理想、事业,于家庭、社会都是一个大损失。相比于上边的选择,作为个人莫若从长计议,从容生活,在一个比较久长的时段为自己的事业奔劳,也许还可以做出更大的贡献;作为国家或者单位是否可以设计一些硬性的制度,让人们可以名正言顺地享受休闲,让休闲成为一项"工作"。

  因此,我们的社会应该倡导一种积极的休息,一种休闲、宽松的生活环境,让无论干什么样工作的人都得到身心不同程度的放松和休闲,让脑力劳动者有劳作的机会,让体力劳动者有文化的欢愉,让孩子们在体育运动中,在玩耍放松中成长。

  为此我们必须大声疾呼——

  给孩子松绑,别让课本压垮了孩子的智慧,到轻松自由的大自然中去!

  给成人减压,别让工作成为负担,到阳光灿烂的日子里去!

2012 年 12 月 13 日

"房某"现象的冷思考

"安居乐业""居者有其房"历来就是老百姓的一种追求,也是人生幸福的一个重要条件。然而时下里诸多"房叔""房婶""房姐""房妹"们让人们百思不得其解,这些人何以能瞒天过海,以虚假信息囤积起那么多的房产?这些房产背后隐藏着怎样的不可告人的玄机?我们的某些管理者的"无为"之举究竟在"忽悠"谁?这种十分罕见的"房某"现象究竟说明了什么?

作为一介布衣,本可以事不关己高高挂起,视若不见,然大路不平众人踩,道理不明众人辩。透过这一失衡的社会现象,我们是否要检讨一下我们的社会管理机制,我们对于越权者、违法乱纪者的客气、容忍、放纵,已经导致了公共利益的严重受损,普通群众利益的严重受害。对此我们是否有必要让"房某"们别睡得太踏实了,要让他们对社会有个交代,对群众有个交代,对历史有个交代。

回想上世纪80年代,人们每每提及让一部分人通过诚实劳动先富起来,后来很多人确实富起来了,但物质财富的丰盈并不等于精神世界的和谐。我们的社会中一些传统的观念已经被打破,一些人已经接受了市场化的观念,但真正意义上的现代企业家精神却没有站住脚。这也就是人们担心的不少企业往往一代而终,所谓的"富二代"接济不上的困局。我们能够建立辉煌的大厦、高楼,能够办起漂亮的工厂,却没有能力让这些有形的东西"说话",没有给它们注入生命的活力,因而也就无法实现可持续的绿色发展、集群发展、国际化发展。套用那句"创业容易守业难"的旧话,我想说"致富容易守富难,开辟新的境界更难"。

我记得在当中学政治教师时曾给学生出过一道题:假如你是一位百万富翁,你打算如何支配你的财富呢?学生们给出了五花八门的答案——办工厂、农场,买房置地投资房地产,投资股票,做扶贫慈善事业等。这些想法不能不说很好,但现实是一个相互矛盾的系统,并非非黑即白,一些灰色的东西如同挥之不去的阴霾一样遮蔽着明亮的天空,于是公权异化、贪腐横行,投机猖獗,诚信缺乏,责任缺失,安全事故频发。对此我们不禁要问,我们的社会责任在哪里?作为社会的管理者,作为社会财富的代表,他们的社会担当在哪里?树木腐烂始于根,社会的腐败最致命的在于其精英层、先导层精神的颓废和迷失,以及人们对于这种消极腐败状况的漠视。我们的社会产生了"房某"现象,并且广为社会关注,这并不奇怪,这从一个侧面恰恰说明我们这个处于转型发展时期的国度的特殊情况,包括"房某"们在内的人们都似乎面临着这样一个简单问题:如何对待财富?究竟如何处理个人拥有的财产?如何对待人生?人生的幸福究竟是什么?时下里大大小小的"房某"们,以及有囤房趋向的人,大多困惑于这些问题。其实干吗要遮遮掩掩呢,只要是合法收入,正当经营所得,你何惧之有?只要我们具备了坦然驾驭财富的能力,具备了富并快乐的心智,让越来越多的人都享受改革开放的成果,那么我们的"房某"们就可以休矣!

2013 年 2 月 11 日

天南地北说茯茶

　　五六年之后,忽然关于茯砖茶的话题多了起来,并由此而联系上了一个小地方——陕西泾阳。历史上泾阳是茯砖茶的故乡,茯砖茶就是从这里出发,靠着骆驼的背脊,靠着商人的汗水和智慧,靠着官民同心同德才走上了遥远的古丝绸之路,开启了一个边茶的时代。那些遥远的,似乎是在汉唐、两宋、元明清以及民国时候的故事,在经历了新中国成立后的短暂停留之后,便像风一样掠过了泾阳这片热土,一时间古往今来的茯茶原材料旧地——湖南安化骚动了,云南骚动了,甚至包括陕南的产茶县。当然在这里,一个时间节点不能忽视,1958 年在"多快好省"的年代,茯砖茶停止在陕西泾阳的生产了,其生产加工全部在湖南生产。

　　很多事情往往就是这样,需要陈化一段时间才好品说,就像那菌香宜人的茯茶一样,愈是日子深久,愈是味道醇厚,愈是回味无穷。事实证明,当年撤停泾阳茯砖茶生产加工基地,考虑是不全面的,是违背科学的。泾阳茯砖茶属于自然发花,其金花菌自然茂盛,品味独特。而湖南安化1953年依靠人工喷花接种技术,虽然也能发花,但口感韵味,始终赶不上泾阳茯砖茶。这应该说是两种途径,况且历史上泾阳的气候、水质以及技术工艺曾经号称"三绝",这就如同茅台镇之于茅台酒的价值一样珍贵,而目前各地的所谓茯砖茶只不过是古老的泾阳茯砖茶技艺的点滴延伸,或者说是某种地方版变种,而非真正意义上的泾阳茯砖茶。

我因为工作的关系,2009年有幸接待了央视记者,据说是省茶叶公司邀请他们来的,专门挖掘、整理泾阳茯砖茶传统工艺技术,还请了泾阳当年的茶业生产经营的过来人或者是后来人叙说茯砖茶的故事。其时泾阳县的高香、泾砖、裕兴重、复兴盛等几家企业已经开始小规模生产泾阳茯砖茶了,大家对这一技术讳莫如深,省茶叶公司人说工艺是大家的,抢救它是为了抢救陕西的非物质文化遗产。后来不断有人来泾阳挖宝、探宝,甚至不惜重金请那些泾阳曾经的制茶人现身说法,"让你上电视出名,不花你一分钱",更有甚者为获得工艺秘籍不惜采取诸如蒙骗、套取、盗抢之类的非常手段。

2009年,泾阳人徐民主先生编撰了关于泾阳茯砖茶的第一部专著,嘱我为之校稿并作序。次年泾阳县在西安举办"泾阳茯砖茶642周年纪念"活动,为配合这一活动,我创作了歌词《茯茶情歌》,谱曲后在会场演唱,算是我献给泾阳茯砖茶的一首赞歌吧。其时在陕西茶叶界,在某些人的心目中,泾阳茯砖茶已经死了,他们不相信泾阳茯砖茶重生的现实,更想不到有一天泾阳茯砖茶会发展壮大。

泾阳茯砖茶的根在泾阳,自然发花的技术原地也在泾阳,这是历史上和现实中无法改变的东西。这使我想起了那句"野火烧不尽,春风吹又生"的古诗,在泾阳这块土地上,只要茯砖茶的基因还在,它就有可能生长出璀璨的"金花",它就有可能形成"星火燎原"之势。近年来兴盛了普洱茶,有人说它霸气十足,但品鉴过泾阳茯砖茶的人会感受到皇天后土的泾阳所孕育的茶品的王者之气,以及自然天成的厚重、醇和滋味。

我很佩服湖南人,在他们写的书籍里,公正地写道"茯砖茶原产陕西泾阳",而在陕西的一些人似乎不那么看,他们更热衷于"炒作",甚至为了商利不惜编造历史颠倒黑白。但愿我们的泾阳茯砖茶能够续写辉煌,以崭新的面目出现在世人面前,以非凡的气度迎接新的茯茶时代的到来。

2014年5月5日

体制内外

我不知道什么时候"体制"一词竟然成了国人的口头禅,什么体制内官员、学者、作家、企业家等等的名目,让人眼花缭乱,而官员无疑则是这种体制的象征,或者叫代言人。在时下里我曾接触过一些人,他们玩项目、套资金、傍大款,但这些人通常分体制内和体制外两种,体制内的往往背景深、旗子大、牌子硬、资金多,体制外的相对就内敛些,显得不那么招摇。

我的一位朋友出了一本书,因为他是体制内的作家,自然出书的费用不用发愁,有政府部门的那些官员们挺着他,不过也并非一帆风顺。他的书必须经由这个那个官员的首肯才行,官员们担心的是你别把我编进去,让人闻着了味道。如果一切都没撞磕,那好吧,你出你的书,我大力支持你,还说你是"才子"!我的另一个朋友,是一位老作家,他出书全凭自己的工资,为了弄文学,日子过得恓恓惶惶的,因为他在体制外,自然政府资助金、评奖等好事就轮不上他,甚至有时候不经意撞了人家的码头,还要蒙受被封杀的冤屈。

玩项目、玩产业,如果你是体制内的企业,那你就是某些领导的香饽饽,要土地千亩万亩随便要,只要能把国家项目资金套到手,至于十年、二十年不生产,没过硬产品,污染了环境,那就无关大局了,因为那时候负责这一项目的官员已经换过几茬子了,谁还记得是谁弄下的麻达事呢?如果你是体制外的企业,尽管你产品过硬,实力非凡,对不起,要土地,没有,要资金,没有,一句话,体制内不欢迎你,体制内欢迎"空手道""黑白道""虚假道",最害怕"人间道""自然道""真理道"。

其实更有甚者,体制内的某一些人,凭借着政治资源、自然资源、社会资源、人脉资源、媒体资源呼风唤雨,他们可以堂而皇之地"挟天子以令诸侯",可以把假冒伪劣弄假成真,残害百姓,谋取最大私利;他们可以把国家政策的利好截流,把产业危机转嫁给下游的企业;他们掌握着众多媒体资源和社会资源,因此可以遮掩很多怕见光的事情。

　　天下均衡,社会稳,天下独霸,人心乱。当一些体制内企业或者个人独步江湖的时候,就是社会危机来临之时,什么时候能够冲破体制内的藩篱,让广大群众不再受体制内外的约束,平等地舒心畅意地生产、生活呢?什么时候人们能够以一种平和的心境处事,以一种公平、公正的心态处事,这也许就是普通人的中国梦了。而要实现这一梦想,这就要打破一些人的特权和优越感,这就要让那些"天之骄子"回到人间,真正让市场、让自然来抉择,而不是一味地包着养着护着。

2014 年 5 月 26 日

第三辑　书卷溢香

重读《乌衣巷》

有一回，我在习作中，顺手引用了唐朝诗人刘禹锡《乌衣巷》里的名句。我说："东部一些经济较为发达的地区，无论城市乡村，电脑已经基本普及，信息技术及其应用已经十分广泛，真可谓'旧时王谢堂前燕，飞入寻常百姓家'。"有同事看后以为不妥，因为《乌衣巷》乃抒写豪门盛极而衰之感怀，有强烈的讽刺意味，不宜正面引用。我不以为然，又去翻阅资料，重读《乌衣巷》，一读再读，便油然生出许多感慨来。

透过《乌衣巷》浓烈、深重的所谓怀古氛围，我似乎还感到另一番意蕴的存在，这就是那种悲凉的感伤的"贵族化情结"，一种对曾经拥有过的事物的深切缅怀和眷恋，一种割舍不断的殷殷情怀。它颇似于陕西人对"秦中自古帝王都"的一往情深，又似乎林黛玉对贾宝玉的情恋，还似于阿Q式的精神胜利。这其实是一种近乎悲剧式的情结，是基于那种"驴死了架子不倒"的虚假梦幻，如同西班牙作家笔下的——堂吉诃德式的"伟大"。事实上，所谓"贵族化情结"其实是人的一种枷锁，是思想的一种禁锢。人有时候有点念旧怀古，却不至于不能自拔，其主旨则在于借往知今，开辟未来，而"贵族化情结"却是痴迷状态的那种，身不由己的那种。我们应时时检讨自己的行为，自觉摆脱诸如"贵族化情结"之类的精神枷锁，自由自在地开辟自己的人生航程。

不过笔者以为，《乌衣巷》并不仅仅是所谓怀古幽思之作，它寄托深远，意味深长。它深刻地启示人们，从王公贵族的繁华府邸到平头百姓的家居院落,从达官显贵的专属品到人民群众的共享物,从少数人炫耀的资本到平凡人家的日常摆设,其间的历史演进、盛衰兴替,变化万千。而这些无不蕴含着一种历史的辩证和辩证的历史,正如俗语所讲,"三十年河东三十年河西""此一时彼一时也"。世易时移,沧桑变化,辉煌孕育着衰落,衰落又催生了希望,世间的万事万物不就是如此这般发展吗?

如此,我便觉得《乌衣巷》这首诗似乎弥漫着一种冷峻的分析色彩,它从上下三四百年巨大的历史变迁的强烈比较中给人警示,"旧时王谢堂前燕,飞入寻常百姓家"这是居安思危的一种诠释,也是对后人的一声呐喊!作为芸芸众生的你我他,在人生的舞台上,只有顺应时代潮流,按照历史前进的方向,才能有所作为,才能活得潇潇洒洒。我甚至设想,假如林黛玉不进贾府,而是婚配村夫,那她的命运就不是一曲《葬花吟》,而可能是一出《天仙配》;阿Q如果能超脱祖辈辉煌的精神胜利的阴影,甚或还可以走出可悲可怜、可气可恼的梦幻现实。

古人的思想我们或许无法真正弄清楚,但能够给人们以多方面的启示,这正是所有佳作名句的魅力之所在。

在诗人刘禹锡的眼里,"旧时"只有士族高官的乌衣巷,如今已是"寻常百姓"的住地,翩翩春燕已乐滋滋飞入新"家"了。我想许多昔日的阿Q现在已真正阔起来,原本只有少数白领侍弄的电脑也乐于化为乔迁新居的紫燕吧?

2003年7月20日

被侮辱与被压迫的人
——读田沱渊先生小说《玫瑰女》有感

田沱渊先生是一位多产而勤奋的作家,他以十几部作品、洋洋洒洒几百万的文字展示了自己异乎寻常的文学天赋,实现了自己的人生价值。一位年逾六旬的人,居然有如此旺盛的创作激情,有如此非凡的创作成绩,实在可喜可贺！田先生的小说，情节生动，结构严谨，笔法老到，扣人心弦，有一种强烈的艺术感染力。他善于捕捉生活，细节描写活灵活现，能够比较真实地再现典型环境中的典型人物，尤其擅长于描写人类情爱交欢的生命悲歌。先生的长篇小说《玫瑰女》就是一部描写当代风尘女子泪血交融的生命悲歌：一位一泓清水似的小姑娘胡玫瑰，如何在社会这个大染缸里，被熏染、被迫害、被侮辱，以至于用自己的所谓方式被动地抗争，已然堕落而不自觉的悲惨命运。我想，悲剧的意义就在于唤起人们的思考，唤起人们的正义感，启迪人们用爱心面对生活，同情弱者，帮助那些需要帮助的人。在这里我进一步设想，社会的责任感其实就是广泛的同情心，而广泛的同情心往往激发人们心底的荣辱观念，当弱者被更多的人同情和帮助的时候，我们这个社会就变得温馨、和谐、美丽！

在《玫瑰女》这部作品中，作者以敏锐的视角，着力塑造了一个被侮辱与被迫害的乡村姑娘的悲剧形象，这个形象使我联想到《巴黎圣母院》里的女主角艾斯米拉达，她们都有几乎同样的遭遇，身边都有一个丑人儿或残疾人，美丽的容颜并没有给她们带来美好的幸福，几近潘金莲式的人生命运，给人留下回味的空间。相对来说，作品中狗蛋的性格中善良的因素，反衬了道貌岸然的牛世雄、张立本、马福临之流的肮脏、丑陋。作者在处理胡玫瑰与刘应松爱情关系时，颇类似于电影《魂断蓝桥》，胡玫瑰因为自己已经沦落风尘，无法面对自己视为生命一样的情人，毅然拒绝了他的求爱，当然电影的高明在于极富戏剧性的阴差阳错，在于人性中的宽容，以及这种博大的宽容心与极度自责、痛苦的心灵的矛盾冲突——"把完美的自己给自己心爱的人"的人生追求与现实的剧烈撞击，让马娜深感良心的愧疚而自杀。胡玫瑰的悲剧则在于她幻想着以自己柔弱的力量去报复那些曾经伤害过自己的人，并且已经沉沦到自暴自弃不能自拔的地步。她对张立本心存幻想，又企图以暴制暴想借马福临之手收拾张立本，从而失去了重新生活的机会，死于权力交易的游戏。如果说雨果的《巴黎圣母院》给人以审美视角倒错的强烈震撼和巨大冲击，它几乎颠覆了人们的习惯审美，那么电影《魂断蓝桥》则显得绮丽、柔婉、凄美，催人泪下，有一种无法言说的况味；如果说小仲马的《茶花女》揭露了上流社会雍容华贵的腐化生活与弱女子善良、脆弱、破碎的心灵的巨大反差，那么泰戈尔的《摩诃摩耶》则控诉了罪恶的殉葬制度对妇女的残害以及对美好事物的毁灭。比照这些世界名著名电影，我们再回头观顾田沱渊的《玫瑰女》，我的感觉是让人欲哭无泪，似乎只有惊骇，只有目瞪口呆，只有愤愤不平的叹息，"呜呼，我说不出话，竟然有如此的事情啊！"沱渊先生不惜笔墨地把人性中一些丑恶的方面赤裸裸地亮出来了，当然这需要勇气和见识。在社会转型期，那些无序的现象、大道的沉沦、各种非理性的行为频频发生，有时候各种复杂关系甚至可以简化为某与某的金钱关系、皮肉关系，而毫无人性可言，毫无感情可讲。若果说到人的自然生理需要，本无可厚非，但这些无一例外地是某种社会威权、势力强加给人们的，也是一种美丽幌子下的弱肉强食。似乎这是一个严肃的社会问题，而不是什么卖点、看点的问题，田先生如果在艺术表现上能够借鉴上述名作的一些手法，在"形而上"方面再潜心锤炼，不拘泥于弗洛伊德主义的观点，并着眼于社会生活的大背景，增加其社会意义的挖掘，那么我相信《玫瑰女》的文学价值、社会价值当有很大的跃升。

《玫瑰女》的价值不在于已经揭示了的东西，而在于它隐含的问题，即为什么胡玫瑰会有那样的命运呢？这个问题对于我们构建和谐社会有什么启发？以及人的幸福观、荣辱观等问题，这可以说是做人的道德底线了。一个国家，一个民族的性和爱的历史，反映着这个国家和民族的文明程度。往往在社会变革的动荡时期，在历史转型的过渡阶段，人们对性爱的骚动、扭曲、过分的张扬、释放都曲折地反映了人们社会生活的压抑、愤懑、浮躁、茫然、苦闷的种种心态，也是社会矛盾的集中体现。马克思主义认为，人必须首先吃、穿、住、用，然后才谈得上政治、经济、文化等等；马斯洛等人的需要层次论以及佛教的境界理念，都说明人的第一追求是生存权利，其次才有安全、爱、归属，最后才有自我实现的快感和喜悦。而我们看《玫瑰女》的女主人公胡玫瑰基本就处在生存的煎熬中，她从地处秦岭深山的商洛山区来到了关中平原，为了在平原落户，为了摆脱恶劣的生存环境，父母以女儿的青春和幸福为代价，换取全家的生存条件，从此埋下了悲剧的祸根。更可悲的是，十四五岁豆蔻年华的花季少女，本来还在学校读书，为了生活却别无选择地嫁给了有非常严重的癫痫病，而且大她二十几岁的男人，毫无生活能力，简直就是"一个快死的人"……这些就决定了胡玫瑰的浮萍人生,同时也说明生存始终是她的首要的问题。胡玫瑰是女人,她也有七情六欲,她的要求很简单,像正常女人那样活着,劳动生产、生儿育女、服侍老人,但这些也是不可能的,她没有爱的自由,她名义上还是那个傻子的"妻子",由于贫穷她几乎连爱的权利都被剥夺了,她不得不听从命运的摆布。

胡玫瑰的父亲则是另一种人物,他不是"穷且益坚不坠青云之志",而是"墙头草"一样缺乏骨性,他是卑微、自私、心肠歹毒的邪恶小人,是帮凶之类的人物。他象征着一种势力,一种无知、投机、冒险的力量,当这种势力充分酝酿发酵并与各种邪恶、罪恶沉瀣一气,形成局部小气候之后,于是贪赃枉法、鱼肉百姓、通奸乱伦、强奸卖淫等等便不可避免地发生了,当然在此夹缝中萌生的微弱的爱情火花是不可能存活的,其生命力相当的岌岌可危,这些忽明忽暗的光影,好像旧时代秦淮河上的风景。透过这层层烟云,我们似乎感受了现代社会复杂多样的特色,这使我想起了沈从文的《湘女潇潇》,那种结局是平淡中透凄凉,哀鸿一般的叹息,处处透射着湘西一隅的闭塞气息,而《玫瑰女》则是忧伤里有祈求,享乐中有腐朽也有壮烈,时时挑战着现代人的伦理生活。有人说动物世界里双雄争宠,胜者往往就取得了交欢的权利,那是基于体质的强弱而占有、取代对方的权利,这种体能的不均衡形成了权利的不对等。人类生活的现象具有惊人的相似之处,那些财富、地位、权利优势的群体,占有了绝大多数资源,形成了事实上的不平等。而对女性的占有也是这样的,那些三妻四妾或者各种变形的状态,与无法真正拥有者形成了鲜明的对比,甚至公开地抢夺也屡见不鲜。有人讲过一个例子,两位男士同时追求一个女性,当一个获得了成功,另一个的感受是什么呢?如果在动物界可能选择离开,转而追求新的目标,而人类则企图报复对方,甚至给他抛一块砖头!当然这不是人的全部,但也可以说明人的心性中可怕的犹大成分。

综上所述,田沱渊先生的《玫瑰女》还是有一定的文学研究价值,写被侮辱与被迫害的人的生存命运,呼唤社会正义与良知是作家的道义,田先生在这方面已经有了艰苦的探索,他坚韧不拔的创作精神值得人们学习,对于有志于文学的朋友也有所裨益。当然,仔细推敲不难发现田先生的作品也还有不尽如人意的地方,比如文字校对还不很仔细,个别地方的人物称呼、情节叙述等还有错谬;对女主人公性格中双重变奏——崇高、尊严、人格、羞耻与性乱、无知、疯狂、惶恐的表现,在把握上还不到位;主人公的形象还不够丰满,没有那种"质本洁来还洁去"的韵味。最后就是作品的结局有些灰色,是否应该给人们以希望的亮色,因为我们的时代、我们的社会毕竟能够克服重重险滩巨礁,迎来一个鸟语花香、芬芳怡人的美好春天的,这是一种历史大趋势!

2006 年 5 月 1 日

迟骋歌曲《如梦家园》赏析

多次听迟骋作词、康华谱曲并演唱的《如梦家园》,欣喜之情油然而生,这是一首大气磅礴的歌曲,有一种极为强烈的震撼力,她深深地打动了我的心,勾起了我无限的遐思。

从蛮荒的世界到当代的风流,从赤裸的身躯到斑斓的服饰,从饱受饥寒到小康梦幻,人类走过了一条荆棘遍地的探索之旅。桃花源的绝妙,乌托邦的神奇,大同世界的诱惑,寄予了人类几许的渴盼与情由,自然啊倾国倾城的娇娘,未来啊遥遥无期的追寻,是什么贯通了这些似乎隔膜的人与自然,是人类生生不息的精神,是不绝不弃的奋斗、抗争!我们正在发展民族经济,图民族复兴之伟业,随着我国 GDP 的攀升,我们的环境却发出了振聋发聩的呐喊,我们究竟需要什么样的家园,我们应该如何发展呢?请谛听自然的声音吧!江河湖海吞吐着黑色的泡沫,天空明丽的眼睛仿佛蒙上了一层云翳,空气里好像飞扬着黄沙弥漫着烟尘,生活中狂野的噪声把青鸟驱赶,山坡泥流滚石不断,气候脾气暴烈非凡,飓风海啸干旱频繁……

与此同时,我们可以发现现代社会人性的扭曲与裂变,拼抢、争夺、厮杀、痛苦、磨难、浮躁时时浮现,在人们的心里翻江倒海。人类啊,你与生俱来就丑恶么？你内心的真善美在哪里？正是出于上述的想法和思考，《如梦家园》的作者本着一颗向善趋美的心灵，祈祷、祝颂着世界的和谐、恬美和幸福，祈愿给荒凉的世界播种一片油油的绿草，给迷失的灵魂一片绿意，给孤寂的世界一腔爱心！这是对世界、对人类的关怀，是对生活蓬勃灿烂的歌颂、对绿色心脏绿色空气的呼唤，是寓意深远的歌者的一颗永不泯灭的良心！

音乐是心灵深层的语言，在《如梦家园》的创作中，作曲家加入了动静结合、混声、对唱等手法，仿佛遥远的声音，又似心底的流泉，点点滴滴沁润心脾。听唱这样的音乐，就如同给自己的灵魂沐浴，给生命脱俗，又仿佛渐远渐近的视觉幻影，若明若暗，把人们带到了一个绮丽无比的生命家园。家是温馨浪漫的，是幸福安恬的，每个人都有自己如歌的家园，梦的家园，精神的空间。整个歌曲词曲贴切如一，浑然天成，细腻生动，又不乏超然大气，听着她令人怦然心动神迷，因为那里边肯定也有你的梦幻、你的家园！

2008 年 9 月 3 日

千年"泾阳砖" 把盏溢清香
——《天下第一砖——泾阳茯砖茶》序

我怀着十分钦敬的心情阅读了徐民主先生编撰的洋洋二十余万言的著作《天下第一砖——泾阳茯砖茶》，非常欣慰泾阳茯砖茶终于有了一个比较系统的说法，这无疑对传扬这一民族茶品瑰宝，发展陕西茶业及茶文化很有益处。我忍不住要对这片承载着厚重、鲜活的中华文明的小小树叶说几句话。

俗称"开门七件事，柴米油盐酱醋茶"，茶叶，这既轻且薄的东西，既对老百姓居家过日子意义非凡，它推动了人类健康、文明的生活方式，又牵动着重大的历史进程。茶及其衍生的茶文化均出于中国，发乎神农，闻于鲁周公，兴于唐，盛于宋代，千年薪火相传。通过贸易、宗教与文化交流，茶叶不但征服了世界上大大小小的民族,还促成了美国的诞生,推动了英帝国的崛起,加速了清帝国的衰败。可以说,茶叶之路就是中国文化的传播之路,也是中华民族盛衰兴亡的历史见证,是中华文明拥抱世界结出的灿烂花朵。在我国,茶为国饮,其生于名山秀水之间,得天地之精华,儒家以之养廉,道家以之求静,佛学以之助禅。茶的文化内涵已超出其本身的物质层面,形成了独具特色的文化景观。中国茶文化东传日本和朝鲜半岛,结出了日本茶道、韩国茶礼两大丰硕之果,而英国的下午茶作为生活休闲节目享誉世界,并为人们所模仿。时至今日,中国茶已经在全球近五十个国家和地区开枝散叶,其茶文化深刻而细微地影响着世界历史的变迁。

陕西是中华文明的发祥地,西安乃十三朝古都,也是历史上最重要的茶产业和文化中心。在唐代及唐代之前陕西地区茶产业和茶文化发展蔚为壮观,历史上南风北渐的茶文化与南北走向的隋唐大运河相映成趣,其历史焦点和汇聚地就在此;古丝绸之路、茶马交易、官引茶、票茶的历史端点也发于此;秦岭为怀,泾渭滋养,南北气候交融;沃野关中,郑国流芳,荟萃四方人文精髓。江南茶文化、湖湘茶文化与陕西茶文化孕育、撞击、升华,终于在明初产生了泾阳茯砖茶这一旷世茶品,并流行于明、清、民国,成为边疆少数民族地区的"生命之茶""神秘之茶"。泾阳茯砖茶,得南北之神韵,采泾水之魂魄,凝茶人之心血,筑制安化"湖茶",展瑰丽之"金花"(冠突散囊菌),堪称茶品之奇绝!新中国成立后因政策转变而间歇半个多世纪,庆幸湖南安化白沙溪茶厂经过反复试验,1951年终于在安化就地加工茯砖茶获得成功,使这一传统茶品得以保存,但其"发花"、品质韵味难比当年"泾阳砖"。随着陕西经济社会的飞速发展,陕西、泾阳当地政府及茶人后裔矢志振兴"泾阳砖",积极传承、发扬光大这一古老的岭北名茶,其勇气、胆识可嘉,相信这一光荣与梦想一定会星火燎原,进而推动地方与陕西茶业复兴,造福于后世子孙。

徐民主先生系泾阳茶叶协会副会长,致力于茶业发展与研究多年,有比较深厚的学养,撰书立说为此光辉事业鼓与呼,其作品堪称是一部关于泾阳茯砖茶的小百科,其结构庞大,内容丰富,既可独立成篇,又相互关联,自成体系。全书从茶文化的历史宏阔背景下,撰述"泾阳砖"的发展简史,既有历史地位、成因、流变分析,又有相应的历史依据;既有茶品工艺技术、理化性质分析、功效描述,又有茶叶贸易交流记述;此外还有淳朴的地方茶文化、茶艺、习俗考证;既侧重茶品物质形态演变,又浸润陕商创新发展、开拓进取精神,洋溢着陕西人自强不息、奋发有为的壮志豪情。其文字简洁、生动,图文并茂,较好地展示了"天下第一砖茶"的真实面目,肯定了泾阳的茯砖茶始祖地位以及历史必然性。从笔端纸里可以窥见作者满含热爱桑梓故里之情,他热切期盼泾阳茯砖茶复兴重生,这不仅仅是为缅怀既往的辉煌,发幽古之思,更是激励后继者创造泾阳砖茶的新天地、新境界、新视野、新辉煌!当然,受史料、资料不足以及泾阳砖茶目前发展现状的限制,本书最后一部分分量似乎稍显轻了些,个别提法也有待商榷。尽管如此,瑕不掩瑜,这仍然不失为一本难得的有一定科学价值的茶饮读物。

2010 年 6 月 12 日

一部陕北高原的百年心灵史诗
——《最后一个匈奴》读后感

最初接触高建群先生的长篇小说《最后一个匈奴》是我大学刚毕业的时候,那时我就饶有兴趣地阅读了这部"陕军东征"的重要作品。当时的感觉是这部作品富有浪漫的情怀和率真的叙事,她在我们面前开启了一扇通向真实的高原历史的大门,堪称一部陕北高原的心灵史诗;她揭示了一方地域百年兴衰的历史必然性,特别是红色中国在这里的成长痕迹,读来让人耳目一新。可以说这部作品曾经激励了从上世纪 90 年代初迄今的不少热血沸腾的青年,并在很多对这块高原有独特情感的人群中享有着崇高的声誉,而作者作为这一地域的代言人,同时也就自然拥有了比较广泛的读者群。二十年后再读这本书,我的感觉与以前大不一样,如果说年轻时读这本书是出于敬仰、羡慕和强烈的求知欲,那么现在阅读这本书则是出于探究、思考和好奇心。我想,这本书二十年来这么让人们牵肠挂肚,最后又拍摄了电视剧,再次引起了大家的兴趣，这说明好的作品是具有恒久魅力的，她让人在阅读时，总有一种享受生活的快乐，一种从未体验的美感，而且随着时间的推移，与时俱进，历久弥新。

老实说，我没有跟上看由这部小说改编的电视剧《盘龙卧虎高山顶》，于是就拿来了去年新版的书翻看，姑且作为视觉艺术的一种弥补。看原著与看电视剧本来就是不一样，其效果也许各有千秋吧，但萝卜白菜各有所爱，各人根据自己的情况各采自愿。在重读这部作品的时候，我一拿上书便手不释卷，上卷书大约一个礼拜就读完了，下卷书是隔了一段时间后才阅读的，但总体感觉很过瘾，很有味道，有一种让人击节称快之感。我在上卷看完后，心急火燎地总想着看下卷，总想追问主人公的命运，总想关注本书的结局，要不是我因病住进了医院，也许早就读完了，但是即使躺在床上，心里还是不住地纠结难耐，总与书中的人物欢喜忧虑，似有某种通感。我想，作为一部比较成熟的著作，她的魅力首先就是让人喜欢阅读，并深深地攫住了人的灵魂，用通俗的话说就是她有一个好主题，一个大家感兴趣的有意义的主题；其次就是能够经得起时间的检验，像很多世界名著一样，虽然是不同的民族，不同的地域，不同的时代，但人们都集体一致地举手称赞它们，阅读它们，享用它们，这种广泛的适应性是一种难能可贵的精神认同；第三是她有着近乎完美的艺术表现形式，或者说她有适合于自身的艺术表现形式，这就像人要衣装，好马配好鞍那样的话一样，再美好的女人如果衣不遮体，蓬头垢面那就折了她的分数。如果要用几句话来概括这本书，我想是否可以这么说，苍凉久远的历史背景，凄婉迷人的地域风情，跌宕起伏的人物命运，浑然一体的史诗结构，深情火辣的民歌咏唱，历史传说的钩沉演绎是其最基本的特点。

匈奴民族是我国北方的一个重要民族，在秦代著名的长城就是匈奴与汉民族军事战争的产物，汉代以后在民族战争中，匈奴逐渐丧失了其主导地位，并分裂为南北匈奴，北匈奴在战争失利的情况下，举族西迁，开始了一场扑朔迷离的民族大迁移，南匈奴则融入了中华民族大家庭，成为民族大融合的一分子。高建群先生的著作就是从此切入的，他捡拾起了北匈奴遗失陕北高原的一粒种子，这粒种子在大地的怀抱中生根发芽，开花结果，并演绎了一段生生不息的生命之歌,成了一个时代的壮丽图标。

小说以两个主要人物杨作新、杨岸乡的成长史为线索,全面展现了革命战争时代和新中国成立后的社会主义革命和建设时期的历史状貌。在上卷中主要围绕杨作新读书、教书、从事地下工作、改造后九天的土匪武装等波澜壮阔的革命斗争这条主线展开,充分表现了革命过程中的艰难困苦,深层次地揭示了革命理想信念和人情礼仪、哥们儿义气的冲突。而在这一过程中,也有爱与恨的交织,情与理的挣扎,经受着诸如革命者内部斗争的误解、陷害、打击,改编部队的波折反复,敌人的渗透、破坏、挑拨等惊心动魄的场面的重重考验,甚至犹如炼狱般的痛苦地拷问着一个个灵魂,使人们看到了一幅比较真实的历史画卷。当然在天地间,人性总会放射出熠熠的光芒。在主线之外还有一条情感的副线,主人公杨作新有父母、妹妹,还有先后两任妻子,是严格的传统意义上的妻子,后一任妻子荞麦还为他生了儿子杨岸乡,延续着他的理想和生命。

这里特别要提到黑白氏,杨作新的拜把子大哥黑大头的遗孀,他在黑大头死后,为其报仇的举动,一半为了哥们儿义气,一半是这个女人撺掇的,这个女人有男人的胆识,有女人摄人心魂的魔力,但她的眼光、追求似乎比较局限,她仿佛只想着过自己的日子,守住自己心爱的男人,也许她知道这些都不可能,她有鹰一样的翅膀,她的使命就是飞翔,所以她与杨作新从事的革命事业还是不合辙,至于她要儿子认杨作新为干大,并让儿子成了像杨作新那样的人,则是这个女人把自己的爱糅进了未来,表达了一种刻骨铭心的爱。正是这种灼燃的爱的力量使这个女人,在自己心爱的男人身陷囹圄的时刻,不顾一切地策划了一场鲁莽的土匪式的营救方式,这在当时复杂的党内斗争中,无疑给杨作新雪上加霜,不但无助于澄清事实,反而加速了杨作新的死亡。杨作新死了,不明不白地死了,而且是自杀,他不忍心再看到同志之间的猜疑、杀戮,也不想连累更多无辜的人,他选择了死亡,他无怨无悔地走了。这一段描写是非常出色的,它的艺术魅力就在于很好地表现了善良愿望与客观效果的矛盾,这种情况就如同《巴黎圣母院》中的卡西莫多大战乞丐王国众人一样,最终导致了悲剧的结局。

在上卷的悲剧气息让人唏嘘叹惋之后,下卷从肤施城的传说起始,历史演进到了"文革"期间,知识青年上山下山,并次第展开了相应的故事。在下卷中明显地感觉到杨作新事业线的延伸,不过这种延伸一分为二,一是在黑寿山身上我们仿佛看到了他在矢志不渝地延续着杨作新们的革命理想,并创造性地进行着社会主义建设实践。黑寿山从政,最后当到了市委书记,也像他的杨干大一样,为党做大事情了,他在任上积极探索小流域治理,力图改变陕北脆弱、苦焦的生态环境,还促成了杨作新冤案的平反昭雪。随着杨作新的平反,杨岸乡的平反,标志着一个新的时代的开启,这块古老的高原将迎来新的生命。二是在杨作新的儿子杨岸乡身上,我们也看到了这种延伸,杨作新本身就是读书人,还教过书,他的儿子继承了他文人的秉性,最后也是文人,而且也出了名气。不过杨岸乡同时也继承了杨作新的多蹇的命运,他的苦难也同样在他儿子这里重演了,杨岸乡因为其父亲曾经被当作烈士之后,而受到了一定的教育,按理说他是比较顺的,但"文革"中他却又因为父亲的缘故入不了党,后又因言论过激被打为右派,并被判刑,发配新疆。

  当然在下卷中情感线的铺陈与展开也是类似于上卷杨作新的情感纠葛,仿佛冥冥中的命运安排,黑寿山之于丹娘的扯不断的情愫,以及与女儿丹华的邂逅,让他深陷于情感的痛苦,黑寿山也像他的杨干大在情感上有一点遗憾,不过黑寿山也有自己的个性,而他的女儿丹华是让人眼目一亮的角色,她是有现代色彩的人物,甚至有了世界的眼光。至于杨岸乡的情感世界也是丰富的,他也是苦尽甘来,终于牵手了来自遥远的匈牙利的索菲亚,对古老民族的探索,对匈奴历史的敬重,让他们走到一起了。这显然是一个浪漫主义的理想结局,一种对苦难的善意回馈。作者的这种良苦用心也反映在其他人物上,比如那位陕北女子杨蛾子,她重情重义,用青春和生命永远等着她的伤兵回来,仿佛一位昼夜不停唱着忧伤的信天游的女神,站在陕北寒风凛冽的山边边沟畔畔,永远渴盼着自己初恋的幸福,直到渐入老境也不灰心,不遗憾,作者也给她了一个希望的亮光,她与一位喜欢她的本村"万元户"结合了,似乎历史终于翻过了一页。

  至此小说可以说圆满地结束了,但它其实远未结束,透过这些有形的文字,我们可以洞察那些文字背面的资讯和未来的信息,我们似乎在古老匈奴的东西合璧中,在对历史的感喟中,在一曲曲的辣味十足的信天游中,在那些洋溢着纯情和智慧的剪纸中感受到了那一方神圣的土地,感受到了那些硬铮铮的汉子和意绵绵的女子的豪放与细腻,同时体味到了我们民族的汩汩流淌的"胡羯之血"。

是啊!读《最后一个匈奴》,让我们仿佛看到了一个灵动飞扬的陕北高原,一个生命力无比旺盛的陕北高原,一个灵魂千载不死的奇迹!

2011 年 11 月 25 日

感悟与怀想
——读不尽的老子

上大学的时候,在中国哲学史课堂上知道了一些中国哲学的皮毛,那时的感觉比较抽象,就好像从一个形而上学的圈套到了另一个形而上学的圈套。记得高中时候,我的政治老师刘自忠先生,他老家好像是在武功观音堂乡张寨子村吧,他经常嘴里叼着一杆短短的旱烟锅,讲完课后就美美地吸上一锅子烟。一次他上课讲到辩证法与形而上学时,为了增加趣味,他诙谐地说:"有个娃叫形而,他爸让他上学他不上,于是被他爸硬拽着来上学了。"那时的全部高中政治课所教给我们的,无非就是那么几个基本观点,辩证法是正确的,形而上学是错误的,唯物主义是正确的,唯心主义是错误的,至于为什么那就要靠后边的学习了。本来指望在大学里弄清楚这些为什么,没承想大学的教材也只是增加了厚度的高中教材,比如讲到老子时说"老子是唯心主义者,代表没落的奴隶主贵族的利益"等等,分析来分析去也分析不出所以然。

后来我在图书馆里找到了陈鼓应先生注解的老子,翻看了这部书,我才发现我们那种贴标签的教材的局限,事实上这些人类智慧的成果,绝对不是简单的贴标签,它里面有许多真知灼见。就说我们的旷古哲人老子,他的思想是多么的丰富呀,他有自己的哲学思考,也有自己的社会理想,还有自己的政治观点以及处世原则,我们很难用简单的几句话说清楚。说心里话,在大学期间我也没有真正读懂老子，总是感觉似是而非，最后索性抄写了一遍原文放在了一边。我的大学老师王新尚教授说放一放，如果有兴趣可以再度拾起来就有感觉了，这就像鲁迅先生谈写作时说的写不下去的时候不要硬写，转换一些注意力也许会更好些。二十年后，我的朋友、作家萧立军先生也说他创作长篇小说《无冕皇帝》时有感觉了就写，没感觉了，写不下去了就去玩，就去旅行，之后反而能写得很好，很顺手。

我再次阅读《老子》，感悟老子是在二十多年后，躺在病床上尽管术后的伤口还未愈合，但思想的饥渴促使我翻开了这部心灵的鸡汤，我知道老子生逢乱世，东周王室逐渐衰微，作为国家图书馆的史官，大致相当于图书馆长吧，这个我没有研究过。倒骑青牛出函谷关，归隐秦岭脚下的楼观台，并留下了五千言的不朽著作《道德经》。综观古代中国文人雅士，或者失意官员，要么栖身山林，寄情山水，感悟天地万物，旷达人生百事，所谓自然逍遥也；要么四海云游，遍访名山大川，所谓"读万卷书，行万里路"也；还有一派人物选择了释迦牟尼、基督耶稣，在诵念经卷中，在打坐、祈祷中完成了自己的心灵之旅。

说起图书馆这里还有个小故事，一次儿子问我："爸，我老师的媳妇干什么工作？"我不假思索地随口说："图书馆……"

"那多厉害呀！"

"……"我不禁有些惊讶，儿子咋是这种口气。

"李大钊、毛泽东都在图书馆工作过！"

我恍然大悟了，但同时也感到了悲哀，现在下边的图书馆、文化馆多安排一些关系复杂胸无点墨的"闲人"，而不像过去的图书馆、文化馆多半是些"贤人""雅士"，如果最早的图书馆馆长老子先生看了现状，不知他又要做何感想呢？

有些扯远了，还是言归正传。阅读这部著名的经典，仔细掂量着这个无往而不在的"道"，感觉生命活力的跳动，像火苗，像火山，像大地奔涌的岩浆……大自然啊，你跳动的心扉，曾经那么与人类息息相通，可是忘恩负义的人啊，你们几乎在一夜之间就颠覆了誓言，仿佛一个负心汉，人类在糟践自然的同时，也在无情地杀戮、残害、剥夺、诬陷，也在摧折着文明的花朵，难怪乎先哲老子疾呼"无为而治",爱惜民力。我想老子其实反对的是统治者妄为,胡作非为,并不一概反对有为,而是要求人们按照自然的法则作为,按照社会的法则作为。

在老子眼里,理想的政治就是无为而治,统治者只需要指明方向,按照事物本来的运行轨迹办事,老百姓就会心甘情愿地服从他,跟随他;比无为而治次之的政治就是善政,就是人们所推崇的所谓统治者呕心沥血,处心积虑地要求老百姓怎么样办,而没有激发老百姓内心的认同和响应;再次之的政治就是权力政治,使用鞭子和棍棒的政治,老百姓因为畏惧才不得不听从他;最下等的政治就是众叛亲离的政治,这种政治从下到上都失去了信任感,失去了统一的国家意志,这种政治老百姓蔑视之。这不禁使我想起了《孙子兵法》里:"上兵伐谋,其次伐交,再次伐兵,下政攻城。"看来千百年来,英雄所见略同,得民心者得天下,最根本的是要从思想上、情感上、战略上、策略上征服人心,从而拥有最广泛的民众,这对于一个政权来说至关重要。

读老子时我总想概括这个复杂的思想体系,但总不得其要领,一部老子从多层面看世界、看人生、看自身,其内容博大精深,"生而不有,为而不恃,长而不宰"的自然天道,"反者道之动,弱者道之用"的辩证思维,清静无为,独善其身的人生修持,让人们仿佛看到了这个光彩照人的思想高地。怀想老子这位大致与孔子同时代的人物,在非主流的环境下生存,无可奈何之间选择了退隐,而同样作为思想家的孔子则孜孜不倦地推销自己的学说,孜孜不倦地授徒传道,老子自知其学说不为当时的统治者所用,也就不勉为其难,他便心安理得地在与自然的交谈中完善自己的思想,以图为后世所用。这种大知识分子的自觉性是一个很好的传统,他具备天地万物居于一心,国家大事了然无遗的大情怀、大关切,我们的民族不乏这种高尚的人,脱离了低级趣味的人,他们的思想和行为从一个较长的历史时期来看是有益于民族、有益于人民的,是我们国家弥为珍贵的瑰宝。

2012 年 12 月 1 日

天边那片锦花云

贝多芬的启示

最近我翻看了《名人传》，又一次与贝多芬邂逅，心中无限感慨。人生中有光辉灿烂的时刻，也有不顺心的时刻，所谓顺境与逆境，红运与厄运，亨达与悔咎，等等状态的反复升降转换，考验着每一个人。这就像一个人在茫茫黑夜里孤独地前行，他渴望北斗星的指引一样，人生也需要导师，我在音乐大师贝多芬那里知道了如何与命运斡旋。我们知道命运也是个欺软怕硬的家伙，它像马太效应一样，让强者更强，弱者更弱一样，它专门欺负那些意志不坚者，那些胆小怕事者，那些鼠首两端，甚至畏难而止者。

贝多芬说："一心向善，爱自由高于一切，就是为了御座，也绝不背叛真理。""我要扼住命运的喉咙，它不能完全使我屈服。"这些照耀千古的箴言，从他的喉咙里发出，不，那仿佛是怒吼的火山的熔岩，是地底的野火，是亘古的如山的怒涛，是作为万物之灵的人类的崇高精神的闪电和雷鸣。那个身材短小，怒发不羁，性格倔强，魄力巨大的贝多芬，他仿佛站立到了作为人的思想之巅。人这种有巨大潜能和主观能动性的动物，他的强大无比的创造力改变了世界，并且正在改变着世界。这种精神的旗帜就如同皮格马利翁效应一般，总可以化腐朽为神奇，总可以梦想成真，像伟大的贝多芬一样，在完全失聪的情况下，在病魔缠身的时刻，毅然用痛苦酿造了醇美的欢乐。

我在高中时候曾经听过一位物理名师李文海先生的讲座，他说自己很喜欢音乐，尤其喜欢《命运交响曲》。这番话对我启示很大，我从那时起就接触了贝多芬音乐，就像我的那位老师一样喜欢《命运交响曲》，在困顿难耐的时候，在情绪低落的时刻，就听听那首振奋人心的音乐，它让我一次次昂起了自由、高贵的头颅，抛却了自卑和苦闷，迎来了生命的欢乐和自信的激情。参加工作后，我专门买了贝多芬交响乐碟片，在我事业陷入孤独的时候，是《命运》《英雄》《田园交响曲》《月光》《热情奏鸣曲》《致爱丽丝》等音乐伴随着我渡过难关，我在深冬的严寒里，谛听大地宁静的音响，在深蓝的天幕上寻找那动人心魄的音符。

命运，命运总是跟人们捉迷藏，苦难、单调总是伴随着普遍的人生，在平凡的日子，在孤零零的泥土砌起来的宿舍里，在被秋风横扫的校园里，在一切都那样被轻视的岁月里，如同蒲公英飞舞的原野，以及原野上稀稀拉拉的久旱的禾苗。我在生活的底层里挣扎着，如同我的前辈们，他们也曾是这所那所大学的学生，也曾经意气风发，但在如许广大的土地上，在那些仅仅有小学、初中文化程度，却与大学生同一待遇、同一职称的环境，在那些把教育等同于看孩子、混工资、熬阅历的一群人中，你是否感觉到了一种悲哀？当无知无畏、日鬼掏蛋、弄虚作假、阿谀奉承成为常态，当看门老头、清洁工哭闹着也想弄一个初级职称，这些种种怪象往往就成了对知识和智慧的无情嘲弄和讽刺，仿佛不可同日而语的茶叶蛋居然可以与原子弹媲美了。

每当这种时刻，我便在贝多芬的世界里寻找慰藉，寻找大自然的精神，寻找荷马史诗一样的境界，正像贝多芬说的那句话，"音乐应该让人们的精神火化迸发出来"，"接近神明，并把它的光芒遍洒人间，没有比这更美好的事了"。在与这位伟人的对话中，我选择了写作，至于为什么写作，我也像贝多芬一样总是企图把"我心中的东西流露出来"。但愿今生今世我都能够与我的心中的思想前辈亲近、融通，但愿在战胜一切苦难中倾听命运的召唤，走向更加坚强自信的人生。

2012年9月2日

感受《巴黎圣母院》的艺术魅力

文学巨匠雨果的《巴黎圣母院》这部著作我是直到最近才读完的，在大学时代我走了个捷径，企图用看电影替代看名著，这是比较省事儿的办法，但这也是一种懒人的办法，这种做法使我错失了真正进入名著里面去领略其无限风光的机会，因为电影的取舍删剪恰恰遮盖了一部完整名著的部分光彩，甚至是最重要的光彩。当我真正沉下心来，一字一句阅读这本书的时候，我被深深地感染了，打动了。那些虽然是15世纪路易十一统治下的法国巴黎的历史场景、历史故事，但却深刻地反映了历史发展的必然性，特别是雨果以无情的笔触鞭挞了封建制的罪恶，对教会、国王和整个统治者进行了深刻地批判，对司法、宗教的虚伪进行了无情地揭露，对底层人民群众给予了极大的同情，整个文本毫不掩饰其资产阶级民主进步的思想观点，它饱蘸情感地回答了一个深刻的社会问题，这就是任何社会当它无法让底层人民继续生存下去的时候，也就是它寿终正寝之时，它必将为人民愤怒的火焰所吞噬。

综观这部巨著，我以为可以从以下几个方面来理解：

一是从主题思想上把握理解。这一点至关重要，任何作品都是时代的产物，任何作者都有自己的主观意愿，因此对于一部作品的思想性的认识除了文本自身外，还要从它产生的那个时代的特点、作者自身的思想、经历等出发，深入理解作品的思想倾向和价值指向。从《巴黎圣母院》这部书来看人民性是其基本倾向，反教会、反封建的民主思想和资产阶级人道主义思想是其鲜明特色。这些思想倾向只要翻开书卷就可以感受它的异香扑鼻，就可以感受到字里行间以及文本背面的怦然心跳和热血沸腾，颇有些法国大革命时代的味道。甚至我感觉底层人民攻打巴黎圣母院的义举，就如同后来法国人民攻占巴士底狱一样，前者是对封建制度下的宗教的神的世界的挑战，后者则是对封建制本身的彻底否定。关于这一点，小说文本中对那位残暴、冷漠、阴险的国王的刻画中已经有了表露，他之所以大为震怒，并断然决定无情镇压，是因为暴民们的矛头指向的正是国王，是他的那个集团。还有关于"避难权"的那个细节很有意思，国王援引了很多先例，然后还假惺惺地祈求圣母谅解，可见所谓的"避难权"只不过是国王的避难权，一旦危及了国王的根本利益，似乎什么都不复存在了。

二是从情节结构上把握理解。这一点可以说是有纲举目张的作用，这部小说是情感线和社会线并存的双线设计。它的情感线主要围绕吉卜赛少女艾斯梅拉达与几个男人的情感纠葛关系而展开。小说从愚人节开始，在狂欢的气氛中让巴黎圣母院的敲钟人"丑人王"卡西莫多、吉卜赛美女艾斯梅拉达这一对男女主人公依次亮相，并通过三次冲突把全书的故事情节表现了出来。在第一次冲突中，因为副主教弗洛罗大人爱上了这位美女艾斯梅拉达,他便唆使卡西莫多把艾斯梅拉达给自己抢劫来,结果被皇家弓箭卫队长弗比斯撞上了,弗比斯救下了艾斯梅拉达,几乎是上演了一场英雄救美的戏剧,少女对弗比斯一见钟情,而在卡西莫多被弗比斯捉住,遭受严酷的鞭刑,并被在炎热的夏季毒辣辣的太阳下示众时,艾斯梅拉达捐弃前嫌给他喝水,同情他的遭遇。在第二次冲突中,由于弗比斯与艾斯梅拉达幽会,弗洛罗妒火中烧从背后刺了弗比斯一刀,使其受了重伤,结果无辜的艾斯梅拉达被抓,并以谋杀罪被判绞刑,正在行刑期间被卡西莫多救到了巴黎圣母院,因为圣母院有避难权,所以国王的司法官不能进入,艾斯梅拉达获救了。前两次冲突中有两个细节应该引起注意,卡西莫多两次抢艾斯梅拉达,但意义不同,第一次他是稀里糊涂的为别人的爱而抢,第二次则是他自觉自为的,他为了报答、感激艾斯梅拉达,当然这其中也有爱的成分。在第三次冲突中,法兰西国王一方密谋废除避难权,进入圣母院抓人,然后继续绞死艾斯梅拉达;"乞丐王国"一方策划冲入圣母院救出自己的姐妹;第三方势力就是副主教弗洛罗大人,他沉迷于疯狂的情欲之中,在其弟子格兰古瓦的协助下,挟持了艾斯梅拉达,并逼其就范,艾斯梅拉达选择了死亡,弗洛罗把她交给了刽子手绞死了,行刑之日愤怒的卡西莫多把副主教从圣母院的塔楼上推下去摔死了。后来卡西莫多也神秘失踪,两年后,人们在墓地里发现两副尸骨紧紧拥抱着,人们想把他们分开,那些骨架顷刻间瓦解了。

这部小说的社会线是以国王、巴黎总督、司法官、教会等组成的统治者,他们一方面相互争权夺利、钩心斗角,另一方面又相互勾结欺压人民、残害人民,以"女巫"谋杀为借口判处艾斯梅拉达绞刑。作为统治者一方他们千方百计要执行绞刑,作为劳动人民这一方他们则针锋相对,千方百计要避免让艾斯梅拉达遭受绞刑。简言之,这部小说的社会线索就是围绕"艾斯梅拉达遭受绞刑"这一中心事件而展开的。这两大线索是交织在一起的,从文本表面看情感线是因社会线是果,实际上社会线才是最根本的,为什么艾斯梅拉达们避免不了被虐杀的命运呢?为什么圣迹区的那些贫民是那样的凄惨?这些都是那个罪恶的社会造成的。

三是从人物性格上把握理解。在这本书里,美丑对照的原则,在人物性格塑造上得到了近乎完美的体现。我们可以从这么几组对应的关系中来观察。

第一对关系：艾斯梅拉达与卡西莫多（底层贫民之间）。艾斯梅拉达可以说是女神级的人物，她美的外表与善良的灵魂完美地结合在一起，她热爱生活，能歌善舞，她乐于助人，聪慧可爱，但她的轻率、善良、一见钟情、不谙世事让她饱受了痛苦。她爱一个不该爱的人、不值得爱的人弗比斯，一个逢场作戏、玩弄感情的花花公子。而对于丑陋不堪的卡西莫多她经历了误解、厌恶、同情、感激、喜欢等几个情感阶段，但内心里她一直没有忘记弗比斯。卡西莫多是一位饱受苦难，身体有残疾的可怜人，上帝似乎把一切生理的缺憾都给了他，唯一诱人的是他还有一颗玲珑剔透的善良的心。作为敲钟人他让那些大大小小的钟声准时地敲响，作为一位普通人他也爱美，他全身心地爱着艾斯梅拉达，甚至不惜自己的生命，他不容许任何人侵犯她、伤害她。在他的性格里善良、单纯、固执、冲动以及为了自己心爱的人不惜一切抗争的牺牲精神表现得比较突出，当然对于自己的养父、救命恩人弗洛罗副主教，他有着一种与生俱来的畏惧、妥协和顺从，只是到了最后迫不得已的情况下，他才撕开了温情脉脉的面纱，进而反戈一击。卡西莫多与艾斯梅拉达的爱情之花在阳世间没有开放，它遭受了弗比斯之流的诱惑，弗洛罗之流的诬陷以及国王、大法官等的残害，他们只有在死后才能结合，这是多么悲惨的控诉呀！简言之，卡西莫多与艾斯梅拉达这俩人是奇丑无比的男子（丑的外表与美丽的灵魂的化身）与无与伦比的姑娘（女神的化身）的奇妙组合，命运的阴差阳错让他们邂逅，让他们生死相依。

第二对关系：艾斯梅拉达与格兰古瓦（底层贫民与知识分子之间）。为了挽救濒死的格兰古瓦的命运，按照古老的习俗，艾斯梅拉达与他成亲，结成了名义上的夫妻，这个人物具有当时还比较软弱的资产阶级的软弱性、两面性，当他生存不下去的时候，他会跑到圣迹区这样的社会最底层，真正革命的时候，攻打封建宗教圣地的时候，他又鼠首两端，不会坚决地进行斗争的，他屈从于弗洛罗的淫威，一方面向乞丐王国的穷苦人传递国王将进入圣母院抓走艾斯梅拉达的信息，鼓动大家冲进圣母院救出艾斯梅拉达，另一方面却与弗洛罗同流合污，在国王的军队与乞丐王国以及卡西莫多的混战中把艾斯梅拉达弄出了圣母院，帮助他的老师弗洛罗完成自己罪恶的心愿——霸占艾斯梅拉达,满足其疯狂的欲望。事实上这时候的格兰古瓦已经颓废到醉心研究古建筑,逃避现实斗争的地步,他的形象是十分可悲的,他的油嘴滑舌、他的没有骨气的神态让人恶心,格兰古瓦是长着一副好皮囊,但灵魂已经没落,已经失去了斗志,所以的他的形象可悲可怜。

第三对关系:艾斯梅拉达与骑兵队长弗比斯(国王的鹰犬)。弗比斯是这本书里飘逸洒脱的角色,他一面追逐着贵族小姐,一面在外边寻花问柳,还有着法兰西国王皇家弓箭卫队长的显赫头衔,可以说是一个冠冕堂皇的无赖、流氓。他玩弄、亵渎艾斯梅拉达纯真无瑕的情感,在艾斯梅拉达因与他约会发生意外,而面临谋杀被判死刑的情况下,他毅然投到了贵族未婚妻的怀抱,抛弃了艾斯梅拉达的感情。弗比斯的形象就是那种见风使舵,薄情寡义的小人嘴脸,这种人表面上看起来漂漂亮亮像个绣花枕头,其实灵魂里骨子里都很肮脏,很见不得人,他属于那种玩世不恭的玩了白玩,不玩白不玩的丑恶奸邪之人。

第四对关系:艾斯梅拉达与弗洛罗(教会势力、统治者上层)。弗洛罗是这本书里很特别的人,从经历上看他有值得肯定的一面,如他收留了孤残儿卡西莫多,像亲生儿子一样把他抚养成人;在父母去世后,他无微不至地照顾、抚养自己的弟弟,供他上大学,并企图引导他进入上层社会,可惜弟弟不成器,喜欢无拘无束地生活,最后混迹于乞丐王国;还有一个青年诗人,也是他扶持、帮助的,这就是格兰古瓦。从神学修养到对科学的钻研上看,他同样是无可挑剔的,但当有一天他看见了美女艾斯梅拉达之后,他变了,他渴望性欲、情欲、爱欲,他把艾斯梅拉达作为自己钟情的对象了,这种剃头担子一头热的爱情使他昼夜不安,他被这种自我设计的自作多情的情欲把自己的头脑压扁了,变形了。在某种意义上说,在情感世界里他是一个残疾儿,一个心理有障碍有缺陷的人。他一次次地跟踪、监视、窥测艾斯梅拉达,又一次次地威逼利诱艾斯梅拉达,但最后都以绝望而收场,最终他把她献给了国王的绞刑架,也把自己的灵魂彻底扭曲了、变态了。这个人物形象我感觉他既是上层知识分子有既想当婊子又想立牌坊的矛盾心理,又是宗教压抑人性、摧残人性的生动写照,弗洛罗的丑陋灵魂和形象是罪恶的封建宗教造成的,他是这个制度下产生的畸形儿和牺牲品。弗洛罗的性格抑郁、阴险、狠毒,表面上道貌岸然,其实为达目的不择手段,这一点他与国王及其鹰犬们毫无二致。

四是从艺术风格上把握理解。这部小说在艺术表现形式上很讲究,一是采用了象征的手法来表现主题,比如书名为《巴黎圣母院》,以此来象征整个封建制、宗教氛围下的时代环境,并把所有的人物事件都安排在这一著名建筑物的周围、内外,并悉数列举了巴黎的那些大大小小的宗教建筑群,象征了整个统治的网格结构,同时展示了在这种高大的建筑物下贫民建筑的七零八落和破败景象,具有强烈的对比色彩。二是悬念的设计运用,使作品扣人心弦。比如贫民攻打巴黎圣母院一段非常悲壮,非常让人痛心,贫民一方拼命进攻,卡西莫多一方坚决反击,这种善良愿望办了坏事情的结局确实让人扼腕叹息,而恰恰这时国王的军队来了,于是牺牲了很多贫民,也没有解救下艾斯梅拉达,这时无知无畏的卡西莫多还蒙在鼓里,正是他与贫民的相互内斗让国王钻了空子。还有一段是弗洛罗让老鼠洞里隐修的"裹袋女"抓住艾斯梅拉达的手,自己去叫国王的卫队,结果艾斯梅拉达与母亲邂逅了,并在这样一种特殊情况下相认了,但为时已晚,母女刚刚相认却又面临着生离死别,读来让人肝肠寸断,步步惊心。三是场面描写、细节描写、心理描写细腻生动、入木三分。比如小说开头的愚人节场面描写,堪称是法国式的百老汇,各色人等悉数登场,而且语言诙谐幽默;再比如书中有大段大段的建筑艺术史的细节描写,读来感觉好像是论文,其实那是无声的讨伐檄文,颇有点"雕阑玉砌今犹在,只是朱颜改,问君能有几多愁,恰是一江春水向东流"的感觉,也预示着巴黎圣母院这样的建筑也将像它们的前代建筑一样,免不了被历史淘汰的命运。

2012 年 10 月 1 日

苍凉千古一支歌

——读陈子昂《登幽州台歌》

> 前不见古人
> 后不见来者
> 念天地之悠悠
> 独怆然而涕下

每每读陈子昂《登幽州台歌》,我心中总会产生一种无尽的苍凉感和无限的怅惘,此诗虽寥寥数语,几行诗句,但却道尽无限沧桑,抒发无限感慨。第一次读这首诗歌是在我的中学时代,我似乎感觉天地万物尽收眼底,自己深深地被大自然的壮美感染了,那种登高望远怡然自得的样子,一定是很酷很潮的,甚至要被自然美景感染、点化,当时我体会不到诗中深厚的古韵和岁月悠悠流过的印痕,也没有那些历尽沧桑的感喟,更不理解为什么诗人会潸然泪下。固然古往今来,多少文人墨客,唏嘘感叹自身怀才不遇,痛感知音难觅,但是毕竟岁月更迭无可挽回,多少是非已成历史,大有痛并无可奈何的架势。

随着时间的推移,对于这首诗歌我有了新的感悟。记得大学毕业的时候,为留校留城同学们把头都能争破,但又能怎么样呢?商品粮与农村粮简直就是两重天,同样是大学生,你比他各方面都突出,但你的原籍户口是县区的,你就别无选择,你不能在城市工作,你必须回到乡村去。我大学刚毕业那会儿是非常矛盾的,仿佛才感受到"男儿有泪不轻弹,只是未到伤心处"的滋味,站在高高的尖山上,远眺目下的城市,这座既熟悉又陌生的城市呀,曾经多少次抚摸你的心跳,幻梦里也憧憬你的未来,然而自己仿佛只是一个极为短暂的匆匆过客,像光影一样转瞬即逝地划过了城市的上空。在离开学校的前夕,在离开这座城市的前夕,天下起了瓢泼大雨,河水陡然间暴涨了,拼命地朝着堤坝冲击,冲击,在雨中在风中,我面朝苍天愤怒地呼喊——城市呀我恨你!你为什么这样歧视我,抛弃我!这时候我的泪水伴随着哗啦啦的雨水河水一起流向了凄冷的大地,我的心灵在此刻也像灰色的天空一样,乱云飞渡,滚滚不息。

生活中的马太效应往往就是这样,人们大多竞相锦上添花,很少有人能够做到雪中送炭。离开大学门之后,我来到了一座陌生的县城,由于我是外县人,无根无底,本以为百分之百就进了那个县一中的校门,孰料被分配到了距离县城三十几里外的一所职业学校,而且我是该校建校以来第一个分配来的本科政治教师。这所学校前不挨村后不着店,孤零零地在一条县级道路旁边。最难熬的是这所学校的大部分老师是本县人,每逢节假日他们就回家了,我在这里感觉很孤独,很痛苦,仿佛也有了陈子昂一样的感怀——天地之大何处能容人,何处是我的成长空间?为什么那些自费的大专生、中专生,甚至高中生都可以堂而皇之地分配在县城的高中、初中,自己一个正规的国民教育大学本科生却被贬在了乡村僻地呢?我当时很困惑,很心酸,大有凤凰落架不如鸡的感受,因为这里是一圈子一圈子的熟人的天地,我仿佛是一个星外来客,一个不相干的外人,除非融入了这一生态环境,才有生存下去的希望。

二十年后,回首往事,我感觉陈子昂的诗歌就像人生启蒙一样,它对我的人生有一种启迪作用,让我学会了面对苦难,面对人生。人生并不像年轻人想象的那样到处是鲜花、阳光和坦途,事实上人生总会遇到这样那样的挫折和挑战,汗水、泪水和血水是人生必须付出的,不经风雨难见彩虹,不受磨炼难以成才。在一个相对闭塞的生活圈子里,我虽然没有光怪陆离的人生,但却拥有了自得其乐的读书生涯,在那里我潜心于书海,徜徉于原野的风光,并书写了属于自己的文字,先后在多家报纸杂志发表了教育论文、文学作品,也得到了内心的平静安逸。

无独有偶,我的朋友陈无言先生,一位书法造诣很深的人,也与陈子昂这首诗歌结缘。在一次聚会时,我把自己的长篇小说《天地悠悠》赠送给了大家,并特邀无言兄为我写陈子昂先生的诗歌,无言兄慨然应允。但在写这幅字的时候,无言兄神情怪异,他显得格外伤心,刚写了一半,泪水情不自禁地夺眶而出,泪珠儿打湿了宣纸,他几乎写不下去了,我关切地询问缘故。

"咋咧?老兄。"

"让我等会儿写吧,我也很喜欢这首诗,唉……"

无意间我触到了无言兄的隐秘,他的心骤然间难过了。原来他在"文革"期间就是由于写了这幅字挂于床头,被诬陷为对社会主义不满,是不折不扣的右派言论,被扣上了"右派"帽子。当时他刚在一所大学教书,正是风华正茂的时候,他似乎从天上一下子跌落到了地上,后来他失去了公职,失去了一切。再后来他就出家到一座山上当了道士,为了打发那些失落的时光,也为了实现自己的人生价值,他发奋研习了孙过庭的书法,并写了一部很有见地的书法专著。所幸的是无言兄的公职也恢复了,他现在还在他原来的大学工作,同时他的书法也渐入佳境,并有了相当的影响。

是啊,读陈子昂的这首诗歌,让我对人生的苦难有了一种更加自觉的认识,只有勇敢地踏过苦难,享受苦难,站在高高的山顶才算是真正的强者。让我们热爱生活,面对一切艰难险阻,走向自己坚强、果敢、阳光、自信的人生吧!

2012 年 12 月 17 日

松风劲骨话人才
——读白居易《涧底松》有感

有松百尺大十围　生在涧底寒且卑
涧深山险人路绝　老死不逢工度之
天子名堂欠梁木　此求彼有两不知
谁喻苍苍造物意　但与之材不与地
金张世禄原宪贤　牛衣寒贱貂蝉贵
貂蝉与牛衣　高下虽有殊
高者未必贤　下者未必愚
君不见沉沉海底生珊瑚　历历天上种白榆

一次偶然的机会,我认识了才华横溢的作家宁世群先生,他的著作《藏传佛教的喇嘛生活》多次再版，深受读者欢迎。我与先生的交往始于工作，他说："在我接触的众多地方官员中，很少有像你这样有学识有个性的人，我讨厌那些不学无术，只会溜须拍马，投机钻营的人。"我们说话的当儿，宁先生顺口背诵了一首白居易的《涧底松》，我很惊异先生的记忆力，也为自己的见识浅薄而不安，因为我是第一次听到白居易的这首诗歌。

此后我就专门买了一本《唐诗鉴赏大辞典》，认真阅读了这首诗歌，我深深地被这首诗歌深刻的思想性所感染，这是一个古老而重要的话题——人才问题。在我们的人才发现模式中，有考察发现、举荐发现、考试发现，也有自荐的形式，但凡是人操作的事情都不免于人情世故的"水分"。所谓"千里马常有而伯乐不常有"的说法，其实是要说明这样一种现象，在缺乏制度性范式要求的情况下，人们往往依赖于个人喜好式的选人模式，这就是说作为"伯乐"这个人才的鉴定者，他发现人才的过程往往受眼光、范围等的局限。而举荐这种方式，也有举荐过程的客观与否以及决策者偏听与兼听的差异，至于考试这一方式，千百年来也是喜忧参半，它一方面让底层人才有了晋身之机，另一方面也由于其僵化的机制遏制了一些人才的成长。古语说"十年树木，百年树人"，足见识人、育人的不容易，所以人才被埋没在深山无人知的现象在一定程度上还是不可避免地存在着。这就警示人们必须打破固有的上下尊卑的思维误区，深入群众，眼睛向下，发掘潜在的人力资源，以战略的眼光主动发现、培养人才，尊重、使用人才。而作为真正的人才，也必须要经过一番艰苦的磨砺，才能脱颖而出。正如先哲孟子所说："天将降大任于斯人也，必先苦其心志，劳其筋骨，饿其体肤，空乏其身，行拂乱其所为，所以动心忍性，曾益其所不能。"在古今中外的人才成长中几起几落屡遭大难者有之，蒙冤含垢矢志不渝者有之，把苦难视为人生的学校者也有之，这种逆境崛起的人才成长模式值得人们重视。不过从现代的观点看，作为管理者应该珍惜人才，厚待人才，尽可能为其创造优良的工作环境，以便其发挥超凡的聪明智慧。

现代社会中的那些先行者，他们的创新意识很强，特别是那些在计算机、电子商务、网络等领域的创业者柳传志、马云、马化腾等人，他们坚信"天生我材必有用"的信念，大胆出击，跻身于新兴产业，用汗水和智慧开辟了人生的新天地，他们不再是"有松百尺大十围，生在涧底寒且卑"的"涧底松"，而是"长风破浪会有时，直挂云帆济沧海"的栋梁材，他们以自己的创业壮举验证了"高者未必贤，下者未必愚""人民群众是真正的英雄"的光辉论断。与此情况相类似的还有那些真正坚守在底层的人，比如央视曾经报道过的"溜索乡医邓前堆"等草根能人，他们也许并不声名显赫，但对于广大的乡村来说，他们的意义是十分显著的，他们就像星月一样照耀着普通百姓的生活道路，为他们解除病魔，带来欢乐与幸福。这种"涧底松"的存在就像大地的衣服一样，呵护着生态文明，延续着人文精神，这便是他们真正的价值。

我赞美那些自强不息的"涧底松"，因为他们创造了生命的奇迹，成就了作为一个真正人才的自觉自为的辉煌。行文至此，我突然想到了革命家陶铸笔下的松树："狂风吹不倒它，洪水淹不没它，严寒冻不死它，干旱旱不坏它"，它"要求于人的甚少，给予人的甚多，这就是松树的风格"，这就是不甘寂寞，顽强拼搏的"涧底松"的精神！

2012 年 12 月 20 日

读《金刚经》有感

最近我找了本《金刚经》来看，试图从经卷中找寻宁静，从佛教里寻求慰藉，但人的心灵不是说平静就能平静的，我的那颗不羁的心，那种世俗的责任感和使命感，以及对社会对家人的念想，无论如何也无法割舍，这就使我与所谓的佛境有了一定的距离。

开卷有益，翻翻此类书籍，对于沉迷于俗世杂务不能自拔的人是有好处的。我是利用每天晚上临睡前这段时间阅读《金刚经》的，开始我是耐着性子读，因为佛教经书的专有术语比较多，而且是采用类似于论语体的形式，记述了佛陀与须菩提的对话，语言习惯也不同，这就增加了一些阅读的难度。但看着看着我竟然被这本书吸引了，我感觉这本书很有门道，很值得自己咀嚼、玩味。尽管我是学文科的，大学毕业论文就选择了《宗教世俗化及其影响》这么个题目,但要说真正读进去宗教经典,并从中有所启发还是在最近几年。年轻时期,我的思维中"要么……要么……"那种一边倒思维倾向比较突出,到后来在社会生活中,在慢慢地阅读理解中,我才知道了中庸、中间色、过渡色、双赢、和谐、中国特色等的含义。对于源远流长的佛教文化我们大可不必拒之门外,而应该采取实事求是的态度,古为今用,从中吸取于我们有用的成分,丰富我们的精神世界,增益我们的智慧人生。

我在阅读这部大乘佛教经典著作时,感受最深的是这么几个基本问题,这就是人生目标,我们究竟需要什么样的人生?人生究竟应该有什么样的境界和眼光?怎样达到这种人生,它的方法途径是什么?这本书认为万物皆空,所以人生应该追求以金刚般的般若智慧,断除烦恼邪念,脱离三界纷扰,到达生死苦海的彼岸。而达到这一目标的方式方法主要是自我修炼,这其中有小乘佛教与大乘佛教教义的差别,前者主张自我修炼,自我解脱;后者强调自救救人,自度度人,普度众生。

在这部经书中多次提及"阿耨多罗三藐三菩提心"这句梵语,意思是"无上正等正觉之心",这也是僧众修行的终极目的,即得道成佛,达于涅槃、灭度、寂灭、解脱境界,并描绘了佛教三界:欲界、色界、无色界;人一般具有的观念和行为现象:我相、人相、众生相、寿者相。如何达到这种境界呢?答曰:布施。布施又分为财布和法布两种,法布的价值意义远远大于财布。施舍能够积累功德,达于佛境。这部经书中关于佛经的观点也很有趣,它说佛法是为了教化众生姑且施设的,佛以此来开悟众生,这就像用船筏渡河一样,法或法相就像船筏,目的在于度脱众生,到达彼岸,得大菩提。

在第十品"庄严净土分"经文中,讲到《金刚经》的核心要义:应当做到心无所执着,心不着相,生一颗清净之心。在第三十二品"应化非真分"经文中进一步阐发了《金刚经》的精髓,指出"一切有为法,如梦幻泡影,如露亦如电,应作如是观"。按照佛教的观点,作为宇宙之本的真如之体是永恒的,而作为真如之用的自然、人生,都不过如梦幻泡影,如露如电,转瞬即逝。有为法,由因缘造作,无常变幻的现象世界是相对于无相不动的真性世界而言的。

佛教哲学是一个很庞杂的思想体系,其中有很多天才的思想,不过它的思想倾向是唯心的,对世界的看法是曲折的倒立的,如果我们批判地吸收它的一些于我们有用的东西,继承它的那些关于人类思维的认识成果,那么佛教就能为我所用了。从某种意义上说,它在构建和谐社会,促进人的心智健全方面,还是有一定的积极作用。我通过阅读《金刚经》获得了如下几点启示:

一是人的精神世界应该是丰富的、充盈的,人应该有精神,有理想,有信仰,有操守,不能浑浑噩噩过糊涂日子。在大千世界,芸芸众生中要处理好认识自我、他人、社会和生死等问题,要有一颗菩提之心,怜悯之心,慈爱之心,要懂得施舍就是获得的道理。在"非典"肆虐、汶川地震、扶危济困、救助弱势群体等过程中,我感受了人们那颗向善的心的巨大力量,那种推动社会发展的正能量,我以为这就是至高无上的正等正觉。而要修得这样的正果就必须具备金刚般的意志和大智慧,并且能够坚韧不拔地朝着这一目标奋斗。

二是当代社会是法治社会,法律、法规、规章、条文是规范人们行为的东西,也就是起着桥和船的作用,它们的目的是保证大多数社会成员的自由和权利。比如:最近一场有关新交通规则的争论在网上展开,引起了国人的强烈关注。我以为不在于四车道、八车道路有多宽,也不在于地铁、公交线路的多少,关键在于人,人的素质,人的修为,你如果像信佛一样信守交通规则,像爱惜家人一样爱惜他人,你就不会视交通规则如儿戏,就不会不懂得礼貌谦让。媒体报道了北京等地救护车被堵,其他车辆拒不让道,致病人死亡的案例,这种现象令人深思。

三是普度众生的思想具有众生平等的观念,对于我们今天提倡的走共同富裕的道路有借鉴价值。改革开放以来,我国的一部分人富起来了,这些人如果都能够"自觉觉他、自利利他、自救救他、自度度他",带领大家奔小康,那么我们的社会就会更加美好,更加和谐。现在我们讲企业的社会责任、社会义务,从制度上管理上要求的比较多,但如果没有企业家、富人自觉的思想行为,如果没有思想意识比较成熟的企业家阶层,我们的一切努力都会显得苍白无力。

四是"心无所执着",对所做功德不贪心、不执着,对财货、名利不贪心、不执着,"生一颗清净之心",这一观点对于当今物欲横流,各种思潮泛滥背景下的当代人具有警示意义。综观古往今来那些大大小小的贪官污吏,哪一个不是人心不足蛇吞象,执着于自己的贪婪,最后被贪婪吞灭了灵魂,身首异处为天下笑。心有无所执着这是一种辩证关系,凡是不懂得这种辩证法的就会栽跟头,懂得这种辩证法的就会有所收敛,进而修得一颗清净之心。

五是佛教所说的"肉眼、天眼、慧眼、法眼、佛眼"五眼揭示了人的认识境界,它分别说明了人的一般认识眼光、比较突出的认识眼光、突出的认识眼光、特别突出的认识眼光等认识阶段。类似于我们比较熟悉的感性认识和理性认识,以及从感觉、知觉、表象到概念、判断、推理。众所周知,21世纪是知识经济时代,它很大程度上就是智慧与眼光的较量,谁具备了克敌制胜的慧眼,谁就掌握了先机,谁如果目光短浅,夜郎自大,那他就必将失败。有人说美国在过去时代之所以走在时代前列,就是因为它拥有像乔布斯、比尔·盖茨那样有眼光的人,我想我们的国家也将会孕育这样的顶级人才,也将成就这些具备非凡眼光的人。

2013年1月10日

关于红军云阳改编史料中的几个问题

最近一个时期,我翻阅了一些党史资料、抗战史资料和回忆录,着重研究了一下云阳改编前后的历史,但从各种资料来看,他们的说法似乎都比较笼统,甚至相互矛盾,这一段历史还缺乏比较系统的资料,所以很多情况还弄不清楚,现就有关问题归纳如下:

第一,中国工农红军是从什么地方,经过什么线路到达云阳、桥底一带的?这个问题涉及1935年的红军长征后的驻防情况,同时也与党史相联系。目前掌握的情况有这么几种说法:其一,白德全的《中共中央工农红军在云阳》一文称,西安事变后"红军从陕北保安(今志丹)沿秦时所通直道……经口镇入驻云阳"；其二，省文物局1999年北京座谈会纪要里说："……党中央、毛主席……命令驻甘肃省环县的红军前敌总指挥部和红军主力分数路纵队，取直径南下进驻渭北一带，总部设在泾阳云阳镇……"其三，陕文物字[1999]31号可行性报告中称："1936年西安事变之后，陕北工农红军受张学良、杨虎城两将军邀请，于12月中旬进驻渭北一带的泾阳、高陵、富平等地，红军总指挥部亦同时进驻泾阳县之云阳镇。"1937年"卢沟桥事变"之后，"中国工农红军之援西军，也遵照前敌总指挥命令，八月七日在司令员刘伯承的率领下，从镇原的屯子镇出发，经西峰、宁县、旬邑、淳化等地，于八月下旬进驻泾阳县的桥底镇一带"。其四，泾阳县党史办：《红军主力在云阳、桥底改编为八路军誓师抗日》一文说，1936年"红军遂于十二月十五日进驻渭北地区，前敌司令部设在云阳南门"，"一九三七年八月七日，刘伯承率领的援西军，……从甘肃的童子镇出发，……"这些资料基本说清楚了大致的情况，但红军各部的行军线路及移防情况还不甚清楚，有些地名还需进一步考证。其五，白应魁：《抗日军号响安吴》一文说，"七七事变"后，"红军主力在陕甘交界的正宁、宁县、共和镇一带经过几个月整训后奉命南下……经淳化出口镇，来到泾阳县安吴堡，军团司令部驻在安吴寡妇家"。

第二，张闻天、周恩来、任弼时、林伯渠、王稼祥、邓小平、杨尚昆等众多的无产阶级革命家，朱德等十大元帅中的八大元帅，以及左权、关向应、萧华、萧克、陈赓、宋任穷、徐海东、王首道、张震等无产阶级革命家、军事家在云阳的活动情况。这方面的现有资料比较少，而且语焉不详，具体情况尚待挖掘。其一，陕文物字[1999]31号可行性报告中称，老一辈无产阶级革命家张闻天（洛甫）、周恩来、朱德、任弼时、王稼祥、叶剑英、林伯渠、刘伯承、贺龙、徐向前、林彪、聂荣臻、罗荣桓等都在云阳一带工作和战斗过，在中国革命史上具有重要意义。其二，目前关于他们的资料还散见于各种回忆录、传记之中，而且资料缺失比较多，还没有形成系统、翔实的文字。这就需要我们经过一番大量细致地阅读资料，从中去粗取精，去伪存真，进而找到历史的真相，让这些弥足珍贵的史料放射出其应有的光芒。其三，云阳等地还有一些知情者，或者是他们的后辈，通过他们也可以挖掘、抢救一些有价值的史料，特别是上述那些革命家的故事，他们在云阳写作的文章，对于我们认识这一段历史很有价值,这是潜存在人民群众中的红色记忆。其四,毛主席是否在云阳来过,目前只有白德全的《中共中央工农红军在云阳》一文提及,其他资料均未提及,若能找到其他佐证材料,对于云阳革命史将具有十分重要的意义。

第三,八路军改编暨抗日东征誓师大会、一一五师、一二九师、一二〇师在云阳、桥底、庄里改编的情况。其一,八路军总部暨一一五师誓师大会。陕文物字[1999]31号可行性报告中称,8月底八路军总部在云阳镇大操场举行了出师抗日誓师动员大会。邓小平主持,朱德动员,任弼时宣布"三大纪律""八项注意",八路军上前线代表、欢送的军队代表、国民党当地政府代表发言,最后一位是国际友人讲话,他就是马海德。其他回忆文章基本与此相一致。《中国共产党咸阳历史》(第一卷)则称:"朱德总指挥、彭德怀副总指挥和其他首长耐心向同志们讲解国内矛盾已经转化,阐明建立抗日民族统一战线的意义……"另外白应魁回忆说,一军团等改编为一一五师,朱德检阅部队,聂荣臻、罗荣桓、左权等参与,朱德讲话。《罗荣桓传》称,叶剑英、左权出席了会议,罗荣桓讲话,另有资料说当时林彪、聂荣臻不在安吴。何文举的《八路军总部和一一五师在云阳举行抗日誓师大会》一文提到彭德怀讲话、任弼时讲话,这些内容与前边有一定出入。其二,一二九师改编誓师大会。李达回忆说,陈赓主持,刘伯承讲话;《中国共产党咸阳历史》(第一卷)等资料也是这一说法。但袁学凯回忆文章称,朱德、彭德怀参会,朱德还讲了话。其三,一二〇师改编誓师大会。《关向应传略》《贺龙传》:9月2日庄里镇誓师大会,朱德、任弼时出席了会议。宣读改编命令,朱德讲话,贺龙讲话……这部分史料比较多,但一二〇师资料相对较少,此外还有部分资料有待甄别。

第四,红军前敌指挥部在云阳镇召开的军以上干部会议。其一,《关向应传略》说,卢沟桥事变当天,贺龙、关向应参加了云阳会议,会议讨论了卢沟桥事变后的形势,研究红军拟改编为国民革命军及改编后的政治工作。7月22日会议结束。其二,《贺龙传》也说,7月下旬,他与关向应参加了红军前敌指挥部在云阳召开的军以上高级干部会议,会上贺龙发言……会议期间与陕北红二十七、二十八军出席会议的领导交谈……其三,陕文物字

[1999]31号可行性报告中称,7月下旬,由朱德、彭德怀、任弼时同志主持,在云阳红军总部召开全军党的政治工作会议,就红军改编的意义、任务和保证党对红军的绝对领导,在干部中做了深入动员,使全军思想同党中央保持了高度一致。这个会议对于云阳革命史来说是很重要的,搜集与会议相关的资料很有史料价值。

第五,国共两党建立抗日民族统一战线的过程。西安事变国共两党初步达成了"停止内战,一致对外"的协议。华北"七七事变",上海"一·二八战争"发生后,日本侵华活动的步步深入,民族矛盾进一步加剧,国内抗日民主浪潮剧烈,内外矛盾迫使国民党不得不联共抗日。在新形势下就共产党的地位、红军改编八路军等问题国共双方所进行的谈判与斗争。这方面的史料目前还很琐碎,主要从网络上找了一些,大量的一手资料还未找到,这些内容也是云阳革命史的重头戏,舍此就不能解释云阳改编的来源。

第六,洛川会议与红军改编八路军。其一,《聂荣臻回忆录》说,洛川会议主要就红军改编八路军,八路军出征以后怎么办等问题进行研究,从思想上统一了。其二,《彭德怀自述》提到了"在云阳镇前防司令部召开了一次团以上干部会议",讨论了洛川会议精神;其他材料也说明各部队分别传达了会议精神。其三,傅钟在《敌后战场的开端》一文中对洛川会议有比较详细的记述,并称"红军改编为八路军的命令,是在洛川会议上宣布的……"洛川会议的历史意义非凡,所以研究云阳的革命历史,研究红军改编这段历史就必须把洛川会议涵盖进去,这也符合历史逻辑。

第七,红军在云阳期间的革命活动。其一,《中国共产党咸阳历史》(第一卷),关于云阳人民热爱子弟兵的描述情况比较简略。其二,《崔贯一革命活动纪实》中比较详细记述了中共当地党组织以及云阳人民支持革命的情况,史料价值较大。其三,红军宣传抗日,发动群众支援革命战争;陆定一、丁玲等文化名人的活动等,散见于各种回忆文章。其四,驻军与当地老百姓的鱼水情,从部分回忆录中看见到记述。这方面的史料应该说比较多,但必须很好地整理、归纳,形成有一定分量的书籍,以便世代的后人都铭记这段光荣史。

2012年8月25日

娜塔莎与玛拉

——浅说长篇小说《战争与和平》与电影《魂断蓝桥》女主人公形象的异同

艺术人物是艺术家奉献给人类的宝贵精神财富,在璀璨多姿的艺术人物中,长篇小说《战争与和平》与电影《魂断蓝桥》的女主人公娜塔莎与玛拉无疑是两个具有相当艺术魅力的人物形象。娜塔莎,一位美丽、活泼、可爱、激情似火、喜欢跳舞的少女,她可以说是《战争与和平》中最耀眼的光彩照人的角色,相对于海伦来说,她是纯洁的,她骨子里具有"质本洁来还洁去"的本真,具有追求幸福的憧憬和希望,而不是像海伦那样追求享乐,醉生梦死,荒淫无度,自甘沉沦。在托尔斯泰的笔触底下,娜塔莎无疑是这部作品里的女性中最浓重的色彩,她是让人眼前一亮的光焰。正如鲁迅先生说的,有缺点的战士仍然是战士,再完美的苍蝇也不过是苍蝇。我想娜塔莎完全有理由归于战士的行列,不过她是一个女战士,一个宠坏了的而又能擅自做主的倔脾气的女子,同时她还是美的化身,是具有美的气质、美的容颜的女性。

玛拉是一个犹如泉水般纯净的女性,当爱情的双桨搅动了她心底的波澜后,她也像泉水一样不顾一切地朝着自己的方向奔跑,奔跑。她的命运的第一次转折是巧遇了她生命中最重要的男人罗伊,第二次转折是意外地在报纸上发现了心爱的人的阵亡消息,第三次转折是战后罗伊奇迹般地"死"而复生。这三次转折就像汹涌的浪涛一样一次次将女主人公的爱情小船推到了风口浪尖,她的经历她的心跳也一样魂牵梦绕着每位观众的心,我想这个玛拉的确是典型的小女人,小女人遭遇大事情,面临大挑战,她的力不能胜任,她的思想无法理解,这就像弹簧超出了其弹性限度,小牛拉大车一样邪乎,所以其悲剧的命运是无法避免的。

我曾经多次翻看这两部作品,每每被作者和他的艺术人物深深打动,娜塔莎与玛拉这两个人物尽管不属于同一个时代,而且发生在她们身上的故事也各有特色,但从大的方面来看,她们的命运、遭际和结局又有很多相似

第三辑 书卷溢香

的地方,这两位秀美的女性都是闪电般的恋爱,火线上订婚,仓促间就准备结婚,最终由于家庭、战争及其他的原因而推迟婚姻或者退婚,这看起来很美的一对儿,很般配的一对儿,其结局往往让人大失所望,有一种有情人难成眷属的缺憾。两部作品几乎一样的人物命运套路,这使我不禁要问这是偶然的巧合,还是艺术家的一种刻意追求呢?或者我们换一种说法,这就是在这些事情的背后是否有某种规律性的东西,这也就是笔者的疑惑以及试图揭示的东西。比较是最好的老师,让我们先比较一下两个艺术形象的相同点和不同点,在分析比较中进一步思考,进一步探讨,并努力形成我们的基本观点。

这两部作品对于其重量级的女主人公所采取的比较相似的表现方法大致有下述几种:

一见钟情式的爱情。古往今来,这种青年男女异性相吸,一见倾心的爱恋司空见惯,她们的气息、气质、美貌、风度、学识、财富等都成了生发这一特殊情感的诱因。《战争与和平》的女主人公娜塔莎与男主人公安德烈邂逅于舞会上,她喜欢跳舞,喜爱所有的人,是个快乐的阳光的女孩,她与他很快就坠入爱河,并迅速订婚,相约如果一切顺利的话一年后就结婚,那时安德烈的首任妻子生小孩时死去了,他是结过婚的人,而娜塔莎则是一个十六岁的涉世未深的少女,她不顾一切地爱着安德烈;《魂断蓝桥》的女主人公玛拉与男主人公罗伊的相遇相识是在空袭发生后的车站,他们一见钟情,很快就发展到要结婚的程度,她甚至为了送即将赶赴战场的恋人罗伊,未能如期参加演出被剧院开除,要不是身为军人的罗伊要上前线,他们早就幸福地结合了。

家庭背景差别比较鲜明的婚姻。在电影《魂断蓝桥》中男女主人公一个出身苏格兰贵族,一个出身底层,罗伊有显赫的家族、较高的社会地位和可观的物质财富,玛拉只是一个无依无靠的普通芭蕾舞演员;长篇小说《战争与和平》中娜塔莎的家庭在安德烈向她求婚的时候已经逐步衰落,她的父母常常为给女儿的嫁妆而犯愁,而安德烈相对来说家境还过得去。这种差别性就为主人公的爱情、婚姻生活埋下了隐忧和祸患,他们各自的家庭因素中自觉和不自觉的某些成分都会成为其前进道路上的障碍。灰姑娘遇王子式的浪漫情缘是有很多理想成分的,事实上无论东西方,19世纪至20世纪"门当户对"这一对等的传统观念依然在影响着人们的生活。比如安德烈的父亲就认为他儿子与娜塔莎的婚姻选择是"门第、财产、声望不很美满的",而罗伊的叔叔在与玛拉跳舞时无意中的一句话"希望你们好好生活,不要辜负我们的家族"隐含着其家族的优越感。

挡不住的诱惑与磨难。历史上,梁山伯与祝英台、薛平贵与王宝钏、罗密欧与朱丽叶等爱情悲剧感人至深,他们的故事可歌可泣,他们忠于爱情,甚至为此不惜以生命为代价的抗争精神为世人所称颂。这是人类高尚的情感生活,是爱情的最高礼赞,也是最惨烈的历史记忆。实际上任何忠贞不渝的爱情似乎都要经受九九八十一难,要承受许多常人所无法承受的压力、误解、白眼、诱惑,甚至打击迫害,当然这种阻碍力量很多时候是来自于家庭或者家族,这似乎是一条千古不变的规则。娜塔莎在苦等未婚夫回国的过程中,先是试图与安德烈的妹妹、父亲接触,想获得他们的认可和尊重,结果事与愿违,安德烈的父亲和妹妹都排挤她、不接受她,她强烈的自尊使她决心反击,于是她主动提出解除婚约,之后又受库拉金的诱惑,她闪电般爱上了库拉金,并企图与他私奔结婚;玛拉在罗伊上前线之后,迫于生计沦为妓女,对生活几乎绝望,特别是从报纸上看到罗伊"阵亡"的消息后,玛拉更是万念俱灰,恰在此时罗伊的母亲来看玛拉,显然这时的玛拉承受着巨大的苦痛,她虽神不守舍,言不由衷,但又不愿惊动罗伊的母亲,她独自承受一切打击。这使她被误认为是不愿与罗伊的母亲交流,而错失了一次重要机会。

神秘的启示性悬念性建构。在电影《魂断蓝桥》里一个小小的吉祥符被赋予了平安、吉祥的象征,也似乎成了主人公命运的写照,吉祥的反面就是不吉祥,不平顺,这种美好事物的背后就如同辩证法的逻辑一样。无独有偶,小说《战争与和平》在写安德烈与娜塔莎的爱情、婚姻时始终留有余地,比如婚约保密、不举办订婚仪式,甚至安德烈还说,"要是您确信哪一天不爱我了,或者爱上……"这些无意间说出的话,却在不确定之间传达了某种负面的信息和能量。在电影《魂断蓝桥》中有一个细节:玛拉与罗伊将要举办婚礼,却因为未到宗教活动法定的主持婚礼的日子而不得不等待几天,这种英国式的古板却是东西方人文化精神的差异,如果放到我国似乎早就通融了。正是由于这种事情的发生,延迟了婚礼,而突然的上前线的命令让罗伊不得不离开了玛拉,并开始了漫长而心酸的等待。《战争与和平》小说中的情形是安德烈的父亲反对并干涉他与娜塔莎的婚姻,甚至设限把婚事推迟一年,到国外去治病,这种让安德烈离开此地的安排就为后边事情的发生埋下了伏笔。

痛心疾首的悲剧结局。这两段爱情最终以失败而告结束,安德烈上战场负伤最后死了,娜塔莎痛恨不已,一段人人称好的婚姻就这样走向了终点;玛拉承受不住巨大的道德压力,她想把自己沦为妓女的事实告诉罗伊,但又顾忌他受不了,百般无奈的她选择了自杀,一朵娇艳的花朵就这样凋零了。这是谁之过?战争、门第、虚荣、自责、自尊、自私等等的因素可能都脱不了干系,但对于已经缺失的生命而言那又算得了什么。于是我们不禁要问,人类十全十美的爱情在哪里?人类谁没有带着伊甸园的原罪?

尽管这两部作品在表现人物方面有不少相似的处理方式,但它们的不同点还是显而易见的,概括地讲大致有:一是生存环境的差异。这两部作品一个是贵族青年之间的情感纠葛,一个是贵族与平民的爱情故事。娜塔莎的生活多半在庄园、宫廷宴会、舞会、戏剧院中度过,她关注的是衣服漂亮不漂亮,出席社交活动的"回头率",关注度高不高,有多少男人为自己神魂颠倒;而玛拉则是为了生存而奔波,于是她不得不跳舞、演出,在贫病交加、无依无靠的情况下她甚至靠出卖肉体苟活。这就是两个女性不可同日而语的生存状况。

二是情感表达方式的差异。一个女主人公为爱情不惜舍弃工作,遭受磨难,另一个为自己的情感享受,随遇而安。两位女性都有清纯靓丽的一面,娜塔莎天真无邪幻想飞上天空,她对感情是率真的,但又有些轻浮,游移不定;玛拉则把自己的整个身心都给了罗伊这个大兵,她甚至来不及了解对方就把自己"嫁"了,她是个感情至上主义者,她相信缘分。

三是性格特征的差异。就性格而言玛拉是柔中带刚,诚实质朴,有底层劳动人民的本色,就像她的吉祥符一样,她渴望吉祥平安的生活,普通人的幸福生活;而娜塔莎则是一个柔中兼野,心高气傲的女孩,有贵族女人的虚伪、猎奇、任性,她向往的爱情生活是以自己为中心的,她对安德烈爱情的背叛是由于安德烈距离她太远，而擅长享乐的库拉金距离自己很近。

四是命运结局的差异。一个是男主人公殒命，一个是女主人公丧生；一个是被战争谋杀，一个是被门阀和自责戕害。这两部作品是震撼人心的，我想安德烈的悲剧与其说是战争，是灭绝人性的战争造成的，毋宁说也是他所在的那个日益腐朽的贵族阶级造成的，当然直接的导火索就是所谓爱情，安德烈心目中圣女一般的娜塔莎也难免于不忠，似乎这种不忠、移情别恋，甚至堕落是必然的，不以人的意志为转移的，这是多么悲惨的事情啊！同样对于玛拉的悲剧我们也应该置于反思战争的命题下，玛拉从某种意义上说是一个道德的化身，她就是战争恶魔摧残下的普通人，就是灾难深重的一战烟云下的底层人民大众。我们应该清醒地看到，在惨无人道的战争环境下是不可能有完美的花朵的，这种遗憾和苦痛像芒刺一样深深地扎在了人们的心中，不能不引起人们长久的警示和思考！

毫无疑问，娜塔莎与玛拉是两个永恒的艺术形象，她们将长久地存活于人们心中，作为单个生命体而言，她们的爱情、婚姻，她们的痛苦、磨难对于我们有一定的启迪和借鉴价值。古往今来爱情的专一、忠贞不渝向来都是最美的追求，是人性中最艳丽的花朵，当然这种追求有时候也无法超越"有心栽花花不发，无心插柳柳成荫"的魔咒，尽管这样的爱情看起来犹如樱花般的烂漫，但转瞬即逝的短暂命运却不能不让人唏嘘叹惋。我有时候也想这种问题，进而联想到了大自然的狂风暴雨，尽管它猛烈异常，大有摧枯拉朽之势，然而能够润物无声，匍匐于大地怀抱的还要算那些细细的不起眼的小雨滴，难怪人们常说"细细长流水""平平淡淡才是真"，作为一定时期的生命体而言，她们必然有其历史局限性，她们也有脆弱和不完美的地方。如果把这两个女主人公跌宕起伏的命运交响乐的意义仅仅限定于纯粹的爱情婚姻的层面的话，那就大大降低了人物形象的价值，那就从本质上淡化了作为社会关系总和的人的抽象而具体的意义。

2013 年 10 月 28 日

第四辑　清泉流声

父亲的小屋

　　我的家乡有句老话,一辈子不盖房的人是福人。我父亲显然是个劳碌命,光他自家手里就翻腾了三次房。现在"房奴"一词很热,有些人炒房、攒房,是想牟利发大财,而绝大多数老百姓像鸡一样吃一把刨一把,叫花子哪有隔夜食,他们挣的钱除过吃用外,基本都挖抓房子了。我的父亲先是自己盖房,后来就是给儿女盖房,要说"房奴",这些像我的父亲那样生活在底层的人才是真正的"房奴",而那些以囤积居奇炒房、倒房谋厚利者似乎应该叫"房霸"更合适些。其实让我说老百姓就图个安居乐业,有吃有住,有事情做,过得安生就行了,但要达到这样的目标可不是一件容易事,天底下的芸芸众生毕其一生都为之奋斗着,挣扎着。

　　俗话说:"娶媳妇盖房,花钱没王。"时下里老百姓的生活似乎都是为着这几件事情。我曾多次与父亲交谈有关房子的问题。

　　一天晚上,在晴朗的夜空下,我与父亲拉着话,父亲抽着旱烟,父亲说起了他第一次翻盖房的情景:"那时候还是农业社,我婆与她伯叔弟兄分房另住。其实咱家里也没有啥分头,先人留下的前房、后房都是一人一半,把长长的老庄基剁成两截,我四爸,也就是你四爷家分前半截庄子,咱家分后半截庄子……"

　　拆旧房盖新房的事情是在我父亲手里完成的,我没有多少印象,我大致记得后来盖成的房子:后房为倒镢头小三间差一点,南边还留有一个两米宽的通道直达后院,后门是个宽大的木门,可以进出架子车、推土车。后院以外是城墙，我们村过去有城墙，上面可以赶马车，城墙高几丈，后来日消月减，慢慢瘦身，变成了一座低矮的茅墙，墙外的护城壕沟也很浅了，不足丈余，栽种着一排排白杨树。老辈人说过去壕沟很深，是个臭水沟，还长着芦苇，大家都叫它"苇子壕"，据说毒蛇很多，很吓人。

后来父亲又盖了一次房，他在二门口新盖了一间倒镘头厦房，把原来的几间厦房翻修了一下，据说是檩条断裂了，房屋实在危险，不修不行咧。关于第二次翻修房屋我同样没有太多的印象，我只记得我们家上房是厨房和老祖母的主房，右首是两间偏屋，分别是我母亲和祖母的住房，左首迎门是一间门房，二门就安在这间屋子，整个院落看起来与北京的四合院有些相仿。

我们家的老宅子，我记得曾经经历了两次大的灾难，一次是1976年地震、连阴雨，那时村子里墙倒房塌的人家不少，其中就有我们南邻家，我家也有一间房子悬在半空里。哦，忘了说了，我们村是南北街道，庄基为东西走向，我们家大门朝东。听老辈人讲，旧社会我们村家家都有地窖子，主要为了兵荒马乱时防身，旧中国关中道上土匪横行，官府兵痞相互勾结欺压百姓，老百姓为了生存只有筑城护村掘地守家。新中国成立后，"备战备荒为人民"那会儿，村子里又深挖洞，修建了四通八达的地道，而到了1976年的时候，天公不作美，阴雨加地震，使整个村子悬在空中，地道、地窖子里边哗哗的流水吓得人无法入睡，于是大家纷纷逃离了家园，住上了十分简易的防震棚，那时的防震棚顶部为塑料纸，四周用玉米秆围着。在村南戏台子东边的场坊，密密麻麻地搭建了一大片这种白色顶子的防震棚。

天灾逼迫着我们村整村搬迁，村子在老村子紧南边另建，这就是父亲经历的第三次盖房了。村子搬迁后变得街道多了长了，聚族而居的大家庭不见了，随之像雨后春笋般地崛起了三五人不等的袖珍家庭，原来不到一华里的老街，变成了两条三四华里的大街，还有几条辅助街道穿插其间，村子主大街为东西走向，庄基变成了南北庄子，庄基的规格上也一改过去的宽窄不一、长短不齐的格局，统一为小三间，而且人人平等，等宽等齐。那段时间，村子人心都很盛，大家都咬紧牙关建设自己的窝巢，那时候村里各家的女婿外甥都前来助阵，西沟土壕那条长长的坡道上留下了很多人的脚印。人的力量是很大的,我们村人就是在缺吃少喝的那个年代,自力更生,艰苦奋斗,拉土打墙盖泥坯房,拼着一股子劲,在不到一年的时间,又重新建起了一个村庄。

当我问起我们家那时盖房的情况时,父亲说:"那时家里明天就要立木架梁了,木匠、帮工加上村里人大约有几十人吃饭,可粮食还没有,你母亲担心得不知所措,抱怨说,看你大明天把猴咋耍。"

"你说咋耍,有尿没尿也得撑住尿。"

天无绝人之路,父亲没有坐等,他连夜去朋友家里借粮,又连夜在外村套磨子磨面,天不明他就用自行车把面粉带回来了,他不能让人看不起自己,他不能把人丢到这搭。我知道父亲总会有办法的,他是个有主见的人,也许早就安排好了。

那时我正上小学,还给家里帮不上啥忙,只是看着来来往往的亲朋、村民给我们家盖房子,那时村风淳良,大家相互帮顾,彼此照应。在盖房的那些日子,我看到了父亲的辛劳,他的脸颊明显地消瘦了,眼睛也红红的,由于几个晚上都没有好好休息,他的眼里布满了血丝,为了撑持住身体把房子盖起来,父亲戴了一副深褐色石头眼镜。

我家的院子里堆满了各种大小尺寸的木料,俨然一座储木场,父亲自己是木匠,他亲自设计着自家的房子,想方设法把那些木料都凑合起来用了。我们老家是厦子房,搬迁到此还盖了三间大房,这在当时的村庄是很少见的,一个队里也就几户人家盖大房,一般家庭都是盖厦子房,就是咱老陕传统的房子半边盖。

说起父亲的木匠手艺,得益于他的外家,那是传统的木匠世家,后辈中也是人才济济。他是跟着外家人学艺的,后来就自立门户,走州过县盖房子承揽工程。

十年后,村子的大房渐渐多了,还用红砖砌墙,所谓一砖到顶,村容村貌也大为改观,新生代的村民或者经营车辆,或者开办工厂、承包工程,反正大家似乎都富裕了,房子也越来越讲究了。父亲作为农村的小木匠、泥瓦匠,他基本上就是在村子里给人盖房子,从厦子房到大房,再到小二层楼大楼房,他都盖过,我们家却一直是老样子没有改变。

天边那片棉花云

又过了十年,我们兄弟姊妹都成家立业了,父亲还是在我们的老宅子里生活居住,他偶尔也在我家,或者弟弟、妹妹家去,但绝对不常住,他总是坚持着回老屋。

父亲引以为自豪的是自己没有亏待过自己的母亲、妻子和孩子,无论上学受教育,还是吃饭穿衣都没有让孩子受坑苛。他说,把娃供养出去,让他们上大学在外边干事情,自己吃苦受累也值得。

后来政府实施"三告别"政策,其中就有告别泥土房,据说一户可以补助上万元,父亲的情况完全够,但他却不肯享受这个政策。父亲说:"我的房子好好的,框架至今完好,不就是几个瓦破了,栈板老化了,一换就还可以耐和几年。"

村子就剩下一两户土房屋了,下大雨大雪老是让我们这些做儿女的揪心,我们想接父母一同生活,他不大乐意离开,硬是在他的小屋里将就着,坚守着。

父亲的心思做儿女的哪能不懂得,他不想让人说你们家一屋子的干部还要国家照顾,这说不过去啊。我的大妹的遭际不是很好,她家的情况差些,父亲常常为她操心,我想父亲内心或许还有一种牵挂吧。

在此期间,弟弟和我,还有小妹都买了单元房,或者小独院,父亲在我们收拾房子的时候,日夜守在那里,为儿女们操心。他亲眼看着几个孩子住上了宽敞明亮的新房子,而后他又回到了村子,还是住在了自己的老屋。

做孩儿的要理解一个老人的操守,要尊重他的选择,我终于明白了那句老话:根不离土!

于是我们兄弟姊妹为父亲盖了七八十平方米的新屋,希望父母亲晚年生活方便些。父亲很高兴,但他却还是不让拆掉老屋,我想父亲也许有自己的考虑,那就让它作为一个时代的历史见证存在吧。

2012 年 11 月 28 日

第四辑　清泉流声

佛　缘

我出身于农家,母亲、祖母都信佛,而我的曾祖母、我的父亲却不信佛。据说我很小的时候,我曾祖母抱过我,这位已届九旬的老妪,虽然满头银发,身体瘦弱,但对曾孙的喜爱这种力量使她异乎寻常地能够承担看护孩子的任务。

我的母亲生下我后,奶水稀少,就用羊奶喂养我,或者给我灌些白糖水,吃些面糊糊。那时白糖是个稀罕物,而我的曾祖母那里总有少量的白糖,她"咣当咣当"地用一根筷子摇晃着放在炕头的那只装糖的白色酒瓶子,也许白糖受潮黏在瓶壁上了,之后她小心翼翼地把白糖末末倒在手心,然后递到我的嘴边,我吃过之后,最后她自己再把手心舔一遍。

曾祖母年龄大了怕冷,冬季喜欢睡烧炕,即关中一带与灶房锅台联结的土炕,炕体与锅台之间有一截背墙隔着。说起她的糖瓶子还真是讲究,她把一包白糖先用手一撮撮装进一只空酒瓶去,然后又一点点倒出来吃,这样一般不浪费。曾祖母去世的情景我没有印象,她过三年的时候,我已经上学了,大约是小学一二年级,我没有理会这些事情,只不过生活中从此消失了我的曾祖母的影子。多年后,从父亲的嘴里知道了一些曾祖母的情况,她人很刚强,也很聪明能干,地里家里都是一把好手,我曾祖父那人比较老好,凡事都不太关心,只知道出力流汗,家里的日子过得紧紧巴巴。我曾祖父去世后,后来我祖父继承家业,他人很精明,是个做贩油生意的小商贩,一门心思想把自家的日子过上去,但天不遂人愿,祖父正值壮年便夭折了,当时我大姑十来岁,我父亲七八岁,我小姑四五岁。短短几年家里连失男丁,可谓大不幸,曾祖母强忍着悲伤,她坚强地说:"皇天不睁眼,咱还是要活下去,我还有孙子撑门户,不怕啥!"

曾祖母的几个姊妹的日子都比较好,有的还是财东家,但曾祖母这人有骨气,不向任何人低三下四,她自食其力劳动生产,她相信有手有脚能动弹就饿不死人,她与我祖母这两位令人钦佩的女性就像家乡塬畔上那些傲然怒放的迎春花一样，勇敢地面对着苦难的生活。临解放那年，曾祖母的一个外甥是个土匪，他要在我们家藏枪支，据说背了四五支长枪，曾祖母骂得他不敢进门。

"吃香喝辣的，好事就把我家忘了，祸害来了就找我家来咧，你没安好心，咱没有搅的，你赶快走你的路，咱两不相干！"

"碎姨，就放几天……"

"一晌午都不行，你快走！"

曾祖母站在大门口，横眉冷对他的那个外甥，外甥一看没戏就灰溜溜地走了。

曾祖母一直坚持参加生产劳动，她还要指导孙子干农活，并把他托付给同门中长辈调教。穷人的孩子早当家，我的父亲还没有犁耙高的时候，就跟着我三曾祖父学犁地、耙地、耱地，早早就接触了农活的十八般武艺。

我的曾祖母不信佛，不信命，她说："过自己的日子就是道理，佛也是要人活下去的，他不保佑咱过日子，咱就不信他。"

我的父亲深受曾祖母的影响，他也不信佛，他说："礼仪出于富足，吃都吃不到嘴里，难道能叫佛来养活你。"

这也就像马克思所说的，人首先必须解决好吃穿住用等基本需要，然后才谈得上从事政治、经济、文化、艺术、宗教等活动。

我的祖母是信佛的，她不识字，与曾祖母是性格禀赋完全不同的两个人，如果说曾祖母生性刚烈、果敢、自信，有大丈夫之气象，那么祖母则显得柔静、坚忍、慈祥。我曾问她信的是什么教，她说"大教"，我想大概就是大乘教吧。

她说："不知道，反正就是个信。"

"你信那佛有啥好处？"

"瓜的，不许说不敬的话，信佛就是忍忍忍让让让，就是吃亏，吃亏是福，还要舍得打发穷人，多做善事，多积修，多积德，后辈来世就有福分了。"

祖母是村子的土医生，她曾跟一位信佛的师傅学过按摩针灸技术，一些简单的感冒、肚子疼，或者乡亲们之间因打捶闹仗大动肝火、怄气而造成的心理伤痛，祖母都能给予一定程度的治疗。

第四辑 清泉流声

祖母是村子的善人，每当村里来了乞丐，或者残疾人，祖母总会抓上一把麦面或者玉米面，有时候给一个馒头，如果赶上了饭时她就会毫不犹豫地给可怜人一碗饭吃，哪怕自己少吃一口。

对于自己的亲戚、晚辈，祖母也是尽其所能给予帮助，我的大姑因病失去了独立生活的能力，她的四个孩子小时候几乎所有的衣服都是祖母给手工制作的，她还经常给大姑家缝补浆洗。我碎姑婆去世以后，她们家的孩子祖母也时常惦念，时不时地去她们家拆洗缝补，经管家务。

祖母以自己的针尖维系着我们家族割舍不断的亲情，并言传身教着我们这些后生。到了晚年，祖母信佛愈笃，她数十年如一日每天早起洒扫庭除，洗漱净手，然后燃起第一炉香，每天晚上当别人都准备睡觉的时候，她又虔诚地燃起了晚香。她双手合十，口中念念有词："大福大贵观世音菩萨保佑消灾免祸，全家老小都平安……"

到了八十岁祖母身体依然硬朗，她依旧早起晚睡烧香拜佛，依旧做饭洗衣收拾柴火，把家里家外打扫得能晾搅团饭。

父亲之于祖母的意义是非凡的，他是祖母的全部希望和念想，祖母青年丧夫抚孤独立，备受人间疾苦。

每次父亲出门在外，时间稍微一长，祖母就总是一个劲地念叨："你大，都出门几天了，咋还不回来？"

不管是在生产队那阵，还是联产承包责任制以后，每次吃饭只要父亲没回来祖母便不端碗，她总是迈着三寸金莲的小脚"噔噔噔"地走到大门口，不时地朝村口瞭望。

祖母待孙子孙女们格外好，我和弟弟初中以前一直和祖母睡，她总是操心我们的上学起床、吃饭、睡觉，把拳拳的慈爱注入我们的心田。

祖母在临死前见过我的儿了，我们还在一起相处了一段时间，那时孩子还在襁褓中，对于孩子的教育观念，祖母很不赞同我妻子的。妻子把孩子抱在太阳底下接受日光浴，祖母愤然说："么大个娃就让晒太阳，你把我娃拿来，你给你再生一个，你就去晒太阳去！"

"我偏不，是我娃……"我妻子跟老人成性、说笑。

我孩子生在春季，天气比较暖和，那时我的妻子刚坐过月子，她不会计较自己，就穿得比较薄，甚至穿什么裙子短裤之类的衣物，祖母皱眉大声申斥："当心受凉落下月子病！"

"不咋……"

"不咋？真正咋咧就来不及了。"

祖母去世的时候很安详，她知道自己要走了，就让人早早给她穿上老衣，还爱好地要人把衣服给她抻展，别弄皱了。她病重期间，不让父亲花冤枉钱送她上医院，她一辈子都没有去过医院，也很少打针吃药，她希望自己浑浑全全地走。

我佛慈悲，我佛崇高，我们家的两代女性让我们这些晚生后辈看到了精神的阳光，精神的力量，从她们身上我学到了很多道理，曾祖母的自强不息，敢于奋斗，敢于抗争，让我自豪。我们家族血脉里的阳刚、智慧和信心，祖母的包容、行善、爱心以及团结互助的细腻情感，让我体味到了我们家族的浓浓亲情和丝丝爱意。我情不自禁地要大声说："我热爱我的家族，我崇敬我的祖先！"

佛祖说人性中隐含有佛性，佛性在人性中闪光。如果说起佛我想我的祖先我的曾祖母是有佛性的，她藐视苦难，正视人生，把那些不堪回首的艰难视为"空"，把痛失丈夫儿子的灾难转化为"空"，从而走向了自己坚定无悔的现实人生，并在战胜困苦中找到了快乐。从祖母那里我也似乎看到了所谓的佛性，她不是只诵读教义经典的口头派，而是践行善良，以善的名义的施舍者和奉献者。

2012 年 12 月 22 日

观 云

大约 8 时许，我们才吃了晚饭，我是第一次给孩子们擀面条吃，内子去西安走亲戚了，我得经管他们吃喝。饭后我儿子与他舅表弟在一起玩游戏，对电脑他俩很上劲，那种音乐声音很响也很单调，我被吵得心烦意乱，为了躲清静，我就到外边静静地躺在躺椅上，观云看天了。

第四辑　清泉流声

很少这么清闲地观云了，我记得我上高一时，经常在临睡时到操场散步，间或坐在乒乓球案子上看星星，有时候我们信步走出校门，爬上高高的高干渠，坐在那儿观云赏月。我那会儿就像我孩子现在这个年龄，可是我们的爱好截然不同，孩子们喜欢玩游戏、上网，他们从小就在那种虚拟的世界遨游，这也许是两个不同的时代吧，我从小就喜欢看书、夜晚喜欢看天空、看星星、看月亮、看云彩，我常常被大自然的神奇瑰丽所震撼，被日出日落的壮观色彩所陶醉，我感觉自己恐怕一辈子也体味不尽这些引人入胜的景观，我无论高兴抑或忧伤都要奔跑到水渠边、田野里，奔跑到大自然中，向清风明月，向天边的云彩倾诉，我似乎感觉它们也有人性，它们懂得大千世界的人，并且时时与人类交流着什么……

在我家的院子里，巴掌大小的空间，我平躺着眼光也就这么大，我不敢说天空有多大，但它的一部分就在我的目下。云彩似乎很白很白，像家乡上世纪70年代的棉田，远远看去一望无际，从高处俯瞰则是一绺绺一片片的，像不十分规整的井田次第排列着，轻风一阵阵吹过，那摇曳的翻卷的白色浪波，汹涌澎湃。看着这些移动的景致，我真想拥有一架高效能的摄像机，及时把这些情景记录下来。

云彩还在变化，还在游荡，仿佛深山中游走的雾气，于浓淡之间变幻，这时候从实力的对比上看绝对是雾霭的天下，它们仿佛兵临城下的匈奴骑士，又如同浩浩荡荡的蒙古铁骑，有摧枯拉朽，不可阻挡的战斗力。

时也势也，在云彩的强力下，蔚蓝色的天空似乎隐身于云海，星月也毫无影踪，就如同平静的海面上没有一点帆影，不见一条渔船，就如同黎明前的黑暗，使人伸手不见五指，使罪恶隐藏于底层。

都到了9时，天空还是那么混沌，今夜的云是很得意的，它得意得忘乎所以，就像龙王三太子，这使我不由得想起了"柳毅传书"的凄婉爱情故事，我设想着在滔天巨浪的泾河岸边，龙女正在悲悲切切地向书生柳毅哭诉冤屈，她历数着泾河龙子的罪孽，当柳毅把龙女的书信千里迢迢送达的时候，洞庭龙王勃然大怒，立刻发兵解救苦难中的龙女……传说中历史上的泾河龙王实在是不怎么光彩，他也是个倒霉蛋，曾因触犯天条而被上天斩杀，所以当地有"泾河没有龙王"的说法。

天边那片棉花云

天上人间一脉相承，云水相依总关情。我正在走神的当儿，感觉天似乎要变了，我真希望天光顿开，沉闷打破，天空转变。

果然，一阵阵的微风起了，那扫过我脸颊的风儿，仿佛一位多情的少女，那么轻柔，那么温馨，她仿佛说："懒虫！快睁眼看呀，多美的天际，多美的世界！"

我睁开了眼睛，看到了已经大为改观了的天空，云朵的力量已经改变，它们的中心位置的队形、服饰也变了，变得像海水退潮后的海滩，像黄河滩地的泥沼，像考古发现的万年海底，远处的天边则隐约的像巨木的年轮，一圈一圈的。

天空的一切都在剧烈地运动中，云彩的统治面临前所未有的挑战，不知是谁撕裂了一道口子，月亮挤了出来，星星也赶紧跟上来，云彩这时候也变成了一抹一抹的，像国画中潇洒地挥毫泼墨一般，也像少女的眼神一样，顾盼之间往往深情地一瞥，于是月亮陶醉了，星星陶醉了，世间的万物也陶醉了。

不一会儿，月亮更加明亮了，湛蓝的夜空也越来越明净了，我如同在海边，在椰子树下，在沙滩上，云儿似乎很知趣，她们勾肩搭背地走了，相拥相偎地走了，走得似乎有些恋恋不舍，也似乎有些无可奈何……

在这静谧的夜晚，伴随着云朵的隐现沉浮，我的思维也起起落落。猛然间我想起了古罗马哲人马可·奥勒留的话："宇宙即变化，人生即观念。""在这奔流不息的潮流中，一切事物转瞬即逝。"

2012 年 8 月 1 日

教院培训散记

2001 年 10 月，我在陕西省教育学院参加了为期一个月的省级骨干政治教师培训班学习，这是我跨出大学校门十多年后的第一次"充电"。我们这个培训班共三十多人，全省每个地市只有三至四人参训，我暗自庆幸自己有了这样一次机会,心中的喜悦之情简直无法言表。在教院的日子里,我们学习了教育改革的有关理论知识,接触了学科新教材、新理念、新教法,学习了信息技术知识,并组织了多媒体现场观摩教学,还撰写了结业论文。我在那里度过了一段十分美好的日子,那些难忘的瞬间时刻萦绕在我的心头,使我久久不能忘怀。

1

省教院校园面积不大,其位置大致处于省博物馆右后侧,学院里面较大的教学楼就只有两栋,一栋在刚进门那块儿,那是这所学校最早的教学楼,也是它的招牌;一栋在后边,它是专门的培训大楼,全省的骨干师资培训基本都在这里。校园看起来小巧别致,绿树环抱,芳草如茵,房舍、操场、道路井然有序。在这所学院内,无论道路周围、楼道走廊,还是教室、宿舍,你几乎看不见果皮纸屑,到处都是窗明几净,清洁优雅,即使是道路两旁幽深的树丛也被修整得疏朗有致,给人一种赏心悦目的感觉。总之,在这里你看不到乱扔乱倒的垃圾,看不到周围的环境有丝毫的凌乱和无序。我赞叹学院的后勤工作,他们怎么能把环境卫生工作做得这样出色呢?眼见为实耳听为虚,我算是开了眼界了,我们平素在中学也经常带领学生打扫卫生,但我们的细节还不够,我们往往只满足于扫了,至于扫到什么程度似乎没有过高要求过。

站在教院这块土地,我的好奇心驱使我去探寻答案。我想见识一下那些创造优美环境的人。有一天我没有进教室上课,我特意观察了一下教院的清洁工队伍。这是一支特殊的队伍,他们年轻、漂亮,胳膊上佩戴着红色执勤袖章,他们富有朝气和活力,手里拿着簸箕、扫把坚守着各自的区域,他们青春的身影闪耀在学院的角角落落。

"哦,原来他们都是学生,难道他们就不上课了吗?"

带着这样的问题我向带队老师请教,那位年龄不大的老师笑着说:"这是学院的劳动课,每学期每个班级都必须留出一周时间,专门对学生进行劳动观点、劳动技能教育,同时进行劳动锻炼。"

看来在这里自觉劳动,自觉维护环境卫生已经蔚然成风,我打心眼里佩服他们,一屋不扫,何以扫天下?是的,只有投身于这种创建活动之中,才会珍惜它,才会懂得它的价值和生命。

2

"老王,明天我值班!"

"知道了。"我同宿舍的王老师说,"你已经说几遍了,到时候我一定提醒你。"

在工作的学校里,不管你是校长还是主任,也不管你担任没有担任班主任,在教院里你都是学员,值周时你都必须扫地、提水、擦黑板、经管教室门窗的开关。

晚上临睡前,我在手机上定了时间,准备明天全身心地做好值日工作。

人有时候就是这样,太精心了,太重视了,往往还睡不着觉。我那天晚上想的事情太多了,一下子收揽不住,我是海阔天空,上下数千年,无边无际地乱想一气,结果到黎明时分才昏昏入睡。

广播响了,手机叫了,老王着急地摇着我的肩膀。

"老何,起床咧!"

"哎呀,真要命,让我再睡会儿……"

就这样我硬是赖在床上不起来,十分钟,二十分钟……直到老王再次吼叫起来:"再不动身就迟到了!"

我眯眯瞪瞪的,起床、刷牙、洗脸,饭也来不及吃就朝教室跑。

到了教室门口,我发现已经有十几个同学在那里等候了,心里感觉有些不好意思,二话没说慌忙掏出钥匙端直就朝锁孔里插,兴许是心太急了,手有些哆嗦,怎么也插不进去,好不容易插进去了,却怎么也打不开锁子,我左一拧,右一转,然后猛一使劲,只听"啪"的一声,钥匙断了。

"噢——这下子完了!"

"大家进不去了……"

上课铃响了,老师、同学都焦急地等候在走廊,我一脸的恓惶,有些手足无措,似乎心跳也加速了,脸红得像个关公。

"快去找班主任,别磨蹭了。"

不知是谁提醒了我,我三步并作两步走,赶紧去楼上找班主任张汉云老师。

"我这里没有,你快去培训楼继续教育办公室,他们那里有备用钥匙。"

在继续教育办,我终于找到了备用钥匙,这时候时间已经过去了二十三分钟。

唉,今天我值班,你看值成啥样子了,水未打好,地未清扫,还误了大家上课。看来要认真做一件事情,哪怕是值周扫地之类的事,也是不容易呀!

3

那时候上电脑、上网对农村的老师来说简直是一种奢望。我所在的学校是一所国家级重点职业中学,早在1995年前后就配备了十几台286微机,随后又添置了几台386、486微机,那可是我们学校的宝贝疙瘩,校长、主任不许别人随便碰它,除了计算机专业师生外,其余人很少接触。在教院培训我最高兴的是自己可以学电脑了,我的同学们也和我一样,像孩子一样欢迎着这一新生事情。

教院的一位姓苏的女老师教我们信息技术课,她年龄不大,与我的年龄相仿佛,也是60后,而我们班学员中有不少人都比她大,她中等身材,性格不温不火,总是笑吟吟的,极其和蔼、耐心。上课中她总是一遍又一遍地问我们"会了没有?"可偏偏不争气的是,她的这些"老大"学生就是十遍八遍也学不会。在此之前他们很多人没有见识过计算机,就连简单的开机关机也操作不好。

"老师,我的机子卡得不动了,你快来看看吧。"

"老师,我怎么弄不了了。"

每当这时候,苏老师就走过来帮大家排除困难,然后鼓励着说:"你再试试看。"

那会儿我感觉苏老师很神秘,很有本事,她怎么能记住那么多步骤,而且一步也不差。我们就这样亦步亦趋地跟着苏老师学打字、学制幻灯片、学做课件,大家都很勤奋,多少个晚自习,我们与学生们抢着进教室占机位。我们这些人看起来很认真,但效果始终提不上去,明明白天课堂上听懂了,可一上机操作就卡壳,一离开老师就做不了,仿佛蹒跚老者对拐棍的依恋。

有一次,靠着指导老师手把手地教我,我终于制作了几张幻灯片,还配了段美妙的音乐,我很高兴,可好景不长,忽然微机系统自动关机,我一拍脑门惊呼:"糟了,我忘了存盘!"诸如此类的错误我们不知犯了多少回。

我们的培训到最后阶段,班主任带领我们在西安建筑科技大学子校听了西安市三位中学政治课教师的多媒体示范课,那家学校的多媒体教学设备很不错,有大屏幕,有投影机,有音响,老师就如同节目主持人一样,她带领大家进入了一个个预先设置的情境,那一帧帧生动逼真的画面,一个个真实生动的事例,让人在轻松愉快的氛围中接受文化知识,同时展开丰富的想象,进行互动式的学习讨论。

听课的间隙,我的思想早已飞驰于千里之外,我深深地感到农村教育的落后,我们的学校由于距离城镇很远,至今还没有拉上网线,我们的硬件太落后了,不仅如此,我的同事们在互联网、在电脑面前几乎是清一色的"科盲",我们的软件同样是太落后了,我深感自己身上的担子和压力,什么时候我能学会熟练操作电脑,能自由自在地遨游于网络天地呢?什么时候农村的老师也能像城市的老师一样轻轻松松地上多媒体课程呢?

2002年11月11日

怀念与忘却

天下没有不老的青春,也没有不散的宴席,人生这出戏剧不管你担任什么角色,总有谢幕的那一刻。生死寻常事,烟云一瞬间,伤心夫如何,日月照轮回。我的好友杨西安先生,他的母亲去世已经三年了,但母亲的光辉依然拂照她的孩子们,那种刻骨铭心的爱是每一个痛失母亲的人都经历过的。按照当地风俗,是要像去世时候一样的"举动"(方言"操办"的意思)一下,但杨先生没有照俗路上走,他策划了举办追思会、出纪念册的形式,既追思母恩,又朴素雅致,不失为一种好形式。

第四辑 清泉流声

我与西安先生相识得比较早,那时他还在泾阳县政府综合科,从事着"晃桌子腿"的行当,为那些从来不自己写材料的当家人作嫁衣。我呢,当时是偏远村落的一名教师,只有到了周末,才如释重负地来到县城,与西安先生等人混搭,在综合科我发现他们总是熬夜写材料,并且一遍遍地接受领导的指教。后来西安先生转到财政局任副局长、县人大办主任、县城建局局长,还兼任县作协常务副主席、摄影家协会副主席,我因为喜爱文学,也成了作协会员。他为作协的创立发展做出了自己最大的努力,正是在他及其他文友的支持下,作协组织了一次韩城采风,还出版了《蓦然回首——县作协会员作品集》。对于我个人来说,追随作协的老师们采风,是平生莫大的幸运,正是那次别具风味的采风,催生了我的长篇小说《天地悠悠》,我的很多素材都来自于那次意外的收获。

命运总是那么的阴差阳错。孰料十八年后,杨先生终于脱离苦海,不再从事"晃桌子腿"的行当,而我却在历经千难万苦回县城后,神差鬼使地干上了与他从前相类似的行当,不过我写的更多的是新闻稿,当然还有一些七杂八碎的稿子,像专题片解说词、歌词、致辞、计划、总结、汇报材料、演讲稿、讲话、调研报告、理论文章等等。

缘分这种东西很奇妙,我发现自己90年代初,刚参加工作时认识的那些人,几乎都是自己几十年来同甘共苦的朋友。我的很多朋友都是舞文弄墨的人,他们几乎都有自己的绝活,或者写文章,或者搞书画,或者弄摄影,或者学周易,当然还有兼而能之的全才,是共同的兴趣、爱好把我们这些人拢到一起来了。文人自有文人的气质,他们的心境也往往是复杂的,多变的,有时候似乎有些酸、有些贫,有时候却似乎有些清高、有些倔强。多年来,杨西安先生的幽默、诙谐,以及慢悠悠然而又满含文意理趣的话语总是让人在忍俊不禁之外而难以忘怀,让人感觉他是一个渊博的人、谦逊的人、兴味盎然的人。能够有如此素养,如此成就的人,想必其家教一定像模像样。果然,西安先生其父母均为老牌大学生,其母亲为高中教师,他的母亲对学生很好,常常关心、接济那些缺吃少穿的乡里娃;对自己的子女她要求很严格,她总是要求孩子多读书、读好书。据说在母亲的指导下,西安先生在学校时就把当时高中图书室的文科书籍几乎读遍了,从而使他成了一位博览群书的人。

我似乎扯得太远了,但我不厌其烦地说道西安先生,其实只是想借此衬托他的母亲的不平凡,同时对于朋友母亲的尊敬也使我想竭力走近这位母亲,从而感知她的人生心路历程,感受一位平凡母亲的崇高而无私的爱。

我第一次听说杨老师的名字,那是在职校的校园,当时一位杨老师在泾干中学时的同事跟我讲了她的一件事:有一回学校搞学生民意测验,杨老师排名有些靠后了,她很难过,竟然伤心得泪流满面,她认为自己很认真,反而被学生误解了……这是每一位当过教师的人都会经历的事情,透过这件事情,我们似乎可以感受到杨老师确实是一个很有事业心、十分要强的人,在高考指挥棒的导引下,在周考月考期中期末成绩评比、高考升学竞赛的角逐中,杨老师也像数百成千的同事那样,为提高学生的高考分数、多考几个大学生而拼搏过。透过这些前辈老师的汗水、泪水和心血,我们似乎看见了中国教育的影子,似乎看到了在当代中国实施教育改革的必要。

我已是一个中年人,在我从少年到青年,从青年到中年,我人生的每一个关键时期总会遇到像杨老师那样的好老师,他们把自己的全部心智和无私的爱都倾注给了自己的学生。作为学生辈,在学校里虽然承受了他们看似严厉,甚至苛刻的教育,但多年以后仿佛才感觉到了老师无限的真诚和温暖。我深深地体会到全部学校教育从小学到大学,以至于后来的培训学习,真正有益于我的不是那些灌输的书本知识,恰恰是那些书本之外的师生情谊、朋友情谊和做人做事、谋生创业的道理,以及如何充满爱心地学习、生活,如何具备怜悯心、同情心,去关爱帮助他人,心甘情愿地为我们生活的这个社会贡献自己的绵薄之力,这才是我们受用终生的财富。

我拉拉杂杂地写了以上的文字,旨在纪念一位母亲,表达一个后辈学生对前辈老师的敬重,杨老师的生命光华如霞如彩,如露如电,已然划过了灿烂的星空,但她的无私大爱、敬业奉献,她的真挚情怀、坦荡心底,像春雨一样滋润着家乡的厚土,让我们永远记住这样一位可亲可敬的老人!

2012 年 3 月 5 日

第四辑 清泉流声

让幸福飞过身后

眼看着同学聚会的日子近了,我不知道为什么这几日心里老是堵得慌,很像有话要说的样子,那情形就像初次约会的小伙子,在焦急的等待中抓耳挠腮,心神不宁……

日子过得懒散,除了吃饭睡觉,就是在村子外边的空地转悠,或者沿着环城路的人行道走上一个小时,偶尔拨一下电话,联络一下同学故友。时下里盛行步行健身,也流行自驾游,当驴友,骑自行车周游世界,甚或坐拥私家飞机,像本山大叔一样。我呢,是一以贯之的 11 路一族,既无飞行一族的豪迈,也无放达四海的胸襟,就只好在这尺寸之内,机械地,悠悠地,年复一年地重复着从早到晚的日子,陪伴着关中平原上的春夏秋冬,要说惬意吧,也算凑合。

立秋的早晨,薄雾绕着城外的玉米地降落,公路地带满是汽油燃烧的气味,还夹杂着一股股飘动的灰尘。清洁工是城市里最勤谨的人,大约 5 点钟他们就动身扫地、清运垃圾了,还有那些起早贪黑的运输户,早早就在大街上吆喝着——"去西安的,西安的车马上就发!"

沿着陡坡一辆加重"永久"自行车呼呼地"飘"下来了,车后载着两大筐蔬菜,"谁要菜豆角——卖韭菜了——"一位年近七旬的老人大声地叫卖着。

8 点的时候,路上的车子与行人渐渐多了,三轮车、电摩、摩托一溜烟地朝县城汇聚,现代生活里的一切都发生着变化,做小生意的人,也不亲自吆喝了,代之以"电喇叭",你一句"热棒棒——"他一句"热甑糕——"好不热闹!

还有那些三三两两的,身着白色、粉色、蓝色、黄色纱裙的姑娘,驾着电摩急匆匆地晃过你的眼前,你仿佛看到了年轻的城市的亮丽风景。

城中心公园里是那些跳集体舞、打太极拳、围着湖滨路转圈的人们的世界。因为是暑假,健身器材附近聚集了很多孩子和家长,还有一个不知名字的组织,正在给数百名中老年人普及健身知识,他们集体呼气、吸气、转身、踢腿。就在公园的摄影部、圆孔桥附近,秦腔爱好者、歌唱爱好者正在引吭高歌,而东边的湖边垂钓者已经全神贯注地握住了鱼竿,开始了一天的生活。

现在日子比较清闲了,也出现了只有清闲才有的麻烦,于是人们怕"三高",男人们很在意自己的"将军肚""啤酒肚",女人们更是刻意"瘦身",还有那些仿佛天生就超重的"胖娃娃"……于是我想起了唐朝,那个以胖为美的时代,想必也一定是一个辉煌的时代吧。

我不知道过去时代的男人和女人是否也喜欢美容、美发、美甲、美足,是否也确信青春不老的神话,因为秦朝时候就有一个徐福,他带着五百童男五百童女去探寻,但自古以来,自然的法则让一茬茬的人们谢世,尽管生之殊途,但面对死神,无论国王,还是乞丐,我们都将平等地站在上帝的面前。

工作是美丽的,也是单调的。在办公桌的"矫正"下,很多公务人员的腰身已不再挺拔,颈椎病、腰椎病折磨得人很怕进入那间宽敞、明亮的办公室。现在很依赖电脑的我,似乎也憎恨起那台跟了自己四五年的老"联想"了。

《新华字典》又出新版本了,还收集了不少流行的新词,只可惜编字典的那些专家有意无意地弄出了几十处错误,这就像尺子一样,尺子不准了,如何衡量?

心里灰灰的真想骂一句——"狗日的没良心!这不是祸害后代吗?"自己一提笔写字,却死活找不到笔在哪里,找了一支中性笔,一写字才发觉,自己也拿不动笔了,很多本来熟悉的字,居然不会写了。看来问题不仅仅是字典,似乎我们的大陆已经漂移了原地数十万里,从此不再有人惊呼——有人写了错别字!

在这样的心绪下,我只有走路了,我在走路的时候思考,在思考的时候走路。

生活中的人们有很多无奈,很多尴尬,碟子碗儿磕打的事儿难免,替人受过的事儿难免,无可奈何花落去的事儿难免,死要面子活受罪的事儿难免,插花栽柳歪打正着的事儿难免,不可思议甚至一辈子也想不明白的事儿也难免。

有一部电影《中央车站》很让人感喟,什么时候我们才能完成自己的心灵旅程,学会想念,学会回忆,学会如何去爱,学会自信,学会有尊严地活着。

在人生的车站上,我们要么是在等候属于自己的那趟列车,要么是已经踏上了自己的旅途,这种等候与奔波,反思与重生,机遇与错失,追寻与梦想常常纠结于我们的心。

有时候在梦里,我总是忆起当年的火车,它像一只绿色的巨龙,吭哧吭哧地喷吐着白烟,依依不舍地驶出了故乡的车站,那一刻在路上,那种让幸福飞过身后的感觉充盈着我的全身,我的心灵被一种刺眼的东西照耀了,我仿佛像一位麦加的朝圣者一样奔向了遥远的路途,体味着宗教的崇高,又如同雪域高原的融雪,匍匐在大地的怀抱,虔诚地吟唱着袅袅不绝的圣歌……

我是谁?我要到哪里去?

希腊的哲人说:"认识你自己!"可我对于自己还比较懵懂,我不知道明天的自己会是一个什么模样,我就活在当下,就是一个现实的人。

其实我很卑微,也很渺小,仿佛一颗渭水的泥沙,总渴望回归于当初的源头,总想回到自己曾经就读的学校看看,也许那里有一种"根"的牵挂……

2011 年 8 月 10 日

我们的精神家园

二十年前我们怀揣着花一样的梦想,从这里出发,踏上了各自的征程,今天我们又一次齐聚在这魂牵梦绕的地方。

此刻,我想说的话很多,但又感觉无从说起,毕竟我们那条青春的河流已经流逝,毕竟这座关中名城——宝鸡,有了新的转机和发展,我们的宝鸡师院也已物是人非,成了一所综合学院,毕竟承载着幸福、欢欣、梦幻、纯情的岁月已经悄然离去……

在那些层层叠叠的岁月年轮的背后,在那些密密匝匝的楼房的底层,我寻访着属于我们的精神热土,尽管在我们曾经的土地上,有人在重复着——

"笑问客从何处来"的疑问,但我的心依然属于这里,依然属于这片渭水涛声。

当同学们说起——"二十年后我们来聚会"这个话题的时候,我被深深地打动,深深地感染了,是呀,一晃二十年,云里雾里,梦里幻里,匆匆度过了二十个春秋,真是:"青丝透白发,难掩相思情,春风明月路,穷达两从容。"多少回在梦呓里回到了校园,又仿佛见到了可亲可敬的师长、学友;多少次紧握着听筒,渴盼着电话那头的声音;多少次在醉意迷离的当儿,飘忽忽地给同学打电话、叨扰大家——哈哈!醉话、醒话、心里话,无遮无拦,无拘无束,率性为之!

我有时候也在想,基督徒、佛教徒、伊斯兰教徒,他们很了不起,他们有自己的神呀主呀的,他们不寂寞也不孤独,他们有自己的精神家园,有自己的图腾和徽记,也有自己的种族和群落,那我们的精神家园在哪里?

记得我是唱着一首陕北民歌开始大学生活的,那时是八六级同学和我们一起开欢迎新生晚会,我唱了那首电影《人生》插曲——"叫一声哥哥你快回来!"今天在我们聚会的前夕,我又反复听了一首陕北民歌《三十里铺》——"提起那个家来家有名,家住在绥德三十里铺村……

是啊!家是温馨的,娘家更是充满了温暖,也像人们对自己籍贯的崇敬一样,我们的精神籍贯上永远烙印着——宝鸡师院的光辉标记!永远铭记着我们八七级政教系的光荣!

在以往的岁月里,我们可能会遗忘那些琐碎的知识,但我们却不会忘记那些春风化雨、丹心育人的可亲可敬的老师们的身影,那种人格对人格的熏陶与激励将成为我们终生的精神食粮。

在以往的岁月里,同学们在各自的工作岗位事业有成,蒸蒸日上,有的商海泛舟,风光无限;有的学海潜心,成绩斐然;有的桃李满天下,"莫春咏归";有的夫妻恩爱,相濡以沫;有的仁孝两全,教子有方。

昨天的记忆让我们难忘,今天的拥有让我们珍惜!

师生一场,珍爱一生;同学一场,同样珍爱一生!

敬爱的老师,学生因你们而成才,你们因学生将不朽!

龙归大海,鸟鸣山间,我们已步入中年。风行水转,月影中天,让我们把友谊的双手握紧,握紧,相互帮助,相互砥砺,过好我们生命的每一天!

2011 年 8 月 13 日

与荒石先生的一次谈话

2012 年 7 月 24 日下午,我与好友冯建平校长一同拜访了荒石先生。荒石先生是我上世纪 90 年代初就认识的朋友,我们多年以来一直保持着这种相敬如宾的友谊,那时他还在县公安局任职,并且在文学上已经小有名气,经常在全国大媒体发表文章,我是很敬仰这位仁兄的。

二十多年后,我正是步着先生的后尘,在文学爱好者的河流里一路走过来了。那天我给先生送去了我的新书《飘落心灵的花瓣》,这是一部诗集,其中收集了我过去写的一些诗歌,也算是对自己的一个总结吧。

先生在木器厂家属院居住,他怕我们找不到楼层,就从窗户探出了身子,朝我们打招呼,我和老冯兴奋地也朝先生挥手致意。

好在楼层不高,也就三层楼梯,我们很快就到了他家门口,先生和夫人热情地迎接我们进门,先生的孙女很活泼可爱,小丫头用她那双忽闪忽闪的大眼睛注视着我们。

先生夫妇忙给孩子说:"叫爷爷!"

"爷爷……"孩子怯怯地叫着,我感觉了一种少有的亲切,也似乎感觉了老之将至,因为这些晚辈把我们都推上去了一个辈分。

我们在先生的书房里落座了,先生问:"你们喝红茶,还是绿茶?我喝绿茶晚上休息不好。"

"红茶吧。"

"那就金骏眉……"

我是第二次来先生家里,先生坐电脑椅,面朝北,我与老冯坐长条椅子,面朝南。

茶几上摆着一个茶海,竹板的,有很多格子,上面有电热饮茶机,还有一个紫砂壶,两个盅碗,玻璃的。

电热壶咝咝烧水的时候,我扫视着先生屋里的书法条幅,并询问他的近况,得知他昨天晚上才从上海回家。他询问了老冯的情况,也向老冯说起了自己的经历。因为都有多年从教的阅历,自然多了不少话题,我们回忆了当年在学校在单位"床头屋漏无干处"的尴尬,以及旷野独吼的无奈。

我们还谈到了文学艺术,先生现在正处于创作的收获期,其皇皇大作已有十二部出版,共计四百多万字,涉及诗歌、散文、小说、摄影、书法、易学等诸多领域,有此成就的在当地在全国也不多见。

先生的茶在滚烫的开水的冲泡下,散发着浓郁的香味。先生刚一倒满了茶水,我就端起杯子,一仰脖子咕咚一口吞下了肚子。

"喝茶要慢慢品,一般饮三口。"先生笑容可掬地对我说。

"我不那么讲究……"

我对先生介绍说:"冯校长也爱好书法。"

"你练了多长时间了?"看了王先生的书法老冯好奇地问。

"要说喜欢嘛,已经很长时间了,正儿八经练也就一两年。"先生边说便指着自己挂在墙上的一幅字说,"现在有很多所谓的书法门派,我是在学易过程中体会书法的道理,现在人家也有人把这类书法叫周易书法。"

"我把你的字送人了,很多人都很喜欢。"我说。

"一会儿,给你们拿些字,你需要了就来。"

先生送了老冯一幅字,并且给他展示开来,让他品评,老冯也曾练过字,对书法也比较在行,他俩谈得很投机。在他俩谈话的当儿,我趁机用目光扫视了一下先生那密密实实的书架,桌凳摆得严严实实的房间,看样子他那间显然已经十分拥挤的书房,实在承载不下那么多书籍,那么多东西了:一张写字案子,一张电脑桌,还有一张茶几,再加上沙发、长凳、矮凳全都安插在这一方"圣土"上,我心里说,先生这也许就是所谓自然无为、率性而为吧……过了一会儿,我询问先生是否收集有云阳、安吴那儿的红色资料,先生摇了摇头说:"没有……咱没收集到什么东西。"

说着说着我们就扯到了易学上来了,先生说:"《易经》一书博大精深,用西方的科学不能尽解其真谛,数理寓玄机,人生有定数,也要看人为努力,环境成就,但大势所趋基本成形。一个人与生俱来有 64 个信息编码(64 卦),就像电脑编程一样,也就决定了某种运程。"

先生易理通俗,但微言大义不是我们所能诠释全解的,但深感其有一定道理。先生说家中挂书画作品一定讲究,不能乱挂,也不能根据谁的书法水平高就挂谁的,要首先根据易理,看其文字所潜在的信息,这种文字信息与人的命理可谓息息相通,不可不慎!有人挂画背水面山,那就反了,俗语说靠山靠山,你弄成了面山就不妥了……

与先生短暂一叙,我真感觉获益匪浅,有机会还想再听他说话,那真是一种享受和熏陶。

2012 年 7 月 26 日

二十年后的聚首

轻风识君面,聚散两依依。我们是 1987 年进入宝鸡师范学院政教系读书的,二十年后,同学们相约回母校庆贺这一光荣的日子,很多同学为之出力流汗,倾注了大量心血。同学聚会最难场的是联系所有的人,二十年世易时移,很多同学都换了工作,换了居住地,查找起来还真有些难度。临近聚会的日子,还有几个同学没有找到,其中就有郑爱香同学,因为她在河南,知道她的人很少,后来王晓敏、孙宏建等同学就在网上登启事寻找郑爱香。网络真是个好东西,这则启事被很多人看到了,其中就有郑爱香的学生,正是那位学生千方百计找到了他的老师,我们的郑爱香才终于浮出了水面。

无独有偶,寻找胡婕同学也是费尽了周折。胡婕现在移居加拿大,不常回国。据王晓敏介绍,当时专程去了胡婕的家,父母说不知道电话,又去她婆家询问,后来总算弄到了一个邮箱。没有法子,同学们抱着试试看的心态,给大洋彼岸的同学发去了信息,后来大洋彼岸终于有了回声,胡婕热烈祝贺同学聚会,只可惜她因为别的事情,不能回来参加。但不管怎么说几乎原来班里的每一个人,组委会以及各个片区的负责人都设法联系了一遍,这些努力就仿佛是投石问路,不过水有多深,回声多大,那就只有靠缘分了。

聚会是条红线,贯穿着那些怀揣着各种想头的人,或者显达,或者平凡,或者顺畅,或者艰难的我们都将重新站在这片曾经同一起点的土地,这期间有人勇敢面对,有人选择了回避,而有人还在返回的路途,最伤心的是有几个同学已经与世长辞,但我相信只要你曾经聚合在这块徽章下了,你定然会翘首以待的,不管以何种形式,哪怕用心灵与望眼,用沟通阴阳的感知。聚会是雅俗共赏,兼容并包,不是画线站队,也不是显摆和悲情,历经二十载的风雨磨砺想必都有了成熟的纹理了吧!

在聚会的正日子里,来自四川、云南、广东、山东、河南,以及省内西安、宝鸡、咸阳、渭南、铜川各区县的同学,又走到一起了。在酒店的房间,在接风的酒席上,同学们那些熟悉的身影相互走近了,他们一次次地握手、拥抱、一次次地举杯、痛饮,还有摄影机不失时机地捕捉镜头,留下了或雅或丑、或正或邪的画面。还有我们魂梦牵系的校园,曾经上课的教室,居住的宿舍,以及已经不复存在的操场、食堂、游泳池。特别是学校周边的环境已经大大改观,石坝河的流水、相家庄的原野再也看不到了,学校北侧、东侧的沙地、果园消失了,视野里所及几乎都是宽阔的街道、高高低低的楼房……在与同学的接触中,我看到了一个个被岁月雕塑的脸庞,仿佛二十年前的升级版,尖酸刻薄的依然如故,口齿伶俐的还是那样利索,不声不响的也改观不大,真是江山易改本性难移。倒是几位经商的、当官的有了些变化,言语中有一种自豪和优越感,我的同学中绝大多数还是从事教师职业,所以大家还是那样正儿八经,时刻铭记着师表与尊严。那天我们几个男生都喝得有些多了,大约10时左右受一位上届校友的盛情相约,大家又组织了场子重新喝酒、唱歌、跳舞直到深夜,那夜我们醉意蒙眬,但心里亮清,酒逢知己千杯少,这真是一场舒心畅意的聚会呀!

聚会的行程还在继续,我们的学校有了更大更漂亮的新址,校名也更改了,但从感情上我们更爱原来的老校区、老校名,因为这里有我们的青春、梦想、汗水、泪水……不过聚会的安排上把座谈会放在了新校区,那的确是一所很不错的大学,环境幽雅,设施一流。在会议室里很多同学满含着泪水述说着二十年的思念和感恩,而那一刻我却一时无语,我看着主席台上那一张

第四辑 清泉流声

张布满皱纹的面颊,那一个个佝偻的身板,一头头雪白的银发,我在心里说:谢谢你!我的可亲可敬的老师!那天我们的班主任杨文杰、王新尚老师讲了话,原系主任刘鸿喜老师还读了他的诗歌,体现了师者的拳拳之心,尤其令人感动。

聚会如同过去看戏看电影一样,中途总有人退场,随着几个重要活动的结束,有的同学因各种原因离开了。就在我们聚会的那几天,一位同学的母亲去世了,大家都很同情,还有几个同学表示要去哀悼,就先走了。有几位同学因为生意,或者孩子的缘故也走了,惹得大家心里有些凄凉。有人说:灵娃都走了,把笨娃都搁下了!我苦笑了片刻,谁比谁究竟能强多少?来来往往,聚聚散散,太平常不过了。我想,自己大致属于那种把友情看得特重的人,而且还是那种认死理,追求圆满、纯粹的人,这在现代的很多场合,可能为那些"豁达"的人所不齿,也许人家充其量就是忽悠一下,你怎么就当真了?当然人生是复杂的,我的同学们也无法逃脱于三界之外,他们虽持不同的人生态度,但大流还是积极的,我向来不以最坏的恶意来推测人,尤其还是我的同学朋友。后来韩慧芳同学驾车从青海回来了,那时我们正在距离城区不远的一个山庄吃饭,她的回来着实让大家高兴了一阵子,晚上大家还在山庄里唱歌、跳舞,喜欢搓麻的同学则不失时机地整夜酣战,反正各采自愿。山庄属秦岭浅山,海拔不高,但夜晚还是有些潮气,房子里的被子总是潮湿的,几个睡不着觉的同学三五成群地拉家常,窗外不时传来几声野鸟的叫声,山坡下是川陕公路轰轰隆隆的大汽车声,还有不远处宝成线的机车声……我与张雅丽、盛利、杨新霞等几个同学闲聊,大家对分配不公、社会腐败现象颇有不满,对一些走模失样的惠民政策的执行情况深感忧虑,底下的那些歪嘴和尚总是把经念歪了,当然受害的是老百姓。私下里大家也有论及个别同学的婚姻不如意,工作不理想,家庭负担重等事情,很多同学曾尝试着帮助他们,但也有自尊心很强者不肯接受此种恩惠云云。

几天的聚会很快就结束了,难舍难分的同学们又一次流下了欢喜的热泪。这次聚会让我见到了很多同学和老师,聆听了那些久违了的声音,同时也让根植于西府大地的友谊之树更加枝繁叶茂,永远常青,这将是我一生一世的财富。最后我还要再说一次:我热爱我的校园,我热爱我的老师和同学！

2012年11月1日

银杏树下

去年8月份同学聚会之后，我们还有一桩大心愿未了，这就是在母校植一株银杏树、竖一块纪念石，以表达政八七级同学感恩母校的浓浓深情和美好祝愿。今年7月2日上午，我们十几名同学代表终于在宝鸡文理学院新校区"四为园"替大家还了心愿，了了心思。

那天阴雨霏霏，在场的师生冒雨把仪式进行完了，那细细凉凉的雨丝，滴滴答答地拍打着我们身上的微尘，我们的心里是热烫烫的，在雨中象征着我们情谊的银杏树更具风采了，它的每一片枝叶都在风雨中十分有节奏地摇曳着，摇曳着，银杏树下的那块横卧的大石头，上面镌刻着"感恩母校，学子情深"八个红色大字，与四周的绿草相映生辉。

银杏树下，有领导、师长铿锵有力的讲话声在传送，银杏树下，有应往届学生激越豪迈的声音在传送……此刻我的思绪放飞得很远，很远，我仿佛穿越于远古的东方，看到曲阜的杏坛，将军一样高大、挺拔的银杏树，耸立在那里，见证着历史的光辉篇章，我多愿是那树叶一片，镶嵌于那自由伸展的树枝上，为师大的教坛遮风挡雨……

银杏树下，我看到了那树上居然有了不少青涩的银杏果，我想，我们这所西府名校一定会办得很好的，我从心里喜爱我们的学校。一棵树有一棵树的风景，一片林子更有一片林子的景致，但愿我们的银杏树成片成林郁郁苍苍。

借着这个活动的东风，我还有个私人的心愿，就是把我创作的一部四十多万字的长篇小说《天地悠悠》和诗集《飘落心灵的花瓣》捐赠给母校图书馆、我的老师以及同学。在学校的会议室里，我给自己当年的老师赠了书，签了名，也算是一个学生二十年交上的一份作业，我这个政教系的大学生居然过了一把文学瘾,客串了梦想中的文人角色,这是否有点"有心栽花"与"无心插柳"的错位呢?回答是模糊的,是,也不是。人都说文史哲是一家,学了文科,你从文科的哪个方向发展都是符合逻辑的。我过去上大学时,不安分守己,经常客串于中文、历史系的课堂,所以经常凭个人兴趣听自己喜欢的老师的课程,也经常泡图书馆,或者躺在宿舍读书,所以最后还是落脚在了文字上,这也算是一种宿命吧。

在学院党委书记、院长王志刚的办公室里,我见到了当年的老师郑存库处长,他是我的乡党,我们二十年前就熟悉。王院长看了我赠送的两本书,他翻开书若有所思地说:"我要给你提个建议,今后出书写作者简介时最好写上自己毕业学校的名字。"闻听院长的意见,我尴尬地笑着说:"虚心接受老师的教导⋯⋯"这一点我不否认,据我所知,西安的不少校友,在他们的作品简介中也未提及毕业学校,只是说大学本科毕业,这是对自己的母校还不自信,因为我们毕竟是一所省级地方院校。行文到这里我猛然想起了中文系王磊教授的一段话:"你不要想沾学校的光,让学校为你贴金,有本事你就给学校增光添彩,让学校跟着你沾光⋯⋯"显然王教授的话是要他的学生有作为,有大作为,而我一介书生秉烛之明、星微之力也就不足挂齿了。

在中午宴会之后,我为十几位同学签名赠书,那种场面很温馨,我们都有些面红耳赤,借着酒劲儿,我呢,拿着一支粗壮的签字笔,龙飞凤舞地签名,并与每位同学合影留念,传递着我们无法割舍的情谊。

2012 年 11 月 1 日

母亲节我在文庙签名赠书

2012 年 5 月 13 日,这一天是母亲节,恰好这一天鑫诚房地产泾阳分公司"文定天下"项目部的 14 号楼封顶庆典,庆典地点就在泾阳县文庙大殿北边。也许是有缘吧,该公司总经理徐辉先生购了一些我新近出的长篇小说《天地悠悠》,并邀请我在庆典上现场签名赠书。

这一天，徐先生以及他的团队要对他们的业主现场抽奖，还邀请了西安的文艺演出公司助兴，歌舞杂技、器乐演奏，好不热闹，现场气氛异常热烈，一时间县城的南半部沸腾了，不少群众都守在这里，他们伸长着脖子，从10时一直坚持到了12时，充分领略了来自省城西安的艺术。

当时天气有些热，十几个红色的气球在文庙大殿后边飘舞，红色的地毯把舞台上下都照得红彤彤的，还有飞舞的彩旗，悬挂于路灯上的横幅标语，把文庙周围装扮得艳丽多姿，人们就像过春节一样，从县城的四周聚拢到这里来。

当然最诱人的要数那些摆放在舞台上作为奖品的电动车、电冰箱、微波炉，还有那些层层叠叠摞在桌子上的书籍，以及精美的印有贾平凹先生题字"文定天下"的中性笔礼盒，它们就像那些在舞台上穿着时尚的纱衣，而泼辣大胆地舞动着清纯身姿的少女一样，吸引着台下近千双眼球，人们滴溜溜转动的眼目除了欣赏这精彩的舞蹈之外，仿佛还期待着那最后的一刻，看那些奖品真正能够花落谁家。

观众中有的人怀揣着那张小小的奖票，或许心中还有个不大不小的念想，有的人手心都攥出了汗，有的干脆拉上自己的孩子，也许他们更相信自己孩子的手气，说不定今天就中了大奖。

"抓奖"过去在小县城很风行，后来逐渐就不热了，代之以体育彩票、福利彩票，以及大行其道于一时的股票、基金。人的选择多了，就不那么"丧眼"，也许各人都会找到自己的乐趣。

我观察"文定天下"当日的做法，还颇有些新意。其一，新楼落成，让业主参与，让客户参观，而不是什么领导剪彩，这样宣传引领效果会更好些，群众还认可。其二，辣歌劲舞，杂耍绝活，活跃了群众文化生活，让南城一带文化气息更加浓郁。其三，抽奖活动，自娱自乐，"人人有礼"的小小的回报，让业主更加认同自己的社区，更倾情"文定天下"这片土地，让温馨的社区更聚人气、财气、文气。

现场抽奖在演出中穿插，三、二、一等奖开出之后，特等奖也开出来了，是我亲手抽的，奖号是0005号！当主持人让我宣布的时候，那位幸运的小伙子本来都已经离开了现场，他刚走到文庙北十字。小伙子兴高采烈地领到

第四辑 清泉流声

了那辆崭新的电动车,他从人群中走过时,人们不时投射来羡慕的目光。

"小伙子运气真好!"

现场签名赠书是安排在整个活动最后进行的,当然活动开始时以及活动中都分别介绍了我的情况,在整场活动的最后一个环节主持人又一次介绍了我的情况,因为是本县群众,其中有不少人熟悉我,现场显得很亲和。

大约12时,我简短致辞之后,就埋头在舞台上签名了,底下的群众蜂拥着挤到舞台前面,他们那焦急若渴的目光,那高高举起的手臂,让我非常感动。

"先给我给我!"

"不要急,大家都有!"

"我的三张票,给三本!"

"给您,拿好。"

群众急切的呼喊声不时传来,现场的保安、公安在维持秩序。身着大红旗袍的服务员中,有四五个人在协助我签名,分发签好名的书。

大约半个小时后,台上的书籍大部分分发下去了,我感觉手臂有些发麻,但心里荡漾着丝丝甜意,这时候还有二十几个群众守候在那里,他们因为没有票,领不到书,而吵吵嚷嚷地要书。

"给我们一本吧,我们后边也要买房!"

"大爷,您要书干吗?"

"我给孙子带回去……"

看着那些白发老人,看着他们渴盼的目光,我顺手给了一位老人,孰料这下子麻烦啦,这些人一拥而上,他们从工作人员手中抢开书了……

"文定天下"的工作人员随后说:"真没想到群众对书籍这么感兴趣,你的书还这么火爆!"

我说:"熟人熟面孔,又写的是当地的事情,大家自然感兴趣。"

活动结束后,不时还有群众来"文定天下"售楼部询问情况,索要"礼品"书。让我想不到的是,不少没有领到书的群众还心不甘,他们拐弯抹角地托人向我索要。

"母亲节你干啥呢? 我在文庙签名赠书。"我有些得意地对人说,也及时把这一消息告诉了我的亲人们、朋友们。

看来文艺作品如果受到了老百姓的欢迎,那就是最大的成功。我想,就是开个作品研讨会什么的,也恐怕比不上老百姓的认可更让人欣喜、更让人兴奋的了。

2012 年 5 月 22 日

到永安医院看病

今年以来,在人们的生活中有了一个值得欣慰的话题,这就是咸阳市最大的民营医院在泾阳县盛大开业,并且在呵护当地百姓健康方面发挥了积极作用。

怎么说呢,毕竟老百姓有了新的选择,有了新的盼头。"物竞天择,适者生存",竞争可以出好效益,也能够出好服务,还可以推动泾阳的医疗事业大发展,如果只此一家别无分店,那质量服务好坏与否无从谈起,也没有个比较。值得一提的是,这所由著名慈善家、医生、社会活动家王永安先生创办的医院,开办伊始就确定了"一切为了患者"的办院宗旨,他们在全省民营医院中率先实行"先住院,后结算,不交押金"的直通车式服务模式,深受广大群众好评,从而使这所青春勃发的医院越办越好。

俗话说,百闻不如一见。我是 9 月中旬来这家医院看病的,当时就是冲着这里的那些西安、咸阳的专家教授来的,据说这家医院荟萃了各方面的医学人才。

就在几天前,我的血压突然升高至 181/78,而且有头晕目眩的感觉,领导和同事劝我去看医生,大家说永安医院有几个好专家,让我抽空去看看。其时正是我单位的忙季,市委宣传部安排了庆祝十八大系列采访团,即将来县上采访,同时省人大组织环保方面的媒体专题采访团也要来县上采访,期间还有三五家媒体要来泾阳个别采访。

这些事情终于进行完了,我好不容易才从事务堆里抽身出来了,时间已

第四辑　清泉流声

是9月24日,这一天我来到了永安医院。在一楼门诊大厅,导医护士询问情况,并安排我上四楼内科找张荣新大夫诊疗。

张荣新大夫曾任职于陕西省中医医院,是内科主任、主任医师、教授,他退休后加盟永安医院,现在是永安医院的内科主任。对于张教授我有所耳闻,我很钦佩他的医德人品。

"你的情况还是要注意,不可大意,你才四十几岁,对自己身体的这个信号要重视,如果说仅仅是高血压,那就好办,吃吃药,注意着些也就没事了,如果还有别的情况,那就另当别论,所以我建议你还是住院全面检查,这样咱才能心中有底。"张教授听了我的病情叙述,重新量过血压(145/88)后说。

听了张教授的话,我有些迟疑,在心里估摸着:我好好的,能吃能睡的,就是血压有些麻烦,恐怕没有那么复杂吧。

"反正主意你自己拿,你愿意今天就住院检查,如果你还有顾虑,那就门诊检查。"

"让我再想一想……"

恰好我的一个学生在这家医院当护士,我拨通了她的电话,学生说:"老师,你就安心住院检查治疗吧,别老是忧心工作……"

后来我又咨询了几个朋友,大家意见基本一致:"住院诊疗!"于是我咬牙向领导开口请假了,这是我五年来首次因个人原因向组织请假,以前即便家里或者丈人家的大小事情我都是千方百计错腾时间,放在节假日或者下班后处理,从来不敢耽搁公务。

说起在永安医院住院,手续真正简便,先是医保科长和他的助手们简要介绍情况,宣传有关政策,然后还有专人负责引导。在护士的引导下,我把医保卡往合疗办一交,委托护士不到十分钟就把一般人望而却步的各种手续办好了,据说在西安有的医院,办个住院手续最快也得两三个小时。

在永安住院的几日,主要是做各种检查,像CT、B超、心电图、化验血、化验大小便等。

同时张教授让我做颈椎理疗,因为工作的缘故,我曾长期伏案写作,他说颈椎压迫神经也会导致血压升高。就这样,我还在理疗师那里治疗了几次。理疗师比较年轻,手法也老到,他说我的颈椎还凑合,不会有大问题。

我的主管医生是个刚参加工作的女医生,大约二十出头,我忘记了她的姓名,大概姓张吧,我感觉她是个很有责任心的人。她的字写得很认真,我在医生办公室遇到她的时候,总看见她趴在桌子上写资料。记得她第一次询问我时,她问:"有孩子吗?多大啦?"

"有,十七岁。"

"你抽烟吗?"

"抽……"

"一天抽几包?"

"两三包。"

"哇!"她不可思议地瞪大了眼睛。

"你平时喝酒不?"

"喝。"

"多少?"

"一天一斤吧,有时二斤……"

女医生的问询结束了,她无可奈何地摇了摇头。

后来检查结果出来了,本来是护士要送结果的,我按捺不住自己急切的心情,就跑到负一楼CT室。说巧也真个巧了,这里的医生中有一位是我的学生,我很兴奋。我学生的师傅,这里的负责人,很仔细地分析了片子,并嘱咐我最好去西安、咸阳做增强CT再检查一下。

当时的心紧张得要命,脸色也变得难看。

"没有什么,你也不要担心,确诊一下就好了。"

CT室的医生是讲原则的,他们没有把结果交给我,他们按照程序把检查情况反馈给了我的主管医生、主治医生。

一天下午,张教授把我叫到他的办公室,他仔细研究了我的病情后说:"从检查情况看,你的颈椎基本正常,胆囊上有些小问题,血压也问题不大,现在关键是左肾上这个包膜……肯定地讲它不是结石,我估计是个囊肿,不过最好用增强CT再检查一下。"

我有些后怕,意识到了什么,但我说不出个一二三。

"你也不要有什么负担,咱既要重视,也不要看得很严重,这是不幸中的万幸,你这发现得及时,说个不好听的话,就是做手术也是很小很小的。"

"张教授,你给我说说,还有没有其他办法……"

"你是知识分子,我把原理给你说清楚了,你就理解了。"张教授说着就在一张处方纸上给我画肾的示意图,还用手给我指出什么是肾盂、肾盏,以及它们的机理。"肾是弟兄俩一起干活,其实也没有什么,即使把左肾切除了,一个肾完全能够承担任务……"

在张教授说这一番话的时候,我的脑子一片空白,脑子也很乱,但心里是清楚的,我对自己的病情也有个初步的认识了。

临出院的时候,张教授一再叮咛后边一定要检查,及时治疗,不可大意。当得知我要去西京医院治疗时他又亲自填写转院单,还详细填写了永安医院的检查结果。

我是9月28日在西安市第一人民医院做的CT增强检查,该院的专家问我是怎么发现的,我说:"我在永安医院看高血压时发现的……"

他们惊诧地说:"县里还有这么好的医生?"

随后我又在西京医院做了全面检查,他们称之为住院前的检查,照例是化验血、化验便、心电图、B超、心脏、腹部彩超等检查,最后确诊为左肾肿瘤。

在西京医院住院期间,泌尿外科的专家教授秦荣良、副教授杨晓健等也说:"你的病幸亏发现及时,早治疗效果最好,你们县区的医院还不错,医生的经验丰富。"

10月初我的手术在西京医院成功进行,现在我的身体正在康复中,回首短短一月来的经历,我的心里满含着感恩的情愫,我不能忘记永安医院,她使我未雨绸缪,并为我的生命赢得了宝贵的时间。

2012年11月8日

长篇小说《天地悠悠》跋

当我最终决定为自己二十多年来倾心的著作《天地悠悠》画上句号的时候,一种释然的感觉油然而生,我似乎可以告慰自己的良心,似乎可以对折磨自己许久的那个庄严的承诺有所交代了,我曾经期许要为自己的生活岁月、为故乡留下一个永久的记忆,留下一串清晰的字符——写一部属于那个时代的真正意义上的书。我没有想到自己竟然花费了那么长久的时间,但我始终没敢忘记自己的许诺。我欣慰的是自己这些年没有白白度过,自己终于在细碎的时间缝隙中,完成了这部四十多万字的小说。

小说是虚构出来的,但也有其真实背景。这些人物故事大多取材于故乡的真实人物的事迹,或者更为准确地说是受这些故事的影响和启发,是我工作以后的真实经历的反映,是我耳闻目睹的各种现象的汇总和杂糅。我的父亲就是一位木匠,可他至今仍然居住在故乡———一个非常简陋的房间里,他当过木工,打过家具,干过瓦工,承包过工程,也曾经有一年半在西安讨要工钱,甚至被狠心的工程"二道贩子"坑了几万元的血汗钱。我的朋友中有一位先生,他丈人曾经是一个腰缠万贯的包工头,在西安、咸阳搞过建筑工程,后来因为"三角债"最后几乎倾家荡产,他的生活费都依赖女儿女婿供给。我的家门的几位叔父、亲戚中有几位长辈都曾经办过翻砂厂、镀锌厂、塑料厂,有的还领导过一个建筑公司,有的还当过村支书、村主任、乡长、县长,他们也给村子修过水塔,整修过道路,建设过学校,为乡邻做过不少好事情。我的家族中还有几位叔叔曾经在青海、宁夏当兵,复员后在当地兴办企业,创业发展,很有影响;家门中、亲戚中、村人中也还有人在新疆发展,有人当过矿长、市长、厅长、省级领导秘书,我的小说就有他们中一些人的影子,他们都是我最敬佩的人,他们的所作所为都给我留下了刀刻似的记忆,使我永久难忘。

当然,我从上世纪90年代初期至今在泾阳工作了二十个年头,泾阳的历史与现状同样给我深刻的塑造和影响,有时候我感觉自己对泾阳人文历史的了解,对泾阳乡镇企业发展历史的感知,对泾阳社会经济的了解甚至比故乡还要深刻些、生动鲜活些,这也许是多年生活的塑造吧,事实上我视泾阳为自己的第二故乡,她是我思想成长的一块芳草地。我的很多材料都取材于《泾阳文史资料》《可爱的泾阳》《泾阳县志》,还有韩城市采风的一些收获,像司马迁祠、党家村民居、韩城市博物馆的历史资料,也参阅了自己所写的乡村调查报告,还有我妻子提供的甘肃山区生活的一些情况,我大学期间在宝鸡收集的资料,以及自己平时收集的精彩故事,此外还从报纸杂志网络收集了很多相关素材,所有这些都构成了这本书的客观现实基础。

促使我努力地写这样一部作品的深层动机在于,我想追寻一种改革开放发展的历史逻辑,从家乡人那些真切的生活片断中回味人生,旌扬自己故乡的那些先贤,歌颂那些为故乡的发展做出过贡献的人们,也为了追忆和小结自己大学时代以及参加工作这些年的历程。

眷恋故土是人之常情,然而理性却告诉人们——"逝者如斯夫!"武功这个商周交界地带的古邰国的遗脉,后稷教民稼穑的故地,苏武的故乡,唐太宗的诞生地,它曾经演绎过多少历史的风流啊!在这一方热土,我作为一个武功人的后裔,作为一个喝着渭河水长大的孩子,当我站在故乡的土地上的时候,物是人非的感觉异常的强烈,我们曾经生活的地方都发生了变化,唯一不变的是这扇记忆的窗口,是那些至今依然闪耀着光芒的创业精神以及曾经顽强奋斗过的历史轨迹。革命导师列宁说:"忘记了过去就意味着背叛。"人啊,你应该忠诚于真理,让历史告诉明天。柏拉图说过,"一个人若不知真理,只是在人们的意见上捕风捉影,他所做出来的文章就显得可笑,而且不成艺术了。""真实的善是每个人心灵所追求的,是每一个人作为他一切行为的目的地。"我也暗自思忖:渭河与泾河,两河交汇的自然盛景,就像我对于两地文明与社会发展演变的感受一样,它们都有一种澎湃的荡击力和感染力,同时具备了这两种背景的人,自然会在这种碰撞、交融中获得有益的启迪,感受冲浪的快乐。我试图想从历史的废墟中,从起伏的浪涛中找到一种感觉,从而给自己一个奋进的理由:把这场波澜壮阔的改革写出来,也给来者一点寻根的线索和回味的空间。

时下的人们以文学的思维语言,网络时代的泛化的语言,新新人类的语言等不同方式宣示着他们自己的信念和追求,都在对我们这个时代生活中的人们勾勒图景,憧憬未来,这正是文学的星空,这正是缤纷的世界,这正是万籁之中的动人音响。于是人们在喧嚣与浮躁中过活,在疲惫与茫然中生存,在痛苦与挣扎中奋发,在自觉与自为中超然,在一切未知无知、可知可感、可歌可泣的生命运动中,在天地人文鬼神万物诸领域发凡生之崇高与死之壮烈。

我感觉自己仿佛是一个游牧民族的后裔,总有一种骑马闯天下的激情和冲动,总葆有着一种永恒的不平静的性格特征,仿佛北方大草原上强劲的西风,呼啸着塑造着一个苍凉的高原灵魂。人啊,什么都可以没有,绝对不可以没有思想。柏拉图说得好,"明天的希望,让我们忘记了今天的痛苦",作为一个文学爱好者,我的宿命里就只有在艰难的道路上攀登,在没有出路的地方找寻出路,在没有希望的时候憧憬希望,在历史的微茫的记忆中,在未来的浩渺烟波中思索,找寻属于自己的那个空间坐标位置,期冀给自己的灵魂一个相对平静的港湾。我以为文学是一种历史的记忆,一种记忆的沉思,把那些淀积在你我心中的故事复活,给人们一种真诚的告诫与启示,这也许就是我们这些自认为摆弄文学的人的使命吧。

我的文学梦其实已经很早了,大约肇自中学时代,那时就有了些萌芽,有了些希望的火花,大学时期我基本上是迷恋着诗歌,间或写写杂文,工作后继续写作诗歌、歌词、散文、小故事。2006年我的第一本小说《蝴蝶翩翩》脱稿,大约十几万字,那是自己冲击小说领域的第一次积极的尝试和探索。2007年10月中旬后,我又萌发了文学创作的欲望,于是我重新开始构思、创作《天地悠悠》这部长篇小说。

敢情这文学有一种熏染作用,这里我不得不提一下我的诗词老师、朋友迟骋先生。2007年9月,他嘱我为他的作品《迟骋散文诗选》写评注,我虽然感觉诚惶诚恐,但还是硬着头皮努力地去做好它,我用了大约一个月时间就完成了朋友的嘱托。在注读他人作品的时候,激活了我的一些文学潜质,我跃跃欲试地想完成自己心中的作品,这可以说对于我的创作有了某种催化作用。当然自己平时与一些泾阳当地的文学艺术人物的友谊与交往也成了一笔重要财富,我在职校任职期间,曾经有幸聆听了全国著名杂文作家、泾

第四辑 清泉流声

阳县作协主席冯日乾先生的谆谆教诲,先生曾手把手地教我作文,先生退休后也一如既往地栽培我们这些后生晚辈,他的纪实文学《乱世红白黑》对我影响很大,这是先生遍踏泾阳西北塬,采访几百位老人的倾情之作,一个老作家对事业的执着追求令人钦佩,他给我树立了学习的榜样。

人就是应该有个追求,有个目标,人生的意义不在于你达到了什么高度,而一切的成就,其实最美的当是那充满诱惑的追求过程。有意义的生活是美的生活,美的生活才精彩。在我潜心写作的这些日日夜夜里,我一边有工作要干,一边还有一些琐碎事要处理。总之,在匆匆的时间河流里,我艰难地追求着自己的目标,期间的甘苦滋味似乎只有自己能够真切体味,只有我办公桌上的那台忠实的电脑才清楚它的主人如何在那个寒冷的冬季,在那个自由欢畅的历史天空,在夜深人静的夜晚,在键盘上滴滴答答地舞动着生命的音符。正如一切孕育中的生命一样,为了她的出世,我也备受了煎熬。为了这部小说,自己几乎把节假日全部都用上了,而且经常关闭手机,残忍地断绝了与很多朋友的来往应酬,还经常熬夜加班到深夜一两点钟,真是"书到用时方恨少,事非经过不知难",要真正写一点东西,写一些能够经得起时间检验的文字,谈何容易呀!

《天地悠悠》孕育于1986年,初名为《爱在桥头》,那时大致写了一个故事框架,根本未完成。1989年秋季,我大学二年级的时候,暑期时间相对宽松些,我就潜心写作,几乎是一气呵成,我用了大约两个星期时间终于完成了草稿,差不多有三万字的内容,姑且算作初稿。到2007年底我终于撰写成了一部近三十万字的小说,那时的整体构思和内容已经焕然一新,《爱在桥头》的书名已经不足以涵盖书中的内容,我感觉有改名的必要。2008年有一天,我在县城街道散步时才突然想起了陈子昂的诗句——"前无古人,后无来者,念天地之悠悠,独怆然而涕下",是啊,人生不就是在悠悠天地之间闯荡吗?我顿时豁然开朗,有了,我的书名就叫《天地悠悠》,人生就应该有这种天地豪情,就应该如此放达而尽兴,即使泪洒九天也无怨无悔,改革与发展不就是前无古人、后无来者的亘古事业吗?

写小说搞文学创作,其实是一个亲近生活、亲近文化的过程。我们的语言是丰富多彩的,口语的发展总是要比文字快些,虽然我是一个地道的关中人,但对于方言却把握得不怎么好,我苦于找不到合适的字来表情达意。修改文稿,锤炼文字,往往比前面的创作要困难,有时候为了一个词语要耗费半天时间,因为这才是真正的提高、升华,说到底,这是对自己的文学负责,对读者负责。真是"山重水复疑无路,柳暗花明又一村",正当我煎熬的时候,我的伯父何志荣先生向我推荐了李步云先生的大作《关中方言集解》《关中方言文化集解续》,这无异于雪中送炭,它对于我的小说修改工作提供了巨大的帮助,我内心的感激和喜悦简直无可名状,这些鲜活生动的语言,在我的眼前打开了一个无限美好的世界。我是2008年3月下旬才着手对这本小说的文稿进行加工润色的,此前因为疾病住院不得不停止了创作,到了6月份才又重新开始小说的修改工作,但由于我所任公职的烦冗,事情头绪很多,加之身体时常捣乱,家事也不顺畅,我很难有整戛时间,所以修改工作进展缓慢,直到2009年2月才修改完毕。尽管如此,我依然对完成这部作品充满信心,因为每一次修改都有收获,每一次审视都使我的作品更接近于我内心的期望。

蓦然回首《天地悠悠》的创作过程,或许感触良多,但毕竟我以自己诚挚的爱,完成了自己的阶段性使命,我写下了自己对生活的点点滴滴的感受,并对改革开放这一伟大事业进行了一番粗略的描绘和图解,比较忠实地还原了那些真情演绎的故事,把我心目中的英雄奉献给了大家,至于我的思想修养、艺术造诣、文字功夫是否到位,表现力是否精到,那就只好由读者评判了,我能够问心无愧地对自己说"我努力了,我奋斗了",也就心安理得了。

面对自己的这个艰难来世的"孩子",我诚心地期望着能够得到大家的批评与指正,诚心地希望在您的无私帮助与关怀下,在您的热情鼓励中,使本书更臻完善,更接近我们所期待的目标。

《天地悠悠》这本书曾得到了陕西省作家协会党组书记、副主席雷涛先生,陕西省国际文化经济交流中心秘书长、著名摄影家朱正先生,《陕西日报》主任记者郭晓斌先生,《咸阳日报》副总编辑高彦民先生,《秦都》杂志主编、作家鲁曦女士,杂文家冯日乾先生,诗人马林帆先生,诗人迟骋先生悉心指导和关怀,本人深表谢忱。

令我特别感动的是,当代著名小说家、国家一级作家、陕西省文联副主席、省作协副主席、长篇小说《最后一个匈奴》的作者高建群先生在百忙中挤时间不辞劳苦地仔细审读了全书,并撰写了热情洋溢的序言,还题写了书名,对作者进一步把握主题、梳理和提升作品都起到了十分重要的作用;评论家、作家、咸阳市作协主席、长篇小说《汉武大帝》的作者杨焕亭先生也在非常繁忙中抽时间审读全书,并撰写了十分中肯的序文,对于我进一步厘清线索、突出人物、完善细节帮助很大。高建群和杨焕亭两位先生的深情和厚爱,令我没齿难忘。还有我的好友解放军西安陆军学院的岳晓军上校,他于紧张繁忙的军旅生活间隙挤时间审读了书稿,并提出了很多有价值的建议,使我受益匪浅。当然还有很多领导、老师、朋友阅读了部分章节,也及时提出了十分宝贵的意见和建议,此种关爱令我深深感动、终生难忘。

感谢为本书写作和出世贡献素材、辛苦校对、提供帮助的所有亲人、同学、朋友、乡党,感谢我曾经使用过的学术著作、文艺作品以及网络作品的各位作者,感谢各位前辈、老师、各位文友的热情鼓励和真诚奉献,请原谅我不一一具名了,否则因为名次或者疏漏我将背负沉重的人情负担。

谨以此书献给故乡沉默的土地,以及为它的繁荣发展而孜孜不倦、顽强奋斗的人们!

2011 年 6 月 8 日

关于小说《天地悠悠》的一点补叙

我的这部书创作前后二十多年,而修改工作也进行了三年多。由此我想到了蚕食桑叶、结网成茧,以至于化蝶的过程,想到了百年陈酿的生产酿造过程,想到了泾阳茯砖茶的二次发酵,想到了人生与光阴……俗话说得好,"要得功夫深,铁杵磨成绣花针""愚者千虑亦有一得",关键在于行动,在于永不停息地"打磨",于是有了一种时不我待的紧迫和"天涯浩歌"的使命感。

不久前,我儿子给我出过一道题,他说,给你老虎、马、羊、牛、猪几样动物,请你排序。我不假思索就排定了,次序为马、牛、猪、羊、老虎。儿子说:"马代表家庭,牛代表事业,猪代表财富,羊代表爱情,老虎代表自信。看来你啥都不缺,就缺自信!"孩子的不经意的戏语,让我惊异,我对于自己作品是否就是那样呢?是否还是有点自信力不够呢?好在我有很好的人脉资源,我的朋友们热情地支持着我、关怀着我,我不能辜负了那么多的期待。

记得2007年二稿刚完,我就迫不及待地交给诗人、作家迟骋先生审阅,他的第一印象是人物太多了,显得不集中。我那时没有充分认识到这些,还总想再续写一点内容,力图从更加广阔的视野上展开叙事,构筑上中下三卷的宏阔框架,但因种种原因还是没有能实现这个目标。后来作家王永杰兄回泾阳也谈到大题材的驾驭问题,他建议本子可以薄些,精练些,动辄数十万字未必需要。说实在的,对于我的这部小说,我非常需要老师、朋友的指点。我也把书稿让当代著名杂文作家冯日乾审读,冯先生肯定了书稿的文化含量、文学积累,他对书中的资料引用等细节提出了改进意见。

到了2010年,经同学段蓬勃、周建功等人的引荐,我有幸拜访了陕西省作家协会党组书记雷涛先生,他热情鼓励我大胆创作,同时也建议我请知名作家、评论家看看本子,毕竟我是破天荒第一次写长篇,雷书记特别叮嘱我要把握题材,明确方向,精心编织结构,突出人物性格,注意细节描写。当时我听说陕西要推出"西风烈——百名作家集体出征"等丛书,很想一试,无奈我的作品还需继续打磨,加之我本身工作的繁忙,书稿修改工作就不得不又放下了,也错失了与省上诸多大家学习的机会。

今年4月初,几位朋友无意间又问到我的小说创作,我感觉心里很不自在,仿佛冥冥中有一种声音在责备自己,看来必须抓紧时间完成自己的心愿了。大凡成事者,必得"天时、地利、人和",也就是孙子所谓"道、天、地、将、法"诸因素,如果综合了一切可以调动的力量,朝着自己的目标坚持不懈地走下去,事情就会变得越来越好。

值得庆幸的是,我的好友、《咸阳日报》副总编辑高彦民兄介绍我认识了咸阳市作协主席杨焕亭先生,杨先生写出了洋洋洒洒一百多万字的长篇小说《汉武大帝》,还是省内外著名的评论家、作家,杨先生不辞辛苦仔细审读了小说全文,并提出了系统、全面的修改意见和建议,这对于我梳理头绪、厘清线索、集中主题、突出人物、完善细节等有极大的帮助,当然作品总体的提升靠的是综合实力,靠的是艺术创造力,但艺术性的改进无疑是作品的华丽服饰,也具有一定的审美价值。

春天,我喜欢在麦苗簇拥的田野漫步,冬天,我喜欢在白雪覆盖的土地奔跑。但愿我的作品像四季温馨的风,给您带来一丝丝的清凉,一丝丝的欢悦……

2011年5月11日

诗集《飘落心灵的花瓣》后记

在缪斯的世界里,我是一个不知疲倦的旅行者。从大学时代我就开始追寻她的脚步,崇尚她的精神,热爱她的生命。那时最先映入我眼帘的是莎士比亚、拜伦、雪莱、歌德、海涅等人的名字,还有俄罗斯的普希金、莱蒙托夫、叶赛宁,印度的泰戈尔、黎巴嫩的纪伯伦、智利的聂鲁达、美国的朗费罗等诗人,这些诗国的不落星辰在我年轻的心里播种着希望和梦想。我在陕西省宝鸡师范学院的图书馆里像沙漠里饥渴的旅人,吮吸着上苍馈赠的甘霖,试图与大师们对话,并时时写下点滴文字。

在缪斯的世界里,我是一个孜孜以求的寻梦人。在1990年前后,我在中文系的课堂上收看了十几部世界名著拍摄的电影和奥斯卡获奖电影,像《哈姆雷特》《麦克白》《鸳梦重温》《魂断蓝桥》《两个人的车站》《安娜·卡列尼娜》《大卫·科波菲尔》《红与黑》《乱世佳人》等等,这些文学营养深刻而细微地影响着我。作为一个政教系学生,我对文学、对诗歌的兴趣、热情,丝毫不亚于中文系的学生,在我的内心深处充盈着滔滔渭水般的激情和灵动。那时每逢周末,我和同学们总要登山、游玩,我们几乎登遍了学校周围的大小山头,还游览了金台观、钓鱼台、大散关、周公庙、五丈原、诸葛亮庙等风景名胜,登临了宝鸡东南的鸡峰山,体验了大自然的和谐美好。在匆匆游走的时候,在欢声笑语的日子,抑或在愁云惨淡的季节,在悲欢离合之后,在傍晚宁静的河滨，我总是像一个顽皮的孩子，以一种虔诚的心，以诗的眼光、爱的激情，捡拾那些飘落心灵的花瓣，时刻保持着与自然、与自身、与社会的热线链接，时刻葆有着一颗敏感、多情、善思的心灵。

在缪斯的世界里，我是一个历经磨难的痴情人。大学毕业后，我离开了故乡，来到了关中平原中部泾河下游的泾阳县，成了一名乡村教师，我的缪斯也逐渐从浪漫的天空回归于平静的原野。在新的环境里，在农村这片广阔的天地里，我用一颗纯真的诗心，重新审视自身、审视我的父老乡亲，还有我的孩子们。我感觉到了生存的震撼、生活的压力和事业的艰辛，还有想象与现实的巨大反差。于是在1991年前后，我的诗歌创作在有了一次苦闷的喷发之后，便遭遇了长达数年的沉寂，那时我的兴趣主要集中于阅读中国的古典著作，了解当代中国的农村。我先后阅读了《诗经》《楚辞》《唐诗三百首》《唐诗鉴赏》《宋词鉴赏》等国粹，又研读了费孝通先生的《乡土中国》等书籍。由于工作、生活、事业等方面因素的影响，1993年前后，"我将向何处去"这个问题困扰了我好长时间。我眼巴巴地看着我的那些不甘寂寞、胸怀凌云之志的同事，一个个地离开了农村，朝着滚滚的珠江浪潮奔去，朝着引领潮流的大上海奔去……这期间我放弃了去深圳等地发展的机会。这其中当然有"至今思项羽，不肯过江东"一样的无奈，也有自身性格中的怯懦，还有"父母在不远游""安土重迁""好出门不如赖在家"等传统观念的影响，最后我还是死心塌地地留在了农村，在一所农村学校里编织着自己的人生梦想。随后在那所学校，我一直蛰居到第十六个年头才终于有机会进了梦寐以求的县城，实现了从偏远乡村到小城镇的跨越。

在缪斯的世界里，我是一个令人羡慕的幸运儿。在芬芳的泥土气息里，我感受乡情的滋润和温暖。2000年以后，我陆续在《教师报》《杂文报》《金秋》《淮风诗刊》《城市金融报》（副刊）、《陕西农村报》（副刊）、《咸阳日报》（副刊）、《秦都》《渭水》《华夏》等十几家报刊发表了数十篇（首）诗文，特别值得一提的是，在迟骋先生的引导下，我的诗歌创作有了新的进步，我的歌词创作也有了新进展，由我填词的《我的热土·我的泾阳》《茯茶情歌》《火红的菜乡》等歌曲已被当地广泛传唱，产生了一定影响。应该说，我的文学创作活动，得益于很多前辈与朋友十几年如一日的大力提携和培养，像西安

第四辑 清泉流声

的石朝阳，铜川的张田夫，咸阳的杨焕亭、鲁曦、高彦民、王永杰、李志军，泾阳的马林帆、冯日乾、迟骋、田沱渊、荒石、阿西、常郎、罗思、张煜、薛文涛、寇晓卫等先生都在不同的阶段、以不同的方式对我产生了影响，他们或者手把手地教我创作，或者热情地鼓励和指导我的创作，或者为我的创作提供素材，或者为我的作品发表、出版提供真诚的帮助。我诚挚地感谢我的文学老师们、朋友们！

想出一本诗集的想法由来已久。早在2003年我就整理过自己以前写的诗歌，大致有三百余首，本打算出版，因种种原因未能如愿，就暂时搁置起来了。2011年，在阳光明媚的春季，我又重新鼓足了勇气，从2月初到6月中旬，在紧张繁忙的工作之余，我挤出了几乎所有的空闲时间，精选了一百二十二首抒情诗，终于编成了这本小册子。

在这里，我特别感谢中国作协会员、原陕西省作协常务理事、著名诗人、作家马林帆先生，他不辞劳苦帮我审读诗稿，并撰写了热情洋溢的序言，还真诚地指导我的创作，又在《文艺报》等报刊帮我查找出版信息，联系出版社，使我受益匪浅。前辈诗人的呵护与真情令我这个晚生后辈深深感动，使我这颗沉寂的心灵得以抚慰。同时我特别感谢远东书局、南京中山文学院陈儒家先生及其团队的关心和厚爱，使我多年的心愿终于有机会实现了，也使这本饱蘸情感而又命运多舛的诗集终于面世。

我深深感谢我的父母、妻子、儿子和家人对我的关心支持，没有他们的无私奉献，我也就没有机会全身心投入创作，也就没有耕耘与收获的快乐！

可以说，自己的又一个孩子即将出世了，心情如同世间的父母一样，但想把这微薄的礼物奉献给我热爱的这方热土，献给我尊敬的朋友之类的话，其本意大致就在于从良心上对得起他们，并接受其评说。作为我个人，我赋予自己作品的使命是，希冀这本诗集对充满诗意的个性生活的深情眷顾，对爱情、婚姻、幸福、事业和理想的积极求索，能够激起人性的涟漪，唤起心灵的纯真与壮美。

2011年8月7日

小说之外的故事

一次,一位朋友问我:"写小说容易不?"我不知如何回答,他见我一时无语就信口说道,"对于你们这些人不就是小菜一碟,费不了多少时间。"我说:"因人而异吧,对于像我这样比较迟钝的人往往需要几年,十几年、二十年才能熬出来,这就像煮一锅肉,需要慢慢炖,慢慢煮,而且火候不到就不会烂熟,就不能吃。"

我的长篇小说出版发行后,本乡本土的很多人都很热心,看完之后就约我谈看法,给我提建议,让我心里感觉暖洋洋的。这些意见和建议归纳起来大致有这么几条:一是你写这些故事都是真的么?是否有原型?二是篇幅有些长了,可否在修订的过程中再精练些。三是小说的女主人公的结局让人接受不了,那么好的一个人就这样死了。当然还有朋友指出了几处字句上的错谬,这是我应当特别注意的。

关于上述几个问题我准备分几个方面予以解释,既是为了那些关注者,也是为了反省自己。

一、我是在怎样的情况下创作长篇小说《天地悠悠》的

我是1987年考上大学的,在上大学时我将自己高中时写的几篇文章订在了一起,成了一本很特别的小册子,那些文章有高一时写的一篇作文《学雷锋的故事》(字数三千多字),还有一本短篇小说《遥远的路》,以及一本半成品小说《爱在桥头》(字数约三万字),我记得当时用的是五颜六色的纸张,既有绿色格子的信纸、红色格子的信纸,也有白粉连纸、黄烧纸、牛皮纸,全是手写体,我的字迹不是很工整,有时候写的字自己都有些不认识。那时我的一位大学同学刘晓明的父亲刘汉儒在武功县人大当办公室主任,刘叔叔曾看了我的部分手稿,他说:"你的语言功底不错,文章还有些文采,好好弄就会有出息!"也许说者无意,但听者有心,我在心里暗暗下定决心,我要写出自己的作品。早在武功县南仁中学上学时,我对文章的喜好就已经有了端倪,那时我们的语文老师姓弓,是一位身材不高,敦敦实实的汉子,他家是

第四辑　清泉流声

"一头沉",自己教书媳妇在家里种地,我和另一位同学黄广新曾帮他家拔过棉秆。我约略记得弓老师给我们教李季的长诗《王贵与李香香》,还让我们把诗歌改写成故事,我的那篇作文被老师当成了范文,在两个班级讲评,我感到非常得意。还有一次不知是考试,还是作文竞赛,我们的老师出了一道《给台湾同胞的一封信》的作文题,我写了一篇抒情散文《飞》,想象着一只信鸽把我的信捎给了一位台湾老兵,他也是陕西人,他让我把家乡的照片寄给他……最后我的这篇作文也得到了语文组老师的好评。我们班文章写得好的还有张有志、张建伟,他俩一个喜欢诗歌,一个擅长叙述,那位张建伟同学以他那篇《三姨的遭遇》让人刮目相看,在文中他讲述了三姨婚前婚后的变迁,因家庭破裂,孩子去世,三姨从一个有说有笑的幸福的女人变成了面无血色,目光呆滞的可怜女人。当时就有同学说我们仨是班里的作文三剑客,三巨头,因为那时作文讲评课基本总用我们的作文做例子。回忆以上那些事情,其实是想说凡事皆有因,仿佛那是一粒文学的种子,她已经深深地扎在了我那年轻的心田。

重拾起《爱在桥头》书稿,并重新审视、重新结构、重新创作那是多年以后的事情了。事实上我一直在收集相关资料,关注这一题材的发展,总想有机会完善它、充实它。2007年我在泾阳县泾干中学任职,工作之余,我将自己在职业学校时期的文稿整理出了一本《三里村集》(约十二万字),一本中篇小说《蝴蝶翩翩》(五万多字),还有一本《迟骋散文诗评注》。人的创造力是无限的,在这个时候,我又趁势写我的《爱在桥头》,我感觉自己仿佛是一头不知疲倦的牛,不用扬鞭自奋蹄。与此同时我作为一名学校领导分管高二年级的教育教学工作,还分包着高三两个补习班,作为教师我带了高一两个重点班的政治课,此外还要组织党团活动、工会活动、组织升旗仪式。

生活的道路并非平坦的大道,生活中总会遭遇各种难以想象的困难与挫折。正当我全力以赴向文学的道路冲刺时,一场意外让人措手不及。一个周末由我带班,结果发生了被盗事件,第二天才发现我的电脑、校长的电脑不翼而飞,从现场看盗贼是从窗户进去的。校长非常生气,但也有些无可奈何,毕竟我们的房间无任何防盗设施。据说校长的电脑和我的电脑配置都比较高,也比较值钱,想必有复杂情况,我们就向派出所报了案。人们猜测校长电脑里边有什么,我的电脑里有什么,对于别人我不敢妄断,我自己是哭笑不得,我的那些文稿悉数被盗,我辛辛苦苦的劳动成果也就荡然无存了。没有了电脑也就像短了我的精神,我曾嚷嚷着问校长要电脑,校长没有答应,我就自作主张从电化教学中心借用了一台,事后领导很生气让搬回原位,我也就放弃了。只是可惜了我正在高涨的文思,我的一肚子的蝴蝶,没有一个妥帖的降落平台。好在不久学校又给我配了台电脑,这是一台配置比较低的普通电脑,这次我就格外小心了,每次写过的文稿争取当天就出了纸质的,又备份了文件,放在软盘上。我的这台电脑的命运同样没有逃过贼人之手。那是学校开运动会的大白天,大家都去后操场开会,等开完会回到办公室我发现电脑不见了,同时一位主任的电脑也丢失了。光天化日之下,人来人往的校园,就这样被人神不知鬼不觉地把电脑的主机偷走了,而且还是从二楼,这要穿越三四道门,不知究竟是怎么回事情。为什么这只黑手老是针对我,难道是"文贼"?是有人故意陷害?我不知道……随后学校全面加强了安全设施,配备了防盗栏、防盗门、监控摄像。最后学校还是调了一台老掉牙的旧电脑给我,这才平安无事了,我是靠着这台电脑用了两个月时间完成了三十多万字的《爱在桥头》二稿,自己也长长地吁了口气。这期间自己早晚除了上操、吃饭、睡觉、上课就是在电脑旁捣鼓,有时候开会也总走神,心里总是忧心着自己的小说,有时候晚上直到深夜,以至于看楼门的老汉都说:"你这么来得早走得迟地工作,一定要当心身体呀。"

其他的情况在《天地悠悠》跋中已有叙述就不再赘述了。

二、关于生活的真实与文学的真实问题

小说是生活的真实与艺术的真实的统一。我的小说刚一出版,就有人问我,你写的这些好像都是真的,又好像对不上号,你究竟有没有原型人物?说实话,你让我找一个所谓的原原本本的原型还真不容易,但类似的情况一定有。有朋友问起了黄小林这个艺术人物的参照物是什么具体人,我说他是一个综合性人物,其中有很多人的影子。我儿时的伙伴,我外家村的一位朋友,他虽然没有读过高中、大学,但他却在社会大学中开了窍,他知道请客送礼、攀关系、找门路,在上世纪80年代他就拎着一个大皮包,里面装着高档烟酒和人民币,从容地穿梭于各种交际场合。我那时还是一个高中学生,对这一切懵懵懂懂的。后来听说他在新疆搞工程发了,还娶了一位军官的女儿,他自己也摇身一变,成了公职人员,还搞了一个名牌大学的毕业证。再往后的传说就更神奇了,更邪乎了。据说他的父母和家人都去了沿海,他成了大房地产商。让人不解的是他抛弃了结发妻,而投入了另一高官女儿的怀抱,摇身一变再变而为地方官员,在此过程中,他更名换姓,连籍贯都变了。后来又有人说此人在去外地考察的公路上发生了车祸,已经不幸去世,当然也有人说他不是死于车祸,而是神秘移居加拿大后就不知所终了,总之对于这位神秘人物我们一直搞不清楚他到底落脚到哪里去了。呵呵,大千世界无奇不有,这让人想起了媒体公开报道的一个村干部,学历造假,档案造假,年龄造假,政绩造假,屡屡得手,多年来一直是年年连升官,最后竟然当了某地的市委副书记,要不是贪腐案子东窗事发,谁能料想他原来是一个欺上瞒下的冒牌货?还有我的堂弟,开始学瓦工干建筑,后来去新疆闯荡,经营了二十多年建筑材料,现在也是拥有一定财富的成功人士。这种从底层起步,靠个人拼搏而逐渐起家的例子还不少。我们知道科举制度在历史上曾经让一般士族晋身贵族、贫寒知识分子成了管理者;举荐制也使一部分有实践经验的下层人得以提拔重用,而对于身处最底层无法从常规渠道升迁的人怎么办呢?难道他们的命运就活该如此吗?大路不平有人铲,社会不平有人争,我们发现总有些不甘寂寞的人在活动,他们通过政治婚姻,通过傍大官,哪怕给人家当干儿子当女婿也无怨无悔,只要能跻身于上层社会。这种于连式的悲剧也是一个社会的悲剧,是如何畅通渠道让贤者有用武之地的大声疾呼和愤怒呐喊。这就是我的小说主人公思想的诞生过程,不过我采取了更为明快的调子。他从一个复员军人,通过当瓦工当经理,然后从政,逐步由乡镇党委书记到县委常委,再到市长助理、副市长、市长、市委书记,最后到达省委副书记的权力巅峰,这种超乎寻常的历史逻辑,这种充满神奇浪漫情调的结局,洋溢着一种理想主义的灿烂光芒。

三、关于我作品中的人物张秀鸽的命运问题

人物是作品的灵魂,这就像历史故事中的那些传说一样,造物主在捏一个你、捏一个我的当儿,为什么要吹一口仙气,这是给他们一种精气神,给他们赋予了灵魂,从此他们将不再完全属于造物主了,他们更多的属于自己和自己的使命。对于我的小说中女主人公张秀鸽之死很多人不解,或者认为作者太残忍了吧,其实不然,这是小说发展的必然结局。我曾听说过一个真实故事,某县县长工作非常硬棒,干事情铁面无私,不承想得罪了哪路神仙,遭了人报复,他女儿大白天被人强奸杀害于家里,案子很长时间没有破。还有媒体报道的个别市县级领导干部被人杀害于荒郊或者公寓的案子,当然这些案子并不是孤立事件,它反映了一种国家发展的转型期不同利益阶层争斗和博弈的复杂情况。现在社会的事情绝对不是非此即彼,黑白分明,而是亦此亦彼,亦黑亦白,你中有我,我中有你。通观这些情况,我们再来看所谓的黑社会问题就容易了,通常是保护伞罩着的黑社会,除此他们便不能生存。让我们再回到小说中,以黄小林为代表的当地政府铲除了黑社会的保护伞,坚决打击黑恶势力,百姓拍手称快,但这种努力也是有社会代价啊,尤其是那些穷凶极恶之徒,他们往往要做垂死的挣扎,而张秀鸽之死便有了一层铺垫,她的死不是为了个人,而是为了社会公义,至少也是为了丈夫黄小林的事业……

当然我的作品还很肤浅,其中有很多道理我还在思考着,我愿与大家继续交流,继续把这个作品完善、提高。

2012 年 11 月 7 日

想起了张田夫先生

张田夫先生是我的一位朋友,我们在职校相识。那时张先生在学校办公室写材料,每月只有一百一十元工资,因为他是临时聘用人员,所以待遇很低。具体时间我记得不是很清楚,大概是 1992 年,或者 1993 年,学校因为经常有上级领导检查,还有各地代表来参观学校,当时的泾阳职业技术学校是全省职教战线的七大名校之一,学校的建筑、电子电器、医疗、烹饪、服装专业特色突出,学生质量好,用人单位欢迎,学校依托农学专业、园艺专业、畜牧兽医专业开展为农服务、引领群众致富,受到了社会的关注和群众的好评。

第四辑 清泉流声

张先生是上世纪40年代人,老家在铜川。他为人严谨、低调,神情中总似乎有某种无可言状的忧郁;他穿着朴素、干净,一看就是一个干部派头。先生不苟言笑,但对于小孩子却很有爱心,他常常逗校园中的那些教师的孩子玩耍,并不时露出灿烂的笑容。

我与张先生的交往始于共同的喜好,我也喜欢写文章,有时候写几首小诗,张先生曾写过小说、散文、戏剧,还担任过著名作家杜鹏程的秘书,也在某文化单位待过,是个大地方来的人。

90年代初,我在职校当教师,一开始就跟着校团委书记孙存发编《泾阳职校团刊》,这期间我的同宿舍好友席永亮老师也编了一个《小草》诗刊,我们俩不约而同地展开了竞赛。有一次我与张田夫老师、席永亮一起去张家山,当时还有几个学生一同前往,回来后我俩就相约写诗歌,看谁写得好。我一口气写了《酸枣歌》等几首风格各异的诗歌,永亮看我一发而不可收的状态,他笑嘻嘻地说:"政教系的老兄,看来你是走错了行,你早就该弄中文。"

张老师看了我写的那些应时之作后大加赞赏:"好!真不错,坚持下去一定会成功。你的这些诗歌有意味,有生活,不过,语言上还要再锤炼、再升华。"

张老师也让我看他的文章,有一次他要给校长写一篇经验材料,中间有一块是写如何抓学生管理的,他吃不准,就来和我商谈,我提出"抓一帮一"的办法,即抓一部分尖子学生,帮一部分学困生,让尖子生帮助学困生,以形成帮学气氛。我的这一思路对张老师启发很大,他据此发挥,撰写了一篇很有价值的材料。

在不到一年的时间里,我与张老师的接触越来越多,对他的了解也逐渐增多。他有一儿一女,女儿大些,已经结婚,儿子才上高中,他的两个孩子两个妈,看来张先生的生活道路也是充满了艰辛与坎坷。张老师的身体看起来很硬朗,但他有头疼的毛病,有时候需要吃止痛片之类的药物,他略显瘦削的脸颊,高高的鼻梁,黝黑的皮肤,匀称、端庄的身材,让人对他另眼相看。他不像个农村人,他有城里人的气质,但他一点也不市侩,他有知识分子的清高、孤傲,甚至尖酸,当然秘书生活让他也有了一些经验教训。

张先生的生活很简单,他抽烟从不抽高档烟,经常抽几毛钱的"小橘子"卷烟,那种卷烟细细的短短的,烟味有些呛人。张先生是个出手很快的人,他写文章之前先与有关人士交谈,征求他们的意见建议,然后三下五除二,很快就写出来了。他们这些人从多年的生活中养成了认真、仔细的习惯,对于校对文字特别讲究,先生的视力不太好,有些老花眼,他有时候让我帮忙校稿。

一次,打字员将他的稿件中的"民主作风"打成了"教主作风",张老师大为惊诧,他说:"这要是放在'文革'就日塌得不像啥了,非整你个反革命不可!"

"张老师,以你的经验你觉得材料好写吗?"

"要我说这是天底下最乏味的文字,但也是最值钱的文字。"

"这话怎么讲呢?"

"你想想,秘书要升迁就得服侍好领导,让领导高兴,所谓官大表准,看饭下菜……"

"这里边道道不少呀。"

"你可当啥哩,这是一门学问。就是我这么个小小的写材料的,稍不留心就有可能被一脚踹走。"

"嗯?"

"我写文章一般都要故意留个破绽,留些最容易让领导发现的字句,不然就……"

"那也要看人。"

"不不,你要知道领导大多喜欢逞能,不愿意承认自己无能……在领导的指导下,你完成了材料那是领导的思想,你的笔头儿,领导有一种满足感,说明你心里有他,你服从他,要是你反其道而行,你就是写得和《史记》一样,领导也不认可。"

节假日学校里就只留下了几个常住户,我和张老师就在此列,我们在单位灶上吃饭,饭后一般在田间地头散步。在泾惠渠边的党家堡抽水站的大坝上,我们遥望辽阔天际,俯视万顷良田,让神思自由自在地翱翔。在落英缤纷的果园小径上我们谈论文学艺术、谈论人生,筹划生活的愿景,编织如花的未来。那时张老师正准备写一部长篇小说,他说自己苦于找不到理想的感觉,所以还未动笔;他建议我多读书,多接触当地的文化人,还给我了一篇他未写完的论报告文学的文章。

偶尔也有外地的作家来找张老师,他们给张老师留下了他们的作品,在他们的眼里,这位曾在《延河》杂志上频频亮相的作家,这位曾编过秦腔戏曲剧本的编剧,自然有一种值得人们尊重的光环,但在我们这儿对张老师理解的没有几人,大家都知道他是个写材料的,却不知他首先是个作家。

后来,不知什么原因,张老师没有再来职校上班,也许生活的重负让他另谋生计了吧。张老师走得匆忙,没有来得及带走他的那些书籍,他让人转告说留给我照管。多年以后,每当我看到这些书时就想起了张田夫先生,他是我的一位好老师,他在我成长的路上给了我很多启示。

2012 年 11 月 18 日

为郑国渠国家级水利风景区发展建言

郑国渠旅游区位于陕西省泾阳县西北的王桥镇,闻名遐迩的郑国渠是华夏水利史上的一颗璀璨明珠,经历代修建,其已成为一座名副其实的天然水利博物馆。依托这一闻名世界的"水利"资源,发展水利文化特色旅游区,打造独具魅力的"水工文化"奇观,是泾阳实现绿色、生态、可持续发展的明智选择,这一宏伟蓝图的实施对于泾阳文化旅游产业发展具有十分重要的战略意义和现实意义,必将成为泾阳经济社会发展的又一增长点和闪光点。

为此,笔者仅从景区整体策划、文化产业发展与形象推介的视角,谈谈自己的几点粗浅认识,与诸位方家商榷。

一、从整体性角度考量。景区整体策划应该凸显四大特点,即"以水为魂,以史为脉,以人为本,以科技为支撑"。"水"是景区的魂魄,也是山的眼睛,掌握和运用水来做文章,景区就活泛,就具有灵性,就更具有神韵,这些在整体策划中都要充分考虑到。比如修一座人工湖,建一个现代游泳馆。

总之要让景区如浴水中,让水成为景区最亮丽的名片。如此景致还显不够,特别是要围绕"大水大绿"的基础色调,在"绿色"上狠下功夫。在当今世纪,甚至下一个世纪,绿色是最养眼最诱人的格调。鉴于目前景区绿化环境还不理想,裸露的山岩、光秃的山顶、飞扬的浮尘、稀疏的草树已不适应建设现代文明生态景区的要求,因此我建议增加或者强化绿化项目、环保项目,并从一开始就坚持做下去。要让景区有一片绿荫,有一方清水,有一片蓝天,让空气质量上乘,景区环境一流。在景区定位上也应该凸显"田园生态景观、森林景观奇迹、山水自然风貌"等特色,以吸引游客眼球,打造最佳旅游目的地。如果这些条件改善了,加上其独特的自成体系的水利文化历史资源、水利科技资源、农耕文明风情资源,我们就可以打造出中国乃至世界的山水、人文、科技三栖旅游胜地。

二、从独特性角度考量。从中国乃至世界引河灌溉的历史看,郑国渠都堪称第一渠,号称"天下第一渠"。而郑国本人则是名副其实的"水工第一人",具备"水利之父"的条件。郑国渠是中国古代最大的水利遗址群落、最完备的天然水利博物馆,也是中国最大的古代水利精英荟萃之地、最壮美的华夏"水工"创业群、最鲜活的秦文化圣地;在当代中国是最可视可感可看的秦文化标本、最悠长深远的大秦之水。这些"最"字标志都应该成为我们对外推介中国郑国渠旅游区的旗帜性品牌。为此,我建议在设计东南景区大门时考虑突出"天下第一渠""水工第一人"这两个"最",因为这是"根",这是"源"。在设计西南大门时突出其他几个"最",以彰显中国郑国渠旅游区源远流长的丰厚历史底蕴和厚重文化魅力。在设计景区内部各个板块、单元的时候,我们是否要考虑塑造一系列英雄群像,让那些历代的水利英雄们"说话",或者是建造一道"水工墙",让他们屹立在人们心中,以此来展现各个历史时期水利断代史的恢宏乐章。

三、从关联性角度考量。中国郑国渠旅游区的文化根苗在秦,而秦文化的发现、繁荣、盛衰在泾河流域、渭河流域,或者说与泾河息息相关。可以毫不夸张地说,是郑国渠等三大水利工程托起了秦帝国的强盛和富丽,也成了彪炳千秋的水利史诗。因此我们应该高扬"郑国渠——最鲜活的秦文化圣地""郑国渠——秦文化的重要标志"等旗帜,同时开创"秦文化探寻之旅、中国水利之旅"旅游线路,凸显郑国渠的起点位置、节点位置、关键位置。类似于"汽车拉力赛""探索发现""重走长征路"之类的策划,对于我们也许有很多启发意义。从刚刚颁布的《西咸新区总体规划》来看,中国郑国渠旅游区与秦汉新城有很强的关联性和互补性,如果机遇抓得好,有望成为其"人"字结构中新的一笔,使其成为双人结构走向。从文化产业发展角度看,我们的规划还缺乏大的项目策划,建议打造"大秦乐舞——水之魂"大型实景歌舞,形成景区独创性元素,还可以借鉴"大汉乐舞、大唐乐舞"的创作,剥离、提炼其水利文化精髓,创作汉风唐韵兼具泾河风情的大型乐舞——"泾河龙舞",建设亚洲最大实景舞台以及全国最大的民间文化大舞台。也可以策划设立"郑国渠影视城"项目,拍摄从郑国到李仪祉的历代水利人物百集电视连续剧,展现中国水利发展史诗性画卷,拍摄中国现当代重大水利工程,使其成为中国最大的水利影视基地,填补国家这方面的空白。

四、从创新性角度考量。文化的复兴与移植再造,休闲方式的标新立异,运作模式的灵活多样显得尤其重要。显然,作为一项划时代的创新设计,在谋划布局时我们必须重视这方面的工作,我们要强化大手笔的策划与运作,前瞻性思维与运筹,避免没有眼光的造车和缺乏创意的效颦。考虑景区实际,是否设立航空旅游项目,用小型旅游飞机、热气球、潜水体验等项目吸引人们观赏。这就要求在景区设计上具备陆海空地全视角气魄,打造新型水利风景观赏视野。还可以考虑设立"国际水利文明景点微缩景观园""中国水利微缩景观园",让游客通过郑国渠景区这个窗口看中国、观世界水利的万千气象。另外景区道路命名应考虑"丰利""广惠""仲山""秦风""御史"等地标名称,不宜用"环山""滨河"等一般名称,一切都应与景区整体文化相协调。最后一点就是要考虑未来中国即将走向海洋、走向太空,内地群众对海洋文化的向往和中国强盛的期盼,是否考虑策划"世界海洋馆"项目,还可以利用景区山崖走势建立航母模型、飞机模型、飞船模型,供游人参观。对于已经破坏的山体,建议进行艺术雕刻或者涂料喷绘,或者进行灯光装饰,打造风格独异的五彩夜景。

2011 年 6 月 24 日

尴尬人遭遇尴尬事

来西安的人，如果不看城墙、钟楼、大雁塔、华清池、兵马俑等景点，那就算白来了一趟，但作为一座城市，你要了解它的真实模样，除非你住上一阵子，或者经历上一些事情，反正有了切入点，你一下子什么都明白了，这比那些光怪陆离的名片更具有真实性。

我是西安附近区县的人，距离西安市区不到半小时的车程，来西安对于我来说那是家常便饭，但我也不敢夸海口说对于这座城市十分了解，毕竟一切都变化着。西安过去东大街、解放路很繁华，西大街的店铺也很多，现在我感觉城市逐渐扩大后，到处都是店铺，不过除了街道多了，楼房高了，车辆多了，交通堵了之外，我似乎没有别的感觉了，人们都各忙各的事情，匆匆忙忙地忙个不亦乐乎。

十几年前的一个秋季，眼看着很快就要开学了，单位派了几位同事去省城买体育用品，办完公事后他们就在火车站附近溜达了会儿。平日里大家出门机会少，有了公差这个难得的机会，他们都想办办自己的私事。

小王去给他妈妈买药去了，小张说他要去买些颜料、专用墨汁和书画用纸，我则去了解放路图书城，只有老车没有啥事情，大家就让老车在火车站看摊子，等大家。老车也不争辩就老老实实地圪蹴在那一大堆体育用品跟前了，他一边抽着烟，一边瞅着来往的行人，甚至还有意识地看了穿戴时髦的城里女人，自个儿乐得龇牙咧嘴地傻笑。

那天的天气比较冷，还刮着呼呼的西北风，街道上黄叶翩翩飞舞，还有那些与尘土为伴的白色塑料袋，它们呼啸着一同飘荡在城市的上空。

"大叔，外边怪冷的，你就到我店铺去歇歇脚，喝口水。不远，就在前边。"一位穿着入时的长发女人，和蔼地主动招呼老车。

"怪不好意思的，你看我这啰里啰唆的。"

"没关系，放在店里保险得很，没人要你的东西。"

老车同志大约五十岁，看上去就像六十开外的年纪，他被那个陌生女人引到背街的店铺去了。

一进店门,那女人殷勤地端茶送水,还让老车坐在一张大木椅上。老车丈二和尚摸不着头脑,这女人咋对人这么热乎,人家城里人就是不一样……老车正在思索的当儿,他发现店铺里有一堆人正在那里抓奖。看别人抓奖,老车心里直痒痒,他也想试试手气。

那女人很会琢磨人心,她对老车说:"大叔,反正也闲着,你就碰碰运气,花不了几个钱。"

受那女人的烧火,老车也跑过去抓奖,他先交了二十元钱,结果就抓了一件西服,质料很好,做工也不错,老车眉开眼笑,以为占了大便宜,拎着那件上衣正要走出店门时,另一位男服务员从里间出来了,他笑呵呵地对老车说:"大叔,你的手气真不错,还想不想再玩一把?"

"叔叔,你今天运气顺,就再抓抓看。"

"多,多少钱?"

"还是二十元钱。"

"抓到了一等奖就是一部数码照相机,价值上千元哩!"

在巨大的利益的诱惑下,老车动心了,他拿出来了一百六十元抓奖,最后一张奖票是一等奖。

"啊……啊……我中了一等奖!"

"我看看真的假的……恭喜您,大叔!"

老车喜出望外,兴冲冲地就朝着照相机柜台奔去。

"大叔,您看中奖的这种机子就剩样机了,这个样机有些小毛病,我们不能给您,要不换成比它更高级的另一种,也就再加二百元,我们就把价值一千二百元的东西给您。"

老车犹豫了片刻,他忽然想起了同伴还在别处闲逛,他想让同伴给自己参谋参谋,看着老车想走开,那个女服务员有些着急了:"大叔,你有啥不放心的,价钱咱们还可以商量。"

"商量个屁!你个贼婆娘你想贱卖了这么好的机子。"

"你闭嘴,我看大叔也是个爽快人,就权当送个人情,再加一百元,机子归你了。"

老车不相信自己的耳朵："真的？"

"当然是真的,我这人说话算数。"

结果大家可想而知,老车买的那部相机实际价值也就是十四五元,还有他的那件上衣,也是几十元的便宜货,人家两口子当面给他上演了一出偷梁换柱的魔术,他上当了。

大家伙赶到的时候,老车已经离开了那家店铺,重新又回到了自己原来的位置,他如此这般地详细讲了事情的经过,几个同事纷纷摩拳擦掌要为他打抱不平,让他领路找那些龟儿子去。老车不知是吓蒙了还是真的迷路了,他领着大家漫无目标地转悠了几个小时也没有找到那家店铺,那一对乌贼不知钻到哪里去了,他只好自认倒霉,吃了个哑巴亏。

十几年后又是一个秋季的薄阴的天气,有一天在北大街陕西出版大厦附近,我也遇到了一件尴尬事。

那天我们的轿车刚走在北门里第一个十字口就遇到红灯了,司机说："这下麻烦了,下一个还是红灯。"

"说不定吧。"

果然到了第二个十字口又遇到红灯了,我们嘻嘻哈哈正说笑着,忽然一个陌生中年男人开腔了："妈的,怎么开的车！"

司机赶紧摇下了车窗问道："怎么啦？"

"会不会开车,把我脚轧了……哎呀……哎呀！"

"那就叫警察……"

"叫什么警察……快走！十字口不让停车。"

正说着话的时候,那个男子十分熟练地打开了我们的车门,挤进了后排座位,他装作面部十分痛苦的样子："把我送医院,我是下岗低保人员,正要去领低保,你把我脚轧伤了,我怎么过活呀,哎呀……啊……呕……哦……我的妈呀……"

"前面就是市中心医院,咱们就去那里。"

"去什么去,你把我的事情都误了,我还要去领低保,你给我五百元我自己看去！"

"没有那么多,五十元你看着吧！"司机不客气地说。

第四辑　清泉流声

"妈的,开这么好的车,也不可怜咱这些穷人……"那个男子神色有些慌张,他十分消瘦的脸颊上没有一点血丝,好像刚从坟墓里爬出来似的,看样子他急于脱身,"就五十元,停边上,我要下车!"

那个中年男子走了,很快消失在来来往往的人群里了,我怅然若失,慨叹这人就这么在千古帝都混活,看来我们是遇到了瘾君子了,他们专门敲诈外地客人,外地车辆。

我们的汽车出了北门,我让司机把车停下来,我们在环城公园转悠了一会儿,舒缓了一下情绪,环城河水悠悠地流着,翠绿的冬青树叶子上好像刚喷洒了水似的熠熠放光,但我的心情却如同那面灰色的城墙,始终笑不出来……

2012 年 8 月 10 日

就医杂记

一、收费风波

停车收费,这在很多地方是再普遍不过的事情了,但我在某医院却发现了一件趣事,它让我瞧见了一场收费与抗费的猫鼠博弈。

一天中午,一位先生刚把车停下,管理员就小跑着来了。

"缴费!"

"你急什么,我走时候再交。"

"不行,你得先交费。"

"你让我按什么标准交,我走的时候,我的车停了多长时间就交多少钱,不会少你一分一厘钱的,你就放宽心。"

"你们这些人,咋就是这样……很多人说得好好的,病看完车一开就揭瓦(方言"溜掉")啦,我到天上找你们去?"

"你这人还是个蔓死缠,我看你就是欠收拾!"

"走！看你能把我咋样。"

"你说我能把你咋样？"

"我叫保安……"

"你叫保安能把我吃了？唉，我害怕得很,你还得咧能咧,动不动我叫保安,我看你能做啥,就是那几个钱你把谁能抓了关了？医院咋养下的你这么条狗,看门狗！"

"你骂谁哩？谁是狗,你说话别带刺……"

这两位说着话就撕抓到一起了,那位先生的一位同伴也上来拉架,管理员的同事也来了,大家好不容易才把他们拉开。

那位先生临走气冲冲地朝地上扔下了二十元钱,嘴里还不住地嘟囔,"给拿去好过去,狗东西！"

管理员看着皱巴巴地蜷缩在地上的那张二十元纸币,他二话没说弓着腰,捡起了它。等那位司机走远之后,他才嘟囔着说,"开那么好的车,就是舍不得掏几个停车费！"

说完这番话,这位穿着黄马甲的管理员又开始忙自己的事情去了……

二、院长早餐

我因病住进了一家大医院,适逢这家医院迎接部里三甲验收复查,足足有一个礼拜全院上下齐动员,打扫卫生,改善环境,提升服务质量。最有意思的是医院每天都送早点,一个鸡蛋一包纯奶,中午晚上还送水果来,每次量都不大,只有几个圣女果、一个乳瓜、半段香蕉,礼轻情意重嘛,这些礼物让患者感受了这家医院的温暖。

病人们戏谑地说："这是院长早餐,检查水果……"

"管他三七二十一,有一天吃一天就是了。"

"这种好日子能有几天？人家验收一过就不送啦。"

"那样也太虚了。"

几个护士笑眯眯地说："病人还有这些吃,我们医护人员都没有享用。"

"病人大多刚做过手术,也吃不了几个,那边病房里很多水果都扔啦,多可惜！"

为了迎接检查,护士一次次来到病房,对患者进行培训。

"十一床,你的主治医生是谁?"

"杨教授。"

"主管医生、护士是谁?"

"马医生、刘护士。"

"你知道腕带的作用吗?"

"病人身份识别。"

"你知道自己的治疗方案吗?什么是一级护理?"

"我知道……有些不知道……"

"呵呵呵!"一群小护士笑着耐心地向我解释着那些医护术语。

我同病房病友西安的李叔叔,一位乐观、幽默的回族老人,他诙谐地学着老电影《停战以后》里的一位国民党地方官员的腔调说:"调查团来的时候,只能说共军打国军,不能说国军打共军,否则格杀勿论!"

惹得大家哈哈大笑。

护士们征询大家对医院工作的意见和建议。

李叔叔的女儿说:"希望医院多做做基础设施方面的事情,像这个厕所里边老是呜呜地响个不停,螺丝松了,让病人晚上怎么休息呢?还有这个房间里蚊子也太多啦……"

"好的好的,我们一定向领导反映,尽快解决。"

果然没有几天,水工修理了管道,医院还在病床边、厕所里加装了护栏,清洁工爬上爬下地擦拭门窗、墙壁上的污渍,医护人员在忙忙碌碌地做着各种准备。

"还是要检查验收,你看才几天工夫就给咱们的服务都上档次了!"

"关键是看能否坚持下去。"

"起码比咱地方医院正规,有章有法的,医生的水平高,护士的服务态度也好。"

三、一盒中药膏

医院这种地方就是一个小社会,我临床的一位渭南的李大叔,手术后将近两个月了,伤口老是愈合不了,他着急上火也没有法子。

他的五个女儿轮流照看他,老汉八十岁了,他能够下地活动,饭量也可以。我刚住进去的时候,他的小女儿在那里伺候他。

大叔说:"你们是干部,我家是农民,耗费不起呀,这一起一落五万多元都是娃们给的,人家都有自己的过活,我这心里不踏实。"

"爸,你千万不要着急,咱把病养好再说出院的话,要听人家医生的,要住到这里都不容易。"

"对对对……等你二姐来了再说。"

"不是还有新合疗报销一部分钱嘛。"我插话问道。

"唉——报销了一点点,自费药很贵,咱吃不起啊!"大叔心情忧郁地说。

大叔与我交谈着,他主动说了他的家庭情况。

老汉老伴去世得早,是他屎一把尿一把地把五个孩子拉扯大了,还供最碎的三个上了大学。大女、二女在农村,老三在外地工作,四女、五女都在西安上班。他给二女招了个上门女婿,顶了他老李家的门户。

有一天二女来了,她是个朴素的农村妇女,没有多余的话。

"二姐,你看咱爸说不愿意在这个高档病房住,一天要八十元钱,最好调换到二十元钱的普通病房,把省下来的钱给他增加营养。"

"不说了,那就找护士换。"

护士很爽快地答应了他们,因为恰好有人做了手术,正希望住到高档病房去,于是两家人匆匆忙忙换了床位。

第二天李大叔到我们房间来上厕所,并且流露出后悔的神情。他说:"唉,那个普通间三张床,人多拥挤,没有卫生间,最难过的是有一个十几岁的小男孩不懂事,娃是肾病,听说要做换肾手术日子还没定下来,他整夜呼儿喊叫地哭闹,让人无法忍受。"

"就是的,咋把娃惯日塌咧,没一点样子。"

"昨天晚上我爸的血压又上去了,脸也浮肿了。"李大叔的二女儿说。

又过了些日子,李大叔的伤口还是不能愈合,没法子了,主治医生都皱起了眉头,对于这种情况他们似乎一筹莫展。

李大叔的二女儿看她爸现在不吃药不打针的,就是靠自身恢复,准备出院回家,临走她还是不死心,央求医生给开些中药膏。

医生说:"这种药我们没有把握,再说他这么大年龄了,你们家属自己拿主意。"

大叔的女儿拿定主意,她毫不迟疑地就在老汉的伤口上面涂抹了些中药膏,并用胶带粘住了口子。

歪打正着,没过几天这位八十多岁的老人,整天笑嘻嘻的,在走廊里溜达来溜达去。李大叔的伤口终于长住了,愈合了,一周后李大叔就出院回家了。

2012年12月14日

第二编:小说卷

只顾耕耘不问收获。文学艺术之于我的意义全在于一个喜欢,一个爱好,我几乎是在一种自娱自乐的状态中创作的。天地孕灵性,万物相伴生,回望自己的那些像房檐水一样星星点点的作品,虽然没有什么洋洋洒洒的大气象,但乡野的风儿似乎常常吹拂我的思绪,撩拨我的情愫,我是在倾听她的声音中生活的。

第一辑　微型小说

神手一把抓

某地有一个商人,人称"神手一把抓",买卖东西一掂量便知轻重,整个街面上的人都敬他三分。后来此君死了妻,又续了弦,不料儿女不孝,日子过得不顺心,一气之下,远走他乡十多年,几乎在人们将要忘记他的时候,他回来了。他走在往日的大街上,异样的神神秘秘的感觉涌上心头,颇有所谓"儿童相见不相识"的味道……

"老板,二斤苹果!"

"好嘞,拿好走好,欢迎再来!"

热情、周到、还带包装,他的心里一阵喜悦,可是就在他接东西的当儿,仿佛一把锥子刺心。

"不对吧,老板,我看不到一斤六两。"

"咋的,不信整条街上你试着挨家挨户去称,差一钱我是你孙子!"

"哟!我也把话放这儿,要是不差分毫,我把你叫爷!"

卖水果的、往日的"神手一把抓",就这么一口气走完了整个街道,几乎家家都不差分毫,当然还有不给面子的——"秤咱是有的,就是不让你用,难道你是工商局的?多一事还不如少一事呢!"

这时候卖水果的愈显得神气活现,而那位老爷子则热汗淋漓,不住地用衣襟扇凉。

"两位乡党,听人劝就此打住,不就是二斤苹果么!"看客中有人这么说,可这两位越发较劲了。

"我今天就不信这个邪!"

"任由你咋整,咱奉陪到底!"

他们走到了一家水产店门前,"神手一把抓"走过去就要抢一位青年的秤,两个人扭打到一起了,只听"咔嚓"一声,秤杆断了,卖水果的一看形势不好,今天说不定会打个头破血流,一溜烟跑了。

看客们也纷纷带着些许的遗憾走了,那个曾经的"神手一把抓"对眼前的变化也是一头雾水,转身臭骂那位青年。

"他妈的,你咋不让我称呢?"

"爹,咱这是七两秤……"

2004 年 3 月 21 日

二十四个柿子

据说家乡嵯峨山下住过一位名医,他早年留学日本,归国后在北京协和医院供职,此人医术精湛,是当时小有名气的外科专家。一次,他主刀为一位大人物做手术,不料手术失败,从此厄运降临,很快他被调离医院停职反省,不久又被打成"右派""反革命分子"……

几经磨难,医生回到了阔别已久的故乡,故乡以她博大胸怀接纳了这位落难之人。他在临山一处小角落开了间诊所,用至诚至善之心救助那些穷乡僻壤、缺医少药的乡邻。慢慢地四邻八乡的人都挤热火似的来这里看病,就连邻近的县区的人,也常翻山越岭慕名而来。一天,一位外县山民来看病,看完了病,该取药了,山民为难地说:"大叔,我的钱不够了!"

"那你走吧!"医生摆摆手说。

"大叔,我家有柿子树,下回我送你二十四个柿子……"

医生嘴里嗯了一声。过了几天,山民又来了,他手里提着一篮子柿子,医生看他已经恢复健康,高兴极了,还留他吃了饭。

晚上,拿出山民送的柿子,仔细一数,二十二个。柿子不错,个大,金黄金黄的,看着都让人眼馋。医生又数了一遍,还是二十二个,医生纳闷了:"上次说好的拿二十四个柿子,怎么少了两个?我得问个究竟。"想到这里,医生不顾一切地摸黑骑上自行车,车头上挂着马灯和那篮子柿子,翻山越岭,跌跌撞撞地找到了那位山民。

"你和我说好了的……"医生气咻咻地说,"二十四个柿子为何只有二十二个呢?钱我可以不要,可你不能欺骗我!"

就是这样一个认真得近乎"迂"的人,听说后来北京协和医院和省城许多大医院都想高薪聘请他出山,可他都不为所动,他热爱故乡这块土地,而且这里的山民也离不开他,这位平凡的医生一直在那个小山村走完了他最后的人生旅程。

2005 年 7 月 13 日

行政意识

一天,县长去某局检查工作。中午局里招待县领导,席间,领导开怀畅饮,几位局长毕恭毕敬地小心伺奉。领导要划拳,局长们都说好,难得有如此体谅下情的领导。

县长的第一个划拳对象是局长,局长连输五拳,并且不断夸赞:"领导高拳,高拳!县级水平……"

第二位是局党委书记,又输了五比零。局党委书记连忙拱手说:"领导就是领导,水平高!"

第三位是一位副局长,他与县长战成了三平。这位副局长忙不好意思地说,"领导承让了,不忍赢下属。"

第四位是一位刚刚提拔的副局长,年轻、气盛、不服输,他是那天唯一敢赢县长的人,而且以五比零大获全胜。

县长微笑着拍拍他的肩膀说:"好!年轻人有闯劲……"

县长走后,不知是谁讲了一句:"今天这个场合,充分体现了我们的行政意识……"

这时一股无名的懊恼涌上了那位新任副局长的心……

2004 年 5 月 21 日

狗娃葬父

有一年冬季的一天,黑店村的一群小伙子,正聚集在一户人家打麻将,狗娃今天红运当头,运气顺当得很,他一口气坐了十庄,还没有下庄的意思。

"把他家的,狗娃这货今儿个吃了性药咧,上去就不知道下来了。"

"当心把你狗日的撑死了!"

"快出牌!絮絮叨叨的……"

被叫作狗娃的小伙子,一直未吱声,他虽然心里气咻咻的,但从表面上看似乎没有什么反应。他黑煞着脸,眼睛死死地盯着牌,好像生怕自己张嘴的当儿,运气随风而去,也许是他故意不理不睬那帮子同伴,以免被他们搅扰思绪。

有时候你不得不佩服打牌人的手段,他们通常采取"盯牌法""三打一夹击法""谩骂法""催促搅局法"等,当然还有偷牌、诈和、威胁、诱惑等许多不地道的手法。

俗话说,打牌人有"三得"——冻得、饿得、骂得。那些上了赌瘾的人,一天不赌几把就睡不着觉,仿佛丢了魂似的难受。话说这个狗娃,这些年一直赌运不佳,总体上一个字"惨",他一般是开始牌局顺,临走就身无分文了。这倒应了那句老话:"先赢后倒找,拆房卖老婆。"

"狗娃,你二舅来了!"一位围观的中年人说。

"去去去,你二丈人来咧!"狗娃看都不看那人一眼就反唇相讥,"领着你妻妹寻你狗尿来了……哎哎,我又和了!"

"瓷屄!吃饱了要知道丢碗,不听你爷言,吃亏在眼前!"那位中年人继续抢白道,"会吃,吃一辈子,不会吃,吃一阵子,当心你驴日的血本无归。"

"羞你先人哩,你个贼坏子,见不得穷人碗里起层皮……"狗娃大声喊叫着,"你着急上火的寻死呀,咱们一圈子一换人,你喊叫你大的个头!"

"我才不换你个驴驴蛋,你把那里挖个坑,让你爷给你填坑,哪个瘪儿子才愿意跳这个坑呢!"

一群庄稼人就这么骂骂咧咧、无拘无束地玩着牌,骂着娘。

慌慌张张,急急兜兜,一个女人夺门而入。

"狗娃,快,快!你……你爸不行咧。"二婶上气不接下气地说。

牌场被这个消息搅散了,等狗娃狂奔着跑回家的时候,他的父亲已经走了。狗娃他爸是自己跳的水缸,什么时候跳的无人知道,反正等人发现的时候就已经溺死了,尸体胀鼓鼓的,想必时间已经不短了。这个水缸是当初生产队时醋坊的用品,狗娃家院子里至今还有几口,在那里闲置着,后院里那口最高的缸子,有一人高,狗娃他爸用它盛水喂猪。

狗娃门中的几位叔父合计着给派出所报案,狗娃没有主意,就由着大伙的意思办。

有人说前几日狗娃他爸因为一只大公鸡跟邻家吵过架,邻人说他们家的大公鸡不见了,结果在狗娃家后院发现了,狗娃他爸硬说是自己刚从街道买的,为此两家人吵闹叫骂了一天,差一点打在了一起。

狗娃一天到晚在牌场混迹,两头不着家,还到外村外社集会上赶场子,家里就是人吃人他都不闻不问、不管不顾。他媳妇一看这个浑尿没指望,就一扭屁股带着儿子回娘家住了,转眼已经一年多了,最近正闹着跟狗娃离婚,可她总是逮不住狗娃的人。狗娃是啥人?一个典型的市井泼皮无赖。就在两周前,他怀揣着杀猪刀子到丈人门上闹事,声称如果他媳妇再提离婚的事,就当心他们全家的性命,大不了同归于尽。狗娃这一闹腾,把他丈人家里人都镇住了,他们忍气吞声地劝女儿与狗娃凑合着过吧,千万别把这个愣尿激怒了。

狗娃的媳妇还住在娘家不回来,狗娃也不在意,有时候干脆就撑到那里去,一家三口都吃住在丈人家。丈人一看这个架势,只好亲自把女儿、外孙送回来了,省得狗娃一天到晚地折腾。

媳妇、孩子回来后,狗娃照样两头不着家,他还是打他的牌,媳妇的心彻底凉了,她带着儿子又走了,不过这回她没有去娘家,她跟人去了新疆,到外地打工去了,这回狗娃轻易找不到她娘儿俩了。

狗娃他爸这人性格内向,自尊心很强,总怕人笑话自己把日子过日塌啦,更怕人戳脊梁骨骂他亏了先人了,把儿子娇惯得哈透了。

狗娃他爸都六十开外了,还泥里水里一身蹚,里里外外苦苦地操持着这个风雨飘摇的家。前年冬季,老伴过世之后,狗娃他爸显得一下子衰老了,他心力交瘁,经常丢三落四,手里明明拿着烟袋锅,可口里却还嘟囔着到处找它。

一想起这个不争气的儿子,狗娃他爸不由得就老泪纵横,狗娃自小就淘气,打架斗殴,还练过几天拳脚,长大后跟村里的几个混混搅到了一起,喝酒、耍钱、偷盗、玩女人,什么坏事都干过。他把"进局子"就当走亲戚,也不知道是几"进宫"了,反正他跟派出所的人很熟悉,还经常帮别人摆平事情,比如办个户口、交些罚款什么的。后来老村主任让狗娃死心塌地地跟他干,还把村上的三十亩苹果园包给了他。狗娃没文化,头脑简单,但有一身好力气,在村主任的提携下狗娃还当上了第三村民小组组长。狗娃当组长把组上人整扎了,大家敢怒不敢言,这个愣厮动不动就挽袖子、动刀子,他没有啥本事,就相信一点:捶头就是知县官!他把组上的饲养室、醋坊、保管室通通都卖了,还卖了百十棵杨树,所有这些收益没几天就被他挥霍完了,他和他的那些酒肉朋友,整天花天酒地,挥金如土……

派出所民警终于来了,狗娃哭诉着自己的遭遇,他说:"我大能走这条路都是我邻居害的,他想不开呀!"

邻居有口难辩,派出所见狗娃邻居也是一家惶恐人,就来了个稀泥抹光墙,让邻居赔一百元钱了事,邻家没现钱,狗娃带人就把人家的粮食装了两袋子。

其实这时候的狗娃已经是走下坡路了,组长早就被撤职了,果园也弄贴陪了,还欠下了上万元的赌债。

狗娃他爸这一走,狗娃傻眼了,前年葬埋他妈的时候,还有他爸撑持着,他也就不显得十分难堪,到这阵子,他才发觉自己是孤零零、无依无靠的,没有了父亲、母亲,妻子、儿子又离他而去,他的那些狐朋狗友也不待见他,他彻底被抛弃了。

在乡下埋人是要花钱的，埋人就是埋钱。没有钱怎么办呢？狗娃陷入了困境。他向别人借钱，没有人愿意借给他，他向信用社贷款，但他没有啥值钱的可以抵押，也没有任何人愿意给他担保。

狗娃要葬埋他的先人了，没有唢呐声，没有洋鼓洋号，也没有太多的哭声。他家就他一个光杆司令，也没有什么走得很近的亲戚，门中人也远远地隔岸观火，不愿掺和进来。

老人已经低头还没有棺材，就是个最次等的棺材也要三五百元，狗娃没钱置办，只好买了一领芦席卷着老汉的尸体，他打算就这样草草安埋父亲。

庄稼人到底是善良的，当狗娃挨家挨户叩头下跪求人的时候，大家或多或少都给了点钱财，狗娃千恩万谢，他总算可以凑合着安埋父亲了。

按照当地风俗，一般都是砖箍墓，狗娃没钱只能给他爸打个土窑窑，修墓的匠人在洞口照例要留下一副对联，以述祖德，以表思念。狗娃他爸无有"身卧福地"的吉言，匠人据实而录，写下了"儿子打牌坐高庄，父亲生气钻水缸"的绝句，伴随他入土为安。

2003 年 11 月 13 日

数眼睛

小学里，一年级是最难教的，往往需要经验丰富的老教师执教。K 小学里有一位著名的小学一年级教师张秋莲，她所带的班级年年县上测试第一名。正如一切有能耐有本事的人一样，这位张老师很有个性，她的犟脾气在学校里是出了名的，大家送了她一个雅号"犟犟"。有一年秋季，乡教育组准备提拔她当校长，张老师推辞说自己不适合，还是让年轻人干吧。

一周后，教育组派来了一位外号叫"倔倔"的校长，此人在别的学校当过教务主任、副校长，大名叫王玉柱，他作风硬朗，教学管理很有一套。来校不久他就大刀阔斧地推行不打招呼听课制度，每次预备铃一响，他就准时带领副校长、教务主任来听课了,全校的教师都很怕他,怕他搞突然袭击。他黑煞着脸,经常在校园转悠,如果遇到迟到、早退的师生,他总是毫不留情地严厉批评。

新校长和他的教师之间,在一开始就玩起了猫捉老鼠的游戏,一些老师嘴上怕他,可心里却不怎么服他,个别好事者还煽惑张秋莲老师说校长准备随时听你的课,想给你来个下马威。

"咱县上赛教,市上观摩课都敢上,还怕他校长听课么。"

"就是的,也没见他能上课不?"

"村看村,户看户,群众看的是干部,你一校之长连课都上不好,你有啥资格对大家说三道四呢?"

"我看咱几个商量一下,瞅机会先听听校长的课,看谁给谁难堪……"

"对!一言为定。"张秋莲激动地说,"非杀杀这伙的威风不可。"

不料这话传到了"倔倔"校长的耳朵里,"倔倔"也不是吃素的,他思谋着如何反制"犟犟"。

一日,"犟犟"正准备给学生上课,她上的是一年级数学课。当她迈着大步跨进教室,走上讲台的时候,冷不丁发现了教室后边一双双异样的眼睛。

"该来的终究要来……""犟犟"不免有些紧张,她心想,"这个家伙纠集了今天能来的所有老师,是给我立规程来啦。"

"犟犟"不愧是"犟犟",她只是稍微一分心,马上又恢复了镇静,只见她潇洒地挥笔在黑板上写了——"数一数"三个字,然后自自然然地开始上课了。

"孩子们,上节课我们学习了数数,1、2、3……现在我出一道题,大家比赛,看谁数得好,数得准。"

孩子们全神贯注地望着老师,焦急地等着听题目。

"我的题目是数眼睛……"

"两只——"

"孩子们,先不要急,不要忙。我们今天请来了很多老师,请大家转过身来,数一数后边的老师有几只眼睛。"

一阵桌凳的咯吱声响过后,五六十双眼齐刷刷地朝后排射来,孩子们晃动着稚嫩的小手,口里还大声地念叨着——1、2、3、4……

这时候"倔倔"和其他听课的老师十分尴尬,脸色一阵青一阵白,他们没想到他们自己竟然成了孩子们的教具,而且在那种情形下,走也不是,留也不是……

2004 年 8 月 28 日

时也　势也

一日,乡长赵坚强来锅壳郎村视察工作,村庄里的大小村官全体出动,村支书、村主任、副村主任、妇女主任齐刷刷地跟了一大群。这是距离乡政府最远的一个村庄,而且这里沟壑纵横,道路难行,生产、生活环境也是全乡最差的。

赵乡长是农大毕业生,三十岁出头,他年轻有为,在县农业局当了两年副局长,是最近刚转任下来的干部。赵乡长检查了养牛场、蔬菜大棚、塑料包装材料厂,又驱车来到了村农田水利基建现场,检查小流域治理情况。赵乡长平日里工作辛苦,难得有机会与民同乐,据说他在农业局的时候分管机关,材料写得好,讲话更是滴水不漏,大家都说赵乡长很会说话。村支书当然不会放过亲耳聆听乡长讲话的机会,他站在高坡上对大家说:"乡亲们,今天我们的父母官,赵乡长亲自来到工地上,对我们村的工作是一个莫大的鞭策和鼓励,在这里我就不啰唆了,我们欢迎乡长讲话!"

"乡亲们,大家好!今天我是来看看大家,跟大家交交心,看大家还有什么好的想法,总之一句话,我希望锅壳郎村生产发展,群众增收,平安幸福!"

乡长对这个村子比较了解,他对村子的几个产业带头人分别进行了表扬,对今后产业发展方向进行了分析,也对于个别群众的懒散、村庄不讲卫生、不注意环境的陋习进行了批评。乡长讲话之后,大家眼睛里都放射出熠熠光彩。

我的妈妈呀,这个乡长不简单,他咋整的,这么短的时间就把咱村子的情况弄得一清二楚,真是有志不在年高,后生可畏……

正当大家议论纷纷的时候,乡长微笑着与群众一一握手。为了进一步拉近与广大群众的距离,赵乡长提出与大家掰手腕的要求。

"好呀!咱们就跟乡长娱乐一下。"村支书一边爽快地答应着,一边极不自然地朝村主任笑了笑,他俩心想,这赵乡长不是寻着受伤吗?你一个书生干部,舞文弄墨或许在行,你那手劲还敢跟我们比画……

乡长踌躇满志地要打擂台,村上也不敢怠慢,就派副村主任打头阵。副村主任是位细高个的年轻小伙子,比赛还未正式开始,他那白净的脸早就一下子红到了脖子根。

村支书自告奋勇当了裁判,他看双方都准备好后,就朗声地宣布:"开始!"

乡长的腮帮子鼓起来了,他似乎使出了吃奶的劲,副村主任也咬紧了牙关,他那壮实的胳膊的肌肉也在微微发颤。

"加油!乡长——"

"副村主任,加油!"

乡长和副村主任俩人掰手腕正处于胶着状态,似乎谁也无法轻松战胜对方,只是双方的手臂都似乎有些晃动。

正在这个节骨眼上,村支书使劲踩了一下副村主任的脚,副村主任"哎呀"一声泄气了,乡长乘机掰倒了对方。

"哎呀呀,一点都看不出来呀,乡长真是个大力士!"

后来第二场副村主任还是没有占到什么便宜,他简直没有还手之力了,于是乡长取得了胜利。

"领导,手困不困,你歇会吧。"

"没事,没事。"乡长笑着说,"还能行……"

正在这时,一位粗粗壮壮的汉子走到了跟前:"我先自报家门,我叫王小军,请领导赏脸。"说着他就做出了一个开始比赛的手势。

村支书本想阻拦,乡长给他了一个眼神,乡长笑嘻嘻地说:"好,咱俩就比一比。"

"小军,你要点到为止……"村主任悄悄对小伙子叮嘱。

"知道。"

王小军到底力大,他们的比赛没有丝毫的悬念,乡长有些怯阵,他在攥住对方手掌的当儿,就感觉到了那种无法撼动的强力。

果然王小军三下五除二第一局就胜了乡长,他那铁钳一样的大手捏得乡长的手骨都似乎要碎裂了,乡长心服口服地说:"我认输了,小王才是今天的冠军!大家鼓掌祝贺他!"

工地上一片欢腾,村民们发出了会心的笑声。

夜里,乡长没有返回乡里,他就在锅壳郎村住宿。明天市水利局要来这里考察小流域治理项目,他想把这一片荒山变绿,至少在自己的任期内让这里有明显变化。

晚上没有事情,村支书、村主任、副村主任他们三人一起来到他的房间,跟他搓麻将。乡长是个随和人,他推辞再三,见推辞不过也就恭敬不如从命,跟他们玩了半宿。

这天晚上乡长牌运不错,赢了几百元钱,他心里乐滋滋的,这天晚上赵坚强乡长兴奋得睡不着觉,他想自己原来在县级部门时打牌技术平平,总是输多赢少,可到了乡镇他的牌运就一直不赖,他有些纳闷了,这是时来运转么?时运旺一旺,神鬼不敢撞……

2004 年 9 月 2 日

父亲的抉择

父亲是我们老家那一带出了名的木匠,他常年在外边干活。我们家上有老祖母,下有我的两个姐姐、我和弟弟,我的母亲很早就患上了高血压、风湿病,身体一直比较弱,地里的活无人照料,父亲一年到头忙了外头,就顾不上里头,这样的日子也真够他受的。不知父亲是经过了深思熟虑,还是听了别人的话,他居然想收养一个男孩,甘肃贫困山区的娃,他想让那个孩子替他撑持家里的事情,以便他自己在外边安心闯荡。从种种迹象来看,父亲是铁了心了，他甚至设想将来给那个山里娃娶一个媳妇，安一个家，也就不亏欠他了。当然父亲也有自私的一面，他显然在心里还是想专心一意地供我们姐弟四人读书上学，渴盼着我们都能有一个好前程，好落脚。

起初奶奶和妈妈不同意，她俩组成了联合阵线，拼命地反对这件事。

"自家的娃娃一大群，养都养不过来，再弄来一个山里娃，自寻麻烦。"奶奶说，"我看他大这人现在是脑子钻牛角咧。"

"妈耶，你想想，从外边弄一个半截子小伙，他就把咱家撇了，不回家了……"

"他敢，还有我呢！"

家里的俩女人合计着如何对付当家的男人，可我父亲那时的态度异常坚定，他说："如果你们不同意这么办，那就让大妮、二妮都不要上学了，我在外边跟人签了合同，不干活就得给人家赔钱，你们看怎么办？"

在父亲的努力下，家庭成员勉强同意了这桩事情。

有一天，父亲的养子山娃终于进了我们家的大门。当这位瘦瘦的，黝黑的，而又透着高原红肤色的细高个小伙子出现的时候，我一扭身钻进了自己的屋子，两位大姐干脆就躲在屋子没露脸，只有七八岁的小弟傻乎乎地站在那里，似乎还笑着跟山娃打招呼。我的眼里噙满了泪水，一种隐忧、嫌怨、痛恨，甚至恼怒几乎全都袭上心头，我在心里说："大，你这是何苦呢？你不是没有孩子，你咋这么糊涂……"

我的两位姐姐也都扭得像麻花一样，不愿意愉快接受这个既成事实，她们的内心也许像我一样，不时翻卷着疑惑、甚至愤怒的浪花，她们以冷冷的眼光对待着那位不速之客。

山娃很聪明，也很争气，他虽然只有十五六岁却十分懂事，家里的挑水、劈柴、烧火，他样样抢着干，地里的活路他从不偷懒，父亲领着他拉粪、锄地、浇地、拔草，也给他传授农业生产经验。

"三百六十行，庄稼为王，你别小看这几亩地，没有它你外边虽然能挣几个钱，要是靠它来买粮食那就不划算了，到时候大家如果都这样想，那还有个问题，谁给你供粮食，就是把金条摆满也恐怕弄不下一粒米吧。"父亲絮絮叨叨地说。

"对，自家的地种好了，灾荒年景也有个储备。"山娃应道。

"手里有粮心里不慌……"

因为有了山娃，父亲多了一个帮手，他似乎很得意，在家里他总是说："饭还是要给娃子吃，生下你们这些女子能干啥？"

每次听完父亲说这句话，我们姊妹几个心里都是酸酸的，以我为最甚，我那时的眼泪最方便了，忍不住就扑簌簌地掉落下来了。

人是有感情的，在相处的过程中往往就会产生真正的感情。终于我担心的事情发生了，我的父亲变心了，他爱他的山娃。山娃从来不挑食，穿衣也不讲究。在冬季，他几乎天天给祖母、母亲烧炕，他时刻关心着家里的每一个人……我的父亲开始怀疑自己当初的抉择了，他为自己的自私感到羞愧。

两年后的一天，父亲对山娃说："儿呀，大对不住你，你现在正是上学的年龄，耽搁了太可惜。"

"大，娃听你的，我愿意伺候二老一辈子！"

"唉，这些日子我想通了，大不该让你在家干杂活，我……我这心也太偏了。"

"大，你别多心，我没有啥遗憾的，我能落脚到咱平川就算享福了……"

"山娃，手心手背都是肉，大这心里边难受……"

"大，我不怨你，我安心种地，把家里弄好。"

"你说的是心里话？好娃哩，你都十八岁了，我还是找人给你补课。"

"不不……"

"听话，山娃，你放心上学吧，你上到哪里大供我娃到哪里。"

山娃失声痛哭，他扑通一声给父亲跪下了……

山娃在他的家乡上过初中，他的父母和妹妹等亲人在一次山体滑坡中丧生，他是我父亲在甘肃干活时领回来的。

父亲义无反顾地送山娃上学了，他托了几层关系才让山娃挤进了高中，亲戚朋友、邻里乡亲都不理解他。

"木匠疯咧，瓜咧，咋能那样做事情，自己家里就够忙活的了，还添上这么个累赘。"

天边那片棉花云

"你笨想去,人家娃一上学你还能留住?"

"咸吃萝卜淡操心,你管人家的事弄啥。"

父亲对那些议论满不在乎,他说:"我就指望我家山娃,他学好了一定会带动几个碎伙的。"

果然山娃没有令父亲失望,三年后,他以全县第二名的好成绩,考上了省美术学院,父亲露出了灿烂的笑容,他用扁担挑着山娃的行李进了大学的校门。

山娃,这位我们可亲可敬的大哥,在后来的日子里,他继承了父亲的精神,处处呵护着我们,引导着我们。几年后,姐姐上了大学,再后来我也上了大学,又过了几年我小弟也进了大学的门槛。

渐渐地我们理解了父亲,理解了山娃哥,我也仿佛长大了许多。大学毕业后,我们像鸟儿一样都飞向了远方,大姐、二姐一个在广州,一个在深圳,我在上海,我弟弟去美国留学了。

山娃哥现在是唐都大学艺术学院院长、教授,他娶了一位我们家乡的女子。那时父亲已经不能下地干活了,他爱父亲,他不愿父亲寂寞,担心父亲无人照料,就把家安在了农村。

父亲生病的时候,山娃哥一直侍奉左右,父亲临下世的时候还紧紧地攥着山娃的手,眼角挂着泪花,但脸上表情是安详的、慈爱的,他的心里似乎充满了幸福的阳光。

那一年,山娃哥的油画《父亲的抉择》获全国美展金奖,也就在那一年他收养了一个贫困山区的孤儿,那个男孩和他的女儿年龄相仿。

2007 年 3 月 26 日

捉放之间

某村民与村支书打架,派出所将其请去问话,并旋即拘留。

其子大毛乃一方富豪,拥有财富几亿,承揽工程,修桥筑路,一呼百应。闻言急召数百村民,围殴支书,砸了派出所,把所长等三名民警打得鼻青脸肿,从警察手里抢回其父。

此事非同小可,县局欲大动干戈,打击这股势力,以迅雷不及掩耳之势抓了十几个人。孰料大毛长期在省城弄事,认识了省里的头头,结果一个电话,下边把抓的人全部释放了。

支书一方不服气,上告到了公安部,上边追查很紧,中省纪委都介入调查了。看来纸里包不住火,县局无法子拖延,便重新抓了十六七个挑头打人闹事的,包括大毛父子、叔侄、亲戚五人。

这一关就是半年多,大毛放出话来,出去后非要了支书的命不可,支书一方怕日后麻烦,也想将此案办成铁案,就继续向上告状,以进为退。

这时候省里的头脑们坐不住了,中央要点点可不是闹着玩的,强压市县两级务必要妥善解决这个问题。事情到了这种地步,法律显得很苍白。

这个连环套如何破解?省里、市里、县里、局里的头脑们,绞尽脑汁,苦思冥想,不得要领。

有人指点:"请张乾坤出面准行。"

这时一个重要人物出场了。张乾坤是一位退休老干部,是这个村子威望很高的人,曾任外省省委秘书长。张先生退休后仍然住在外省,儿女也都立业成家,只是逢年过节偶尔回老家一趟。

张先生被县上用飞机接回了村,他走访了当事人双方,一方面劝说支书家息诉罢访,另一方面劝说大毛家息事宁人。他让大毛媳妇这个明白人(大学生跟了大款),出面做她公爹的工作,这个倔老头赖在监狱不出来,还声称要个说法。

儿媳妇说:"再不出来我们就不管你了!"

"咋咧?"

"我乾坤叔回来了……"

"……我听他的。"

这一招还真灵,在儿媳妇的训导下,她公公撤退了。

事情就这样迎刃而解……

2010年4月27日

我在那里等你

俗话说:"种瓜得瓜,种豆得豆。"

话说,有一处地方叫信威县,城关镇党委书记王大亮,伙同县教育局长、镇长及财政所长等人将建设教师公寓的一块地皮,偷着划了部分私自建房。

省报记者雷映天知道后,秘密采访欲揭露黑幕,并撰写了《党委书记强占公地建私房,公地私用惹民怨》的通稿,其副标题为"信威县教师公寓变'姓'记",此采访活动得到土地局副局长张玄的帮助。

张玄曾带领土地执法人员到已经建成的住房去执法,责令收回土地,拆除房屋。此举显然无法进行,况且偌大的县域内关系网密集,张玄等人只好鸣金收兵。

话分两头,却说雷映天是个咬透铁,他生熟不认哨子,一定要把此事曝光。

王大亮着急上火地上蹿下跳,一会儿赴省市搬救兵,一会儿向县领导求情,这位五尺男儿竟然跪求书记、县长救他。无奈王大亮在信威县这地界,碎大也算个角儿,多少还有些人气,也不能见死不救,于是组织出面牵线,王大亮花钱买平安。费尽周折,总算敲开了省报总编的大门,于是万事大吉!

山不转水转,王大亮眼看着在原单位位子不稳了,于是又加紧活动,不久就调任县纪委副书记、监察局局长。

信威县城巴掌大个地方,低头不见抬头见。一次,王大亮与张玄在一家饭馆遭遇,推杯换盏一阵后,在酒意蒙眬中,王大亮指着张玄的鼻子痛骂,张玄也针锋相对。

"我看你狗屁就不顺眼!"

"你也不是什么好东西!"

王、张两人还是交手了,混乱中你推我搡,打打骂骂的,俨然村妇骂街,泼皮耍横。

看着事态的急剧发展,众人赶紧拦住他俩,害怕打失手了。

王大亮是个从来不吃亏的角儿，打架事件过后不久，他又扑到张玄家里闹事。

王大亮媳妇感觉事情火烧眉毛了，赶紧跑去找县医院外科刘副主任。这王大亮虽说天不怕地不怕的，可偏偏就怯火刘副主任。

刘副主任浓眉大眼，很有煞气，他声音洪亮地说："王大亮，你想干啥？快往回走，把丢人当光彩事哩！"

王大亮闻听刘主任到了，心里一下子就没有了底气，在刘主任威严的训斥声中，他灰溜溜地走了。

王大亮是个睚眦必报的主儿，他心里恨恨地说："我在那里等着你……别犯在我手里！"

俗话说："不怕贼偷，就怕贼惦记。"一年以后，接到群众反映，张玄在东郊通过某村支书划了一亩地大的三院庄基地。

王大亮火速召集人员开会，并向县领导汇报，立即布置彻查此事！

张玄暗暗叫苦，其实那不是他的庄基地，是他的"一担子"（妹夫）——小土地开发商，与村干部操作的，而他替人家办的手续。

这事最后让张玄下不来台，组织上给他了个行政记过，土地也收回了……

张玄自受处分之后，心灰意冷，竟提前病退了，在家里过着养花种草的清闲日子。

王大亮风光无限好，还张罗着上副县，张玄把嘴一撇说："等着瞧好吧！"

王大亮的副县有些眉目了，正在公示期，据说要当管城建的副县长，已经是铁板上钉钉子的事情。

有人说，张玄那些日子住到了省里、市里……再后来听说王大亮的副县长泡汤了，王大亮喜极而悲，与朋友喝过一场酒后，回到家里就咽气了……

2010 年 4 月 27 日

恐惧的牛

一天,某领导一行浩浩荡荡地去牛场视察,车还未停稳,一大群牛就惊脱了。饲养员大为惊慌,疾呼:"快来人呀!牛跑了!"

那群牛拼命地朝山坡方向疾跑,一口气跑出了四五里地,它们还在继续朝前奔跑,似乎暂时没有停下来的希望。饲养员以及视察团人员大为疑惑,这些畜生今天是中什么邪了,往常都是规规矩矩的,从来没有出现过这种情况呀?

这时一对成年牛边跑边聊,黄犍牛对花乳牛说:"老花,我惊慌失措地跑,我是怕人家吃牛鞭,你为什么也失魂落魄地狂奔,你还怕啥呢?"

"唉,老黄你不知道,现在都讲究吃生态奶了,我倒是不怕人家吃奶,怕就怕吃了奶他们还要吹牛皮!"花牛忧心忡忡地应道。

"难怪呀!"黄牛同情地说。

黄牛和花牛正说着话,一头活蹦乱跳的小乳牛犊跑过来了。

黄牛转头问她:"小花你跑啥呢?他们能把你怎么样……"

"好乖乖,现在这些人太厉害了,人家要处女,还要吃初乳,哎哎……反正我很害怕。"小花牛边跑边说。

英雄之死

据说,我们村也有参加过上甘岭战役的英雄,因为本乡本土的,我不便呼其真名,姑且就叫他英雄吧。据说英雄其人高高大大,魁梧强悍,就是文化欠缺点,还当过排长,也有人说是副连长,是个天不怕地不怕的好汉。他在参加完抗美援朝战争后就复员了,政府安排他在东北一个叫小店子的车站工作。这是一个偏僻的地方,坐车的人很少,车站上仅有十来个员工,一个站长管着大家。这地方人比较排外,也欺生,英雄是个外地人,他来到这个地方后,感觉很不是个滋味,尤其是站长对他很刻薄,什么活都让他干,除了铁路上的工作外,还要他给大家伙烧水、扫地、做饭、干杂活。英雄这人有一身好力气,他不怕干活,他就生气,一样都是人为啥对他这么不公道。

一天,站长让英雄给他端洗脚水,英雄感觉很受欺侮,就没动弹,站长很生气,立即叫了四五个打手,准备拾掇英雄。只见那几个打手个个人高马大,凶神恶煞,手持棍棒,耀武扬威。英雄思忖着:"今天看来凶多吉少,豁出去了,反正也受够这帮子狗崽子的气了,索性一不做二不休,先下手为强……"主意已定,英雄立刻动手了。说时迟,英雄抡起了铁锹砸倒了一个打手,飞起一脚又踢翻了一个;那时快,站长从背后用铁锹朝英雄头上劈来,英雄只听一阵风声,急忙闪过,趁势回身又用铁锹把站长打趴下了。众人一看英雄英勇无比,纷纷作鸟兽散。从此后英雄也不在那里干了,打起背包就回到了家乡。

英雄回乡后,与同辈人一样的生儿育女,一样的日出而作日落而息,生活相对平静。"文革"发生后,英雄有了用武之地,成为红卫兵"丛中笑"一派的急先锋,他手持盒子枪,俨然又到了枪林弹雨的战场。俗话所谓英雄难过美人关,也就是在那个"革命无罪,造反有理"的动乱年代,英雄与邻村的一个女人缠乱上了,那个女人的俊秀在方圆百里都有名气,英雄与她打得火热。有一次英雄在和那个女人幽会时,被另一派红卫兵"全无敌"战斗队发现,"全无敌"数十人迅速包围了他们。英雄从女人床上爬起来,手持盒子枪,翻身上墙,边走边打,很快就冲出了包围圈。英雄露出了欣慰的笑容,他的英勇无畏把对方镇住了,"全无敌"的人眼睁睁地看着"丛中笑"的人从自己的眼皮底下溜走了,正在大家徒唤奈何的时刻,有人在远远的高岗上看见了英雄,他蔑视那些对他没有办法的废物,甚至还做了一个滑稽的鬼脸。突然一声枪响,不偏不倚就击中了英雄的头部,英雄慢慢地倒下去了……

这时晨曦已经露出了殷红的光芒,惨烈的西北风狂野地荡涤着古老的黄土地。"全无敌"的人马这时才全拥上来,他们也许是要见识一下英雄最后的光景,闻讯而来的"丛中笑"一派荷枪实弹,也怒吼着要为英雄报仇,一场混战眼看就要发生。

英雄的那个女人不知哪里来的勇气,不顾一切地朝英雄奔去,到了英雄身边,她缓缓地深情地俯下身子倾听英雄已经十分微弱的心跳。面对大战在即的险境,她睁圆了杏眼,用嘶哑的声音大声喊道:"都别打了!他都快死了,他可是上甘岭战役的最后一个英雄了!"

乡邻们似乎被惊醒了,有人呼喊:"赶快送英雄去医院!"于是人们一阵忙乱,很快找来了一辆马拉车,把血肉模糊的英雄抬上了车,颠颠簸簸地飞快地朝医院去了。

半路上英雄就咽气了,那个女人哭得很伤心。人们又把英雄往回拉,准备把他安葬在他父母的坟地边。

这时天空黑沉沉的似乎要压下来了,周围的一切也似乎都窒息了,木然的人们的脸上流淌着茫然的泪水……

2011 年 3 月 21 日

福兮祸兮

俗话说,是福不是祸,是祸躲不过。这话在陶喜和耿松明两个人身上应验了,这一对老伙计,同村同社住着,年龄大小差不离,多年以前几乎是形影不离的朋友。陶喜今年九十三岁,要是耿松明活着比他还大一岁。

事情还得从头说起。抗美援朝的时候,国家征兵,他俩作为适龄青年一同去体检,又一同过关,他们村五个青年就他俩身体合格。政审时耿松明家里是地主,他没有通过,更要紧的是他是个独苗,陶喜家里也是地主,按理不能通过,但是这样一来这个村子就没有人参军了。

村干部很着急上火,希望找一个万全之策。正在这时陶喜他伯父陶兴才来了,他说他愿意担保侄儿。你咋个担保法?我是贫农,他家是地主,他要是敢兴风作浪就让我把他家砸了,要不最好就让我搬到他家去住,以便于就近监督管理。

陶兴才早年抽大烟、赌博,把他那份家业拿脚踢了,他家老爷子一怒之下将其逐出家门。就这样陶兴才成了无房、无地、无家、无业的光杆杆,他从此浪迹天涯,四处谋生,新中国成立后他从外地回村,就住在土地庙里。

"对了,就让这个大伯子回他老家,并把陶喜认到他门下,陶喜就是贫农的娃了。"陶兴才这一席话给村干部救了驾。

村干部便找到陶喜他爸陶兴旺,并振振有词地跟他说:"村党支部研究决定,把你家现在居住的房子分一半给贫农陶兴才……为了抗美援朝,保家卫国,希望你支持儿子参加志愿军。"

"怎么个支持法?"

"村上决定,让你儿子过继给你哥陶兴才,也给咱村争个光,顶一个当兵的名额。再说了,咱大村大社的不能推光头……"

陶喜他爸没法,只有认命,还好他不止陶喜一个儿子,他还有两个儿子。

陶喜就这样参军了,还上了朝鲜前线。陶喜肚子里有墨水,会写写算算,部队很器重他,让他干文书,当通讯员,当班长、排长。

回国后,陶喜被安排在东北某军事院校任教,随后一路绿灯,当到了团级干部。有一年他回乡探亲,见到了老伙计耿松明,两个人在一起痛快地喝醉了一回酒。

耿松明酒后吐真言:"你他妈的也人模狗样了,还娶了个漂亮的城市女人,要是老子当年参了军,那……现在当团长的就是老子……老子也吆五喝六……"

"你狗日的不说良心话,要是老子战死在朝鲜了你也羡慕?"

"羡慕!总比磨死在这农业社强……"

世事多蹇,转眼到了 1958 年,那时陶喜所在的军校历经几任校长,又面临迁徙、合并等变化,学校里分了几派,相互争斗,陶喜就说了几句不满的话,结果被人告发了,成了"右派",被送到东北农场劳改。在农场,条件虽然艰苦,但陶喜仍然坚持劳动锻炼了三年,他与家人几乎断了联系。1961 年他染上了重病,浑身浮肿,已经卧床不起,当地医院都给下了病危通知,让家属准备料理后事。陶喜这人有点老观念,他想落叶归根,他不想把自己的骨头丢在外边,就要求把他送回老家。

为了完成叔父的愿望,陶喜的侄子就千里迢迢赶到东北,用架子车把他拉回了陕西,陶喜的老婆和一双子女却留在了东北。到底是家乡的水土养人,不到两个月陶喜的病情就缓解了,后来经过一年半的调理,他渐渐恢复了体力,精神状况也大为改观。

二十多年来陶喜就一直蛰伏在故乡,"文革"期间,当地人并没有放弃对他的管制,把他与历史反革命、右派、走资派、牛鬼蛇神"四类分子"一样对待,他经常要参加会议,不过他是作为当地坏分子的陪桩参会的,那时他的伯父已经去世,他又成了地主家的狗崽子,村人无人给他作证说他是贫农,似乎前场那些事情已经说不清楚了。

因为陶喜的右派帽子,他的孩子参军、招工、招干都受影响,他们后来都是普普通通的工人,他的夫人后来也跟他回到了农村,并先于他而去世,享年六十七岁。

陶喜是个乐天派,他对于强加于他身上的那些罪状根本就不当回事,你叫检讨就检讨,游街就游街,你叫跪着就跪着,乡上村上多次开批判会,点名重点批判他,揭发他投机革命,隐瞒家庭成分,散步右派言论,诋毁"文化大革命",是彻头彻尾的历史反革命,死不改悔的老右派,这些罪行他都能承受,并且全部承认,似乎毫无怨言。他说:"那时候咱就是一泡狗屎,人人躲你、怕你,大家都不想跟你打交道,怕扎了手,沾了晦气,咳!被人批臭、批倒了也没有啥大不了的,太阳照样东升西落,我姓陶的照样姓陶。"

耿松明就不同了,他爱面子,心里搁不下事情,被群众揪斗了几次就心里承受不住了,有人说他霸占人家妻女,抢夺人家土地,他拒不承认自己的罪行,并与工作队人员顶嘴,结果被打得皮开肉绽。耿松明心眼小,他回到家里左思右想划回不过,就跳井死了。

陶喜还是自己的那种处世哲学,好死不如赖活着,他坚持到了80年代,当时很多右派都摘帽子了,平反了,所谓的历史反革命也纠正了。陶喜似乎看到了希望,他就给原来的学校写信,要求组织给自己平反。

组织在审查他的案子时,感觉很意外,他的所谓"历史反革命"没有档案,他的所谓"右派"并未戴帽子,可能弄错了。

陶喜真想放声大哭,可那又能如何呢?他就这样不明不白地当了二十多年"反革命""右派"。后来,陶喜了解到,他的那些留在学校的战友,有的去了西南,有的仍旧在东北,他的一位战友张云清在"文革"武斗中为了救护学生被人用枪打死了,还有几个同事在"文革"中被红卫兵折磨得跳楼自杀。

值得庆幸的是真相终于大白,陶喜平反了,恢复了公职,他终于找回了自己做人的尊严,他像北山的松树一样顽强地活下来了。

2012 年 7 月 21 日

尴尬美容

现代生活催生了美容狂潮,现在富人美容,穷人也美容,年老人美容,年轻人也美容。美容让世界搅动起来了,并且颠覆着人们的生活理念,让生活发生了戏剧性的变迁。

"你最近美容了吗?你看赵雅芝五六十岁了,还嫩面得如同二三十岁的女人,刘晓庆也美得可以,依然葆有着年轻的气韵。"

"你别不当回事,美容还可以防止男人花心,你想男人不是喜欢靓女吗,你给他弄个现成,他还不高兴死了。"

"哎哟哟,你可别说了,现在年轻娃找工作都要美容,人家公司选人唯貌是举,长得不行就没有资本。"

"你没有听说,一女的美容成功,还当了模特,并与一成功人士牵手,后来生了一个'丑八怪'娃,丈夫打官司,原来这女的是个赝品,不是原装美女。"

"呸呸,我这是说啥呢,我想鼓动你跟我一块上韩国去美容,不知你意下如何?"

"我再跟我那个死老头子商量一下。"

"你怕老公?都啥年月了,你还这么保守……"

"不不,我不是怕谁。"

"你看我多潇洒,喜爱那个干啥就干啥,原配离了,又找了个有钱老头,年龄虽然大些,可他会疼人了。"

"不知那方面行不?"

"我们有约定,我可是自由之身,我有人解闷……"

"哈哈,你脚踩两只船。"

"呵呵,这就是周瑜黄盖各取所需。"

超市里有两个女人正没高没低,初一十五地拉着闲话,她们一边旁若无人地大声说着话,一边不停地摆弄着超屏手机,这俩女人在手机柜台前一站,服务员就以为好主顾来了,她们可是有钱人的太太。

原来是某厅长的太太和市天然气公司老总的太太在逛超市,市里的人大都认识她俩。奉承者说沉鱼落雁一对美人儿,鄙夷者称她们一双骚娘儿们,甚至有人骂她们骚狐狸、害人精!

厅长太太姓车,象棋里念菊,这人小巧玲珑,身材稍微有些发福,她喜欢买鞋子、收藏鞋子,据说高跟鞋能增加高度,使其身姿更加优美,乳房更加挺拔,她一天三换鞋,家里的几个柜子里储藏有各式各样的进口、国产名鞋子,可以说是琳琅满目,应有尽有。

老总的太太姓惠,当地人念系,也许是因为身材苗条,个头高吧,她爱好穿裙子,也喜好收藏裙装、旗袍。

女人都爱攀比,这俩女人经常比赛看谁的收藏水平高,藏品丰富。投机者知道女人的爱好后就投其所好,但也有把香烧错的,有人就把裙装送给了车太太,而把鞋子送给了惠太太,好在这两个女人经常联系,她们又调换了过来,在这换来换去的过程中,无疑她们的关系更近了一步。

久而久之,这一对宝贝经常在一起厮混,彼此的习性、语言都相互熟悉了,她们成了形影不离的好朋友。

面对男性世界的疯狂,她们也似乎找到了自己的应对方式,她们的男人都是威震一方,可以呼风唤雨的风云人物,自然经常在外边花天酒地,出入于歌厅、酒吧、按摩房,免不了受食欲、色欲、性欲、情欲、物欲等各种诱惑……

女人们一开始就是一哭二闹三上吊,后来玩起了一走二告三上访,但十件事情往往都是利害相连,车太太一想,扳倒了厅长自己也要受损,尤其是自己已经初具规模的鞋业王国将严重受挫,她爱鞋子甚于爱自己,于是罢罢罢,咳一声默认了。

惠太太也是个精明人,她知道大树乘凉的道理,更知晓树倒猢狲散的结局,放着这么个财神可以啃,不啃白不啃,也就是那么回事儿了,你玩你的我玩我的,看谁最后能玩过谁!

人都说无毒不丈夫,其实女人要歹毒起来并不比男人逊色。

这俩女人先前只是收藏一项爱好,随后在男人的刺激下,她们的道行也与日俱增。她们美足、美甲、美臀、美发、养子宫、丰乳,她们吃各种营养品、打羊胎素,甚至不惜改变机体自身功能。

她们大把大把地花钱,雇佣专业技师美容、美食、养生,还迷恋上了印度瑜伽术。现在她们的精神世界里除了享乐,还是享乐,拼命地享乐,过度地享乐,但这非但没有再增添她们的神韵,反而使她们的体形、面部皮肤出现了快速的衰退迹象。

为了挽救自己,这两个可怜的女人准备以旅游的名义远赴韩国美容。

机会总是给有准备的人提供的,正好有旅游团要去韩国,她们就顺利成行了。她们到了韩国,在朋友的安排下,找最好的美容师给她俩服务,她们期待着奇迹发生。

一段时间之后,厅长与老总聚会,说起了他们的妻子,他们虽然感觉耳根清净了不少,没有了那种让人腻烦絮絮叨叨了,但也感觉有些寂寥。他们心里知道这俩娘儿们,没准儿是去国外美容了,还故作神秘,以为全天下人都傻,都不知道她们的作为。嘿嘿!太小儿科了。

又过了一周,两个女人得胜回朝,真的像变了一个人似的,面部的形出来了,像西方的油画,有了些许的立体感,但却少了东方的写意与空灵。晚上丈夫痴呆呆地不起性,以为那不是自己的妻子,妻子最令人恼火的是她没有了笑容,她怕起皱纹,她还怕什么零件脱落。唉,好好的人,为啥要这么折腾?

死要面子活受罪,女人也许就是要被自己的所谓爱美之心折磨,实现其痛并快乐的愿望。一天,车太太身着艳丽的服装,手挽着厅长的胳膊逛超市,好不神气!

她又看上了一双皮鞋,新款式的,她坚持要买,丈夫不乐意。这时服务员插话了:"这人,你女子既然看上款式了,你就给娃买了算了……"

"不买!往回走!"丈夫火冒三丈地说。

"不买就不买,你还把我吃了……"

在回家的路上,他俩遇到了一个路边摊贩,是个卖冰激凌的。

"卖冰激凌啦！香甜可口,美国进口的产品。"

车太太想吃一口,厅长不悦意:"吃喔弄啥哩冰卜楚楚的……"

"大爷,给你孙女买个吧,别舍不得钱!"

厅长没好气地白了小贩一眼,心想:"狗眼看人,你也不看看啥茬口咧!"

车太太笑得肚子疼,但她不敢造次,她极力忍住了,她怕那些人工材料突然爆裂。

"把你能耐的,还不就是原来的旧家伙。"

"人家咋都说我长得美呢?"

"恶心!让人起鸡皮疙瘩。"

"你变态,不服气吧,你个糟老头子……"

夫妻俩抢白了几句,之后一路无话。为了避免类似的麻烦,厅长与车太太拉开了一大段距离。厅长似乎越来越觉得自己受了欺骗,一股无名火腾地一下子直蹿到了头顶。妈的!这日子没法子过了,该死的美容,害人不浅……想着想着厅长忽而想起了一句《道德经》里的话:"美之为美,斯恶已。"对,这就是罪恶,是害美的行为……

却说那一对夫妇也爆发了,他俩在饭店里大打出手,原因是老总当众侮辱了妻子。

"老妖婆,再武装也变不了本质。"

"你说谁哩!"

"我就说你个白眼狼,你把鸡屁股涂得红红的招野汉呢!"

"你把自己胡嫖浪赌的事情忘了,你那些破事当心老娘给你抖搂出去……"

"他妈的你敢!"话音未落就是一记响亮的耳光。

这一打不要紧,惠太太的美容成功顷刻完结,她的鼻梁顿失风采,下巴颏也变形,漂亮的丹凤眼也耷拉下了眼睑。

惠太太于是住了医院,脸盘肿得像个脸盆,活活像个妖怪,惠太太不敢照镜子,也不敢见人,整日以泪洗面。

车太太作为惠太太的莫逆之交,自然伤心难过,她看过朋友之后,也心绪大乱,睡了一夜起来,发现她的眼睛也肿得像个核桃,她惊异地发现自己的脸皮也像软了的柿子皮一样没有弹性、没有光泽,她似乎感觉那层皮立即就要脱落了,她骇得晕厥过去了……

2012 年 4 月 22 日

孝子桥

自古说子不嫌母丑,狗不嫌家贫。我的家乡就有这样的一个传说。东和村的张小狗为他妈专门修了一座桥,当地群众把它叫作"孝子桥"。

张小狗他妈今年八十多岁了,是个小脚女人,她要经常去西和村走亲戚,这两个村之间有一条小溪,上面没有桥梁,群众往来很不方便。张小狗是个包工头,为了他的母亲。他出钱出力把桥修了,一时传为佳话。

村人说张小狗他妈长孙秀芝当年一表人才,是十里八乡的大美人,她娘家在塬上的石家堡。有一年,亲戚给说媒把东和村的一个后生给她介绍了,东和村这个后生叫张兰生,长一脸大麻子,他家人怕人家忌讳把事情黄了,就让邻村西和村他老表徐建宝代替去了。长孙秀芝一见徐建宝满心欢喜,这位男子汉身材高大,一米八左右,方脸盘,浓眉毛,嘴巴也很会说话,事情当即就敲定了。

可到了过门儿后,长孙秀芝傻了眼,他的白马王子变成了大麻子,她闹腾着不和大麻子过,非要见见她当初见面的后生。张家自知理亏,就据实以告,长孙秀芝闻言一阵悲切,慨叹命运跟自己开了个不小的玩笑。他对张家人说:"你们这样对我就是把我没当人看,我本来不在乎自己男人长得皙丑,你家这样做事叫我心里难受,我……我就是觉得对不住徐建宝,咱们也约法一章,今辈子我都要和徐建宝来往,你们要是答应就这么办,如果不答应就把我休了。"

张家是有钱人,张麻子还有医术,就在张家老掌柜犹豫不决的当儿,他儿子张麻子说话了:"这事我认了,只要你高兴,咋办都随你……只要你不离开我。"

徐建宝家比较贫寒,长孙秀芝常常接济他家,这个小脚女人总是深一脚浅一脚地往返于东、西和村之间,几十年来她在那里几乎踩出了一条小路。

这位八十多岁的老人,为张麻子家养育了一双儿女,为徐家生了一个女儿,现在麻子已经去世,徐建宝还在世,老人还是往返于两个家庭,成为两家共同的祖先。

这个可怜女人一辈子钟情她的第一个男人,不论寒暑,刮风下雨,她都要跨过那条小溪,她依然走着自己的路。

2012年8月1日

寸 土

住在市区的人,最值钱的是拥有庄基地皮,那是拥有门面了,那是他们的生存之本。我是一个退伍军人,参加过对越自卫反击战,在国土资源局执法队工作。在一座小小的县城里,我接触了太多的邻里纠纷,但最多的是关于土地,关于房屋。

我跟你说,就是那些人五人六的人物,甚至当过县人大常委会副主任的老忓也拿他的邻家张松林没辙,你寸土必争,他一点不让,打官司也解决不了问题。

老忓这人就是犟,他和邻家打官司从五十岁开始,一直打了二十年,他实在淘不起这个神了,索性把房子卖了。

张松林是个生意人,有钱有势,他跟老忓针锋相对。原来两家之间有个通道,两米来宽,两家都想占,结果都占不去。

老忓把房卖给了小刘,小刘是个能厮,他先找到了执法队,跟我说了事情。

"大哥,这个事情你得给咱出面,有啥事情坐下来说。"

我被他三番五次的说叨感动了,罢罢罢,给小伙子个面子。我就跟他两家说:"这个走道本来是公地,它不属于你们任何一家,这是咱说的公道话,你们谁要独占了也太不近情理,你让邻家怎么看,要我说干脆你们两家把墙拆了,共同使用这个走道,两家的采光都好了,至于这块土地手续你们谁也不要惦记了。"

"我没意见!"

"这么一来,两家也都安全了,我也同意。"

"同意就好,把合同签了,你们各守其土,过道共用,相安无事,不得反悔。"

咱不是吹牛,像这类事情很多都是我给摆平的……

还有一件事也是咱的得意之作,那个事情也办得漂亮。

"那你快给咱说说。"

"光说话了,茶水都凉了。"

"快!给大哥上好茶,热茶。"

"哈哈哈,说笑话哩。大家喝,我屋里好茶多得是……"

我这人最大的爱好就是喝茶,一天到晚不是在自家坐着喝茶,就是约朋友到红枫林茶庄喝茶聊天。

这一天我还是在这家茶庄跟朋友们品茶,海阔天空地说着我们喜欢的话题。

"大哥!你还有心在这搭谝闲传,你弟弟都跟人打起来了。"

"咋咧?"

"你弟弟盖房占了人家的地方,人家让他拆房哩。"

"没这么严重,他跟人家邻家不搞好关系就别想自在……"

"大哥,你还能坐得住?"

"都在气头上,急什么,一会儿他们就找来了,不信你看着。"

"嘿嘿,你就神咧,我恐怕他们打得血里捞骨头。"

"不咋。"

新茶水又续上了,大家小口小口地抿着茶,我在大家的抬举下,又给他们讲开了。

"自古家与国一个道理,一个钓鱼岛牵动了中美日多国利益,每一寸土地都让普通百姓闹心。"

"说那些事情弄啥,你还是讲你的故事。"

"你们这些人就是鼠目寸光,不关心国家大事。"

"你深谋远虑也是尿不顶,反正打不起来,都是在扎式子,做样子。"

大家争论了半天,我又开始讲故事了。

那是刚改革开放后,商业局的"第一综合门市部"还是集体的,公家的,后来大部分卖给了私人开发,单位还剩几间库房。这个单位当时有个女职工姓王,她占了单位几间库房做生意,十几年后,县上要开发这一块,这个女的横竖不让动那几间房,还要求单位给她赔偿一万元才搬走。

我问她:"这个房子姓公还是姓私?"她说:"姓公。""那你在这里用了几年了?"她说:"有合同。""合同怎么说的,合同让你不给单位交一分钱了吗?你不履行义务光想着享受权利呢,哪有这么便宜的事情。"那个女的理屈词穷,她看说道理说不过就开始耍泼妇,不要脸了。

"你们谁有种就朝我身上踩!"只见那个女人故意把自己的头发弄乱,披头散发扑上来抱住了一位女同志的腿。

"你这人有事说事,抱我腿干吗?再说我又不是拿事的。"

"谁拿事呢?哪个长牛牛的拿事呢!"

工作组正在和这个女的斡旋,冷不防他男人回来了,这是个愣尿货,只见他怀揣着一把杀猪刀子,满脸杀气地威胁大家说:"不要命的就进来!"

看着这种架势,我对他说:"小伙子,你的这点脓水就不要张了,有事情我们好好谈,有理走遍天下,无理寸步难行,你要一下刀子就认为赢了,占理了,我跟你说我们是在执行公务,你动谁一下都是违法!"

"要说杀威,你还不要说,咱在对越前线待过,要开二了天王老子也不认!"

我在气势上把小伙子喷下去了,他畏畏缩缩地放下了刀子,心里显然有些怯火。可那个女的不是东西,她骂自己的男人不争气,受人欺侮不扑棱,让人捏了软柿子。

在女人的撺掇下那个随风倒的男人又张狂开了,他俩扬言要去县委、县政府告状,要闯会场。

我说:"随你们便,不过我告诉你们,自即日起三天之内如果不自行搬离仓库,一切后果由你自己负责……"

"大哥,你还蒙在鼓里吧,你知道是什么人和你弟弟闹事,就是你原来遇到的那个女的,他们还雇了一伙子黑社会……"

我的头脑嗡地一下子大了,他娘的冤家路窄。喝的什么鸟茶,我只感到满嘴难受,我快步赶到了弟弟家。

我赶到时吵架打捶的场面已经不见了,弟弟和弟妹在家里暗自流泪。

"盖个房咋这么难……"

"大哥,你给评评理,咱就伸出去一寸不到,人家就横挑鼻子竖挑眼,非要咱把那些长头切割掉。"

这话我不能说,因为我是你哥,要我说咱不占理就提早认输,赶明儿一大早给人家切割到位。

弟弟唉了一声,半晌不再言语了。

我感喟这寸土寸金的城区土地,似乎都是它惹的祸,要放在过去就没有这些麻烦,人的欲望就是个填不满的坑,什么时候是个头啊!我转念又想,话说回来,人都要生活,你得给他们活路,让他们衣食有着……

2012年4月16日

冥国汽车

反正信不信由你,现在 UFO 到处现身,我们那里也发生了一件咄咄怪事。一天深夜,半夜两三点钟,一辆奇异的车辆到虹桥口加油站加油,这个司机把汽车喇叭按得山响。

"催命鬼!急死你了,三更半夜的。"

"师傅,快点加油!"

"来咧!"

睡眼惺忪的夜班男服务员小马慌忙戴上手套走出屋外,他是个先天高度近视眼,不戴眼镜的话对面一两米都看不见人,影影绰绰、飘飘忽忽地,他好像看见有个细高个男人,开一辆白色的小轿车停在了加油站。

"你打开油盖,我来加!"小马对来人说。

"你个瞎子眼,都加到地上了……"来人嫌小马把油洒在了地上。

"对不起,对不起!"

小马加油的时候,来人去了趟厕所,临走给了小马二百元人民币。

"给你找钱!"

"不用了,谢谢啦!"

小马顺手把钱放到了抽屉里,就反身进里屋睡觉了。

第二天早晨,同事来换班,小马给人家交账,结果发现抽屉里的二百元人民币变成了冥币,形状与真版人民币一模一样,小马后悔莫及,只怪自己太粗心,让人钻了空子。

同事们到加油大厅查看,果然有一大摊汽油的痕迹,只是厕所里比较乱,查不出什么蛛丝马迹。

老板感觉事情比较蹊跷就报了案。派出所民警来了,也是一筹莫展,反正黑天半夜的现场只有小马一人,方圆十几里别无旁证,事情也就不了了之。

事情本来不复杂,老板为了安全起见,每天晚上都增加了人手,变成了双人值班,还配备了电警棍,同时与派出所也建立了互动机制,后来过了一个礼拜都平安无事。

却说职工小马受此一惊过后心里非常害怕,干脆辞职不干了,回到家里他便夜夜做噩梦,上医院看,医生说没病,他也就逐渐放心了。为了避开这个是非地,小马决定到广东谋生。他心想,就这么个碎事情搅得人无法容身实在不值得,还是换个环境的好。

小马天真地以为事情已经过去,殊不知那件事情的阴魂却久久不散,好事者总是在不断地发挥着自己的想象力,加盐添醋地演绎了一个又一个故事。

先是村子里有人说得有鼻子有眼,似乎亲眼见到了纸人纸车去加油站加油,有人甚至说他亲眼看见那些纸人还和小马握手,给小马发烟,小马给人家小车加油,人家递进来了一沓钞票,还说让小马不用找钱。

后来这些话传到了十几里外小马所在的镇上就成了另外的意思了,镇上人传说那天夜里盗墓贼挖了一个年轻女人的新墓,准备连夜晚倒腾到外地配冥婚,走到这里车没有油了,就打门叫户让小马加油,后边的情节基本雷同了。

当然最离谱的要算县城,那里的人说那天晚上一位陕北的有钱人死了女儿,还是个黄花大闺女,他们不想让女儿这么孤单地走,就想着给女儿物色一个冥婚,于是他们来到了加油站,还在那里给女儿举行了婚礼,并让小马与其女儿同房,最后把小马绑架杀害了……

有些事情就是这样,外边全世界都知道了,唯独瞒住了当事人,小马对这些真的一无所知。

他临走前的一天去县城一位朋友家,他与那位朋友多年不来往了,只是他要去的地方,他那位同学的小舅子在那里当老板,他想让人家引荐一下。

小马一进门,他那位同学两口子吓得失魂落魄,"啊?你你……"

"我小马呀!"

"人家不是说你让人绑架了……"

"咋咧?"

小马的同学最终把事情的真相告诉了小马,小马这才如梦大醒,但他心里却顿时感觉一阵阵发怵,一阵阵难受。在心里他一遍遍地大声疾呼:

"天啦!我究竟把你们怎么了,为啥你们这些人这么编派我,折磨我呢?"

2012 年 5 月 2 日

爸爸的新娘

这是一个真实的故事,它就发生在我们身边。现在的家庭不稳定因素增加了,离婚结婚,再离婚再结婚者多咧,人们见怪不怪啦。安志艳——一位农村中年妇女,人很本分老实,丈夫在外地打工有了相好了,就回来和她办离婚,离婚时他们的女儿才三岁。离婚协议上写得清楚,房子、孩子都归女方,男的一概不要,从此分道扬镳,互不相关。

小安是个勤快人,她带着女儿四处打工,她当过保姆、洗衣店女工,饭店洗碗工,也打扫过街道,还捡过垃圾。女儿就是在这样的环境中长大的,她还算幸运，艰艰难难地从小学一直上到了大学。这期间安志艳也遇到了好人，一位在镇上开诊所的医生收留了她，医生姓陈，刚死了内人，家里急需帮忙的，就雇她来帮忙。

安志艳的女儿安雅兰已经上大学四年级了，作为母亲二十多年来，她似乎从来没有为自己活过，现在她也要为自己考虑了。陈医生人不错，他们什么也没说就住到一起了，她不明不白地跟他做起了夫妻，她想领证，陈医生总推说忙，等过了这阵子再领也不迟。就这么拖拖拉拉地一年过去了，安志艳自己也疲沓了，反正结婚证就是一张纸，领不领的也没啥意思。

到了年底陈医生为安志艳正儿八经补办了婚礼，也郑重地领了证，在镇上最大的酒楼春风楼摆了十几席，他的街坊邻居亲朋好友都来了，安志艳娘家比较远，大队人马来不了，只来了一席客人。

安志艳喜滋滋地和陈医生组织了一个和和美美的家庭，镇上人说他们是"老少配"，安志艳感觉自己是跌到蜜罐里了，她对老陈格外好，家里的脏活累活都是她干，她很珍惜这前世修来的姻缘。

一天晚上，安志艳对陈医生说："雅兰今年七月就毕业了，她想外出打工。"

"打啥工，咱这里也缺人手，你让娃回家，就在诊所干……"

安志艳喜出望外，她感激老陈，觉得老陈为人厚道，虽然比自己大二十岁，都六十的人了，但身子骨还结实，也很通人情世故。

雅兰毕业回家了，她就在继父的诊所里打工，大学生就是接受新事物快，半年工夫她打针取药样样都能干了，继父对她的工作很满意，还给她加了薪。

有一段时间，安志艳娘家兄弟在广东打工遇到意外事故死了，尸体运回了家乡，安志艳回去奔丧。你想想，一母同胞的姊妹兄弟她能不伤心吗？安志艳本来血压就高，这么一折腾就病了，她就在老家养病。

等安志艳回来的时候，她发现女儿和她丈夫在一块住着，心如刀绞，痛不欲生。

老陈恬不知耻地说："你都看见了，你女儿是自愿的，我也没有强迫她……"

"不要模样的东西！"

老陈看见安志艳的架势，心里十分害怕，就偷偷溜出去了。

女儿懒洋洋地走过来了，她显得一副无所谓的样子："妈，我劝你还是离开我爸，你配不上他。"

安志艳怒不可遏，"啪"地扇了女儿一个耳光："我、我就没见过你这么不要脸……"

"你打我……好！"女儿说着就扑上来厮打母亲，就像一只疯狂的小母狗。

安志艳羞愤交集，愤然离开了这个罪恶的家……

一年后，雅兰生下了一个白白胖胖的孩子。

又过了一年，陈医生和雅兰正式结婚，当然是在陈医生和安志艳解除婚约之后。有人煽火告他们去，安志艳强忍住了，她打坏的牙往肚里吞，她不想让人再戳伤疤。

邻居百思不得其解，诘问雅兰："你这娃咋这么不懂事，你和你继父钻到一起了，还把你妈打跑了。"

"唉，你不知道，我是想把我爸留住，我爸一心想要个娃，可我妈不能生育了……我看我爸心疼……"

"千不该万不该，你们也不能撵走这个可怜人么？"

"她碍手碍脚的，还混吵混闹。"

安志艳离开女儿后，就当了一名清洁工，她自由自在地过自己的日子。

安雅兰和陈医生的诊所生意越来越红火，孩子没有人带是个大问题，他们多次找安志艳赔情道歉，希望她捐弃前嫌，回家来住。

安志艳到底心软，她最后还是回到了女儿家，当了一个全职保姆。

2012 年 7 月 11 日

台上台下

新陈代谢是自然界最普遍的规律，也是人世间最普遍的道理。在杏树苑6号一直干到底的人恐怕就他一个人了,他就是市农林局的老局长张荣华。他的前任、前任的前任都荣升到省市去了,他明天就到站了,市委组织部的人已经找他谈过话,要他去市政协当财经委副主任,他不想再干了,很想全身而退,彻底退休。听了他的意见,市委常委、组织部部长韩青风似乎很不高兴,皱着眉头,不言不语的样子让人捉摸不透,在他打招呼的时候,领导不知是因什么事情干扰,没有看见,还是不想再理他,竟然目不斜视地匆匆离去。

张局长没有想到关于他去向的传闻机关里很快就知道了,他自己没有跟任何人提起过,包括他的夫人,他把这一切都看得很淡。人毕竟是个感情动物,在一个地方干久了,难免不对它动感情。张局长也是这样,他似乎一点架子也没有了,从大门口一直到他的三楼办公室,他发现很多人眼光都怪怪的,虽然大家都似乎很客气,同样喊叫着:"张局长好!局长早!"这些恭维话,但总感觉别别扭扭的,他也弄不清楚问题究竟在哪里。

张局长坐在自己那张枣红色的宽大的办公桌前,百无聊赖地打开了电脑,并搜索了当日的本市新闻,一则人事任免信息格外醒目:"徐玉春同志拟任市农林局党委书记……"张局长看着这条自己早已熟悉的旧闻,心里还是一阵阵难受,其实并不是他舍不得这个岗位,只是他感觉有些事情让人哭笑不得,霎时间一幕幕往事涌上了心头:三年前徐玉春在土地局副局长任上利用主持工作之机,违规批地3700亩,收受房地产商贿赂150万元;伙同他人以每亩30万元的低价收购了市机械厂43.80亩地,然后转手倒卖给地产商,价钱一下子翻了几倍,非法获利1000多万元。事发后被免了职。本来要依法刑事处理的,这个徐玉春还就是面子大,他搬来了从北京到省里的各路神仙,结果被免予刑事处理。不到一年的时间,徐玉春又开始活动了,他让省委组织部的人给市里打招呼,希望到农林局当副局长。张局长性子耿直,他没有同意,他说:"这事我担不起这个责任,如果有人告状就麻烦了。"

省市组织部门领导的面子总不能不给一点吧,在中国这个人情社会,事情往往就是这么怪,明明是不合理的,甚至是违法乱纪的事情,你还不能一味地顶撞,你得动心思用脑子。张局长本来打算抗命到底,哪怕不当这个破局长,但他却不得不权衡再三,原来他儿媳妇的娘家与徐玉春还有些拐弯亲戚,他的夫人与徐玉春还是乡党,他们都是山南人。这些方方面面的关系绊扯到一起,你张局长就是个四季豆油盐不进也由不得你了。张局长此刻感觉好像是他和人家过不去,组织上都不管不顾党性原则,都不在乎这么个人的素质、品性,自己一个人何必死扛呢?不过也不能让他感觉轻松自在,另外自己也多了一个心思,准备让徐玉春去农林局的一个二级局——综合执法队当书记,也是个副科级,这就把各方关系都搁住了。

谁知张局长的意见一拿出来,市委组织部韩部长非常不高兴,他用手狠狠地捶打着桌子大发雷霆:"张荣华就这么瞧不起人,他自己又能干净到哪里呢?什么东西……"

张局长心里坦然,反正自己都这把年纪了,也没有什么非分之想,平安退下来就行咧。上边虽然一再施压,但他们不敢明目张胆地叫板,毕竟这不是个光彩的事情,他们也怕事情弄大了。

后来过了一年,市委组织部按照张局长的意见,任命徐玉春为农林局执法大队党支部书记,第二年又任命他为农林局党委副书记、副局长。张局长其实也很后悔,是自己引狼入室的,同时他遗憾的是他的助手、副局长蔡英明懂业务,是个老牌农大毕业生,各方面素质、能力都不错,群众基础也好,最关键的是他善于创新,推动工作力度大、效果好,从农林事业发展考虑张局长推荐蔡英明接班是合适的,水到渠成的,可是事情不由他来决定。去年组织上准备让老蔡去中小企业局当一把手,张局长没有同意,他希望老蔡继续留下来……现在看来当初就该让老蔡走,今天的这个局面张局长自己也不知所措。

徐玉春的公示期满了,任命也很快到了,市委组织部的一位女副部长春风满面地宣布了任命书,同时也宣布了免去张荣华农林局党委书记、局长的职务。在讲话中她一方面肯定了张局长的成绩,使用了"功不可没"这样的字眼,另一方面也夸赞徐玉春同志理想信念坚定,勤于学习思考,勇于开拓创新,善于抓好落实,是个十分难得的中青年干部。

一切例行的客套完结后,张局长已经很疲惫了,他的心脏本来就不好,只见他脸色发青,虚汗淋漓,他总算强撑着坚持到了最后。

"今天这顿饭,张局长一定要去!"

"老张,你看是不是合张影?"

"老张,你常回来呀!"

张局长已经影影绰绰看不清人和物了,他顿时感觉老眼昏花,心口跳动得难受,似乎心脏要从胸腔蹦出来……

一个月后,张局长住进了市第一人民医院,是救护车载着他去的,他的心脏搭了五个进口支架,只有儿女和老伴守在他的身边。

老蔡隔三岔五就来到病房跟他拉家常,徐玉春局长始终没有闪面,其他那些过去经常在张局长跟前晃悠的身影,似乎都从这个世界里消失了。

"老蔡,我这人脸黑、直率、口气硬,得罪了不少人。"

"那是工作,严格点有好处……"老蔡看着躺在洁白的病房里的老伙计,心里突然涌起了一阵心酸,"张局长,你完全可以在自己当权的时候做手术,你看现在这个样子,都没个人照应。"

"……早晚的事情,谁也坐不下一辈子。"

后来他俩回忆起了一件事情,在张局长的办公室里,老蔡正给他汇报小麦良种示范基地建设的情况,由于其他原因进展缓慢。

当时张局长毫不客气,立眉横眼对老蔡等人发火了。

"你们这些天都干什么去了,屁大个事情都弄不好,讲这个理由那个理由,干不成就是他妈的饭桶!"

"这主要是乡镇上不配合……"

"好了不说了,我明天就去那几个乡镇,看谁家不支持!"

"我就不信牛不喝水……"

"对咧!就是要给他们点颜色,给他们教个乖!"

后来,张局长的爱人知道后,抱怨他说:"人家毕竟是一个副局长,咋能那样跟人家说话。"

"江山易改,禀性难移呀!哈哈哈……"

2012 年 4 月 27 日

薛老板

薛老板在十字口开羊肉泡馍馆子已经有些年头了,二丫先前是他家的服务员,小姑娘十七八岁时就在服务行业抛头露脸,她说话莺声细语的,总是丹唇未启笑先闻,格外讨人喜欢。村里的几个闲痞总是有事没事就往羊肉馆钻,他们彼此心照不宣,其实心里头都有个小猫腻,他们希望看看二丫的脸蛋子,顺手摸摸她的尻蛋子,甚至被她大骂一通也算达到了某种目的,然后就拖着灰塌塌的脚步悻悻地走开了。

有一年夏季,几个年轻的哈尿借着酒疯,把二丫拖到了墙旮旯儿,强行抓摸了二丫那肥大高挺的酥软的乳头,二丫失声大声喊叫着:

"耍流氓呢!啊——救命!"

"这伙哈尿,滚你妈的蛋!"薛老板从厨房里奔出来了,他手提着菜刀,劈头盖脸就朝那几个人猛砍。

那几个年轻人抱头鼠窜,他们有的伤了胳膊,有的伤了头。

打这以后,人们都说薛老板是个生生,不要命的家伙,从此那些不三不四的人再也不敢在薛家羊肉馆里撒野了。

二丫感激薛老板,就一直在这家羊肉泡馆子干了下去,她后来嫁给了薛老板的儿子,一个有脑膜炎后遗症的男子。

二丫生育了一儿一女,孩子聪明伶俐得很,村人说这俩娃娃真格是他爷的娃,打小一直是他爷爷一手抓养,上学也是老薛亲自接送的,而且寒暑不避。

暑期里,二丫想让俩娃到县城上学,还想住到县城去,就跟薛老板商量,薛老板这些年手头里攒了些钱,他欣然同意。

于是薛老板在县城开了家"老薛家牛羊肉泡馍馆",店面三间,上下两层,生意做得很大。薛老板让自家的媳妇和儿子在老家十字路口,继续经营自家的老店,他呢,跟儿媳妇一起住到县里经营新店。

薛老板人很勤快,他每到周末都要去后山牛羊市去采购,来回百十公里,风雨无阻。他那辆自行车给他出了大力了,后来换成了摩托车,就更方便了,二丫也常跟薛老板去市场。薛老板这人虽然不是回民,但他讲究起来与回民也差不了多少,他绝对不要别人送来的牛羊,非自己亲自屠宰的肉食不用,非自己亲自做的菜不用。他做的牛羊肉汤鲜味美肉香号称"薛一绝",相对于别的馆子,他家的馆子堪称"山城第一碗",他的牛羊肉总是不到10点半就早早卖完了,他家卖完后人们才无可奈何地去别的泡馍馆。所以几乎每天7点钟刚一开门就有人来吃饭了,那些坐汽车的,外出做生意的,早早地就聚集到这里。

"老板娘,你这生意全县城都盖着,将来有钱了也买辆汽车。"一位馆子的常客"瘦猴"说。

"哈哈,这辈子咱就这个命了,等有钱了就上省城开馆子去……"

"嘿嘿,你咋三句话不离本行,你这一碗碗的卖到牛年马月去,还不如跟我贩煤。"

"不去,你个煤黑子,让你老婆跟你去么。"

"那不是把石头往山里背嘛。"

"呵呵,我知道了,害怕被人家管死了,就不好在外边胡成精了。"

"那你那个棺材瓢子鳖老头,你当真舍不得。"

"舍不得么,你别耍贫嘴了,快去骗那些碎女子去,说不定人家看你瘦猴猴的腰杆子还硬,就跟去了。"

"薛老板,把你老板娘卖给我,我绝对出高价钱……""瘦猴"提高嗓门大声朝厨房里间吼道。

"放屁!你胡说啥哩,别心里呜哇溜瓦的,谁不知道你葫芦里卖的是啥药,死娃子把你吃腥咧,欺负到我老薛家门上来了。"薛老板从厨房里走出来不客气地对他说。

"玩笑话,玩笑话,你咋还当真咧。""瘦猴"不好意思地说着软话。

"薛老板,大家说笑哩,还不都是眼红你娶了个年轻美貌会当家的好媳妇。"一位上了年纪的顾客劝解说。

"你前世修来的……"

"对对,你老薛真有福气。"在大家七嘴八舌的一片说话声中,薛老板赶紧去了里间,他是老板加炉头,客厅里很多人还在等着吃饭哩。

薛老板走后,二丫又对大家伙道歉:"我家喔人脾气倔,大家不要生气!"她还特意对"瘦猴"笑了笑,看来"瘦猴"也心满意足了,至少他感觉二丫对他不错……

有一天,薛老板去接孙子,迎面碰到了一位多年前的熟人。

"老李,你也接孙子呢?"

"哦……现在人家是爷,把人能整死。"老李抱怨说。

"没办法,车多人多,你不经管也不行。"

其实老李是搪塞着薛老板的问话,这位六十岁的老头是接儿子的,他还有一个五六岁的儿子,他的新媳妇才三十几岁,每当别人问起他接孙子时,这位老先生总是不自然地打着哈哈,脸色也是白一阵红一阵烧臊得难受。

在穿梭来往的自行车、摩托车、小汽车的河流里,老李领着自己像孙子一样大小的儿子,朝自己的小轿车走去。他是市里有名的房地产商,县里的首富,群众眼里的大款,据说他手里有几个亿的积蓄,这是他的第四个婆娘了。

薛老板骑着自己的摩托车,呼呼地跟着车流人流跑,左拐右转地朝小区奔去,与老李的相遇也激发了薛老板的斗志,他也想着后边自己手头宽裕了也添辆汽车,自己和二丫也享受一下。

一个月后,二丫神不知鬼不觉地失踪了,传说这个女人跟"瘦猴"闯天下去了。

二丫出走了,薛老板心里最清楚,他儿子守不住她,他自己也暖不回她的心。她是个女人,她需要真正的男人,她还想去更大的天地,这是薛老板无法满足的条件。

这下子薛老板里里外外更忙活了,他既要经管孙子、孙女上学,还要打理店铺,简直忙得昏天黑地。

这年的冬天对薛老板来说,是个倒霉透顶的冬天,没有二丫在家,他失去了左膀右臂,夜里更是心寒腿冷,实在没办法薛老板便把他老婆弄到县里来了,而让他的傻儿子留在老家看守店铺。现在他老家的那个店铺只好关门了,他没有余力撑持它。一天夜里,不知是他儿子不小心失火,还是别人有意放火,反正一场突如其来的大火,噼噼啪啪把薛老板的原木大瓦房连同他前面的店铺一块化为了灰烬,可怜他的傻儿子也化成了一缕青烟。

村人说这是报应,薛老板这人不地道,村上修路、修水塔、修庙,他都不积极,攒那么多钱财干啥?看这不遭报应了吗?还有人说薛老板给儿子名义上娶了个媳妇,实际上自己一直霸占着,他那个傻儿子压根就没沾过他媳妇。

薛老板的老婆因为儿子的暴亡把眼睛都哭瞎了,薛老板自己还算硬朗,强打精神孤木独立,他拼着一股子劲维持这个家庭,他心里头强烈地盼着二丫回来,他想把这个摊子都给二丫,自己带着瞎老婆子回老家……

2012 年 12 月 13 日

天边那片棉花云

"神井"还是"神经"?

在乡镇工作的人都知道"上边千条线,底下一根针",在那里仿佛人人都应该是八面手,个个都必须是"万金油",不然的话你简直就无法胜任工作。

话说有一年春季,上级检查非常频繁,一周之内一拨又一拨的检查团不期而至。那段时间,龙口县牛笼嘴乡的党委书记童锁堂、乡长任子明他们就没有睡过一个囫囵觉,从早到晚他们带领全乡机关干部发扬"五加二""白加黑"精神,不是沿二十多公里的干线公路打扫卫生,就是忙着奔赴一个个钦定的检查点。计划生育方面,省计生委把这个乡作为了联系点,领导什么时候来还没有最终确定下来,但是该布置的村子必须提前动手,像村级文化广场上设立专门的计生文化墙、计生工作室这些工作都需要快点展开;还有省级文化县验收、学习型党组织检查也确定了检查点等;最要紧的要数那些项目建设、征地拆迁、群众上访等重大事、烦心事、闹心事。

约莫10点,童锁堂正端着一碗稀粥呼噜呼噜地喝着,乡镇一天两顿饭,下午饭要等到3点左右,他们和当地村民的吃饭时间基本一致。

"童书记,不好啦,咱乡上有俩人进京上访去了,省奶牛场征地,尚村群众把公路堵啦……"

童锁堂一听头嗡的一下就大了,他娘的水紧处捉鱼,偏偏这个时候添乱。

"快!把任乡长叫来。"童锁堂一边大声吆喝着办公室主任,一边赶紧抓起了桌子上拼命嚎叫的电话,"喂,是我小童,领导好,对对……水利厅领导马上就到,我们在哪里接?"

书记的电话还没有接完,乡长、副书记、副乡长等人已经火速赶到了书记办公室。

"同志们,现在开会,今天事情多,任务杂,上级领导特意来我们乡检查指导工作,是对我们的信任和支持……再说一点,对于这一政治任务,我们只能不折不扣完成任务,不能讲任何条件,大家务必要清楚,我们代表的是全县接受省市验收,责任重大,大家一定要各司其职,千方百计把自己的事情弄好,关键时刻一定不能掉链子,出岔子,一切以大局为重……"书记紧急动员后,乡长分配了具体任务。

乡长亲自带人去北京接上访群众,书记负责接待水利厅农村饮水示范村建设检查组,副书记负责疏导堵路的群众,确保今天各项检查工作顺利完成。

牛笼嘴乡的进京上访户老车是个"难缠户""老上访",老车本人是对越自卫反击战立功人员,在战斗中失去了一条腿,他最初安排的工作单位县物资公司已经倒闭,多年来一直没有再落实新单位。一个巴掌拍不响,老车他这个人性格暴躁,和别人合不来,稍遇不顺就动手打人,所以没有单位敢收留他,这就把他吊在半空了。老车的老家是牛笼嘴乡尚村人,他妻子脑子有些毛病,家里两个女儿一个儿子,儿子是超生,当初乡镇执行计划生育政策时罚款,他家没钱就装了他家的粮食,他说政府装了他家三千斤小麦,还偷了他家藏在粮食里的五万元现金,于是这两口子就告乡政府、县政府,一直告到了北京。

上访人员管理是属地管理,老车是县物资公司的人,他媳妇是牛笼嘴乡群众,所以每次他俩一进京县信访局就必定要带上乡上的干部接人。老车这人你说可怜吧也真可怜,你说可憎吧也有些可憎,他女儿在北京打工,他两口子每次去看女儿,都要去国家信访局上访,临了政府就得派人把他们接回来,还不用自己掏路费。

童书记、任乡长实在没辙了,对老车说:"你今后想看娃了,就给乡上说,乡上给你路费,你再别折腾啦!"

可这个老车就是不按规则出牌,他依然我行我素。

乡长、副书记两路人马都出发了,童书记的心里稍微有些放松,就倒了一杯热腾腾的白开水,准备吃降压药。

"童书记,张县长打电话你咋不接?政府办又来电话了。"

"喔,刚才开会静音了。"

天边那片棉花云

原来堵路事件闹大了,乡上的副书记掌控不了局面,村民聚集了二三百人,交通已经完全瘫痪,水利厅的检查组也堵在里边出不来了。

童书记立即赶往现场,并请示县主要领导。县主要领导高度重视,马上让县级主管领导、公安局火速派人处理这个事情。

"我是乡党委书记童锁堂,大家有啥想法咱可以坐下来谈,开村民代表会议,闹腾解决不了啥问题,堵路是不合法的。大家都是本乡本土的,不能让人说咱乡人不懂事,不知道啥,这种风气不可长啊!我恳请大家先散去,下一周我亲自驻村和大家一起商量解决这一问题。"

原来村干部在征地款分配上没有充分征求群众意见就贸然公布了分配方案,并声称行也行,不行也得行,这就引发了大多数群众愤怒。

看到乡党委书记表态解决问题,群众便纷纷撤退了,几个挑头的见大势已去似乎有些不甘心,就拨打了省电视台的新闻热线。

"省电视台新闻热线吗?我们这里发生群众堵路事件了,请你们赶快过来。"

"路上堵的车辆很多,大致有五六里路长……"

尚村的这几个人也真是多事,他们想把水搅浑,让村干部下不来台,从而达到他们自己的目的。

这些人的阴谋在偷偷实施着,乡上对此并未立即察觉。

省台记者的速度就是快,不到半小时他们就急匆匆赶到了现场。那会儿群众大都散去了,他们着急上火地进村追踪采访已经散去的群众。

"大爷,刚才你们这里发生了什么事情?"

"没发生什么……我不知道。"

"大嫂,请问刚才这里有啥事情发生?"

"牛跑了,赶牛哩!"

记者碰巧问到了一个神经兮兮的妇女,他们又接连询问了几个人都是一问三不知。

"奇了怪了,这个村人咋能这样。"记者无可奈何地摇了摇头说,"难道有人提供了虚假信息。"

正在这时,记者发现了田野中的一座木炭窑厂,那里乳白色的烟雾随风一缕缕地飘散着,这一意外发现让记者喜出望外。

记者一行三人,一女两男,他们走进了这家田野中的木炭窑。

"干啥的?"门房大爷拦住记者问。

"我们是记者,找你们厂长。"

"人不在!"

"我们明明看见你们厂长的车进去了。"

"少胡扯,没在就是没在!"

记者还要强行进入,门房老汉急了,抡起他那粗大的巴掌扇了那位细皮嫩肉的扛摄像机的记者一巴掌,还把女记者手里的话筒一把夺过来摔在了地上。

三位记者一看事情不妙,夺路便逃。

却说童书记,劝退了尚村群众,道路畅通后,他和乡上一班人又马不停蹄地接待省水利厅检查团。

乡上的解说员向检查团介绍乡情村情,童书记亲自汇报周店村饮水示范村建设情况。

"王厅长,我们这个村修了水塔,建了管网,户户都用上了自来水。"

王厅长一行看了几户群众兴高采烈地使用自来水的情况后,异常高兴,表扬乡村干部干得好,王厅长还亲口喝了甘甜、纯净的自来水。

检查团正准备离开村子,忽然王厅长发现了一位约莫六十岁的老人正在村边一古老的井台上绞水。

王厅长立即皱起了眉:"不是说家家都用上了自来水,你们看……"

陪同检查的张县长陡然变了脸色,他嗔怪乡党委书记童锁堂:"怎么搞的?你给领导说说。"

童锁堂用手背抹着额头上的冷汗,不紧不慢地说:"王厅长,你不知道,这是一个千年神井,水非常好,用这水做豆腐筋兜兜,做的稀饭香喷喷,村民们实在舍不了这口井水,尤其是上年龄的人。"

王厅长的神色逐渐开朗了:"哦……是这么回事。"

王厅长一行离开了,童锁堂紧绷着的心仿佛一下子松了下来。张县长把童锁堂拉到了路边问:"童书记,你说那是口千年神井,到底咋回事?我怎么没听说过?"

"好我的县长哩,今儿个从早上到现在你把人都整神经咧,神经、神经我……我就想到了神井,我,我不胡拉被乱扯毡地说神井能交差么?"

"好你个童锁堂,真有你的!"张县长哈哈大笑着说,众人也一同乐开了花。

"童书记真有两下子,关键时候能急中生智……"一些部门领导也附和着说,"奇才,怪才,麦地里的韭菜!"

正在这时,乡办公室主任火急火燎地来了。

"童书记,尚村群众把记者打了,记者正在乡政府等你哩!"

"唉,这些人,你打人家记者干啥呢,这不是提着纸棍惹鬼,没事找事!"童锁堂嘿嘿苦笑着说,"张县长,你瞧这不把人整交代了、整神经了嘛!"

"少耍贫嘴,快去看看。"张县长拍着童锁堂的肩膀说,"另外呀,你赶紧给宣传部汇报汇报,千万别再整出个大新闻来。"

张县长是个细高个男子,他大步流星地朝前走着,身材矮胖的童书记一边小跑着,一边朝张县长龇牙一笑,他那无可奈何的神态,仿佛已经神经了……

2013年2月13日

良心鸡

大约上世纪八九十年代,县城东十字的"王记烧鸡店"最红火,一天到晚这里的人络绎不绝,为吃上一顿地道的美味,很多人还要在店门外排队等候。节假日更是门庭若市,机关单位用王家烧鸡做礼品馈赠上级,县城的群众也纷纷购买它款待亲朋,事实上王家烧鸡已经成了地方的一个响当当的品牌。不仅如此,中省市领导多次莅临店面用餐,著名演员、社会名流、书法大家也纷至沓来,于是乎这一家店面名人字画、领导大照片光彩照人,俨然是人气满满的地方名店。老板王春生本人还当上了县政协委员,他老婆也是"三八红旗手"、妇女创业模范。王春生五短身材,胖胖乎乎,敦敦实实的样子,就像叠放起来的两个碌碡,老板娘杨桂华身材略微有些发福,面色白白净净的,一看就知道年轻时候准是一个美人儿,都五十多岁的人咧,看起来还那么嫩面,那么风韵迷人。

就在东十字不远处还有一家"徐家祖传烧鸡店",这家店面一溜六间,宽敞明净,装修得古色古香,格调仿佛清末民初,尤其有品位的是那些宽大笨重的枣红色楠木桌椅,让人感觉这家老店的厚重。老徐家生意一般化,与对面王家形成了鲜明对比,这让老徐家人心底里很不服气。徐家老板徐三少,四十出头,年轻气盛,一心想光复祖业,他特意去省城烹饪学校深造,还学会了道家的养生食谱,总想在祖先的基础上有所突破,有所创新。这徐老板为人还算诚实,他做事还算光明磊落,而他的夫人袁小梅却是另一类人,她为人刁钻、奸猾,心眼贼多,她思谋着如何把王家打压下去,让自家一家独大。

那时候在乡村里有一种职业——收鸡,就是把各家各户散养的肉鸡收购起来,然后到集市批发贩卖,或者送到一个个"烧鸡店"、加工厂。

"收鸡来——收鸡来——"

"谁有卖的肉鸡,收鸡来!"

"病鸡、死鸡要不?"

"要,不过只给你一点点钱。"

"总比一分钱都拿不到好。"

当听到这样的吆喝声,村民们就会把自己要卖的公鸡、母鸡逮来,让鸡贩子收走。开烧鸡店的与那些鸡贩子联系紧密,甚至还专门雇人收肉鸡。王徐两家为争肉鸡源在价格上没少犯叨叨,你收购五元,我就五元五角,你六元,我六元三角,他们两家一争执可把鸡贩子欢喜死了,他们好在这鹬蚌相争中渔翁得利。

有一回袁小梅的姐姐袁冬梅跑到王家店铺吃烧鸡去了,她本来是奔徐家来的,袁小梅气冲冲地跑到王家店铺。

"姐,你胡跑啥哩!我徐家是百年老店,你咋连牌子都不看就挤热火去了。"袁小梅不容分说拉起姐姐就朝外拽。

"我刚到一会儿……我就说咋不见你人,这搭的服务员都忙得小跑哩……"

"姐,你到我店里,吃吃咱的正宗烧鸡。"

袁小梅把她姐请到了自家店铺,好吃好喝地伺候着,还特意让师傅做了"徐家大盘鸡"。袁冬梅是个实诚人,她对妹子说:"小梅,我咋看你的店人稀得很,你这个生意咋经管的?"

"好姐姐,你咋胳膊肘朝外拐,还偏向那王家说话,你都不看你妹妹多可怜,钱都让人家赚完了。"

那天后半晌袁冬梅上吐下泻,面色苍白,虚汗淋漓,她心里清楚是妹妹家的鸡有麻达,但又碍于情面,她不想戳穿这个西洋镜,就说:"我不要紧,躺会儿就好。"也真该有事情,这袁冬梅上厕所时,她只感觉一阵晕眩,眼前一黑,扑通一声跌倒在地,突然间人事不省了。

袁小梅一看姐姐不行了,急中生智,让人把姐姐抬到了对面的王家店铺,徐三少怎么都拦不住她。

"你就当心遭报应吧!不要再胡折腾啦!"

"你个丧门神,你不争气还说什么风凉话,我的事情不要你管。"袁小梅气咻咻地说。

在王家店铺外边,里三层外三层围了一大堆子人,大伙在看热闹。

袁小梅哭哭啼啼地号叫着:"王春生,你个杀人不见血的东西,我姐就是吃了你家的烧鸡才这样的,你说咋办?"

王春生这人比较世故,他知道这是有人故意砸他的摊子,他就笑嘻嘻地拱手说:"老徐家的,你也不要急,不管咱们有啥梁子,给你姐治病要紧,我看先把人送医院。"

"我要叫大家都看看这个老王家,做的什么烂鸡,把人吃成啥咧!"

"上医院,不然就来不及了!"

"我自个儿的姐我知不道心疼?要你狗拿耗子多管闲事!"

"你你……狗咬吕洞宾不识好人心。"

"你就没安好心!"

王家人报了警,还叫来了救护车,袁小梅害怕了,她怕露馅,就死皮赖脸地躺在救护车前边阻拦着不让大家救治袁冬梅。

几个小伙子七手八脚地把袁小梅像提一只鸭子一样,轻轻地一提溜就扔到一边去了。

救护车嘶鸣着开走了……

不明真相的人议论纷纷,这个老王家也成咧这屎式子,那食品质量有啥保证？哎,说不定是这两家在斗法,一个给一个设的局,下的套,钱把人烧得胡跳团。

袁冬梅醒来后,发现自己躺在医院的病床上,她的眼泪扑簌簌地流了下来,她攥住了守候在自己身旁的老王家老板娘杨桂华的手："老姐姐,我给你叩头谢罪了！"

"只要你醒过来我就放心了,你好好养病,啥都不要想。"

与此同时,县卫生局食品药品监督所、县城关派出所联合执法对徐家烧鸡店进行了检查,原来这家子囤积了不少病鸡、死鸡,袁冬梅就是吃了这种病鸡食物中毒的。

袁小梅聪明一世糊涂一时,她本想借刀杀人,没想到搬起石头砸自己的脚,落了个违法受处理,店铺被封,生意被毁,亲人反目的可悲下场。

2013 年 2 月 14 日

权当养了一头奶牛

我与朋友老仵去县城老霍家饭馆吃饭,那天下午饭馆里人不是很多,足足有半个小时,我们没有遇到其他来人。我俩乐滋滋地吃了黄焖鸡、八宝饭、紫菜汤,随后就与店家搭讪了几句,我不知道人家的身份到底是老板,还是服务员,一般这种小店老板既是大厨,同时又是服务员。这家店的经营者就两位中年妇女,她们模样周周正正,穿着打扮也很朴素大方,可以说是正儿八经的农村妇女。

"老板,你这店跟西大街那家子是连锁吗？"我问。

"不是的,我家是单独的。"

"我看饭菜味道跟那边有些相像。"

"呵呵,你……好厉害呀,我先前就在那家当炉头,后来自己出来干了。"

"哦。"

"你俩就是饭量轻,农村有的人饭量大得很,我村有个老汉一顿能吃二斤甑糕。"

"北京有个大力士,一天能吃几斤生牛肉,十个生鸡蛋,还吃七八个馒头。"

"啧啧,喔胃能行吗?"

边说边吃我们不知不觉吃完了饭,于是店家走过来收拾碗筷,后来我就与老仵闲聊开了。

"咱过去的同事王国光三十多了,最近谈了一个对象。"老仵说。

"不容易啊,这回可一定要抓紧。"

"黄了,他丈母娘老是搅骚,女子谈恋爱五分钟不到就打电话叫回去,唉,喔事没办法谈,国光说女子他姐刚离,他丈母娘嫌女婿下岗了,就煽火女子离婚。"

"看来老婆子爱钱。"

"国光没办法,就只好抽手了,要不然他跟这种人怎么过呢?"

"你看你那里有啥好相给他说说。"

"哦?再看吧。"

"我那媳妇一下班,屁股根本就不着家,一溜烟就跑到牌场去了。"老仵说。

"不管你哪?"店家插嘴说。

"就是的,我就给她说你要把我照顾好了一个月还可以给你挣回几千元,你就权当养了一头大奶牛。"

"现在有的人瓜得很,你放着几千元不珍惜,等没人了你当遗属一个月才能领几个钱?再说了,人在人情在呀,我村就有一个把丈夫不好好管,死了一切都没有了……"店家附和说。

"国光他爸就是离休干部,一个月五千多元钱工资,老汉临死都没有见到儿媳妇。"老仵意犹未尽,他再次提到了国光,"国光为了娶媳妇还买了一套经适房。"

"难为国光了,几起几落折腾得够呛。"

也许是受我们的话题的影响,店家还饶有兴致地给我们讲了一个她们邻家的故事。那家男的是复员军人,转业到铁路上工作,据说工资很高。这家的女人很泼辣,很残火,她男人的工资卡一直在她手里控制着,早年男的他父母在世时,那男的想到会上逛逛,两元钱都要向父母开口要,他自己的钱一分不剩全部给了媳妇。你想想那男的老实得成了啥咧,反正婆娘说东他不敢说西。退休后他让二儿子接班,那孩子一看铁路上太苦,转身就跑回来了。唉,现在这些娃谁受得了那份苦。哦,对了,我说的这个老汉饭量就大得很,他退休后把恓惶受扎咧,他老婆经常不给他吃饱饭,他总是饥一顿饱一顿。他的工资卡自己从来都没有拿过,他的哥哥弟弟怎么跟他教都教不会,他一辈子都像木偶一样被他的媳妇捆着,他媳妇拿着老汉的钱给大孙子一千元的压岁钱,给二孙子五百元的上学钱,反正人家是把人耍扎啦,老汉窝囊、憋屈透啦。村里人都议论说这老汉傻,说不定这辈子都没有跟老婆睡过觉,他的两个儿子都不是他的娃,据说一个是他堂兄的娃,另一个是某驻队干部的娃。一个人一个命,这个瓜老汉,都六十几了,一天起早贪黑还跟着建筑队当小工,一年还要挣一万多元贴补老婆及她的儿孙们。有一回一个亲戚为他鸣不平,气愤地说:人家七八十岁的杨振宁还娶年轻媳妇呢,你才六十岁大不了另娶一房。这话让那个女人知道了,她端直到那个亲戚家大吵大闹,还数落他干涉人家婚姻生活。

店家的故事讲完后,老仵又说他们村的某某两口子把他爸经管得很好,老汉都八十几了还精精神神,因为某某他爸是离休干部,每月都有五六千元的离休金。

店家笑呵呵地说:"这两口子聪明,权当养了一头奶牛。"

是啊,权当养了一头奶牛,这时我的脑海中一再回想着这句话。想着想着我的心头一酸,我不知道这是幸福,还是苦涩……

2013年4月10日

一只手表

前些日子网上热炒陕西"表哥",让人大跌眼镜,人们这才知道那里面的水究竟有多深,那些所谓的工薪一族,所谓的公务员如何能够戴上价值连城的名表,并招摇于各种场合。"表哥事件"之后,官场上流行的戴表风潮似乎戛然而止了,现在在那些红润圆实的官员的手腕上你几乎就看不到那些熠熠生辉绚丽耀眼的名表了。古语说,一阴一阳谓之道。看来中国的阴阳之道颇为高深,什么时候守阴,什么时候处阳,要把握这个平衡还不是什么人都能胜任的。有人说不就是一只手表嘛,我说那要看在什么时候,什么地方,什么人戴着。如果你是一个大老板戴一只名表无可厚非,如果你是一个普通人,你戴这么个与自身不相符的玩意儿,就真的成问题了。想一想啊,这些年的变化真大,上世纪80年代我上大学的时候,父亲专门为我买了一只价值几十元的蝴蝶表,这让我兴奋得好几个晚上都睡不着觉。我工作后自己又买了一只上海牌手表,当时也就是近百元钱,再后来就兴起了电子表、传呼机、手机,我的第一个手机是飞利浦,价值两千元,我攒了一年的工资才如愿以偿,以后又换成了三星、摩托罗拉手机,从此我就没有再戴过手表,我总是在手机、电脑上看时间。

有一天,我去三里镇探望了我的表兄运娃,他在一次车祸中受了重伤。表兄是我大姨的长子,与我年龄相仿佛,他实际年龄只大我一个月,但看起来却仿佛大我七八岁。他是个小包工头,长年带着他的建筑队在一个个工程里滚爬,日子也一天天好起来了,他现在有了自己的洋房、汽车,是当地小有名气的人物。据说他那次车祸是跟大车剐蹭了,迎面的大东风十分霸道地呼啸而过,把他连人带车挤到了河滩里,还算他福大命大,只是受了些轻伤,左小腿部有点骨折。表哥说最可惜的是他的那只价值几十万的瑞士表摔坏了,肇事车辆逃逸了,他要是能逮住对方啥损失都不要,让人家赔一只表就行了。哈哈!自认倒霉吧,真的你能抓住对方,以你的脾性能轻易放过对方?我才不信呢。百人百性,百人百好,有人爱狗,有人爱车,运娃爱表,

第一辑　微型小说

他收藏了各式各样的手表、钟表,还筹划着要建一个专门的博物馆。其实运娃与表结缘是很早以前的事情了,那时他还是个中学生,乡上还有供销社,我们的中学就在供销社的隔壁。那会儿魏小莲是我们班上的学习委员,小莲的父母都是县农副公司的职工,人家是商品粮,各方面条件都不错。她白白净净的皮肤,匀称高挑的身段,再配上一双圆溜溜水灵灵的大眼睛,还有两条长长的乌黑发亮的大辫子,使她成了班上最耀眼的明星。运娃喜欢上了小莲,班上有好几个男生也喜欢小莲,于是他们也像中世纪的骑士一样在河滩里决斗,胜者才有资格与小莲交往。在这方面运娃的条件还不错,他这个人个头不算太大,但手黑能下手,很多人都怯火他。他在河滩里把自己的几个对手都打趴下了,他还要人家给自己下跪。现在想起来觉得有些好笑,但那会儿还就是较真,后来表兄与那些打打闹闹的同学关系都不错,一提起那些前场往事,大家都轻松自如地一笑了之,唯独运娃表兄自己仿佛还感觉有些忐忑不安。

其实我知道表对于运娃的价值,那可是改变了他一生的东西,叫他如何能忘怀?我们那一带人兴定娃娃亲,运娃表兄的父母就他一个独苗,所以早早就给他物色媳妇。运娃这娃倔强,大人给他选的他一概不乐意,连面都不见,他自找了对象小莲,可小莲的父母一万个不答应,嫌弃他家里穷,又不是商品粮。事情后来就这么翘着,大人们坐不到桌面上,小娃娃却一天到晚形影不离。小莲的父母为此火急火燎,他们怕碎娃拿不住轻重弄下麻达了,就虚意应承对方说,事情好商量,不过他们不希望女儿受苦受累,所以彩礼还是不能少的。顺便补充一下,我们那一茬子初中生,四五百人,考上高中的只有八九人,我有幸考上了市级重点高中,运娃、小莲等绝大多数人都没有考上高中。运娃他大是个规矩人,他办事情有板有眼,在儿子婚事上他很认真,找了媒人去小莲家提亲,小莲的父母尽管心里不十分乐意,但最终还是吐核了,先定亲过几年再结婚。彩礼是三百元钱,一只上海手表,缝纫机、自行车,还有衣裳若干。小莲家开出了偌大一笔彩礼单子,运娃一家头上仿佛笼罩了一层厚厚的云翳,说话人、媒人把话挑明了,有这些东西就有这场婚事,没有这些东西就没有这场婚事。运娃他大东倒西借,变卖了家里房前屋后的大树,甚至出售了祖传的瓷器,总算筹集了所需的大部分彩礼钱,最后就差一只手表了。运娃他大央求亲家宽限些日子,容他缓半年,他出外干活挣钱,对方不同意,说有诚意就定,没诚意就拉倒,他们的女儿不愁找不到称心如意的婆家,后面还有更好的对象哩。

万般无奈之下,运娃决定独自冒险。他在乡供销社的门口转悠了几天,仔细观察了那里的地形。有一天夜里,他见一个售货员到村子里吃酒去了,另一个售货员回家去,就翻墙进入供销社的院子,然后从后窗进入门市部,他将一只崭新的上海表装进了自己的口袋,就仓皇逃脱了。事情很快就发酵了,供销社怀疑是售货员监守自盗,派出所民警迅速查看现场,一个月后案子始终没有进展,供销社让擅离职守的两个售货员承担了损失,并给予他们行政处分,调离了原岗位。运娃心里害怕没有过分声张,他把那只漂亮的女式表偷偷送给了小莲,还带着她逛了一趟省城。这只表后来让小莲的母亲发现了,在母亲的一再追问下她才说出了真相。小莲的父母大为恼火,这不是做贼吗?我们不能把娃往火坑里推!小莲的父母不顾女儿的反对,向公安机关告发了运娃,就这样运娃被逮捕入狱,判了三年徒刑。随后小莲被父母逼迫着嫁到了省城,跟一个比自己大二十多岁的二婚男人结了婚。出狱后,运娃开始了自己的艰难人生,他外出打工,在家乡种地,拼死拼活地干活,他发誓要出人头地……

这就是我的表兄的故事,这就是他与表的缘分。

狼与狗

狼与狗的关系就像人与猿的关系一样,人与狼的关系则是另外一种关系,他们这两种不同族类的生灵,总是充满了敌视的目光,从总体上看狼害怕人,从个体上看人却在心理上怯火狼,但毋庸讳言两者也有和谐的时候,在其间也有超乎寻常的例外发生。相传我们山庄村的省娃他爷旧社会在后山放羊,就与狼相处多年,他救了狼一命,当时狼被猎人打伤了,省娃他爷给狼治伤,他还下山往返六十里到疙瘩庙去给狼求枪伤药。狗蛋他姑当姑娘的时候,有一天夜里睡觉忘了关门,结果狼钻进了她的被窝,后来这个姑娘出嫁的当晚那只多情的狼还在村子周围趑摸。老人们说旧社会山庄一带狼群很多,这里是南山与北山的交界,有一条狼道,每年狼群都从这里经过,这里也曾发生过狼群与狼群的争斗,人与狼群的争斗。不过万事万物都有自己的特点,狼这种生灵,只要你不冲撞它,它也不会主动攻击你,多年来这里的人总结了自己的生存经验,走路千万别走狼道,你得避开它,这样就鱼水双安了。

去年我们山庄在狼迹灭绝了半个多世纪后,又发现了狼,村民的不少牛羊被咬死,一户群众两口子都被咬伤,他家的雪山藏獒也被咬死。于是村子谈狼色变,人心惶惶,乡政府立即向上级反映情况。很快县上派来了"打狼队",几名武警队员才十八九岁,他们是南方城市娃,从来没有见到过狼,他们想象着狼的模样,但绞尽脑汁他们的意识世界里几乎全是各种各样凶猛的犬类图像,于是这些年轻人的心里很恼火,他们恨不得立即就"突突"了那个意念中的狼崽子。你千万别落在我手里了,我会让你脑浆飞溅,死得很难看……

狼毕竟是狼,再狡猾的狼也是狼,人的聪明就在于合伙行动,而且还有武器,有谋略,有战法,有耐心。于是狼在人精心设计的伏击圈里束手就擒,打狼队的麻醉枪准确击中了狼,随行的电视台记者及时向外界公布了这一新闻。

这件事情引起了当地群众的热议:

"打狼队把狼打死了!打狼队把狼捕杀了!"

"什么呀,人家用麻醉枪把狼打倒后,然后装到铁笼子里,弄到省城动物园去了。"

"还不如当场击毙的好,这只害人的狼把咱这一带祸害扎了!"

"不行呀,这只狼是北山濒临绝迹的狼族,是国家保护动物。"

"那吃了人就白吃了,法院不判刑了?什么道理……"

"什么道理?在这就是道理,没有道理的道理,你有啥高招?"

"高招倒是有一个,不知好使不好使。"

"说出来大家议一议。"

"你们想一想,狗把人咬了谁负责?最近不是有恶犬伤人的事情发生吗？"

"那当然是狗主人了，哎，对了，狗主人要给受害人赔偿的。"

"可这是一只狼，野狼，谁管得着它？"

"这就对了，既然是国家保护动物，你国家没保护好，结果出来伤人了，就应该国家赔偿，国家救护伤员。"

群众里面有真正的能人，这些人不显山不露水，但他们的一席话就能起作用。我们山庄村的人，本来就不好事，但这次群众确实损失不小，五六头牛，几十只羊对于山区的群众来说，那也许就是他的全部家当，而那对可怜的夫妇还躺在家里无钱看病。于是群众开着拖拉机，肩扛镢头、铁锨浩浩荡荡赴县政府上访来了。

"乡亲们，你们不要激动，咱有事说事，有困难解决困难，这些事我必须先请示汇报，然后再给大家回复。"

"不行，你让拿事的出来说话！"

"我们就要一个准信，事情你们究竟管不管？不然我们就到省上告状去！"

"这就不对了，我们不是没有搭理这事，你再到省上去那不走远路了，到头来还是要回地方解决问题，你们说对不？要不你们来几个代表大家协商一下。"

事情总算有了结局，群众里三层外三层把县政府办公楼围住了，他们坚持着要见县长。

"让真佛说话！不见县长我们不罢休！"

县长终于露面了，在几个随从的簇拥下，那位细高个儿，白白净净的县长来到了群众中。县长说，大家受狼灾伤害这纯属意外，县上愿意帮助大家渡过难关，凡是牲口受损的，请乡、村两级核实情况，县上给予一定补贴；对于受伤的群众，如果家里确实困难的，县上有关方面立即把他们接到县医院免费治疗。

得到了县上的准信，山庄群众喜滋滋地回家了。

村主任起初很害怕，他知道这回给乡上弄下乱子了，有群访事件发生，评先进一票否决，他连夜晚就去乡上找领导检讨自己的严重错误。

不料乡长并没有批评他,还说:"今年的新农村建设点就定在了你们村,是县长亲自抓的,你们山庄人因祸得福呀!就因为这个狼,现在省内外各大媒体纷纷报道,省台昨天对县长进行了专访,市台还开了《北山狼探秘》专栏,总之嘛一股狼文化热在咱们这里发酵了,你们山庄村功不可没……"

半年后,山庄村新农村建设文化广场工程启动,随后省林业厅在这里建设了万亩狼道生态林自然保护区,市文物旅游局在这里着手修建"北山狼避暑胜地",县上把这里规划为"狼庄农家乐饮食文化示范区",不少有钱人都纷纷来这里搞开发,正在商谈中的四星级酒店、高尔夫球场,把山庄人的明天照耀得金光闪闪。更有甚者,一些道行极深的策划者建议山庄为狼塑一个三十米高铜像,意味山庄人托狼的福,要行狼道,发大财云云。现在的山庄人言必称狼,什么狼道论坛,狼之独步,狼的精神世界,狼的生存哲学,狼的管理思想,狼的家族史等等。以至于周围村的人戏称山庄为狼庄,山庄人为狼人后代。

正当山庄人沉浸在狼所带来的空前绝后的利好之中时,一个让人痛心疾首的消息传来了。

山庄人引以为骄傲的北山狼,在动物园先是咬死了与它交配的雌性狼,后来又咬死了两位动物管理员,并跑出了动物园的铁笼子,省城正在全力抓捕它。

其时省城正在召开"国际狂犬病防治学术研讨会",没想到这个尤物居然窜到了会场,它悠悠然地蹲在大门一侧,伸着长长的舌头,若无其事地不时朝里面张望。

由于与会的有很多外宾,所以抓捕工作要万无一失,为此特警队预备了几套方案,其中最末一种就是击毙它。

在发现了警察的企图之后,北山狼狂啸着飞身朝会场里冲去,一位狙击手准确击中了它的头部,顿时鲜血染红了地面。

最后,中外专家一致确认,这是一只不折不扣的狗,绝对不是一只狼……

2013 年 8 月 3 日

第二辑 短篇小说

天边那片棉花云

话说有一年正月十六,当人们还沉浸在酽酽的年气中的时候,泾河岸边的柳林村发生了一起令人震惊的血案。有一户人家,老汉和老伴双双倒在血泊中,是他杀?自杀?人们纷纷猜测,但都不得要领。据目击者说,案发现场是这样:老汉倒在了房门外,脖子上中了一刀,他临死时手里还紧紧地攥着一把杀猪刀,他的老伴血肉模糊,面部已无法辨认,她惨死在土炕上……

这是一个平平常常的四口之家,在村南头临近泾河的地方居住。他们家本姓陈,家里有老伴、老汉、儿子、儿媳,儿媳还有孕在身,老两口快要抱孙子了,可转眼间就走了两个人,好端端的一个家庭就这样散了,儿子、儿媳一天之内就安葬了两位老人。当地讲究一门不走俩人,安葬的当天,儿子就在他家的院墙上另开了一个门洞,让两位老人分别出门。泾河啊泾河,你是最好的见证人,这穷家小户的老百姓,招谁惹谁了,咋就要遭受如此灭门之灾呀!亲人们捶打着泾河岸边的泥土地,呼天抢地,村子的乡亲没有人不掉泪的,可无情的事实是这对可怜的夫妇不在了,而且他们走得很凄惨,很让人唏嘘叹惋。村南的泾河水依旧汩汩流淌着,河滩的水鸟依旧盘旋在低空,仿佛它也叹息着生命的无常,时不时发出几声凄厉的咯儿咯儿的叫唤声音。

柳林村的人知道这家子人的情况,老伴王秀云精明能干,口齿伶俐,遇事有点子,办事有分寸;老汉陈二娃为人忠厚,寡言少语,只知道闷头干活,所有家里家外的事情都由老伴一人承头打理,老汉无事一身轻,也落了个清静自在。老两口年龄不大,老汉六十开外,老伴五十又五,他们像农村很多夫妻一样,整天思谋着自己的日子,甚至合计着日后有机会就出外务工挣钱。到底天遂人愿,邻村有人挑头要招一批妇女到新疆拾棉花,老伴报了名。老汉虽说跟老伴商量好了,同意老伴上新疆去,可临到最后还是有些舍不得老伴走。在送老伴去车站的路上,老两口像年轻人一样难舍难分地并肩走了很长一段路。本来村里的妇女都乘坐手扶拖拉机去县长途汽车站,这老两口起了个大早,从小路上走了,他们或许为了俭省十元钱,或许为了在路上多说说话儿。

小路上去县城的乡亲很多,一绺一串的不断线,庄稼人一般起得比鸡早,连颠带跑地朝前赶时间。

"二叔、二婶你们这是出远门吗?"

"你二婶上新疆去。"

"下苦去,没法子么,你看我家这过活得紧紧巴巴的,实在是没有一点办法咧!"

"二叔,二婶这一走你吃饭咋弄哩?"

"自己将就一下,饿不死就行了。"

"哟哟,把你说得恓惶的,省手饭吃惯了,离了人就活不成了。"

"走你的路,现在谁还离不开谁……"

"啧啧……你瞧,人不行还穷扎势子。"

这俩老人赶到车站的时候,大家都到齐了。十几分钟之后,这辆载着五十多位妇女的长途汽车出发了。

老汉目送着远去的客车,一种失魂落魄的感觉油然而生,最让他遗憾的是他没有看见老伴朝他招手,他甚至不知道她是坐在车前半部,还是后半部,她晕车,她不能坐在后边。唉,只怪道今天在路上走慢了,耽搁了时间,要不早早就赶到了,那肯定能占个好座位……

生活中除了死法全是活法,除非你死板板的不动弹。老伴走后,老汉就跟着村里的施工队干活,当小工,一天也就五六元收入,跟着大家伙走东村到西村盖房,也显得热热闹闹。年底,拾棉花的妇女陆陆续续回来了几十人,老汉也盼着老伴回来。

天边那片棉花云

老伴出门后寄回来了好几千元,老汉是一半欢喜一半忧虑,尤其是看着别人都顺顺利利地回来了,自己的人还不见个影,老汉仿佛得了一种心病,他有事没事的就去那些已经回来的人家,打听关于新疆那边的各种消息。

"二哥,你别着急,要不了几天我嫂子就回来了。"

"没事的,她在南疆很好,那里咱们的乡党多得很。"

"……那她咋不跟你们一搭回呢?"

"听说她又接了一单活,她想再挣一笔钱……"

"世上的钱能挣完么,没脑筋的货!"

老汉气呼呼地走了,望着他的背影,大家议论说,看来老婆子不回来,非把这老东西折腾神经不可。

夜沉沉,路漫漫。这人想人咋是这滋味,老汉心里也不亮清,仿佛有三千万烦恼丝,上下左右缠绕着自己,又仿佛有千军万马的蚂蚁、臭虫一齐朝着人的身体来回翻腾、蠕动,让人有一种生不如死的感觉。

有好几个晚上,老汉都是这么煎熬着度过的。在黑漆漆的暗夜中,老汉坐在自家的院子里,圆睁着干涩的失去了光彩的黄褐色眼睛,瞩望着西方的天空,一颗豌豆大的泪珠儿从他那看起来黑白不很分明,好像已经浑浊的眼球边缘滚落下来。他恍若置身于世外,看到了瀚海黄沙,听闻了猎猎狂风,他也仿佛看见了南疆无边无际的棉田,那简直就是一个银色的海洋,而他的妻子正像一叶小舟一样漂荡在那无边的波光粼粼的海洋之中,她的鲜艳的红色头巾,在正午的艳阳下分外耀眼夺目……哦,是她,一位貌若天仙的中年妇女,在清朗的蓝天白云的映衬下,正在娴熟地拾棉花,她的举手投足是那样的优美,那样的动人心腑,老汉心旌摇曳着,真想一把拽住她,可他感觉自己的手,无论如何也够不上她,她是那么的近,又是那么的遥远,那么的可望而不可即……老汉迷瞪瞪地,似乎有些混乱,时间的镜像仿佛一下子拉回到了四十年前,在那个悠远的时间,在那一片泾水田园,那里也有棉花地,也是一眼看不到头的棉花,也是出产上好的棉布,那时泾阳这块土地是棉区。老汉似乎感觉自己才二十几岁,一米八三的身高,浑身都是力气,那时上他家提亲的人络绎不绝,人家都说他人长得英俊潇洒,有派头。老汉想起了自己的初恋,那是邻村的一个姑娘,那家三个姑娘,没有小子,她爹妈希望大女儿找一个身强力壮的主,希图自家的那点地有人帮忙耕种。他见面当天就给人家帮忙下地劳动,一个人顶三四个人锄地,等吃饭的时候,姑娘一家人傻眼了,他一个人吃了十个蒸馍,还喝了两碗稀饭,就这还没完全吃饱。这第一桩婚姻因为自己太能吃了,那姑娘家熬煎供不起他吃饭,就黄了。后来农村经济困难,粮食紧缺,他这个现代薛仁贵就越发没人敢要了,后来竟然在当地很难寻到老婆。快三十岁了才从甘肃平凉引了一个外地媳妇,谁料好景不长,这女人生娃娃时难产,母子俱伤。人的命天注定,胡思乱想不顶用。几经挫折,有人给他介绍了现在这个老婆,人家是二婚,先嫁给了一个干部,她七八年不产子,都说她有麻达,光吃治疗不孕不育的中药就有几麻袋,结果是屁事不顶,照样生不出娃娃,无奈婆家把她休了。女人就怕破罐子破摔,起初她寻死觅活,还跟一个剧团拉板胡的琴师惠东升好过一阵子,后来才嫁给了现任丈夫。实际上并不是女的不生育,这个女人给她最后一任丈夫不歇气生了三个娃娃,两女一子,她原来的丈夫,另娶一房照样生不出娃娃,才最终在事实面前低了头。想着想着,老汉累了,于是就进入了梦乡……

有一天,村人在村口谝闲传,大家说着今年拾棉花的事情。今年新疆棉花大丰收,但人手奇缺,机器拾棉花又拾不净,所以今年上新疆的人赚美咧,少说也能挣五六千元,在内地就是一个大老爷们儿一年也挣不下这么多。

"二叔,我二婶还没回来?"

"没有,爱回来不回来,尻管她,咱是一人吃饱全家不饿。"

"你别张,看人家兴许还真的在新疆不回来了。"

"现在那里的条件也很不错,内地好多人都定居在那里……"

眼看到腊月二十八了,老伴还不见踪影,儿子、儿媳忙活着准备年货。

这天傍晚时分,老汉朝思暮想的老伴终于回到了家里。

"你还知道回家?你看人家早早都回来了……"

"咋咧?你嫌我回来迟了,还不是为了多挣几个,你个没良心的,要不咱换换,你明年出去挣钱,我守在家里,叫你也出去把这个汤汤尝尝……"

"出去有啥了不起的,我把喔淡的连包一样,你拿喔些事凛(方言:在别人面前显摆)谁呢?"

"我一走进门就没好心情,你把你喔驴脸拉得喔长的给谁看哩?唉,要不是我娃在家我真的都不想回来,我半个眼窝都见不得你!"

这老两口,大半年都没见面,一见面就顶嘴,儿子、儿媳小两口赶紧从中斡旋、协调。

"大、妈,你们都老糊涂了,马上就过年了,还低一声高一声的,让人听了笑话。"

"啥话都不要说了,咱高高兴兴地过年,你们很快就要抱孙子了……"

老汉老伴在小辈面前总还要顾及面子的,他们总是要给娃们做出表率,所以只要娃们一发话,老两口即使有天大的事情也会闭口的,他们似乎都很有分寸。

年上,村里一位九十一岁的寿星去世,后辈人当喜丧过,款待全村人,还请来了县里有名的惠东升自乐班。村主任是个热闹人,他听说本村就有当年的大把式,就非要自己村的人也露露脸,显显本事。

"你还不要说,咱们村胖子的黑头、陈老汉老婆的旦角唱的不比他们差。"

"把二婶子叫来吧!"

"你这个娃,不是叫来而是请来。"

"对对对,请,是请来!"

二婶子人很爽快,高高兴兴地答应了,只有他的老伴陈老汉不阴不阳地说风凉话,似乎不高兴老婆去凑热闹。

"抻着点,都多年不唱了,别岔了音,糟蹋了行情。"

"放你的心。"

二婶子三步并作两步走,迈着轻逸的步伐就朝戏场来了,她以最快的速度,着了淡妆,然后就登台亮相了。

果然二婶的《赶坡》《三对面》《庵堂认母》等唱段大受欢迎。

"二婶,你这是红萝卜调辣椒吃出看不出呀!"

"真人不露相,唱得嫽扎啦!"

"喔人,年轻时疯得很,也是红得很的演员……"

"王秀云当年也是个人物,要模样有模样,要身材有身材,聪明伶俐,不是命不好咋能跟了陈二娃。"

"哦,可惜咧,要不然早就红了!"

"世上的事就是这样有牙没锅盔,有锅盔没牙,总他妈的是个错茬子。"

"哎,你知道不,王秀云跟惠东升还有那么一腿子……"

"那不是明事么,咱别多嘴了,人家都这般年纪了,后辈孩子一大堆。"

"就是的,嘴里积些德。"

正月里大家都希图个欢乐祥和,县上适时举办全县秦腔大赛,让各个乡镇都准备节目参赛,乡上得知王秀云唱得好这个消息后,指定让她代表乡上参赛。王秀云跟老伴陈二娃商量决定还是参赛的好,但陈老汉有言在先,这一次参赛后她必须金盆洗手,再也不要唱戏了,王秀云为了能够顺利参赛,不假思索地就答应了。

王秀云有良好的戏曲功底,她在初九至十二这三天里,相继参加了初赛、复赛、决赛,以绝对优势获得了大赛一等奖,并获得了一万元的奖金。

对于王秀云来说,这是她人生的一次大跨越,也是她人生的重要收获,是值得可喜可贺的。王秀云整天满面春风地沉浸在她的秦腔艺术当中,加之一大群秦腔爱好者围着她、捧着她,跟她学唱戏,她有了自己发自内心的欢乐。

然而她的老伴却高兴不起来,他的脸色就像秋季的天空,总是愁云惨淡。

王秀云火起来了,她在市县电视台录了专辑,在县元宵晚会上了节目,后边她还要参加省上"秦之声"大赛,但关于王秀云的事情在县上也传来了很多杂音。

"王秀云,凭啥获奖,就凭着好身材,会巴结人。"

"她老相好是评委,给她上下打点。"

"唉,这种人没皮没脸的。"

"听说她大女儿就是她那个相好的种……"

"无耻!原来是这么个东西,我算看透了。"

一天,陈老汉很严肃地跟老伴王秀云摊开了事情,他显然也听到了不少风声。

"我恳求你别再唱戏了,咱丢不起这个人。"

"你有啥话说清楚,别藏着掖着的,我唱戏碍着谁了?"

"那你说大女……"

"大女咋咧,还不是你的种么?你咋听风就是雨……不信你可以做亲子鉴定。"

"唉,我不是……那个意思。"

"这不是那不是,你闹腾啥哩,不说几句话心里痒痒?"

王秀云照常乐呵呵的,她没有在乎那些暗箭,也没有在意老伴的不理解,甚至怀疑,她甚至相信过些日子老汉就正常了,反正自己肚子没冷病,不怕吃西瓜。但事情远远超出了王秀云的想象,村里的一些老年人也看不惯她。她王秀云衣着得体,说话流利,待人热忱,咋就成了人家的眼中钉了?原来这些上了年纪的过来人是为了陈二娃,是为陈老汉防患于未然,他们说女人不能太强了,更不能出风头,这样发展下去陈老汉就等着瞧好吧,说轻点是名声受辱,说重点恐怕要鸡飞蛋打,竹篮打水一场空了。

有一天王秀云在邻县参加一场演出,天太晚就没有回家。陈老汉一百个不高兴,这都是什么事,真不打算过日子啦?百无聊赖的陈老汉索性走到了泾河边,他想对着哗哗啦啦的一河春水诉说自己的苦楚,他担心啊,他担心这个女人旧态复萌,她的心太野了,太大了,她还要当什么明星,这树大招风,出头的椽子先烂,这些道理她难道不知道吗?不行,我不能由着她的性子,看着她往河里跳,我必须阻止她,我就想过平凡简单的日子……

陈老汉倒背着双手,低着头朝村子里走,迎面碰上熟人也懒得搭理。

"二叔,谁把你馍掰破了,你咋不理我了。"

"嘴长。"

"哈哈,我二婶又跟人跑了。"

"碎皮娃你懂啥。"

"老二,你喔媳妇是个人精,你缚不住人家。"

"二叔,你没劲了让侄儿上!"

"你放的狗屁!"

第二辑 短篇小说

第二天，王秀云回家了，陈老汉整日黑煞着脸，不言不语，王秀云给他做扯面，他居然没有吃完饭，就推开碗，坐到院里抽烟去了。

王秀云没有疼惜老汉，她与儿子、儿媳继续嘻嘻哈哈地吃饭、看电视，还和儿媳一起打干馍、学着做新疆的馕饼。

晚上半夜三更，老汉一个人跑到了河滩，对着打漩漩的河水，他轻轻地叹息，他掏出烟袋锅抽着那呛人的烟，那烟雾一圈圈一圈圈的，由小到大，向四周扩散，与泾河上夜晚腾起的水雾融合。这时候有一只水鸟不知是受了什么惊吓突然扑棱棱展翅飞上了天空，随后就是一片死寂，一片宁静。

陈老汉靠着那块大石头，那是一块有来历的石头，据说唐僧取经回来时曾在此晾晒过经书，至今还有魏徵亲书"晾经石"的字迹，只可惜当年唐僧手植的那株娑罗树不知所终。陈老汉抽完了烟，感觉一阵疲倦，他就在那石头边躺下睡着了，一阵凉风吹来，只觉阵阵寒冷，陈老汉本能地蜷缩了一下，打了一个喷嚏。后来他就什么都不知道了，他仿佛看到了千军万马的战场，李世民率军正在渡河，后边的追兵眼看就要来了。突然狂风大作，大雨滂沱，泾河水顿涨，那些没有来得及渡河的士兵都被浪涛吞没了，敌方的追兵隔河看着已经逃上太平塬的李世民徒唤奈何。恼羞成怒的敌方将领这时看到了"晾经石"，不由分说举起板斧，朝着晾经石就往下猛砍，咣当一声，板斧头没有了，那石头却岿然不动，这一砍不打紧，不一会儿那飞旋的斧头反过来正打中了那位将领自己，只听"哎呀"一声，那将领一命归西了。紧接着风雨声更大更响了，轰隆隆一声巨响，不知是从哪里传来的声音，顷刻间只见泾水满面子朝北边高坡冲击过来，巨石周围的土地也轰然塌陷了，可怜那些还没有弄明情况的士兵一瞬间都葬身在河底。也不知过了多少时辰，陈老汉从泥土里爬起身，他看见河床恢复了原貌，太阳已经高高地挂在天空，他不知道什么时候自己身边有一大捆馕饼，像是自家老婆的杰作，他感觉饥肠辘辘的，就大口大口地嚼着酥脆的饼子，感觉渴了，顺手一摸他的那把宜兴茶壶还热腾腾的，心里一阵纳闷，这、这是哪里呀？

第二天早晨陈老汉一进门，老伴就嚷开了。

"你昨天晚上死哪去了，你不看看家里都乱成啥哩。"

"咋咧？"

"我打了一整下午的狼饼,怎么不见了?咱的铜脸盆也不见了,还有那把茶壶也不见影子了……"

"你看还少了什么?"

"哦,对了,谁把咱娃媳妇的箱子、柜子全打开了,衣服扔了一院子。"

"算了,不说了,家丑不可外扬。"

"哎——你手里拿的是什么?"王秀云一脸狐疑地瞅着老伴,"怎么这些东西都在你这儿?"

"我也不清楚……"

"神神道道的,莫名其妙!"

又一天过去了,夜幕开始降临,王秀云感觉有些害怕,自从昨天晚上那事发生后她就变得疑神疑鬼,她一个人不敢去后院上厕所,她去厨房也要老头陪着,她隐隐约约感觉有人跟着自己,时时都好像有双眼睛在盯视着自己,那种少有的灼燃的气息笼罩着整个院落,她的心里甚至害怕家宅起火、燃烧……

陈老汉倒显得平静,他好像什么也没有看见似的,他照样不言不语地干自己的事情。那天他去了趟县城,与朋友喝了场酒,还去西关找到了惠东升,他拿着凳子摔了惠东升一下,幸亏老惠躲闪及时才没酿成灾祸。

"老陈,你有话咱慢慢说……"

"我就问你一句话,你和秀云还有来往吗?"

"没有!"

"说真话。"

"谁哄人,天打五雷轰!"

事情终于平息下去了,陈二娃对惠东升说:"老惠,取板胡去,我想唱一段《斩单童》!"

惠东升迟疑了片刻,他似乎不相信陈二娃,他能吗?那可是有难度的须生戏。

"咋么,你怀疑我的唱功?不瞒你说,我爷爷就是个唱戏的,我也是梨园之后。"

"好好,咱们乐和乐和。"

陈老汉的唱功确实不一般,行家,真正的行家!

呼喊一声绑帐外……

"吱吱噜噜"的板胡声又招引来了几个爱好者,大家都敞开衣服,卷起袖子,全身心地投入到戏曲艺术中去了。

夜幕降临了,天气阴沉沉的,好像有一场透雨要下,空气中散发着泥土、尘埃、烟霾和化学品的刺鼻的味道,让人感觉异常的压抑、郁闷。陈老汉从县城回家的路上只感觉头顶上似乎有牛毛细的小雨在下,回到家只感觉头发梢湿了,衣服有些潮气,老伴连忙用干毛巾给他擦水。

夜很深了,陈老汉好像还没有丝毫睡意,他翻看着多年以前孩子们的照片,似乎沉浸在往事的回忆中,又似乎有什么心事。过了好久他才爬上炕,慢腾腾地脱衣睡觉,谁料这天晚上老伴把炕烧得烫人,老汉就又忙活着到处在家里找短小的木板、棍子衬垫,他还不时到脚底下,打开炕烟门,好让热气疏散。

"你真会烧炕,我一冬冬都没烧成这样。"

"怪我把玉米辫辫都塞进去了……"

"我就说咋这么多火,你要把木头塞进去还不把咱的房引火咧。"

"说得那么邪乎,至于嘛。"

"去年冬季就有一家人,儿媳妇给公公、婆婆烧炕,后来把老两口烧死在炕上了。"

"呵呵,真的假的?你胡说。"

"信不信由你。"

这一夜把老两口折腾得够呛,他们好不容易才让火炕的温度降下去了。

刚睡了会儿,陈老汉就要和老伴亲热,王秀云半推半就,眼睛都困得睁不开,她迷迷糊糊地说,"你的火气还这么大……"

陈老汉得不到老伴的响应,自己也像没了底气,索然寡味地折腾了老半天就气喘吁吁地躺下睡了。

以后连续几天,陈老汉就像得了瘾症一样,天天晚上都要和老伴干那事,但又每次都干不成。王秀云感觉老汉好像得病了,整天神经兮兮的,他那阳具也一天不如一天,说到底就是在心理上的垂死挣扎。她怀疑老头是前列腺炎、阳痿、神经病；老头说王秀云的心没在他身上，有外心。他们相互猜疑着对方、折磨着对方，陈老汉从心底里厌恶老伴王秀云，但他又离不开老伴，他现在一个劲地想限制老伴外出，他一天到晚与老伴形影不离，老伴跟人说话他陪着，老伴串门子他跟着，老伴上厕所他就在外边放哨，这老头甚至都不接受别人正看他老伴一眼。老头子整天捕风捉影，装神弄鬼，给王秀云心理上造成了巨大的压力，她想逃脱，想到新疆去躲避，一种恼怒、怨恨、委屈像无可名状的混合物，像春雨一样唰唰唰地淋湿了女人的全身上下，有时候她真想找个地缝钻进去，永远，永远也不要见天日……

正月十六这一天凌晨三四点钟，陈老汉又一次跑到了"晾经石"跟前，这时的河滩，万籁俱寂，一切都雾蒙蒙的，大地、树木、沙滩、流水都仿佛隐身在一件宽大的睡衣里了，那神情又仿佛是一位少妇睡眼惺忪的样子，看起来那么悠闲，那么从容，不，或许更像猫在甜蜜的梦乡里的一对夫妇……陈二娃像个不速之客不请自来，他打破了河滩里原有的平静、安谧，他在那块神圣的石头上大大地尿了一泡，还用手指着石头大骂："你灵验个屁，我就是太善良了，马善被人骑，人善被人欺！"

不知是折腾够了，还是累了乏了困了，陈老汉在"晾经石"边又睡着了，他做了一个奇怪的梦。他梦见他爷爷陈大头了，陈大头当时领着戏班子在西府一带活动，后来陈大头的婆娘花娘子被土匪抢去了，又放了回来，不久花娘子就莫名其妙地上吊死了。以后陈大头解散了戏班子回乡务农，并立遗嘱：陈家后辈永世不唱戏，如有违背必遭天谴！

梦是现实的镜子，又仿佛昨天的记忆，或许还有明天的种子，反正这些梦光怪陆离，五彩斑斓，陈二娃的梦似乎还有很多，也不只是牛年马月的事情。在秋季一个阴天的晌午，拾棉花的妇女背着大包小包的棉花，嘻嘻闹闹地踏上回家的小路，这时有一位妇女依然在棉花地里拣拾着棉花，她纤细、俊秀的腰身，披垂、乌黑的头发，随风舞动的衣袂，构成了一幅绝美的田园风景画。女人终于赶完了自己的任务，望着一大包雪白的棉花，她笑了，她那张圆圆的笑脸啊，笑得人心里酥酥的，痒痒的。这女人太会笑了，她的笑意，就如同蓝天的朵朵白云一样，点缀着万里晴空，面对着女人无可抗拒的魅力，你不由得要说，这勾魂摄魄的妖精，咋这么让人上心！

天气骤然间变化了,不一会儿太阳隐身云后,黑云滚滚,风声大作,看样子天马上就要下雨了。女人感觉一阵阵的恐惧,她忙不迭地拾掇着包袱,风,一阵无情的大风掀起了她的衣角,露出了雪白的肌肤。这时一位骑自行车的男人恰好从此经过,他被女人的魅力吸引了,见四下里无人,就壮着胆子,疯狂地强暴了她,风起了吼声,雪白雪白的棉花变成了土黄色,女人昏死过去了……

噩梦醒来,陈老汉浑身直冒冷汗,他调整了一会儿,定了定神,他发现自己睡在自家的热炕上,老伴均匀的呼吸、俊美的面容让他有了一种少有的幸福感,他拥有着这个女人,她是他的女人,谁也拿不去……这样想着他扑上去,已少有的冲击力跟她过起了夫妻生活,老伴惊讶地瞪大了眼睛:"神经病,你折腾死我啦!"

陈老汉说:"我突然想起了几句顺口溜。"

"你个死鬼,把我不害死你不甘心,我都被你吓得丢魂啦!"

"哈哈哈……"陈老汉傻乎乎地笑着说,"你怕个尿!"

"看你嘴脏的……快说说你的顺口溜。"

"一二三四五,上山打老虎,老虎不吃人,枪毙王化民。"

"陈年旧事有啥新鲜的。"

"没啥新鲜的?"

"你说呢?阴阳怪气的。"

一提起鼎鼎大名的王化民,王秀云自然知道个中情由,王化民是陈二娃的大老表,曾担任过村主任,他老婆跟驻队干部钻到一块去了,被他逮了个现行,王化民一怒之下用板斧劈了那驻队干部,还把他老婆的半个耳朵削了下来,就这还不解气,他又跑到岳父家,手刃了岳父、岳母两口子,还砍死了他妻妹。

陈老汉在说话的当儿,他一直在观察着老伴的神情。这时一股难以排遣的长期以来折磨着他的那种痛苦又一次涌上了他的心头,那种危险、恐惧、仇恨慢慢地填塞了他的整个胸腔,压得他简直无法喘息,似乎立刻就要摧毁他那颗本来就十分脆弱的心了……天啦!我该怎么办?这仿佛就是上苍的启示,老天爷给我传话了,老伴啊你千不该万不该辜负我!就是你遭了黑手,那个孩子也不能要呀,这对我多么不公平呀!你你……我们的大女儿竟然不是我的亲生,这不是挖我的心吗?你看她那双眼睛,重眼擦皮的样子,越看就越觉得在哪里见过,她……她分明就是王化民的种嘛!怪道你们把她叫棉棉,哦,棉花地里的野种,怪道你当上了种棉能手,年年比别人挣的工分多,我还以为是老表户的关系,他照顾我,嘿嘿,我蠢呀!我是蠢猪!王秀云啊你猪鼻子插葱装象,你你……哄了我一辈子,唉,我怎么办?我不能失去你,我要和你一起走,哪怕到了阴曹地府……

惨剧发生的前一天,儿子要到省城打工去,陈老汉带着老伴和儿媳一起送行,他们还去照相馆照了一张全家福合影,后半晌儿媳就去娘家了,第二天便发生了不堪回首的那一幕。

2003 年 12 月 27 日

毛蛋的故事

在我的家乡很早就流传着一个叫刘毛蛋的人物的故事,他的外号叫"白日鬼",据说他年纪不大,但本事大得很,他有空手套白狼的能力。我大约记得,在我上小学四五年级的时候,村里上年纪的老人就在老堡子城门口讲他的故事,当时有几十人围在一起,大家伸着长长的脖子,把眼珠子瞪得溜圆,兴致勃勃地听着他的故事。或许是这个故事给我留下的印象太深了,多年以后我还清楚地记得。

一

刘毛蛋的父母是外来户,他父母生了三个"青瓜蛋",即三个小子娃。刘毛蛋是老大,他底下还有两个弟弟二蛋、三蛋,他们一家五口就在村外菜地里搭了个茅草房居住,村上后来看他家可怜就给了几亩薄地。刘毛蛋十八岁的时候,村上徐寡妇家要招上门女婿,刘毛蛋也想竞争。这徐寡妇家道比较殷实,前后的大房,就养了一个大闺女,寡妇的丈夫也是招来的南山女婿,不想这男人短命,不到三十岁就走了,留下了徐寡妇和她的老娘,以及他们刚刚才一岁的女儿灵娃。这徐寡妇是高高大大、白白净净的一个人,本名徐雅兰,因为她一点也不雅致,也不文质彬彬,所以大家都叫她"许大马棒子",或者干脆就叫徐寡妇,她给女儿招亲也仿效古人,采取约法三章的形式。在她看来,想成为徐门快婿最起码必须够三个条件:第一,要身强力壮,能够为徐家支撑起门户。第二,要诚实可靠,孝敬老人。这一点最重要,这就是要好人品。第三,要有点文化。这一点徐寡妇说了,有文化的人好相处,也改善了她家的门风。村子人议论说,人都说女人头发长见识短,人家寡妇的见识还就是不一般,做事有板有眼的,有路数,识大体。

  眨眼间,三个月过去了,徐寡妇还是没有招到称心如意的女婿,来提亲的人不少,但都是只能满足一个,或者两个条件的,最可气的是邻村一个五十多岁的叫汪谋子的男人来了,他的确是那三个条件都符合,这人身强体壮,诚实可靠,还写得一手好字,就是因为家里穷一直没有娶上媳妇,他死皮赖脸地缠着徐寡妇,要求上门招婚。汪谋子的本家托人做徐寡妇的工作,干脆你先把这个人给自己招了女婿,然后再想办法给女儿招合适的。徐寡妇起初不愿意,怕村里人笑话,但她架不住很多人软磨硬缠,于是就答应了。过了一个月他们就正式结婚了。

  话分两头,却说刘毛蛋见汪谋子已经得手,心中大喜,他也想如法炮制。不过徐家人的态度似乎已经有些变化了,他们并不急于给女儿招女婿,原来的那三个条件徐寡妇也不再提起。刘毛蛋心里有些着急了,徐寡妇的女儿徐灵娃生得比她母亲还白净,那腰身像杨柳枝儿一样细软,那甜润的声音一开口,听她说话的人就像吃了蜜一样,浑身地爽快、滋润。刘毛蛋是个不爱学习,光会调皮捣蛋的主儿,他小学都没有上完就辍学了,但偷鸡摸狗,打牌、摇碗碗、掷点子、喝酒、划拳、打架斗殴,他样样会。刘毛蛋比徐灵娃大二岁,都二十四岁了,徐灵娃才二十一岁,她初中毕业后就没有再上高中,她母亲说女娃娃识点字就行了,念那么多书有什么用处。徐灵娃倒也乖巧,她听从母亲劝导,安心学做针线活,学做家务,一心一意朝着贤妻良母的目标奔。

  徐寡妇一直在为女儿操心女婿,后来她第一任丈夫南山那里有一个可靠的后生,叫仵福祥,他细细高高的个子,性格温和,一看就知道是个实诚娃,年龄和灵娃子同年,还是个高中生,徐寡妇满心欢喜。事情有了眉目,仵福祥就提前来到了徐家,徐灵娃对这个女婿似乎没有什么感觉,她既不反对,也不热火,冷冰冰地对待着这位家庭新成员。刘毛蛋一直觊觎着徐灵娃,他知道人家的女婿都进了家门,心里甭提有多难受了,他不甘心就这么失去了自己的"初恋"女人,他发誓自己一定要把她夺回来!发誓是最容易的,但最不容易的是行动,你靠什么迎娶你的女人,她为什么一定要喜欢你?刘毛蛋疑惑了,为难了,难道非要像原始人一样拼呀、抢呀、打呀、杀呀,但是……话说回来,你不打急抓人家生米就做成熟饭了,到那时黄花菜都凉了。刘毛蛋心想,自己必须找到徐灵娃,跟她把话说明白,必须让人家知道自己喜欢她,不能剃头挑子一头热。

刘毛蛋有了这些想法,他就一天到晚,有事没事地在徐家附近转悠,伺机与徐灵娃见面。有一天,村上来了一位磨剪子的,徐灵娃把自己的剪刀拿出来磨,磨剪刀的师傅夸口说自己的技术如何如何好,只顾卖牌吹嘘,一不小心把徐灵娃的剪刀磨卷刃了。

"你这人咋弄的?人家爱心爱意的……"

"我给你再磨回来不就行啦,这有啥大惊小怪的。"

"你、你把人家东西弄坏了还是这态度。"

"我态度咋咧,你再嘟囔我还不管了。"

正在这时刘毛蛋来了。

"啥事情?灵娃!"

"大家给评评理。"

"师傅,这就是你的不对了,没有金刚钻你就不要揽这瓷器活么,弄下麻达了你就赶紧给人家打理,你还有啥话说啊?"

"就是的,你这人也太……"

磨剪刀的师傅见刘毛蛋说话怪声怪气的,他不知水深浅,也不敢造次,就乖乖给灵娃重新磨好了剪刀。

灵娃问:"多钱?"

"五块。"

第二辑 短篇小说

"灵娃,你走,钱我给他付!"刘毛蛋一边对徐灵娃笑着说,一边用手指着磨剪刀人,"我看你今天是不灵醒,你给人家先赔一把新剪刀,然后我再给你手工费,这可是上海牌名牌剪刀。"

磨剪刀人一时语塞,他递不上话来,同时看见大家伙都在看自己,脸也一下子红到了脖子根,就悻悻地扛起磨剪刀的凳子,灰溜溜地走了。

徐灵娃不好意思地看了刘毛蛋一眼,她的脸色也微微有些发红,刘毛蛋大步流星地朝自己屋里的方向走去。

过了些日子,徐灵娃到村子东北的涝池边洗衣服,当时一群妇女都叽叽喳喳地在一起说笑。

"灵娃,啥时候结婚呢?"

"还没定下日子。"

"你喔女婿绵得很,像个女娃娃。"

"爹妈生下就那样儿谁有啥办法哩。"

"我咋听说刘毛蛋对你意意思思的,还送你了几盒化妆品。"

"胡诌啥哩!"徐灵娃有些不自然了,她的脸色倏然红了起来,似乎还微微发烫,她连忙掩饰说,"我和他能有啥关系……我有女婿了。"

"鬼知道你咋想的。"

"不跟你说咧,烂舌头。"

"你瞧,灵娃还不认账,都写在脸上了。"

"哈哈哈,我看这瓜女子有情况了……"

天色渐晚,洗衣服的妇女都陆陆续续回家了,徐灵娃今天要洗的衣服比较多,还都是些被里被面单子被罩,以及自己母亲、继父的衣服,她洗得腰酸背疼,不由得在心里骂着自己那个木头女婿,真是个没肝没肺的家伙,也不知道来搭把手,替替自己。

她正想事的当儿,猛地一个人影在她面前闪现了。

"灵娃,要不要帮忙?"

"哦?毛蛋!"徐灵娃眼睛一亮,"你个鬼影影,一天到晚地跟着我。"

"我就是你的魂儿。"

"就会咧个嘴,你能干啥?"

天边那片棉花云

刘毛蛋不再说话,他与徐灵娃一起拧着被单,还替她收拾洗好了的衣服。徐灵娃心里痒痒的,她想,这个刘毛蛋也不错,尽管村人都说他是个哈尿,专门招惹人家大姑娘、小媳妇,还和邻村的一个寡妇睡过觉。

天快黑的时候,徐灵娃才洗完了最后一件衣服,多亏有刘毛蛋陪同,否则她还真不敢在那里逗留那么久。村东北的涝池一带距离村子还有一段路,傍晚的时候显得有些冷寂,那里人很少,只有青蛙在一声接一声"呱呱——哇哇——"地叫唤着,池边不远处的树林里的鸟儿也在一起欢躁着,仿佛在激烈地争论着一个什么问题。这时西边天际的云朵一片绯红,仿佛漫天燃烧了的棉花和存留的灰烬,太阳跌窝以后,天空更黑了,这时候阵阵冷风袭来,让人有一种冷飕飕的感觉。刘毛蛋用一个干净的大塑料纸袋子装起了徐灵娃洗好的衣服,然后就扛在了肩头,徐灵娃手里拿着盆子和搓板,他们并肩走向了村庄。

他们走到一个转弯处,突然一只野猫"嗖"的一声从前面穿过,徐灵娃吓得尖叫了一声,她下意识地扑到了刘毛蛋的怀里,刘毛蛋紧紧地抱住了她,过了一会儿,他俩谁都不吱声,又过了一会儿,徐灵娃才不好意思地推开了刘毛蛋温暖的大手……

徐寡妇本来想早早给女儿完婚,可她亲家那边有丧事未过一年,南山人讲究一年中一家不过两事,所以灵娃的婚事只能等到明年。

徐寡妇是个精明人,她听说了关于自己女儿与刘毛蛋的事情,她想得开,漂亮姑娘谁都会遇到追求者,等人家一结婚,那些癞蛤蟆自然就退火了,再也不热粘皮了,可为了女儿她还是要打打预防针。徐寡妇思忖再三,最后还是决定给女儿点破这层纸。徐灵娃也不笨,她知道做娘的那份苦心,但有些事情你越是提防它,它就越是要提前来到,为此娘儿俩没少拌嘴。

"灵娃子,你别干傻事,那个刘毛蛋不是什么好东西,他是黄鼠狼给鸡拜年,没安好心!"

"我们啥事也没有……"

"等有事了就是正月十五卖门神——迟了半个月。"

"我俩没啥事,我就是感觉跟他能处到一块。"

"你看你看,还说没事,你赶紧刹车还不晚。"

"我的妈耶,你把事情想复杂啦,你女子又不傻,谁轻易能占了咱的便宜嘛。"

"瓜女子,你放聪明些,别让人揪心不下。"

日子一天天的临近年底。有一天,徐灵娃偷偷给刘毛蛋做了双鞋,那鞋子是可着刘毛蛋的脚做的,黑条绒面子白底底,黑白分明,她的手工做得很细密,鞋样子也不肥不瘦正合适。起初徐寡妇以为灵娃给她未婚夫做的,也就没在意,她有一天问忤福祥了,小忤说他不知道,徐寡妇就感觉有些蹊跷,她追问女儿,女儿说送给毛蛋了,徐寡妇一听火冒三丈。

"你咋这么糊涂,他算你什么人?就这么值得你惦记,你该干的事情不干……"

"就一双鞋子,不要小题大做。"

"你也不照顾人家忤福祥的感受,这娃到咱家就像一头吃沉耐厚的牛一样泥里水里给咱干活,你倒好,是非不分,非把水搅浑,把事情弄日塌不可!"

"我有分寸。"

"有你吃亏的时候,不听话……"

"嘻嘻,妈——你别多心了。"

冬月里,天下起了大雪,多年不遇的大雪,足足有一尺厚,把徐灵娃家后房的两条檩条压断了,还好没有伤着人。那天徐灵娃她妈徐寡妇两口没有在后房住,她去走一家远路上的亲戚,她老伴汪谋子也一块去了。家里就剩下徐灵娃和她的未婚夫忤福祥,徐灵娃的绣房在前门房的左侧,她未婚夫在院子右首的厢房,与厨房相邻而居。这个忤福祥自打来到徐家他从来没有单独跨进过未婚妻的闺房,他甚至不敢正视徐灵娃,他看她的脸色行事,他似乎总感觉徐灵娃骨子里瞧不上自己,他也就不敢自作多情,反正等自己名正言顺地跟她圆房后不愁她不服帖。

徐灵娃家的后房是半夜塌掉的,他们是早上八九点才发现的。徐灵娃一看这阵势顿时慌了阵脚,她赶快去找自己的门中人。刘毛蛋知道后,不请自来,他领着自己的兄弟三人,还有几个朋友,他们不顾一切地清理着现场,朝外边搬运着东西。

"看来这个房子很危险,必须拆了重新盖了,你看还有几根檩条也快断了。"

"不幸中的万幸,没有伤人,徐寡妇两口福大命大!"

三天后,天气转晴,一周后冰雪也逐渐消散了,徐寡妇两口也回来了,她们被眼前的一切震惊了,徐寡妇千恩万谢,她感念菩萨,感谢大家伙的帮顾。随后他们一家就忙活着重新翻修后房的工程,盖房子还需要几根大檩条,有些椽子也许要换新的。于是徐寡妇两口带着女儿、女婿全家出动,他们雇了两辆小四轮拖拉机到渭河对岸的黄家塬林场买木料,那里是秦岭的浅山地带,是个木材集散地。

徐寡妇一家早上出门早,他们是四五点出发,大约10点钟就采购好了自己需要的所有木料。徐寡妇是个会盘算的人,她请的这俩司机个个都是好劳力,而且那位年龄偏大一点的司机还懂些木材常识,所以当天的行程很顺当。出了林场哨卡,他们一路飞快地朝大路上奔,走到距离八号大桥五里路的地方时,徐寡妇感觉有些不对劲,她心慌得厉害,只想呕吐却死活吐不出来,因为从早上到现在他们一口饭都未吃。

"那就停下来,找个小饭馆打个尖。"徐寡妇气喘吁吁地说。

车子停下来后,汪谋子着急上火地找地方小便,他患有前列腺炎,老是尿频。两个司机也方便去了,徐灵娃在照顾着自己的母亲,她轻轻地用纸给母亲擦嘴。仵福祥单独一个人待在拖拉机跟前,看护着那些木材。

"这鬼地方,前不挨村后不着店,到哪里寻吃喝!"汪谋子大声说。

"那就走,过了河就到太极镇了,咱们就有饭吃了。"徐寡妇说。

"走,咱们也望梅止渴一回!"汪谋子附和着说。

拖拉机一停下,就过了这么会儿,有一辆死活都发动不起来,没法子,他们这一行人又忙着修车、推车,这样又折腾了半响。

时间大致已经午后一两点钟了,他们的肚子饿得咕咕叫,好不容易这辆老爷车才发动起来了。

走哇!天老爷显灵啦!哈哈哈……我的神呀,我给你叩头作揖。两个司机有些得意忘形,他们终于可以舒展眉头了。

正在这时,一辆半新的解放卡车开过来了,这辆车呜呜地横在了路中央,一下子就把徐寡妇一行的路堵死了。

"嫂子,麻烦……"

"看来咱们遇上路霸了。"

"那、那咋办价?"徐寡妇一阵心惊肉战。

"谁是拿事的?出来说话!"

"我、我,什么事情?"汪谋子战战兢兢地站了出来,"你们是……"

"林业稽查大队的,你们有木材销售卡吗?该不是盗采盗伐木材吧?"

"同志,我们是自家盖房买了些木材。"

"那就是非法买卖,这些木材要全部没收。"

"你看能不能通融一下。"

这时那位年长些的司机开口了:"乡党,咱都是吃一条河水长大的,就高抬贵手吧!"

"别套近乎,反正老子今天非收拾你们这帮毛贼不可!"

"没一点商量的余地吗?"那个司机走到一个黑脸大个旁,拉住他的衣服,给他递上了一支烟,"消消气,这道上的规矩我们也懂,大哥你说事情咋办?"

那个司机看得没错,这伙子人黑脸大个似乎就是他们的头,只见那边一伙子眼光似乎都聚集到了黑大个那里。

"就两车料,也没有多少油水,罚二百元了事!"

"多了,看……"

"那就不说了,全部没收!"

那个司机哭丧着脸,显然他也没有办法了。

徐寡妇一看今天这个阵势不交钱恐怕难以脱身,就给老伴说:"对拢一下身上的钱看够不够人家的,咱好汉不吃眼前亏。"

"太坑人了!"

"自认倒霉吧。"

徐寡妇一行几个人把身上所有的钱都拿出来了,才不过七八十元,距离劫道的那伙子人的要求还远远不够,怎么办?

黑脸大个派人先收了这些散碎的钱财,然后放话说:"这样吧,你们也别太为难,我倒有个主意。这嘛,你们留下一辆车,我放你们一辆车回去,等把钱凑齐了，咱就一手交钱一手交货，你们说呢？"

"怎么办，你拿个主意……"汪谋子额头上的虚汗直往外冒，他神不守舍地对徐寡妇说。

"你慌什么？"

"仵福祥你这个大老爷们儿也说句话。"

听到岳母的召唤，仵福祥一激动说话都结巴开了："叫、叫我说拼了！"

徐灵娃这时候才正眼看了仵福祥一眼，觉得他还有点男人的血性。

"灵娃，你说呢？"

"妈，要我说咱们还是答应人家，能挽回一些算一些，这伙人没有啥信义，惹恼了他们可能会更麻烦，咱们回去后还可以再想办法。"

这边正在紧张地商议着，黑大个那边也没闲着。

时间又过了大约十几分钟，黑大个见这边迟迟不给个爽快话，似乎有些不高兴了。他指使那七八个打手，手里拿着棍棒、匕首、斧头等凶器朝徐寡妇他们围上来了，其中还有一个家伙手里端了一杆土枪。

"我们头说了，他不想扣车辆了，你们那位小姐留下，三天后交换，不然就到渭河滩给她收尸吧。"

在强大的敌人面前，徐寡妇他们没有机会反抗，一个秃头的家伙，一上来就把两个司机打翻在地，然后用绳子捆了起来，看来这家伙练过拳脚，几乎与此同时，另一个戴墨镜的年轻人用木棍扫了仵福祥一下，仵福祥连忙躲闪，不料他后边的一个壮汉一把把仵福祥抓了起来，重重地扔在了地上。徐寡妇吓得浑身打战，汪谋子仿佛也被眼前的暴行震惊了，他掀了掀鼻梁上直往下掉的圆坨坨石头镜，嘴唇直打哆嗦，这些人失去理智了，别、别胡来，别打人呀！

"住手！我跟你们走，放开他们！"徐灵娃挺身而出，"妈——你们快走，别管我！"

"灵娃——"

"快走！记住——找刘毛蛋，他有办法！"徐灵娃边走边喊。

徐寡妇含泪目送女儿离去，她眼看着那辆解放车载着女儿离开了自己的视线……

徐寡妇一行急匆匆离开了这个是非之地,回到村里她飞跑着去找刘毛蛋。

"毛蛋——毛蛋——"刚一进毛蛋家门徐寡妇就放声喊叫开了。

"咋回事?"毛蛋他妈赶忙接应说。

"不得了啊!"徐寡妇鼻一把泪一把地哭诉着,"我家女子叫、叫人抓去了……"

"那还了得,救人要紧,二蛋、三蛋分头找你哥去。"

恰好这天村里一位寿星过生日,毛蛋吃酒席去了,还未回来。

已经喝得有几分醉意的毛蛋,一听灵娃被人抢去了,他的酒一下醒了大半,呼呼啦啦地吐了一地。

"弟兄们,带上家伙,跟我上河滩!"

"你能行吗?"

"少废话!"

于是毛蛋带领着十几个弟兄,浩浩荡荡地朝河滩开来了。毛蛋在路上就合计着这是谁干的。他盘算着渭河滩一带的黑道上的人物,"黑鬼""独臂""袁蛋"都是一个师傅教出来的,他们的师傅与自己的师傅算同门兄弟,自己最好还是先求师傅传个话。毛蛋想到这里,就先绕道二郎庙,拜访了他师傅文德盛老汉。文老八十多岁了,身体还硬朗,他正在院子晒太阳。

毛蛋说明了来意,师傅说:"你师伯已经去世多年,河对岸已经群龙无首,我的话他们未必听了,你还是自己想办法吧。"

毛蛋聪明得很,他从师傅的话里领会了意思,师傅是让他打自己的旗号行事。有了师傅这张护身符,加上众弟兄帮忙,毛蛋心里底气十足,他决心把徐灵娃救出来。

天黑以前毛蛋就把事情弄清楚了,他知道是黑鬼带人干的,就端直去了"黑鬼"李槐天的家,当时这一伙子人正在喝酒。

"李哥在上,小弟毛蛋拜码头来啦!我师傅文德胜向您问好!"

"你是河北毛蛋,文师叔的徒弟,哎呀呀哎呀呀,一家人,一家人嘛!"

"拿酒来,满上,干了!"

"干了!"

"兄弟,我是个直肠子,不藏着掖着,你说那个女的是你什么人?"

"她呀,是我媳妇,还未过门。"

"哦?""黑鬼"粗中有细,他转过身说道,"对不起,我解个手。"

"黑鬼"假意上茅房,其实他吩咐下属去问徐灵娃,他怀疑毛蛋为救人设局骗他们。

这时毛蛋心里也七上八下的,他怕事情起波澜,毕竟自己和人家没有什么交情,所以必须万分小心,况且这是人家的地盘。

过了一会儿,"黑鬼"再次出现的时候,脸色就不对劲了,他冷冷地说,"毛蛋,咱道上的规矩你是懂得的,你不能为了救一个根本与你就不相干的人就设局骗自家兄弟,这到口的肥肉是不能被人轻易拿去的。"

"大哥,你误会了,我……"

"不要多说了,既然你是受人之托,那就谈条件吧,今天拿钱来了咱就一手交钱一手交人,否则就不好说了。"

"钱,我没有,我的确受人之托,是这个女孩的母亲,不过我自己也很想救她出来,你老哥也知道,就算她是我的一个朋友,我也得给她出这个头。"

"那好,咱们到河滩摆场子,立生死文书!"

"请!"

"请!"

谈判破裂,双方剑拔弩张。

在渭河滩边,一片密密的树林深处,灯火通明,除了"黑鬼"的弟兄之外,"独臂""袁蛋"那两股人马也来观战瞭阵了,毛蛋一方在人数上处于劣势,他们被层层包围在核心。

"今天大家都看着,我要与河北毛蛋来个公平的了断。如果他赢了,我摆酒席,女人他带走;如果我赢了,那就老规矩,这个女人大家享用。""黑鬼"用沙哑的声音大声说,"我请'独臂'、'袁蛋'俩兄弟当见证人。"

"怎么个比法?"

"其实很简单,咱们都是吃练武这碗饭的,那就会会吧,咱一比硬功,二比力气,三比胆气。"

"成!"毛蛋似乎豁出去了,他面不改色心不跳。

第二辑　短篇小说

第一回合比赛硬气功,毛蛋略胜一筹,他的指力惊人,那些砖块在他手里简直就像泥巴,他很快就用食指钻透了砖块,还用掌把它击碎了。"黑鬼"那边一会儿紧一紧气功带运气,一会儿又怪声呼喊,但不管怎么折腾他却怎么也钻不进去,那块砖就像铁一样坚硬。"黑鬼"一脸丧气,他败下阵来,"这一局不赛了,我输了!开始第二局!"

第二回合比赛力气,这是"黑鬼"的强项,在两个助手的保护下,他比较轻松地背着一块楼板走了二十五米。毛蛋看着那块楼板,足足有一千斤吧,他过去没有背过这么重的东西,他的两个兄弟也来给他帮忙,他谢绝了,只见他颤巍巍地背起了楼板,他掂量了一下分量,感觉自己能行,就一步步艰难地朝终点走去,同样他也到了终点。两位裁判相互递了一个眼神,最后判定平局。

第三回合要比赛胆气了,"黑鬼"用充血的眼睛打量着毛蛋,他不怀好意地说:"咱们生死自愿,凭命判!"

毛蛋没有吱声,他只是咬了咬牙关,调整了一下呼吸。

"兄弟,选家伙。"

毛蛋选了一把匕首,"黑鬼"选了木棍。他们的游戏规则是猜单双决定谁先出手,"黑鬼"让毛蛋先猜,三打二胜,毛蛋三次都未猜中,他的运气糟透了。轮到"黑鬼"猜了,他第一次就猜中了,不用再猜了,他已经取得了优先攻击的权利,每人有三次攻击机会,显然先进攻者占便宜。

"黑鬼"急于求成,他第一棒打偏了,第二棒又没有打中,毛蛋迟疑了会儿,也许他是想给同行面子吧,故意卖了个破绽,让对手击中了自己左肩,他没有想到这根棍有机关,棍头有个铁尖,一下子就把他刺伤了。

毛蛋踉跄着几乎栽倒在地,他心里愤愤地真想大骂"黑鬼"不地道,但转而一想,即使自己输了也是个平手。

"各位大哥,兄弟认输了!"毛蛋主动放弃了比试。

"那怎么行,传出去道上人以为河南人欺负河北人哩!""黑鬼"得了便宜卖乖,他尴尬地对大家说,"毛蛋,你要看得起弟兄们就出手吧。"

"毛蛋,听说你的飞刀厉害,你也给咱露一手……"观众中有人起哄说。

这时毛蛋的左肩头还在隐隐作痛,他本来已经无心再比下去了,就勉为其难地说:"那我就献个丑,交流一下。"

他先走到一棵槐树跟前,用刀子削掉了一块树皮,在上面划了个十字,然后快步走到几十步开外,用黑布蒙上了眼睛,"唰"的一声甩出了一把刀子,那刀子不偏不倚正好扎中了十字心。

四下里一片惊讶声,啊——太绝了,那么准!

这时在一旁观看的"独臂"突然抛过来了一只苹果,毛蛋顺手用飞刀迎住了它,只听"嚓"的一声,那苹果被一分为二,同时毛蛋飞快地跃起,周围的人几乎没有看清,他是如何用手不可思议地抓住了那两块游移不定而快速坠落的苹果。

众人对这一幕目瞪口呆。

"李兄,咱一人一半。"

"哈哈哈,都是自家人,见外了!""黑鬼"打着圆场,"上酒,开席!"

这一夜,"黑鬼"家热闹非凡,几十个弟兄喝得吐天哇地,人事不省。

喝过酒之后,毛蛋坚持着要回河北,河南的人看留不住就让他们起程了。毛蛋是过了八号桥才醉的酒,在渭河南面他心里拿着劲,就一直支撑着,徐灵娃一路上抱着他的头,眼泪汪汪的,她还不时俯下头亲他的脸蛋……

二

一场河滩救人的事让毛蛋扬了名,渭河以南的人都知道河北有个毛蛋,是个硬铮铮的汉子。毛蛋村子的人也见识了自己村子的好汉。俗话说"好狗护三家,好汉护三村",村人们从此对他刮目相看。人家毛蛋咋咧,这娃哈是哈,但大向不乱,是个人物!大向不乱这就是那时村人对毛蛋的最高评价。

评价高归评价高,但毛蛋在村子里还是抬不起头,他是穷人,他的经济基础太薄弱了,他没有像样的大瓦房,更没有那时已经逐渐兴起的平房、二层楼,他还是住在村外的茅草屋里。徐寡妇一看女儿平安归来,一个手指头都没缺,就把心放到肚子里去了。事情刚一解决,徐寡妇就到毛蛋家谢忱,她带着老伴提着四色礼,还给毛蛋买了件机织布白衬衫。后来徐寡妇就不再搭理这个毛蛋了,她甚至放话说毛蛋要想娶灵娃除非他有辆小四轮,成了万元户。

事情的进展一波三折,一方面毛蛋和灵娃偷偷摸摸地在偏僻的土壕、砖瓦窑、麦秸堆背后约会,另方面徐寡妇严密管控着女儿,甚至强行限制她的自由,不让她一个人随便出门。

刘毛蛋为了徐灵娃可以说是不顾一切了,他绞尽脑汁想方设法改变自己啊,他想让自家的穷日子翻个过,他想堂堂正正地把徐灵娃娶进门,他甚至厌恶当个上门女婿。毛蛋这人你说他周身的毛病,但他却不胡来,他看不惯那些恃强凌弱的,看不惯那些硬上墙的做法,他很赞赏南方人变着法子让人钻套套的做法,就是骗你也让你心甘情愿,从来不强人所难。有一段时间刘毛蛋在县城里用几元钱的假项链、几十元的假石头镜骗人,大致骗了五六十人,挣了几千元,他用这些钱在银匠铺子给徐灵娃定做了一条货真价实的金项链,一个金戒指,还给她打了一对银镯子,一副银耳环。徐灵娃呢正在热恋中,她对于毛蛋的所作所为不加干涉,也不过问他干什么,她是看着刘毛蛋越看越稀罕,越看越喜欢,她相信这个世界上就只有刘毛蛋对她是真心实意的,她离不开毛蛋,一时一刻都离不开。

有人说苦难是人生的老师,逼迫是成功的捷径,为生活所迫,为灾难所迫都会磨炼人,但不正当的欲望也会扼杀人,陷害人。刘毛蛋似乎是要给徐寡妇证明自己的能耐,他正在策划着自己的宏伟人生。

为了发财致富,刘毛蛋开始在自己家里养兔子、养松鼠和小白鼠等各种小动物,他相信人们会逐渐喜欢上这些小玩意儿,他想把自己的小生灵带到大城市去销售,说不定他就会大发其财。但是事情没有他想象得那么顺利,他的小东西大量死亡,他赔了不少钱财和时间,最后就剩下最后一只小白鼠了,还看起来不怎么精神。他没有养殖经验,他不懂得科学养殖,他的那些寄托着自己梦想的小东西一个个都离他而去了,毛蛋痛哭流涕,伤心不已。灵娃安慰他说:"没有了小东西,你还有我这个大东西,你也不要太难过了。"

"我是小东西、大东西都想要呀!"

"别太贪了,干脆另起炉灶吧,你不是养小动物的料。"

于是刘毛蛋带着自己心爱的小白鼠去古镇河滩会去卖,那时正好是正月十三,当时正在举办全县社火巡游、锣鼓大赛。毛蛋将那小白鼠用根绳子牵着,还让它站在自己的肩头上,恰好这时有一个城里的贵妇人怀里抱了一只大黄猫,这个生灵天性克鼠,小白鼠一看黄猫转身就逃命,毛蛋一不留神,小白鼠就带着绳子逃不见了,他前后左右都找遍了也不见小白鼠的影子,他再看那个嘴巴红得像鸡屁股似的贵妇人怀里的黄猫也不见了,他心想:"这下子完啦!"果然他看见大黄猫正在用舌头舔着带血的嘴巴,那条拴小白鼠的绳子还在那里,刘毛蛋义愤填膺,挽起袖子就要找贵妇人算账。

"大嫂,你的猫把我的小白鼠吃了!"

"谁看见的?"

"大伙都看见了,你还不认账。"

"那你找大伙理论去,让大伙给你赔去,少跟我啰唆!"

毛蛋一看这个女的耍横,一时没了法子,要不是看她是个女的他早就上去戳她几拳,教训教训这个泼妇。

"跟我玩阴的……"毛蛋想,一不做二不休,你不仁休怪我不义,转身抓住那只大黄猫就走。

"哎哎,兄弟你有没有搞错,那是我的猫。"

"谁看见的,凭啥是你的。"

"我一直在怀里抱着……"

"喔,我这黄猫怀孕了,我是带着它去找兽医检查,看它到底怀的是猫还是鼠。"毛蛋这一番话把那个贵妇人逗乐了。

"没想到兄弟还是个幽默人,要不咱找个地儿喝杯茶?"

"走就走。"

在街面上一家看起来比较气派的茶社,贵妇人要了一个包间,上了最好的西湖龙井茶,她先给自己点上了一支细长的白白的纸烟,然后又给毛蛋发了一根大卷烟。

"男人抽这个气派。"

"我又不认识你,凭什么招待我?"

"缘分呀,我的猫都怀上你的老鼠了,你还能说没一点关系?"

毛蛋苦笑着,大度地说:"我说着玩的,你把自己的猫牵走,我那不就是一只小白鼠嘛。"

"你真的不要啦？我看你也是性情中人，要不这样，这只猫你先留着，我再给你一百元补偿。"

"惭愧，咱无功不受禄。"

"也不白给你，一会儿我要打牌，你能跟我两三个小时吗？就算我雇你。"

"我手无缚鸡之力，能给你帮上啥忙。"

"别装了，你那身子板一看就是个练家子，你知道秦琼么？哎，你不一定看过……不说了，反正我的眼力不会错的。"

"成，我就帮你一会儿，后边我还有事情哩。"

"不会耽搁你太久的。"

过了一会儿，有一个人送来了一只精致的棕色皮箱，贵妇人让毛蛋提着皮箱跟在她身后，他们一行数人去了一家饭馆二楼。那里有一个很大的包间，里面有一张大圆桌，一张方形麻将桌，几位上场的人物都到齐了。他们相互之间并不寒暄什么，只是扔了点子就开始玩，玩法很简单，每把一结算，现把现货，没钱了就下场走人。贵妇人身后站着毛蛋，其他三位后边也都有人陪同，毛蛋知道他的箱子里是现金。他们相约玩了两个小时，贵妇人是赢家，她带来的那只箱子压根就没打开过，原来这只箱子是她的从人送来的空箱子，现在已经装得快满了，这女人很有风度，似乎输赢都不在乎，赌局结束了，她悠然地朝大家笑了笑，然后才让毛蛋先提着两只箱子离开了，过了十几分钟后贵妇人才从楼上飘了下来。毛蛋把这个神奇的女人送上汽车的时候，他感觉自己好像在做梦，突然那个女人从车上走下来了。

"哦，小兄弟，我差点忘了，没有给你小费。"她随手从手袋里掏出了一叠钱，硬塞到毛蛋手里，"托你的洪福，我今天赢了，再见！"

毛蛋看着贵妇人一溜烟地离开了，似乎有些失落，他数了数拿在手里的钱一共有两千元整，不多也不少，他在心里打着回转，原来钱也可以这么赚。正在他走神的当儿，他想起了一件事情，那个女人的黄猫哪里去了？这是她留下的小生灵，自己咋把它弄丢了。

毛蛋上街下街地奔跑着寻猫，只见那个鬼东西正在原来的那家饭店外边的墙角里吃骨头,这时候一只不知从哪里冒出来的大狼狗以百米冲刺的速度朝大黄猫发起了进攻,那黄猫也不示弱,立即弓起了背,竖起了毛,嘴里噗噗地吐着粗气,它似乎一点也不怯火那狼狗。狼狗到底强大,它很快就霸占了那堆骨头,还不依不饶地追逐着黄猫到处跑,黄猫刚转过一个弯,没承想迎面遇到一个德国黑,两只狼狗合力追击,大黄猫最终惨死在德国黑的脚下,等毛蛋跑到跟前的时候大黄猫已经没气息了。毛蛋怒不可遏,这是谁家的德国黑,把我的黄猫咬死了!原来那只德国黑的主人是对面肉铺子的孙大头,而那只大黄狼狗则是这条街上的混混万三水养的,这两只狗仗着他家主人的威风,经常在街道作威作福,很多老人小孩都被咬伤过,孙大头、万三水从来都不管不顾,他们甚至还倒打一耙,你们肯定惹我家狗了,要不然街面上人山人海的偏偏就把你咬了,咬死活该!

毛蛋去找孙大头说理,孙大头抓起一把砍刀就扑向毛蛋。毛蛋是谁?他见这人来势汹汹就以四两拨千斤的劲道,就势把孙大头朝前一拨拉,只听"啪嚓"一声,胖墩墩的孙大头像一袋烂泥一样重重地摔在了地上,老半天爬不起来。那孙大头像汤锅里的鸭子一样肉烂嘴不烂,他挣扎着站起了身,一看不是对手,转身就跑,还边跑边嚷:"有种你别走,看万三水不收拾你!"

万三水练过拳脚,他领着一伙子人,腆着个肚子大大咧咧地走来了。

"老万,就是这个家伙寻事。"孙大头用手指着毛蛋。

"咋回事?"万三水吆喝着,"先给我拿下再说。"

"慢!今天我只和你万三水说事,与大家无关,请大家离开。"

"那你就先和我这根木棍说说话。"万三水说着就呼呼地舞弄起了自己的棍棒,毛蛋若无其事地坐在一只凳子上,万三水始终近不了他的身,万三水心里有些后怕,这回遇到高人了。他正犹豫不决的时候,毛蛋顺势用脚尖将一只小木凳踢飞,那小木凳端端正正地打在了万三水的面门子上,万三水顿时血流满面,众人见此情景一哄而散:"啊,出人命了!"

"大师,你就是我的爷,我就是你孙子,我甘拜下风!"这万三水就是转得快,他一看情况不对,也顾不得面目狰狞,鼻血、眼泪叭嚓的样子,连忙下跪求饶。

毛蛋一看今天这个情形,心里很不痛快,但他再也不想与这些街皮无赖周旋了,转身就想离开,随口说了一句:"算你命大!"

"大师,不能走,我还有话说。既然我们的狗咬死了你的猫,那是它狗贼有眼不识金镶玉,敢在太岁头上动土,要不我们今天就把它给宰了,给你的猫报仇雪恨,或者你最好就把它带走,让它将功补过,孝敬你,这些也权当是我们的一点心意。"

"对对……把两只可恨的狗都拉走。"孙大头也点头哈腰地说。

毛蛋心想,恭敬不如从命,既然人家让步了自己也不好再说什么,就对他俩说:"实在抱歉,为了这么点破事,咱们差点伤了和气,这么吧,狗我也不要了,你们留着吧,再说我让弟兄们吃苦了,就当给你们的医药补偿。"

"这、这……你说的什么话,是我们太鲁莽,得罪了你,你高抬贵手吧。"

天色将晚,毛蛋见推辞不了就拉上这两只狼狗上了路。一路上赶集的人三三两两地悠闲地走着,不远处一伙马贩子正吆喝着马匹,其中一匹枣红色的儿马撒开蹄子,发疯似的朝人群冲撞。毛蛋手里拉着的两只狗也开始凑热闹,不住声地狂吠。你毛蛋心里有些烦躁,这一天到晚净是些什么烂事情,搅得人不安生。

"畜生别嚷嚷了,关你们屁事!"毛蛋没好气地怒斥着,那两只被他称为畜生的狗根本就不通王话,似乎越发叫唤得凶了。这时候枣红马已经到了跟前,两只狗发疯似的狂吼,德国黑一下子挣断了绳子,拼命追逐着那匹脱缰了的枣红马。在这场没来由的争斗中,枣红马呼啸着踩中了德国黑,它似乎狂怒了,转而追逐着踢踩、践踏那只多管闲事的德国黑。这匹马钉过铁掌,它的马蹄子就像两只巨大的铁榔头,三两下就把那只可怜的德国黑交代了。德国黑临死前凄厉地惨叫了一声,就再也没有声息了。看着同伴一命呜呼了,那只土黄色的狼狗居然也没有了动静,它畏畏缩缩地跟在毛蛋身后,而且尾巴 直贴着屁股,样子看起来十分狼狈。那匹脱缰的枣红马也好像知道自己闯祸了,它打着响鼻,大睁着眼睛瞅着路边的德国黑,马贩子见枣红马有些服帖了,就赶紧给它套上缰绳,那匹马这会儿乖乖地跟着主人走了。

"哎,牵马的,你得有个话才行,你家的马把我的狗踩死了,你连一句道歉的话都没有,就这么理直气壮地开溜了,你把我当二百五咧!"

天边那片棉花云

"对不起,我先把它送过去,然后才准备和你说这事……"

"晚了,这匹马你拉不走了。"

毛蛋上前就要阻拦,这时那只土黄色大狼狗再次咬了起来。

"不要咬,你添什么乱!"

马贩子人手多,大约有五六人,他们听见这里的吵闹声就派了三个壮年人过来了。

马贩子是外地人,他们不想多事,想花些钱了事,毛蛋这时心里起了窍,他不知从哪里冒出来的想法,他喜欢那匹枣红马,但这种话说不出口,他要让对方提出了,这样自己也就心安理得了。

"乡党,我也是规矩人,我的那德国黑,那是名狗,是一个朋友从武警部队弄回来的退役狗,我们县上就这么一条,要说价码你们可能不信,我是五千八百元从别人那里买的。"

"蒙人吧,我们不知道狗市行情,由你随便说。"

"那就这样吧,你们给我买一条德国黑狗赔给我就行了,我就多余一句话也不说。"

"你这不是为难人嘛,黑天半夜的我们上哪儿给你买狗去,再说我们的钱都买马了,身上也没有多少现金,你看我们多少赔你些咋样?"

"不行,门都没有。"

"你说咋办?"

"其实也好办,要我说你们就赔我一匹马。"

"你也太心黑咧,说梦话呢!"

"那你们试试……不是我不仗义,你总得给我有个交代吧。"

马贩子几个人合计了一会儿,他们以为单人夜晚敢于在这十几里川道上行走的肯定不是一般人,还是不要招惹的好,另外从毛蛋的谈吐中他们也感觉到了阵阵煞气,看来这是个不好对付的家伙,罢罢罢,胸口砸一锤给他一匹马,人家毕竟也折了一只狗。事情终于和解了,毛蛋和这些马贩子连夜晚把那只德国黑煮了下酒,他们就在川道里一个背风的坡地宿营,一直闹腾到了日出东方天大亮。

跟这些马贩子喝酒喝着喝着就喝出了友谊,一位矮个子的中年人,一高兴就送了毛蛋一副马鞍子和一副过去账房先生戴的老式眼镜,他传授了不少关于喂马、养马、驯马、骑马以及辨认石头镜的知识,毛蛋则送了那人一把钢水上好的匕首,还为客人们表演了拳脚功夫。

第二天,刘毛蛋扬扬得意地骑着枣红马,领着大黄狗回村了。徐灵娃做梦都没想到,一天不见,刘毛蛋让她刮目相看,还从天上弄了些马呀、狗呀的动物,居然还挣了两千多元钱。

你没抢银行吧?咋好事都让你赶上了?别说村子人不相信,就是毛蛋自己都懵懵懂懂的,如在云里雾里一般。

三

开春了,柳树发芽的时候,刘毛蛋又开始牵着自己的枣红马到处跟会赶集,起五更赶半夜,到处设法挣钱,他甚至过了渭河到南山一带赶庙会,他已经有了自己的宏伟计划,他想在村子里给自己盖房子,他一心要正儿八经地娶回徐灵娃,给他老刘家长脸争气。有一回,在邻县的春季物资交流大会上,他与一群耍杂技的青海演出团合作,他的枣红马也参加演出并给他挣了票子。他在那次为时半个月的大会上名利双收,他的硬气功表演很受欢迎,自己还挣了七八百元钱。在返回家乡的路上,刘毛蛋春风得意马蹄疾,只见他鼻梁上架着一副古色古香的圆坨坨石头镜,架腿子是黄亮黄亮的铜质材料,远远看去这刘毛蛋把头仰得高高的,他仿佛是要告诉世人现在的他碎大也算一个人物了。在这样的想法支配下,他飘飘然地在大路上奔跑着,立时后边就腾起了一股子烟尘,他的枣红马也似乎格外兴奋,那通灵性的马儿昂着头颅,自豪地嘶鸣,把一路上的田野、树木、车辆、人群纷纷抛在身后。

却说刘毛蛋奔跑到自己县的东关的时候,马儿已经浑身湿透了,他心疼地"吁"声吆喝着自己的坐骑,枣红马似乎也跑累了,识趣地摇头摆尾,边着悠然的步履行走在大道上。这时,一辆失控的小四轮拖拉机飞也似的朝枣红马撞过来了,那马儿机敏得很,它下意识地猛地一仰脖子,身子一腾空就把毛蛋甩出去几丈远,这下子主人获救了,那马儿却被冲翻在地,嘴里吐着白沫,浑身流血不止,看来这马没救了。

毛蛋一骨碌爬起身子,他顾不得自己身体的酸痛,流着眼泪跑到枣红马身边,马儿的眼睛里几颗豆大的眼泪骨碌碌滚落下来了,毛蛋一把抱住了他心爱的枣红马,并失声地号哭起来。

"啊——我的枣红马!混蛋!你咋开的车呀!啊——"

小四轮拖拉机司机惊魂未定,他的车撞到一棵大树上才最后熄火,他是个新司机,这个车才买了三天,他把油门当刹车了,所以越急越乱,才酿成了这场事故。

枣红马死了,毛蛋把马鞍子取了下来,他找人在荒地里给它挖了个墓坑,把他的伙计埋葬了。然后他才找到那位司机家里,司机也是个恓惶人,家里并不富裕,他说:"大哥,我没钱,就是这辆车也是东凑西借才买的,我还指望它过日子哩。"

"我的枣红马,我也是靠它过日子,它会演杂技,是个很通人性的马,你上哪儿给我买这样的马呢?我也不讹你,你反正要让我也能睡着觉。"

"不说咧,大哥,这狗日的车把我的胆都吓破了,我一看见它就哆嗦,干脆你把它开走,我眼不见心不烦……"

"你舍得吗?"毛蛋说,"我看你也是个老实娃,这样吧,我给你五百元钱,你先买辆自行车,贩个菜做个小生意。"

"谢谢老哥!"

就这样,毛蛋心情沉重地开走了那个老实人的拖拉机,半晚上他才回到老家。

晚上刘毛蛋一直不能入睡,他翻来覆去地睡不着觉,就干脆穿上衣服到村里转悠去了,他想找几个朋友打牌。

在路过徐灵娃家的时候,他发现那里灯火通明,原来这家人正在杀猪宰羊。不年不节的怎么回事?莫非是徐灵娃要结婚,或者他们家有人过生日?毛蛋正猜测着,迎面遇到了一个熟人。

"毛蛋,睡不着啦,你来帮忙来了。"

"嗯?"毛蛋嘴里打着哈哈,他还没有真正明白过来。

"我跟你说灵娃明日结婚,她女婿今晚就住在县城招待所,人家男方来了两席人,明天早上咱们去迎接女婿。"

"哦……"

"帮忙的人大部分都在喝酒了,我们几个正打牌,你玩不?"

"……一会儿再说吧。"

毛蛋的头脑"嗡"的一下子大了,他这些日子忙着挣钱,他以为自己把钱弄多了就会把灵娃弄到手,他忽视了一个现实的问题,人家姑娘已经有婚约在先,自己这是半路上杀出个程咬金,所谓名不正则言不顺。是否自己这个癞蛤蟆过高估计自己了,还是徐灵娃根本就不打算跟自己过日子,她只是拿自己开开心,解解闷……毛蛋头脑越想越乱,越想越不是个滋味。不,我找她问问,看她啥态度,这不是要笑我么?

想到这里,毛蛋不管不顾地径直闯到了灵娃家里,家里正忙乱着,干活的、吃饭的、喝酒的、玩牌的,似乎都在忙着自己的事情,根本没人在意他。他在灵娃的房间外犹豫了,他想敲门,又不想敲门,那是她的新房,他怕遇到别人了。灵娃感觉好像有人来了,而且是她最熟悉的那种声音,那种气息,她的心跳动得格外厉害,她感觉非常的恐惧,她的心里不知怎么的感觉非常委屈,竟至于无声地哭泣开了。听着屋内的悲悲切切的哭声,毛蛋终于推开了那扇虚掩的门,灵娃一下子扑到了他的怀里。

"死鬼,你怎么才回,你死到哪里了?"

"我今天刚回来……你、你咋不跟我说?"

"你也没问我,我咋跟你说哩。"

"我就问你一句话,你还爱我不?"

"我一直都爱你……"

"那你咋嫁他!"

"你不要我,你、你……你没有上我家里来求,你没心。"

"我以为……你知道我非你不娶!"

"我当你不要我了……"

"我要我要……"

"我们还没领证,我年龄不够,还差几个月。"

"说那些事干吗?我相信你,我现在就要了你!"

"我不嘛,我……"

毛蛋现在啥都撇开了,他豁出去了。他关上门,拉了灯,索性就睡在灵娃的新房了。他想过了,今晚哪怕被他家人打死自己也值了,自己和自己心爱的女人在一起了。

正在这时徐寡妇来了,她见房门关着就大叫:"灵娃,刚才还亮着灯,咋就睡了,我想取一下剪子。"

"妈,我睡了,困死了,明天还要早起,哎呀,你就不要烦我咧。"

"鬼女子,按理今晚上要和妈睡一晚,你倒好,满屋子的人,你啥都不管,自己钻到被窝睡觉去了,真会享清闲。"徐寡妇嘟嘟囔囔了一会儿,见女儿没有开门的意思,极不情愿地走了。

毛蛋大气都不敢出,他把头蒙在被子里,生怕弄出声响来。

"好了,出来死鬼,看把你捂死了。"

"我没想到在你新婚前夜……"

"别废话!"

灵娃似乎比毛蛋还要主动,还要激情澎湃,她妩媚地剥去了自己的衣服,显现出了像出水芙蓉一样的秀美肌肤,她第一次在毛蛋面前展露了自己细腻光洁的胴体,她以女性的柔美温暖着自己的爱人。毛蛋浑身打战,他也像蝉一样褪去了自己的包装,他那强劲的有节奏的肌肉运动把雄性的张力发挥得淋漓尽致,灵娃气息微喘,面色娇润,她那嘤嘤唧唧的声音如同山涧的清泉,清纯,甘甜。他们仿佛在一片波涛汹涌的大海上航行,在狂风暴雨中挣扎,他们拼着最后的一丝丝气力在奋力地划呀划呀,他们把全部的生命,全部的爱恨都倾注于那几乎被风雨摧折的即将沉没的小船,他们仿佛是即将濒临死亡的人,抱着求生的星星点点的希望向着海岸的方向前进,前进!

毛蛋和灵娃这对迷途的羔羊,这对闯入伊甸园的莽撞男女,他们在欢娱着自己身心的愉悦中陶醉,在不知疲倦的耕耘中纵情,在狂热地颠鸾倒凤之后,在那场史无前例的暴风雨扫过大地之后,他们惊骇地发觉自己身边的冰山已经飘然移动了,向着茫然的世界,向着他们无法控制的方向……

明天怎么办?我还能再走向另一个男人的怀抱吗?灵娃哭泣了,泪水打湿了她的枕头,她如何闯过这个险滩?

"毛蛋,我明天咋办呢?"

第二辑 短篇小说

"我……不知道。"

"你混蛋!"灵娃生气地扑打着毛蛋。

"嘘——"

"我不管,我难受,我疼痛难忍!啊——"灵娃忘乎所以地对毛蛋发泄自己心中的痛苦。毛蛋怕被人发现,连忙用手捂住她的嘴,灵娃一把抓住毛蛋的手狠命地咬了一口。

"啊,小狗!你真咬?"

"我还要……"灵娃又一次抱紧了毛蛋,这两人再一次缠绵了。

天快亮的时候,他们还昏睡着,忽然灵娃听见外边已经有了脚步声,她的心突然紧缩在一起了,必须先让毛蛋脱身,自己想法再逃跑,不然就惨了……

"快起来,滚!不然就来不及了!"

毛蛋混乱中穿上衣服急匆匆从大门溜走了,灵娃看着他离开了就又关上大门,然后赶紧清理房间。

这时隔壁的大婶已经起来了,她透过夜色看见了毛蛋的影子,嘴角不由得撇了撇,露出了神秘的微笑。这些情况当时毛蛋根本就没察觉,他唯一的想头就是赶紧撤离这个是非之地。

徐灵娃的婚礼正在按照预定的程序继续进行,徐寡妇兴高采烈地从一大早就招呼各路人马,什么迎娶小组、来宾接待小组、婚礼司仪小组、后勤小组,还设立了一个大总管,两个副手。早晨一起来顾事的帮忙的都来到了主人家,他们先简单吃一个菜夹馍,喝一碗稀饭垫个底,然后听从大总管调遣指挥。大总管就像一个军队中的大将军,他威严地坐在太师椅上,依次打发了迎亲、司仪、接待、后勤四路人马,每送走一支队伍都要每人发一盒香烟,还要特别叮嘱各小组长的注意事项,特别是尊重男方乡俗礼节,多沟通、多理解、不要过分之类的话语。送走了大队人马,总管先检查了厨房工作,然后让司仪组准备贴对联、大红喜字。徐寡妇的丈夫汪谋子素有老文人的雅号,他当仁不让地亲自督办这档子事情,他请了几个中学语文教师作对联,到现在都没有拟好。大总管发火了,咋整的?到现在都弄不出来,还有没有时间观念?这时徐寡妇家的亲戚三五成群的已经来了,大家都忙着招呼客人,汪谋子脸色很难看,他急得打转转,心想:"这些人应人事小,误人事大,咋弄的这帮不中用的。"正在这时门口来了一位卖豆腐的老头,只见他头顶已经完全光裸了,红光四射,牙齿也几乎脱落光了,他用含混不清的嗓音叫卖着:"豆腐啊哦——豆腐!"

"大喜呀,乡党来一点豆腐吧!"

"走走走,人家正督乱着,对子还没弄好。"

"要不要你态度好一点么,干吗这么蹭,不就是一副对子……"

"说得轻巧,你弄一副来试试。"

"弄好了咋办?"

"你说。"

"我也没啥想法,你家把我的豆腐全部买去。"

"没问题!"

卖豆腐老汉用衣襟擦了一把汗,然后自信地说:"拿笔纸来……"忽然他又转身问了主人家还有啥要求。汪谋子说,今天我女儿招亲,我想让人一看就知道这事,而且还亲切自然,既把女儿提及,又把女婿夸赞。

一切都清楚之后,卖豆腐老汉略微一思忖,然后提笔在纸上写道:"昨日侄今日子龙归故里福临门;他岁女是岁媳凤鸣乡野喜登枝。"

"横批?"

"龙凤双栖。"

"什么意思?"

"儿女双全呀!"

"好!"围观者一阵吃喝声响起。奇人呀,他的对子还蛮切合实际的,想必这是一个村野隐士,他的那手好字现在的年轻人没人能比,就是县上那些浮在上面的所谓书法家也恐怕要甘拜下风啦。

此后主人家高高兴兴地把老汉的豆腐买完了,还送上香烟和酒,感谢人家的大力帮助。大家盛情邀请老汉留下吃过饭再走,反正这是一个高兴事儿,也不在乎多一人少一人,卖豆腐老汉生硬不肯停留,他拉着架子车离开了这个村子。

卖豆腐老汉刚走,村上的锣鼓队来了,秧歌队来了,咚咚锵锵的锣鼓声铙钹声响成了一片,那激越豪放的震天锣鼓,伴随着庄稼人的舞蹈,仿佛让人看到了古老战场上冲锋陷阵的壮士,看到了得胜还朝的将军,看到了军民狂欢的壮丽图景。在这群洋溢着生命律动的人群中就有毛蛋,他也在那群人中,他挥动着指挥旗子,蹦蹦跳跳地指挥着这样一个乐队,他让鼓声、锣声、铙钹声忽而独奏,忽而合奏,忽而高亢,忽而低吟,似有大珠小珠落玉盘的清脆,又有嘈嘈切切的悬念,到了最后则像激烈的暴风雨,又像轰轰隆隆的雷声,震撼着每一位在场人的心旌。啊!这东方神韵的交响乐,这生命凝练的黄土汉子,他们的每一招每一式,都似乎舞动了这片土地的魂灵,让天地也为之动容,为之泪水盈盈!这就是庄稼人,他们在欢乐的日子敲打着锣鼓,在危急的时刻也敲打着锣鼓,就像他们的祖先一样,用锣鼓指挥战斗,用锣鼓鼓舞士气,用锣鼓迎接未来……

为了答谢乡亲们,主人家端上了热腾腾的浇汤面,锣鼓队的小伙子呼噜呼噜地吸着面条,把一口都吹不透的油汤汤一咕噜就喝下去了,尽管面汤滚烫。

"当心,把你狗日的舌头烫得没皮了。"

"放你的心,快上饭,你就耍奸溜滑不动弹吧。"

"谁耍奸溜滑了?"

"你寡妇大妈这回舍得给大家吃了,油水很旺。"

"饭把你的嘴都捂不住,就你屁话多!"

"起席!不吃了腾板凳,下一拨还等着哩。"

"唉,你这人,咋还赶人……"

"不赶,害怕你吃到明天下午。"

徐寡妇家在大门口和院子里都搭了棚,主要客人都在院子里座席,村里的朋亲则集中在门口。正当门口热闹的时候,里面的婚礼仪式也同时开始了,按照当地乡俗,司仪大声指挥着一对新人一拜天地,二拜双方父母(先女方,后男方),夫妻对拜。在婚礼进行的第一个环节,拜天地的时候,不知是咋回事,寡妇家的四方桌子起火了,司仪赶快用一盆水浇灭了明火,场面一度显得很混乱。这时徐寡妇的脸色异常难看,她心想,自己究竟得罪了哪路神仙,咋这么不顺利,这么天怒人怨呢?她为了俩孩子的婚事操心受累,好不容易才有了今天,她容易吗?

"各位,好了,一点小插曲,无伤大体,婚礼继续进行!"

司仪在竭力地表演着,徐寡妇的心哇凉哇凉的,她不知道自己给俩孩子掏出去的信封钱数究竟是多少,按理给女婿一千零一,预示千里挑一,给女儿九百九十九,祝愿他们天长地久,徐寡妇当时心乱,她想不起来自己的信封里的具体钱数。

那边男方的父母也似乎有些乱了方寸,竟然找不到信封,掏了半晌也没有掏出来。

机灵的司仪立即接住话茬:"看来爸妈心中喜,大礼还在后边走,说不定的惊喜暂时保密。"

轮到双方家长致辞了,男方先发言,仵福祥的父亲颤巍巍地拄着拐棍,他说:"今天是我儿福祥与媳妇灵娃结婚大喜的日子,看着大家都来了,我高兴,这是我们仵家的福分,仵家娶得了个好媳妇,我高兴,我感谢,感谢,再次感谢大家的辛苦操劳,希望大家敞开吃喝,一醉方休,完了。"

按照对等原则,徐寡妇用手推着汪谋子上台致辞,汪谋子吭咔了半晌,才结结巴巴地说:"婚姻大事,是终身大事,要精心呵护,我、我……希望娃们互敬互爱……我、我希望娃们孝顺老人,一路走……唉,不!我希望娃们一生平安,百年好合……我、我还希望大家吃喝好,高高兴兴,快快乐乐,健健康康!"

徐寡妇的心思多,她一听对方的措辞就眉头紧锁,我家招女婿咋就成了他家娶媳妇,这不搭调呀?我们家的事过得乱了阵脚。

徐寡妇正在胡思乱想的时候,司仪宣布礼成,请大家吃好喝好,他代表老徐家感谢各位亲友各位乡邻各位朋友不辞劳苦参加婚礼,同时感谢婚礼前后所有的帮忙者,感谢大厨师、大总管以及各个方面的人,大家辛苦了,最后祝愿大家身体健康,万事如意,阖家幸福!

随后的环节就是新人敬酒了,灵娃和福祥逐一给参加婚礼仪式的客人敬酒,最后他们来到了村里的客人席。这时候恰好毛蛋在那里坐着闷头喝酒,仵福祥毕恭毕敬地给他递上一杯酒,毛蛋阴沉着脸说:"恭喜你!咱俩喝一杯!"

仵福祥见推辞不了就跟毛蛋碰杯喝酒,正在这时灵娃发话了:"毛蛋,你想喝酒了,来呀,我陪你喝,来,换大杯子!"

灵娃和毛蛋较上劲了,你一杯我一杯地喝。

"快把他们挡住,喝多啦!"

"别拦我,别拦我!"毛蛋一个劲地呼喊着。

"快把他弄走,人家这会儿正忙着待客……"

"这毛蛋看人家娶媳妇心里憋屈,羞先人呢,有本事把人家女娃领走。"

说者无心听者有意,毛蛋似乎心里亮清了,通透了,他的舌头卷着说:"你再说一句!"

"嘿嘿,我不说了,你毛蛋有啥了不起的,连自己爱的女人都不敢要,你就是个软头,屁不顶!"

"骂得好,哥儿们给你竖大拇指……"

那天毛蛋喝得酩酊大醉,灵娃也哭着离开了现场,她的酒还没有敬完。

晚上徐寡妇胸口堵得难受,饭也不想吃,灵娃躺在炕上也不起身,一家人都疙疙瘩瘩的,似乎谁的心里都不痛快。

后来村上来了几个闹洞房的年轻人,灵娃没心招呼大家,福祥也不热不冷,大家便识趣地散伙了。

灵娃洗刷完备后,就穿上外套准备出门,仵福祥问:"你弄啥去?"

"你别管,我有事。"

灵娃端直去了毛蛋家。

"刘毛蛋,你还是不是个爷们儿,你有种就来呀!"

"徐灵娃,我、我恭喜你。"

"毛蛋你再这样说,我今晚就不回去了,我跟你没完……"

"你想咋办?"

"我能咋办?"

仵福祥悄悄地跟在徐灵娃身后,他怕他们打起来了,他知道这两个人白天怄过气,也许善良的福祥还不知道灵娃在给他演戏。

"你凭啥欺负我家福祥,你知道他不会喝酒,你安的什么心?"

"你想哪了。"

"福祥,你出来看他毛蛋能把你吃了不!"

仵福祥红着脸从背阴处走了出来:"毛蛋哥,你不要紧吧,看你喝酒那么猛,我担心你。"

"没事。"

灵娃听仵福祥这些话,又看毛蛋一脸无所谓的样子,她一下子急了,扑上去就扇了毛蛋一记耳刮子。

毛蛋竟然没有躲闪,他欣然接受了灵娃的耳光,同时灵娃也震惊了,自己咋就打他了?她哭了,十分伤心地哭了,然后转身狠狠地凶着仵福祥:"走,回,往回走,不要在这里丢人现眼了!"

"……哦。"仵福祥气冲冲地走了,他边走边嘟囔着说,"发什么威,母狗!"

看着愤愤不已的仵福祥走远了,灵娃破涕为笑:"木头货,你今儿个咋回事,你想好了没有?"

"好了呀。"

"到底咋弄?"

"现在就走,离开这里远走高飞!"

"我还想收拾一下东西……"

"我都准备停当了。"

"那不行。"

灵娃她今天结婚就戴着先前毛蛋给她买的项链,藏在衣服里边,这时她又换上了毛蛋给她的耳坠、手镯,还让毛蛋给她戴上戒指,她也送了毛蛋一枚金戒指,毛蛋给她换上了另外的礼服,这是他毛蛋的礼物,他俩深情地拥抱着,拥抱着……

毛蛋的父母都是老好人,他们担心儿子,但又管不住他,就唉声叹气地任由他发展,毛蛋的俩兄弟对他哥很支持,也很佩服。

那天夜里,灵娃在毛蛋家逗留了个把小时就回家了,她先问候了母亲、父亲,给他们倒了杯茶水,然后又经管母亲吃了点东西,这才去睡觉。仵福祥晚上火急火燎地想那事,灵娃说她身子不方便,福祥感觉很扫兴,头一晚就没沾上身子。灵娃让福祥去厨房端热水壶,福祥去了半晌都没找到,其实热水壶就在她的房间,灵娃趁机关了门。仵福祥没法子,他怕徐寡妇听到了,就又睡到自己原来的偏房去了。灵娃想从自家离开,不给毛蛋家惹事,她还想给父母亲留一封长信,也给仵福祥写一封信,把事情都说开。

第二天早晨,徐寡妇发现了女儿的信,仵福祥也收到了一封,他们知道女儿已经去了深圳,同时女儿也宣布她与仵福祥的婚姻实际上是一场闹剧,是父母包办的,他们根本就没有感情基础,她更喜欢更爱刘毛蛋,她想让父母大人认仵福祥为干儿子,为他另娶一门本分人家的女儿,她不配当仵福祥的女人,她早就是毛蛋的女人了,这些大家都看在眼里,她也无须遮遮掩掩了。如果父母不能原谅自己,自己也没有办法,总之她不能再欺骗自己、欺骗他人的感情了,她要活回一个真实的自己……

看了女儿的信,徐寡妇打掉的牙往肚里咽,她结结实实地住了一个月院,她那红润圆实的身体仿佛瘦了一整圈,面色显得苍白,整个人也好像苍老了几岁。仵福祥是个有良心的孩子,他留在了徐家,改名徐福祥,踏踏实实地做起了徐家的儿子,并娶妻生子,尽一个儿子的孝道,这当然是后话了。

其实那天晚上,灵娃跟着毛蛋开着小四轮拖拉机并没有走远,他们过了渭河在秦岭山根的东风镇四郎沟村二队落了脚,他们看中了那里的青山绿水,想在那里开辟他们的新生活。

逝者如斯夫,不舍昼夜。

生活就是这样,总有一些能够引起人们好奇的故事,总有一些人要成为主角,而这些故事的主角往往是动态的,在某一时间是主角的,在另一时间就不是了。我的同乡刘毛蛋的故事就讲到这里了,至于他后来的情况,也许他活得很滋润,也许他活得很憋屈,这些我就不大清楚了。

2003 年 3 月 27 日

寒　夜

1

上世纪 80 年代,在三里镇的一家叫"惠风楼"的泡馍馆里,一群小青年

天边那片棉花云

几杯水酒下肚就不知天高地厚地说东道西,他们吹牛不打草稿,也不看看这是什么地方。自古三里镇是交通要道,为北山出山口,还曾是过去的州府旧地,可谓藏龙卧虎之地。无奈风水流转,世事无常,公路改道,州府县府南迁之后,这里逐渐衰微,只保留了一个小小的乡镇建制。在狭窄的三里镇街道上,有几家陈旧的老店铺,青砖青瓦、木门木窗古韵悠悠,只是看起来有些破损、有些萧瑟了,镇上人说这是清代的建筑,安吴寡妇家当年修建的,那时候酒庄、醋坊、茶庄、钱庄、盐店、米店沿着这一条河一字儿排开,少说也有二三十家,那真是风光无限啊!新中国成立后,六七十年代这里建起了电影院、食堂、旅社、粮站、医院,以及政府办公大楼,那些赭红色的大楼,并不很高,只有三层,清一色的砖混结构,但它们却是三里镇的标志,三里镇的光荣。时间过得真快,从后来人的眼光看,过去的那些建筑似乎已经不合时宜了,不消说灰黄色的外表上附着了太多的尘埃,有的建筑物的根基也仿佛在消解,似乎岁月已经逐渐地剥去了它那厚厚的装饰,一点点让它露出了狰狞的面目……

"惠风楼"是老字号,它的水盆羊肉闻名西北塬,它的生意一直不错,每天不到11点,这家店铺就打烊了。它的水盆羊肉汤鲜肉烂、余味深远,据说这家店铺的老板用三十多味中药入汤,形成了自己独特的风味,他家的羊肉水盆、煮锅、干刨、爆炒等花样繁多,品尝者络绎不绝。有的人从大城市专门来这里,就是为了吃上一碗这家的羊肉泡,市县政府的大型接待活动也要提前预订这家的羊肉,然后用专车火速运送到市府县府所在地的那些大酒楼、饭店,并以假乱真地吹嘘说这是他们酒店的佳肴,是他们某某师傅的杰作云云。

来"惠风楼"吃饭的,三教九流各色人等都有,有经商的,务农的,打工的,跑运输的,当官的,赋闲的,甚至还有街道的闲痞混混、"小姐"等等,反正来的都是客,吃好喝好地伺候好了,掌柜的生意就好,就能赚得锅满盆满。

那一群年轻人,戴着大墨镜,穿着喇叭裤,留着时髦的长头发,吆五喝六地在东南角那张桌子上号叫着。

"哥儿们,不是吹,我上个月去了趟深圳,那地方的女娃你随便玩。"

"你净说些没用的,我跟你说,上周我去了李庄……"

"就是那个红灯区吗？听说连那些卖饭的中年妇女把嘴唇一涂就上了场子,灯一拉谁还管什么,只要是个女的。"

"哈哈,现在李庄的名声越来越大,107国道边很多过路的司机都转弯抹角地跑到那里消费去了。"

"那里的歌舞厅就是多,几乎一条街道都是。"

一个染黄头发的小伙子,显然被酒精激励起了万丈豪情,他涨红着脸,大声说,我还听说这么件事情,一个果农第一次去那种地方,他跟"小姐"说:"一江春水向东流,陪哥一晚行不行？"

那个"小姐"呵呵笑着回答说:"月亮走哥也走,哥哥拉着妹妹的手。"

"走!"

"走……"

果农话未说完就忙着扯"小姐"的裙子,"小姐"嗔怪地打了一下他的手背说:"万水千山总有情,不拿小费不可行。"

"万水千山都是情,一袋'富士'行不行？"

"你说的喔是个啥嘛!"一个又高又胖的小伙子,一只脚踩在了凳子上,他声嘶力竭地喊叫着说,"我这儿还有更精彩的哩!"

"快讲呀,你还磨蹭你大个头。"

"你妈的屄,就你驴日的话多。"

"闲话少谝,闲话少谝。"

在这一群不谙世事的小伙子的起哄声中,胖子终于开讲了。他说市上曾经给李庄小学下派了一位支教的女老师,她刚刚大学毕业,本来在市教育局机关工作,市上为了加强底下的师资力量,抽调机关年轻人下基层锻炼。你们不知道这女娃长得要身材有身材,要模样有模样,还讲一口流利的普通话,她在李庄整个一条街道都飘彩了。

"啧啧,李庄小学来了一个美女,那绝对是盖了帽了。"

"要是谁能把她弄到手那才算本事。"

"喔女娃咋长得,咋看咋入眼……"

村上的人议论纷纷,浅薄之徒,更是想方设法地接近她、骚扰她。这位女老师家在市里,她总是早来晚归,匆匆忙忙,晚上从来不敢在学校单独住宿。

第一次她去上课,班上的学生见她身着白色短袖衫,下身搭配一件耀眼夺目的红色旗袍,秀发披垂,描眉画唇,妖艳迷人,就闹嚷嚷地纷纷议论说:"老师是小姐,是野鸡!"

"小姐,小姐!"

"野鸡,野鸡!"

学生们吼叫着,打闹着,不让她上课,几个大一点的孩子,还把她朝门外推搡。这位女老师哭着跑出了教室。

"你还不知道事情,这女娃最后还是被那帮子司机把她的活做了,他们把她从学校里拉了出来,在麦地里轮奸了……"

2

与此同时,在惠风楼的西南角有一位中年男子一边吃着饭,一边有心无心地听着年轻人的谈话,这人独自一个人自斟自饮,不知不觉已经喝完了一瓶烧酒。

"服务员,再来一瓶酒!"

服务员赶紧跑了过来,给他拿了酒:"大叔,您还要点什么?"

"牛肉再切一盘。"

"好,您稍等,一会儿就好。"

这位中年人嗓音洪亮,气宇轩昂,他的高喉咙大嗓子突然间引起了对面的一群青年的兴趣。

刚上完厕所的黄头发青年,不知是走错了地方,还是专门来到了中年人的桌子。

"大叔,一个人喝酒不闷得慌?要不要划几拳热闹热闹?"

"怎么个玩法?"

"大叔,我跟你说,武松的拳头,谁的拳谱?三里镇只有三个人厉害……今天这、这……天下第一没来,天下第二还、还……在路上,就剩下我咧……嘿嘿。"

"哦,知道。"

"我赢了,你、你埋单……连、连我们那边一起,我、我……输了,我……买!"

"成,君子一言快马一鞭!"

这一老一少就这样高声划拳了。

第一回合六拳,两人划了个二四拳,中年人略胜一筹,黄毛青年不服气,他说,必须划够十八拳才能见分晓。

第二个回合后,中年人又以二四拳的比分获胜。这时大家都劝着黄毛说,算啦,认输吧!黄毛仍然坚持比完最后一局。那中年人见这个小青年气盛,就卖给了他一个人情,最后一局他让黄毛胜一局。

黄毛倒很义气,他愿赌服输,只见他摇晃着站起身,大声吆喝着说:"我输了,佩服……佩、佩服!服务员结账!"

"大家都别介意,今天算我请客。"那中年人也急忙起身抢着付钱,"我也算认了一帮子忘年交小兄弟。"

"好,拿酒来,咱们继续喝酒!"黄毛高兴地说。

那中年人和几个小青年搅和在一起了,大家又跟他切磋拳艺。

"大哥,那我就改口了,不叫大叔了,哈哈哈!"

"大哥,你知道日本的汽车,三里镇的拳,拳谱都是谁写的吗?"

"嘿嘿,我不知啥日本汽车,三里镇的拳,也不管谁写的拳谱,谁赢了我再说话。"

一时间三里镇的闲人、酒仙、酒圣、酒尊、酒翁都惊动了。

"哟,听说来了个不知深浅的人,我倒要会会他!"

"强龙压不住地头蛇,他也不看这是咱三里镇。"

那中年人到底好汉难敌众手,一个小时以后他就渐渐不支了,似乎舌头也不会打弯了。

"我、我龙二虎,你打听打听……在塬上……哪个不知……"

"龙哥,你说我们三里镇的拳咋样?"

"哦、哦……我、我跟你说德国的汽车,塬上的拳,拳谱就是哥写的,你信不信?"

"信、信,龙哥厉害。"

黄毛、胖子几个年轻人见龙哥喝醉了,就把他架着出了惠风楼。冷风一吹,龙二虎呕吐不止,他给黄毛吐了一身脏物,还给胖子的西服口袋里吐满了污秽。

　　"唉,你看今天这顿酒喝得……"胖子抱怨说,"龙二虎咱也不十分熟悉,再说他是干啥的咱都不知道。"

　　"管他哩,我就觉得他人仗义,能喝酒……"

　　"干脆把他弄到东风楼旅社,那里最近有几个靓妞,咱们也醒醒酒。"

　　过了几个时辰,龙二虎酒醒了,他发现自己在旅社里,他一个人静静地躺在炫白的屋子里,白墙白地白被褥,他的脑子一片空白。

　　"龙哥,你总算醒了,把弟兄们愁死了。"

　　"好我的龙哥,你瞧你给弟兄们的见面礼!"

　　龙二虎一看地上那一堆衣服,他心里就明白了七厘八分,敢情自己给他们吐了一身,也多亏了人家帮忙呀。

　　"两位好兄弟,这是哥的一点心意……"龙二虎拿出了一沓幺洞洞,硬给他俩手里塞。

　　"龙哥,你这是打兄弟的脸,我咋能收你的钱,怪事情,简直的!"

　　"拿着拿着。"

　　黄毛、胖子没法子只好接住了钱。

　　原来龙二虎是个运输户,他有三辆大货车,从山里往外拉石头,哈好也算西北塬上的富户。

　　前些日子他的一辆车在给三里镇一个工地送石头途中与一辆客车刮剐了,所幸无人员伤亡,但三里镇交警却把车扣下了,都一个礼拜了,事情还没有了结,龙二虎心里很着急,耽搁一天,就损失一天的收入呀!

3

　　晚上,黄毛、胖子见龙二虎是个可交之人,就又约了一个酒场子,他俩郑重其事地给龙二虎接风洗尘,同时还要找人给他要车。龙二虎千恩万谢,随即就给了黄毛两条红塔山、两瓶精装北山烧台酒让他送礼,并给了他两个红包,里面分别装了两千元。黄毛这家伙的能量就是大,当天晚上11点他就把事情搞定了,交警让龙二虎明天早上把车开走就是了,其他事情不要他操心。

龙二虎心花怒放,他晚上一定要再次宴请黄毛、胖子等三里镇的弟兄们,地点定在了东风楼旅社,他自己的房间里。龙二虎让服务员在街道熟食店买来了酱牛肉、猪耳朵、卤猪蹄、猪头肉、花生米、西芹拌腐竹、蒜泥黄瓜、洋葱拌木耳等荤素搭配的菜肴,还抱来了几箱啤酒,四五瓶白酒,看来他们晚上要来白啤两搅了。

在那天深夜里,这一帮子人自然没有少喝酒,龙二虎显然已经酩酊大醉,他看人都恍恍惚惚,走路直打趔趄。黄毛、胖子等人也是吐天哇地,他们轮流着趴在马桶边,把肚子里的食物干干净净地一点不剩地都倒了出来,仿佛一个个都成了"道光祖"。

"弟兄们,没尽兴呀!"

"接着来,上酒!"

"喝!谁来不起是孙子……"

"来来……来喝吧。"

事实上这伙子人现在已经滴酒不进了,已经到了他们的极限,这就像人们说的一根稻草也可以压死一峰骆驼,一杯酒到了这个份儿上也可以叫一个人趴下,尽管如此他们嘴上的功夫依然不减,仿佛不这样他自己就在同伴眼里尿了,不硬气了。

这时候旅店的老板来了,因为都是本镇人,大家彼此熟知,他就让几个男服务员把醉酒的人扶着送走了,而且还一再叮嘱一定要送给他们家人。

夜深人静以后,该走的人都走了,旅馆里就留下了黄毛、胖子和龙二虎。

"龙哥,今晚上还行不?要不兄弟给你找个女娃耍耍。"黄毛说。

"行嘛,男人不能说不行的话,想当年你老哥也是风流帅哥……"

"那我去叫……"胖子说着拔腿就朝外走。

"算了,天天晚上这样也没啥意思,你们俩年轻,自己玩去。"

"兄弟们有福同享有难同当,我们咋好意思自己独自逍遥,把老哥一个人撇在这儿呢?"

"你不去,我们也就不去了……"

天边那片棉花云

"唉,让我把你俩的兴扫了。"

"没有啥,那咱就胡诌浪诼!"

黄毛、胖子俩人谈及自己如何"吊膀"、如何一夜跟几个妓女睡觉的荒唐事。龙二虎虽然听得津津有味,但却十分的不以为然,随后他架不住两个小兄弟"龙哥才是情场高手"的"高帽子"和一再要求,也就借着酒兴给他们讲了一段五六十年代的故事。

都是老皇历了,说出来不怕你们笑话,但那确实是我听说的真实事儿。因为都是熟人熟面孔我就不指名道姓地讲了,免得日后不定在哪儿见了面尴尬,我用假名或者咱胡诌个词儿吧。

两个小青年不容分说,一个劲再三再四地催促龙二虎开始讲故事,他们才不管什么张三李四工麻子、周二徐武马瞎子,只要听起来攒劲、热闹就行咧。

龙二虎这时面色潮红,眼睛里充满了血丝,显然酒精的作用还在一个劲地跟他捣乱,他的脑子里似乎不是十分的清晰,但对于那些盘亘在自己心里的事情,他还是可以像地板上倒核桃一样,"呱嗒嗒"一下子就倒出来了。

4

某村一个叫顺子的男青年在外打工,这在过去叫干活,他常年四季在外边闯荡,他媳妇秀芳一个人在家。他媳妇有些姿色,在村子里虽不算数一数二,但也绝对在前十名之列。有一回邻村一个叫水娃的混混被她的美色迷住了,发誓一定要把她弄到手。俗话说,不怕贼偷就怕贼惦记。水娃三天两头往顺子家里跑,秀芳吓得经常大门紧闭,她怕被人瞧见了说不清。

顺子在外干活大约有半年了,忽然有一天他心里感觉毛毛的,是想她婆娘了,还是咋的,他预感到家里头可能有些事,不行,自己还是回家看看,这样自己就放心了。在顺子的心目中,他媳妇是村里的贤惠媳妇,她走得端行得正,绝对没有旁世人说的什么闲话。顺子那天回家比较匆忙,原打算给媳妇买件衣服,因为行程安排得紧,他都没有来得及置办就出发了,那时他可真是归心似箭呀!另外顺子还多了一层想法,他先不捎话带信,就是要冷不丁给媳妇一个惊喜。

第二辑 短篇小说

　　顺子是坐长途车连夜晚往家里赶的，车到乡上就不再朝前开了，于是顺子下了车，步行十几里路才回到了自己的村庄。等他回村的时候，天刚麻麻亮，村里绝大多数人家还关门闭户，也许很多人还在黎明的香梦中缠绵呢。顺子正要敲门，稍微一使劲，他发现门开着，就狐疑地进了门。他家的厨房在前院，烟囱里正冒着青烟，媳妇或许已经起来了，说不定这会儿她去茅房了。顺子家乡的人一般都把厕所放置在大门外边，所以家里人上厕所都要出大门。顺子这样想着不知不觉地就进了后房，猛一抬头他倒吸了一口凉气，啊？他发现在自家的床上有一个男人正在呼呼大睡，顿时顺子只觉得一阵阵黑血直冲脑门，顺子愤怒到了极点，妈的，老子倒要看看哪个狗日的，敢在老子家里作恶。顺子本想大吼一声，痛打这个狗屁，但他最终还是忍住了强烈的冲动，尽管他的身子在剧烈颤抖，他的心在沥沥滴血，鼻子也一阵阵发酸……顺子蹑手蹑脚地再进前一步，他想看个究竟，他是到底是谁？原来床上的这位正是邻村的混混水娃，顺子认识他，顺子知道要是在平时，就是几个顺子也不是人家的对手，现在他睡着了不知不觉，正是自己报仇雪恨的机会，要知道兔子急了也咬人，他水娃狗日的也太欺负人了，顺子的脑子在急速地运转，他决计对水娃下手，神不知鬼不觉地弄死他。顺子的罪恶计划成形了，他又仿佛有些犹豫不决，然而另外一个声音却说，大丈夫要敢作敢为，当机立断……杀人者武松也！一想起武松，顺子顿时有了精神，一想起这件龌龊事他恨得牙根直痒痒，说干就干，顺子迅速找了一根结实的细绳子，还准备了一把斧头，他把细绳子绕到了水娃脖子上。水娃起初以为是秀芳在摩挲，自己也就没在意什么，还嘴里嘀嘀咕咕地说着什么。顺子怒火中烧，他使出了吃奶的劲猛一用力，水娃牛眼圆睁，挣扎着想用手扯绳子，然而他已经被人死死地捆绑在了床板上，他的手脚根本就无法动弹，这时他才感觉到了危险，丧心病狂的顺子在水娃睁眼的当儿举起了斧头……

　　水娃已经一命呜呼了，顺子此刻才似乎把心放下来了，但他仍旧把被子给水娃盖好，仿佛他还在安心地睡着一样，从现场看好像一切都风平浪静，什么也没有发生过。顺子把那里的一切事情都安排好之后，转身就朝大门外走去，他是个心机很重的人，他还要重重地惩罚一下秀芳，这个背叛他的女人也该死，不过先不要那么快的就让她走了，那也太便宜她了，他要用软刀子一刀子一刀子地剜她的心,割她的肉,让她生不如死。这时又一个罪恶的计划在他的心中萌发了,他被自己的天才设计陶醉了,再次跑到了乡上,还在一家饭馆吃了一大碗牛肉棍棍面。然后顺子慢悠悠地提上四色礼去了距离镇上五里地的丈人家。

顺子说:"我出门在外都大半年了,平时也没时间回来看看二老,今天刚下汽车……"

"你家都是忙人,有事情做,我知道。"顺子的这番表白,深得秀芳父母的欢心,这两位老人说,"我们好好的,就不要跑了,放心吧。"

丈母娘嘴快,她顺口说:"家里的猪也肥了,我看指望军民就到明年了。"

"你也真是的,顺子刚回来,还没回去见秀芳你就差使他弄这弄那,有完没完?"丈人显然不满意了。

"爸,没有啥,我今儿个就和军民把猪弄到食品公司去。"

军民本身就跑运输,他自家就有小四轮,顺子和他的小舅子军民几乎没有费啥事情就把猪卖了,完事后军民用小四轮把顺子送回了家。

话分两头,却说秀芳那时确实是上茅房了,她不知怎么的,那段时间经常便秘,上一趟厕所得老半天,等她返回的时候,顺子已经离开了,她也没十分在意,顺手关了头门,就去厨房做早饭了。本来那天她想早早到镇上去买些农药,然后给自己的果园打药,反正水娃这个好劳力在这里闲着也是闲着,不用白不用。秀芳这天一起床就感觉眼皮直跳,她把一节麦秸抹些唾液粘在了自己的右眼皮上,她仿佛听母亲说左眼跳财右眼跳灾的话,想到这里她的心里就一个劲地扑腾,真他妈的,怎么大鬼小鬼都来缠我!

秀芳只顾自己想着自己的事情,没料想一个桐树枝"嘭"的一声,红红的火星一下子溅到了她的裤子上,居然把裤子烧了一个大洞。秀芳心里愤愤地说:"鬼火,不偏不倚,太可惜了,这还是水娃买的……"

秀芳听后锅的水吱吱响个不停,就慌忙用她家的那只铜马勺去舀水,她刚从水缸里舀了一瓢水,还未端到后锅跟前马勺把子就齐茬断了,把水漾了自己一身。秀芳心里"咯噔"一下,她不禁打了一个寒噤,呸呸!今天是咋咧,奇了怪了,真是叫鬼捏住了……

饭做好了,秀芳走进屋子,没好气地大声说:"懒虫!还不起来,我拉被子了。"

"你还真能装,看我……啊!"秀芳一扯被子惊呆了,"这、这……水娃?"

秀芳只觉得眼前一黑,什么都不知道了……

5

上午10时许,秀芳家还是大门紧闭,对门的四嫂子敲了半天门都敲不开。等顺子带着军民回来的时候,时间都差不多快晌午端了,他家的大门还依然关着。没有法子顺子越墙而入,才打开了大门。进去一看他们全都惊呆了,只见秀芳痴呆呆地躺在地上已经软瘫了,只有眼珠在骨碌骨碌转动,仿佛还是个活物,四肢已经全然失去了知觉,口齿也咿咿呀呀地含混不清了。这是咋回事?军民再一看床上的死尸,他更是魂飞天外——我的天!这如何是好?顺子哭着抱住了妻子,他拼命地摇晃着她的身子:"秀芳,秀芳,你醒醒呀!"

军民一看这个阵势,他几乎蒙了,就对姐夫说:"赶快报警,别弄坏了现场。"

"家丑呀,你想,如果把这个事情扬出去了,我和你姐今后咋活人呢?"

"哦,是呀,那、那……咋办?"

"咋办?先救你姐,拿干针扎扎。"

顺子用指甲掐、用缝衣服的针扎了秀芳的人中、太阳、虎口等穴位,过了一会儿,秀芳终于"哇"的一声哭了出来,但她一看见顺子的眼睛,立时状如筛糠,扑通一声跪了下来:"顺子,我对不起你呀,你干脆把我杀了!"

"胡说!你先回答我,这到底是怎么回事?他是谁?你们……"

秀芳眼泪扑簌簌地直往下掉,她这会儿似乎也没什么顾忌了,反正已经这样了,她就索性将水娃如何纠缠自己,以及他们的交往都一五一十地讲了。

"姐夫,当下最要紧的是这个人死在了你家……"

"那,那咋办?"秀芳着急地说。

"要是被人发现了就麻烦了,反正我们无法洗清。"顺子双手抱着头,十分悲观地说,"听天由命吧。"

"不,不,我不能……进监狱。"秀芳跪着爬到顺子身边,"顺子,我保证一辈子对你好,我求求你,你快拿主意吧。"

顺子说:"军民,哥家里的事就是这个样子了,你也不要对任何人说,包括两位老人,最好烂在肚子里。你要是为了你姐,为了我们这个家就永远守住这个秘密。"

"那这事……"

"天知地知,你知我知。我想办法让你姐脱身,你就不用操心了。"

"姐,你看姐夫为你担的这个沉……你日后千万要记住对姐夫好。"

"嗯……"

就这样在顺子的策划下,军民帮着这一对夫妻把尸体用蛇皮袋子装着藏到了后院的柴房里,并把家里的房间来了一个彻底清理,他们用水冲洗了房间地板,用火烧了那些水娃曾经沾过的被褥、衣物,还用白灰水、涂料粉刷了房间、客厅和厨房,总之这个家似乎要根绝一切与此事沾边的东西,他们要让一切都旧貌换新颜。

天麻擦黑的时候,军民才从他姐家离开,他怕自己在这里耽搁久了父母会找寻过来,这样老人也许受不了这个刺激,于是就告辞了。

在路上军民心里直打鼓,这算什么事情?我姐也真是的,硬把一个好生生的家折腾得风声鹤唳,草木皆兵。毕竟那是一条命,不定啥时候翻车,娘的把我也搅进来了。

他后悔自己摊上了这事,也许跳进黄河都洗不清……

6

天色逐渐黑尽了,天幕似乎更加暗淡,更加迷茫,雾气弥漫的乡野里到处都是烟尘和泥土的味道。这时顺子家里两口子,不声不响地吃着饭,秀芳推说心口疼,吃不下饭,顺子便独自一个人狼吞虎咽地吃了一大碗西红柿拌面,还吃了一盘凉调黄瓜菜。

三更夜半时分,天气陡然间起风了,一阵阵北风呼啸着朝大地袭来,它挟裹着高原的黄土,肆无忌惮地笼罩在村庄、旷野、道路、街道,那村庄的枯树枝不时发出嘎吱嘎吱的声响,有些晚上忘记了关窗户的人家,玻璃随着风速的猛力推搡,发出了清脆的崩裂声,间或传出了孩童揪心的号哭和大人的呵护声。

秀芳眼泡肿胀,声音沙哑,她推了推睡在身边的男人,顺子没好气地问:"弄啥哩!"

"你不是说晚上……"

"哎呀——乏死了。"

顺子醒来了,他瞪着一双忧郁的眼睛,直勾勾地看着秀芳,秀芳心里直发毛,她龇着牙朝他漫无目的地笑了笑,顺子顺手把她拉过来压在了身底。秀芳也不反抗,她本能地无知无觉地应付着,就像小学生必须交作业一样,她没有丝毫的快乐。一场独角戏一样的自我表演完成之后,顺子热汗淋漓,他像胜利者一样舔着嘴角,流露出了某种心理的满足,也透露出些许的鄙夷,他甚至厌恶这个把身子给了别人的女人……

顺子在床上又黏了半个小时才慢腾腾地下了地,秀芳不敢怠慢,她急忙也跟着下来了。这两口一阵子忙活,顺子才背上了比自己还胖大的水娃的尸体,秀芳在后边提着水娃的两只脚,他们急急兜兜地向本村地主家走去。

一路上顺子和秀芳都默默在心里祈祷着:"千万别碰上其他人,千万让一切都顺顺利利。"顺子知道水娃早年曾经追过地主家的大女子,地主家人不愿意,水娃就跑到人家屋里耍横,给人家锅里尿了一泡,被人家痛打了一顿,后来地主家的大女儿嫁给了当时的工作队队长、一位年龄偏大的军人,水娃才断了这份念想。

到了地主家后墙外,顺子浑身已经湿透了,他感觉身上的死尸越来越沉重,仿佛有一千斤的分量。他重腾腾地把那疙瘩肉朝墙根一扔,啐了一口唾沫,娘的!把你爷整日塌啦,你个驴日的把人能害死!

"不知有狗没有?"

"你猪脑子,前天还说在他家后院见了那只大黑狗……"

"哦?我,我……"

"快去把这两个'酒馍'扔进去!"

秀芳手颤巍巍地,似乎已经举不起来了,顺子白了她一眼,便一把夺过馍块,他一纵身就跃上了墙头,地主家的大黑狗发现了动静,死命地朝他咬着,并飞快地向后墙根跑来,顺子迎面把"酒馍"抛了过去,大黑狗咬了几声,随后就糊里糊涂地吞了下去,不大一会儿大黑狗躺在地上不动弹了,顺子的这个武器太厉害了,反正他给这个畜生下药成功了。不容迟疑,顺子赶快把绳子递了下去,然后他和秀芳费了很大的劲才把死尸吊上了墙头,紧接着他又把死尸拖到了地主家的鸡笼旁边,这鸡群一见生人就乱飞乱叫唤,顺子慌忙越墙脱身。

这地主家的人隐隐约约感觉后院里有情况,第一遍狗咬的时候,地主家人就察觉了,后来狗不咬了,他们只当没有啥事情,也就懒得起身;到了第二次鸡声鼎沸的时候,他们这才匆忙起身了。一时间地主父子手持棍棒、镢头出来了,地主的儿子年轻气盛,他冲在前边不由分说对着黑影就抡了一棍,黑影应声倒地。

"慢!快取手电看看……"地主赶紧制止道,"咱家的狗呢?"

"对,狗咋不叫唤了?"

"……啊!"

地主父子俩近前一看,这可不得了,直挺挺的一个人倒在了鸡舍一侧,再仔细一看发现死者竟然是邻村的水娃,老地主皱起了眉头,难道是刚才失手打死了人吗?不像是这么回事情,再说了那人咋一动不动。人常说做贼心虚,人一喊叫贼子应该撒腿逃跑呀,他想是不是有人栽赃陷害,如果真是那样就真的弄下麻达了……

儿子说:"报告公安局,让政府查去。"

"胡说,这种事情咱们能说清楚么?"老地主摆了摆手说,"爹还戴着反革命分子的帽子,这死者如果是贫下中农,那不成了大问题……"

"哦。"

老地主到底老谋深算,他让其他人都走开,自己独自与儿子在里间商量对策。

"趁着天黑,咱把那个死人扔到河里去,神不知鬼不觉……"

"不妥,既然鬼已经敲门,咱就不可能乱动弹,说不定有人正在暗中看着哩。"

"总得有个脱身之计吧,再放下去就臭咧。"

老地主趴在儿子耳朵边嘀嘀咕咕了半晌,谁也不知道他们在说什么。

7

天色大亮了,叽叽喳喳的麻雀在院子里吵闹不已,一只令人厌恶的猫头鹰高踞在地主家的大椿树上,老地主真想把那家伙驱赶得远远的,瘟神,就你的鼻子尖,啥腐臭味道你总是第一个先感知,看来这臭味道已经熏上天了。

大清早地主就火急火燎地带着儿子拉了一车子粮食准备到集镇上去卖,村人碰上了问:"大叔,你和娃干啥去?"

"到集上去粜粮食。"

"你家还有余粮?"

"没办法,想变几个钱给娃结婚,都二十七了……"

"也是,你家娃不好说对象。"

地主好不容易才摆脱了纠缠,于是爷儿俩撒开两腿就跑开了。他们刚转过一个弯,又碰到了一个本村熟人顺子。顺子一问情况就说:"哎呀呀,巧得很,我正要买粮食,我想把前头的房盖了,正要去街道集上买粮,也算咱有缘分,回、回、回,你端直朝我家拉,也省得我再费力气。"

"我,我已经跟亲戚说好了,是卖给自家亲戚……对不住了,你不早说,你看你看。"

"那就没法子了。"

"对不住呀,你,你还是去集上,我,我给亲戚送过去……"

"大叔耶——"

"哎。"

"你这粮食咋有股子味道?怪怪的直冲鼻子。"

"没有啥,唉,那是几条带鱼的味道,我给亲戚捎的……"

"你家的日子过得挺那个啥的……"顺子说着就在车子上乱摸,"这咋不像是粮食?"

"你……你?"老地主似乎也嗅到了顺子话语里的味道,"那你说是什么?"

"昨天夜里……"

"怎么?"老地主心头一紧,难道他知道了?

"昨天夜里队里的树丢了几十棵。"

"不知道。"老地主的额头上虚汗都出来了,但他同时轻轻地舒了一口气。

"有人把你举报了。"

"为啥?"

"不为啥,我走了。"

老地主木然了,他知道粮食只能在黑市交易,还不能让"市管会"逮住,顺子这葫芦里装的是什么药呢?兴许有人又设计了陷阱让自己跳呢,如果真的有人举报自己贩卖粮食,那就不好收拾了,况且他还想瞒天过海,这不前功尽弃吗?看来这个恶鬼已经瞄上自己了,免不了要与之周旋一番了。

"顺子贤侄!你等一下。"

"大叔,咋咧?"

"你不是要粮食嘛,我思来想去还是给你的好,咱们都是乡党,远亲不如近邻。"

"你咋这么快就回过神了?"

"你我都是明白人咱们就别绕弯子……你说咋办?"

"我光要粮食。"

"我连车子都给你。"

"让我再想想。"

"那你还要叔的命不成?"

"哈哈哈,我想要些钱,叔,你知道我要盖房不能没有钱。"

"只要顺子侄子你张口,这点忙叔还是愿意帮的。"

于是老地主和顺子就像在黑市上的经纪人一样在袖筒里谈成了这笔肮脏的交易,两人满心欢喜地击掌敲定了这份君子协议。

顺子利用水娃的尸体狠狠地敲了老地主家一笔钱。到了第三天深夜,顺子带着地主家的儿子到了水娃的村子,他们偷偷把水娃的尸体吊到了院子的大槐树上,水娃媳妇第二天早上发现了尸体,她怕人笑话就对外称丈夫因病暴毙,草草安埋了事。这水娃平时欺男霸女,作恶多端,他和媳妇的关系并不融洽,与自己亲戚、本家人的关系都处得很不好,水娃媳妇娘家人手也不多,大家明明知道水娃死得冤屈,但都不想出头,都不想淘这个茅子。

顺子就这样闯过了一关又一关,他让自己的仇家消失得无影无踪了……

8

龙二虎的故事到这里就该结束了,然而黄毛、胖子这俩人可是个打破砂锅问到底的主儿,他俩余兴未尽。

"龙哥,那个顺子媳妇呢?"

"死了……"

"秀芳也算个美人,咋就……"

"你俩咋这么笨,你想她给顺子戴了绿帽子,顺子能饶了她?顺子从那以后就天天喝酒,发酒疯后就揪着头发打媳妇,他媳妇整天提心吊胆,就这样媳妇还要经管田里地里的事情,家里家外的事情,顺子现在是真正的甩手掌柜的,他一高兴没准就失踪十天半个月,在外边花天酒地玩够了就又回来给那个女人颜色。在这种情况下,那个女人几乎天天做噩梦,并且很快就消瘦下去了,你不知道她那个脸皮就像个猪尿脬,软哩塌水的没有一点弹性,光剩了个蔫皮串串,那个胳膊腿儿摸起来就像个蔫黄瓜,时间不长她就拜拜了……"

"喔女人也太经不住摔打了,嗨,一朵鲜花没了。"

"就是的。"

"顺子最后还成家了吗?"

龙二虎被这俩小兄弟缠着,他不得不又讲了最后的结局部分。

龙二虎接着话茬说,成了,当然成家了,顺子最后还千方百计地跟水娃媳妇结了婚,他们俩一个死了丈夫,一个没了妻子,可谓是同病相怜。另外这个水娃媳妇也是个人见人爱的角色,她长得可是俊样,一连给顺子生了三个光葫芦牛牛娃,还给顺子带来了滚滚财运,这个女人还真是个宝贝,典型的旺夫运……

　　世上的事情就是这么蹊跷，龙二虎酒后的故事太神奇了，后来就一传十十传百地传扬了出去，大家觉得水娃这事情跟二十多年前铁娃之死十分相像，恰好在这个时候，铁娃本家的一个侄子在省城把官做大了，他就把这个事情重新又拾起来了，铁娃的几个亲兄弟乘势打官司，并为铁娃开棺验尸，结果发现他的头部还有一根长钉子，他确实是被人暗害的。铁娃没有子女，媳妇也已经改嫁他人，这一切都是在铁娃家族几个侄儿的主导下进行的，他们发誓要为铁娃讨回一个公道。

　　龙二虎酒后吐真言，把埋藏在心底的秘密都说出来了，他后悔莫及，都已经憋了二十多年了，他龙二虎还是龙二虎，谁也拿他不咋地，他还是人大代表，是对当地经济发展有贡献的人士，他人前人后的也算是个小人物了，咋到了这时候就憋不住了，唉，神差鬼使啊，神差鬼使，人这种东西往往走上坡路时就免不了得意忘形，走下坡路时又往往落入自暴自弃的窠臼。对于这种突如其来的变故，龙二虎甚至开始相信命运中那只看不见的手，那种神秘的力量，当然他也知道自己罪孽深重，抓住了就会判刑、坐牢，甚至枪毙，他不甘心，也不愿意进局子去，他十分清楚地知道那意味着什么，于是他选择了逃跑，他想到地广人稀的新疆去躲避，他想去杳无人烟的大山深处隐藏。他现在有金钱有能力让自己躲过这一劫，他带着钱一路向西，一路投奔各方诸侯，并且不断地换乘火车、汽车，甚至也坐那些汽油三轮车，他的身份证已经都变了模样，他想隐姓埋名于异乡，哪怕在那边做个小生意……

　　一个月后，东躲西藏的龙二虎在逃亡新疆的途中被警方抓获，这个罪大恶极的杀人犯终于落入法网。那是一个春天，新疆下了一场暴雪，那是多年不遇的一场春雪，大雪封闭了几乎所有的道路，龙二虎所乘的班车几天几夜都被困在深山险地的风雪之中，等救援人员赶到时他已经气息奄奄……

2012 年 5 月 17 日

第二辑 短篇小说

石锁的那些事儿

石锁是我哥儿们,我说的那些事儿发生在上世纪 90 年代,那时我在县委机关给书记当司机,他在县委农工部当干部。

有一年,岭东乡上的书记、乡长齐茬都换了,不过人家是提拔重用,而不是犯了什么事被轰下台。岭东的书记当了副县长,乡长当了县农业局长,在全县三十个乡镇中这个乡是最出彩的,即使县府所在地的城关镇也没有他们风光。岭东乡说大不大,说小不小,在县上姑且算个中不溜,其工作也不是十分突出,工业产业化比不过岭南几个乡和城关镇,农业产业化比不过岭西的几个乡镇,他们最大的特点就是稳,从不跟风,从不乱呼呼吹。他们乡的领导都有几把刷子,书记善于抓大事,乡长吃沉耐厚,他们齐心协力把乡上的奶畜产业搞上去了,在别的乡镇都吹嘘地说自己的产业有多大的时候,这个乡上的领导比较理智,有一说一,有二说二。

据说那次考察干部前,媒体曝光了我们县一些乡镇弄虚作假虚报产业规模,套取国家扶持资金的事情,这就把几个有想法的乡镇领导的嘴捂住了,不迟不早,偏偏这个时候出问题,谁怪他们运气不佳!还有一件事情,也可能对那次干部任用影响大。一天深夜,市委书记突击抽查了乡镇领导的到岗情况,结果发现我们县很多乡镇都是个空壳子,只有一个看门老汉在那里值班,夜晚领导几乎全回家了,所幸的是岭东乡历来有人值班,而且领导带班已经制度化,市上领导点名表扬了他们,还在市报上介绍了经验。

有人说岭东乡是个宝疙瘩,虽不起眼却经常出人才,在此之前就出过好几位县级领导,所以很多人都瞄准了这个乡,都想来这里当书记、乡长。县委的书记办公会、常委会开了几次,都定不下来,这事一拖延就搁置了好几个月。这时候适逢县上班子新老交替,老书记回到市上当人大常委会副主任了,新书记才到任一个月。

一天早上,有些闹肚子的新任县委书记老顾,急急兜兜地朝厕所里跑,那时候的县委办公楼比较简陋,还没有给领导单独设卫生间。这时候被称

天边那片棉花云

为"闷葫芦"的县委农工部干部石锁也早早蹲坑来了。小石来得早,他正要出厕所门,老顾高声喊叫开了:"那个谁?给我拿些卫生纸……"

"嗯……"小石应了一声就跑出去了。

小石给书记把纸递进去,什么也没有说,转身就出来了。

这时我迎面遇到了石锁,我问小石弄啥哩,他说上厕所。

我看着小石挤眉弄眼地笑了,笑得小石心里直发毛。这个鬼东西,敢情又是在嘲笑人哩。

顾书记解完手,又洗漱一番后就正襟危坐在那台全县最宽大的米黄色的办公桌前,悠悠闲闲地翻阅着报纸,他有晨读的习惯,桌边冲了一杯淡茶。他那庞大的身躯,压得那把真皮沙发转椅咯咯吱吱地响个不停,起初书记不大喜欢这个稍一使劲就发声的椅子,后来慢慢习惯了,也似乎摸清了这把椅子的脾气,反正对于主人你得意它就张狂,你沉静它就默然。

我小心翼翼地敲门后,进入了书记办公室,乖巧地把垃圾袋换了。正打算拎着垃圾出门,顾书记从报纸上把眼睛抬起来了,他问我道:"西头那个不爱说话的黑脸大个子是谁?"

我明白了,他说的那人是石锁,农工部的副部长,是个农大毕业生,书生一个。顾书记对这个石锁感兴趣了,他让我再详细说说。我是个说话不得要领的人,我与石锁年龄相仿,也是同学,不过我俩一个上过大学,一个没有上过,但都进了县委这个大门,就混得出息程度而言,我显然比石锁还要风光些,因为我给县委书记开车,所以县上的事情我几乎都能摆得开。石锁就没有那么幸运了,他虽然挂名是个副部长,但分管的是政研室,整天就是写写画画,文字匠的干活。

我说着话,眼睛却盯着顾书记的眼神,顾书记在自己的本子上写着什么,我估摸书记对小石有意思了。

"你还掌握什么情况?生活细节也行……"

"你让我说我这位老同学什么好呢,唉,这家伙的怪事多,他当年与一位中学教师谈恋爱时,他嫌人家姑娘长得好,怕自己受气,就非要找一个丑八怪,弄得大家哭笑不得。"

"那后来呢?"

第二辑 短篇小说

"后来还是跟那个女的结了婚,人家姑娘非他不嫁,他是纯粹胡咧咧扎势……"

"他的性格一直沉默寡言?"

"哪里,他是受咧症了,要不咋被撵到了农工部……"

"是吗?"

我把石锁的奇事怪事都讲了,惹得顾书记哈哈大笑。

原来石锁刚毕业就进了县委办当通讯员,那时他才二十出头,是个愣头小伙子,主任让他给一位女领导当通讯员。有一天都10点了领导还未起床,石锁敲了半天也没有动静,就使劲地敲,过了一会儿一位中年男人开了门,他没有好气地说:"啥事,这么大的劲敲门,真没教养!"

"对不起,我,我是通讯员……"

原来是领导的爱人来了,石锁一脸尴尬地退了出来。

那时候石锁还很单纯,他没有想太多,但机关里嚼舌头的人却不那么安生,他们给石锁和领导编了一个段子,惟妙惟肖地说石锁大清早打水时撞见了领导正与人干那个事,可能是受了惊吓,夹住色了,老半天下不来,后来石锁把县医院的外科医生都喊去了,好几个小时才把俩人掰开……

"无聊。"顾书记说。

"对,无聊……"

"你说你的。"顾书记又对我说。

"哦。"

我这人没心没肺,说话从不藏着掖着,凡是知道的就会一股脑都倒出来。

要说石锁,人挺好的,一本大学生,有能力,很有优势的,可不知怎么总被人编派。一时间石锁成了机关的话题中心,可他自己似乎还蒙在鼓里。

这里还有一个版本的段子在私下传播。话说有一天领导要下乡,石锁陪同,临走领导问石锁:"你看我的白裙子咋样?漂亮不漂亮?"

"不咋,不如那条黑裤子耐脏,还是换了吧。"

领导一想石锁说得对,下乡尘土飞扬的,还是穿裤子的好,她立即就去换了。

就是这么点碎事你看那些闲人他们后来咋说的,他们说石锁狗日的太厉害了,他把人家女领导的裙子脱了,放到你们,你们谁敢这样呢?人家那个关系正着哩!

"这挨不着边儿么,石锁建议人家脱,人家自己脱的。"

"那还不是间接地被石锁脱了。"

"哈尿,什么狗屁逻辑。"

"哈哈哈,这、这、这真是的!"

还有更邪乎的呢,石锁有一回跟女领导逛市场,就在东关的工业品批发市场里,女领导爱美想买一个漂亮的穿衣镜,按理你给后勤打个招呼就行了,还烦劳自个儿弄啥,这个领导不同寻常,她非得自己亲自去看看。这位女领导是个购物老手,她与商家搞起价来了。

"老板,你的这个镜子咋卖?"

"你要不要?"

"看好了就要嘛。"

"我这镜子货真价实,你看水银质量,镜面清晰得很……"

"多钱?"

"一口价,按批发价给你——三十五元!"

"贵咧,乡党让个价。"

"你开个价,我听听。"

"拦腰砍十七元……"

"你到全市场问问,现在哪里还有拦腰砍价的,见你真心实意要买这个镜,我叹一声,跳楼价给你,我不挣钱了!"

正在这时石锁插话了,他说:"先别买,多看几家……"

"你这人,你媳妇都看上了你还吝惜这几个钱?再说了,你家搞了半天价,我都让到底了你说不要就不要了,你要笑人哩!"店老板气冲冲地说。

"领导,走!"石锁红脖子烧脸地大声说,"我看谁能把咱咋样。"

女领导一脸尴尬,她急匆匆走出了市场,生怕被人认出来了。石锁正要腾身离开,不料店老板一个翻身跳出了柜台,揪住石锁的领口,左右开弓就扇耳刮子。起初石锁没在意,想一走了之,不想在这里纠缠,但当他看到里三层外三层的围观群众时,他的自尊心似乎受到了极大的伤害,他想这些看客们还以为抓住了小偷。

石锁抓住对方的手腕顺势解脱了,他没有设法进攻对方,他只想很快离开这是非之地,拔脚就朝外疾走。店家这会儿已经黑血冒顶,他从店里操起一根结实的木棍,奔跑着追打石锁,石锁只听背后"呜"的一声,赶紧躲避到一旁。看来今天必须力战了,这人不知好歹,不给他点颜色他不退步。石锁迎着对方,拼出全力把木棍夺下,看都没看就朝对方腰部扫去,"哎呀!"店家应声倒地。

石锁这会儿也猴急了,他手持木棍一溜烟朝市场大门外跑,跑着跑着发现自己的鞋带不知什么时候松开了,就俯下身子系鞋带。石锁正系鞋带的当儿,店家吆喝来了自己相好对劲的人,还特意请来了几个街痞二流子充当打手。石锁的眼睛余光发现了店家等人正朝自己身边围拢过来,他不慌不忙地定了定神,仔细看了看四周,那伙人距离自己也就十几丈远了,他们手持棍棒、菜刀,个个凶神恶煞。

石锁平时看起来像个文弱书生,想不到这时候从哪里来的横劲,他一马当先挥舞木棍让那伙子乌合之众无法近身。这时候一位妇女泪汪汪地朝他猛扑过来了,她哭诉着说:"你个驴屎敢打我掌柜的,你不打听打听,在这条街面上谁敢惹我家,我今儿个跟你拼了!"

石锁一分神,那女的一把抱住了他的左腿,两个小伙子趁势抓住了他的胳膊,石锁似乎一时不能动弹了,所谓好汉不敌四手。恰好这个时候店家也赶到了,他想在正面进攻石锁,说时迟店家出拳看打,那时快石锁"噌"的一声飞起一脚,将那店家踢了个正着,那店家本来要攻击对方,身子前倾,不料被石锁踢中了,他踉踉跄跄地栽倒了。石锁一看时机对自己有利,他用目光逼视着左右,大喊一声:"放开我!"然后紧握木棍左突右拐,一摇晃就挣脱了抓他的那两个人,那两个人也算识相,并不真心为难他,于是他便迈开大步冲了出去……

我的故事还没有讲完顾书记又一次朗声大笑开了,他轻轻地摇晃着脑袋说:"你在讲武侠小说,纯粹演绎,纯粹演绎。"

"不不,这是真的,大家都这么说,后来派出所都出动了,大家都说石锁

天边那片棉花云

算一个人物,有种!"

"这小子……这小子……"

顾书记对石锁产生了浓厚的兴趣,一周后他悄悄地带着石锁下乡调研,一月后县委出台了《关于支持农业产业化发展的若干意见》,两月后,石锁被任命为岭东乡党委书记,这是圈内很多人都无法预见的……

石锁还真有两下子,才几年工夫他就把岭东的蔬菜产业园搞起来了,有几万亩的规模,省农业大学的专家把科研基地搬到了岭东,岭东的农业产业化成了全省的一面旗帜,省市在这里开了现场会。"岭东经验""岭东模式""岭东品牌""园区加农户、企业加农户"等提法频频出现在省内外媒体,因为规模化、产业化大棚蔬菜种得好,群众得了实惠,岭东的农民人均纯收入很快走在了全市前列。

顾书记让全县都学习岭东经验,大力发展蔬菜产业,于是上上下下齐动员,县里还出台了支持蔬菜产业发展的优惠政策,从资金、技术、人员培训、基础设施、土地流转等方面全面扶持。几年后全县蔬菜产业园如雨后春笋拔地而起,蔬菜产业规模、效益逐渐凸显,我们县成了全省最大的设施蔬菜生产县、绿色无公害蔬菜基地。

领导干部在台上谁都免不了为政绩奔忙,顾书记因为大棚菜发展出了彩,被上级提拔为管农业的副市长,为全市的农业发展做贡献去了。

新任书记姓张,是个工科大学生出身,他经过深入调研后认为强县富民没有工业经济就没有发展底气,所以他定的方向是大力发展工业园区,以大招商大开放推动大发展。

张书记来了照例是经常下乡调查情况,我还是给书记当司机。

有一天书记在路上问我,石锁这人咋样?我一时不知是紧张,还是咋的竟然半天递不上话来。"……喔人,没麻达!"

人都说宰相府的丫鬟大过七品官,县委书记的司机在一个县里也是风光无限,俨然是个顺风耳、千里眼、百道通,有很多事情司机都知道那么一点点。我知道顾书记临走想提拔石锁没有弄成,可惜啦!不过顾书记,不,现在是顾副市长,他还是给张书记推荐了石锁。

张书记是个文人,严谨面冷,有一股子让人摸不透的感觉。

张书记还想继续和我聊天,他让我把车开到树林边停好,我们在路边说道开了。

"你具体说说石锁这个人,怎么很多人都提到他?"

"他这人有头脑,胆子大,能干事……发展蔬菜……"

"他还有啥爱好、特长?"

"他爱打麻将,打得好极了,几乎很少输过,有时在熟人圈他打的场子很大,五〇幺洞洞啥场合都不避,还下几个头……"

我还想说几句,张书记的眉头已经绾成了疙瘩,我吓得不由得打了一个寒噤,耶,我说错话了。

我的话张书记咋理解？他会不会说石锁就是一个十足的赌徒,坏啦坏啦！我恨死自己了。

其实那天张书记就是想再深入了解一下石锁,他在用不用石锁这个问题上很纠结,不用吧,上面碍着顾副市长;用吧,心里着实没谱,罢罢罢,姑且放一放。

这一放就是四五年,后来顾副市长外调,张书记也到省上任职了,石锁竟然原封不动地当他的乡党委书记。

多年以后,乡镇年龄最大的书记,已经五十六岁的石锁才回到了县城,当上了卫生局局长。

我这人从来不害人,但对于石锁我问心有愧,有一回喝酒我终卸下了压在自己心头的青石板,我说石锁的遭遇是因我的一席话造成的,我给他赔罪道歉。

石锁很淡然,他说时过境迁,说那些还有什么用？他张书记就没打算用咱,只是借你的嘴堵众人的嘴,耍手腕而已。

石锁的话让我的心稍微好受了些,我甚至傻想,坏事说不定还是好事,如果石锁一直一帆风顺说不定也成了贪官,但无论如何我都欠石锁一个人情。

2013 年 7 月 21 日

第三辑　中篇小说

荆　山

1

　　一山一世界,一地一风流。一提起故乡的荆山,刘安良大脑里的一切因素似乎都被激活了,那是他梦中的山,即使不用脚板丈量,他也一样的能够神游。安良说多年以后在他的梦里编织最多的依然是多年以前的家乡的模样,家乡的人和事。那时安良总喜欢北望荆山,哪怕是朝着它的方向默默注目,轻轻念叨。那架山的俏丽姿容,那架山的柔美情愫,还有她的那自然均匀的呼吸、自由奔放的心跳,他似乎都可以触摸到。他是荆山的儿子,在他的灵魂的最深处,总有着那种异乎寻常的感觉,不,按照他的说法,他称自己是心中有流水,夜夜闻涛声,他的心魂已经安安妥妥地留在那山那水中了。这还不够,很多时候安良的心中总是循着流水的古道,沿着荆山悠悠远远的脉象,从容而惬意地上溯于遥远的六盘山脉,而且他的思维的神经也会触及与这条山脉遥相呼应的南边的秦岭山脉,两山之间的辽阔区域是渭河、泾河流域,这两条河流就像俩姊妹,她们在"泾渭分明"处牵着手,呼啸着向着东方,向着黄河母亲的怀抱奔去……有时候安良想象自己的头颅很大,很大,那棱角分明、线条清晰的面额,再加上那双只有他的家族才有的浓重的眉毛,还有那生命力异常旺盛的胡须,让他这位北方汉子更加伟岸、挺拔,甚至于他都怀疑自己的血统里是否有胡血因子,那嘎嗒嘎嗒呼啸奔腾的金戈铁马,那浩渺无际的边地圆月,都让这个男人的热血沸腾,甚至于他的男性荷尔蒙也会陡然间郁勃生发。这是一个成熟男人的感觉,也是一个成功男人的感觉,他就像山间的雪松一样傲立于荒寂的山地,不惧风雪雷电,奋力地向上发展,发展。

有一天,在刘安良的办公室里,这位坐拥亿万家财的董事长,大白天竟然趴在桌子上迷迷糊糊地睡着了,更为神奇的是他还做了一个梦,一个奇奇怪怪的梦,在荆山的水墨画里他梦见了外爷、外婆、舅舅、顺娃伯父等故去的亲人,他呢,仿佛又幻回了童年,还是过去那张稚嫩的脸,特别是儿时的安良,不知是营养缺乏,还是什么原因,他是一个大头娃,硕大的一颗头颅,黑溜溜的大眼睛,瘦瘦高高的身材,显得有些滑稽,有些不协调,不过他的眼睛是有灵气的,他甚至能看见过去的一切东西……

在孩子的眼里,一切都变化着,荆山也像在那里祖祖辈辈、生生不息的人一样劳动生活,翻身睡觉,日出日落,四季分明。安良恍若回到了昨天,他的那位身着中山装,刚毅、坚强的外爷,仿佛不管什么风云激荡,岁月流淌,他都保持着那种凛然大气,他的外爷用那种沧桑的语言对他说,你知道秦朝吗？当年秦始皇做了一个梦,他梦见一个穿黑袍的人在前面跑,手里抱着一个太阳,后面一个穿红袍的人在奋力地追他,一直追赶到了汉水,才终于追上了他,红袍扑上去,飞起一脚把黑袍踹倒在地,然后一把夺过太阳,飞快地向东方奔跑。醒来后始皇帝大为吃惊,急忙传来了国师、谋士数人解梦,由于秦律苛严,没人敢说真话,但不说话也要受刑罚,于是有人就忽悠说:"恭喜吾皇贺喜吾皇!梦都是反的,您的这个梦啊,好!它预示着一个千秋万代王朝的兴起,是件大好事,吉祥事。上天晓谕我们,我大秦帝国已得到神助,我们的国势将稳固强盛犹如日月。"始皇帝听后哈哈大笑着说:"知朕者爱卿也,并奖赏了这位大臣……"

安良的梦幻还在推进中,他的外爷说着那些没头没影的故事,安良还没有来得及回味,外爷已经飘然而去。在一片灿烂的霞光里,安良与舅舅相遇了,这位一向比较注重实际,作风稳健的人,微笑着向他的外甥伸出了温暖的大手,他紧接着就不声不响地牵着安良的衣襟向前走着。后来舅舅深情地抱住了他,他感觉到了那种强劲的力,那种慈爱的亲情……场景似乎再次发生了变化,安良感觉自己仿佛在秦汉时代,大家都穿着红色的宽袍大袖的衣服,还坐着战车,骑着高头大马,气昂昂地回到了荆山祭祖。也许周朝,也

天边那片棉花云

许……反正是什么时代似乎谁也搞不清楚,安良看到那时荆山山麓有很多清泉,它们沿着山坡咕嘟咕嘟地朝外流淌着,这些大大小小的泉流仿佛是荆山的血脉,它们后来逐渐汇聚成了小溪,最终流入了河流。安良最喜欢听流水的声响,他支棱着耳朵在水声的引导下朝前面摸索着前行,仿佛又腾跃于九天之上,又好像站在了山的外边,好像还有些距离,安良在一步步接近他的目标,他用自己灵动的眼睛发现了这座黄土高原南缘的山脉,那山的轮廓越来越清晰、明朗了,从东面望去它仿佛一尊头枕山脊、脚蹬云水的睡佛,悠然地斜躺着身子,用他那无比慈祥、宽仁、睿智的眼睛扫视着芸芸众生。在云海苍茫的日子,从正南面端直望去,这座东西走向的山脉,起伏飘逸,五峰相映,仿佛飘浮在天空一样,其形状宛若一个巨大的笔架,高低相间,错落有致;又如同一个个海岛,随着汹涌的波涛,一会儿摇晃着身子起落升降,一会儿又悄然地藏匿起来,变成了一个个暗礁。在风和日丽的时候,偌大一座荆山绵延数十华里,它那岩石裸露的身躯,荒凉平静的外表,仿佛一条横卧原野的巨龙,遮挡着北方的严寒,拱卫着美丽富庶的关中平原。

  过了一会儿,安良感觉自己像飞人一样驾着摩托车、汽车腾空豪迈地飞越了长城,跨过了黄河瀑布;又似乎是他乘坐一架飞机正神情专注地俯瞰着泾河大峡谷以及地面上的一切。这时候安良感觉自己似乎又回归于地面,而且他分明听得清楚,他的舅舅像行家一样正给人解说着什么,似乎是上面来的贵宾,人很多,排场很大,安良的舅舅手里持着一个电喇叭,蹦蹦跳跳地来回穿梭于人群当中,他富有诗意的解说词,配合以优雅的手势,给人留下了深深的印象,远远就能听到他的声音——

  如果从荆山上看大平原,也是气象万千,别有洞天。春季,蔚蓝的天空,映衬着青青的山峦,哗哗的春水,流溢着梦幻般的甜蜜;在北方的原野上,黄灿灿的油菜花,绿油油的麦田,粉扑扑的杏花、桃花争奇斗艳。夏日,在天色晴好的时刻,如果登上荆山东端的唐陵顶,可以俯视山外的浩渺景观,还可以影影绰绰地遥望西京的钟楼、雁塔。秋天,田野里成片的玉米、高粱深情地摇曳着身姿,眼角眉梢间传递着深情,交换着爱情的信物。冬日的荆山银装素裹,像一个处子,贞静地平躺在那里,但你千万别以为它是无所事事的,事实上它正孕育着生命的泉流。如果进入崇山峻岭深处,那就是另一景象,它与阳面山地的光秃、荒凉形成了鲜明的对比,不消说苍翠欲滴的树木、花草点染着锦山秀水,从谷口进入荆山西部四十余里,全部是成片的原始森林,俗称黑松林海,那里山峰与峡谷,阴阳相对,高低相间;那里山势奇绝,往复回环的道道山梁很是写意,鬼斧神工,妙趣天然;如果再向深山走去又会看到另一景致,那里峭壁悬崖,异峰突起,令人拍案叫绝;还有那山洞的泉水、溪流,咕咕嘟嘟地欢呼着、跳跃着在石缝的罅隙间朝外奔突、汇聚,滴滴答答——哗哗啦啦——轰轰隆隆——依山借势自然天成的黑虎潭、碧波潭、莲花潭、响龙潭、圣水泉等,就像一个巨大的交响乐队,演绎着或恢宏大气,或婉约清丽的动人乐章;在荆山还有一景,那就是曲折回转的羊肠小道,仿佛一幅巨大的迷宫图,走好了就能登上峰顶,走不好就遇上了断头路,或者大峡谷,外边的人经常在这一带迷路,走着走着就又回来了,让人感觉无限神奇。不仅如此,荆山还是一座人文之山,文化之山,相传黄帝铸鼎于冶峪河谷,并在此升天;鬼谷子于谷口授经传道,汉武帝以及后世帝王祭天由此往返;荆山二台之上,悟空禅院佛光照耀,僧众云集;药王洞前熙熙攘攘,求医问药者络绎不绝……

2

安良的老家在池阳县鼎州镇山庄村,这里地处荆山南麓,是全县最偏僻、最苦焦、最贫穷的村子之一,全村六百口人,由北向南散布于洪沟、西陵沟、东陵沟、大雁屯、下河滩、魏家塬、唐家寨等七个小队。那里干旱缺水,土地瘠薄,一年就只能种一茬冬小麦,间或种些油菜、毛豆;山坡上稀疏地点缀着柿子树、枣树、杨树、柳树。村民基本是靠天吃饭,生活异常困难。山庄背依荆山、唐陵,南面泾河平原,是黄土高原与泾渭谷地的衔接地带。这里北部山势高耸,崖壁陡峭,与沅陵、赤水两县相望;南部塬梁突兀,气势恢宏,沿着南塬一带还有一条已经干涸的河床,据说是冶峪河、小清河、云水河的古河道;中部沟壑纵横,大约几十里,一片昏黄的景象,仿佛大西北浩瀚的沙海,莽莽苍苍,一眼都望不到头。

山庄村人很杂,他们大多数是唐朝唐陵守陵人的后代,少数人为"黄泛区"灾民,至于说民国十八年(1929年)至二十二年(1933年)年馑前后,关中大旱、蝗灾、兵匪、苛捐杂税灾祸频发，三年六料颗粒无收，哀鸿遍野，民不聊生，又有很多人跑到了南北二山。历史的墙板上下翻动着，人间的恩爱情仇在来回演绎着，不知从什么时候起，这里变成了穷山恶水。相传唐太宗时，命尉迟敬德在荆山二台上监修铁瓦殿，殿成后太宗率文武百官登山拜神，信口说："这是一座穷山。"也许是君无戏言吧，反正不幸被他言中了。后来此山东麓一带生态逐渐退化，山崖变成了豁豁牙牙状，俗称"白石崖"，而且气候异常干旱，地表特别缺水，老百姓只能靠吃"窖水"维持生活。话说这一带百姓的疾苦，感动了天上的神仙九天圣母娘娘，她看到这里的山头几乎全是光秃秃的，地力十分瘠薄，群众饿得个个面黄肌瘦，病病歪歪，心里十分难过，就从东海用衣襟撩了些水赐给这个山沟，从此黄土岭的山谷里就有了一股泉水，当地人叫它"撩池洼"。多年以来，山庄的村民们几乎每天都要翻山越岭地去几十里外的黄土岭挑水，然后积攒在自家的水窖里备用。黄土岭北边的山谷里有一眼泉水，水不算汪势，但勉强可以供上山庄一千多口人畜饮水，它俨然就是山庄人的生命泉。

　　20世纪末，荆山地区的气温比六七十年代升高了几摄氏度，气候更加干旱少雨，冶峪河、小清河、云水河等干旱季节相继断流，一些历史名泉名潭也都偃旗息鼓，特别是黄土岭一带的泉眼已经全部干涸，光秃秃的山梁、广阔的台塬、荒芜的沟道里几乎没有一滴水了，缺水成了山庄人最大的困难。为了生存，山庄人纷纷投亲靠友外迁，或者外出打工，那时姑娘外嫁，小伙子山外上门成为一种风潮，留守的大多都是些老人孩子，或者是些实在没有办法的孤残人家。令当地人雪上加霜的是，在高额利润的诱惑下，沿山的非法开采石料生意肆意横行，光大型石场就有四五十个，小型的也有几百家。俗话说，靠山吃山，靠水吃水。但荆山当地人并没有吃上多少利，充其量就是多挣一份工资，多数老百姓还很贫穷，而大把大把的钞票进了大开发商、运输户和一些相关利益者的腰包。一时间这里无论白天晚上都是车轮滚滚，灰雾弥漫，炸石头的隆隆炮声，震惊着这片往日宁静的山乡，并且改变着这里的生态和人们的生活，给那些成片的果树和庄稼也蒙上了一层浓重的阴影……

第三辑　中篇小说

3

在安良还是个孩子的时候,他就常常问他妈,山外边有咱这里好吗？每次孩子问起这个问题时,安良他妈总是说等你长大了,你出去看看就知道了。安良是个倔强的孩子,他不满足母亲的答案,似乎又有些茫然,就老是向山上跑。他站在高山上朝山下看,他真想看看山外的世界是个什么样子,他不明白皇帝为什么要把陵墓修到山上,还有那些神仙住的庙宇,为什么也要修在云遮雾罩的山顶？那时候有水有树吗？那时候的人是骑马上山的多,还是走路的多？那时候能吃到糖果,还有油糕、粽子吗？……

家乡在每个人的心目中是最美的,但对于不同际遇的人来说,其心境往往差异很大。安良七八岁的时候,他的舅舅就离开了人世,这在他幼小的心灵里留下了很深的印象,他甚至问他妈,舅舅去了哪里？他还会回来吗？安良很爱他舅舅,舅舅死后,安良感觉到了孤独和无助,有时候他实在想舅舅了,就偷偷地去看他的坟墓,顺便去骑骑唐陵上的狮子,甚至爬上皇陵顶部去撒尿,还恶作剧地说,给皇帝浇浇头。

那些日子安良他妈也很难过,她是眼巴巴地看着弟弟去世的,一个活生生的生命,就这么凄然地走了,她心头的苦楚难以向人诉说。不仅如此,她还要安慰和照顾自己的母亲,她明显地感觉母亲那看似平静的内心的波澜,为了岔一下母亲的情绪,转移一下她的注意力,安良他妈让儿子跟他外婆一起睡觉,让这个小大人照顾老人家。夜深人静的时候,安良他妈常常记起自己的亲人,自己的亲弟弟,她的脑子里总是镌刻着她弟弟那失神无助的眼睛,蒙眬中她几乎可以清晰地听到她弟弟发自内心的声音:"生命呀,人生啊,我多想再活一回！"

在姐姐的世界里弟弟仿佛还没有离开自己,他的气息还是那样强烈、浓重,仿佛荆山的暮色那样神秘,姐姐真愿意相信弟弟还会回来,她真愿意相信生命轮回,死生不已……

安良他妈那段时间经常有幻觉,有时候她的耳鼓里不经意间就传来了弟弟的声音,真真切切的,如同他在世一样。她只要一闭上眼睛仿佛就又回到了那间素白的病室,又看见了那张窄窄的钢丝床。她呢,就在床前坐着,她用无限慈爱的目光注视着她的同胞弟弟,这位可怜的病者,残酷的病魔已经耗尽了他的最后一丝力气,他几乎不能动了,用瘦骨嶙峋这样的词语似乎太残忍了吧,但事实是这个年轻人的青春光华已经消退,仿佛一场暴风雨之后的花园残局。

安良他妈清楚地记着他的看起来弱不禁风、孱弱到了极点的弟弟,竟然在他生命的最后一刻,做了一个骇人的动作,也许是回光返照吧,他挣扎着想吻他姐姐的手,还流着泪紧紧地握着他姐姐的手说:"姐呀,一切都靠你啦……"他似乎费了很大的劲,才完成了这些动作。他那种努力拼争的样子看起来有些力不从心,竟至于有些上气不接下气,只见他大张着口极其吃力地呼吸着,并不时用僵硬的不很灵活的舌头舔了舔已经干裂的嘴唇。

"姐呀,娘呀……我……我对不起……"他痛苦地说着,脸色显得更加苍白。

"……好兄弟,不要紧,你会好起来的,医生说过了这阵子就没事了。"安良他妈垂着泪说。

"唉——这都是命……怨不得谁……"他的声音更加低沉、嘶哑。

不知是什么话刺痛了她,还是她猛地想起了什么,她不自觉地把目光移开了,竭力想控制自己的情绪……但她愈是想压住那种漂移不定的东西,便愈是感觉无法把握,无法排遣,登时她感觉胸口堵得慌,还隐隐作痛。她的心好像被什么东西给攥住了,神色有些慌乱,脸上也忽而有了一道阴影。安良他妈心里明白自己完全是自欺欺人地哄骗弟弟,他的情况已经非常糟糕……

正说话间,这个女人的情绪骤然间起了变化,她下意识地取了些纸巾,然后急忙朝卫生间走去。其实她并未去卫生间,只是缓缓地走到盥洗室里,在水池子边扶着墙抽抽搭搭地哭泣着,她的情绪陡然间一落千丈,也许无常已经到来……

正在这时,同村几位妇女来了,作为乡亲她们是专程来看安良他舅的,她们看过安良他舅后,就追上来劝慰安良他妈,作为主人她慌忙掩饰自己,擦去了泪花。

"安良他妈,你把苦受了!"

"大家也很难过……"

"你这个当姐的,把他从上学一直经管到现在,真是把心操碎了。"

"谁能想到咋得下这哈哈病……"

"好人么,老天咋不睁眼?要不是他咱这里能吃上清水吗?"

"就是的,不过也不能太玩命了……"

安良他妈不知道那些嫂子们是啥时候走的,她瓷呆呆地望着医院的楼道,傻乎乎地站在那个静寂空间里,显得异常渺小,无疑那些人的话语深深地刺激了她,让她只感觉一阵阵晕眩,一阵阵天旋地转,她不知道自己这是在哪里,恍惚间她感觉这好像是她的山乡,她的土地,她的院落,她那扇久已封存而且紧紧闭锁的记忆闸门突然打开了。

人的意识是神奇的,它的检索提取功能非常强大,它总是存储着记忆的精髓,那些可以影响人一生的变故,时隔多年也不会忘怀,虽然它可以变换各种方式,但元神依旧,或许冥冥中有一种直觉,安良他妈似乎听到了远方的声音:"姐,你怎么了?"

"我,我……不舒服。"她战战兢兢地说。

"姐呀,我媳妇生孩子后,无论男孩女孩,姐姐您就当亲生抚养……让我媳妇改嫁吧,她是无辜的自由的……我死后火化……骨灰就埋葬在咱家乡的土地……我的所有财产都归我外甥安良……"

"娃娃我来经管,那没问题……财产一个子儿我都不要,全部留给弟媳妇!"安良他妈流着泪答应道。

当时弟媳妇正怀着七个月的身孕……其实安良他舅也没有多少财产,值钱的就是些字画、一两件宋瓷,还有几箱子书籍以及他的一部书籍手稿,他住的是公房,存款被他看病花光了。

村人说,安良他妈当年为他弟弟上大学找公社书记求过情,那时推荐上大学,名额难得很,一个公社就只有一两个,那会儿安良他外爷还在监狱里,他们家既无亲戚朋友帮助,也不被县上、公社重视,人们躲还来不及,他们凭什么就能占个大学名额?世事难料,得失瞬间。她弟弟终于如愿,但姐姐却付出了自己,后来嫁了本村一个老实人……

安良他妈被眼前的一切震惊了,她虽然站在外边,但她分明已经听到了那种天籁之音,看到了过去和未来的种种物象,仿佛有弟弟的声音,有自己的声音,还有乡亲的声音……这时她似乎有了一种不祥的预感——难道弟弟有什么要托付?难道心音在召唤着自己?等她奋不顾身地冲进病房的时候,她弟弟已经咽气了……

安良他舅病逝的时间是1986年11月22日,他死的时候很年轻,才三十四岁。他患的是胃癌,可惜发现得太晚了,已经到了晚期,癌细胞已经扩散,专家都无力回天,并吩咐家属早早准备后事。对此安良他妈是心知肚明的,但她还强装笑颜地哄他弟弟说,化疗完后就好了,她想让他的生命多延续一些时间。事实上化疗后,安良他舅日渐衰弱,他明白自己的日子不多了,就要求医生停止治疗,他知道姐姐把家里收藏的沈周、石涛的画、于右任的字、母亲的首饰、细软通通都变卖了,还借了村里不少乡亲的钱。

安良他妈前前后后伺候了弟弟一个月,直到他咽气归西,她那时是"屎巴牛支桌子——硬撑",她们家已经拿不出一分钱了,要不是安良他舅单位的人捐款帮顾,她真熬煎如何把弟弟的事情进行到底,如何让弟弟入土为安。

那时安良木木地看着大人们把装着他舅舅骨灰的棺材抬出了村子,并且埋在了唐陵附近的山坡。

安良的妗子那时身子笨笨的,穿着孝服,亲自扶灵送葬,夫妻一场,恩爱一回,她想送他一程,两个青年妇女搀扶着这位孕妇,她一把鼻涕一把眼泪地挪动着身子,她实在走不动了就瘫坐在路边哭泣。

安良看到了他妗子忧伤的眼泪,这个女人无声地哭泣着,身子抽搐得厉害,不一会儿她就晕厥过去了,人们又七手八脚地把她抬下了山。那会儿她娘家人希望她改嫁,坚决不同意她生下这个孩子,她想为丈夫留下他们的爱情结晶,也为老刘家留条根,她倔强地决定走自己的路……

第二年春天,安良他妗子生了个女孩,最初起名刘小欣,到安良家以后,改名刘安心。起初安良他妗子走不出这段姻缘,迈不过这个坎,她的父母和朋友们都为她忧虑、担心,随后在大家的百般劝慰下,她才最终决定去国外留学,她想修复一下自己那颗受伤的心,起码换一个环境,于是她不得不狠心地离开了自己年幼的女儿……

安良他外婆七十多岁的年纪,一口整齐的白牙,她说话语速快,人很精神,特别爱干净,经常把家里家外拾掇得非常干净。在儿子患病以及死亡葬埋的过程中,她表现了十分罕见的坚强,尽管内心伤恸,但老人始终没有大声哭泣过,她只是一遍又一遍地重复着说:"寿数,寿数,老天爷管的,谁也没法,走就走了……"

失去儿子后,老人家病了一段时间,后来就有些疯癫,逢人就说:"见我松娃了么?你知道他啥时从省上回来?"

家里一来人,老人家就会上前讪笑着说:"给我发一支烟,给我松娃也发一支。"

"你松娃在哪儿?娃不是都死了吗?"

"不不,你胡说!我娃在唔达给他大劈柴哩!"

"他大都死了多年了……"

"没有……我能看见他,他在山上搞测量,又要打井了。"

安良的母亲叫刘雪梅,三十七岁,人长得很好看,是这一条山边子的人尖尖。安良的舅舅叫刘雪松,是山庄村新中国成立后唯一的大学生,他是北方农大水利系毕业生,分配在省水利厅工作。

安良和他妈长年住在外家,他们一直在一起生活,几乎没有分开过。他外家是三孔窑洞,三间平房,安良知道在他们家里,户主是妈妈,是刘雪梅,他们家就像风雨中飘摇的小树一样,摇摇晃晃地挣扎着,艰艰难难地生存着。

4

安良他养父叫安顺娃,是一位四十五岁的老实农民,他身材既不威猛高大,也不低矮猥琐,是个中等身材的汉子,这人嘴笨,常常不言不语,就知道闷头干活,低头走路,其实他这人心里有数,也算个走州溜县的角儿。

安顺娃老家不是山庄人,他是被他奶奶带到她娘家的。新中国成立前安家是鼎州镇富户,主要经营兰烟、茯茶、皮货、药材、棉花、布匹、制硝等生意,其店铺生意遍布西北、西南。民谣云:"池阳县,西北乡,大簸箕白家钱粮广,老安家财宝堆满箱,不及于家一张床,珍珠翡翠来装潢。"话说安顺娃的祖先们,绝对算得上当时的富人俱乐部成员,顺娃他老爷的外家就是池阳首富桥头白家，他老爷的大姨家就是陈桥富甲一方的于家，顺娃他们这个家族则独霸鼎州。顺娃他爷排行老三，为人精明，善于经商，老太爷让他执掌家事；顺娃他大爷一身好武功，可就是不务正业，爱吸鸦片，毒瘾很大，被老太爷逐出家门；他二爷在省城教书，把家也安在了那里。老太爷死后，家族分裂，老弟兄三个三分天下，各自过活。后来大爷吃喝嫖赌，挥霍无度，又爱吹大话，摆阔气，他先后娶了三房姨太太，很快就把他那部分家产折腾得所剩无几了。大爷包养的戏子芬莲，恰巧也是土匪魏麻子的姘头，是魏麻子安插在鼎州的内线，芬莲听大爷说他家老宅子有宝贝，有瓷器窖、金窖、银窖等地下暗道设施，如果找到了这些那可就发大了，那是价值连城的云云，芬莲动了心，她想把这院庄子给自己弄过来，当然芬莲没有这个力量，不过她可以借力打力，让魏麻子先把安家弟兄收拾了，自己好坐收渔翁之利。

俗话说不怕贼偷就怕贼惦记，啥事情如果被人惦念上了，麻烦就多了。猴都有打盹的时候，大爷唯一的儿子在经商的路上遭土匪绑架，土匪索要三千块大洋，他的家里根本就拿不出那么多钱，大爷救子心切，他狠了狠心就索性带着土匪到老宅子找他三弟来了。

大爷耀武扬威地跟着魏麻子走进院子，三爷很诧异，他们咋搅和到一起了？

"魏寨主，咱们井水不犯河水，你今天这是……"

"老三你干的好事。"

"大哥？"

"你鼓动你侄子做生意，结果被人绑票，你这是安的什么心？你让我绝后吗？"

"安老三，我今天也不为难你，你哥欠我们三千块大洋，你说咋办？是你自己拿，还是我们去取！"

话音未落，土匪上前就绑了安老三、安老大兄弟，随后打开了府库，用大车把家里的粮食、财物、古玩、家具，洗劫一空。魏麻子不满足于此，他让土匪们在家里挖地三尺找宝贝，并特别叮嘱要在老太爷原来居住的房子里开挖，把一面山墙都挖倒了，这面山墙比别的墙壁厚一倍，而这间屋子也似乎比一般屋子大一些，只不过从表面上看不出来。这是财东家特意设计的房屋,乍看起来不起眼,实际上房屋底下是一个暗堡,有通道直通银窖、金窖、瓷器窖,并设计有飞镖、箭镞、石阵等暗器机关,还有逃生地道一直通到山跟前,半道上配备有石门、枪眼、陷阱等障碍。但无论怎样固若金汤的城堡都挡不住诱惑、自私和背叛,如果城堡内部有了问题,那它的一切都将化为乌有。正是在安老大引狼入室的出卖下,安家祖屋才有了如此大劫,土匪们幸灾乐祸地挖着安家的墙脚,就像是一群穷凶极恶的饿狼,个个眼睛里都泛着绿光,忽然哗啦一声,随着一大块地面坍塌,下面露出了一个地洞,在洞里魏麻子一伙发现了大量唐宋元明清历代瓷器官窑精品,在一个大箱子里发现了数百幅书画作品,也都出自历代名家,当然还有不少金银珠宝。

魏麻子大喜过望,他没有想到这么轻松就得手了,就有些得意忘形,他命令他的手下人放火烧宅子。

土匪们还未动手,一个小喽啰慌忙跑来说:"魏爷……不、不好啦……军队来了!快跑!"

"撤!"魏麻子一挥手,土匪们一窝蜂"哄"的一下子撒腿跑开了。

来的是国民党地方部队的一个连队,正好路过鼎州,听说土匪抢了宝贝正向山里逃跑,就追击土匪,魏麻子一伙到底是乌合之众不经打,机关枪一突突,小钢炮一轰很快就败下阵来,结果那些宝贝悉数被军队占有了,魏麻子及其匪徒三十三人全部被斩首示众。

安家遭此一劫后,家道中落,大爷羞愤难当,孤身离家出走几十年都没有音信,二爷也从此不回老家了,三爷大病一场,含恨去世,他死时年龄还不到四十岁。三爷的妻子有三个儿子,一个女儿,不久她也改嫁他人,去了外地,并且带走了最小的一双儿女,一个三岁,一个还在怀里抱着,把老大安顺娃、老二安顺兴留给了安家老太太抚养,那时两个孩子分别是十岁、八岁。顺娃她婆人很厉害,动辄与周围人较真对骂,大家都怕她三分,无奈那会儿的安家已经是凤凰落架不如鸡了,还强撑着大户人家的门面。当时丫鬟、院工已经四散而去,家里仅存的五六十亩水浇地已经荒芜,此前为了生计老太太做主已经卖了一百多亩上好的水地,还有八十亩坡地,鼎州街道的门面也让人租用了。街面上几个泼皮无赖,成心想敲诈安家老小,就隔三岔五来讨钱,一会儿说他们家里揭不开锅了,让大善人救救急,一会儿又说他们家里人生病了,快死了,急等钱抓药治病,安老太太是来者不拒,一律给予照顾,多则二三十块,少则十块八块。事情没有那么简单,却说那几个泼皮无赖,并没有就此罢手,他们还结伙成群偷盗安家的财物……泔水怕勺舀,墙倒众人推。安家三爷一门,没有几年很快就破产了,安老太太的眼睛很快也变瞎了,顺兴十七八岁那年被人带到南方去了,从此没有了消息,是死是活无人知晓。安家老太太在鼎州实在无法生活了,就变卖了老宅子,带着顺娃住到山庄她娘家去了。反正瘦死的骆驼比马大,在娘家人的帮助下,安老太太在山庄圈了一个院落,盖了三间瓦房,打了两孔新窑,还是砖箍的。那时候婆孙俩相依为命,顺娃大手大脚惯了,不知道节俭,老太太也豁达得厉害,他们把自己的银圆、金条兑换成钱,接济村子里的穷人。

  安老太太尽管已经日薄西山,气息奄奄,但她家相比山庄其他人家还是要殷实许多,富裕许多。那时很多人愿意把闺女嫁给顺娃这个看起来木呆呆的"富二代"。后来顺娃就有了媳妇,一个模样周正、身材苗条的女人,这个女人进入安家才几天,安老太太就咽气了,顺娃夫妇安葬了祖母,从此他们成了断了线的风筝,在茫茫人生中漂泊。

  有一天顺娃在山里放羊,那天雾气浓重,天色昏暗,他收揽羊群时不慎滚崖,第二天被人发现救起时,只见他遍体鳞伤,人事不省,只留下了一口气。顺娃总算捡了一条命,但留下了永久的伤痛,他的左眼睛被树枝刺伤了,而且视力已经模糊得看不清楚东西,简直就是一个独眼龙,更糟糕的是顺娃的大脑似乎也受了刺激,变得神经兮兮的。顺娃的妻子看到这一切,心灰意冷了,她有一种靠山山倒、靠水水流的无奈感觉,迫于生计便头也不回地离开了顺娃,独自寻找自己的生活去了。

  顺娃没媳妇没人管他,变得比以前更懒惰了,常常是太阳晒到屁股上了还熊在被窝里不动弹,有时候饿得发慌了就喝半瓢凉水充饥。要是村人娶媳妇、盖房、老人去世、孩子满月等大凡小事,一准离不开顺娃,他靠给人帮忙混口饭吃。他很贪酒又没多大酒量,一喝就醉,一醉就吐,他的这些作为让村里人既瞧不起他,又可怜他。

  有一年秋季,雨水很多,对面沟里姓王的一户人家窑洞塌了,没有地方住,大伙动员顺娃把自己的三间瓦房让出来给灾民住,同时让那户人家经管他吃喝。顺娃没有怎么犯难就爽快地应承下来了,他心想:能帮人处且帮人,与人方便自己方便。王家人就这样和顺娃联合居住了,王家人一家四口人,夫妇俩和一对儿女住大瓦房,顺娃一个人住窑洞,吃饭一起吃,干活一起干。王家的男人有手艺,经常走村串户给人做木工活,一走就是十天半月,王家的媳妇经常守空房,这给了顺娃机会,他和那个王家女人很快就好上了。

几乎每个夜晚,女人把孩子经管睡下后,就蹑手蹑脚地推开顺娃的窑门,顺娃一看那个女人就起性,粗犷地、豪放地把她经管得嗷嗷叫。

"死鬼,你真是个叫驴!"

女人每次完事后就穿上衣服,对着镜子梳妆一番,她红红的脸颊,粉红的嘴唇,以及魔鬼一样的身材,光滑润洁的肌肤让顺娃饥渴难耐……

顺娃自从这个女人来后,他简直变了个样,竟然白胖起来了,也勤谨多了,还常常主动去挑水、劈柴、放羊。

"顺娃,最近吃啥药了,咋这么精神?"一位嫂子打趣说。

"春药么,你要不?"

"你个色鬼……"

没有不透风的墙,王家男人后来知道了实情,他发现媳妇对他很冷淡,他提出性要求她总是推脱,实在推不过去就应付差事。

王家男人很无奈,提出搬走,他媳妇不同意:"都住习惯了,搬什么搬?"

"再不搬我怕让人家拿尻子笑我!"

"看把你能行的,你有啥本事,你有钱盖房吗?你有钱打新窑洞吗?后边还有娃娃上学一拉拉子事情……"说着说着女人就呜呜放声哭开了。

"怪我无能……没本事。"

那一夜王家男人的阳具一夜未举,女人气冲冲地下炕到顺娃的窑洞睡觉去了。半夜里天突然下起了瓢泼大雨,霎时电闪雷鸣,闷雷滚滚。

女人很害怕,她蜷缩在顺娃怀里,好像一只受伤的羔羊,顺娃那夜似乎疯狂了,他狠命地与女人交媾,他光想着如何折磨这个可怜的女人……

"嘀啪——嘎啦啦"一声震耳的雷声,在电光的闪耀下,只见窑院之中站着一个男人,水淋淋的,一动不动。

女人在瑟瑟发抖,她本能地感觉到了黑夜里那双灼人的眼睛,她不顾一切地跳下炕,斜披着衣服,疯也似的扑向了自己的男人,他的男人仿佛雕像一样,冷冰冰,湿淋淋。

顺娃被这女人的举动弄蒙了,他傻傻地站在窑门口,不知所措。

"顺娃,你个死人,快把他背到前屋去!"

顺娃顺从地背着王家男人去了前屋,女人殷勤地用干毛巾给自己的男人擦头发,她和顺娃一起把男人的湿衣服扒掉了。

这时男人好不容易才打出了一个很响的喷嚏,随后他的喉咙里发出了愤怒的吼声,颤抖着用手指着顺娃,气愤得眼珠子都快要蹦出来了:"滚!给我滚得远远的……"

顺娃做了亏心事,不敢犟嘴,他下意识地瞟了女人一眼,女人也用同样的眼神示意他不要吱声。顺娃不甘心,他临走还偷偷在女人的屁股上捏了一把,女人不好意思地抽搐了一下鼻子,并没有做出特别的反应,然后顺娃就灰溜溜地走出了屋子。

第二日雨后的山村格外清新,到处都像漂洗过一样,到处都散发着泥土、花草、树木的香气。

一夜的暴风雨之后,自然渐渐平复了,一切暴烈的声音都被平和的言行取代了,顺娃与王家男人正坐在饭桌前喝酒、吃饭,女人在一旁伺候着。

一个月后,王家男人在对面山沟盖房,顺娃把自己的三间瓦房给他家了,顺娃还忙前忙后地给人家张罗,王家人新居落成后顺娃再也没有去过他们家,两家人从此基本断了来往。

5

安良他妈和"独眼"顺娃结婚的事曾经轰动山乡。人都说顺娃虽瓜福大,和美女刘雪梅结了婚。那是安良他舅死后第二年的事情,当时雪梅家里负担重,受弟弟英年早逝的巨大打击,她母亲疯疯癫癫的,时常犯病,弟弟的女儿才一岁,正嗷嗷待哺,她的儿子安良已经九岁,也该上学了,千斤重担就得这个弱女人一人来扛着,有谁愿意养活这么一家子人呢?顺娃不计较这些,再说了,他也是上无片瓦,下无立锥之地,吃了今天不顾明天的主,瞎好有个家,有个女人,也就有了归宿,他实际上就图有个热炕头,有碗热饭吃。顺娃也有自己的隐忧,也想传宗接代,他最不愿意提及的就是自己无生育能力,他与王家女人打得再火热也没有结果,王家女人称他是不发芽的干瘪种子。雪梅比较清高,虽说他们结婚了,却很少让他沾边,她很讲究卫生,更讲究情调,非要顺娃每天洗头、洗脚、洗澡,再就是她闻不得烟草、酒味浓烈的刺鼻味道,稍微有些异味就不让顺娃上炕,顺娃一个人自由惯了,受不得约束,就一个人搬到另一孔窑洞睡觉,但他们白天照样在一个锅里吃饭,照样在自己的地里共同劳动,维持着一个家庭的形象。

刚结婚那几天雪梅忍受着丈夫的粗野和贪婪,顺娃心里就像吃了蜜,他见识了自己女人阳春白雪般的娇恬,那咿咿呀呀的叫唤声让人心醉神迷,就像在春天的山林,他悠闲地牵着那只大黄狗,威武地肩扛着猎枪,或者是懒洋洋地斜躺在冰冷的青石上,聆听着山涧的清泉,应和山雀的嘤鸣,还有树木与风儿的嬉戏。顺娃和这样的女人在一起过活,哪怕一辈子就睡一回觉也心满意足了,他仿佛知道为什么周围那么多人都想要雪梅的身子,这女人简直就是一个尤物,给人销魂的尤物。其实雪梅从内心很厌恶顺娃,也厌恶她自己,她厌恶那些与牲口一般的做作,每次事毕后她都要拼命地清洗自己,甚至想把乳房、阴道里里外外全部都清洗数遍……

后来,雪梅不让顺娃上炕几乎不是什么秘密了,村人说顺娃那家伙不行了,王家女人抱打不平,她知道顺娃性生活那方面厉害,她都想得慌。有一天夜里王家女人又溜进了顺娃的窑洞,这几个月她男人又到外边打零工去了,后来她就大着胆子,几乎夜夜在顺娃的窑洞厮混。雪梅心知肚明,她捉着顺娃这个短,根本就不让顺娃碰自己一下,白天还要他下地干活。

安顺娃在两个女人之间受夹板气,一个是他法律上的妻子,一个是他感情上的妻子,特别是王家女人给了他做男人的自豪,王家女人的肚子大起来了。自从王家男人与顺娃闹腾之后,那个不争气的东西就阳痿了,提起行周公之礼就瑟瑟发抖,王家女人与他再没有发生过性关系。

顺娃说:"妹子,你给哥生个娃,哥就把你供到天上!"

"那你舍得雪梅一家子。"

"当然……谁不为自己着想?"

"你摸摸是个啥娃。"

"儿子么!"

"想儿子想疯了吧。"

"那你想要个啥娃?"

"女娃。"

"为啥呢?"

"还能生……"

王家女人快要生了,顺娃前后服侍着。这几日顺娃干脆住到王家女人家去了,晚上也有个照应。顺娃在内心里感念王家女人,他安家有后了,她是他的恩人,是她让他还了阳,成了可以直挺挺站立的男子汉。

王家男人的儿子十来岁,看起来憨憨的,女儿七八岁也言语迟笨。村里孩子逗王家儿子说:"你妈呢?"

那傻孩子就说:"我妈跟顺娃睡觉呢。"

"大白天还睡觉?"

"不信,我领你看去!"

女孩子心中有数,口里说不出,只是一个劲地哭喊,好像是给妈妈打招呼。

顺娃在这一家子人当中是真正的王,他征服了那个女人,而那个女人又统治着王家的子孙。

一天深夜,大约深夜一两点钟,王家女人生下了一儿一女两个孩子,孩子白白胖胖的,哭喊的声音异常洪亮,接生婆都夸奖说:"一对金童玉女,羡慕死人了!"

王家男人在东州一家工地上做木工活,妻子给他戴绿帽子,而且还生了孩子,这让他怒火中烧,他真想用斧子劈了这对狗男女。这几天他一直神情恍惚,眼前总是浮现顺娃和他妻子的身影,似乎能听到他们在炕头上龌龊的响动,还有女人放浪的笑声。天色渐晚,工地的头说让他再运些模板上三楼,王家男人就用板车拉来了模板,绑在塔吊上,塔吊起运后,按安全要求他应该立即退到外围,可当时王家男人依旧傻傻地站在原地未动,忽然"啪"的一声,钢绳断了,那些模板从上面散落下来,一块模板击中了王家男人头部,他没有任何外伤,只是头部肿大,神志不清,弄到医院后就没有救下。工地上老板托人说话,给他家赔了十万元,就草草埋了人。

王家女人没有了丈夫就没有了指靠,她一心要跟顺娃过日子,并且要求顺娃离婚。雪梅看顺娃的心走了,就主动和他解除了婚约,让顺娃过自己的日子去了,她自己独自一个人挑着家庭的重担。

6

村人说,安良他妈娘家是外来户,当年下放到农村的城里人,他外爷当过大官,不知道犯了什么错误给贬下来了,落魄到这里。村里的一位退休教师说,这就像《西游记》里,大凡暂时下放到底下的,都是些挨椽挨檩的,没准什么时候就又上去了。上世纪60年代中期,先是安良他外婆带着一双儿女在山庄住下来了,那时山外的"文革"运动正在如火如荼地展开,山庄这块地界相对还消停些。十多年后,安良他外爷才从外地回来,说是自由了,有人说他在监狱里待了十年,现在放出来了。这位老人是个见过大世面的人,他早年上过黄埔军校,中途退学,而后在同学的引荐下,北上延安参加八路军,先后转战华北、西北、西南,新中国成立后转业到地方,曾任岭南省副省长、南华农业大学党委书记、西京市委书记等职。

安良他外爷真名叫刘建宏,字苍生,是地道的山庄人,其祖父刘奇勋在岭南一带当过州县官员,家属随迁南方,并在那里繁衍生息,其族谱里明确记载:先祖居池阳鼎州山庄村,世代耕田为业。刘奇勋早年为官,其后经商,在各地广置田产,并在上海、汉口、广州、成都、重庆、香港等地开设有店铺、商号,经营钱庄、药材、绸缎、茶叶、当铺等生意,成为富可敌国的一方大富豪。辛亥革命时期,刘奇勋同情革命党人,并慷慨解囊,把自己的千万家财全部花费在了推翻满清政府的事业上。满清政府因其资助革命党人,就派人将其逮捕入狱,并勒索十万元,刘奇勋夫人刘傅氏央人求情保释,并变卖各地的房产、古玩(铜鼎、玉器)、字画筹得八万余元,还在亲戚朋友那里东凑西借近万元,才勉强保住了老爷的命。刘奇勋在狱中备受毒刑,被吊打了好些日子,加之囚室阴冷潮湿,使他身染重病。当出狱时,刘奇勋已经被折磨得气息奄奄,有进去的气,没有出来的气了,而且双腿残疾,神志模糊,他已经不认识自己的妻子和儿女了。回家后,不到三天刘奇勋就咽气了,他没有留下一句遗言。孙中山先生对其毁家纾难,支持革命的义举颇为赞赏,并亲书"博爱"相赠。刘奇勋死后,其大家庭便轰然倒塌,他的两房姨太太卷着私房细软、碎银,跟别人逃命去了。夫人刘傅氏含辛茹苦,仅靠在一所中学教书的微薄收入,维持家用。他们没有自己的房屋,只能寄居在一个朋友家里,她给人家的孩子教音乐,就权且作为房租。刘傅氏的日子过得艰艰难难的,她唯一的指望就是抚养儿女,盼其成才。刘建宏是刘奇勋唯一的儿子,大房傅氏所生,傅氏为先生养育了一儿两女,其余各房均为女儿。

这一家子人口风很紧,从来不对外人提及家事、国事,也很少与外人来往,只是一门心思踏踏实实地劳动、生活,除了她家人讲卫生、爱看书报这两点外,与其他住户几乎没有差别。那时候,安良他外爷经常到村支书家里看报纸,过期的也看,一看就是大半天,还时不时地写笔记,村里谁家有旧书他都喜欢收购,实在不行就抄写,有时候他发动安良他外婆、他妈、舅舅一起帮忙抄写。

有一年夏天,安良他外爷得了重病,人一天天消瘦下去了,先到县医院看,医生说要到省城确诊。安良他外爷不信自己得了要命的病,也不愿意到省城去检查,就回村了。

一天傍晚,风声大作,雷雨交加,院中的大槐树被雷电拦腰劈断,安良他外爷不知是受了惊吓,还是怎么的,突然病情发作,猝然仰面跌倒在地,登时他的心好像被无形的巨手撕裂开来了,无可言状的疼痛刺穿了他的心扉,他的五官几乎移位,后来他失去了知觉……

"啊……"安良他外婆大惊失色,她慌忙扑下炕,抢上去一边抱着丈夫,一边用毛巾为他擦拭头上的虚汗,同时声嘶力竭地喊叫:"梅子——快叫队长!你爸不行了!"

梅子是安良他妈的小名,她那时还是个小姑娘,一听他妈喊叫,一路小跑着哭喊着叫来了左邻右舍的乡亲。

"他娘的!这鬼天气……"队长雒义德骂骂咧咧地说,"快!绑担架,准备送人下山,都站在这儿看景哩!"

一群庄稼人不声不响地迅速做好了担架,又七手八脚地把病人弄上了担架,随即急匆匆地下山。那时山路比较窄,而且大雨滂沱,泥泞难行,八九个人好不容易才走出了山,从山顶到山外约莫有二十里路,他们用了两个多小时。

随后这一群人借了一辆马车飞快地朝百里外的县城奔去,马车过处立时溅起一片水花,车上的人全身泥水浆浆的,他们用塑料纸、麻袋片为病人遮雨挡风。

午夜时分,来到县医院,值班医生一看病人面无人色,牙关紧闭,心跳微弱,有出来的气,无进去的气,奉劝家属回去准备后事。

安良他外婆闻言惊恐,她哆哆嗦嗦地说:"怕得赶紧去省城,咱们连夜走。"

队长锥义德一锤定音地说:"走!"

那时候一天就一两趟车,错过去了就非得等第二天的车,而那班车说是大客车其实就是一辆大卡车,上边罩着绿色的帆布。

经历了一夜风雨的农村汉子,在后半夜的沙石路上,迎着风向前奔着、赶着,尽管冰冷的衣服在雨后的风中逐渐干了,但好几个人还是不住地打喷嚏。

他们抱着团蜷缩在一起,围着病人、护着安良他外婆……

翌日清晨,伴随着上班的自行车流,一辆带着泥土的马车驶进了省医院的大门,这群神情严肃的乡下人把他们的病人交给了医院,他们希望奇迹发生。

经过十几个小时的抢救,安良他外爷从鬼门关回来了,他说好像做了一个梦,轻轻松松地睡了一觉。其实老汉是瞬间休克,并且大脑有瘀血,幸亏抢救及时。安良他外爷希望回山庄,并叮嘱妻子儿女他死后,最好就埋葬在荆山之麓,唐陵右侧。

有一天村上来了一位游医,一身道士装扮,说是专门看疑难杂病,村民很好奇,就对他说,"前些日子我村刘建宏老汉病了,还住进了省上的大医院,到现在还在床上躺着起不来身子,你去喔达看看。"

这游医看起来约莫六十开外年纪,但身板硬朗,声音洪亮,走起路来步子轻快。他进得家门高声吆喝:"善人,给口水喝!"

安良他外婆慌忙出门,并给客人端来了一碗水。游医一口气喝完了水,然后说:"贫道,四海游医,谢谢施主的水。"

"既然你是医生,给我家里人看看行不?"

"没麻达。"

游医诊断后即刻开了几服药方,他声称不出一个月先生就可以下床,还留下一本《宫廷御医秘籍》,说是给老先生准备的,先生康复后可以抄写此书,半年后他再来取书。

游医到底没有再来山庄村,安良他外爷奇迹般地恢复了,他把那本书抄写到一半的时候,有一天他发现那本书"失踪"了,他几乎挖地三尺,也没有那本古书的影子。

一年以后,安良他外爷去世,享年七十八岁。安良他外爷是1983年去世的,那时他还没有平反,葬礼很简朴,如同一个普通的农村人。

安良他外爷到死都没有弄清楚,"文革"中有人揭发他是叛徒、军统特务,只是因为当年他与自己的恋人分道扬镳,他选择了延安,成了地下党成员,而她选择了南京,并且成了军统特务。他去延安的途中丢失了地下党的介绍信,他随身携带的包袱被人偷走,他就在西安八路军办事处等候能够证明自己身份的同志。几个月后岭南地下党又派人去延安,来人知道刘建宏,就写了证明材料,安良他外爷这才取得了信任并跟大家一块奔赴延安。这段历史本来清清楚楚,可经一些别有用心的人在"文革"中煽风点火,就似乎成了历史问题,它让一位忠心耿耿的老干部、共产党员饱受怀疑猜测、打击迫害的煎熬。

知情人说,在"文化大革命"开始以后,安良他外爷把罪受扎咧。作为市委一把手,本市最大的走资本主义道路的当权派,他每天都被揪出去接受"喷气式"弯腰低头的批斗,有时一天要连续批斗两三次,一场接着一场,上一个单位还没批斗完,下一个单位的造反派早就等在会场外面了。有一次在西京红卫兵组织的一万多人的批斗会上,他被戴上了又高又重的高帽子,这伙人让他既抬不起头来,又不准让它掉下来。在"打倒某某某!""某某必须老实交代!""坦白从宽,抗拒从严!""无产阶级文化大革命万岁!"的震天口号声中,这伙人把他和其他几个市委领导捆起来,按倒在地,强行剃掉头发,还在脸上涂着墨汁,额头上画着白圈,极尽丑化之能事。会议之后,经过粉饰"美化"的几位市委领导,还有几个"地富反坏右""牛鬼蛇神"等一竿子人立即被几个壮汉押着去游街示众,他们千方百计地侮辱人,让你求生不得求死不能,简直就是活受罪。安良他外爷火气高,性子耿,不说假话,更看不惯拨弄是非,颠倒黑白,于是他想到了死,想到了逃避灾祸,想到了一了百了,他不想再被人作践了,他先后自杀过两次。一次在他的办公室里,那些人不让他回家,昼夜折磨他,要他交代所谓"叛徒、内奸、军统特务"的历史问题和"西京最大的走资派"如何打击迫害革命群众、压制红卫兵革命行动的问题,他趁人不备,偷偷服了大量安眠药,被发现后抢救了过来,而后他又被作为"死不改悔的修正主义分子"遭到了更大规模的批斗,被揪斗到西京几乎所有的高校、厂矿。另一次他被西部大学联盟的造反派抓走,遭到揪斗后,他从二层楼上跳楼,没有死,一条腿摔断,三根肋骨骨折。市委得到消息后,很快组织人员把他送到医院抢救,这一次他又被抢救过来了。后来的人都知道他最后是在监狱里度过了十年的光阴,其实那时他还比较幸运,西北军区司令员、他的老上级见他身受重伤,精神几近崩溃,怕他挺不过去,就指示解放军"支左"工作组把他安排在中国科学院西北分院里保护起来了,当然在那里他没有太多自由,也没有太多麻烦,只有一个警卫员看护着他。他每天的工作就是打扫一到三层楼道的卫生、冲洗厕所卫生、经管楼前的一大片花园。有时候他还可以看看报纸,但更多的是读毛选、学马列。他的家属被送到了乡下,失去了城市户口,他们不知道他在哪里,据说就是在那时他养成了抄书的习惯,这是他战胜寂寞的秘密武器。

1987年底,在一些老干部的奔走下,党组织上给安良他外爷平了反,同时落实了有关政策,洗刷了强加给他的各种罪名,他是清白的……

7

安良他舅死后村民很怀念他,大家说小伙子很能干,心里装着家乡,装着大伙,可惜这个人才了!

上世纪80年代初,当时还是大集体时代,还是生产队。有一年天气特别干旱,队长雒义德想给村上办件好事,就去省水利厅找安良他舅要打井项目。安良他舅是村里唯一的大干部,当时在水利厅当处长,专管抗旱防汛工作。

雒义德刚一进大门就大声喊叫安良他舅的名字:"刘雪松!刘雪松!"

几个门卫一拥而上把他朝外轰:"干啥的,喊喊叫叫的,出去登记去!"

正在这时厅长的车来了,雒义德双手叉腰气愤地说:"我找人哩,不行吗?你们还为人民服务,把人民不分青红皂白就朝外推……"

厅长走下车询问情由后,让雒义德坐自己的车到办公楼去了,他还为其找到了乡党刘雪松。

经过艰苦努力,雒义德终于从省厅要来了打井项目,为了实施好这一项目,在刘雪松陪同下,厅长带领专家组先后去了几趟荆山,在山庄村实地调研,寻找水系。山庄村洪沟、西陵沟、东陵沟、大雁屯、下河滩、魏家塬、唐家寨等七个小队居住分散,大多居住在沟沟坎坎边,要确定合适的打井地方很不容易,最后他们在专家的指导下,在云水河的古河道上开始打一个208米深的机井,供全村人畜饮用。为了这口井,全村的男劳力几乎都参与了劳动,大家盼着早日喝上干净卫生的深井水,因为这些年黄土岭的那眼泉已经干涸,村民们要从三十多里外的山底村买水用,人家那里打了井,修了水塔,当时外村人拉一次水,需花费一两元钱。天气干爽晴朗还不要紧,最害怕下连阴雨了,道路泥泞难行,山坡根本就上不去,而且大雨过后,一般窖水很混浊,没办法了就只有将就,山庄人就是这样常年四季熬煎吃水问题,常年四季封闭于自己的那个小天地。

山庄打井了,还是省上的重大饮水项目,山庄人奔走相告。经过几个月的日夜奋战,钻井队终于打成了井,据对水样化验分析,这眼井的水质特好,含多种微量元素,而且甘甜、爽口,本来大家都忙着准备明天下井瓮子的事情,井瓮子下好后,再配备一部八寸水泵,这眼幸福泉水就会哗哗地流出来了。这天晚上,山庄大队支部书记领了一大帮群众来慰问钻井队工人,他们在熊熊的篝火旁摆起了酒席,还请来了秦腔自乐班助兴,大家欢乐开怀直到凌晨三四点钟才散伙。山底村的管水员,害怕山庄人把井打成了就不用自己的水了,趁人不注意,连夜晚带着子侄数人混入群众队伍,他们在大家喝酒狂欢放松警惕的时候,神不知鬼不觉地把几块大石头投入井内。

第二天 10 点的时候太阳很亮很刺眼,在呜呜地警笛声的导引下,随着一阵烟尘逐渐平息,一溜穿着西服扎着领带的省市县领导来到了山庄。那天刘雪松也来了,大家的脸上都堆着笑意,领导们登高望远,心旷神怡,随着一声"我宣布山庄人畜饮水工程竣工典礼开始!"的令下,鞭炮齐鸣,锣鼓喧天,随后是介绍工程项目实施情况,市县领导致辞,最后是省水利厅领导讲话,这一系列程序过后,就是最后的合影了。

钻井队一大早就开始下井瓮子了,他们怎么也把井瓮子放下不去,好像被什么东西卡着。

"一群废物,我早就跟你们说了,先一天就要把井瓮子的绝大部分弄好,今天只下一两截就省事了……"

"下去看看情况!"在领导的严厉督促下,钻井队迅速派人下井查看。

"底下有几块大石头,与井瓮子卡死到那里了!"

怎么办?井瓮子下不去,用微爆?用破石机?会不会井壁坍塌?用人工作业?再说底下已经有了一半井瓮子,把水泵放下不去就不会出水,一切都是白费,这意味着这眼井将报废……

欢天喜地的事情却是这么一种结局,这是谁也想象不到的。看着大家沮丧得近乎扭曲的面部神情,刘雪松简直想哭想骂,狗日的瞎良心啦!

山下来的车辆一个不剩地走了,卷起了一阵阵黄尘,山上的人欲哭无泪……

山庄村人一提起安良他外家没有不竖大拇指的,从老辈子到如今,辈辈有人才,这个家族是名副其实的山庄第一家。山村人迷信,相信风水,有人说安良他外家门口那棵大槐树有些年月了,是村子的神树,村里九十多岁的老人都不知道是什么时候谁人手植,大家比较一致的说法是这是刘姓人家先人种植的,至今郁郁葱葱,枝繁叶茂。更令人感觉神奇的是,这棵大树与唐陵基本在一条南北线上,而这家人恰好就居于周围马蹄形山地的核心,过去这里还有一股泉水萦绕山门,是一个背风面南的绝佳处所。

史载:"德宗李适于永贞年正月葬于唐陵。"相传,李适晚年让风水先生为自己"选穴"修墓,初定七里塬,大批军士挖土掘墓,当挖至二三十丈深时,奇迹发生,军士们白天挖土,明明挖去了不少土,可夜晚土又长上来了,几乎变成了原样,监工头挥舞皮鞭,强令军士每日劳作不止,士兵们苦不堪言,有一日傍晚,忽然有一只金凤凰从那里腾空而起,它舞动着翅膀,在夕阳的映照下,矫健地朝荆山方向飞去,轰然一声巨响,金凤凰与大山相撞,落下的灰尘堆积成了一座小土山,同时小土山的南麓出现了"五朵莲花,四龙捧圣"的地貌景观。李适闻听此事大惊,以为凤凰已飞,恐脉气尽失,遂命风水先生再觅"新穴",风水先生定址为小土山的南麓,孰料那里地形虽好,但土质条件较差,朝廷就令兵士排成队把七里塬的土传送过去,于是七里塬就形成了一个大坑,人们形象地把它称为"天井",附近的村庄则称为天井岸村。

话说山庄那眼让人揪心的井最终没有打成,各种方案都不理想,莫如另外打一眼井合算,更重要的是这件事伤了人心,让刘雪松几乎抬不起头来,尽管随后县公安局查清楚了事情真相,并且把罪犯绳之以法,但那块大石头依然堵在山庄人的心口,令人隐隐作痛……

第二年秋季,山里的枫叶红了,阳面山坡上,山庄村的地里红秃秃的,好像一块烤焦了的红薯,看着让人心酸。有一天安良他外婆实在坐不住了,她颤巍巍地坐车去了省城,她去水利厅找儿子,希望他不要气馁,继续做工作、争项目,争取在她活着的时候能看到山庄人有水吃。

刘雪松是个孝子,他理解母亲的心思,就再次向厅长请求解决山庄缺水问题。安良他外婆还给省长写了一封信,省长很重视这个问题,责成省水利厅、农业厅等部门立即开展专项调研,年内就安排项目,尽快解决当地群众饮水问题。

大约一个月后,省长亲自来到山庄,看望了安良他外婆,并且诚恳地请她到省城居住。

"刘老夫人,您是革命前辈,理应得到照顾,按照有关规定您的住房已经落实,请您还是住到省城去,那里条件也好。"

"谢谢党和政府还惦念我这个老婆子,就不给领导添麻烦了,我就是想看着山庄的群众有水吃有房住,生存条件有所改善,也就对得起先人了,我死了也就安心了。"

省长还带来了好消息,打井项目再次启动,山庄人有盼头了。

这是一个省长挂牌督办的项目,没有什么花架子,也没有声势浩大的庆典仪式,省长说:"就是一个目标:打井!"

省地质队、水利工程队在山庄安营扎寨,刘雪松主动要求在工地工作,省水利厅领导让他当现场总指挥。

刘雪松他们几个月吃住都在山庄,这期间刘雪梅带着山庄的妇女经常来给大家伙洗衣服,还带些锅盔馍、油饼、鸡蛋,改善改善他们的生活。各级领导隔三岔五就来察看,顺便带些方便面、矿泉水、水果等食品,也经常有人给刘雪松他们送烟酒、副食品,原本不怎么吸烟、喝酒的刘雪松,现在也很能豪放一通了,他皮肤黝黑,也习惯于大口吃肉、大口喝酒、大声骂人,要不是那副眼镜的提示,你恐怕不会相信这是一个文质彬彬的人。

这回他们打井的地址选在了小清河谷地,这里钻机隆隆,三班轮流作战,夜晚也是灯火通明。

刘雪松的妻子要华看过一回丈夫,他们一块登皇陵、游谷口,还去参观了悟空庙,在荆山之巅他们流连忘返……

他们站在冬青崖顶,向着远方大声呼喊,惬意地倾听着大自然的回应声。在山坡上,他们并肩平躺着承受阳光之吻,在宁静的旷野,刘雪松为妻子用手风琴演奏《喀秋莎》《三套车》《草原英雄小姐们》等歌曲。

刘雪松是个气质浪漫的人,他以形象生动的语言,对妻子描绘着家乡这片热土。他的故事深深地吸引着他的女人。

我们这里是京畿要地,山川秀美,人文荟萃,历史悠久。不是我吹牛,一镢头挖下去不是秦砖汉瓦,就是商周宝鼎,沿着这一条山脉,光唐朝皇帝就有十八陵,还不算那些皇后妃子文臣武将十三太保,以及学者雅士世外高人,这里可以说是一步一传说,一处一风情。歌谣里说:"灰水泥,紫皮蒜,白石灰,青石片,药树醋,荞麦面,煎饼薄,油馍绵,擀凉皮,臊子面,羊肉泡,大老碗,梅杏香,葡萄甜,红苕甘,扫帚软,河滩地,金不换……"

"哎呀,还有这么多说道,再说说,我想听……"要华有些迫不及待,雪松就继续讲故事,以满足她的好奇心。

相传荆山很久以前贫瘠荒凉,寸草不生,百姓苦不堪言,一条青龙从此经过,她感念苍生艰难,就口吐甘霖,从此这里的山就绿了,水就清了,花儿也开了,山林里也有了百鸟百兽。不料青龙的这一善行惹怒了正在荆山修炼的火龙,火龙喷吐着熊熊火焰,把一座荆山烧得红秃秃的,荆山又回到了从前。青龙闻听此事很恼怒,与火龙在荆山展开一场生死大战,青龙用尽气力用水雾迎战,火龙伸出了长长的毒焰,战了数个回合,青龙渐渐不支,她被烧得遍体鳞伤,急忙按下云头,不停地用爪子刨石,刨一深洞逃走了……青龙逃到龙宫后,龙王亲自为其疗伤,并将一粒红色丹药赠她,让她含在嘴里,于是法力大增。青龙伤愈后,发誓要报仇,她再战火龙。青龙口一张,红丹发出了强大的水流,淹灭了火龙口里的烈火,火龙身负重伤,仓皇逃跑了,荆山又恢复了青山绿水。为了纪念青龙,后人把她刨挖的石洞叫"青龙洞",当地人说女人到了青龙洞皮肤就光艳无比,好像年轻了十岁。

"喔,还真是个宝地,那现在咋又荒凉了,你编的吧,骗子。"

"确有其事……你往下听。"

天地混沌,日月流转,汉唐之季,这里气候温热、湿润,草木旺盛,葳蕤生色,环境宜人,国势赫赫;宋元明清以来气候寒冷、干旱、蝗虫、地震等自然灾害频发,加之兵连祸结,历代过度垦田伐木,木结构房屋宫殿多毁于战火,毁了再建,建了再毁如此恶性循环……生存环境当然变差。

"还一套一套的,那么这里过去一定还不错吧。"

"是的,要不皇帝咋都挤热窝似的往这里葬埋。"

"呵呵,南方的才子北方的将,陕西的黄土埋皇上。"

黄土厚实,温情,大气涵容。

"南方是出皇上的地方,北方是埋皇上的地方。"

"哈哈,你又说错了!你想想三皇五帝夏商周,秦汉隋唐宋元明清的帝王北方多,还是南方多……"

"是么?你个冷娃,非把你老婆赢过不可!"

"岂敢岂敢!"

要华用自己的纤纤玉手扑打着雪松,雪松趁势抱住了她,两个人忘情地在山顶接吻。他们来到了山上的一个岩洞,那里有过去人们在这里生活的痕迹,有灶台、石床,还有彩塑的菩萨。

"这是什么地方?"

"送子娘娘庙,凡想要孩子的妇女,只要磕头烧香,回去就怀孕了。"

"嘻嘻,真的?那我就下跪磕头。"

天色将晚,雾气上来了,黏黏的潮潮的,雪松想往回赶,要不然就得在这个荒僻的地方过夜,他害怕这里不安全,就催促妻子下山。要华胆大,她还想去青龙洞看看,体验一下那里的神奇魅力。

雪松无法就依了要华,走了半个小时才到了那座位于半山腰的小山洞,洞子很深,好像一个地峡,这里也供奉着一尊龙王像,不知是年代久了还是人为破坏,这尊神像已经支离破碎,面貌不很清晰,有一小半身子都看不到了。洞里光线暗淡,只有上面窄窄的一线天与外界空气相通,洞壁被烟熏火燎的印痕如同烟囱内壁,絮絮落落的蛛丝网缠绕其间。再往下走是几个台阶,洞底下还有洞,此洞感觉阴冷、潮润,不时有地底的森森冷气袭来,上下两洞气息截然不同,上边仿佛秋季的白天暖烘烘、干爽爽,下洞却如同冬天深夜,凉飕飕的寒气逼人,要华感觉冷得很,她浑身打战:"我的妈呀!"

雪松拥着妻子战战兢兢地出了青龙洞,长长地吁了口气,他们有一种仿佛走出了地狱的感觉。等雪松和妻子磕磕绊绊地回到工地时,天色已经很晚,他们没有惊动大家,回来之后就赶紧上床睡觉了。

野外生活的人,晚上无事就喜欢说些让人解馋的话,几个小青年在黑漆漆的帐篷里叽叽喳喳地议论着他们处长的夫人。

"要华嫂子那个美哟,简直没法说,咱刘处好福气!"

"你说人家咋长得那么白净、细酥,跟画上去的一样……"

"美女,绝对美女!"

"那个腿细长细长的,腰细得就剩了那么一点点。"

"头发也旺势,还发光发亮,香气扑鼻。"

"哟,那个屁股也迷人……"

"大屁股女人生育好!"

"说什么呢,还让人睡觉不?无聊!"

"嘘!当心明天有汉奸告状……"

"你说谁是汉奸?"

"没说你,别心发虚!"

"好了,大家都少说一句,等你们抱着美人归的时候就知道了。"

"哈哈哈……还美人归呢？看把你美的，只要有个母的就算造化了。"

"那让你妈给你逮个母猪……"

"你嘴放干净些！"

这些钻井队员，就这么骂骂咧咧地入睡了，他们个个也许还做着自己的美梦哩……

年底，这个深八百多米的岩溶井如期完工，哗哗啦啦的流水仿佛山庄人多年积压在内心的泪水，一下子奔涌出来了，它欢腾跳跃着流向了干涸的田野，流向了人们的心田。刘雪松终于没有辜负组织的重托，同时给家乡群众有了交代，也圆了他母亲的一个心愿。

后来县政府在这里立了一个碑子，上书"国家水利重点开发项目：山庄村壹号岩溶井 1985 年建成"。

8

俗话说："风水轮流转，日月天地新，富不过三代，穷也不过三代。"这种地位与财富、显赫与卑微的力量的此消彼长，就如同山峰与谷地一样相互依存，富达者终将衰落，困穷者也有明天。安良他外家当年在省城也曾是赫赫有名的家庭，但几经风云变幻之后，只留下了一些记忆的残片。他们家现在就剩下外婆、妈妈、安良和表妹安心了，安良的妈妈雪梅是家里的顶梁柱，家里大大小小的事情都靠她周旋。刘雪松离世后，他的遗孀要华后来去了美国留学，她还学水利工程，读硕士，她在科学的海洋里翱翔，在探索实践中寻求慰藉。在异国的土地，她的梦常常恋着荆山，恋着家乡，因为那里有她长眠于此的丈夫，有她幼小的女儿，偶尔她也寄来一些钱物。一年半载总有些不相识的人来他们家造访，送来些米面油、被褥衣物之类的东西，还留下少量的现金，安良他妈说那都是些良心未泯的故人、乡亲，他们知道感念、感激……

在安良他外家几乎每个人都是一个故事。安良他外婆 1967 年下放农村前先在省城一所重点中学——西京一中任教，曾任历史教师、副校长、校长，后来任西京市教育局副局长（正处级待遇），是个出外能干事、回家会做饭的女人。那会儿安良他外爷还在市委当书记，工作没迟没早，经常赶不上饭点,冷不丁就带几人回家吃饭了,搞突然袭击那可是家常便饭,于是他们家经常是一顿饭要做好几回,吃好几回。安良他外婆这人是个热心肠,也很耐烦,她总是非常麻利地下一碗酸汤面,整几个小菜,让大家舒舒服服地就餐。

一天,几位朋友来家里做客,安良他外爷外婆热情招待了他们。这是些舞文弄墨的人,安良他外爷喜欢听他们发言,席间大家议论起了周边各县区的民风民谣。

"大家知道东府吗?不是有人说,刁蒲关野河滩,不讲理的朝邑县,什么溪县老哥合川鬼……"

"这是一种误解,据本人了解,所谓刁者长也,野者旷也,都是指地域宽阔县大人多。"

"牵强附会……我咋听说那几个县的人性格剽悍,生猛无比,还好诉讼,不讲道理。"

"见仁见智,我不那样认为……"

"你让他说完,别急着打岔。"

"那我可说了。过去在朝邑县如果你问路时,人家就会告诉你再走一袋烟工夫,或者说再有半小时,而不是像别的地方那样说还有几里路……"

"懂了,剩下的县莫非是说人家鬼机灵……"

"……在当地,你如果问别人你到哪达去?对方一般不直接答复你,而是绕着弯用手随便一指前面说,到喔达去。"

"喔达是哪里?鬼知道……"

"哈哈哈……"

"刘书记,你知道大家怎么说你们家乡那几个县?"

"怎么说的?"

"你们池阳县人'凛',沅陵县人'滑',赤水人'实'……"

"是吗?哈哈哈……你给咱说说。"

"池阳人热情好客,哪怕钱不够,他也会大手一挥——今天我请了!沅陵人经常是嘴上说,如果今天你没事我请你,还一次次地拉你吃饭,但推拉之间给你的感觉是要推你走;赤水人很实在,到饭点了就两个字'咥饭',三个字'请上座'……"

天边那片棉花云

"嘿嘿……片面之词,不能说明问题。"

"就是么,也不是所有人都那样,个别现象……"

"打住不说了,换个话题!"

"你们池阳设县的历史起源于前秦苻坚,比我们赤水迟了几百年。"大家说话间,有人突然提出了这样一个问题,大家的兴趣又集中于县名历史这个话题。在这样的熟人圈子往往无主题变奏就是最好的主题,从这里也足见这些人平时关系的正经。

"你说的不对!池阳最早见于春秋时古籍《诗经·小雅》,正式设县在战国时期,而沅陵县则在五代十国那个时期才设县,也就是北宋前;赤水的得名源于宋代皇帝的年号……"

"你有证据吗?"

"当然,《中华县制考》里有全国各个县的设置简史,应该比较权威吧。"

"我看未必,现在有的地方编县志恨不得把别的地方都囊括进去,别的地方也不客气,同样如法炮制,这样就相互交叉,比较混乱了。"

"再一个现象就是不严肃对待历史。有一个人据说在外地事情做得还不错,也是一个什么官员,他想方设法想把他先人在历史上的污点抹去。"

"哦,你说的是那位狗肉督军,他在池阳、赤水、沅陵三县坏事干绝,天良丧尽。"

"看来这位后来人也不明智……"

……

在外人眼里安良他外婆是个风风火火,十分厉害的局长,可在家里她就是一个家庭主妇,经管着家里家外琐琐碎碎的事情。那时她女儿雪梅高中毕业,儿子雪松初中毕业,孩子们的课业也是她辅导、督促。在雪梅的记忆里,他们家最初在学校里住,西京一中在城里,在北城墙根一带,地方很小、很逼仄,在她的印象里,教师的条件算是中等档次,比上不足比下有余。老师们住的都是老式的平房,这些平房大致有三个小院落,通常都是一屋子几口人挤在一间十八平方米的平房里头,院子里还盖一间小厨房。那时经常有亲戚和他们的孩子来家里走动,雪梅弄不清他们谁是爸爸老家的,谁是妈妈家里的亲戚,他们不光自己来,经常还带上自己的亲戚朋友,或者村里人来家里吃饭、办事、求医问药。说心里话,雪梅从内心不喜欢他们,她不高兴那些衣着破旧的亲戚给家里添麻烦,因为每次爸爸妈妈都要拿出十元、二十元不等的钱给他们,临走还要送给他们一些衣物,过年了还要给那些农村孩子发五元钱的压岁钱。找人办事,给亲戚的人看病,安排他们的孩子上学,或者找事情做,也总是雪梅的父母破费。雪梅和弟弟不相信农村人会那么困难,他们憎恨这些无端占有他们家资源的人,甚至用冷冷的目光鄙视人家,朝人家吐舌头、做鬼脸。每当这个时候,他们的父亲总是宽容地微笑着对自己的孩子说:"他们都是咱的亲人,要好好和他们处……"

在学校的那段时光是最美好的,安良他妈在那里感受到了一种特有的宁静与欢乐。当时学校里最高的房子就是两层的楼房,共有六栋,那红瓦尖顶灰砖建造的俄罗斯风情的楼房,看起来已经很有些年代了,其中一栋是办公用的,五栋做教室,还有一栋是实验室。说是楼房,那就完全不是现在的钢筋水泥了,教室和走道的地板全都是木板铺就,一走起路来"咯吱咯吱"的响,楼上的人一走路,楼下的人就盯着上面看。不但地板是木质的,门窗也都是木质的,灯光还非常昏暗。在学校的道路两旁,有很多高大的法国梧桐,几乎和楼房一般高,有些树木甚至遮盖在房屋上面了,让人有一种置身大森林的感觉,不过这里夏季非常凉爽。这所学校没有操场,据说先前的操场盖了政府招待所,学生上体育课要到大门以外的马路上,早操也是在马路上,这种运动场地的尴尬与这所老学校的身份极不般配……

有人说真正的陕西汉子生冷蹭倔是出了名的,但人们在安良他外爷身上看到的却是充满理性色彩的热情、认真和执着,他内敛处显热忱,蹭倔中有操守,既有大江东去之豪迈,也不乏雨霖铃般的细腻。安良他外爷是个原则性很强的高级干部,他的车从不允许家属乘坐,节假日也很少因私打搅司机。搬进市委机关大院后,孩子们上学路远了,要走七八里路,他让孩子步行,或者坐公交上学,刮风下雨天也不例外,即使恰巧顺路他也不让孩子坐车,他说:"车是国家给我配的,是公务车,他们没有权利使用。"

安良他妈记得有一次她给丈夫煮元宵,她没有等煮好就用勺子搅和起来了,结果煮了一锅黏糯糊,她爸爸笑着对她说:"要有耐性,等它们浮上来了再一个个舀上来……"后来在一次干部大会上,安良他外爷把这个故事讲给了全体干部,他借题发挥地说:"干工作做事情就如同煮元宵,首先要有耐心,看看哪个浮上来了,哪个熟了,就解决哪个问题;其次要用心思,瞅准时机,既要及时把那成熟的捞上来,又要不伤害、不影响下边正在成熟的元宵;第三要区别对待,千万不能一锅搅,一搅和就生熟全混了,那就做成了一锅粥。"这就是当时被大家传为佳话的"煮元宵工作法"。

安良他外爷平反后,他外婆的公职也恢复了,还补办了退休手续,老太太每月还有一百五十多元的离休金。据说国家给安良他外爷、他外婆补发了不少钱,他们一个是省部级领导干部,一个是厅局级领导干部,又是延安时期的老革命,待遇肯定不会低。安良他外婆当时还清醒的时候就对女儿有过交代,她说:"这笔钱是拿命换来的,不能乱花,要用在刀刃上。"

"当个普通人,凭良心过活,别再扑腾了,别给人家领导说事情……"安良他外爷临死前用他那双深邃的目光盯视着女儿说,"把娃抓好,供他读书。"

"有条件的话,你把咱山庄人帮帮,他们太可怜了……"老人家对儿子说话的时候眼角挂着泪花,"咱的根在这里,先人在这里,我是没办法了。"

"爸,您放心……"

"老刘,你就安心走吧!"

在弥留之际他还特别对妻子儿女说:"我死后,你们不要哭泣,不要麻烦亲朋,更不要张扬,咱一不立碑,二不写传,三不请客……"

安良他外爷死了,他悄无声息地在故乡入土了。村人说每年清明节总有不少外地人来山庄,他们在刘家祖坟那里烧纸祭奠……

9

安良他养父顺娃,按照农村的叫法安良该称他伯父,但过去他们在一个锅里搅勺把的时候,孩子们也像他们的妈妈一样叫他"老安",顺娃也不计较,照样应答,照样满脸堆笑。尽管顺娃已经与雪梅离婚,这两家子人还是有着千丝万缕的联系,顺娃还经常过来帮忙干活,雪梅也经常买些衣服给她前夫的孩子们。雪梅现在家里条件比以前好多了,经济上不再拮据,她自己终于转正了,当了十几年的民办教师,她盼星星盼月亮工资才从十八元涨到五十多元。当然雪梅也知道要不是她爸爸平反,她的民办教师转正问题恐怕要等到猴年马月都没有下文,有些事情说复杂也简单,说简单也不简单。

顺娃和王家女人结婚生子,有了他们自己的生活,这本来是件好事,但问题是他们的生活并不顺利,这四个孩子,一家六口的日子,柴米油盐酱醋茶,里里外外的花销压得这一对夫妇喘不过气来。更让他们闹心的是计划生育还要罚款,公社村上的干部三天两头往他们家里跑,要拉顺娃媳妇结扎。

"你要那么多娃干啥,你贩娃呢?国家要求一孩化,少生优育,你全当了耳旁风,一下子生了俩……"队长雒义德训斥说。

"生都生了又放不回去,你说咋办?"顺娃磨磨叽叽地说。

"你说咋办……"妇女主任说,"要我说干脆把你媳妇结扎,省得再骚情。"

"你咋能胡说哩,"顺娃媳妇顶了一句嘴,"把女的都计划了还有世界吗?"

"谁胡说呢,这是国家政策,谁都挡不住。"公社干部说,"还要再罚款!"

"你们就饶了我吧,我家穷得一百元也拿不出,她还有病……"顺娃看事色不对就软下来了,他求情说,"我要是有一点办法,也不会弄得没吃没穿。"

"说啥都不行,不然就拆房子!"雒义德把脸一黑说。

"你们咋不讲道理,喔咱大队书记的儿子都生了六个娃你咋不处理?你家光欺负老实人哩!"

"你先不管别人咋样,你管好自己就行了,你现在说你违反计划生育法了没有?"

"没有。"

"你还死不承认,那你媳妇的肚子是谁弄大的?你生娃有指标没有?"

"……"

这边的话还未说完,那边的行动队已经进村了,公社计划生育突击队十几位大员杀气腾腾地闯进了顺娃家,他们不由分说一部分人搭梯子上房溜瓦,一部分人拥进房子抓顺娃媳妇,顺娃媳妇手抓着门不松手,那些人就把门扇卸掉,将她摁倒在地,顺娃媳妇满脸灰尘,鼻口流血,她破口大骂:"强盗杀人啦!"

"你再喊叫,我都要把你逮住。"

几个彪形大汉围追着她,她无法脱身,最后还是被抓住了,硬塞进面包车,风一样地拉到公社卫生院做结扎手术……

顺娃的房子没有了,家当也被折腾光了,他只好搬到了沟底的两孔别人废弃的窑洞栖身,他是用架子车把他媳妇从几十里外的公社卫生院拉回山庄的。绝育手术后,顺娃他媳妇一直高烧不退,病病快快的。在那些艰难的日子,雪梅像姐姐一样照顾她、护理她,还给她请大夫、买药,村人也时常来看望她。

一月后,一切都恢复了往日的模样,好像未曾发生过什么事情,村人都各忙各的事,各干各的活,顺娃也到山下打零工去了,他每天早出晚归,只有他媳妇和孩子在家里。顺娃媳妇这人经此磨难后,就有些神经受刺激,她思思量量的想不开这些事情,就在一天黄昏跳进了自家的水窖。傍晚时分顺娃回家后,里里外外找不到媳妇,孩子们也不见踪影,他心里就发毛了,赶紧央人四处寻找。

"大叔,你看见我家娃娃了么?"

"没有。"

"嫂子,没遇见我媳妇?"

"看把你猴急的,她还能飞了不成……"

顺娃心里更加没有底了,他奔跑着去问雪梅。

雪梅说:"我刚从学校回来,今天学校开会。"

"安良,你看见你伯家娃了没?"雪梅转身问了一句正在家里做功课的儿子安良。

"不知道。"

"八成不见了!"怀里抱着孙女的雪梅他妈开腔了,"鬼鬼……给我抽一支烟……"

顺娃马不停蹄又去求雒义德帮忙,雒义德说:"今日个来过一伙招工的……"

"啊?"顺娃不敢想事情究竟怎么样了……

原来那天村里来了几个陌生人,说是给日本招纺织工的,条件是高中毕业、身体健康的年轻女性,每年能挣十几万元人民币,还管吃住,做满三年工,工资加一倍,这是一份很有诱惑力的工作。有几家孩子都动心了,不过她们的家长有些担心,怕上当受骗,前些年就有人诱骗贫困地方的农村娃到外地城市,甚至国外卖淫,还哄骗说孩子在那里打工挣大钱。这伙人挨家挨户地做宣传,他们来到顺娃家喊叫了半天也没有人吱声,就有些诧异,这时候顺娃的俩孩子大声哭喊开了,这碎娃娃一有生人进屋就拼命呼喊,也许孩子哭喊的太久了,声音都有些嘶哑,这伙人就踅摸着进了屋子,左右一瞧没有大人,顿时起了邪心:"干脆弄个孩子回去,卖几个钱。"进屋一看喜出望外,还是两个娃娃,急忙抱上就走。

俗话说:"麻绳总是从细处断,屋漏偏遇连阴雨。"却说顺娃妻子的两个大孩子,哥哥带着妹妹在沟道里放羊去了,这兄妹俩一个十一岁,一个九岁,他们都还没有上学,他妈妈养了三只羊,其中一只大母羊,两只小羊羔,他们的妈妈奶水少,要靠羊奶养活他们的小弟小妹。这一天两个孩子沿着沟道一直朝里边走,他们边走边玩,找不到回家的路了,就在沟道里转悠了半天,直到天黑还没有走回来。

在村人的帮助下,顺娃妻子的两个大孩子终于找到了,顺娃一把搂住了孩子,孩子"哇"的一声哭开了。

顺娃一家子一天都没有吃饭了,雪梅准备给他们做饭,顺娃去水窖打水,他怎么也把桶放不下去。就没有太在意。准备另换一个大木桶,相对重一些的,还是放不下去。顺娃眼神不好,还是个独眼,他嘴里嘟嘟囔囔地唠叨:"驴日的咋打不成水,谁把啥东西撂下去了。"

顺娃半天把水弄不来,雪梅就过来了:"一桶水你就是生都生出来了,看你磨蹭的!"

雪梅推开顺娃自己亲自绞水,也把桶放不下去,好像有什么东西挡着,她仔细一看水窖底下漂浮的东西像棉花包,她心里就越发发急了,莫非……是她跳井……她不敢想,事不迟疑,她急匆匆地就对顺娃说:"快快找队长,多寻几个人过来。"

队长雒义德见过世面,一看就知道事情了,他组织村民赶紧连夜打捞,大约半个小时后，那个可怜女人的尸体被打捞上来了。两个娃哭得很伤心，他们摇着妈妈发胀的尸身，顺娃欲哭无泪，瘫坐在地上抬不起身子，雒义德背着手在院子里来回走，并不断给大伙分活干。

雪梅说："这事人命关天，赶紧报案。"

"报个屁！明摆着自杀的，人都没有了，安排后事要紧……"雒义德——这个威严的男人铁青着脸很不高兴地大声说，"先给她娘家报丧去，然后安排人打墓，后天就下葬，全村人都上，光帮忙不吃饭……"

"石头开花，脑袋搬家，竹子开花，死你死他……死了好，死了没烦恼，一了百了……"雒义德正在说话，冷不防安良他外婆疯癫癫地跑来说话了，几位妇女赶紧搀扶老人，哄她说："大妈，你快回屋去，看你松娃回来了吗？"

"回来了没？真的……"

"真的。"

"给我一支烟，给我一支烟……"

一位后生递给她一根烟，并且给她点燃，大家七手八脚好不容易才把老人弄回了自家的窑洞……

翌日早晨，顺娃媳妇娘家来人了，用小四轮拖拉机拉了一车人，看样子是要起事。山庄洪沟人心也很齐，也组织了一帮子年轻人，他们对客人从来很客气，但对挑事的也绝不含糊。后来双方拿事人坐下来喝酒谈事情，议定让事情平稳过，顺娃虽然日子紧巴，但心眼也不坏，他对得起他的女人，他绝对不会干伤天害理的事情。

为了让顺娃顺顺当当地安葬他的媳妇，洪沟人自发组织了捐款活动，为他募集了一千多元，雒义德用颤抖的手，把全村人的"心意"交给了顺娃，顺娃泪水涟涟地接过捐款，他就是用这笔钱为媳妇买了棺木，安葬了媳妇，让她回归于山庄的土地……

顺娃送走了自己的媳妇又丢失了一双儿女，他万念俱灰，成心折磨自己，竟然好几天不吃饭，而他妻子的两个大孩子则经常在雪梅等人家蹭饭吃。雪梅给公安报了案，说顺娃丢了俩孩子，还把孩子的照片提供给了警方，但事情恍如石沉大海，杳无音信，那两个小孩似乎一瞬间从人间蒸发了。

顺娃连自己都顾不住，经管妻子先房的俩孩子就成了一句空话，万般无奈之下,孩子他外家把男孩和女孩都带走了,顺娃每年承担些生活费。好端端的一个家,一场变故之后,死的死,散的散,走的走,最后就剩下顺娃这个孤家寡人了。他呢,天不收来地不管,一人吃饱了全家不饿,又仿佛回到了从前,整天瞎逛荡,东家一口、西家一顿,反正给谁家帮忙,就在谁家吃饭。村人开玩笑说顺娃是山庄村的公共孝子,无论谁家老人过世了,顺娃都给披麻戴孝,哭得比亲儿子都伤心,借此他可以获得主人家的嘉奖:发几包烟,吃几天饭,还让他陪客哭丧、叩首,有的好心人还把他们不穿的衣服送给他,最后大包小包地给他带上肉菜、馒头,然后送他回家。每当这个时候,顺娃总像一个得胜还朝的将军,只见他昂着头,腆着肚子,嘴上叼着一支烟,两个耳朵各夹一支烟,两只手一手一个沉甸甸的大塑料袋,他的嘴里还不住地哼哼着无音无腔的调子,似乎有了这些收获他的心里非常得意、自在。他还边走边朝四下里看,看看是否有人关注自己,如果遇到熟人他总是不忘把那家过事的人夸赞一番——"那家的世事大得很,事过得很好,你看给我都带了这么多东西。"他也不管别人的目光是赞许、羡慕还是鄙视,只管自己说道,说完之后就慢悠悠地朝自己栖身的破窑洞一路踱着方步走去。

10

安良他外婆是1990年秋季去世的,老人家走完自己七十三年的生命历程之后,到阴曹地府找寻自己的夫君去了。在老太太去世的那几天,顺娃比谁都殷勤,老太太在家里停丧七天,顺娃守了七天七夜,他天天给老人焚香叩首,哭得像泪人一样:"咋说呢,她就是我的娘,我就是她儿子……"顺娃逢人就说,村人几乎都相信他的话了,毕竟他还和雪梅有过一段时间的婚姻关系。

在安葬母亲的日子,雪梅充分感受了人情冷暖,世态炎凉,现在的老刘家随着父亲、弟弟、母亲的相继离世,似乎再也看不到希望的曙光了,于是原来的亲戚大多已经不常走动了。母亲过世时,雪梅给几家亲戚都报过丧,可人家推三推四地声称自己家忙脱不开身,居然就不参加雪梅妈的葬礼,县乡的干部也几乎没有人登门,要不是那些憨厚的庄稼人帮忙,雪梅真不知道如何是好,她从内心里感谢乡亲们。

母亲死后,雪梅可怜顺娃就让他住在自己家里,他们这家子人又凑到一起了,顺娃经前面一些事情的折磨,神经虽然有些错位,但他心里亮堂,他知道谁的心好,谁的心坏,他最听雪梅的话了,雪梅让他干啥他就干啥,不过现在的他再也用不着四处漂泊了,雪梅这儿就是他的家。

雪梅总算看透了人情世故,她憎恨那些忘恩负义的人,而又感觉有些茫然失措。

母亲去世后不久,村主任雒义德就来跟她说事:"群众反映你们家是干部,每月有国家工资,还占着村上的土地,这不合理,你们最好还是把地退回来。"

"主任,你要讲道理,土地政策是五十年不变,你要我家退,你看咱村死了人,姑娘出嫁了,在外工作的是否都退了,为啥偏偏拿我们开刀?"

"你是教师,是干部就要带头,不然一些生了娃的要土地,村上无法调剂……"

"村上不是有上千亩机动地么?"

"早没有了,让乡上建成葡萄基地了。"

"那我不管,总得一视同仁吧,村上要解决这个问题,要收回都收回,不能挑着拣着干……"

"再说了,你家现在也不缺钱,你自己又种不好它,干脆给别人图个省心……"

"……"

"你也不要害怕,你两个娃的地给娃留着,只是把你父母和你的地收了。"

雪梅的心有些软了,她看这些旱坡地,风调雨顺的情况下,一亩地收入仅仅百八十元钱,若果天公不作美,干旱少雨,往往连种子钱都收不回。

"那就说好了,给你家留十二亩地,村上收十八亩地,你看咋样?"

"嗯,那就这样……不,不,让我回去再想想……"

"婆婆妈妈的,唉,我算服了,屁大个事儿,还磨蹭个腿,一句话不就结了,多零干!"雒义德摇头叹息着边走边说。

一天下午,村主任雒义德找顺娃说事,顺娃说地不能动,不仅如此,顺娃还要他亲生的两个碎娃的地。雒义德骂他胡扯淡,顺娃也不瓤和。

"哎呀呀,你们这一家子人脑子都进水了,听不懂王话咧,我看就世哈叫人拿马棒提……你个屎式子……"

"你个屎式子!吓唬谁呢,我也是吃馍饭长大的,不是吓大的,你们把地弄光了,让人喝西北风哩!"

人都说顺娃瓜,不识数,但到大事上他还真不含糊,村上干部本来想拣个软柿子捏,没承想却碰到茅坑石头上了,还落了个欺负老实人、可怜人的臭名声。

晚上麻擦黑,雒义德到大雁屯找村支书去了,山庄村委会设在大雁屯,那里是沟道,相对平坦些,书记仵大强、雒义德分别还兼任大雁屯、洪沟这两个组的组长,他两个一直谝到深夜。

"我想把顺娃、雪梅那几家的地跟我们户族七户人连成一片种葡萄,面积估计有二百多亩地,可顺娃这个狗屁不行么!"雒义德对仵大强说。

"实在不行就算了,慢慢来,你洪沟那块迟早要搬迁,到时候了就解决了。"书记劝雒义德说,"再说了喔雪梅咱不好惹……"

"她能把我屎咬了?"

"人家是上边下来的人,根深得很,千万不要胡来!"

"不就是一个卖尻子的……"

仵大强尽了自己的义务,雒义德根本就不听劝,第二天他就带着自己的七八个子侄,虎虎威威地开到了雪梅家的那块山坡地上,强行收地。这伙子人不由分说就把她家的几棵枣树、柿子树砍倒了。

顺娃一听说就疯了似的跑到了那里,他二话没说一把夺过了雒义德儿子的板斧,抡斧就砍,雒义德儿子急忙躲闪,要不是他闪得快,早就把胳膊卸掉了,就这样紧躲慢躲,顺娃还是把雒义德儿子的胳膊挂伤了。

"顺娃疯了,快跑!"

雒义德家那伙人四散而去,村民闻讯赶来,有人一把抱住了顺娃,大家费了好大劲才夺了斧子,又慌忙把雒义德的儿子送到了医院。

当雪梅被人用拖拉机从学校拉回村子时,事情已经基本平息。

"赶快给人看病,花多花少的钱我认!"雪梅急匆匆地说。

"已经送鼎州镇医院了。"

雪梅又急匆匆赶往医院看望雏义德的儿子，给人家赔礼道歉，还抢着支付了医药费，买了一篮子水果、几盒营养品。

村子的生存状况往往就是这样，人多的欺负人少的，人少的往往也就忍气吞声。但凡事都有个度，逼急了兔子都咬人，尤其是那些看不来向的愣尿，弄起事来命都不要，反正就是这一吊子你看着办。

这一架打得顺娃的威名扬出去了，雪梅损失了几百元的医疗费，雏义德一家子吃了一个哑巴亏，还被村人笑话："欺软怕硬，尿不顶。"

俗话说："饱饭少吃，满话少说，赢官司少打。"顺娃自从得罪了雏义德一家人，他是处处小心留意，生怕被人家抓住了小辫。几个月之后，一切都风平浪静，顺娃也就放松了警惕，还破天荒地开了一次洋荤，他跟几个村民偷偷去鼎州镇的"紫罗兰"发廊尝了一下小姐的味道，不过可惜的是一次就花去了自己五十元的血汗钱，那个女娃像个橡皮娃娃，她煞白、麻木的面部毫无生机，松弛的肌肤似乎毫无弹性，两腿一劈开就知道弄那事，让人没有一点感觉，事后顺娃很后悔，他心想："这么做都不如在山里与母羊交媾，唉，真作孽！"

雪梅是女神，顺娃不敢指望再上她的床，他只是在心里喜欢着这个女人，他都不允许别人碰她一个小拇指头，甚至多看她一眼。雪梅把顺娃当大哥看待，她照顾他的饮食起居无微不至，还给他买了七八十只羊让他放养，瞎好也算是一个营生。

雪梅和安良、安心俩孩子平时在学校吃住，学校在大雁屯那边，也就是四五十个学生的学校，只设小学一到三年级，教职员工包括一个校长，一个主任，一个看门老汉和两个专职老师。教室很简陋，窗户上没有玻璃，用塑料纸挡着，桌椅板凳是七凑八凑的农家桌子，有八仙桌，有饭桌，也有乡政府退下来的桌凳，一年级娃还趴着水泥台台，学校的钟很古老，是小五台山庙里的那口大钟，声音很洪亮、很沧桑，那钟声一响全山庄都听到了，村子人常常听它报时。顺娃在洪沟家里操持家务，偶尔也来学校看看，他来学校一般是在放学以后，学生和别的老师都回去了，他不想因自己影响雪梅老师形象。这么大个学校，有十几亩大的校园，其实平时晚上就是一个看门老汉和雪梅一家子,其他老师都比较近就回家了,校长、主任都是大雁屯的,另一个老师是下河滩的,雪梅的家洪沟最远,距离学校有十几里地。在山庄小学,雪梅一家生活得很开心,这里地势比较平坦,没有坡、梁、沟、峁等复杂地貌,比山上吃水方便多了,生活条件也好。这里人口最密集,有一百多户,四百多人,是整个山庄的中心,这里有三家商店、两家饭馆,还是通往鼎州的交通要道。在安良的眼里,这里学校的孩子多,他有不少好伙伴,安良真希望什么时候能把他们家也搬过来,最好把顺娃伯也带来……

11

阳春三月,荆山露出了自己最美的身段,那时候你会看见云开天朗的高远天穹,那是让人心灵纯净的景致,那是只有眼睛和耳朵才能够感受的自然,其实也用不着过多思索,你稍不留意,一切都仿佛骤然间发生了变易。如果俯瞰山下的土地,你会发现柳枝儿婀娜多姿,翠绿的麦苗儿一大片一大片的像巨幅的锦衣装扮着起起伏伏的一道道塬梁,菜花儿金灿灿的,点缀着那绿油油的麦田,仿佛成了那绿色绒绣的金边,而且与之交相辉映;让大地生色的还有那些葱葱郁郁的杏花、桃花、梨花在春风妩媚的旋律里欢舞,在塬畔畔沟边边怒放。一场春雨之后,山庄的土地、山川、庄稼、树木更加显得精神了,洒脱了。在这样的季节里,顺娃的羊群也仿佛精神十足,它们撒着欢,"咩咩"叫唤着,沿着嫩绿的草坡向山上爬行,顺娃心满意足地不时甩一下羊鞭,哼几句秦腔,跟在羊群后边。

"顺娃哥,放羊哩……"正在这时一阵甜甜的声音飘过来了,顺娃循声望去,一位年轻的少妇已经走到他跟前了。

"哦?容绣,你这是弄啥去……"

"挖荠菜去。"

"顺娃哥现在日子滋润得很,要啥有啥,还抱了个大美人……"

"说啥哩,哥也没忘记你。"顺娃说话间,容绣就动手动脚地上手了,她轻轻地拍打了几下顺娃,然后有些伤感地说:"你还说没忘……好长时间都不来'扶贫'了……"

容绣是村主任雒义德的侄儿媳妇,年轻,有几分姿色,有一年容绣的丈夫在给自家盖房时,突然屋顶大梁倒塌,砸中了他的脊柱,造成下身瘫痪,好在他还留下了一个五六岁的男孩。当时容绣无法接受这个现实,打算带着孩子出走,雒义德好说歹说才把她留住了。容绣家里没有劳力,生活困难,雒义德经常周济他们家,时时处处护着他们一家,日子久了村里人就有闲话了,说容绣经常给她二大捏腰,她二大给娃宽心。容绣也不在意,反正有了有指望,没了没指望,她现在顾一家子人生活要紧。这时候顺娃也斜插了一杠子,容绣说她二大的票子,顺娃的力气她一样也不能少。容绣有时候就跑去跟顺娃住了,这个大她近二十岁的男人,分明比她二大更适合自己的胃口。阴差阳错的,容绣与顺娃错过了机会,让王家女人、雪梅占了先,容绣一直对此耿耿于怀,当然她的最大阻力来自于家族势力,她二大还霸着她的身子不松手。

容绣心里是喜欢顺娃的,在暖洋洋的山坡,她倒在顺娃怀里幸福得直想哭,她想要顺娃,顺娃说大白天的不方便,容绣就拉着顺娃跑到沟道边的油菜地里,他们忘乎所以地云雨开了,容绣忘情地呼儿喊叫着,周围是一片嗡嗡嘤嘤的蜜蜂叫声……

一对野鸳鸯正在缠绵悱恻,这时村主任雒义德带人来了,他们被逮了个正着,雒义德扑上前去,冷不防就给了侄儿媳妇一记耳光。

"伤风败俗……"雒义德气愤地骂道,"不要脸的东西!"

"我愿意!"容绣话未说完就被堵住嘴拉走了,"你个老不要脸的,还说……"

雒义德阴狠地说:"顺娃,今天咱们新账旧账一起算,你前边砍伤我儿子,今天又强奸我侄儿媳妇,不教教你的乖,你还真不知道啥咧——给我打!"

雒义德带的人七手八脚就把顺娃打翻在地,鼻口流血,然后还把他拖到了后山洞,不仅如此,这伙人还放开藏獒把顺娃的羊群咬死咬伤了一大半,然后扬长而去。

半夜,容绣偷偷跑上了山,她咬着牙把顺娃背回来了,在顺娃的窑洞里,容绣给他上药,顺娃咬着牙,一声不吭。容绣服侍了几天顺娃,见他身体慢慢恢复了元气,便终于把心放下了。

一天深夜,容绣与顺娃彻夜长谈,容绣说:"我实在扛不住了,我们家老的老小的小,炕上还有个瘫痪,你让我这个小女人咋办?我还要照看我娃念书……我这心里苦哇!"

"不要说想走的话,你走了……那家里你大、你妈、娃他爸咋办?"

"我也没办法,只能横心走!"

"哥,你跟我一起走吧,有你我心里瓷实……"

"妹子,哥不是好人,欠账太多了,王家女人的那俩孩子我得照看,还有我的骨肉……我这心里一直有个疙瘩……"

"好好养身体,把我忘了吧……"

那一夜顺娃的生命律动疲软无力,他的那些激动人心的豪放劲始终没有发动起来,只是异常伤感地抱着他的容绣,平生第一次在一个女人跟前硬不起来。

容绣眼角挂着泪花说:"哥,我还指望跟你要个娃,你咋这样了?"

"哥……哥……完了,不行了。"

第二天早晨容绣就带着儿子去南方打工去了,她要去珠江三角洲那里寻找自己的生活……

容绣这一走,洪沟的很多人都难受,容绣的公公七十多岁了,身体还算硬朗,她婆婆身体不好,风湿病很严重,几乎不能行走,她的丈夫已经下身瘫痪,至今享受不上残疾人的待遇,这个可怜娃的生命之花正在慢慢枯萎,就是这么一家人还吃不上低保……每一回容绣去求他二大施舍几乎都要奉献自己的身体。容绣在这里生活了这么久,要说没有啥留恋的,也不现实,容绣至少为三个男人动过心,她为情、为爱、为利枕过他们的肩头……

几周后,顺娃又重新振作起来了,他去镇政府告村主任雒义德非法打人、还把他的羊弄死了三十多只。镇干部说不能听他面之词,并且告诉他此事调查之后再说。

时间过去了一个多月,顺娃到镇政府告雒义德的事情还是没有结果,一气之下他把镇政府牌子卸了,扛回了家。

这是一件十分严重的事件,鼎州镇上下都风闻了这一事件,派出所即刻立案,表示要严惩犯罪分子。派出所分析排查了几乎所有可能作案的嫌疑人员,都没有线索。三天后有人举报说,鼎州川香楼饭店老板有嫌疑,他那天半夜三点钟回来的,不知弄啥去了,而且他开的桑塔纳车还在镇政府门口停过。饭店老板嘴笨说不清楚,其实他是到省城娱乐场找女娃玩去了,不过那些女娃像空气,一晃就走了,明天又是另一拨空气,他无法找到证人,再说了他也怕人知道了难堪,就一口腔咬定,反正自己没偷,其他的事情自己一概不知道。派出所没有法子,他们就让饭店老板出钱制牌子,再交些罚款了事。

饭店老板生意本来很好,他放不下自己的生意,也不想再跟这些人淘茅子了,就对所长说:"你说咋弄,算我倒霉!"

"罚款五百元,拘留十五天……"

饭店老板不想自己进去,就跟所长密谋找人顶替,最后相中了顺娃,这号子人喜欢弄这些事情。饭店老板找顺娃时,顺娃恰好出去了,他在顺娃家后院去解手时发现了那块镇政府的大牌子。饭店老板喜出望外,赶紧回去报案,派出所紧急出动,当天晚上就把顺娃抓捕归案,饭店老板立功受奖了,镇政府表彰他是"治安模范"。

顺娃的案子警方要按照盗窃案处理,可能还要判刑。雪梅不服公安机关的处理,就到县委政府告状,县委政府两办推到了信访局,信访局答应协调,却始终不见动静,在万般无奈的情况下,雪梅又跑到市政府找副市长吴毅军帮忙,吴市长给县委书记打了个电话,事情才终于摆平了,顺娃又平平安安地回到了山庄。

12

山庄人都说顺娃有本事,把村主任雒义德和书记仵大强都拿住了,也有人说顺娃是个半吊子、混混儿,但不管怎么说你不得不承认顺娃是个人物,他起码保住了自己的土地,还泼着命保护自己的女人,他敢爱敢恨,不虚伪,不做作。顺娃在自己和雪梅的土地上种葡萄,树苗是雪梅找人联系的,顺娃带着一帮子弟兄,不到一个月就把葡萄苗子栽上了。葡萄耐旱,只要第一年保苗成功,后边就好作务了,村子里有好几户都种葡萄了……

有一天开石场的老板看上这块地方,想在这里建一个大型储料场。仵大强、雒义德都知道这块地的主人是个啥人,他吃软不吃硬,只可智取不可硬夺。于是雒义德、书记托人找顺娃说话，答应每亩地一年给他三百元现金，这样他一年脚不动手不动就可以收入近两万元，当然其中一半归雪梅。雪梅说让顺娃拿事，他同意就行了，自己也不指望土地出金产银。事情说妥后很快就签订了合同，紧接着隆隆的装载机、推土机、工程车开进了这片土地，还在那边土坡上挖了一个白灰窑。仵大强、雒义德还合伙在山里边开了家双星石场，他们一边开采石料，卖石头；一边烧白灰，卖白灰，而且他们每人都有几辆车跑运输。

山庄这一带开山采石由来已久，不过起初六七十年代都是些小打小闹，筛石机、破碎机等大型设备也少，原来仅有的两家集体企业后来都垮台了。到了改革开放后，上了几家采石场，开始都不咋样，后来西部大开发，西京要建设大都市了，高速路也加快了建设，特别是2000年以后石料用量大增，人们贷款都要开石场买大车，那时候一年松松活活地挣几十万、上百万。现在山庄有十二家采石场，沿着这一条山脉次第展开，书记、雒义德的双星石场达到年利润过亿元的规模，算是这里比较大的采矿企业。

这一年冬季，石场生意很火，新开工的高速路需要大量石料，双星石场承包了池阳县境内路段的全部石料供应。年底，仵大强和雒义德坐下来盘算了一年的收益，仵大强说自己年龄大了，不想再折腾了，要求抽手分家，雒义德百般挽留都没有挽留住，书记最后只要回了自己当初投的五百多万元股金，以及一千八百多万元的分成，其余设备、车辆一概不要了。退出石场后，书记在县城买了两套单元房，全家进了城，还开了家羊肉泡馍馆，据说山庄六十八岁的书记仵大强给镇政府打报告辞了职。现在的山庄是雒义德一人的天下，他想当村书记镇上一直没有批准，镇上一直让老书记继续留任。

那年的冬季，荆山下了一场大雪，一下就是一个礼拜。雪刚一停，雒义德就坐不住了，他带领人员上山修路，想早早把石料运出去，赶个好价钱。恰好就在那些天雒义德的母亲病重了，一场重感冒就把她拖倒了，在县医院住了几天院，一回到家里人就不行了。雒义德的母亲一倒头，山庄上下都惊动了，全村近二百户人家，家家都出人力物力，还请来了省戏曲研究院的国家一级演员登台献艺，几乎天天晚上放电影、唱大戏，临安埋的头一天，雒义德还在山坡上放了一场几十万元的焰火，村主任雒义德家事大，他母亲去世后，现任省部局领导、市委、市人大、市政府、市政协、县委、县政府领导，以及已经退休了的前几任书记县长都来吊唁……

人们说雒义德很有钱，他的路子很广，从上到下都有他的关系网，他母亲去世后，他拿出五十万元给他母亲办丧事。

在这群吊唁的官员队伍中就有吴毅军副市长，吴副市长刚刚退下来，他这次是偕夫人王秀芝女士一起来的，他这次一是为了吊唁雒义德他妈，二是为了回访鼎州，他想到处走走看看，了解一下自己曾经工作过的地方的情况。雪梅和村上的妇女都在雒义德家里搞接待，给客人端茶倒水，在那里她遇到了吴毅军夫妇，雪梅心里感觉不是个滋味。吴毅军那双扑闪扑闪的眼睛，以及眼睛上的那两道浓眉，勾起了她的往事回忆，她仿佛又回到了多年以前。她为了弟弟上大学这个美梦的实现，不惜把自己洁白如玉的身躯给了吴毅军，那是她第一次跟男人发生关系，紧张得要命……但从此后她便有了一个隐忧，一个伤疤，一块心病，她是个不贞净的女人，她从心里瞧不起自己，可她同时又渴望吴毅军的光顾，这个可以做自己父亲的男人，他有家有室有儿有女，还是当时鼎州公社革委会主任，他是手握生杀大权的人，是个实力派人物。那时雪梅是弱势群体，他们家也是从天上到地上了，父亲没有音信，一家子都成了农民，她不甘心，她也希望弟弟有出息。吴毅军潇洒、精干，敢于干事情，工作起来有招式，就是在他手里鼎州公社各村的道路两旁栽了大量的白杨树，山庄零零星星的枣树、柿子树能够存留下来，也是他的功劳。不过吴毅军有个缺点就是特别惧内，他不敢继续和雪梅交往，特别是雪梅怀孕后吴毅军很害怕，他坚持着让雪梅打了胎，并安排雪梅到省教育学院小学教育大专班学习，雪梅虽然怨恨吴毅军，但对他能让自己上大专还是心存感激……

俗话说："是福不是祸，是祸躲不过。"在省教育学院偏偏遇了个端端，那时候雪梅遇到了一位叫王少卿的儒雅少年，也是池阳籍人，是中文系大三的学生，他学识渊博，彬彬有礼，雪梅和他一见如故，两人很快就坠入了爱河，约会、爬山、看电影、吃饭……像热恋中的一切男男女女一样，他们也是如此，只不过雪梅到底是过来人，她在激情中依然保持着某种女性的矜持，要不是他那次喝醉酒，她说什么也不会让他上床的，她更没有想到就是那次让她怀了孕。雪梅又一次怀孕了,看着一天天隆起的肚子,雪梅着急上火了,她正在上学,她不想接受这个生不逢时的小生命,她跑了几家医院,但医生都不同意再次刮宫流产,因为上次在一家私人诊所刮宫时留下隐患,她的宫壁已经非常薄,弄不好她将终生不能生孩子。怎么办?雪梅没法子,她谎称自己患了乙肝,在一家医院找熟人,开了个假证明就休了一年学。与此同时王少卿与燕市长的千金、市电视台播音员燕丽丽结婚,这是王少卿父母做主为他选的,一年后燕丽丽生了一个女儿王燕梅,她刘雪梅的儿子安良两岁……王少卿对雪梅薄情,雪梅是后来才知道王少卿结婚的,她非常气愤,表示一定要个说法,但当他见到王少卿父母时,雪梅愕然了,她不敢相信自己的眼睛,站在她面前的居然是吴毅军夫妇俩。

吴毅军后来偷偷约见了雪梅,表示一万分的愧疚,雪梅不愿意再提说什么,她只怪命运捉弄人。

"你儿子怎么姓王?"雪梅问。

"王就是吴,吴就是王……"

"绕啥舌头呢,人家娃跟他妈姓,把你撇到二梁上了。"

"嘿嘿……是是……"

"那你是倒插门?"

"谁说的……"

吴毅军的岳父曾任池阳县委书记,就一个女儿,吴毅军是靠他岳父才当上干部的,所以他在家里的地位比较低,好在吴毅军一向处事谨慎、谦卑,他不计较这些,他有自己的长远考虑。雪梅是个有头脑的女人,她不会婆婆妈妈地求人,也不会为这些事儿打打闹闹,她打掉的牙往肚里吞,默默咽下了这口气。因为孩子——也就是她的安良的拖累她没有完成学业,她一声未吭,便强忍着巨大的痛苦回到了山庄。后来吴毅军还算有良心,给她说了话讲了情,她才当上了小学民办教师。吴毅军自从与燕市长家联姻后,很快他儿子王少卿就时来运转,不久就升任池阳县委副书记。

13

顺娃还是以放羊为生,他整天赶着一大群羊满山坡转悠,再说现在也没有地种了，也就不操那份心了。到了傍晚时分，他就大声吆喝着这些生灵返回，这些生灵也仿佛通人性，它们齐刷刷地朝着主人导引的方向，像一片洁白的云彩一样呼呼地飘动着，飘动着……顺娃和他的羊群仿佛有自己的作息时间，早出晚归，搭伙成群，悠哉乐哉。村子的女人经常按照他的时间叫孩子上学，唤丈夫起床，快起来吧，顺娃的羊群都上山了，你们还偷懒！

顺娃一天到晚都在山上滚打摸爬，他与四五个业余群众文保员很熟悉，这伙人都是山庄村人，而且是世代相传的守陵人，其中年龄最大的雒老汉七十多岁，最小的老件五十多岁，这些人日夜巡护着唐陵。唐德宗李适墓——唐陵，是全国重点文物保护单位。陵园横跨池阳、沅陵两县，城垣已毁坏，唯独四门留有阙台、石狮子、石人、华表、翼马、王宾石像以及大量精美文物。冬日的荆山，一派荒凉，山脊、深谷都好像消瘦了几圈，干死火着的草木仿佛与地表贴着肚皮，或者潜下了身子，埋下了头颅，它们惧怕寒风的扫荡……十冬腊月，这是盗墓贼猖獗的时月，上级要求他们加强巡逻，防患于未然。

公元805年，李适葬于荆山东侧，随后第一代守陵人迁入陵区。到现在，山庄村有四个家族百十余口人就是当年唐陵守陵人的后代，据说还有一部陵户家族史，里面记载了一代代陵户人的生产、生活情况。上世纪70年代，县文物旅游局吸收群众业余文保员，加强田野文物监管力度。对于山庄陵户人来说，看守唐陵是他们的一种义务，是祖辈传下来的神圣使命，根本不用提及没有工资和待遇，政府只要一招呼他们就积极上手了。后来，文物旅游局给了他们每人每月十元钱的补贴，这些朴实的山里人还感觉不舒服。才一天几毛钱的补贴，抽一包金丝猴香烟都不够，但他们乐意做看守祖宗坟墓的差事。对于这五个群众文保员来说，唐陵近二十平方公里，他们负责看护西门、东门和南门。在陵区巡逻，转上一圈得一天。深山野洼，谁都害怕。天黑一吹风，沟畔上狼和野猪叫唤，不瘆不由你。前几年有贼拿着土枪在陵里踅摸，他们提着狼牙棒远远就喊，一有惊动他们就跑了。经过大大小小的事情，他们怕的不是盗墓贼，而是长期待在山上的孤独。三间旧砖房，三根橡胶棒、两根狼牙棒、两个大手电筒，这就是他们的全部家当和装备。过去，洪沟有七八十户人家，二百余口人。发现可疑人员时，无论谁喊上一嗓子，全村的老少爷们儿就会扛着铁锨、锄头和棍棒，与可疑人员对阵。现在，村里壮年劳力都打工去了，净剩下老人、妇女和孩子，山上只有孤零零的文管所，在冬风肆虐的旷野坚守着，门前是扼守通往陵区的唯一一条山路，任何人和车想要过，就得先过了这一关。五个文管员以所为家，养了一只狗、一只猫、几只鸡，再加上编外队员顺娃和他的羊群，算是整个陵区的鲜活生命。

有一天夜里，池阳县唐陵文管所里烟雾腾腾，热闹非凡，一伙子人正在一间拥挤的小屋里喝酒、猜拳，炭火炉熊熊燃烧着，屋子里暖烘烘的，在炉子上面放着一口大铁锅，锅里还炖着香喷喷的羊肉。顺娃的羊昨天有一只滚崖了，文保员帮他把那只摔死的羊抬上来了，他们正准备享用这难得的佳肴。

"地一上冻，没有营生了，那些盗墓贼就蠢蠢欲动了，咱这陵区地面大，山梁高沟道多，恐怕咱们又得早晚折腾巡逻了。"文管员老忤嘟囔着说。

"那是肯定的，咱就是吃这碗饭的。"雒老汉应了一句，"应人事小，误人事大，咱丢不起这人！"

"顺娃，你今冬也住到山上来，我这园子里给你圈一个羊圈，咋样？"老忤诚恳地说。

"我不行啊，还要给雪梅看家。"顺娃有些为难地说。

"那有啥，用砖把门堵了不就算尿了，你看我们这些人山下新房已修好几年了，儿子儿媳都出外打工，咱长年在陵区看护，哪家不都成了堵门户。"雒老汉似乎有些不高兴，他不满地说。

"老雒叔，不说这个了，你还是给我谝谝你们这些陵户的事情吧。"顺娃没有顺着大家的思路说话，他岔开了话题问道。

"也没有啥好说的，从老先人手就开始看护陵了。"

"那又不是啥秘密，你就讲讲吧，不然烂在肚子里就可惜了。"大家都在劝说雒老汉。

雒老汉没有立即说话，他伸手在烟袋里捏了撮烟丝，极其娴熟地装了锅旱烟，顺娃赶紧"哧"的一声划了根火柴给老汉点燃。雒老汉香吱吱地吸了一阵烟之后，才慢条斯理地说："我们这些陵户从唐代一直延续到今天，原来有十户每户大致有土地两千亩，整个陵区有两万多亩土地，后来有的陵户没

天边那片棉花云

有后辈了就绝户了,现在就剩下这么几户了。"

"雒叔,山庄的陵户就数你家人丁旺了。"

"说来话长了,新中国成立后我们家被划成地主成分,因为陵户一般都拥有大量土地,因此衣食无忧,陵户也雇佣外边农民耕种陵区土地,土地太多,山坡地一大片,自己根本种不过来……已成为'地富反坏右',我们这个家族的娃基本就出不去了,招工、上学、当兵都与你无缘,你就只有修理地球了……'文革'那会儿把我们家里的那些历朝历代的盆盆罐罐都折腾光了,连窗门都被人挖走……"

"听说你们家有三个烟老瓮,还有黄货、白货?"

"你听外边胡吵和,老早就让政府没收了。"雒老汉急忙争辩说,"我们后来也是一贫如洗……"

"雒叔,你们家动一动小拇指也够大家用一年……"

"哎呀呀!你们这是给我开批斗会呢,不和你们一般见识,我去山上了。"

"雒叔,别走,一会儿肉就好了,我还要和你走几拳。"顺娃用手拦住了雒老汉。

一会儿这一伙子人又呼儿喊叫开了,那种只有山庄人才有的行酒令,让人见识了什么叫大气。先碰三杯酒,然后决定打关之人,在大家伙你推我让不肯打关的当儿,顺娃主动挑战说:"推来让去的有个尿意思,我打到底,谁说不行了可以退出!"

这些人喝的是当地有名的"猪场散酒",五斤塑料壶装的,喝到高兴处大家都无法节制了,于是开怀畅饮,一醉方休。这时候顺娃开始走路打摆子,雒叔从桌子溜了下去,老仵圪蹴在门外树坑边呕吐不止,另外几个人趴在桌子上没有动静了,这一切都仿佛大战后的惨象,桌子上杯盘狼藉,屋子里喝酒的几个人七倒八歪,斜躺顺卧。

顺娃手扶着墙昏沉沉地到屋外尿尿,冷风一吹,他不由得打了个冷战,迷蒙的眼睛先看看天,然后又朝远处望了望,隐隐约约地他发现远处好像有灯光。"他妈的,是不是我眼花了,眼睛瞅不住了,还是看见荧荧鬼火了,反正……唉——让这伙王八蛋去看看!"顺娃边想边向门内移动,他可是个口无遮拦的人，尤其加上酒精的刺激他就更加肆无忌惮，只见他踉跄了几步就走到雒老汉跟前，俯身朝老汉大声说："雒叔——上山有情况！快让人看看去！"

"胡说你大的头，你喝多了……"

这一声喊叫非同小可，它如同咔嚓一声炸雷响过把几位文管员的酒都惊醒了，三个年轻一点的忽而拾起了身子，顺手抓起狼牙棒、橡胶棒就朝门外奔去。他们是宁可信其有，不可信其无。

这三名文保员慌慌张张地出外一看，黑魆魆的山脚下，影影绰绰地看见远处有晃动的人影，直觉告诉他们——不好，昨晚有人盗挖帝陵！这时候东方的天色熹微，天光逐渐明朗，鸟雀叽叽喳喳地叫个不停，正是六七点钟学生上学的时间。看来在他们整夜喝酒狂欢的时候，盗墓贼没有闲着，那帮狗东西一整夜都在不停地抢时间盗挖。

情况紧急！文保员们兵分三路，一路由老仵带领三个队员立刻赶赴案发现场；一路派顺娃立即下山到村委会打电话，向鼎州镇派出所报案；最后一路由雒老汉回村报信，组织村民协助护陵。随后老仵等队员对盗墓者进行包抄，在唐陵盗掘遗迹处发现了迷彩帐篷、大量衣物、棉被、各种食品及编织袋、铁锹、钢管等作案工具，并当场抓获一名正在陵墓附近睡觉的犯罪嫌疑人。

与此同时，县公安局刑警大队、镇派出所民警迅速出动，经过两个小时的包围抓捕，在山下密林区一废弃窑洞抓获四名犯罪嫌疑人。这处盗掘地点在陵园保护范围内，为地宫入口处，由于群众积极配合、警方及时破案，使得盗窃团伙未进入陵墓内部。

这一年冬月的一天，市政府对破获这起盗掘未遂案的有功单位和个人进行了奖励，并对唐陵的文保员一次性奖励人民币一千元，当然这其中也有顺娃的功劳。

14

唐陵的群众文保员得奖后，陵户们欢呼雀跃，有两个没有参与的陵户人家闹哄着想参加护陵工作，还多次托人到文物旅游局求情，最后终于如愿以偿地成了群众文保员。就这样，群众护陵队又扩编了两人，成为有七人的队伍。腊月时分，文保员在山上分割了那笔奖金，顺娃不是陵户，他自然不在其列。不过你要说顺娃心里没气，那是假话，顺娃也不是个平处卧的东西，他不知从哪里听来的闲言碎语，更加加深了与文保员们的矛盾。顺娃听人说唐朝的那些守陵人的后辈，其实基本上都已绝户，或者外逃他乡，现在所谓的"雒"姓、"仵"姓均为明代宫廷逃出来的王族后裔，"雒"字拆开了就是"名""佳"谐音为"明家"；"仵"字可以看作"朱"字拆分，把底下的"人"字做偏旁……陵户之后们义愤填膺，有几个挑头的还为此质问过顺娃，顺娃不愿与他们继续纠缠下去就干脆死不承认，人家不认账谁也没办法，事情后来也就不了了之。不过从此后顺娃不再留恋山上的事情了，他把那群羊也卖了，干脆到山下私人建筑队给人当小工。

顺娃人好心好，他隔三岔五还去王家女人的娘家，看望她的儿子和女儿，这俩孩子一个长安良一岁，一个小安良两岁。安良都十五岁了，他一直跟妈妈在一起生活，当然还有妹妹安心，他的伯伯顺娃则是一个人住在山庄的家里。安良的小学一到三年级在大雁屯上，随后转到天井岸村上四年级和五年级，他的初中是在鼎州镇中学度过的，安良他妈几乎每天都要领着妹妹给他送中午饭，他顺娃伯也经常给他钱，让他买学习用品。有人说顺娃卖羊其实是另有隐情，听南方回来的人说容绣在那里混得恓惶，她没多少文化，干的工作辛苦还挣钱少，她先后在几家工厂打工，都很不顺手，多次被炒鱿鱼。后来经人介绍容绣在一家饭馆找到了工作，老板是当地人，"炉头"是北方人，她在那里当服务员，干得很顺当，半年下来容绣就攒了几千元。容绣也算有心人，她想让顺娃来南方，顺娃心里感激，但他还是谢绝了容绣。容绣这个女人其实心很大，她也想自己开一个饭馆，但她一个女人担不起来，她需要顺娃这个擎天柱，顺娃偏偏不上道，她无法可想，就与那个"炉头"合伙开店。饭馆生意不错，一年下来挣好几万，容绣乐不可支，"炉头"也喜上眉梢。不过好景不长，"炉头"的妻子来了之后，她千方百计想挤走容绣，设局让容绣陪客人喝酒，趁容绣醉酒之机，她花钱请街道上的阿飞轮奸了容绣，致使其患重病住了院，她的精神和心理遭受了沉重打击……顺娃知道这些情况后懊悔莫及，他感觉对不起容绣，就毅然卖了羊群拿钱给容绣看病，并且安慰她说不管到了什么时候,他都会照顾她。

不管别人如何嚼舌头,雪梅还是很信任顺娃,很多事情她都让他给自己拿主意。山庄人纷纷议论说:"顺娃这人就是说不到好处去,这山望着那山高!"

"你就那么点能耐还贪这么多腿事儿,你日弄人哩。"

"不自量力,什么东西!"

"我的神,就凭他,也不撒泡尿照照自己……"

"吃饱撑的……脑子有病!"

你有你的三三见九,我有我的二五一十。顺娃有自己的想法,他想给容绣及他喜欢的孩子们做些事情。他想给安良、安心攒些学费,给王家女人的孩子添些生活钱,还要给容绣在鼎州盘下一个像样的饭馆,让她体体面面地当一个老板娘……

15

顺娃算是看透了,这年月没有什么道理可讲,一句话"贼胆大",第二句话"敢胡整",这是那些"土大款"成功的门道。顺娃看整个一座荆山都开发了,开采了,他把目光盯到了每一个山头,每一家矿山,他成立了六人爆破队,挨家挨户地替人爆破石头,他的队员都是些胆大不要命的,爆破前签订生死文书,生死有命,成败在天。现在顺娃不顾一切地赚钱,他的六位队员也是同样的心态,他们不管什么活,只要能挣钱就干。具有讽刺意义的是,先前顺娃是唐陵的编外文保员,曾不遗余力地积极从事文物保护工作,而现在的顺娃却应雒义德之约,为其在陵区周围开山炸石,成为乱采滥挖,破坏文物的帮凶。

荆山南麓、依山而凿的唐陵前,远远就看到一股股青烟从皇陵沟前冒出,陵墓前刚刚破碎的石子堆得像小山一样高,一条砂石路蜿蜒通向山外。每隔三五分钟就有一辆满载石子的大卡车从山里窜出,扬起的粉尘将陵墓周围及方圆几里都染成了黑灰色。皇陵沟对面,正对寝宫所在山头的山体,已经被削掉了将近半面,露出的残破不堪的山体几里之外都看得一清二楚。山脚下,三台粉碎机在不停地轰鸣着。目前雒义德的大型石场已经对唐陵保护区造成了严重损害，唐陵已经岌岌可危了，唐陵的文保员敢怒不敢言，省市县文物、土地、安监等部门多次勒令其停止非法生产，但都没有效果，不仅如此，雒义德的石场不但没有被整顿掉，而且越整顿越发展壮大，它仍然稳稳当当地在唐陵西侧存在着。

随着雒义德石场规模的增大、效益的逐渐提高，雒义德的社会地位也越来越高了，他由县人大代表一直当到了省人大代表，还让自己的大儿子当了鼎州镇党委副书记，大儿媳妇成了镇上的中学教师，二儿子、儿媳跟雒义德一道经管石场，管理生意，小女儿大学一毕业，就进了县政府机关当干部。总之，今天的雒义德已经与昨天不可同日而语了，他是名人，是成功人士，是人大代表，他经常和县长王少卿出现在电视画面里，报纸上也整版整版地宣传他是有理想、有贡献、有作为的民营企业家，就连他的坐骑也与书记具长的一样，为墨绿色的丰田霸道，而且尾号为五个八——发发发发发。他在省会西京城里也有了自己的地盘，他的别墅有一千五百多平方米大，其装饰古朴别致，家具为清一色的中式仿古家具，质料为精心挑选的楠木，就连墙裙也是先上几层上好的颜料，然后在此基础上加盖一层民族风情浓郁的壁毯挂毡，而且各个房间特色鲜明，有西域风格的，有草原风情的，也有海岛情调的，还有关中民俗的，走进这些房间仿佛置身于一座异彩纷呈的各民族风情园，让人赞叹不已。不仅如此，雒义德还经营着市中心商业区的一家大商场、一家大酒店和市郊的一家大型温泉洗浴中心。

一年来，顺娃的爆破队生意很红火，他们这些地下游击队虽说拿钱不如专业爆破团队那么多，但收入一样可观，现在顺娃的爆破队一人一辆进口125摩托，他们风驰电掣地穿梭于荆山大大小小的石场，像当年荆山的土匪一样把脑袋挽在裤腰带上弄事情。

有一次县长王少卿在山里检查工作，遇到了顺娃一伙人，就主动停下车，上前与顺娃搭讪："你咋尿还在山上混搭？还给人放炮……"

"你咋尿当的县长，到现在还让我混成这样！"

"等有一天我把所有的矿场都关闭了，看你还混不？"

"那就看县长的胆量了……"

"……"

"老安,你啥证都没有,怎么敢无证作业?"

"要个屎!把石头炸下来就是本事。"

"要规范作业……"

爆破是危险行业,打眼、装药、点炮等都必须经过专门训练,否则就是开国际玩笑,但是你千万别小看了像顺娃这样的农民,他们先是跟一位会爆破的人学着干,给人家当助手,然后自己单独带人干。顺娃他们爆破队一般是傍晚打眼放一炮,第二天在原来炮眼上再放一炮,这样炸的石料就多。荆山属断层山,层层叠叠的石头,一旦被震裂、松动,极易发生山体滑塌,雒义德石场去年发生了一次意外滑塌事故,所幸的是那次事故没有人员伤亡,塌落的石料就达数万方,这个石场有好长时间都不用炸山,光清理场地往外运石料就运了大半年,老板因祸得福狠狠地赚了一笔钱。

事情往往就是这样,一次获利就会让人昏头,可到了下一回,兔子就不在那里卧了,就是另外一种情形,所以老人们经常提醒后生说——莫把运气当本事。话说雒义德石场并没有从上次事故中吸取教训,相反他还是想着上次的好事,结果就出了问题。那是1995年10月18日的事情。那一天14时37分,天下着蒙蒙细雨,顺娃的爆破队上午10点21分刚刚实施了一次爆破,岩石内部温度还是很高的,几个小时后,老板雒义德认为天气那么凉,已经不存在什么高温了,让他们再次实施爆破,顺娃不愿意干,他怕出危险,队员们也不肯出工。雒义德听说下一周上级又要整治采石场秩序了,他想抢在文件下发之前积攒一些石料,确保他所承包的工地石料供应不断顿。雒义德见顺娃不接活,就有些不高兴了,他说:"你们干不干?我就问你们一句话!"

"不能那样,最少得一天。"顺娃嘴里嘟囔着说,"主任你看……"

"没有什么好商量的,你们不干就走人,我哪里还找不下你们这样的人,不要给鼻子就上脸了,给脸不要脸!"

"你骂谁呢?"

"有钱就张了,谁给脸不要脸,你咋这样欺负人!"

顺娃跟村主任三捶两棒子就干仗了,要不是众人分开他们一准能打得血里捞骨头。顺娃气咻咻地说:"撤!老子还不伺候了,此处不留爷,自有留爷处。"

"走好,走好!看把你小伙子别耽脱了,再没有第二家像我这样抬举你……"

顺娃的爆破队一行六人中有两个年轻人有些动摇,顺娃叫他俩走,他俩不动身子,雒义德一看机会来了,他大声吆喝着说:"现在上去,每人两千元!"那两个人忘乎所以地就上去装药了,他们看来是爱钱不要命了。顺娃隐约感觉有些不妙,他的右眼皮直跳,心也慌得厉害,简直就要跳出胸膛了,顺娃没想到雒义德会这么丧心病狂,不顾他人死活。顺娃实在忍不住了,他大声呼喊:"危险——不能装药!快离开!"

雒义德这时也有些心虚,他下意识地向后边跑了,其他人纷纷撤离,顺娃担心上边的人跑在最后。突然"轰隆"一声爆炸,半面子山体垮塌下来了,两个装药的人还没来得及撤离早就飞上了天,顺娃等多人都被压在石头里面了,那时候大致是15时20分左右。雒义德一看大势不好,他立即召集人员救人,同时向有关方面汇报情况,为了遮掩事实真相,他向县乡领导电话报告说:"因天雨,我们——雒义德的石场发生了意外滑塌事故,一名工人不幸遇难,一名工人身受重伤,目前正在县医院抢救。"接报后池阳县第一时间转报市委市政府及市级主管局。雒义德是明修栈道暗度陈仓,他一面应付上面,一方面集中处理善后事宜,作为当事人他也知道隐瞒不报、错报的后果,但他还是想侥幸蒙混过关。

事情已经明明白白地摆在那里了,共有六名人员遇难,顺娃等三名爆破人员也在遇难者之列。雒义德说爆破人员签订有生死合同,因此赔偿与矿场职工有别,比矿场人员少一半。遇难人员中有矿场三人,他们与雒义德沾亲带故,事情很快就谈妥了,一竿子括每位死难者给五万元,这三户人家领了钱,安葬了他们的亲人。两名实施爆破的遇难人员,已经尸骨不全了,雒义德才给每户家属三万元。论到顺娃的伤亡赔偿时,雒义德干脆就耍赖,他阴阳怪气地说:"他已经不是石场工作人员了,本来不该赔偿,念及乡里乡亲的面子,给他一万元就算仁至义尽了。"

雒义德以为顺娃是个光杆杆,无牵无挂,孰料打死回回要回回,这句老话应验了。顺娃老家鼎州镇上的人不答应了。

"总有说理的地方!"

"上访去,抬棺上访!"

就这样鼎州镇老安家的子弟,王家女人的娘家兄弟姊妹,还有雪梅等山庄人,大约七八十人,他们开着小四轮拖拉机,浩浩荡荡地赶往县城,组织十几个精壮小伙子把棺材抬到了县政府门口,他们要给顺娃讨回公道。不仅如此,雪梅还联系了多家省市报纸电台的记者,记者们穿梭于人群当中不时采访群众,"大叔,你好,你知道矿难啥时候发生的?"

"晌午后发生的。"

"死了几个人?"

"五六个。"

"先前不是说一死一伤……"

"哄鬼哩,我就在现场看着,我也是在矿场干活的,当场就炸死了爆破的两个人,一个没上身了,一个没有下身了,那是血肉横飞,底下塌落的石料埋了四个人,刨出来就都死了,那么大的石头从上面落下来,你想人还能活命?"

"那咋没人向上报告?"

"嘿嘿,村哄乡,乡哄县,一直哄到国务院,都这样的……"

一石激起千层浪,中央、省、市媒体竞相刊载这一消息。池阳县沸腾了,西京城沸腾了,人们坐不住了,省纪委、省安监局等轮番派出了调查组,驻守池阳县调查事故原因。雒义德没有料到他这回玩大了,把自己玩进去了。雒义德等三人涉嫌瞒报死亡人数、非法盗采国家资源、私藏炸药,目前已被警方刑拘,事情正在进一步调查处理当中。

顺娃等死难者终于能够入土为安了,他们的家属分别获得了十万元的死亡赔偿,这是池阳县当时最高的……

埋葬顺娃的时候,山庄及其周围村子来了好多人,还有他的祖籍地鼎州镇的人,这些人算起来足足有好几千,顺娃被安葬在唐陵脚下了,那会儿大家看王家女人的那两个孩子有些痴笨,也就不再争究什么,就让安良给他顺娃大摔了纸盆。

雪梅大声对村民说:"顺娃是安良他大,让我娃尽这个孝!"

"安良这娃懂事,顺娃也知足了,没白疼他……"人们议论说。

"受了一辈子苦,就这么走了。"

在那一片生死相依的土地,顺娃的坟与他的那个王家女人的坟毗邻而居,人们希望他们也好有个照应,这一对不幸的人啊,又可以走到一起了。

自从顺娃过世后,雪梅也仿佛衰老了许多,一想起顺娃,这个她生命中的男人,她的心口就隐隐作痛,她的灵魂就痛苦地喋血,那情景就仿佛西天的晚霞,灿烂一瞬之后,将是凄凄的暗夜,再也留不住那些时光了,再也没有她的顺娃了。

就在这一年的年底,容绣也回来了,她在顺娃坟上哭昏过去了几次,第二年这个可怜的女人在外地就平静地死了,先前并没有听说她患病……

16

笃笃笃!一阵急促的敲门声把刘安良唤回了现实。

这时的安良显得非常疲累,他虚汗淋漓,脸红耳热,似乎心跳也加速了许多,他那大睁着的圆眼直勾勾地望着天花板,惊骇得说不出一句话。他想抽烟却怎么也找不到打火机,其实打火机就在他手里攥着,他用微微颤抖的手指,很不利索地燃着了一支烟,然后就在自己的屋子里踱步,他在搜忆着什么,他在仔细品味着刚才那些匪夷所思的梦境,那些他长这么大都闻所未闻的先辈们的故事是如何进入他的脑细胞的呢?难道亲人们的脑细胞是同构的,信息也是千古互通的么?是否真的会有心灵电话呢?安良陷入沉思之中,他仿佛又一次回到了故乡,回到了自己的再生之地,他继续很费力地咀嚼着那些远逝的物景人事,同时他的嘴角、心田、浑身似乎都流溢着一种少有的愉悦和幸福,他心灵的明镜忽闪忽闪地波动着,他的精气神,他的魂灵仿佛也应声黏贴在那繁衍梦想的地方了。

2012年5月至6月于陕西泾阳寒烟斋

第三编:诗歌卷

佛陀说万物皆空,道家也倡导无,但那绝对不是空无一切,那是全有的反面,那是无中之有,有中之无。在诗歌的星空我确信冥冥之中的信念,我更相信从《诗经》《楚辞》而来的诗性中国,与来自希腊、罗马等文明的诗歌,它们的思维是相通的,而一辈辈的诗人及其后来者,一旦踩踏着前人的步履,那么你也就成了他们,自觉或不自觉地就成了缪斯的子孙。

第一辑　大地情怀

落花时节

那天我看见了

残红飞呀飞

那天我遇见了

风光中的你

至于我呢

是去远方的时候了

要人催促"没迟误"么

要"驱赶使"出动么

哦　不必　不必了

我的诗神仿佛早就说

走吧　你走吧

不要张皇

也不要流连

是你的　就无须明天

不是你的　怎么想也枉然

雨思

哭了一夜的你
今晨依然珠泪滚滚
我的孩子　你哭吧
把所有的痛苦都哭出来吧
把所有的仇恨都哭出来吧
你幻想　用瓢泼而下的大雨
来洗尽斑斑泪痕
你试图　在一天的雨幕中
洗净灵魂
即使冰冷的雨滴
能够使躯壳纯净
可精神呢
难道雨水
仅仅凭借它
就可以洗尽吗

苦难
——泰戈尔小说《小沙子》读后

你的名字叫——苦难
母亲早早就这样预言
造化给了你聪颖非凡
又给了你美丽的容颜
可是哟　姑娘　你爱得多么凶险

别人的房间你岂能幸福长眠

于是你遭逢了人世少有的苦难

就像雷电劈开的山巅

就像泪雨浇灌的田园

这时候你用心灵祈愿

哪怕重新回到原点

也别遭际这如许的磨难

可惜哟　踏错一步

却要一生偿还

1989 年 12 月

离去或者停留
——写一种尴尬的际遇

停留或者离去

需要但不是现在

人生中充满了尴尬和无奈

你来得太不是时候

我要你时　你离我天外

我别你时　你不走开

有时候生活就是那么怪

那往来的玄机

那冥冥的默契　洞开了心怀

其实也没有什么压抑　或者期待

万念中　清醒时　还是默默离开

这样也不会彼此伤害

1990 年 5 月 3 日

跟从我

哦　孩子
缪斯已全副武装
到处找寻你的踪影
请不要无谓的躲藏
那是你无知无畏
才会那样自作主张
你什么时候才会明白这点
我可不喜欢有人幻想无边
却抓不住眼前
哦　孩子
你听到了缪斯的声音了么
那可不是出自一般的心胸
不信　你摸摸自己的胸口
至今还有缪斯的余温
而那空中鸣响的声音
仿佛在说——
跟从我　跟从我

1990 年 9 月 16 日

诗说

曾被视为神圣
恍如阳春白雪
曾被视为草芥

人人皆可操作
哦　我的诗国
也许你的幸福时光
已经度过
如同人世苍生
喜怒哀乐
自有评说
我不愿为你
佩戴金色的花朵
人世风流　其实
就是一首平常的歌
　　　　1990 年 9 月 23 日

月思

高天厚土
是什么勾起了你
些许哀愁
是什么使得你
往事悠悠
哦　天神呀
你看天上的红云
底下的流水
再看风多轻
夜多静
月光照额头
你不觉青草湿润
情思缠绵

恰似风华飘逸

香遍人间

月梦

梦的童年

狄安娜躺在草地边

嫩草倒了一大片

余温向四野微微消散

月神呀　俊美的娇娘

什么时候都把你守望

把你的手给我

让我感受静谧中的温暖

可我不得遇呀

天上人间两茫然

听呀　秋虫唧唧

送走多少流年

金星点缀了又一天

啊　生来无奈呀

属于我们的夜多么短暂

明丽的朝阳

辉映你红花初放的脸

啊　狄安娜

或许梦的明天

就握在你铁的手腕

1990 年 9 月 19 日

第一辑　大地情怀

父亲的遗嘱

一

有一天　父亲把仅剩的一片面包
也分给了人们
他说："人们啊，这已经是最后一片了！"
"假如你们再来把我找
"那就把失望带回去
"把痛苦和不幸带回去
"就连这也是最后一遭……"
父亲流着泪讲了千万遍
可所有的人全都视而不见
执着无比的人们啊　他们坚信父亲是全能的存在
他们不敢相信父亲也会到了穷途末路
也会有走投无路的那么一天

二

事情并没有什么好转
后来　人们还是接二连三
络绎不绝
把父亲的天堂变成地狱的坟场
于是好斗的争食者你争我抢
带不走的也要统统砸烂
那些愤怒的人群一拥而上
分了父亲的衣物　家什
和那天宫一般精美的装潢
即使到了这个份上
人们还笃信自己的主张

化育万物的尊长
怎能没有自我滋育的能量
那些精灵的人儿
就这么爬到父亲身上
一口口吮血
一口口食肉寝皮
没一会儿工夫
那伟大的可怜人
连骨头也被啃光
更有可恶的放了一把火
烧毁了那可怜巴巴的残骸
就连那灰末儿也争抢着吃了个精光

三

罪恶已无法补偿
灾难酿成了祸根
后来　不知哪位聪明人
便自作主张
说灵魂不死
万古长青
其实芸芸众生啊
是非功过自有评说
我无意亵渎万物的真纯
更不论历史的曲折
我只是倾诉人性的折磨
欲望无边终将罪恶不绝
父亲啊父亲
您那伟岸的身躯　无边的精神
您那刻骨铭心的怜悯和爱

都已经荡然无存

父亲啊父亲

就让我以您的名义

给正义戴上花朵

让罪恶从此根绝

让黑夜里的眼睛

圆圆地睁着　睁着

　　1990年10月14日

句号

"已经来不及了吗?"

"是的!"

"为什么?"

"……问你自己。"

我该问自己

那么你呢

在我张嘴的当儿

一切都画上了圆圈

我惊恐地质问圆圈

不料那魔圈突然变化

竟自长大

一下子套上了我的脖了

又慢慢缩小

后来连同我

也蜕变成了一个小句号

从此永远闭口不言

无题

孩子　要敢于说
你丑　奇丑无比
不要相信曲意的奉承
也不要踮起脚尖
偷视别人的墙院
因为呀　那里
写满了岁月的欺骗
真实的丑是美的同伴
绝不要相信美丽的谎言
　　　　　　1990年11月5日

假如

假如梦想像豆子一样发芽
我将在心灵播种神话
假如文明像流水一样不断
我将在隧洞邀集古贤
假如自由像光一样的明艳
生活就会灿烂无边
假如生命像爱一样自然
无论时空　无论星云
只要智慧果敢　赤心向前
一切就会光明一片
如同迷蒙山岚的蜃幻

沙海地底的矿产

如同星星相互照见

大地拥抱明天

太阳的影子

有光就有影

有梦就有幻

太阳有影子吗

仿佛一个错误

结果让人迷惑

仿佛一块魔镜

里面映你映我

仿佛一段传说

事实迷离闪烁

仿佛一对孪生

时刻形影胶着

我所见的光影时时飘过

尽管我的天空　仅只一个

从来不少　也从来不多

可不知道为什么

今天的世界

生出了那么多的子孙和过错

仿佛森林燃烧的灰烬

天空与地面的灾祸

你又能抱怨着对谁说

事情还不仅于此

一位母亲无可奈何地说——

孩子　快关闭窗户
似乎恐怖的病毒就要往进闯
似乎罪恶与魔鬼顷刻降临
于是世界在纯有与纯无之间消逝
太阳在光华过后惨淡
影子也变成了黑暗
心灵在打战中摸索……
　　　　　　　1991年9月27日

秋日私语

那时候你说等秋天了
如果你看见了满山的高粱
沉甸甸地点头
那就是我的守望　我的盼想
如果你看见了满地的玉米
乐呵呵地咧嘴傻笑
那就是我的信物　我的惆怅
我一万个不相信
不相信你的如许情长
如那样的秋天一样
会把灿烂的果实
呈现于故乡金黄的土地上
你的心思会凝滞于崎岖的山梁
你那高昂的头颅
飘扬的绿云儿像大海的波浪
迟早会飘逸于大都市的上方
穷山野洼里何处容得下俊美的娇娘

可我的猜想多么荒唐

你的心性嫩草一般生长

不接受一丁点的玷污影响

山旮旯里你依旧自由歌唱

让俗世的我没有丝毫荣光

爱呀恨呀痛呀悔呀都莫要讲

好好活着好好做人

生活就会把你滋养

秋天里收获啊夏天里生长

春天里播种啊希望里成行

生活里哪里有这么多悔恨忧伤

意切切莫要费思量

每天每天都会有好阳光

2008 年 9 月 9 日

今夜月色

今夜月色如梦幻

依旧徘徊于朦胧的暮色

一星半点的问候　温暖数十年的寒冬

或许今天　你还记着昨天的自己

昨天却已经忘怀了曾经的记忆

于是泪水冲决了坚实的堤坝

亘古不变的真理呀

谁知道在彼此诚挚的心田

能够容许一个沉重的背叛

一个埋藏深久的秘密

啊人们　我不想揣测

尽管岁月已经爬满青藤
时光不容流连忘返
今天的你是否依旧
依旧满怀爱的心肠
在守候一个月明星稀的日子
为心中那份不易的执着
为明天体面的飞升
为一切预期中的梦呓
     2008年9月9日

凭吊大师

大师走了
一个又一个
很多人悲伤
但绝不是杞人
苍凉的象牙塔
高尚的博士帽
空虚　静寂　荒唐
因为头脑如许膨胀
崇尚着缥缈的阳光
啊——大师
你的灵光已经久远
你的精神彷徨
浅灰色的银币上
散漫着诱人的迷茫
救救孩子——
不再张狂

第一辑　大地情怀

不再虚晃

真真地存活

自由的希望

良心儿永远不丧

踏实的土地

智慧的光芒

大师们也在高处回望

也许爱

弗洛伊德主义的幽灵

撒旦的符咒

遍布于世界的每一个角落

神秘的不再神秘

自由的空气

颠覆着曾经的真理

白头偕老　不离不弃

相对论的逻辑翻转了古老的罗盘

经济的目光审视着生活的意义

抬升着人们的情趣

因为爱人们亲近

因为爱人们分离

时空重复着历史的轮回

似乎合久必分

分久必合

也似乎缘来缘去

生死难弃

这世界谁还离不开谁

这世界究竟怎么了
试问大地苍茫
——也许爱

2009年7月15日

致远方

东方的地平线
还有多远　多长
太阳的故乡
海的女儿在歌唱
生活的方向
朝着海洋
树木和庄稼
总是不断向上
远方的亲人呀
谁会把季节遗忘
梦的脚步
花的映像
春水依旧流淌
远方的亲人呀
你招招手　回头望
天边的云霓正辉煌

你是一首歌

你是一缕风

在生命的河流飘过

你是一条船

在风雨的路途颠簸

你是一段情

在温馨的时光闪烁

你是什么呀

你是春天这迷人的季节

春天啊春天

你闪烁的眼睛

让大地一片葱茏

春天啊春天

你蓬勃的力量

让世界充满笑声

春天啊春天

你自由的翅膀

宁静的秩序

欢快的色调

甜蜜的和谐

如同一曲动人的歌谣

2011 年 5 月 3 日

点亮心灵的明灯

乡野的风　天空的云
山涧的水　少女的眼睛
她可以洞悉沧桑　遥望高远么
她可以预测命运　感知未来么
她有健康的身躯　睿智的精神么

不　她什么也没有什么也不是

她只是一个普通人

在她朴素的胸膛

天生就有包容的菩提和善良

她那汪汪的明眸

汇集了相思河畔　幸福桥边的一切风景

她在寻觅　寻觅一种生活的光芒

一种光芒的生活

尽管她是一个盲女

可世界上没有人比她更懂得光明

凄凄黑夜　渺渺宇宙

是谁高擎着火把　点亮了星辰

燃起了烈火　燃烧了生命

照亮了生活的路途

是勇者后羿　普罗米修斯

是先贤伏羲　荷马

是古圣孔子　苏格拉底

是嫦娥　狄安娜　还是多情的盲女

是光明的使者　还是悠然的花仙子

是耕耘璀璨明天的有心人

还是执行维纳斯使命的天使

啊　世界的光华灿烂呀

点亮心灵明灯的那一刻

地球的东边与西边一样欢悦

承受那瑰丽光彩的一瞬

我们就是幸福欢腾的太平洋

因为我们的世界多么需要温润的阳光呀

2011 年 7 月 20 日

哭泣的石头

平静的山涧是我的家

几千年来我就在这里生根　长大

阻挡北方的严寒　屏蔽南国的热浪

忽而天庭崩裂　一阵轰隆隆的爆炸

炸裂了我的胸腔

从此我便失去了家园

成了熔炉里的灰末

或者脚下的铺路石

甚至登峰造极　爬上了百层大厦

我幸运地被称作白灰　水泥　建筑材料

时常还被粗暴地运往遥远的异域

我跋山涉水　登堂入室

修桥铺路　筑屋造景

与所谓的文明息息相伴

与飞扬的泥沙　升腾的粉尘

与袅袅漫漫的烟霭　雾霾

一起编织着闪烁迷离的神话

平静的山涧已经不是我家

这些年我已独步天涯

蒙昧的天空　枯竭的生命

让我看不到季节的冬夏

废弃的残骸呻吟着　埋没在地下

幻想在春天能否偷偷发芽

渴望着地火燃烧的轰然烈焰

以巨人般的强力捯动沧海　桑田
或者让无边的风暴席卷浪花
让沙砾　熔岩　荒漠　干涸
装点我们辛勤垦种的庄园
让陨石　流星　沙尘暴
或者美利坚银行的金子
撑破人世贪婪　肮脏的肚皮
到那时狂风骤雨　风摧雨泣
我于苍茫的黑夜　静寂的黎明
凝视未来天边　新雨后的云霓

2011 年 9 月 1 日

欲望之海

多少岁月　多少忧愁
人总有无限的期盼与梦想
在我的那些缤纷的梦中
其实无非是　要么成为人前的站立者
最好成为一个把握命运的将军
要么成为一个富家翁
具有可以自由支配的财富……
虽然我只想有一个栖身之所
或者是一张平静的书桌
然而我不能够休止
在世人的眼里
我不能够休止的理由
其实很简单　能飞就快飞吧
别等飞不动的时候呀

也许这期间还有

别人的愿景与期待

人呀　随波逐流或可自保

迎风而上往往命运多蹇

似乎一切都是缘

又似乎一切都无可奈何

但千万别让欲望绊住了

轻松前行的脚步

2012年2月18日

麦子与竹子

微笑　在麦熟季节

霍霍磨镰声　隆隆机器声

划破乡野的静谧

农人在做刈麦的准备

阵阵麦香扑鼻

哗哗浪涛搏击

"算黄算割——"

"快起,快起,人家又收割了一片地!"

杜鹃鸟、"铁镰匠"在树梢催你

院落的新竹爬过了墙体

窥视墙外的麦地

夜梦　在床边翻来覆去

有人在谋划中积极博弈

有人在昏睡中错失机遇

乖乖啊　我偷着乐

渴望像燕麦一样早睡早起

只是不要被收割　或者抛弃
一阵酸涩　风闻旷野的哭泣
每年的收成事关大体
翻身睡觉　多多少少
收获的是自己
亲亲啊　我暗自狂喜
多愿是那院中的竹子
斩不断根苗　便昂然奋起
要是麦子　要是人类
要是一切都那么自觉　可贵
人间就会满地生辉

2012 年 5 月 26 日

怀念小草
——深切缅怀雷抒雁先生

宽阔的原野　泾水在流淌
嫩绿的草地　小草在歌唱
如歌的土地盛开着花一样的希望
《诗经》的故土　挺起了巨人的脊梁
周秦汉唐庄严　宏阔的胸膛
澎湃着正义和真理的力量
那纤纤　绿绿的小草儿
迎着风雨　耐着严寒
不畏践踏　不惧磨折
自由自在　纵情歌唱
她有黄土的芬芳
她有旷古的悲壮

她有沧海的辽阔

她有无穷的思想

她来自一个古老的民族

在一片处女地牧羊

她的族徽　她的图腾　是龙　是凤

是雷　是电　是风　是剑

是北国原野的雁鸣

是展翅远方的雄鹰

是腾越于云际　氤氲于空间的

提振万象的精气神

是乳白　青苍　蔚蓝的世界幻景

是五彩阳光　是西部汉子的铮铮硬骨

是敞开心扉　抒写壮丽的文塔

是丝路瀚海的叮咚驼铃

是无边大漠的千古啸歌

是你　是草木一秋的焕然生机

是你　是人生一世的跌宕起伏

小草啊　我的故乡的小草

流星撞击的故土　雾霾重重

焦渴难耐的土地　飞沙流矢

如果没有了小草

大地将一片荒凉

如果没有了小草

生命便戛然而止

我的深情的小草啊

天地铭记着你的情爱

黄土飞扬的路途

闪烁着露珠一样的明眸

松风为你致意　嵯峨默然无语

我的朴素的亲娘呀
你情不自禁地抚摸
抚摸一个时代的阵痛
为我的小草　我的兄弟
为人间最妩媚的葱茏
为西天垂落的最后一抹霞光
为原点大地划破夜空的星辰　送别
我的故乡的土地呀
请记住那棵小草
她是云里雾里的除尘器
是苍凉世界的悦耳福音
是狂躁世俗的遥远
而又如影相随的性灵
如同北方激越　凌厉的西风
呼呼　呜呜地飞奔着　飞奔着
奔向无限高远的天空……

2013 年 2 月 16 日

三月的风

不是三月不醉人
醉人的三月舞东风
三月的风
来自南国的旖旎
三月的风
来自北方的原野
三月的风
来自江河的气息

三月的风

来自冬天的记忆

那河堤上的杨柳

悸动着

那崖畔上的黄花

芬芳着

那麦田里的荠菜

于麦苗的缝隙

伸展着腰肢

那松软的泥土

也扭捏着身子

咧开了渴盼春雨的嘴巴

哦　那绵绵的　酥软的三月风

多么柔媚　和雅的三月风

你是绿意　绿色的风儿

你是爽朗　和悦的风儿

只是不要掺和那些土末儿　尘埃儿

废气儿　沉渣儿

也别在灰霾的天空

沙尘的苍穹苟活　残喘

三月的风

你与蓝天白云为伍

与草树流水为友

你纯净着春天的大地

点染着心中的幸福

2013年3月13日

灰蒙蒙的天空下

灰蒙蒙的天空下
大地散发着青草的甜味
风儿有些清冷
落在身上
瑟瑟缩缩的
在如此的节令上
我们奔忙着
为生者　死者
为活着　将要活着
于是——
几个交头接耳的
几个疲于奔命的
几个不管不顾的
几个无所事事的
聚在了一起……

2013 年 3 月 16 日

兵马俑的思索

一

黄土啊　我故乡的颜色
在我记忆的年轮上
怎么能抹去呢
五陵塬　北山脚

第一辑　大地情怀

黄河滩　秦岭边

你厚实的肌肤

埋藏着几多历史　几多辛酸

曾经的圣洁　曾经的庄严

曾经的禁地　曾经的御苑

被锄头　铁锹　洛阳铲

甚或推土机　挖掘机推翻

地底的埋藏大白于光天

高贵的头颅被渔利者糟践

神秘的云雾被风儿驱散

参观　研究　收藏　品鉴

成为时髦者追逐的热点

喧闹的街市　推销着廉价的纪念

要兵马俑吗　复制品……

黄土啊　我故乡的颜色

在我记忆的年轮上

怎么能抹去呢

看着暴露于视野

退去了保护色的

气势恢宏的兵马俑

我的心灵在喋血

何必要打扰呢

就让黄土陪着

甘泉滋育着

那段文明

就让深沉的隧洞

留住那黑夜里的光亮吧

你看吧　我们的兵马俑

那战阵　那风骨
那棱角　那气息
分明是我们秦人的密码
那目光　那神情
那厚重　那坚毅
分明是我们民族的真魂

黄土啊　我故乡的颜色
在我记忆的年轮上
怎么能抹去呢
我是这样想的
看着我们的兵马俑
我就想到了黄河的模样
看着我们的兵马俑
我就想到了西部的群山
看着我们的兵马俑
我就想起了那个匆忙谢世的王朝
那一堆堆的陶土
存储着数不清的厚重
那来不及梳理的文字
以物的真实标注了一个时代的艺术
那是大河上下的诗骚风情
那是母亲脊背上镌刻的篆字血书
有人说你的刀戈剑戟向东向东还是向东
我想那是你顺着流水的韵律　奔向蓝色的疆土
有人说你的单膝跪地却回眸不已
我想那是你对这片黄土情深义重
有人说你的眉宇深沉却步履坚定
我想那是你的爱恨都在心中

这就是我所体会的兵马俑

我飞旋的神思贴着你就如同亲吻星星

而我守望着你的目光　你的气息

仿佛又重回那段久违的历史

二

在东方的黄土高原

在《史记》的绝唱里

我敢说大秦的疆域上

没有人比秦王显赫

在漠北的旷野

在匈奴与汉族之间

横亘着万里长城

我敢说那时的长城

绝对没有今天出名

在秦陵的地宫

在陵园的四周

我敢说长眠者绝对需要

肃穆和宁静

然而你看吧

一切都水行磨转

兵马俑火了

长城热了

陵墓变游乐园了

啊！如此的人们　如此的作为

他们却不管背后的事情

也不思考那个千古一人

只是让快乐跟着感觉

让感觉游走于荒郊

三

相对于前朝

相对于罪恶的殉葬

我要说秦王的英明

他选择了物质替代

精神便有了附载

相对于别人

相对于一般的王国

我看到了大秦帝国的国力

只有强大的国度才可以这样

只有智慧的头脑才能引领

那不是零零散散的随葬品

也不是琐琐碎碎的日用品

那是帝国的柱石

那是皇家禁卫军

那是横扫六合的威武之师

那是忠诚耐战的职业军人

那更是一个封建帝国的全部精髓

当然历史有时候也很无奈

强大与脆弱总是相互拥抱

堡垒与泥土随时都可以翻过来

众因之因　众果之果

强悍终将灭绝于强悍

柔弱也将被柔弱戕害

功劳簿　罪恶牌

丹青圣手话沧海……

2013 年 4 月 3 日

第一辑　大地情怀

房子与爱情

我们的祖先曾聚居于半坡的草屋
那圆圆的房子像梦一样令人惊异
我不知道那时的房子与爱情有无关系
但看起来他们的生活在苦难中也有安逸
自祖辈以来我们的日子也是奔忙于房子
老人说买房子就是过日子
似乎房子成了一种象征
什么时候能够有自己的房子
这是我们生活的一个中心轴
但当有一天我们有房子了
我们的话语却不再多了
这是一种可怕的虚空
于是我怀疑房子与爱情
这似乎应了一个古老的咒语
有牙没锅盔　有锅盔没牙
这种感觉就如同夏夜的星空
仿佛很近很近　又很远很远
遥遥无期　又仿佛尽在心中

2013年4月4日

守望

在麦收的季节
我守望

守望这一季节中最饱满的籽粒
在拆迁的时候
我向往
向往每一寸土地都能长出金子
在贫穷的日子
我期望
期望每一顿饭菜都不重样
等到有一天我把带血的土地出让
其实不光是我　也许是我们被城市化的浪涛席卷
不经意间一切都全然改观
在我们祖辈的土地上
从此便没有了四季更迭　耕作轮换
也没有了多许的纠结与劳累辛酸
按说我应该享受闲适的生活
像个绅士或者阔佬那样
可是呀　我却迷失于没有土地的时光
无论白天还是夜晚　无论清醒还是梦幻
我徒然地拥抱着那些八辈子也见不到的纸币
在这种时刻　我的另一半却时不时地提示我
——不差钱啦　不差钱啦
不差钱啦　那我究竟差些什么
看着曾经葱茏的大地上长出了积木似的楼房
静谧的原野成了喧嚣的街市
神奇的资本变幻着魔方
财富商圈把一切都圈占
我感觉自己被抛离了世间
我已经没有了尺寸地盘
股票　基金　期货　保税区　高新区　产业园
污染　雾霾　毒品　艾滋……
这些所有的玩意儿填塞了我们的生存空间

第一辑　大地情怀

这座陌生的城市啊

我多想还是个麦田守望者

像麦子一样自由自在地成长

像野草一样呵护大地的芬芳

2013 年 6 月 6 日

电力工人抒怀

一

我们　在七彩阳光的怀抱

在原点大地的胸膛

我们知道　劳动创造和谐

梦想春暖花开

我们爱真爱善爱美的劳动者

用智慧的目光和勤劳的双手

传递着文明的资讯和能量

一缕缕银线　一根根电杆

一座座站所　一点点星光

编织了一条条通路

那是通向富裕和幸福的道路

是大西咸机声隆隆的工地

是夜幕下闪烁的万家灯火

是和谐中国甜润的声声祝福

二

我们的梦想飞跃无数春夏秋冬

它飞呀飞呀——

在泾水的波涛里游荡

我们的梦想飘逸过仲山　嵯峨

它飞呀飞呀——

在青春的土地闪光

城乡电网　文明的跑道

自信自强　不断超越

有梦想就有阳光

有阳光梦想就澄澈　明亮

我们选择的目标和方向

不是坐享其成　也不是彷徨等待

而是自觉行动创新发展　相信吧

每天我们梦想的田地都会流溢出新的芬芳

三

我们的形象

靠着一丁点的装潢

制服　安全帽　操作规章

这就是我们安全文化的疆场

我们的形象

靠着一以贯之的积累

昂起头来走路

俯下身子干活

这就是我们潇洒的模样

我们的形象

靠着一朵花来衡量

赠与拿之间便把永恒收藏

这就是人世间心灵的力量

其实　我们的形象不仅仅这样

有时如泥土会哭会笑　有时像山峦筋骨强壮

2013年6月8日

第一辑 大地情怀

秋天我想对你说

秋天　我想对你说
我的心儿　我的梦儿
还有那些未曾出世的秘密
那些深埋于地底的东西
都拥挤到了心灵的窗口
秋天　我想对你说
我的眼儿　我的泪儿
还没有走出雾霾的天空
蒙蒙中我仿佛得见
PM2.5 纤细的身影
秋天　我想对你说
不是房子少了　过不下去
不是钞票多了　不知所以
而是可怕的变形与扭曲
是迷失于季候的改变
秋天　我想对你说
持续的高烧和火爆是不正常的
这喧嚣和热闹的游戏
这热点和亮点的背后　就是死寂和冰凉
如同砰然一声炸裂的氢气球
秋天　我想对你说
我裸露的乳头已满是白花花的苦卤
以及蚊蝇虫虱狂欢的印痕
我已无羞无臊　了无底线
什么事情都能干

秋天　我想对你说
惨剧　就发生在炎夏死亡的前夜
就发生在我毛孔急速扩张的瞬间
就发生在地震的废墟　火灾的残迹
仿佛呓梦般的戈壁大漠
秋天　我想对你说
文明机器搅动的世界
高温　高温　到处都是高温
反恐　化武　网络监听　战争　和平……
似乎空气即将飞燃
秋天　我想对你说
我渴盼季节的自然转换
冷便冷了　热便热了
不要勉强　也不要翻转
这才是生活的模样
秋天　我想对你说
台风已经卷集着大洋的水汽
一路向北　向北
播种下绵绵的秋雨
飘落进肌肤干裂的沃土
秋天　我想对你说
我再也不要那些过剩的热度
我喜欢温馨与平淡
就算寒冷　就算寂苦
踩着厚实的冻土也心甘情愿

2013 年 9 月 4 日

第一辑 大地情怀

对一种职业的敬重

我不敢说什么职业最高贵

也不敢说什么人最崇高

但我想　对一种职业的敬重

就是要看它的精神和品位

同样对一个人

也是要关照他的精神世界

看一个人精神的光芒

到底能够照多远

影响到底有多深

在好多好多的职业中

我想唯有教师这个职业是最温暖的

老师,您好!

一声问候　平平淡淡

但却在芸芸众生中长久传扬

这种甜润　这种甘美

这种透彻　这种亲和

让古老的大地骤然硬朗

让人性的力量瞬间强大

这意味深长的声音

牵动了银杏树下从古及今的圣哲

牵动了数以万计的园丁

作为师者　他们的作为

那是生命对生命的承诺

灵魂对灵魂的拯救

那是历史对未来的叮嘱

文明火种的接力
仿佛北方那条奔流不息的大河
轰轰隆隆　一直向东　向东……
2013年9月5日

致永恒的爱

对于人世间的爱情
说什么都不为过
或褒或贬　嬉笑怒骂
都是一种姿态　一种风格
然而作为情感攸关者
在彼此的内心　在时间的流水里
在倏尔的一念　在隐隐的感觉深处
在时过境迁的日子　怒目相对的时刻
在危险　危急　灾难　疾病面前
在贫困　误解　矛盾　内耗面前
在失败　挫折　失业　死亡面前
在一切可以预见和无法预见的
人生的坎儿面前　踯躅　困顿
甚至我们怀疑彼此曾经深爱过吗

对于人世间的爱情
说什么都不为过
只不过我想
爱这种磨人的东西
在彼此的心田里珍藏的
那是含苞待放的花蕊

那是未经风雨　没有磨砺的戈矛
作为过来人　我怀念孩提时代的天真
我珍藏当初温热的情感
因为那是没有水分　不曾掺假的记忆
那时候执子之手想着将来
将来一片茫然　但彼此的心里却一片光明
于是在故乡的流水声中
宣称——我们的爱直到天荒地老

2013 年 10 月 9 日

心生一念

心生一念
恍惚千年
有时候我想
如果生命赐予我郁勃之力
馈赠我永恒之剑
那么是否永生不灭　是否光焰长存
是否非凡　是否强悍
事实上　我真的很平　很淡
平的时候像镜子　滑滑的　灿灿的
淡的时候像流水　清清的　缓缓的
有时候我又感觉自己
像戏里的角儿
生旦净末丑似乎都沾边
甚至我感觉
像冬日乡野的风儿
或者像那些袅袅升腾的烟霭

2013 年 12 月 3 日

心情

心情像一条被巨石堵塞的河流
流吧流不动　吹吧吹不走
心情像一个解不开的死结
解吧　解不开　扔吧　舍不得
心情像一抹流动的云彩
东风也罢　西风也罢
心情像一张茫然拉开的弓箭
没有方向　没有目标
呜咽着发出了痛苦的悲鸣
真想成为匈奴王的鸣镝
所向无敌　所向披靡
真想成为一代秦商
哪怕为利　哪怕为名
偏偏什么也不是　什么也没有
空留一腔影乎乎　飘荡荡的心情
　　　　　　　　2013年12月4日

我不相信爱情

对所有的人说——我不相信爱情
对所有的事情说——别拿真相敷衍
说这样的话　做这样的事情
人们也许以为我受了刺激
其实也不全是这个原因

第一辑　大地情怀

反正在我这一辈子里

我用二十年谈恋爱

用二十年找爱人

最后用二十年写自己的情感笔记

写着写着我哭了

我发现事情是那么残酷

你最在乎的人一直在梦里

在梦里的人千万不能当真

当真了人就要后悔

我等了三十年的她

有一天终于来了三分钟的电话

三分钟过后一切都归了零

啊　苍天　啊　大地

这就是真情永远的记忆

2013年12月8日

永不磨灭的光焰
——纪念吴宓先生诞辰120周年

光阴有多长　岁月有多久

我不知道

我只知道在生命的记忆中搜索

搜索那些能够提升人的质量

人的品格　人的精神的东西

其实　在我们每一寸伟大的国土上

都有属于时代的光焰

在我的故乡　有一位平凡的老者

他的名字叫吴宓

据说他生命的最后时刻
还在倾诉着人生的悲怆——
"给我水喝,我是吴宓教授……"
当然　那只是历史的一瞬
然而却依稀仿佛昨天
历史上的教授　文人几多
唯独他　几乎成为绝唱
我们的吴宓教授啊　他是那一时代的符号
那么多的文化大师　先驱与他同在
他们或交锋　交战　或交流　交融
瞩望远方的云彩
我仿佛得见吴教授浓眉下的慧眼
仿佛得见那一泓清水般的灵魂
那是黄土地深厚的淀积
那是数十卷发黄的藏书
那是印刷机跳动的音符
那更是一颗硬朗的关中汉子
永不止息的心跳
那种铿锵有力的心跳中
蕴藏着大秦子孙的血性
蕴藏着关中人的性格——
十字口跌倒　端南正北
我知道　在我浅显的阅历中
大凡有所作为者　莫不承受孤寂　甚至灾难
如同吴教授一样在世人的不解中存活
在别人的诟病中残喘　挣扎
"给我水喝,我是吴宓教授……"
作为家乡人　我知道
这也是吴先生灵魂的饥渴

第一辑　大地情怀

我敢断言　无论现在或者将来

吴宓先生都是一座山

如同故乡的大秦岭

恪守着道德的高地

标志着南北的分界

我甚至敢说先生就是一段风情

一个没有爱恨的人

一个没有爱恨的民族

那他还能有什么

我们可敬可爱的吴宓先生呀

说起来也算是人世经典

身披西装形似癫　爱恨喜怒不遮掩

实心儿里纯然一个传统汉

一切儿都那么了然　坦然

红楼一梦　梦难圆

汇通中西　昌明国粹　鼎力呐喊

眉宇中投射出一个智者的祈愿

都说是谜一样的先生

先生一样的谜团

其实我更愿先生是一条小河

从故乡的嵯峨山涧出发

沿着古老的黄河故道

汇聚无数的泉流

奔向波涛万顷的海洋

当然　人们似乎更想说

先生是一通不朽的碑石

闪耀着学者　诗人的光环

但是我依然想说

先生是嵯峨山的儿子

是黄土地的根苗

他的思想　精神　情操

如同他的乳名一样

亲切　自然

2014年8月18日于泾阳

第二辑　心灵呓语

缪斯与青春

1

有位诗人

写了不少诗

有位青年

做了不少梦

青年对诗人说

"前辈啊,我也想成为诗人

"可就是不知怎么做?"

诗人爽快地说

"生活!"

生活?

那是无边的大海

我不过微小的泡沫

奈何　奈何

我就想

借着你的星星亮光

迎来鲜花初放的春芳

我就想

借着你响亮的名号

震惊偏远的山乡
最好我心仪的姑娘
也对我心驰神往

2

青年异想天开
眼睛也变得格外明亮
诗人见青年如此心醉神往
拍拍肩膀对青年说
"小伙子,聪明点
"当个诗人有何难?!"
青年热血沸腾浑身战
青筋暴起似乎
马上就要和人搏斗
但他没有立刻发作
只是颤巍巍地说
"我最亲爱的前辈
"只要你肯帮我
"什么样的条件都能行……"

3

诗人流泪了
青年以为诗人被打动
他又一次激情满怀
凑上前　干脆
跪倒在诗人面前
用万分的崇敬说
"啊！伟大的诗人
"只要你肯帮我

"开个价要多少?

"就是祖传的玉玺

"我也舍得抛……"

诗人闻言很气恼

蓦地转身愤然跑

把激情高昂的青年

抛在了一边

那可怜人

仿佛白白细细的电线杆

立在深秋忧悒的风里……

4

青年的情绪坠入了深渊

他不知诗人的用意

也不知自己为什么

这样遭人嫌怨

妈妈呀,如果命运

宣布了我死亡

那还有什么指望

我等着,我等着

快点结束这最后的乐章

5

青年站在水边

自艾自怜

河水微微

仿佛少女的初恋

可他哪有心思

观瞻美好的自然

风暴是猛烈的摧残
那残垣断壁
也够你半月复原
仿佛一场春梦方才走完
小伙子站到了现实的水边
对着河水声嘶力竭地呼唤
"妈妈呀,难道我也有穷途末路的一天
"可谁知我为这天备受艰难
"就为了跟诗人见面
"不知跑了多少白昼和夜晚……"
青年竭力寻找新的突破点
说起来还得感谢那些好汉
指引青年收购名声和花环
精明的托儿亲自牵线
好烟好酒哟围桌子转
青年的钱财花了一大半
无果之果让人焦虑不安

6

理智难见清明了
魔鬼就欢笑开颜
青年越想越烦
似乎精神马上就错乱
心管不住脚步的游荡
不自觉走向了灯红酒绿的
娱乐场
忽见诗人忧郁的眼
又见少女微笑挂嘴边
还有款爷大腹便便

第二辑 心灵呓语

突然天旋地又转
仿佛舞厅的光环
妈妈呀,这是怎么啦?
青年心里一阵酸麻
翻江倒海地打翻了
生活的五味瓶
困倦的眼睛也分不清
是非黑白
恍惚间鬼影幢幢成双对
自由洒脱的摩登女
唇红血染
楚楚动人的少妇
扭动着肥大的臀部
模仿性感明星
搔首弄姿
还有那舞动的黑发
似迷人的云彩
颤动着少年的心旌
青年在迷失的路途
越走越远
仿佛在危崖上跳舞
黄土埋身都到了脖子边
那边的风景已昏暗
晚霞的天空一片虚幻
亚当夏娃的呼喊声不断
似乎要孤独地补偿
人类的过失
青年感觉很尴尬
心对口说这多可怕

忽而一阵清风拂面
青年被一双手带到了外边
青年竭力睁眼
想达到半睁半闭
也未能如愿
……

7

蒙昧的过失不可饶恕
清醒的罪恶如何脱逃
似乎晨曦的那边有什么声响
是钢琴的流水
吉他的悠闲
是女人美妙的歌声
从地底升起
仿佛早晨的太阳
刚刚跳出香榻
"你早,亲爱的姑娘
"你怎么这么早就把我探访?"
"为了爱情!"
"为了爱,难道就要不顾晨昏
"昼思夜想
"仿佛守夜人看护城墙……"
姑娘没有争辩
也无心满世界宣讲
事实上多亏了她
昨夜来救场
青年才躲过了
罪恶的魔掌

青年似乎有话还要讲

姑娘早已笑着隐身而去

只有流水淙淙

微风摇波影

青年疑惑地大睁双眼

"亲亲啊,我的爱人!"

青年拥抱着面前的空气

姑娘已经无影无踪

8

天空忽然刮起了风

那风儿绕着青年转不停

"风儿呀,你能告诉我

"我心爱的人儿此刻在哪里?"

"可怜人,我正是为着此事来。"

"那你快点讲,我简直不愿再等一秒钟!"

"你听!"风儿传递着姑娘的话

大地静得就只能听到这声音

"啊!我可怜的人儿

"不是我不爱你

"我是缪斯的女儿

"我生来属于诗神

"由于种族和出身的不同

"恐怕我们都无能为力……"

青年俯身在地

想要听个仔细

可一抬头

一切都消失得踪影全无

那清风悠然去了

带着那姑娘的声音
青年舞动着四肢狂奔乱跑
想要把那失去的一切寻找
他边跑边喊——
"上帝呀！我的天！"

9

青年昏倒在地
千呼万唤也不见动静
"他死了吗？"
人们异常悲痛
有人贴在他胸口
用耳倾听
那可怜人已经气息微微
可就这样他还在呼叫
"亲爱的，你是我的女人……"
这简直就是从地狱发出的声音
沉闷中透出幽深

10

青年知道缪斯居于神圣的山尖
可也有世俗的梯子横在眼前
人神之间也有某种交换
实际上尘俗的宠官
执行着缪斯的理念
要想与缪斯会见
就得过难缠小鬼那一关
我们可怜的青年
便日夜与拜伦雪莱

第二辑 心灵呓语

莎士比亚歌德做伴

诗词歌赋样样修炼

可不知为什么成效难见

是方法欠缺　还是没有经验

诗稿堆积像树叶一般

冬夜奇寒无有温暖

青年便把诗稿点燃

那情景如同秦火把古籍摧残

狠心的曹孟德烧毁了

倾情诗篇

熊熊火苗刺痛了青年的眼

心在流血　身体受磨难

体重下降　面颊似刀片

意识世界也仿佛到了崩溃边缘

呓梦里青年满口胡言——

孔夫子被困口粮干

屈大夫投水起波澜

汉司马写下旷世篇

李清照愁闷肝肠断……

小伙子这般光景

实实让人可怜

"孩子,这样不行呀!

"除了死路都是活路

"找亲戚、朋友关系

"没有过不去的坎……"

我们的青年多么凄惨

仿佛进行着一场无畏之战

心里有个心愿

自然就知道怎么办

为了心爱的姑娘
什么样的风险都敢闯

11

我们那可怜的青年
背着行李找导师指点
却处处受人欺骗
那骗子装扮得花枝招展
卖弄风情惹人视线
招呼着青年住进了黑店
随身钱财全弄光
还好,没有把命搭上

12

空气由透明而至混浊
什么东西正在诉说
是欢腾跳跃的泡沫
是灵气幻成的诗歌
是凝神静气的大师
是沟通古今的运河
它们对青年诉说着
那首婉转的诗歌——

13

青年的命运多蹇
无知总遭逢欺骗
罪恶的人口交易
把妇女和孩子糟践
我们的青年泪流满面

单枪匹马与骗子周旋

可他自己也不能幸免

骗子的摧残

其实骗子已跟踪了他几年

仔细研究了青年的特点

为了爱他已昏头昏脸

正好实施罪恶的欺骗

骗子要青年加入组织

跟着他的指挥棒转

完成了使命就让他

把心爱的姑娘见

骗子的网络大而全

印刷机下爬满了蛆虫和毒胆

大小工厂昼夜苦战

只要有钱赚

什么事情都敢干

盗版书碟把大街小巷挤满

假冒商品把一个个商场侵占

还有一次次偷工减料的冒险

豆腐渣工程让人心惊胆寒……

骗子的财富在急剧膨胀

疯狂奢侈也成了方向

豪华的温泉宾馆

高档的高尔夫球场

七姑八姨频频亮妆

还有那绝代佳人常造访

骗子得意不回乡

可他的母亲却在深山里呼唤

——"回来吧,我的儿郎!"

14

青年被带进了骗子的洞府
天堂般的幻影让青年
眼花缭乱
贵族与贫汉的场景
在青年心头交替出现
仿佛刘姥姥进了大观园
华丽雕饰无法用黄金计算
还有女人皮肤一样光洁的墙面
硬朗如男人脊背一样的墙垣
乐师歌女成千上万
国手一流排排站
曾经搅动亿万观众的海洋
可如今却为一人歌唱
并且不惜做人家的小婆娘……

15

骗子向青年伸出了大手一双
青年顿觉浑身冰凉
仿佛深山巨谷回应着恐慌
果然几个打手一拥而上
一顿杀威棒真够青年品尝
骗子还算有些慈悲心肠
吩咐手下给他疗伤
"这小青年太幼弱了
"阿妹,照顾一下他!"
阿妹抱起了那可怜的青年

第二辑　心灵呓语

泪珠却流成了一串线

阿妹其实就是那姑娘

十几年的思念苦折磨

青年觉得自己心灵的寒冰

仿佛在姑娘的香怀中化了一般

姑娘用舌尖舔着青年的眉眼

用胸脯给他温暖

青年只觉一阵酥软

仿佛天鹅绒飘上了西天

"哥呀,我是秦兰

"我是日日念你的小兰……"

"我是做梦

"还是在人间?"

"妹妹我正在你身边!"

青年腾地跃起

仿佛晴空突发的闪电

又仿佛大海吞没高山

青年说着就要和骗子挑战

姑娘却跪倒在他脚前

"不!哥呀,你会白白送命的!"

青年挣扎着挥动宝剑

冲锋的激情还在飞燃

踉跄着没几步就栽倒在房间

姑娘吃力地把他弄到床上

青年的鲜血已经染红了床单

姑娘惊恐万状大声喊——

"啊!来人呀!他死了!"

16

骗子悠悠地踱到房间
他要青年明白
在他这里没有过不去的火焰山
他要什么就会立马出现
姑娘吓得状如筛糠浑身战
骗子狞笑着走向床边
那可怜的青年已被人搬走
那情景犹如猎狗在拖一具死尸
姑娘苦苦哀求骗子
"亲爱的,看在我分上
"别难为他……"
骗子忘情地狂笑
"——哈哈哈
"荒唐!现在还假装什么正经。"
姑娘木然任人摆布
仿佛舞台上的玩偶
可天空似乎响起了沉闷的雷声
仿佛一场天灾霎时来临
就连骗子也胆战心悸
"听!这是我父亲的车号
"这是愤怒的缪斯!"
"什么缪斯,见鬼去吧!"
骗子笑得牙根外露
口对心发出会心的笑意
"美人,我若不是披着缪斯使者的外衣
"你父亲如何下嫁了你
"我如果不靠缪斯帮忙

第二辑 心灵呓语

"如何有今天的排场！"

疯狂者有恃无恐

清醒中换来的只有愤怒

可怜的姑娘把衣服撕光

打碎了所有的装潢

屋里的所有珍奇古玩

几乎无一幸免

最后用一把刀子

去捅骗子的胸膛

骗子一下子窜到了街上

一溜烟坐车逃到了山庄

那罪恶也一同隐进了深山

可不知他什么时候又重返故园

疲累的姑娘靠在墙边

对着残镜端详自己的眉眼

啊，美的暴怒也是这般凶悍

猛然想到自己已经彻底完蛋

一个缪斯的女儿就这么匆匆回还

痛苦的姑娘拿刀刺向了自己

天空仿佛有万道虹线

纵横交错枫叶一般

于是山涧堆积了一座香山

那是缪斯女儿的坟茔

人们至今还时时纪念

缪斯的女儿临死之前

用大理石留下了两行遗言

"我的肉体去了

"精神属于青年！"

17

青年被骗子弄到了远山
那里空旷旷的没有人烟
黑熊出没　山猪流连
各种不知名的鸟
和流水声响成了一片
青年抬头不见天空
太阳　还有秦兰
胸口窒闷似乎当胸中剑
那深度似乎已把胸膛击穿
"亲爱的,我来了……"
青年强忍伤痛和悲惨
一步步爬出了巨谷深山
山地上留下了血印一串
他不叫一声苦
也没有一声呻吟
山菊黄了一片　红叶铺了满山
好像是为青年铺设路面
青年就这么爬行不断
饮山泉　食草根
终于到了一条河边
那里地势比较平坦
青年正好小憩
一阵马蹄嘚嘚传
青年兴奋地站起来
他挥动手臂拼命喊
仿佛小船到岸边
"哎——我在这儿——"

不知是激动　还是疲倦

青年一头栽倒在河滩……

18

来人是骗子和他的同伴

又有一位靓女陪身边

生活就是这么无情义

穿红的刚走穿绿的就更替

骗子把青年救上岸

领到了他们新的府院

这里的建筑很非凡

秦砖汉瓦走兽飞檐

长袍短褂是仆人的装扮

若飞的带子仙姿翩翩

……

19

青年睁开了迷蒙的睡眼

一眼就瞧见骗子在身边

骗子毕恭毕敬温顺可怜

灰脸上早流下泪痕斑斑

那光景好像守候了几天几夜

又好像是青年的慈父兄长

青年的眼睛睁了又闭　闭了又睁

他不敢相信眼前的事实

难道人间有如此动人的化装

难道性灵永远会一个模样

难道骗子也会加入天使的行当

难道是什么人点化了魔鬼的心肠

20

青年的眼睛再次闭上
有意避开那期待的目光
骗子回头也异常痛心
无疑使青年的怒火减几分
仿佛暴怒的大海
即将退潮
仿佛疲惫的狂风
正准备歇息
可这一切都得耐心等待
骗子坐一旁默不作声
他浑身抽搐着　泪湿颊腮
仿佛忏悔的钢鞭
还在无情地抽打他的心
那泪珠正掉在青年脸上
敏感的青年立时紧张
人啊　完美的你究竟有没有
青年哑着嗓子没有话
只是把柔指伸向了骗子
骗子兴奋地一把抓住不肯放
久久地　久久地贴在胸膛
那激情简直从体内直向外奔涌
"我亲爱的朋友，我的好兄弟
"相同的命运把我们拴在一起
"缪斯女儿那支袖箭啊
"已经刺穿了我的心
"我纵有十架金山和银山
"也无法与真情交换……"

骗子的话语还未说完
就一头扑在青年胸前
倒头边哭边叫喊
直到外面天昏地暗……

21

生活恢复了平静　安然
青年又开始思念亲爱的兰
那姑娘现在去了哪方
骗子为什么闭口不讲
骗子明白青年的思想
投其所好主动说端详
"兰兰真是个好姑娘
"她始终把你放心上
"就在那天晚上
"她和我断了来往
"她说要回到缪斯身边
"她的精神永远属于你
"幸运的青年!"
青年思忖骗子的语言
和他想的不差半点
他知道兰兰就会如此这般
她生性孤傲仿佛冰洁玉山
青年似乎理解姑娘心愿
那是缪斯在召唤青年
向前向前再向前!

22

青年无暇追究嫌怨

也不计较多许磨难

人各有志

还是各走半边

骗子惶恐异常不安

一次次挽留着青年

还要给青年准备行装

青年回绝了好心肠

独自上路

要把诗国闯

23

不知走了多少天

青年来到了小茶馆

主人热情好招待

故事讲得更迷人

"小伙子　不是我自己夸奖

"到诗国没有人不听我说

"我也曾是诗国一过客

"那里的事情我全掌握

"哈哈　小伙子想不想知道？"

青年知晓店家意

忙把小费递上去

"大叔啊　赶快说

"你再磨蹭我走脱！"

"心急吃不了热豆腐

"听我慢慢说开去——"

24

店家端坐太师椅

第二辑　心灵呓语

沏杯热茶招呼你

今天的生意刚开启

对座小伙你听仔细

青年感觉很诧异

茶社老板有猫腻

忽而一个苍老的声音在说——

"亲爱的孩子！

"诗人国那是别样的生活

"似乎无影无踪

"可又真真切切

"在那里群山的波涛

"水中的游龙　草原的清波

"都是他们的好寄托

"那里的人儿没有忧伤

"坐卧站都是自己主张

"没有国歌，也没有统一服装

"他们无须崇拜，也不敬神佛

"人们各人居住不同的房间

"彼此相距十分遥远

"似乎谁也不妨碍谁

"那高高尖顶的房屋

"似海神掀起的山波

"那深深凹陷的地穴

"似老人深邃的眼窝

"在深沉中孕育智慧果……

"唉，还是说点别的吧！

"不要老喝一种酒。

"那里没有警察

"街道畅阔通达

"小车挨肩摩擦

"好像肚皮贴地爬

"可人们还是坐里边

"哪怕白白费时间

"没人破坏这成见

"行走的人还要受抱怨

"那里餐馆不一般

"个个都是私家店

"谁也不到别家就餐

"每天吃得都新鲜

"十天不吃同样的饭

"这里家庭已解散

"没有爱人和伙伴

"只有独立自在的生命圈……

"我们似乎已扯远

"还是回到最前边

"虽说诗国无军警

"可它的道德很全面

"道德王统治着大好河山

"孔子、释迦、耶稣和安拉

"常来这里对话

"这里没有什么研究院

"却有一个思想祭坛

"仿佛心灵的闪电

"那些道德堕落者和庸俗的人员

"过不多久就会自动滚蛋

"因为那里聚集有强大的气旋

"仿佛魔王的宝扇

"它能辨真假区分伪善

"因此一般人视若神山

"那里四面环山　烟波浩渺

"那里船帆点点　虹桥跨蓝天

"仿佛不朽的精神凝成了彩练……"

25

青年听了这如歌的语言

仿佛美景就横在眼前

青年辞别了那好心的指点

又开始追求新的视线

猛回首却发现

小客店已踪影不见

自己原来在深山里打转

人生歧路　歧路千千

岁月不能用白发计算

青春才是最好的证验

26

青年是热血儿男

磨折不会把腰板压弯

追求缪斯的女儿

是他铁的誓言

生生死死　无悔无怨

生命轮回　人世白转

只要心灵鲜活

就有奇迹出现

青年对姑娘念念不忘

在时间的河流上

为爱人建造花房

他想在崔嵬的大山
修建一座碑塔
饰以亘古花篮
还有蓊郁的柏枝
稀世的兰草……

27

有一天　高山流水入耳畔
青年仿佛又见往日的蜜甜
那是个狄安娜设计的夜晚
青年正和清风嬉戏游玩
不想和谁撞了个正怀
啊——对方几乎跌倒
青年倍感意外心口跳
"啊？兰兰！"
"是您！我最最亲爱的……"
一对情人就这样相见
狄安娜在一旁垂泪忧伤
像这样的情形还是头一遭
"姑娘时候不早了！
"你父亲的威严最难犯"
狄安娜在那里声声唤
兰姑娘流着泪不肯回还
青年把所爱紧紧搂胸间
……

28

清风带走了兰姑娘
青年追赶得慌了主张

狄安娜顾念可怜的青年
临走提醒他要自强
"与其向缪斯屈服
"莫若挺着身子上
"这样不愁兰姑娘
"不回你身旁……
青年千恩万谢得处方
重操旧业写华章

29

生活过得既快也慢
青年急着把诗人见
诗人是他的第一导师
也是他平生最大的遗憾
他曾使诗人流泪
现在才知泪水的酸咸
青年的诗稿哗哗颤
清风翻书乃自然
贫穷常使良妇气节变
诗人宁可饿死在灞桥边
关于青年思想的新发现
我们最后还是看看
他的作品才好评判

30

天啦,我这是在干什么
一次次地奔劳
一次次地懊恼
为什么呢

就为了那些可怜的吆喝
就为了那些权威的叫好
啊　我的灵魂在痛苦中发烧
不　不能呀
如果这样我宁可把心灵毁掉
如果只是为了赢得庸俗的眼泪
为了把才华炫耀
那么上帝呀,我多可怜
多像小偷　小丑
哪配还在人世上奔走

31

自从与姑娘神合后再次失散
青年便从此郁郁寡欢
他已不再多情善感
只是考虑着明天
他已不关注昨天的遗产
也不像集邮者一样
积攒名利和金钱
他倒像一个破坏者
屡屡推倒历史的标杆
把一切都搅和得稀巴烂
就因为这个缘故吧
可怜的青年什么也没留下
除了一个赤条条的自己
就连我们搜肠刮肚的这些
也还是从他烧毁的诗稿中
捡拾的残片
所以一些细节也不全面

青年总是不断地否定自己
心里总没有自己的昨天
唉　可怜的青年人呀

32

在我们结束这个故事之前
我想把青年的后事交代一番
那是一个阴冷的冬天
青年回到了阔别已久的家园
触目惊心的故乡严寒
慢慢爬上他的心坎
他曾寻访往昔的伙伴
伙伴个个似木桩一般
没有相聚的浪漫情感
甚至没有一个孩子
向他露出笑脸
这年轻人就像一个外乡人
居然闯进了人家的厅堂
时间的隔膜令人忧伤
生活让人情也走了样
青年弹掉了腮边的泪
默默离开故乡
一口气走了几十天
他急着要去把诗人会见
诗人离开人世已三年
至今人们还把他怀念
青年痛哭流涕地跪在诗人墓前
把他生命凝成的诗稿点燃
任凭那飞花碎玉四处飞溅

青年把自己也焚化在灰土边

起风了　天昏地暗

那灰烬　飞扬在漫山遍野

似翩翩蝴蝶　像朵朵落英

并沿着江河湖海飘扬

于是那山乡

沿江河的人家

生出了不少作家诗人

……

　　　　　　　　1990 年 9 月至 10 月一稿

　　　　　　　　2003 年 4 月修改

第三辑　古风诗草

古风一首

园中铁树
花开一朵
对天起誓
生死悲歌
上邪　我欲呼之
奈何　奈何
生我者故生我
养我者有何错
谁为用着　用着

春游钓鱼台

渭水涛声千年
滋育华夏先贤
太公垂钓溪边
周礼天下流传
横渠又兴书院
往圣绝学绵绵

遥想

一

知我者谓我痴

不知我者谓我失

诚若君所期

君我何相知

二

近处无歌　流水做伴

暮春深处　骄阳绿柳

念远方　清音不绝

声声似有回归意

那番前情何曾有

海角天涯飞天梦

游四方

客死异乡

1990 年 5 月

行乞歌者

陈仓故地车水流

候车大厅气如虹

南来北往都是客

欧亚动脉神州行

忽闻远处放歌声

一位妇人面朝东
俊美面容倩身材
歌喉婉转动心怀
歌罢言其遭横祸
夫故子幼衣无着

边地怀古

万里征程未解鞍
栉风沐雨若等闲
酣梦犹闻铁器鸣
胡马阴山古楼兰
胡羯之血北草滩
长城内外起狼烟
北风呼啸天地寒
秦堡汉寨玉门关

怀想苏武

故国多猛士
风流天下传
苏武持节久
汉家耐征战
苍凉北海头
浩气冲霄汉
宁做刀头鬼
不辱汉尊严

人生多磨难
壮烈成圣贤
漆水汩汩流
代代记心间

花语人生

春风春雨春有兰
夏来故乡荷叶田
秋风吹开菊花眼
冬风一季梅花妍

人生代谢若自然
花海明月阙中圆
生若夏花花鲜艳
雪松苍劲映九天

中秋抒怀

月届中秋人中年
些许烦忧些许难
今夜箫歌笙管弦
欢悦颂月月不全

最是佳节思故旧
他乡明月依旧圆
莫道世间多遗憾

嫦娥对饮瑶池边

2007 年 9 月 25 日

伤别离

人生自古爱切切

莫道伤心不离别

思君盼君情不弃

匆匆里失却好情谊

离离离——

纷繁世间我和你

真情实意永不弃

誓语山盟志不移

惶惶乎对面相睥睨

惜惜惜——

2008 年 9 月 10 日

圈子谣

一圈连着一圈圈

人生尚有无数圈

大圈小圈圈中圈

圈中故有圈中言

官圈商圈工农圈

科教文卫体育圈

海归本土移民圈

居民 PK 农民圈

圈圈转得圈圈圆

不转圈圈事难办

    2013年3月3日

第四辑　黄土风情

妈妈做鞋子

妈妈做鞋子
一双又一双
黑面白里子
针针解愁肠
鞋子年年长
妈妈心儿慌
哪年哪月后
不再补鞋帮

妈妈做鞋子
一双又一双
黑面白里子
针针暖心房
鞋子无人穿
妈妈心不安
哪年哪月后
此鞋再风光

妈妈做鞋子

一双又一双

黑面白里子

针针绣花样

鞋子堆成山

妈妈难成眠

哪年哪月后

此鞋最时尚

1990年8月5日

拄杖老者

拄杖老者

兀立不动

木然若雕

那天我过你家门前

你就这样　看也不看我一眼

拄杖老者

兀立不动

木然若雕

今天我过你家门前

你还这样　看也不看我一眼

孩子笑了

孩子笑了

甜甜的

有心无心

你笑了

淡淡的

无心有心

我想笑

恍恍地

心在何方

少年与小鹿

小鹿在花园

蹦跳绿树间

少年发奇想

逐鹿小道旁

鹿母闻声至

持角追少年

哎哟 老天 这可怎么得了

哎哟 老天 这可怎么得了

如今的年轻人可真叫大胆

我们的老马头实实不安

记得有那么一天

前面走着一对情伴

男的挽扶着女 女的依偎着男

老马头走在后边 眉心儿直忽闪

他心头一酸 想叫眼睛不看

眼睛却不听使唤
隔着指缝儿也朝外观
哎哟　不好　乖乖
那小姑娘正把嘴里的糖
用舌尖递给了郎
哎哟　老天　这可怎么得了
粉腿如林的街市
暴露了太多的暴露
轻薄着所有的轻薄
如今的年轻人可真叫大胆
挑战着生活中的许多极限
我们的老马头怎么能心甘

好时光

啊　年轻的朋友
快吻吻我吧
芳龄是不会长久的
别顾念人家老大爷说什么
他们可是错过了好时光

啊　年轻的朋友
快吻吻我吧
芳龄是不会长久的
别顾念人家老太太说什么
他们可是错过了好时光

第四辑　黄土风情

我多愿是你

我多愿是你
平凡的扫把
扫街道　扫房间
也清扫阳光照不到的脚下

我多愿是你
平凡的扫把
无忧无虑　无牵无挂
就甘愿无声无息消除沉渣

我多愿是你
平凡的扫把
无须装饰　无须狡诈
骨子里怎样就怎样潇洒

思念

那年的节日
我在异乡的城市
啊　妈妈　我想——
我想咱家乡的模样

那年的节日
我在美丽的河畔

啊　妈妈　我想——
我想咱家乡的月亮

那年的节日
我在绚丽的广场
啊　妈妈　我想——
我想咱家乡的农庄

离家的日子

离家的日子我想家
家跨沟壑土疙瘩
瓢泼大雨哗哗下
谁的草棚　谁的家

离家的日子我想家
家在枣子崖底下
青堂瓦舍变化大
谁的公馆　谁的家

离家的日子我想家
家中有我老妈妈
条条大道通山下
谁的网络　谁的家

冬天的记忆

请把那个冬天的记忆给我
别指望冻坏我的手和脚
要是我远方的母亲知道了
她定然会昼夜不安痛苦难遏

请把那个冬天的记忆给我
别忙着冰封我的小清河
要是我远方的朋友知道了
她定然会心绪不宁怪我蹉跎

请把那个冬天的记忆给我
别想着凝固我心灵的歌
要是我远方的情人知道了
她定然会痛不欲生绝望哆嗦

故乡来的小姑娘

故乡来的小姑娘
身材不瘦也不胖
十年前见时就这样
记忆中的模样多漂亮
故乡来的小姑娘
春水秋歌绕身旁
身在他乡念故乡

陈仓古道话衷肠

故乡来的小姑娘
身材不瘦也不胖
十年前见时就这样
记忆中的模样多漂亮
故乡来的小姑娘
巧手织女编毯忙
心雨芳菲向四方
渭水清清是故乡

我的农家大嫂

哦　我的农家大嫂
你的日子越来越好
漂亮高楼替代了
记忆中的小屋狭道
摩登的裙裾迎风飘
好像城里的明星到

哦　我的农家大嫂
你的日子越来越好
美味菜肴替代了
记忆中的咸菜小炒
丰腴的脸颊挂微笑
农家的生活多美好

第四辑　黄土风情

织女情

天上织女会牛郎
地上人儿难成双
纵有天河来阻挡
七七来时还互访

天上织女会牛郎
地上人儿泪成行
未有山川阻来往
心儿灵儿难相撞

酸枣情

酸枣枣树开花哟酸枣儿熟
二妹妹我住在这西坡坡头

酸枣根根哟在那塬边边生
乡里人哟就希图个酸枣情

好哥哥你就生在那塬畔畔
倩妹妹我就住在这河岸岸

叫一声哥哥哟你要慢些行
枣刺刺扎了你妹妹可心疼

酸枣枣树开花哟酸枣儿熟
妹妹那句话儿你要记心头

家乡的酸枣枣花哟开又落
妹妹我还是倾心地爱着哥

哪怕你走到天边哟地边边
酸枣树还是生长在塬畔畔

2004 年 12 月 19 日

民歌风

1

崖（ái）畔畔上的那个枣树开了花
山妹妹的心里头就只有个他
疙瘩瘩的那个绳索疙瘩瘩的那个套
拴羊的那个橛橛咋就还拴不住个他
隔山山隔水水呀割不断那个情和意
隔梁梁隔坎坎呀隔不开那个我和你

崖（ái）畔畔下的那个河水响哗哗
河岸岸的那头哩就是他的家
急哇哇的那个走来急哇哇的那个跑
羊毛的那个绳子咋就齐刷刷的断了
隔山山隔水水呀割不断那个情和意
隔梁梁隔坎坎呀隔不开那个我和你

2

走的山来望的川

哥哥我心里好不怨

三年来不见妹妹的面

心里想来嘴里念

盼的月亮黑了脸

盼的星星傻了眼

走的山来望的川

哥哥我心里好不烦

三年来不见妹妹的面

心里想来嘴里念

盼的铁树开了花

盼的金石发了芽

走的山来望的川

哥哥我心里好不怨

三年来不见妹妹的面

心里想来嘴里念

人前人后都找遍

何时能把妹妹见

2005 年 9 月 21 日

第五辑　岁月如歌

我的泾阳　我的家乡

在宽广的黄土地,有个美丽的地方
那就是我的泾阳,我的家乡
仲山秀美啊嵯峨雄壮
泾水欢快地流过我的村庄
文塔寺的钟声悠悠荡漾
秀美的山川金果飘香
郑国渠水源远流长
记载着多少春秋华章

在宽广的黄土地　有个美丽的地方
那就是我的泾阳　我的家乡
现代化工厂装扮城乡
栋栋高楼圆了多年梦想
大地原点与日月星辰同光
小康大道南来北往
父老乡亲的脸上
洋溢着多少快乐阳光
泾阳啊泾阳　你打开了开放的门窗
腾起那翅膀追赶太阳

第五辑　岁月如歌

泾阳啊泾阳　你打开了开放的门窗
腾起那翅膀追赶太阳

2006 年 1 月

有一个声音

有一个声音很久很久
在我心里萌动生长
有一个名字普普通通
让我人生恢宏闪亮
那就是亲爱的党
那就是慈祥的娘
我看见了
你的雄姿你的善良
给我指引前进航向
我看见了
你的美丽你的坚强
给我增添无比力量
我看见了
你的世界你的中国
给我和谐给我理想

有一个声音很久很久
在大地隆隆的春雷中
有一个名字普普通通
在百姓的心中传颂
那就是亲爱的党
那就是公仆的情

我看见了
你的身影你的汗水
浸润着万水千山寸寸柔肠
我看见了
你的脚步你的奔忙
温暖着千家万户草屋毡房
我看见了
你的华发你的微笑
给我自信给我希望

黄鹤之歌

江边有座古老的楼
你也登过我也登过
悠悠千古都是歌
楼边一江春水流
多少往事萦心头

黄鹤楼啊黄鹤楼
多少风雨　多少秋
雄视神州　傲立江口
长江水啊汉江流
多少情爱在心头

江边有座古老的楼
你也登过我也登过
悠悠千古都是歌
楼边一江春水流

多少往事萦心头

黄鹤楼啊黄鹤楼
多少风雨　多少秋
伫立楚天　凝望北斗
长江水啊汉江流
多少期待在梦中

牵　手

牵着你的手无论春夏秋冬
牵着你的手我们一路走
牵手　牵手　不管到哪里
我们都手牵手　不怕风雨骤
我们是朋友　永远手牵着手
我们是爱人　紫藤花叶杨柳
我们是伴侣　星月般的厮守
牵手走过孩提时代
牵手走向幸福自由
牵手我们相濡以沫
牵手我们风雨同舟
牵手我们心心相通
牵手无论岁月悠悠
我们手牵着手　生生死死无怨忧
我们手牵着手　快快乐乐朝前走

梦中的厦门

多少回睡梦里
我依偎在海滩
多少次张望你
远行万里的船
海的处子啊厦门
这里的天空咋就这么蓝
鼓浪屿浪波
金色海滩
你让我魂追梦牵
海的处子啊厦门
明珠闪闪
传递幸福的欢颜
你魅力无限

多少次幻梦中
我徜徉万石山
多少回攀登了
心仪已久的日光岩
海的处子啊厦门
这里的天空咋就这么蓝
沧海大桥哟
员当湖畔
你把我的魂追梦牵
海的处子啊厦门
明珠闪闪

吹送和平的春风

你登高望远

我自豪我有个农民爸

风里来呀雨里踏
水里火里也不怕
我自豪我有个农民爸
扶我走路呀送我上马
送我一捧捧黄土呀
千里万里把儿牵挂
一腔腔热血任挥洒
啊 我们慈祥的爸

黄土地里种庄稼
泥里水里来滚爬
我自豪我有个农民爸
供我学习呀盼我长大
不分昼夜操劳养家
脊梁梁贴着大地哟
腰身蜷成了一座塔
啊 我们坚强的爸

天荒地老不算啥
爸爸肩上托着咱
我自豪我有个农民爸
亲亲的骨肉离不开他
我梦里头的故土

一声声地呼唤着呀
我心里头的牵挂
啊 我们亲爱的爸

泾干中学之歌

嵯峨之麓　泾水之畔
烽火中崛起的泾干
泾干啊泾干
日月光华同灿烂
泾干啊泾干
我们生命的精神家园
群科竞秀　风光无限
精勤惕厉　追求卓越
我们走向前　走向前

嵯峨之麓　泾水之畔
奋斗中腾飞的泾干
泾干啊泾干
日月光华同灿烂
泾干啊泾干
我们新美如画的校园
青春闪耀　风帆鼓满
乘风破浪　继往开来
我们走向前　走向前

2007年5月23日

第五辑　岁月如歌

天边的靓妹回来了

天朗朗的那个地清清哟
地哟呀地那个没有尽头
人头头里走的那个你哟
你哟你在我梦里头游走
天边边的那个靓妹妹哟
你哟你风流得咋就不回首
山窝窝里搁不下的人精精哟
精精神神的把城里的风头瞅
娇滴滴的那个漂亮劲儿哟
人世上的那个呀伙儿少有

想妹妹的那个心疼哟
数遍了那个漫天星斗
前滩里涨水哟后滩里找
村口口鸣笛哟心突突跳
天边的那个靓妹回来了
春风那个雨润哟开的道
村子里的那个学校哟阳光照耀
新工厂的那个奠基哟群山欢笑
想妹妹的大哥哟向河滩跑
敞开的胸膛哟要把太阳抱

2007 年 10 月 8 日

十月　我的祖国

十月　我的祖国
我是你的梦幻　你的颂歌
用黑土　黄土　红土的色板
塑造绚丽的音符　烂漫的彩绣
十月　我的祖国
我是你的翅膀　你的浪波
江海横流　茫茫大漠
穿越巍巍昆仑　无尽关河
十月　我的祖国
我是你的记忆　你的颂歌
红星闪耀飞天嫦娥
梦想腾飞　长城欢跃
十月　我的祖国
我是你的泥土　你的溪流
你饱蘸情感的巨笔谱写着
和谐社会　科学发展的希望之歌

2007 年 9 月 19 日

菜乡吹来暖人的风

千秋富庶地
"白菜心"泾阳
郑国渠水清
菜乡美名扬

黄土地里长米粮

黄土地里种希望

蔬菜大棚好风光

融进了百姓千年的梦想

菜乡啊暖人的风让季节着装

黄土地里长米粮

黄土地里种希望

黄土农民胆识强

天南海北也敢闯

怀揣着一腔腾飞的梦想

菜乡啊暖人的风让幸福起航

2010 年 3 月 30 日

泾阳水利人之歌

数千年的滔滔泾河

飘洒着许多传说

悠悠郑国渠就是那最美的一个

水利人挥舞巨擘

贫瘠的土地变成了肥沃

滋润了太平盛世　天地人和

一代代水利人奉献执着

铺开的画卷啊波澜壮阔

数千年的滔滔泾河

飘洒着许多传说

油油"白菜心"就是那闪亮的一颗

水利人挥毫泼墨

渠网水电星罗棋布美如梭

辉映着天蓝地绿　水清人和

一代代水利人奉献执着

抛洒的汗珠啊情满江河

2010 年 9 月 27 日

泾阳茯砖茶之歌

都说岭北没有茶

都说黄土不开花

千年泾水育奇葩

醇香浓郁泾阳茶

泾阳茶啊泾阳茶

泾水滔滔滋润她

驼铃声中向西发

丝绸之路传佳话

都说泾阳美如画

都说春风会发芽

南茶北渐把根扎

筑制砖茶放"金花"

泾阳茶啊泾阳茶

茶工号子映云霞

鼓声阵阵再奋发

泾水茶人闯天下

2010 年 12 月 19 日

茯茶情歌

绿水青山迎远客
黑茶越岭到泾阳
南来的风儿你亲亲我　亲亲我
北往的茶客你歇歇脚　歇歇脚
泾水美哟茶飘香
泾阳茶哟美名扬
江河浪花连泾河
丝路花雨多坎坷
驼铃声声一首歌
生命之茶滋润瀚海清波

泾水流蜜北蟒坡
茶工挥汗一笸箩
东来的大哥你问问我　问问我
西去的商客你莫错过　莫错过
茯茶金花香四溢
橙红透亮星光闪
黄沙漫漫多宽阔
绿意融融品生活
沧海桑田一首歌
健康之饮滋润天地人和

2010 年 12 月 25 日

天边那片 棉花云
TIANBIAN NAPIAN MIANHUAYUN

火红的菜乡是泾阳

春风拂面哟柳丝儿长
最亮丽的风景在泾阳
万亩大棚闪银光
绿茵茵的菜苗翻波浪
清凌凌的泾水哟红红火火的希望
蔬菜长廊里珍珠翡翠堆满筐
啊！泾阳　最美的蔬乡
四面八方都有你绿色的嫁妆

春风拂面哟柳丝儿长
最亮丽的风景在泾阳
绿色海港美名扬
嫩生生的蔬菜富一方
亮闪闪的品牌哟风风光光的景象
蔬菜大棚里哟姑娘的歌声在飞扬
啊！泾阳　最美的蔬菜之乡
千家万户都有你绿色的梦想

2011 年 3 月 16 日

你有一颗火热的心

你有一颗火热的心
你是咱百姓的领路人
风里来哟雨里走
双肩担着咱百姓忧愁

抓产业哟促增收

热血伴着太阳走

都说人间正道是沧桑

富民兴邦谱华章

握着你的手诉说万千感念

老百姓的口碑比蜜甜

你有一颗火热的心

你是咱百姓信赖的人

风里来哟雨里走

心里装着那万代春秋

抓扶贫哟建和谐

汗水流在心里头

都说民生幸福大如天

地老天荒也不变

握着你的手感觉心潮澎湃

老百姓的事里有大爱

2011 年 3 月 23 日

香遍人间泾阳红

泾水长流高原阔

斟满酒杯向天歌

千万里情意脉脉

陈年酒香动人心魄

说是酒圣歇过脚

筛珠泉水哟香满坡

红旗猎猎哟遍嵯峨

抗日的号角震山河

红军东征哟豪饮过

火热的醇酒暖心窝

干一杯欢乐的美酒

黄土地奔放的激情心中留

干一杯温暖的美酒

新时代的中华大步朝前走

啊　风华绝代的泾水美酒

千秋称颂的泾阳红

你纯真甜润　醇厚绵长　芳馨四溢　耀我家邦

啊　风华绝代的泾水美酒

千秋称颂的泾阳红

你春风万里　香遍人间　红色经典　美名传扬

2012 年 10 月 30 日

我们是自豪的城管人

我们是自豪的城管人

我们在平凡中奉献不已

净化广场　净化街巷　净化社区

清理垃圾　装点生活　城乡一体

我们是一群人　有血有肉

我们有一颗心　为他为你

迎着朝阳出发　汗水里成就自身

踏着疲倦归来　风雨中无私无畏

我们是人民的勤务员

我们在平凡中磨炼自己

净化天地　净化空气　净化人生

管理环境　利用自然　城乡美丽

我们是一群人　有情有义
我们有一颗心　矢志不移
服务旗帜飘扬　劳动创造在路上
实现中国梦想　小草精神放光芒

2015 年 2 月 2 日

流动的风景 流动的船
——街道环卫车速写

嘟——嘟——嘟嘟嘟
环卫车——环卫车工人
你的声音　是那样亲近
你的名字　是那样朴素
你的神情　是那样专注
轻轻地唤你　每天每天
每天都有你熟悉的身影
和暖暖的笑容
别人的手指轻轻一挥
匆匆的你便停下脚步
多少村镇　多少街巷你都探访
春风过处　有你的足迹　你的善良
你把遗憾和污秽扫荡　埋葬
留下了清风正气　生态文明好泾阳
你是流动的风景　流动的船
载着百姓的幸福　书写着美丽泾阳的壮丽画卷

2015 年 2 月 2 日

后　记

一、关于散文集

　　天可怜见,是谁让痴迷者在痴迷的路上越走越远,是谁让赤脚者还敢做万里之游,我常常为冥冥中的命运之神叹息,但尘世中的一切仿佛都已注定。有一段时间我常常梦见玄奘法师和法显和尚,还有那位在嵯峨山上修道的悟空法师。人有时候就是不知足,却又不知道如何安排自己的人生和事业,无法真正体味有所作为与清静无为的真谛。去年我的长篇小说《天地悠悠》和诗集《飘落心灵的花瓣》相继出版,自己二十多年的梦想终于实现了。按理说作为一名文学爱好者,有了这些东西也算是给自己的一个交代,毕竟写作不是一件轻轻松松的事情,它是要耗费大量心血和汗水的。

　　我于去年下半年就着手写一个中篇,匆匆忙忙地写了5万字,不知在别人眼里我写得究竟如何,管他呢,反正我写自己的感觉,自己对生活的认识,有了创作的欲望就动笔写,这样的状态持续了一些时日便不能维系了,我的身体不允许我继续过分地透支那架本来就十分屡弱的机器。在我一边坚持工作,一边搜集创作素材的当儿,我住院了,我的生命承受了一次生与死的考验。正如我的一位朋友所感慨的"在我所认识的人当中,大约每十个人中就有一位癌症患者",这是多么不幸的事情呀!

　　值得庆幸的是我的手术很成功,我赢得了命运女神的垂青,我赢得了时光老人的惠顾,我将有时间继续自己的梦想,我将与我的伙伴一起欢笑着迎接日出日落,一起自信地面对生活。欣喜之余,又有些隐隐的冲动,还想再写一点东西,于是不肯悠闲的我,躺在病床上,时而看看书,时而写写笔记,从而使自己的生活有了新的亮光,我不在乎那些苦味的药草,那些呛人的来苏水味,那些嗡嗡鸣叫的苍蝇,我也不在乎日常生活中的那些苦涩与酸楚,更不受病房中那些痛苦呻吟着的病友的情绪的影响,因为我有自己的追求和爱好。在住院前我就带着两本书:《道德经》和《泰戈尔诗选》,在那里我尽管很虚弱,但我用心灵吟诵那些动人的诗句,我用生命体味古人的智慧。在

后 记

后来的日子里,在每天的点滴阅读中,我先后阅读了《巴黎圣母院》《战争与和平》《静静的顿河》《卡夫卡小说选》《名人传》《草叶集》《启示录》《丰乳肥臀》《最后一个匈奴》《金刚经》《周易》《史记》等书籍,还耐着性子翻阅了雨果、米兰·昆德拉、泰戈尔、艾青等作家的创作体会之类的书籍。在病中我几乎是纯消遣性地读书,不预设什么目标,姑且随便翻翻,有兴趣了就多看一点,没有兴趣了就换别的书籍,我没有想到不到一年的时间自己竟然阅读了这么多书,其中包括一些比较艰深难读的古书、理论书。

人就是这么一个奇特的动物,社会性是其本质属性,人一旦离开了他周围的社会关系,对他来说那简直太残忍了。在我生病的这段时间里,我给自己制定了"按时吃药,按时锻炼,按时读书,按时写字"的四条原则,努力使自己心态平和,坦然面对一切。感谢我的领导、同事、同学、朋友和亲人们无微不至的关爱,使我感受了无比温馨的人间真情,自始至终我都感觉到与大家息息相通的快乐,我们是一同生活着的相互依存的生命共同体,我一刻也离不开大家。在这段时间里,我的多个提案受到了相关部门的重视,还多次参加了政协常委会、群众路线学习实践活动座谈会、文学交流会;同时我被省作协、省散文学会、市作协接收为会员,还参加了市作协的文学培训会、作家与影视界对接会。

从上世纪末至今,我断断续续地写了一些散文、小品文,在我逐渐康复的过程中,我尝试着把那些率性而为的文章集纳起来了,并尝试着新写了一些轻松的小文章,于是就有了这样一个小集子。我把它编为"游走足迹""星星感悟""书卷溢香""清泉流声"四个部分,分别是自己的一些游记、感悟、读后感、生活即景之类的文章。写文章就像剜荠菜,趁着季节剜一点,只要你勤谨总会有些收获的。同时还要学会整理,否则尽管有肥大厚实的荠菜,你把它挖下来散乱地丢在一边岂不可惜了,莫若找一个适当的篮子装起来以便食用。

朋友们问我为什么要写这部书呢?我想,大概是自己感觉有话要说吧。在病床上,我浮想联翩,竟然想起了很多年前的那些琐琐碎碎的往事,我也像那位了不起的美国盲人一样,勾画着"假如给我三天光明"我将要做什么的问题。行文至此我不由得想起了一位朋友讲的故事,有人给一位成年乞丐买了一辆小轿车,希望他能够跑出租挣钱养家糊口,不料那位乞丐却说:"这下可好了,我可以十分方便地去周边城市乞讨了!"我也像那位乞丐一样,身体稍微有了些起色便神差鬼使地想写一点东西。我钟情不变的缪斯啊,她一直与我相伴。我的这本散文集,姑且作为自己生命历程中的短暂的一瞬,恍若泾渭涛声里回眸一笑的浪花,抑或河滩里灰白的水鸟的一声鸣和,如此而已。可能有很多的写法不甚合于散文"形"与"神"等通常写法,但它毕竟是作者的真情流露,就像这部书的名字一样,那些飘逝的远去的云彩,饱含着润泽的水汽,携带着大自然的芬芳,还有生活的节奏、韵律、歌声、呼唤……

二、关于小说集

人皆有梦,作为以写作为乐趣的人,我总希望多呈现些作品给大家,本打算一本本出版,先出散文集再出小说集最后出版诗集,但考虑到重重不便,最终还是把散文、小说、诗歌合在一起了。在小说卷中编选了作者从2003年迄今的29篇小说,其中微型小说24篇,短篇小说4篇,中篇小说1篇。我是个埋头干事的人,文学艺术之于我的意义全在于一个喜欢,我几乎是在一种自娱自乐的状态中创作,就这样总算磨出了几篇作品。我的小说,多取材于乡野,属于乡间叙事,是百姓语言的文字版。就内容而言,从官场生态到社会生活,从乡村爱情到百姓故事,从民生问题到社会管理等方面均有涉及。

《荆山》是我目前唯一的中篇,它是长篇小说《天地悠悠》之后的第一个作品,原本是做大衣的料,没承想拙裁缝竟然做成了一件褂子,实实可惜了材料。这部中篇我给朋友看了,大家说希望再展开写,不过天不遂愿,我的身体耍了麻达,住进了医院,于是《荆山》也就只好搁到这个程度了。

那些微小说,得益于自己平时的耳闻目睹,得益于下乡采风时的用心挖掘,于是边角料也有了些用处,竟然成了一件件袖珍式的艺术品。至于几个短篇《天边那片棉花云》《寒夜》《毛蛋的故事》《石锁的那些事儿》等,分别是我的朋友们讲的故事,其原型就在我们身边,我只是把他们变了变样子,装点了一下门面,我试图把自然、真实的故事呈献给大家。

后 记

前不久,一位朋友徐民主先生写了一本民间文学书籍,他说他的书是给人以快乐的,他搜集整理那些民间流传的笑话、段子,自己乐在其中,也把快乐给了别人。我也想说我的书是生活中发生过的和正在发生的故事,在你开卷掩卷的时刻,不经意间就会有些许感悟,我想生活中有快乐事儿、烦心事儿、苦恼事儿,但真正能从中品出味道的那就不仅仅是若干事件本身了,而是其背后的深层的东西,是盘桓于我们心中的那些道呀理呀,那些所谓的形而上的玩意儿,那才是我们生活中自由奔放的因子,是我们孜孜以求的精气神,是活着的本真意义。

三、关于诗歌集

在诗歌卷编选完成之际,我感慨良多,我想起了 2012 年端午节前夕,我在北京参加了《中国作家》杂志社等举办的端午诗会,会上我看到与会的诗人很多都已经白发苍苍,心里不禁有些悲凉,好在诗会上也不乏青春的、活力四射的青年才俊和英姿勃发的少男少女,这才冲淡了我的忧虑。后来我浏览了一些文学网站、个人博客,我发现了大批诗歌爱好者队伍以及惊人的、海量的诗歌,原来有那么多的人还在写诗,还在默默地耕耘着这块神圣的土地。记得有一次我参加一位基层作家的作品研讨会,会上著名作家陈忠实先生说起了"文学依然神圣"这个话题,我想神圣这个词汇的含义大致可以看作一定高度的权威的东西吧,这就如同喜马拉雅山脉一样,它的神圣就在于其世界屋脊、世界第一峰的无人企及的高度。

一个时代有一个时代的诗歌,每一个时代的诗歌都从一定意义上标志着那一个时代的精神气质和思想高度,无论是《诗经》《楚辞》,还是唐诗宋词;无论是挥洒自如的现代自由诗,还是植根于传统文化厚土的古体诗;无论是中国的诗歌,还是外国的诗歌,无论是中国的国粹,还是外国的经典;无论是民歌民谣,还是文人诗作,所有这些就如同涓涓细流共同汇聚了诗歌王国的浩瀚海洋,共同支撑了魅力诗国的辉煌大厦。

我自恃为一个歌者,也常想为诗国添一棵草。在诗歌卷中,编选了从上世纪 80 年代迄今创作的 78 首诗歌,分为"大地情怀""心灵呓语""古风诗草""黄土风情""岁月如歌"五辑。"大地情怀"编选了我的部分现代诗歌,时间跨度也大些，有大学毕业前后的作品，也有近年来的作品，是用诗歌记录的生活，是个人心灵的诗性表白。《怀念小草》是专门为纪念雷抒雁先生而作，曾发表在《秦风》杂志。雷抒雁先生是陕西泾阳县人，作为同一地域生长的人，我倍感亲切和自豪，同时作为一个爱诗的人，我自然对先生无比崇敬，可惜我一直未能与先生谋面，仅有的一两次机会也阴差阳错地错失了，此事成了我的一大遗憾。

"心灵呓语"是我的一首叙事长诗，有三十几个小节，写作于大学时期，是青春的记忆，爱情的祭礼，是变革期各种思想的撞击，我以自己的诗笔诠释着生活，记录着苦难和困惑。有朋友建议我把它改写成小说，我曾犹豫过"是改头换面，还是保留原貌"这个问题，后来我拿定了主意，我仍然希望它作为一首诗歌而存活，因为它是一种历史的印证，一种探索的痕迹。

"古风诗草"是我的一组古味幽幽的诗歌，它没有严格的格律约束，不拘泥于形式，只是率性而为地为自己的所见、所闻、所思、所感而作；"黄土风情"是我的一组具有浓郁关中、陕北气息的民歌风作品，著名诗人马林帆老师曾建议我好好在这一块探索，在这一块发展；"岁月如歌"是我的一组歌词作品，主要为乡土题材，其中《我的泾阳　我的家乡》《茯茶情歌》《火红的菜乡是泾阳》《泾阳水利人之歌》等歌词被谱曲演唱，并且在当地产生了一定影响。

2013年12月20日，我有幸参加了泾阳县王桥镇"清水湾诗社"的工作例会，那些退休的干部、教师，那些留守家乡的农民、农村老年人，他们自发地聚集在一起，写诗习文，陶冶性情，让农村的文化事业有了一道瑰丽的霞彩。正因为有这样的一群人，富裕、比较富裕后的乡村才有了品位、有了光彩、有了目标、有了希望！行文至此我不再忧虑我们的诗歌了，有人曾担忧它的弱化与消亡，有人曾担心它的俗化与矮化，我想，作为我们民族魂灵的诗歌，作为我们祖国文化精髓的诗歌，不管它历经多少曲折，不管还要磨砺多久，但我们终将会听到浪花里的欢快歌声的，诗歌依然神圣，让我们继续为我们国家的诗歌艺术辛勤努力吧！

四、深情的感谢

  我的这部作品集终于尘埃落定了,我衷心感谢自己生命中得遇的各位领导、老师、朋友、同学和同事,感谢他们以各种方式对这部作品集的厚爱、支持和贡献!感谢大家那一双双热情洋溢、温暖如春的手,感谢来自于方方面面的关怀和激励。我还要衷心感谢为这部书面世付出辛勤劳动和不懈努力的陕西新华出版传媒集团太白文艺出版社的各位朋友和编辑!

  太白文艺出版社是我最喜爱的出版社,她是以我国伟大的浪漫主义诗人李太白的名字命名的,她又是我的家乡武功县南边的秦岭主峰,俗语有"武功太白,去天三百"之说,诗人李白的那首著名《登太白峰》,我最喜欢的"愿乘泠风去,直出浮云间"的名句,仿佛在我的耳边回响,而我的首部长篇《天地悠悠》也是太白社出版发行的,所以从根子上我就是太白的"粉丝"。每一次踏进太白文艺社,我都有一种到家的感觉,太白就像磁石一样吸引着我、召唤着我。

  写作者和出版人是作为精神产品的生产者而息息相关的,从选题、创作,到送审、编辑、出版他们都紧密相连。文章千古事,悠悠寸草心。作为一名普通的基层作者,我深深地感受到太白文艺出版社的老师们对于我作品的提升、加工,无论是大的方面的定位、把脉,还是细小方面的打磨、雕琢都是很到位的。我是幸运的,有幸遇到了才思敏捷、平易近人的总编辑韩霁虹老师,她的敬业精神和文学使命感让我感动,我从心底里敬佩她,她对于我的文学创作活动给予了无微不至的关怀和帮助,更是为了这本书的出版以及书籍质量的提高倾注了大量心血;在这本书的编辑过程中,作为责任编辑,阳光练达的耿英女士、细心文雅的康雅琼女士,就像呵护孩子一样对这部书进行了认真的校对和全方位的策划设计,我深深地感谢她们的帮助和爱护!

  我记得文友王西勇先生在一次跟我谈书法时说"以病为友""化危为机"之类的话,还有一次朋友岳晓军、杨东峰、郭团结先生曾与我一起去邻县某地的山里聊天,杨东峰先生的党史和乡土史志研究渐入佳境,朋友们为他喝彩。那夜的风很大,在那一片山地里的房子,在震天动地的风声里我几乎一夜没有合眼，我不知道关中的脊梁一样坚韧的北部山梁还要迎受如此惨烈的折磨，那情景让人无法忘怀。呼呼的北风，不时狂野地摇撼着我的门窗，于是我想起了遥远的边塞，想起了荒凉的戈壁。而我身边的那些我敬重的文化名人，马林帆老师、冯日乾老师尽管年逾七旬仍然坚持笔耕不辍，并不断有新作问世；迟骋老师在歌词、影视、报纸、非物质文化遗产等方面都有很好的发展，取得了喜人的成绩；荒石老师在易学、书法、文学、摄影、传统文化等方面都有建树，还成立了杜甫文化研究会陕西分会，聚集了全国的文化书画人才；赵登科老师、王澍宇老师、徐民主老师以及张煜、成存义、薛文涛、米裕、陈晨诸位朋友多次与我交流创作感受，这些老师、朋友对我的教育影响很多，在与他们的持续交往中我获益匪浅。除此之外，我呢，也在自觉地走着自己的路，一个普通人的道路，在我的太极拳老师张波的精心指导下，我坚持每天习练太极以强身健体，坚持每天在我的好友高续先生的茶庄喝茶以陶冶性情，同时向书法名家徐占文先生请教写字，以调养精神，间或读读书报以了解时事，锻炼思维。

去年，我在第二十一届杨凌农博会转了一圈，感觉车多、人多、小吃多、树苗多、广告多。我把自己的这种感觉跟朋友交流了，他们以为我是老眼光。我说我的话还没有讲完，大家想想，车多了，而且车的档次上去了，这不说明陕西有发展吗？人多了，好事情，这不说明杨凌的人气很旺吗？小吃多了也好，这不说明这几年非物质文化遗产保护得好，开发得好吗？树苗多说明林业的进步以及生态文明建设的希望，而广告多说明内地人也知道酒香也怕巷子深了，必须王婆卖瓜自卖自夸。我在那条小吃一条街上见到了几乎附近县区所有的小吃，我有种当年赶庙会的相似感觉，只是现在杨凌的街道宽了，盖了很多的高楼，不过夜晚很静，很多楼房、街道都是漆黑一片，这也许是美中不足吧。在这次农高会上陕西高香茶业"天泰运号"人民茯茶荣获"特别后稷奖"，为泾阳捧回了大奖，我由衷地为泾阳自豪！

我感谢生活，感谢朋友，感谢机遇。我忘不了"郑国广场"（群众称"东盘岛"）的四百多个日出日落，忘不了泾湖岸边沁人心脾的缕缕茶香，忘不了文朋诗友的一次次聚会，忘不了领导、同学、朋友、亲人的殷切关怀和无限信任。在这里我还要特别感谢咸阳市作协主席杨焕亭先生、省作协副主席王

后 记

海先生、县政协张卫中主席、县委蒲春侠部长、县政协宋军武副主席、县广电局张永利局长等领导的关心与支持。事实上,从写作到编辑成书,从送审到进入出版程序,耗费了我大量的时间和精力,但当这一切都成为过去之后,我感觉到了一种分外的轻松自在,但愿朋友们、读者们能够分享我的微小喜悦,毕竟大家又一次看到了我奉献给这方热土,奉献给这个改革时代的微薄礼物了,我热切地期望我的文字能够给您带来一些欢愉,一些回响。

2015年2月13日